黄色い家

SISTERS IN YELLOW

MIEKO KAWAKAMI

川上未映子

中央公論新社

目次

黄色い家

第一章　再会

1

　このさき、自分がどこで生きることになっても、何歳になっても、どうなっても、彼女のことを忘れることはないだろうと思っていた。

　けれど今さっき、偶然に辿《たど》りついた小さなネット記事で彼女の名前を見るまで、そんなふうに思ったことはもちろん、彼女の名前も、存在も、一緒に過ごした時間も、そしてそこで自分たちがしたことも、なにもかもを忘れていたことに気づかなかった。

　吉川黄美子《よしかわきみこ》。

　同姓同名かもしれないという考えが一瞬よぎったけれど、この記事に書かれているのがあの黄美子さんだということを、わたしは直感した。

〈東京都新宿区内のマンションで昨年五月、千葉県市川市の二十代女性を一年三ヶ月にわたり室内に閉じこめ、暴行して重傷を負わせたなどとして、傷害と脅迫、逮捕監禁の罪に問われた東京都新宿区、無職・吉川黄美子被告（60）の初公判が十二月二十三日、東京地裁で開かれた。罪状認否で、吉川被告は「黙秘します」と述べ、弁護人は無罪を主張した。

起訴状によると、二〇一八年二月ごろから吉川被告は同居人女性を一年三ヶ月にわたり新宿区内のマンションの一室に監禁し、暴行を加え、全治一ヶ月の重傷を負わせるなどしたとされる。

検察側は冒頭陳述で、二〇一七年、住所不定であった被害者女性が吉川被告の自宅で同居を始めたと説明。当初は問題なく生活をしていたが、被害者の所持品や交友関係を管理するなどし、行動を監視するようになった。その後「外に出ても、どうせ生きていくことはできない」などと脅迫をくりかえすことで恐怖心を与え、女性が逃げようとする意思を喪失させた。また、複数回に及ぶ暴行を加えて不法に監禁し、支配下において意のままに従わせていたと指摘した。事件は自力で脱出した女性の通報で発覚した。〉

わたしはその記事を三度くりかえして読んだあと、胸の奥から塊のような息を吐いた。指さきがかすかに震えて感じられるくらいに、心臓がどきどきと脈打っていた。黄美子さんだ。間違いない。あの黄美子さんが捕まったのだ。

吉川黄美子、と名前を検索してみると、似た内容のものがひとつと、あとは数行の報告の記事がもうひとつ、引っかかっただけだった。どっちも小さな扱いの記事だ。あとは姓名判断や画数占い、女の子にお勧めの名前がどうのというページだけ。黄美子さん本人に関する情報は、わたしがさっき目にした事件以外にはネットには存在しないみたいだった。

わたしは、なにをどこから考えるべきなのかを整理しようとした。もう一度、最初の記事のページに戻って日付を確認した。

この記事が掲載されたのは二〇二〇年、一月十日。今から三ヶ月くらいまえのものだ。そして事件が起きたのは去年、二〇一九年の五月と書いてある。

でも、いくらしっかり読んでも、そういう日付の意味するところがうまく理解できなかった。初公判から三ヶ月がたっているのはわかったけれど、被害者や関係者がいま現在どんな状態でいるのかとか、事件や裁判がこれからどんな展開になっていくのか、そういうことがわからなかった。今、黄美子さんはどうなっているんだろう。これからどうなるんだろう。そういうのは、いったいどこで知ればいいんだろう。

取り調べについてや、拘置所なんかの順序やルールみたいなのも、まったく想像ができなかった。わたしが思い浮かべることができるのは、殺風景な灰色の小部屋とか、手錠とか、表情のない裁判官とか、法廷画家の描いた似顔絵とか、そういうドラマやニュース番組なんかで見たことのあるしょうもないイメージだけだった。

それと、黄美子さんの顔。

今から二十年くらいまえ、わたしがまだ若かった頃の数年間を、一緒に暮らした黄美子さん。

記事には六十歳とある。あの黄美子さんが六十歳？　信じられなかった。普通に考えれば、じっさいにそれだけの時間が流れて、わたしだって四十歳になっているのだから当然なのだけれど、でも、黄美子さんの名前の下に添えられた年齢は、どうしても現実的な数字には思えなかった。

わたしは目を閉じて、自分に大丈夫だと言い聞かせた。あたりまえだけれど、わたしはこの事件には関係ない。心配することはなにもない。二十年ものあいだ、わたしは黄美子さんがどうしていたのかも知らないし、連絡もとっていないし、わたしたちはどんな意味においても、もう繋《つな》がってはいない。あれから長い時間がたって、すべては過ぎ去って、終わったのだ。今のところ、この事件以外には――黄美子さんが去年に起こしたという監禁事件のほかは、世間ではなにも問題になっていない。少なくともネットには出ていない。大丈夫――わたしは何度も自分に言い聞かせた。

電話の画面から顔をあげると、部屋にはさっきまで気配すらなかった夕暮れの暗い青さが満ちていて、いろんなものの影が濃さを増していた。ちゃぶ台のうえには、食べようと思って皿に盛っていたレトルトのミートソースのスパゲティがあった。でもそれは、少しずつ近づいてくる夜の気配のなかで、なぜかもう食べ物のようにはみえなかった。

夜は途中で何度も目を覚まし、ほとんど眠れないまま朝になった。

春の朝の光を受けたカーテンは、大きな真っ白の画用紙を思わせた。眩しさに目をとじると、いろんな色がにじんでは消えていった。暗い青や、濃い赤や、黄色や――そこで黄美子さんの顔が頭に浮かんだ。

黄美子さんは背中の真んなかあたりまである真っ黒で癖のある髪を手で束ねてみせながら、わたしの毛って黒猫がまるまる一匹入っててもわかんないくらい多いでしょ、と言って、楽しそうに笑っていた。わたしも笑って、みんなも笑った。古い家。部屋はひとつひとつが狭くて、物がひしめきあって散らかっていたけれど、玄関はいつもきれいだった。靴はひとり二足までと決められていたし、玄関は良い運が入ってくるところでトイレは悪いものが出ていくところだから、いつも必ず清潔にしておかないといけないという決まりだったのだ。

わたしは目を閉じて寝返りを打ち、そんなふうに頭に浮かんでくるものをふり払おうとした。けれど、もうずっと思いだすこともなかったはずのいろいろなものが、手を取りあうように、つぎからつぎに、わたしのそばにやってきた。ところどころがたわんだ廊下の軋《きし》みはわたしたちの笑い声になり、眠るまえにずっと見つめていた天井の木目は誰かの煙草《たばこ》の煙になって、わたしに囁《ささや》きかけるようだった。

鏡のまえに散らばったままの化粧品や、押入れのカラーボックスにぱんぱんに詰まった洋服や下着、それから、狭い台所のかごに積まれたカップ麺が頭に浮かぶ。それらは、わたしたちが暮らしたあの日々の匂いそのものを思い起こさせた。

ベッドで布団にくるまったまま三十分ほど悩んで、わたしはバイト先のグループラインにメッセージを送った。

〈おはようございます、伊藤《いとう》です。昨日から少し咳《せき》が出ています。熱はないのですが、念のため、

今日はお休みさせていただけると助かります。すみませんが、よろしくお願いします〉

バイトのスケジュール管理の担当者から、すぐに返事がきた。

〈了解です。週明けには今後の方針が決まるので、またお伝えします。こういうご時世なので、いちおう本部にも伝えておきます。お大事に！〉

〈ありがとうございます！　ふつうの風邪の症状かな、と思うのですが、万が一、発熱などがあった場合はすぐに連絡しますね。どうぞよろしくお願いします！〉

先月の中頃までは、感染症にたいしてまだどこか、全体的に半信半疑だというような雰囲気があった。いろいろと騒いでいるけれど、けっきょくインフルエンザとおなじなんだからそんなに怖がる必要もないし、マスクは意味がないと言っている人も多かった。不安と妙な興奮がまじりあったような浮遊感はあったけれど、そうは言ってもまだまだ日常の誤差の範囲内、という雰囲気だった。

でも、海外の報道にはだんだん恐ろしいものが増えてきて、先月末頃から今月の頭にかけて、日本もいよいよロックダウンをするとかしないとかの噂《うわさ》が流れはじめた。

そして五日まえに緊急事態宣言が出されて、それまでじりじりと高まっていた緊張が一気に弾けた。ニュースのなかだけじゃなく、近所のスーパーではじっさいに買い占めが起きていたし、ドラッグストアからはマスクとか消毒液とかトイレットペーパーがごっそり消えて、人もいなくなり、わたしのバイト先でも対応に追われることになった。わたしは自宅アパートから徒歩で行ける商店街にある、大手スーパーが都内のあちこちに出店している惣菜《そうざい》屋の販売スタッフとして働いていた。

そこは小さな店で、おかずやサラダの入った三十枚ほどの皿が台やチルドケースにならんでいて、客はそこから好きなものを選んで、わたしたちがパックの弁当箱に詰めていく。朝、セントラルキッチンからできあがったものが運ばれてくるのを売るだけだから調理室もないし、店は四人も人がいればいっぱいになる。わたしがバイトを始めた三年まえからずっとおなじメニューのくりかえしで、おまけに毎日やってくる常連も多いので飽きないのかなと思うのだけれど、かえってそれが安心を生むのか、売上もよく、昼と夕方には必ず列ができる人気店だった。けれど、先月末からさすがに客が激減して、みるみる調子が狂っていった。やっと来たと思ったら客同士でマスクをつけるつけないで言いあいになったり、感染症対策が充分じゃないなど、クレームの電話もかかってくるようになった。

わたしは横になったまま、さっきラインで咳が出てると伝えたのはよくなかったかもしれないなと思った。なんで咳が出てるなんて嘘をついたんだろう。わざわざこんなときに咳が出てるなんて言って、いったいどういうつもりだったんだろう。自分でもわからない。

しばらくして電話を手にとって、黄美子さんの記事のサイトへ行き、もう一度はじめから時間をかけてゆっくり読んだ。気持ちは何度でも暗くなり、手足が重く感じられた。そして、告げた理由はともあれ、やっぱり休んでよかったと思った。ただ立っているだけとはいえ、こんな状態ではとても働くことはできなかった。

ベッドから起きあがり、冷蔵庫から麦茶を出して飲んだ。そして押入れの棚から箱をとりだした。

それは角が潰れて蓋が少し破れている少し大きめの靴の箱で、なかには昔の手紙とか手帳とかノートといったものが入れてあった。

くたびれて、もとは濃紺だった色がすっかり褪《あ》せてみえる靴箱は、母親が昔どこかで買ったハイヒールが入っていたものだ。母親がその真っ白なハイヒールを部屋のなかで嬉しそうに履いてみせて、あまりに嬉しかったのか、履いたまま畳に座ってインスタントラーメンを食べていたのを覚えている。わたしは母に頼んでその空き箱をもらって、そこにシールとか漫画雑誌のちょっとした付録とか、学校の友達とやりとりした小さな手紙なんかを入れることにした。そのあとも、そのときどきにとっておこうと思ったものを入れておくのが習慣になった。いろんなところを移り住んで、いろんなものを置いてきたり失くしたりしてきたなかで、気がつけばこの靴箱だけが残っていた。でも、ふだん中身はもちろん箱を手にとってみることもない。こうしてみると、なにがあってもなぜか捨てずにここまでもってきた自分の物なのに、まるで誰かの遺品でも見ているような気持ちになった。

蓋をあけると、はしっこに紺色のふたつ折りの小さな携帯電話と充電器が見えた。自分で探していたくせに、見つけた瞬間、どきりとした。まだ動くのかどうかわからない携帯電話に充電器を差してコンセントにつなぎ、三十分ほど待ってから電源のボタンを長押しした。すると小さな画面がゆっくり息を吹きかえすように明るくなり、コール音が鳴った。

誰からも連絡がつかないように自分は電話番号も変えてぜんぶなしにしたのに、こうして過去の知りあいたちの番号だけは消さずに残していたのは、いつかこんなふうに必要になることを無意識のうちに感じとっていたからなのだろうか。

アドレス帳には十七件しか登録がなかった。

か行のところに、黄美子さんという文字が見えた。わたしはその少しうえにある、加藤蘭《かとうらん》という名前を選択して番号を表示した。つぎは、ま行にいって、桃子《ももこ》。玉森《たまもり》桃子。わたしはいま使っている電話のメモにふたりの番号を記録した。

加藤蘭と玉森桃子が今、どこでどうしているのか、わたしは知らなかった。

最後に会ったのは、ふたりがあの家から出ていったとき。わたしたちが二十歳とか、それくらいだった頃。あれから蘭とも桃子とも連絡をとったことはない。昨日、黄美子さんの記事を偶然目にしなかったら、ふたりのことを思いだすことはなかったのかもしれない。

あの家で、みんなで過ごした時間が、脈絡なく繋ぎあわされた映像みたいに甦《よみがえ》る。解像度が急に高くなったりぼやけたりをくりかえしながら、いろんな声や表情が再生される。この番号が今でも通じるとは思えなかったし、わたしだって今さらふたりと連絡なんてとりたくなかった。でも、黄美子さんについて話ができるのは、蘭と桃子しかいなかった。今、わたしが抱いている不安を共有できるのは、このふたりしかいなかった。

わたしは、黄美子さんが、わたしたちとの過去を話していないかどうかを、恐れていた。

取り調べを受けるなかで、黄美子さんの部屋から一緒に暮らしていた時代のいろんな証拠が見つかって、じつは水面下で捜査が始まっているのかもしれない。そう思うと、いてもたってもいられないような気持ちになった。わたしのところにはまだ誰も来ていないけれど、もしかしたら先に蘭か桃子には連絡が来ていて呼びだされ、すでに事情聴取をされている可能性だってあるかもしれないのだ。

冷静に考えれば、わたしたちのやったことは時効になるのかもしれない。そんなに大きな罪には問われないのかもしれない。わたしも蘭も桃子もまだ若く、黄美子さんに言われてやっていたのだから。でも、じゃあ琴美《ことみ》さんのことは？　結局、琴美さんは誰のせいで、なんで死ぬことになったのか。わたしたちと関係なかったと、本当に言えるのだろうか。

考えれば考えるほど、恐怖と見わけのつかない不安がのしかかってきた。胸のあたりが巨大な鉄板かなにかで無言のまま押し潰されるような恐ろしさを感じて、涙がにじんだ。どうすればいいのか。このまま記事を見なかったことにして、蘭にも桃子にも連絡をとらず、黙っているべきなのだろうか。それとも、自分が知っていることを警察に話したほうがいいのだろうか。

想像は悪いほうへ悪いほうへ膨らんで、わたしの視界を塞いでいった。ふたりはどうしているんだろうか。今、どこでなにをしているんだろうか。電話は繋がらないに決まってる。でも、どうせ繋がらないのなら、かけるだけかけてみればいいんじゃないのか――わたしは電話を脇に置いて、なにもかもを打ち消すように頭から布団をかぶった。昼間の光は遮断され、わたしは春の生暖かい闇のなかでしばらく瞬《まばた》きをくりかえしていた。そしてそのまま、少し眠った。

悪夢だということだけがわかる、とらえどころのない夢を見た。具体的な出来事も登場人物もなにも出てこないのに、ただそこには時間があるだけなのに、なぜ悪夢はいつもそれが悪夢だということがわかるのだろう。暗くて容赦のない波のように、悪夢はとめどなくわたしに迫ってきた。目が覚めたとき、胸にも背中にも大量の汗をかいていた。そして加藤蘭の番号に、電話をかけた。

六回のコール音のあとで、はーい、という明るい声が聞こえた。緊張で下顎が震えているのがわかった。

「すみません、あの、加藤蘭さんの……番号でしょうか」

「はい」

かすかに低くなった声で蘭は返事をした。蘭だ。心臓がどきりと鳴った。

「あの、花《はな》です」

「花？」

「はい、あの、わたしは伊藤花って言って、昔、一緒に」

「花って」少しの沈黙のあとで、蘭は言った。「……あの花ちゃん？」

「うん、花です。ごめんね急に」わたしは電話をもち替えて耳にぎゅっと押し当てた。「まさか、繋がると思ってなくて。ごめんね、急に」

「……どうしたの、なんで番号わかったの」

「昔の携帯に、残したままで」

「ああ」

蘭が小さくため息をつくのが聞こえた。

「ほんとに、急に驚かせてごめん」

「いや、それはいいんだけど……ちょっとびっくりして。っていうか、昔すぎるから」

「そうだよね、ごめんね。電話をしたのは、じつは黄美子さんのことで」

蘭の後ろで、子どもたちが楽しそうに騒いでいる声がした。女の人たちの話し声も混じっていた。それが少し遠のき、蘭が場所を移動したのがわかった。

「……黄美子さんって、あの黄美子さん？」

「うん」

「黄美子さんがどうしたの」

「昨日、黄美子さんの事件を見つけて」

「なにそれ」

「ネットで見つけた」

「事件ってなに」

「黄美子さんが捕まったんだよ。わたしもびっくりして。もう裁判が始まってて、それで、もしかしたらなんだけど、わたしたちのことも関係するかもしれないって思って、それで蘭ちゃんと話したくて」

「ちょっと待ってよ」蘭がわたしの言葉を遮った。「どういうこと？　ぜんぜん話がわかんないんだけど。黄美子さんはなんで捕まったの？　わたしたちのことも関係するかもって、どういうこと？　黄美子さんが、なんか話したの？」

「ううん、そうじゃなくて、黄美子さん、黄美子さんのマンションで女の子を監禁して、怪我させて、それで逮捕されたって。たぶん……あのときとおなじようなことしてて、それで捕まったんだよ。もしかしたら過去のことも問題になって、いろいろがその、ばれるかもしれない。ぜんぜんわかんないんだけど、なんか怖くて」

　わたしは、思いきって訊いてみた。

「……蘭ちゃんのとこには、なにも連絡きてない？　警察とか、そういうところから」

「来るわけないじゃん」蘭は馬鹿らしいというように笑ったけれど、そこにはかすかな不安の気配が感じられた。

「わたし、昨日からずっと不安で、その、警察に行って話したほうがいいのかなって思って」

「えっ」蘭は驚いて訊きかえした。「話すって、なにを？」

「昔のこととか、わたしが黄美子さんについて知ってることとか」

「ちょっと、冗談やめてよ」蘭が声をひそめて、けれど強い口調で言った。そこで誰かが蘭を呼び、それにたいして蘭がオッケー、と明るい声で返事した。

「あのさ、今、家に人が来てるから」

「うん、そうだよね、ごめん」

「花ちゃん、今どこ住んでるの。東京？」

「うん」

「ちょっと会って話したほうがいいかも。コロナであれだけど……できれば、電話じゃないほうがいいかも」

「うん、わたしも会って話したほうがいいと思う……そうだ、桃子、桃子いたじゃん、桃子の電話、まだ繋がるかどうかわかんないけど、桃子にも連絡したほうがいいよね、もし来られるなら」

「桃子は無理」蘭が短く言った。

「なんで」

「それも会ったとき話す——花ちゃん、とにかく警察とか、そういうことしないでね、ぜったいに。わかった？」

「わかった」

わたしたちは待ちあわせの日時と場所を決めて、電話を切った。

2

二十年ぶりに会う加藤蘭は、ずいぶん雰囲気が変わったようにみえた。

記憶にあるように全体的に小柄なのだけれど、体はひとまわり大きくなっているような気がして、どこかバランスがちぐはぐに感じられた。彼女のほうからわたしを見つけて手をあげてくれなかったら、このたいして人のいないカフェでもすぐにはわからなかったと思う。

蘭は生成色のふわっとした綿のチュニックを着て、顔の半分がすっぽり隠れるような大きなマスクをつけていた。明るい茶色に染めた髪を後ろで束ね、生えぎわには刷毛《はけ》でさっとなでたような白髪が照明を受けて薄く光っていた。しっかりとした茶色のアイシャドウにたっぷりのマスカラが塗られた目元に、昔の面影が残っていた。

狭い額は変わらずで、いつだったかの真夜中、蘭と桃子と三人で額や目の幅の長さを計ってくらべあったことを思いだした。そういえば、あの頃から蘭はメイクするのが好きで、そういうことに疎いわたしの顔が自分のテクニックでどれくらい変わると思う、と笑いながら、いろんなメイクを試してくれて、できあがった顔をみて三人で大笑いしたこともあった。そんなことを思いだしながら目のまえの蘭を見ていると、本当に長い時間がたったのだという実感がこみあげて、胸の奥が少し疼《うず》くような、そんな感じがした。

でも、わたしたちは、久しぶり、とか、元気だった、とか、懐かしい友達に再会したときに交わすような明るい挨拶もとくにしないまま、それぞれの飲み物を注文した。口元が隠れているので蘭がどんな表情をしているのかわからなかったけれど、なにもかもがぴくりとも動かないような空気のなかで、わたしたちはしばらくのあいだ黙っていた。

テーブルにアイスコーヒーがふたつ置かれたあと、蘭ちゃんがすぐわかってくれてよかったよ、と言ってみると、入口できょろきょろしてたから、と蘭は短く答えた。携帯電話を触っていた手を止めて蘭が外したマスクには、れんが色の口紅のあとがべっとりとついていた。

「黄美子さん」蘭が言った。「なに、どんな事件起こしたの。検索してみたけど、よくわかんなかった」

蘭はわたしの緊張をよそに、まるでこのあいだの話のつづきだけど、というように話しかけてきた。

「ニュースになったの？　なに、やばい感じなの？」

「ニュースっていうか」わたしはブックマークしておいた記事のサイトを表示して、蘭に渡した。

蘭は真剣な顔で電話をじっと見つめ、指さきで小さくスクロールし、それからまた画面に見入った。

「どうやってこれ見つけたの？」

テーブルのうえを滑らせるようにして電話をこちらに戻したあと、蘭は訊いた。

「ヤフーとかの、ほかの大きな事件の記事をなんとなく読んでて、そしたら下のほうに似たような事件が、どんどん出てくるの。内容つながりで。何年もまえのとか、名前も知らないような地方紙の小さなやつのリンクとか、そういうのがいっぱい出てきて。それをくりかえしてるうちに、この記事に当たって」

「新宿か……三茶《さんちゃ》の、あそこではないんだ」蘭は眉根を寄せて言った。「黄美子さん、六十歳って書いてあったね……ってことは、あの頃、四十とか、そんなだったってことか。今のわたしらの年くらいだったたってことだよね」

「うん」

「いま思うと完全に頭おかしいよね」

蘭は吐き捨てるように言った。

「信じられないわ。四十っていったら、今のわたしらが二十歳《はたち》くらいの子たち集めてあんな生活してるってことでしょ。完全にいかれてるよ」

そう言うと蘭は小さく首をふった。

「でも、この黄美子さんの事件で、なんで花ちゃんが、そんなびびってるわけ？　関係なくない？　しかも事件じたいは去年のことで、もう裁判も始まってんでしょ？」

わたしは肯《うなず》いた。

「わたしらが一緒に住んでたとき——まあ確かにさ、やばいなって思うことはしたと思うよ。でもあれ、わたしたちが二十歳とかそんなときで、だいぶ昔のことだよ。そんなことが今さら問題になんか、なりようがないと思うんだけど」

「でも、黄美子さんの家に、たとえば当時の……ほら、カードの束とかが残ってたら、警察からしたら、これなんなのってことになるんじゃないかと思って。それで、もし黄美子さんが話したら、罪には問われなくても、事情くらいは訊かれるかもしれないし。時効とかあるんだろうけど、わたしたちがやってたことの、なんていうか……どれがどれくらい問題なのか、そういうことがわからないし」

「それでわざわざ警察に行って、昔の関係者ですって話しようと思ったわけ？」蘭は目を見ひらいて、呆《あき》れたように言った。「考えすぎだって」

「そうなのかな」

「そうだよ。想像力が、やばい方向にやばいよ。そもそも、わたしたちがやってたことなんか、べつに大したことじゃないじゃん。わたしはそう思うよ。そんな二十年越しに気に病むようなことじゃぜんぜんないって。今の若い子とか、もっとえぐいことやってるでしょ」

「そうなのかな」

「そうだよ」蘭は、少し考えるようにして言った。「しかもわたしら……やらされてたわけじゃん」

「でも、琴美さんも死んじゃって、じっさいなにが起きたのかわからないままだし、巻きこんだっていうか、とにかく、あんなことになって」

「琴美さんって誰だっけ——あ」蘭は小さく肯いた。「あれだ、花ちゃんが遠征で行ってた銀座のクラブのホステスだ」

「そう」

「いやいやいや、それ関係ないと思うよ？　あれは完全にむこうの事情でしょ……当時もそういう話になったじゃん。違う？　たしかにびっくりしたけど……なに、花ちゃんもしかして、まだ自分のせいとか思ってんの？」

「そうじゃないけど」わたしは首をふった。

「ありえないでしょ。あの人たち、みんなおかしかったもん」蘭は肩を少しすくめてみせた。「だからさ、ちょっと落ち着いてよ。明るく気持ち切り替えてさ。そんな顔しないでよ。死ぬほど昔の、誰も覚えてないようなことで悩んでもしょうがないじゃん。そりゃいきなり黄美子さんの名前がこんなふうに出てきたらびっくりするよ？　なんか、女の子を監禁とか、似たようなシチュエーションでさ。気持ちわかるよ。でも大丈夫だって。もし万が一やばいことになるなら、もうとっくに警察きてるから。っていうか、あんなのただの黒歴史だよ。若気の至り、かつ黒歴史」

「若気の、黒歴史」

「そうそう。それよりコロナのほうがやばいでしょ。どうしてんの花ちゃん。うち、子ども学校休みになって地獄だよ。コロナやばいよね。花ちゃんどんな感じなの」

「わたしは」鼻で小さく息をついて言った。「普通だよ。一人暮らしで」

蘭はストローでアイスコーヒーをぐるぐるかきまわしながら、へえ、というように肯いた。わたしたちは自由が丘《じゆうおか》の駅前のカフェにいた。蘭は東横線沿線のどこかに住んでいるらしく、一本で出られて都合がいいし、ついでもあるしと言って、ここを指定してきたのだ。全面がガラス張りになっているコーヒー・チェーン店。蘭はわたしがどこに住んでいるのかも、なんの仕事をしているのかも、そして、あれからどこでどんなふうに暮らしてきたのかも、なにも訊いてこなかった。

「ほとんど人がいないね。ふだんすごいのに。自粛やばいわ」

通りを見てもたしかに通行人はまばらで少なく、朝からの重い曇り空のせいもあって、街全体が暗く沈んでいるような雰囲気があった。

「でもさ、時間はめぐるよね。わたしらもう四十とか。こんなふうに花ちゃんとまた会うなんて思ってもみなかったわ。別れぎわっていうか、なんか散り散りだったし」

「蘭ちゃん、電話番号変えてなかったけど、あのあと黄美子さんから連絡とかなかったの？」

「ないよ」蘭は言った。「もうあんま詳しく思いだせないし、思いだしたくもないんだけど……あのときわたしら、どさくさにまぎれて出たじゃん？　それっきり。でも花ちゃんこそ大変だったんじゃない？　いちばん可愛《かわい》がられてたし……っていうか、ほんと黄美子さん、捕まるだけあるっていうか、こわいわ。頭おかしすぎ。わたしら若くてまだ子どもだったからぜんぜんわかんなかったけどさ、完全にやばいよね」

「ねえ、電話でちょっと言ってたけど」わたしは言った。「桃子のこと……桃子は無理って、なんかあったの」

「ああ、桃子」蘭は小さく首をふってみせた。「覚えてる？　桃子、やばい妹いたじゃん。死ぬほど美人で、死ぬほど歯が汚かった子。あそこにも来たことあったよね。それこそ、妹と妹の男と金のことでもめて、けっきょく行方不明になったんだよね、よくわかんないけど。そういう噂きいた。わたし、あそこ出たあと、しばらくしてからちょっとのあいだ桃子とは連絡とってたんだけど、急にいなくなったの」

わたしはため息をついた。

「ああ、なんか頭おかしいやつばっかだったんだよなあ。わたしらが、なんにも知らなかっただけで」

蘭の声は急に大きくなり、なんだか台詞《せりふ》の練習でもしているみたいに大げさに響いた。広い店内に人はまばらで、ぱらぱらと座っている客はみんな単独でマスクをつけており、天井のどこにあるのかわからないスピーカーから、ボサノバ風の音楽が小さく流れていた。カウンターの洗い場から食器のぶつかる音が聞こえ、そこに店員たちの声が混じっていた。わたしたちのほかにしゃべっている客はいなかった。少し離れた席に座っていた男の老人が、大きな音をたてて新聞を広げ、ちらりとこちらを見たときに目があった。わたしは水をひとくち飲んで、あごにひっかけていたマスクを指さきで確認した。

「まあ、なんにしても終わったことだよ。何回も言うけど、昔のことだしね。ただの過去。花ちゃんが心配するようなことないし……ねえ花ちゃん」

蘭は瞬きもせずに、わたしをまっすぐに見据えて言った。

「ほんと、ぜったい警察とかそういうのなしでね。まじ意味ないから。百パー余計なことになるからね。ほんと、花ちゃんそこはよろしくだよ。大丈夫だよね、わたしこうやって今日、話ちゃんと聞いたし。もう忘れてね。まじで」

わたしは肯いた。

「ほんと、大丈夫だよね？」

「うん」

それからわたしたちは、長いあいだ沈黙した。蘭はため息をついて背中をまるめ、テーブルのどこか一点を見つめていた。その表情には疲労の色がみえた。わたしは、再会した蘭に話すべきほかのなにかが、大事ななにかがあるような気がしていた。そして蘭のほうでも、もしかしたらおなじことを感じているのかもしれなかった。けれどそれがなんなのか、どうやったらそれが正しい言葉として、自分の口から出てくるのかがわからなかった。

「じゃ、わたしそろそろ――そうだ、花ちゃん」

蘭は気をとりなおしたように背筋を伸ばし、マスクをつけながら言った。

「あれなんだけど、わたしの電話番号、消しといてくれる？　わたしも花ちゃんからの着信、ちゃんと消しとくから」

なにも言えずにわたしが黙っていると、蘭は伝票を手にとって確認し、テーブルに自分のぶんの代金を置いてバッグを肩にかけて立ちあがった。

「じゃ花ちゃん、わたし行くね。コロナ気をつけてね」

そう言い残して蘭が店を出て行ってしまったあとも、わたしはすぐに席を立つことができなかった。考えなければならないことがほかにあるはずなのに、うまく頭が働かなかった。食欲はなかったけれど朝から食べていないのだからお腹《なか》が減っているはずで、なにか食べ物を頼むべきなんじゃないかとか、そういうことをぼんやりと考えていた。

写真のついた卓上の小さなメニューを見ていると、妙な音がした。外で、どこか遠くで、重いのか軽いのかはっきりしない、でもなにか巨大なものをゆっくりと転がすような音が鳴っていた。しばらくして、それが雷の音だということに気づいた。ガラス越しのむこうに目をやった瞬間、弾けるような音とともに雨がいっせいに降ってきた。それはまるで一粒ひとつぶが目視できるんじゃないかというくらいの大粒の雨で、何人かの通行人が鞄《かばん》や手で頭をかばうようにして走り去っていくのがみえた。さらに勢いを増した雨は、斜向《はすむか》いの店舗のひさしやアスファルトを激しく打ちつけながら跳ねあがり、うっすらと白い煙をあげていた。

第二章　金運

1

初めて黄美子さんに会ったのは、わたしが十五歳の夏だった。

中学最後の夏休みが始まったばかりのある朝、隣で寝ているはずの母の代わりに、知らない女の人が眠っていたのだ。

顔は見えなかったし、母親のパジャマを着てはいたけれど、こちらに背をむけてぐうぐうと寝息をたてて眠りこんでいる女の人が母親ではないことは、すぐにわかった。

わたしは肘で上半身を支えたまま少しだけ後ずさったけれど、すぐになんでもないことだと思い直して、寝に戻った。近所のスナックで働いていた母親が、店の女の子や友達をこんなふうに家に連れてきて泊まらせたりすることが、それまでにも何度かあったからだった。

つぎに目が覚めたとき、女の人の姿は見えず、三つ折りに畳まれた布団のうえにきれいに整えられたパジャマが載せてあった。それは母親が何年もまえから着ているよれよれのパジャマだったけれど、衣類が店で売られるときのようなきれいな形になっているのが新鮮で、わたしはしばらく見入ってしまった。

服も下着も、窓際のカーテンレールに吊《つ》るしたハンガーに干して乾いたのを直接とって着るのが普通で、部屋には物が多く、おまけにいつでも散らかり放題だったので、まるで鉛筆でうっすら黒く汚れていたノートを消しゴムで丁寧に消した空白のように、そこだけがまあるく浮きあがってみえたのだった。

わたしと母が住んでいたのは、東村山市《ひがしむらやま》のはずれの小さな町の、表通りからは姿の見えない、古くて小さな文化住宅だった。

道路に面した戸建てと戸建てのあいだに、三メートル幅ほどの整備のされていない通路があり、そこを奥に進んで左に折れると共同玄関がある。清風荘、と書かれた文字はかろうじて読めるくらいに古びて黒ずんでおり、それはまるで不吉な洞穴を思わせるような入口で、ワット数の低い電球が数個ぶらさがっているだけの廊下は、どんなによく晴れた昼間でも暗かった。

木造の二階建てで、一階と二階、それぞれにおなじ造りの部屋が四つあったけれど、二階の奥に、大家の中年の女性が住んでいるだけで、わたしたちのほかに暮らしている人はいなかった。子どもでも蹴破れそうな頼りない木の引き戸をあけると小さな玄関があって、そこをあがると三畳ほどの台所、その奥に、四畳半の部屋が縦にふたつ、つづいている。一階の奥にある共同トイレを、わたしたちは自分たち専用に使っていた。四方を建物に囲まれているせいで、窓をあけても隣のコンクリート壁しかみえず、光はほとんど入ってこなかった。

わたしたちは一階の二部屋を借りていた。清風荘の入口に立ってすぐの左右の部屋で、わたしと母は主に右側の部屋を使っていた。

左の部屋は父親の居場所ということになっていたけれど、テレビと布団と、何着かの服が押入れに吊るしてあるだけで生活感はなく、そもそも父親はほとんど家に居つかない人だった。

なんの仕事をしているのか当時はよくわからなかった。体つきはがっしりとして肌はいつも激しく日に焼けており、おそらく土木作業員やトラックの運転手とか、ときには長期で移動もするような日雇い仕事をしていたのだと思う（小学校からの帰り道、大きなトラックに乗った父親から名前を呼ばれたことがある）。いっときはおなじような作業着姿の仕事仲間を連れてきて、家で鍋をやったり焼肉をしたり酒を飲んだりするような時期もあったけれど、それはすぐに終わってしまった。

たまに思いだしたみたいに会う父親は、いつも機嫌が良かった。バドミントンとかＵＦＯキャッチャーでとってきたみたいな人形なんかをくれたり、とつぜん深夜に帰ってきて眠っているわたしをわざわざ起こし、うまいからと言って寿司を食べさせたりした。

わたしはそんな父親のことを嫌いではなかったけれど、なにしろ一緒に過ごした時間が短いし、なにを話していいのかわからないので、帰ってくると妙に緊張してしまって気を遣い、早く帰ってくれないかなと思っていつもじりじりしていた。そしてそれが父に伝わっていたらどうしようと思うとまた気持ちが暗くなった。自分の父親がいわゆる普通の父親らしくないということはわかっていたけれど、それでも自分の子どもにこんなふうに思われているのは可哀想《かわいそう》なのかもしれないというようなことも漠然と感じており、そしてそれがまたべつの緊張と自己嫌悪を連れてきた。

小学校の高学年になる頃には、父親はもう本格的に帰ってこなくなり、それきり会うこともなくなった。今はどうしているのか、どうなっているのか、わからない。あとになってなんとなくわかったことだけれど、父親にはべつの家というか、一緒に住んでいる人たちがいたみたいだった。

母親との二人暮らしは気楽といえば気楽だったけれど、それはなにもないのとおなじことだった。母は楽しいことと、そんなに強くもないのに酒を飲むのが好きで、友達も多く、そして流されやすい性格をしていた。地元の商業高校を出てからストッキング工場の正社員として働いて、本部の偉い人たちが見学に来たときに、みんなのまえで脚のモデルをやったことがあるというのが自慢だった。けれどそこは数年しかつづかず、そのあとは友達と地元のスナックを転々とする生活をし、そうしているうちにわたしが生まれたらしい。

母は、わたしの学校の友達の母親たちとくらべるとずいぶん若くみえる顔つきをしており、そして派手で、娘のわたしからみても、いわゆる普通のお母さんという感じがしなかった。小柄でどことなく幼い顔つきをしていて、楽観的で、よく笑う明るい性格をしていたけれど、酒を飲むと必ずと言っていいほど泣いていた。けれどそれにはとくにはっきりした原因や理由があるわけではなく、泣き上戸というのか、母にとって酒を飲んで楽しくなって騒ぐことと泣くことは、ほとんどおなじことのように思えるのだった。

　父にも執着がなかったようで、愚痴や悪口を言っているのを聞いたことがないし、帰ってこなくなってからも、とくに関心がなさそうだった。ときどき、絶縁した自分の母親がどれくらいひどい性格だったかについて冗談交じりに話すことはあったけれど、それも酒を飲んで盛りあがって、感傷的になったときに限られていた。

　母は基本的に、わたしといるときはふたりではなく、誰かも交えて一緒にいるのが好きだった。自分が働いている店のホステスとか、客から紹介された誰かとか、昔から付きあいのある地元の友達なんかと目的もなくぶらぶらと過ごすことが多く、わたしは母親とふたりきりになると、いつもほんの少しだけ緊張した。母親は、わたしが学校に行っているあいだは寝て、昼過ぎに起き、夕方にメイクをして仕事に行って深夜に帰宅するという基本的にすれ違いの生活だった。

　近所には似たような環境の子がひとりだけいて、わたしはその子と仲良くなった。小学生の頃から、わたしたちには門限というものがなかったので、行ってはいけない場所があったり、夕食の時間が決まっているような家の子たちの親は、自分たちの子どもが必要以上にわたしたちと一緒にいることをよく思っていないみたいだった。少なくとも、わたしたちの家に遊びに行くことは禁止されていた。学校では普通に接するけれど、放課後はべつのグループの子たちとどこかへ行ってしまう、わりに好きだったべつの友達に一度、理由を訊いてみたことがある。すると「花ちゃんのところは変な大人たちが出入りしているし、ちゃんとした家じゃないから、行っちゃいけないって」と少しだけ言いにくそうに教えてくれた。そしてそれは悪意のある噂や嘘なんかではなくて、まったく本当のことだったからどうしようもなかった。

中学校にあがると、友達の顔も態度も、いろんなことがもっとくっきりと感じられるようになった。どの子が普通の家の子で、どの子がそうではないのかが、まるで色の違う帽子でもかぶっているみたいにひとめでわかる気がした。普通の家では、朝起きて隣に知らない女の人が寝ているなんてことはない。布団やパジャマがただ畳まれているだけで気持ちが明るくなるなんてこともないし、それをずっと見つめてしまいたくなるなんてことも、おそらくないのだと思う。

わたしは自分の布団もおなじように三つ折りにして、先に畳まれていた布団の横にならべた。部屋にはわたしひとりで台所にも誰もおらず、サンダルをつっかけて廊下をひとまたぎして、むかいの部屋のドアをあけた。騒がしいテレビの音がして、なかに入ると女の人が寝転がってワイドショーを見ている後ろ姿がみえた。昔から使っている扇風機が右に左にゆっくりと首をふって、ときおり大きく軋んだ。

わたしに気がついた女の人は、そのまま姿勢を崩さずに顔だけをこちらにむけて、にっこり笑った。その笑いかたがあまりに自然だったせいで、わたしはまえにも会ったことのある誰かなんじゃないかと思うくらいだった。でもそれは知らない女の人で——昨晩、おなじ部屋の隣の布団で寝ていたのかもしれないけれど、少なくともこうして顔をあわせるのは初めての人だった。女の人は画面のほうに顔を戻すと、テレビのなかの人たちの歓声に小さく肩をゆらして楽しそうに笑った。わたしは台所と部屋の境目に立ったまま、テレビと扇風機と女の人を見ていた。

「なんか食べよか」

番組が終わってコマーシャルに切り替わると、女の人がのびをしながら言った。

「お腹へったよね」

わたしたちは狭い台所に立って、袋ラーメンを作った。

女の人はわたしよりもひとまわりくらい体が大きく、手も脚もずいぶん長いように感じられた。ひとつに束ねた黒くてうねりのある長い髪が首の後ろでたわみ、英語がプリントされた白地の大きなティーシャツに毛先が散らばっていた。わたしは女の人から少し離れたところに立って、アルミ鍋に入れたふたりぶんの水が沸騰するのをじっと見ていた。

女の人は手際よく袋をやぶって湯のなかで麺をほぐし、粉末スープを入れてさっとかきまぜ、わたしがならべたどんぶりにそれぞれラーメンをとりわけていった。鍋のへりにひっかかったワンタンを割り箸のさきでつまもうとしていたけれどうまく剝がれず、まいっか、そっちもってくよ、と明るい声で言うと部屋を示した。わたしは立てかけてあった骨だけのこたつを出し、むかいあわせに座ってラーメンをすすった。

「夏休みだよね。どっか行ったりしないの」

わたしは返事のような、返事でないような、あいまいな声を出した。さっきまでそんなに暑いということもなかったのに、急に汗がにじみだす感じがした。わたしは手を伸ばして冷房の電源を入れて、強のボタンを押した。

「愛《あい》さんとは、どっか行くの？」

愛というのは、わたしの母の名前だった。

「あんまり、そういうのはないです」

「ふうん。名前はなんていうの、わたしは黄美子」

「花です」

「はなちゃんか。誰がつけたの？　愛さん？」

「ちょっとわかんないです」わたしは小さな声で答えた。

「そっか」

「あの、お母さんの友達ですよね」

「そうそう」

そこで会話が止まってしまい、わたしたちは黙ってラーメンのつづきを食べた。テレビからはクイズ番組が流れ、古い冷房のモーター音がぼうぼうと鳴っていた。しばらくするとそこに外から救急車の音がかすかに聞こえ、少し近づいてきたかと思うとまたすぐに離れていった。

「はなちゃんって、漢字ある？」

「ふつうの、花です」

「わたしの黄美子はね、黄色の黄に、美しい子で、黄美子」

わたしはまたあいまいに肯いてみせて、スープを飲んだ。どんぶりをもったままちらっと顔をあげると、さきに食べ終わってこたつに肘をついていた黄美子さんと目があって、思わずそらしてしまった。それからまた、どんぶりのへりから、ちらちらと黄美子さんの顔をのぞき見た。黄美子さんは、それまでわたしが見たどんな女の人とも、違う顔をしていた。

人の顔はみんな違うのだからそんなのは当然なのだけれど、それでも黄美子さんの顔には、そのときわたしが使うことのできた言葉ではうまく説明できないような、存在感のようなものがあった。寝起きの顔で、メイクもなにもしていないはずなのに、眉毛はしっかりと生えつまってい
て、くっきりした二重瞼《ふたえまぶた》のまつ毛は濃く長く、そして眉と目のあいだが狭かった。鼻はつけ根からしっかりと盛りあがり、こめかみからもみあげにつながる髪が汗とまじってちりちりとした小さな渦を巻いていた。

黄美子さんの顔は、きれいだとか美人だとかいうより、強い感じがした。

それは小学校のときにたいへんな人気でわたしもずいぶん夢中になった、古代エジプトと現代を舞台にした少女漫画の主人公の、若くて凜々《りり》しいファラオを思い起こさせた。黄美子さんがテレビを見ながら首を鳴らしたり、姿勢を変えたりするのを見ていると、黄美子さんの頭の斜めうえあたりにその主人公のセリフが浮かんでコマの枠線が見えるような気がして、わたしは少し楽しいような気持ちになった。

「サイダー飲みたくなった。買いに行かない?」

どんぶりを流しに運び、部屋に戻ってきた黄美子さんはわたしを誘った。わたしたちは寝て起きたままのかっこうで外に出て、コンビニまでの道を歩いた。

「愛さんとこって、部屋ふたつあるのに、べつべつに寝ないんだね」

「さっき、ラーメン食べたとこはテレビの部屋って呼んでて、もうひとつの部屋は布団の部屋で、

そのままなんとなく」

「リビングってやつか」

「そんないいもんじゃないけど」わたしは下をむいて言った。

「ひとりで寝るよか、いいよね」

夏の日差しは思わず目を細めてしまうほどに鋭く、息をするたびに、熱が肌にしみてゆくのを感じた。

わたしの住んでいた文化住宅は、わたしの通う中学のすぐ裏手にあった。

校舎を囲む灰色の長い塀に沿って二百メートルほど進み、角を左に曲がってしばらく行くと正門があり、コンビニは道路を挟んだちょうどそのむかいにあった。わたしたちは制服を着たままコンビニで買い物することを禁じられていたけれど、守っている生徒なんてほとんどいなかった。

狭い歩道には、学校の敷地内に植えられた名前を知らない樹木の緑が鮮やかに迫《せ》りだして、アスファルトに濃くて青い影を作りだしていた。

正門が近づいてくると、数人がたむろして騒いでいるのが見えた。

クラブ活動があるので夏休みとはいえ生徒の出入りはあったけれど、でもそこにいたのはそういう生徒ではなくて、いわゆる素行不良のヤンキーと呼ばれる生徒たちだった。

そのうちのふたりはわたしとおなじ三年で、ほかにはニッカポッカを穿《は》いて藁《わら》みたいな色に髪を脱色している男や、眉を虫の触角のように細くして、やはりおなじように脱色した前髪を噴水みたいに結っている、わたしたちの学校では極悪なことで有名な女の卒業生と、その取り巻きたちがいた。

　高校に行っておらず、暴走族や地元の鳶職《とび》の男たちとも関係があるらしいその女の先輩は、いつどんなときでもルーズソックスを履いていることでも有名だった。だぶだぶのジャージにもルーズソックス、サンダルにもルーズソックスをあわせ、寝るときも履いているんじゃないかという噂があった。腕にはこれまで付きあってきた歴代の男たちの名前が彫られており、姉が渋谷の１０９のなかにある有名な服屋で働いていて、怖いのとすごいのとで一目置かれているような人だった。

　わたしはなるべく視線があわないようにしたけれど、こちらに気がついた同学年のひとりが、からかうように大きな声をかけてきた。わたしは唇をあわせて下をむいたまま、返事をしなかった。わたしも彼女たちも似たような家庭環境ではあったけれど、わたしは彼女たちのように不良にもなれず、かといって塾に通って勉強をしたり、家族でそろってご飯を食べたりどこかへ行ったりするような子たちとも当然のことながら違っていて、学校のなかでも外でもみんなからそれとなく疎まれ、そしてどことなく憐《あわ》れまれるような、そんな存在だった。

　おまけに家が学校のすぐ裏の近くにあるので、クラスメイトのほとんどがわたしの家の場所を知っていて、どれくらい古くて汚い家なのか、何人かの生徒が冷やかしで覗きにきたりするようなこともあった。もちろん裕福な子どもたちばかりではなかったし、団地やアパートに住んでいる子もたくさんいたけれど、わたしみたいに風呂なし共同トイレの長屋のような文化住宅に住んでいる子は、少なくともわたしの学年にはいなかった。

「友達？」黄美子さんが笑顔で尋ねた。

「ううん、違う」

「なんか言ってるよ」

「ううん、違う」

「そっか」

わたしたちはコンビニに入って、黄美子さんはサイダーを手にとり、ポテトチップスやらするめなんかをかごに入れ、好きなの適当に入れなよ、アイスとかあるよ、と言った。わたしはサイダーを買うという黄美子さんになんとなくついて来ただけで、自分がなにかを買うとは思っておらず、お金をもってきていなかった。それに正門のまえのヤンキーたちからちょっかいをかけられたことで胸が暗くなっていて、ジュースを見てもアイスクリームを見ても食べたい気持ちにはならなかった。

「愛さんさ、ちょっと帰ってこないかもって聞いた？」

黄美子さんが菓子パンの棚を物色しながら言った。

「聞いてない」

「いつもはポケベル？」

「用事あるときは店にかけたり、ポケベルもある」わたしは言った。「ちょっと帰ってこないって、店にも出ないってこと？」

「なんか、旅行みたいなのだって。愛さん電話するって。ねえ、ごはんって、どうしてる？」

「え、ラーメンとか」

「買いにいくの？」

「家に缶があって、そこにお母さんが入れて、適当につかってる」

「足りるの？」

「うん」

「電気とか、止まらない？」

「うん。紙が来たらそれで払いに行く」

コンビニを出ると日差しはさらに強くなっていた。

通りのむこうのヤンキーたちは人数が増えてさらに盛りあがって騒いでおり、学校から生活指導の暴力教師が出てきて蹴散らせばいいのにと思ったけれど、そんなことは起きなそうだった。鉄拳制裁をすることで怖がられている何人かの教師は、ただ調子に乗っているだけで決して歯むかってこない生徒だけを安心して殴り、暴走族とかとつながりをもっているような連中にたいしては話のわかる先輩気どり、という立ち位置でいるのがつねだった。

同学年のヤンキーがまたわたしに気がついて、さっきとおなじように笑いながら身ぶりを使って、ビビンバ、と今度は大声で叫んだ。わたしの胸は音をたて、思わずぎゅっと目をつむった。わたしはメラニン色素が多い地黒で日に焼けやすい肌をしていた。部活動もせずろくに外も出歩いていないのに、年じゅう肌が真っ黒に焼けていた。そしてそのことで一部の意地の悪い生徒からビビンバというあだ名をつけられて（貧乏とも音がかぶっているのを彼らは気に入っていた）、それが定着していたのだ。ビビンバというのは小学生の頃から流行《はや》っていたマスコット・キャラクターの名前だった。学校のなかで、外で、彼らはわたしを見つけると、ビビンバ、ビビンバ、ときにはビビンボと連呼しながらファイヤーダンスの真似をして嬉しそうにからかうのだった。

「ビビンバって、ごはんのやつ？」

黄美子さんがヤンキーたちのほうをちらっと見て、わたしに訊いた。

わたしは返事をするどころか、首をふることもできなかった。今どき小学生でもやらないような幼稚なやりくちに傷ついている自分がいつもどおり情けなくて苦しかったけれど、でもそれよりも、今日、初めて会った黄美子さんに自分がこんなふうな存在なんだということを知られてしまったことが、たまらなく恥ずかしかった。今この瞬間に消えてなくなりたいくらいに恥ずかしかった。顔が熱くなり、鼻の奥につんとしたものがこみあげて、少しでも気をぬくとそれが両目からにじみだしてしまいそうだった。わたしはサンダルの先から飛びでた自分の足の指を見つめ、止めていた呼吸を少しずつ鼻から逃しながら歩いた。

「ビビンバ、おい、ビッビビ、ビビンバ」

節をつけた仲間の声に、ヤンキーたちがどっと笑った。ふだんヤンキーたちとわたしは棲《す》みわけが違うというか、彼らの眼中にはない存在だったから、今日に限ってこんなふうにしつこくされるのが意外で、そのことがさらにわたしを動揺させた。聞こえないふりをして足を進めた。早く通り過ぎてしまいたかった。

やっとの思いで角のところまで来たときに斜め後ろに目をやると、そこにいるはずの黄美子さんがいなかった。

顔をあげてふりかえると、コンビニの白い袋をゆらしながら通りを渡って、ヤンキーたちのほうへむかって歩いている黄美子さんの姿が見えた。思わず体が浮いてしまうほどに驚いて、わたしは目を見ひらいた。なにをするつもりなのか。黄美子さんは、まるで来た道を戻るような自然な足取りで、ヤンキーたちに近づいていった。

わたしは数十メートル離れた場所から、首を伸ばして息を呑《の》んだ。わたしたちがコンビニにいるあいだに原付とか変形自転車に乗ったメンバーたちもやってきており、それどころか、おそらくはなにかを飲むか吸引するだかして意味のわからない奇声を発しているやつもいたりしたので、いきなり近寄っていって殴られたりしないか、ライターとかで髪の毛を燃やされたりしないか、というか黄美子さんって何歳なんだっけ、というようなことがこんがらがって、頭がいっぱいになった。

しかし、死ぬほど胸をどきどきさせていたわたしの心配をよそに——最初は警戒の色を見せていたヤンキーたちも、面白がるような笑顔をちらほらと見せはじめ、なぜか黄美子さんと普通に会話をしているようにみえるのだった。こちらからは黄美子さんの顔は見えないけれど、片足に重心をのせるようにして立つその後ろ姿はリラックスしている感じで、数分後には混じりあう笑い声までが聞こえるようになったのだった。わたしは、ひょっとして黄美子さんとヤンキーたちのうちの誰かが知りあいだったのかと思ったけれど、そんなことはないはずだと思い直した。

太陽から降り注ぐ真っ白な熱のなかで突っ立ったまま、わたしは黄美子さんとヤンキーたちが楽しそうに笑い、話しているのを見つめていた。ヤンキーたちはとつぜんの来客というか、自分たちに関心をもった見知らぬ大人の登場を楽しみ、また少し興奮しているようにもみえた。十分くらいたったあと、じゃあね、という感じで黄美子さんはヤンキーたちに手をふり、おなじようにコンビニの袋をぶらぶらさせてこちらに戻ってきた。黄美子さんの背中にむかって、噴水のルーズソックスの先輩がふざけたように両手をあげて冗談を言い、みんなも笑った。黄美子さんも笑顔で手をふって返した。

「わっかいね」

わたしのそばまでやってくると黄美子さんは笑顔でそう言い、サイダーがぬるくなった、と言ってもう一度大きく笑った。黒々とした後れ毛が、汗をかいた額や首筋にはりついていた。

2

その日から夏休みのひと月を、わたしは黄美子さんとふたりで暮らした。

母親はたまに電話をよこし、三回くらい帰ってきて、そのときはみんなで一緒にすき焼きを食べたりした。そしてまた母親は、旅行のようなものに出て行った。

わたしにははっきりと言わなかったけれど、その頃、母親にはトロスケという彼氏がいて（行動がとろいのと滑舌が悪いので仲間たちからそう呼ばれているらしかった）、その男の家に入りびたっているみたいだった。

母親にきちんとしたところはほとんどなかったけれど、さすがに何日も家を空けるということはなかったので、しばらく帰ってこないかも、とコンビニで最初に黄美子さんに聞かされたときは不安がよぎった。けれど、黄美子さんがいたこともあって、それにもすぐに慣れてしまった。

心おきなく彼氏のところに行くために母親が黄美子さんに頼んで家にいてもらうことになったのか、黄美子さんのほうにもなにか事情があったのかはわからない。母親も黄美子さんも、そのことについてはなにも言わなかった。初めて会ってから三日めに、黄美子さんはちょっと行ってくると言って昼まえに家を出ると、大きめの茶色の合皮のボストンバッグをもって、夕方ごろに戻ってきた。その夜はふたりで豚丼を作って食べた。

黄美子さんは、母親が働いている駅前のスナックの、もう六十歳に近いママと昔からの知りあいで（何度か会ったことのあるこのママが、わたしは苦手だった）、そのママを通じて数年まえにべつの飲み屋で同席して母親と知りあい、最近になってまた再会したのだという。黄美子さんは母の二つ年下の三十五歳で、一緒に働いたことはないらしい。

ふたりのあいだの友情がどういうものなのかはわからなかったけれど、黄美子さんは母親のことを愛さん愛さんと呼んで慕い、母親も黄美ちゃん黄美ちゃんと可愛がっているようにみえた。でもそれは、母親のほうが年上だということを知ったからそうみえるだけのことであって、じっさいにふたりが話しているのをそばで見ていても、恋愛のしょうもない相談とか愚痴とか、客がどうとかホステス仲間がどうしたとか、とりとめのない話をいつまでも聞いてもらっているのは母親のほうで、面倒臭がるそぶりもなくあいづちを打っているのは、黄美子さんのほうなのだった。黄美子さんといると、その見かけもふくめて母親はいっそう子どもっぽく、頼りなくみえた。

「愛さんいいよね」

ある夜、電気を消して布団に入ったあとで、黄美子さんが言った。わたしたちは、ふだん母とわたしがそうしていたように「布団の部屋」で、布団をふたつならべて眠っていた。

「優しいよね」

これまで家に出入りしていた母の知人や友人たちは、母親のいないところでもわたしと顔をあわせるくらいの距離感になると、決まって母への疑問や不満を言うようになった。それはわかりやすい悪口というのではなく、わたしへの同情をからめた非難のようなものだった。花ちゃんほんとは淋《さび》しいよね。愛ちゃんは面白いけど、でも子どもにこんな思いさせちゃだめだよね、愛さんってだらしないところあるから――子どもがいるのかいないのかは知らないけれど、自分たちだって似たような生活をして好き勝手に人の家に出入りしているくせに、母親には母親の資格がないのだと言いたくなるみたいだった。それでも本心からわたしを憐れに思っているのが同時に伝わってもくるので、そんなことを言われるたびになんと答えていいのかわからなかった。だから思いがけず母親のことを褒められて、少し驚き、それから面映《おもはゆ》いような気持ちになった。

「そうかな」

「そうだよ」黄美子さんは言った。「なんか、お人よし」

「お人よしかなあ」

「うん。人の言うこと、すごい聞くよね」

「そういうとこはあるかも」

「愛さんの、今の名前知ってる？　店の」

「えっ、また変えたの？」

「うん、そうだ、あいるだよ、愛に涙で、愛涙だよ」

「お母さん、姓名判断とか占いとか、ほんと好きだからなあ。でも愛涙だったら、みんな愛ちゃんって呼ぶんじゃない？　それって変えた意味あるの？」

「うん、みんな愛ちゃんって呼んでる。でも占いの人によると、やっぱ何画かってのが大事みたいだよ。愛ちゃん、占いとかでなんか言われると、ぜんぶその通りにする」

「黄美子さんは、そんなふうに、なにか信じてることってある？」

「うーん」黄美子さんは言った。「風水はちょっとかな」

「風水ってなに？」

「北とか南とか、方向には色があって、それに合わせるといいってやつ。南には緑色、北には白だったかな」

「色が決まってるの？」

「うん」

「それをしたら、どうなるの？」

「運がよくなる」

「それってどんな家でも？　一軒家じゃなくても、狭くても？」

「うん。どんな家でもだと思う」黄美子さんは笑った。「ほかには、玄関と水まわりはきれいにするとか。あと黄色だね。西に黄色を置くと、金運があがる」

「金運かあ」わたしは言った。

「うん、金運」

「ねえ黄美子さん」

「うん？」

「黄美子さん、名前に黄色入ってるね、それって金運的に、いい感じなんじゃない？」

「かもね」黄美子さんは笑った。

「黄美子さんが髪の毛を黄色に染めて西のどこかに住んだら、すごい金持ちになるのかな」

「どうかなあ」

わたしは外国人のような金髪ではなく、クレヨンの黄色みたいな髪色をした黄美子さんを想像して、声を出さずに少し笑った。子どもが適当に描いたライオンみたいで、ひまわりみたいで、そしてくっきりした眉毛も目も余計に目立ってみえるだろう。

それから、自分の家のなかにどんな色があるのかを思いだそうとした。でも、思いだせる色はなにもなかった。そして、そういえば黄美子さんが来てからいろんなところがきれいになっていることに思い当たった。べつになにかが変わったわけでもないのだけれど、黄美子さんは玄関を掃いたり、乾いた洗濯物を畳んだり、使い終わった食器をすぐに洗ってもとに戻すというようなことをしてくれていて、そのおかげで家のなかに明るくみえる部分が増えたような、最近はずっとそんな気がしていたのだ。

　わたしはそれまで、たとえば流しがいっぱいになったら洗うとか、布団を広げる場所がなくなったら服をよけるとか、そんなふうにしかやってこなかったので、黄美子さんのやってくれることのひとつひとつが新鮮に感じられた。共同トイレの掃除はずっと大家の女性がやってくれていたし、家のまわりなんかをまともに掃いたりしたこともなかったけれど、それでも外から帰ってきて、サンダルがきちんと揃《そろ》えられて埃《ほこり》のないすっきりした玄関の隅っこなんかが目に入ると、なんとも言えない嬉しいような気持ちになるのだった。

「ねえ、黄美子さん、わたしとお母さん、もっと違うとこに住めばいいのに、とか思わない？もうちょっと、ましなとこ」

　わたしは、まえに何人かの生徒たちが家を覗きにやってきたときのことを思いだしながら訊いた。

「どうだろ」

「わたしは、ときどき思うなあ」

「そう？」

「うちは母さんひとりしかいないけど、でも頑張ったら、アパートっていうのかな、ハイツっていうか、もうちょっとふつうの感じのとこに住めると思うんだよね」

「うん」

「でも、母さん、お金、べつのとこに使っちゃうんだよね。服とかね。お酒とか」

「うん」

「彼氏とか」

「うん」

「それで、家とかは後まわしっていうか、寝るだけなんだからどこでもいいって考えなの。あと、引っ越しとかそういうのがいやなの。面倒臭がりなんだね。これまでこれでやってきたんだから、これからもこのままでいいよねっていう。なんていうか、家とかぜんぜん興味ないの。ぜんぜんね、関心がないの。まあ母さんは家にいないしね。いつも、ほかに行くところがあるからね、だから、正しいといえば、正しいんだけどね」

わたしは、話しながら、誰にも話したことのない自分の気持ちのようなものを口にしていることに気がついて、頰が熱くなるのを感じた。

黄美子さんはあいづちを打つような声を出して、わたしの話のつづきを待ってくれているようだった。でもわたしはそのあと、胸がつまってしまってうまく話をつづけることができなかった。今が夜で、部屋のなかが暗くて、黄美子さんにわたしの顔が見られなくてよかったと思った。わたしはそのまま眠っていた。翌朝、目が覚めると、きちんと畳まれた黄美子さんの布団がみえた。わたしはなぜかとてもほっとしたような気持ちになって、その気持ちのままもう一度目をつむって眠った。

それまで過ごしたことのないような夏休みを、わたしは黄美子さんと過ごした。

狭い台所で、からあげを揚げた。黄美子さんがにんにくをすったのを少しだけ入れるとおいしくなるのだと教えてくれた。わたしはふだんから自分だけが食べる簡単なものなら自炊していたけれど、にんにくを調理に使うのは初めてだった。指についてなかなかとれないにおいを、お互いの鼻さきに近づけてふざけあったりした。

散歩にもよく出かけた。黄美子さんは、母親が働いているスナックには、昔からの知りあいのママを訪ねにこれまでにも何度も来たことがあったけれど、この町にこんなふうに長いあいだいるのは初めてだと言った。家から歩いていくと三十分近くかかる駅前にならんだ、いろんな店をぶらぶらと覗き、そこを通り過ぎるとなんにもない家ばかりの道を、わたしたちは汗を流しながら歩きまわった。どこを歩いていても夏の光は鋭く、耳を近づければ太陽の熱が肌をちりちりと焼いていく音が聞こえそうなほどだった。そんなあてのない散歩の帰りには銭湯に寄った。いつも通っているところだけでなく、偶然に見つけた銭湯にふらりと入ってみるのも楽しみだった。黄美子さんはわたしのどんな話にも、うんうんと肯いてくれ、つまらない冗談にも声を出して笑ってくれた。わたしは自分のことを暗くて陰気臭い性格だと思っていたけれど、黄美子さんといると気持ちが明るくなって楽しくて、つぎからつぎにいろんなことを思いついて、笑って、笑わせられて、おしゃべりが止まらなくなるのだった。なんだか違う自分にでもなったような気持ちがしたけれど、黄美子さんが笑ってくれるのをみていると、これが本当の自分なんじゃないかと思えてくるほど、毎日は楽しかった。そうめんを食べたり、弁当を買ってきたりするのがほとんどだったけれど、黄美子さんは駅前の居酒屋にも連れていってくれて、焼き鳥をたくさん食べさせてくれた。わたしはそこで生まれて初めて、海ぶどうを食べた。黄美子さんは財布というものをもたず、いつもズボンのポケットに何枚かの札と小銭を入れていて、わたしは黄美子さんがお金を落としてしまわないかどうか、いつも少しだけ心配していた。

ご飯の帰り、何度か母親のスナックのまえを通ることがあったけれど、なかには入らなかった。カラオケのわんわんいうエコー音に乗って女の人の歌う声が漏れて聞こえてきたけれど、それが母の声なのかどうかは、わからなかった。

近所の神社には夜店が出ていた。学校の友達やヤンキーたちと顔をあわせるかもしれないと思うと気が進まなかったけれど、黄美子さんが行こうよというので出かけていった。

昼間の熱がほんのりと残っている夕暮れから、だんだん夜が降りてくる時間のなかで、いろいろなものが小さく、強く、輝いていた。水のなかでちろちろとゆれる金魚たちのにじむような赤、色とりどりに発光しているスーパーボール、儚《はかな》い思い出みたいな綿菓子のふくらみに、射的の銃声と湧きあがる歓声。そこらじゅうに満ちている夏の夜の好奇心と活気が、わたしの胸を高鳴らせた。

夜で、自由で、開放的な気分になっているせいか、居あわせた友達はみんな、いつもより親しげな雰囲気でもって話しかけてくれた。そしてわたしたちは神社の石段に座って、かき氷なんかを食べた。友達の姿が見えたとき、行ってきなよと言って少し離れたところにいたはずの黄美子さんが、気がつくと一緒の輪のなかにいて自然に話に溶けこみ、そこにいたわたしの友達全員にソースせんべいやジュースなんかを奢《おご》ってくれた。黄美子さんは自分のことを、わたしの親戚だと説明した。ってことは花ちゃんが姪《めい》っ子ってこと？　なんかおばさんっていうより、お姉ちゃんみたいな感じだよね、わたしもこんな姉ちゃんほしかったわ——憧れといってもいいような眼《まな》差《ざ》しで、みんながわたしを見つめた。

　焼きそば食べようよ、と黄美子さんが誘うと、みんなはおおいに盛りあがって、かたまりになってついていった。そのうちのひとりは勢いでわたしの腕に腕をからめた。これまで味わったことのない誇らしい気持ちで胸がいっぱいになり、わたしは今までになく友達とたくさん笑い、冗談を言ってみんなを笑わせることもできた。楽しくて、黄美子さんがいて、ずっとこんなふうに過ごせたらいいなとわたしは心から思った。

　けれど、それは叶《かな》わなかった。

　夏休みが終わって新学期を迎えた初日、学校から家に帰ってくると、黄美子さんはいなくなっていた。合皮のボストンバッグもなくなっていた。どれだけ待っても、黄美子さんは帰ってこなかった。

　日づけが変わるころに空腹が限界になり、コンビニへ弁当を買いに行った。黄美子さんが歩いていないか、注意深くあたりを見まわしながら歩いたけれど、どこにも姿はなかった。

　部屋に戻って弁当を食べようとしても、ため息ばかりが出て、だめだった。

　こたつもざらざらした砂壁も、電気のかさもテレビも扇風機も、ぴくりとも動かずなにもかもがそのままなのに、すべてが変わってしまったような気がした。

　わたしは部屋のすみで三角に膝を折って座り、どんなに小さくても音がしないか、気配がしないか、全身の神経を集中させてじっとしていた。ただいま、と言って黄美子さんがドアをあけて入ってくるところを何度も思い浮かべた。けれど、そんなことは起きなかった。瞬きするごとに胸が重くなり、わたしを含んだこの部屋が、もっと暗く、もっと深いところへ沈みはじめているような、そんな感覚に襲われた。

わたしは頬をおさえて、深呼吸した。そして怖さと心細さをふりはらうように何度か頭をふった。しばらくすると、すごく喉が渇いていることに気がついた。台所へ行って、冷やしていた水を飲もうと冷蔵庫のドアに手をかけると、なにかがいつもと違うような感じがした。ひらいてなかを覗くと——ふだんはろくに食料も入っていない、がらんとした庫内に、ハムやウインナや、かまぼこや、シーチキンや桃の缶詰や、菓子パンやジュースが、隙間なくいっぱいに、ぎゅうぎゅうに詰められているのが見えた。

わたしはドアの角をつかんだまましゃがみこみ、瞬きもせずに、冷蔵庫のなかの食べ物を見つめた。

黄美子さんだった。今日、わたしを学校に送りだしたあと黄美子さんがスーパーに行って、これをぜんぶ買ったのだ。買ってきてくれたのだ。

たぶん黄美子さんは今日いなくなることをなぜなのか決めていて、そのあとひとりになったわたしのお腹が減っても困らないように、ここに、こうやって、食べ物をひとつひとつ、詰めてくれたのだ、食べ物を、わたしに——そう思った瞬間、胸がつまった。わたしは冷蔵庫の奥から漏れてくる薄い黄色の光を見つめながら、動くことができなかった。

3

黄美子さんがとつぜんいなくなってから、母親が帰ってくるようになった。

まるで黄美子さんがいたこのひと月なんかなかったかのように、わたしと母親は拍子ぬけするほど簡単に、すぐに以前の生活に戻っていった。

黄美子さんはどこへ行ったのか、連絡をとるにはどうしたらいいのか、母親に何度も訊いてみたけれど、要領を得ない返事ばかりで苛々《いらいら》した。もともと黄美子さんはどこに住んでいたのか、なぜいきなり家に来てそのままずっと泊まりつづけ、そしてわたしになにも言わずに急にいなくなったのか。母親は「そりゃ、黄美ちゃんも住むところがなかったからうちにいたんでしょ、それで住むところができたから、そっちに行ったんじゃないの」というようなことを言った。「またそのうち、ふらっと遊びにくるって」

ポケベルの番号を訊きだして家から鳴らしてみたけれど、何度やっても返信はなかった。平日は入れ違い、たまの休みなんかに顔をあわせても、わたしは母親とろくに口をきかなくなっていった。わたしはテレビの部屋を自分の部屋にして布団を運び、そこで寝起きするようになった。ときどき一緒にとっていた食事も、完全にべつになった。

そのへんを歩いていてヤンキーたちに出くわすと、黄美子さんはどうなったのかと訊かれることもあった。夏休みのあいだ、わたしと黄美子さんがぶらぶら歩いている彼らに遭遇し、立ち話をしたり冗談を言いあったりするのが自然な感じになっていたのだ。一度、夜に一緒に花火をしたこともある。ヤンキーたちはたまに黄美子さんにコンビニでおにぎりとかコロッケなんかを買ってもらったりしていた。そのせいでわたしのことも、なんとなく仲間扱いしてくるようになっていた。ルーズソックスの先輩は、わたしにもルーズソックスをくれたりした。道でわたしを見かければ名前を呼んで手をふった。そういう関係がなんとなく知れ渡るようになって、以前のようにわたしをビビンバと呼んでからかう生徒は、いつのまにかいなくなっていた。

「なに、けっきょく、完全にいなくなったの？」

わたしはあいまいに返事をするしかなかった。

「あいつ、けっこう面白かったのに、なあ」

そう言うとヤンキーたちは、仲間の誰かの冗談にげらげら笑いながら移動していった。なんでもない毎日が、なんでもない季節のうえを流れてゆき、わたしはなんの準備もしないでも入れる公立高校に入学した。家から自転車で片道二十分くらいの距離にある、それは十あるうちの下から三番目くらいのレベルの、通ってても通わなくてもおなじような学校だった。

母はその頃、二年くらい一緒にいたトロスケと別れて、べつの相手と付きあっていた。埼玉で不動産業をしているという年のいった男で、わたしたちが住んでいる町の駅前にも事務所のようなものを構えているらしかった。

男は客として店に来て母親と知りあったくせに、母親が水商売をしているのが気に入らないようで、店を辞めさせて自分のところで事務員のようなことをさせたがっているのだと、母親と友達がいつものように家で酒を飲みながらしゃべっているのが聞こえてきた。愛ちゃん事務とかできるわけないじゃん、とひとりが言うと、そんなことないよ、こうみえてわたし算数とか得意なんだよと母親が答え、それにたいしてべつの友達がなにか冗談を言って、大声で笑った。

わたしは学校を卒業したらすぐに家を出ようと思っていて、そのお金を貯めるためにアルバイトに明け暮れていた。

大げさではなく、学校にいるあいだと登下校と銭湯と睡眠以外のすべての時間を、わたしは駅前のファミリーレストランでの労働に費やしていた。

学校が終わると、自転車を立ち漕《こ》ぎしてみんながふりかえるほどの猛スピードで店に入り、夜の十時までウエイトレスとして働いた。長期の休みは朝から夜まで「もうこれ以上は勘弁して」と店長が呆れるまでシフトを入れてもらって、限界まで働きつづけた。時給は六百八十円、生まれて初めて給料をもらったときは、自分でもびっくりするほど感動した。

母親には、お金をやりくりするとか計画をたてるとか、そうした観念や考えがまったくなく、子どもの頃から家の財布代わりのような丸いクッキーの缶に思いついたようにお金を入れ（多いときも少ないときもあった）、なくなったらまた補充して、というようなあんばいだった。貯金どころか銀行口座もなく、光熱費なんかはいつも用紙や督促状が送られてきてからわたしが支払いを済ませているという感じで、わたしたちの人生のお金は、母親の財布と缶のふたつにしか存在しなかった。

わたしは、自分がきちんと働いて、こうして月に数万円のお金を稼げるということが本当に嬉しかった。自分が、強くなったような気がした。初めての給料で買ったファスナーつきの財布に、こまごました買い物や入浴料などの日々の生活費として五千円を入れることにし、残りは貯金として封筒に入れ、小学生の頃から物入れとして使っている紺色の靴の箱の底に、大事にしまっておいた。

学校は退屈で、楽しいことはなにもなかった。ファミレスも、こちらからはなにをした覚えもないのに、必要があって話しかけてもなぜか無視しつづける意地悪な学生の女の子のバイトが入ってきて、いろんな調子が狂ったりした。でもわたしは貯金するためにここに来ているのだからと気持ちを割りきって、自分のやるべきことを変わらずしっかりとこなしていった。

わたしは高校二年になっていた。

勉強というものを学校以外でいっさいせず、おまけに授業中は眠ってばかりでろくに教科書もひらかないようなありさまで、テストは赤点ぎりぎりで成績はさんざんなものだった。

わたしが知らなかっただけかもしれないけれど、しかしクラス全体がほとんど似たような雰囲気で、大学受験のために熱心に塾通いをしているような生徒は少なかった。だいたいは調理師とか経理とかの専門学校に行くとか、一部の目立つ生徒たちはデザイン学校に行くとか、あとは芸能人の話なんかで騒いでいるクラスメイトたちがいるばかりだった。

夕方から夜まで働き、そして昼間はうとうとと寝てばかりで、まともな友達もいないわたしがどうして学校に通いつづけているのか、ふとわからなくなるときがあった。ここにいてなんになるんだろう。こんな学校でも卒業すれば高卒の資格がもらえて、それがないよりはあるほうがいいことは理解していたけれど、それがいったいどれくらいのよさのものなのかが、わからなかった。

一年半後に、自分がどこかに就職するなんて想像もできなかったし、将来の夢なんてものについて考えたことは一度もなかった。わたしの頭にあったのは、今のアルバイトをできるだけ長くしっかりとつづけて、一円でも多く引っ越し資金を貯めることだけだった。

もうすぐそこに迫った夏休みが、待ち遠しかった。店長にはまた呆れられるかもしれないけれど、休みになれば朝からずっと働ける。短期で、もう少し時給のいいべつのアルバイトを探してみるのもいいかもしれない。そんなことを考えると、いつも少しだけ明るい気持ちになれた。

受けても受けなくてもどちらでもいいような期末テストが終わり、終業式まであと数日といった頃だった。いつもは学校からそのままファミレスに直行するのに、忘れ物があったので家に寄った。時給があがるというので、書類に必要なハンコをもってくるように言われていたのだ。

通路に自転車を停《と》め、共同玄関が見えたあたりで、もう変な感じがした。

母親の友達が来ていたり、テレビの音が聞こえてくるのは、かつて布団の部屋と呼んでいた——今では母親の寝床になっている右側の部屋からのはずなのに、なぜかわたしの部屋、つまり左側のドアの奥から声が聞こえてきたのだ。それも母親と男が言い争うような大きな声で、全身の毛がよだつような緊張が走った。

ドアをあけて入っていくと、部屋のなかで腕を組んで立っている母親と目があい、こちらに背をむけた男がふりかえった。知らない男だった。これがいま付きあっている不動産屋の男なのかといっしゅん思ったけれど、それにしては若いような気がした。母親と男はわたしの部屋で立ったまま、睨《にら》みあっているようだった。

だぶだぶした薄汚れた黒いズボンの裾からはみ出た男のかかとが、わたしの薄いクッションの端っこを踏んでいるのが見えて、かあっと怒りがこみあげた。人の部屋に勝手に入ってんじゃねえよ、出ていけ、と怒鳴りつけてやりたい気持ちになったけれど、わたしの指さきは予期せぬできごとにかすかに震えてもおり、じっさいに口に出すことができたのは「なんでこっちにいるの」という小さな声だった。

「あっち、クーラーの調子悪いからっ」

母親が、なにもかもがたまらなく鬱陶《うっとう》しいというように、側頭部を高速で掻《か》きながら吐き捨てるように言った。男は興奮を鎮めるように肩で大きく息をついた。

男は、耳のうえの毛は短くカットされているのに襟足が長いという奇妙なヘアスタイルをしており、だらしなく下がったズボンのベルト通しから、チェーンやら飾りやらがごちゃごちゃとぶらさがっていた。ティーシャツから突きでた筋肉のついていない腕は細くて筋ばっており、背が低く、高校生のわたしのほうがひとまわり大きいのではないかというような体つきをしていた。

「外でやってよ、それか、自分のとこで」

そう言ってからわたしはいったん母親の部屋へ行き、いろんなものがごちゃごちゃになっているたんすの引きだしをかきまわしてシャチハタを見つけ、もう一度自分の部屋に戻った。ふたりはまだ、さっきとおなじ構図で睨みあっていた。

「もう出てって、早く」わたしはできるだけ感情をおさえて言った。

「わかってるっ」

母親はひどく苛だった様子で、今度は両手で頭のてっぺんを掻きむしった。母親のそういう態度を見るのは初めてのような気がした。基本的に温厚で、みんなで楽しく過ごすことは好きだけれど、根本的に深い関心がないからか、人にたいして感情的になるところをわたしはこれまで見たことがなかった。そういえば、出入りしているのは女友達ばかりで、この家で男の姿を見たことは一度もない。ということは、あきらかにこの男は招かれざる客であり、いきなり来られるかなにかして母親はうろたえつつ、そして怒っているのだろうと想像した。ということは、この男は少しまえに別れたトロスケなのかもしれない。

「ごめんだけどっ、あっちクーラーきかないんだって！　すぐ出るからっ」

わたしは母親の気迫に気圧《けお》されて、後ずさった。

たしかに暑いし、わたしだって腋《わき》にも背中にもびっしょり汗をかいてはいたけれど、でも母親の部屋のクーラーの調子が悪いなんて初耳だった。もしかすると母親はトロスケを自分の部屋に入れたくないのかもしれない。母親は新しい相手である不動産屋とうまくやっており、最近もいきいきと楽しそうにしている様子だったので、復縁かなにかを迫ってきている未練がましいトロスケが、芯から迷惑なのだろう。よくわからないけれど、しかしいきなりやってきたもう好きでもなんでもない男を自分の部屋に入れたくない気持ちは、なんとなくわかる気がした。

「……じゃあ、ほんとに早く出てってよ」

バイトに遅刻するのだけは避けたかったので、そう言い残してわたしはファミレスにむかって自転車を走らせた。トロスケと母親をふたりにするのはどうなのか、このあと話がもつれてトロスケが母親を殴ったりしないかといっしゅん不安がよぎったけれど、わたしの部屋には包丁はないし、そういう雰囲気でもなかったし、最悪なことは起きないような気がした。

それに、あの喧嘩《けんか》がいつから始まったのかは知らないけれど、わたしが帰ってくるまでふたりはすでにあの状態でいたわけで、そしてなによりトロスケがあまりに弱そうだったので、仮に殴りあうことになってもなんとかなるだろうと、わたしは自分を納得させた。バイトから帰ってきて母親の部屋を覗くと、母親はまるでなにごともなかったかのように布団に横になってテレビを見、笑い声をあげていた。そんな感じで夏休みが始まり、わたしは今まで以上に精を出して働いた。

母親はスナックを辞めて、不動産屋の望みどおり駅前の事務所で働きはじめた。一緒に車に乗ってビルの内見についていったり、所沢で新しく開拓する住宅地のことなんかで相談もされて、事務員というよりは秘書みたいな感じなのだと嬉しそうに話した。

けれど、スナックを辞めるときに店のママとはたいへんに揉《も》めることになった。店の都合も考えずにいきなり辞めると言いだしてそのまま店に来なくなり、おまけにその不動産屋はもともとママの客だった。母親はいわゆる水商売の世界の典型的な不義理をしたということになって、そのことを女友達のひとりから少なからず責められたようだった。

「でもね花ちゃん、それは嫉妬だって言うんだよね。今まで友達だと思ってた誰かとか、自分が下に見てた誰かとかが、いきなり幸せになっちゃうのが耐えられないんだって。ぬけがけされたみたいに思うんだって」

母親をかばってくれたべつの友達もいたようで、母親の部屋の台所でウインナを焼いているわたしに、母親は酒を飲みながらしみじみと語った。

「人生いろいろ。まさかまさかの坂こえて、だよね――あっ花ちゃん、まさかと坂がかかってるの、わかった？　ああ、ほんっとに名前、愛涙にしてよかったあ。いろんなことがあったけど、いろんなことがあったけどさあ」

母親は頰を紅潮させて、うっとりした口調で言った。

「わたしの人生、変わる気がする」

けれど、人生が変わるような出来事に襲われたのは、わたしのほうだった。


なにが起きたのか、なにが起きているのか、わからなかった。自分がいま見ているものがいったいなにを表しているのか、理解ができなかった。

お金が、消えていたのだ。

七月の終わり、給料をもらって帰宅し、いつものように財布に生活費の五千円を入れ、残りを貯金しようと箱をあけたら、封筒がまるごと消えていたのだ。

血の気が引き、顎がふるえて、わたしはその場にへたりこんだ。早鐘を打つように鼓動が速まり、その振動で視界がゆれるほどだった。

お金がない。ぜんぶない。封筒がなくなってる。なんで？　なに？　意味がわからない。

わたしは喉をおさえ、何度か深呼吸をくりかえした。そしてもう一度、震える指さきで箱のなかのものを調べてみた。お金にかんするものは明細書の束が残っているだけで、封筒はあとかたもなく消えていた。

空き巣に入られた？　ありえない。誰がこんな家を狙うだろう。それに物色されたあともない。じゃあ母親が？　母親がもっていったのか？　いや、母親はそれはしない。不動産屋がいるし、べつにお金にすごく困っているわけではない、母親はそういうことはしない。だったら誰が、いったい誰がわたしのお金を、いったい誰が。その瞬間、金棒かなんかで後頭部をフルスイングされたような衝撃が走り、わたしの全身を貫いた――トロスケだ。

間違いない、それ以外ない。あいつだ、トロスケがやったのだ。それしかない。比喩ではなく目のまえが暗黒になり、口から自分でも聞いたことのないうめき声が漏れた。わたしは母親の部屋に怒鳴りこんだ。

「なに、なに」

「なにじゃないよ、トロスケどこだよ！」

「なに、なに言ってんの」

「なにじゃないよ！　お金だよ、トロスケがぜんぶもっていったんだよ！」

「ちょっと花ちゃん落ち着きなよ！　誰の、なんのお金よ」

「わたしのだよ！　わたしが今まで、ずっと一生懸命貯めてたお金だよ、ずっと、ずっと貯めてたお金だよ！」

わたしは叫びながら泣いていた。

「なんでトロくんだってわかんのよ、なに、いくらよ、どこに置いてたの」

「大金だよ、すっごいお金だよ、箱だよ、あいつしかいないんだよ！　あの日、あいつが来てた日、早く出てくれって言って、わたしバイト行って、そのあとあんたらどうしたんだよ、なにしてたんだよ！」

「普通にしてたよっ」母親は目を見ひらいて言った。

「普通じゃないだろ、こんなの、異常だろっ」

わたしは泣き叫んだ。

「ちょっと待って、花ちゃん、思いだすっ、思いだすからっ」

母親はようやく事態の深刻さに気がつき、両手で頭を挟みこむと、眉間に皺《しわ》を寄せてぶつぶつ言い出した。

「……あの日……そう、わたしたち別れたんだけど、トロくんがやっぱり復活したいって、いきなりうちに来ちゃったんだよね……で、言いあいんなって、花ちゃんが帰ってきて……それで花ちゃんがバイト行って、あのあともずっとあんな感じで、わたしもう、なんかぜんぶいやんなっちゃって」

「トロスケは」

「うん、っていうか、わたしもぜんぜんトロくんのこと好きとかそういうのないしさ、わたしはわたしで違う人生を選んだわけで」

「トロスケは」

「うん、なかなか帰んなくて。すっごいしょぼくて。なんか、なんでこんな男と一緒にいたのかな、とか考えちゃって」

「トロスケは」

「そう、それでわたしも待ちあわせあったから」

「トロスケ」

「うん、だから、残して出てきた……」

わたしは両手で顔を覆って、畳に突っ伏して泣いた。それから固く握った手で自分の太ももを殴った。一発が三発になり、連打になった。どこどこという鈍い音が行き場のない悔しさと怒りをさらに加速させ、わたしは両方の拳で太ももを殴りつづけた。

「やめなよっ、花ちゃん！」母親が叫んだ。「自分を傷つけるのはだめ、ぜったい！」

「あんたに、わたしの気持ちがわかるか！」

「わかるよっ」

「わかるわけないだろっ」

「わかるって！」

「わかるわけねえよ！」

「じゃあ、わかんないよっ！　そんなのわかんないけどっ、けどっ」

「けどなんだよっ」

「働いて貯めたんなら、また働けばいいじゃんかっ」

わたしは文化住宅ぜんたいが波打つくらいに思いきりドアを叩《たた》きつけて、自分の部屋に駆け戻った。そして頭から布団をかぶって嗚咽《おえつ》した。

悔しくて悲しくて、このさきをどうやって生きていけばいいのかわからなくて、こわくて、どうしようもなかった。悔しくて情けなくて、現実が受け入れられなくて、喉が切れてしゃっくりが止まらなくて頭が割れるくらいに痛いのに、それでも涙はあとからあとからあふれて止まらなかった。その夜は一睡もできなかった。

4

この一件以来、すべてのやる気を失ったわたしは、あんなに頑張っていたアルバイトも辞めてしまった。

なにかあったのかと店長が心配してくれたけれど、本当のことを話すわけにもいかず、家の都合で、とだけ言って、これまで世話になった礼とともに頭を下げた。

トロスケは、当然のように行方知れずになった。母親もさすがに責任を感じたのか、友達や知人を辿ってなんとか探しだそうとあれこれやってはいたけれど、けっきょく見つからなかった。

わたしが一年半をかけて必死にこつこつ貯めた七十二万六千円は、トロスケとともに消えてしまい、二度と戻ってくることはなさそうだった。

真夏の、ほとんど光が入ってこない青く湿った部屋であおむけになっていると、いろんなことを思いだしたり考えたりした。ここで父親も、こんなふうに寝ていたことがあったんだな、というようなこともぼんやり思った。

でもどれも、たいしたことではなかった。わたしには思いだすべき思い出なんてとくになかったし、考えなければならないことはあったかもしれないけれど、その方法もわからなかった。だからそれは、なにかを思いだすとか考えるとかいうのではなかったのかもしれない。それでもこんなふうに、眠るでもなく、ただじっと動かずに目だけをあけていると、そこにいろんなイメージがやってきた。

どれもなんだか淋しいけれど、でも悪い感じのしないものばかりだった。わたしはそれらを、天井のしみや模様のうえに浮かべたり、走らせたり、きらきらさせたりした。うまく言葉にできないけれど、それらはたぶん、ふだんは懐かしさとか匂いとか、手触りとか温度とか、そういう感覚の仲間に属している目には見えないものなのだけれど、きっとなにかの加減によって今、こんなふうに現れているんだなとか、そんなようなことを思った。瞬きすると、その、少し淋しくて悪い感じのしないものたちは変形したり消えたり逃げていったりするので、わたしは限界までまぶたをあけていようと努力した。目が痛み、涙が目尻に溜《た》まって、流れていった。

八月も半ばを過ぎ、あと十日と少しで学校が始まるのかと思うと憂鬱《ゆううつ》だった。

かといって、こんなふうに家にいたいというわけでもないし、お金を貯めていつか自分だけの部屋を借りるという夢も途絶えてしまった。新しいバイトを始める気力も湧いてこず、つまりわたしにはもう、行くところがないのだった。

母親が缶に補充するお金をもってスーパーやコンビニに行って食料を買い、ほとんど毎日のように、そうめんとからあげを食べていた。

午前中はどこからか、ぼうぼうと鳴く鳩《はと》の声が聞こえ、午後になると鈴の音がひしめくような蟬《せみ》のぶあつい声がした。わたしはもう一度ファミレスで働くことについて考えてみた。食器をバッシングしてテーブルを円形にさっと拭きあげるスピード感や、レジで金額を打ちこむときの指の動き、滑りやすく思えてなかなか滑らないようにできている床をきゅっきゅと歩く感覚が甦り、今にも体が動きだしそうだった。でも、ぜんぶ終わったことだった。そういえば、制服の予備のブラウスがそのままになっているなと思った。洗濯は終わっているから、返しにいかなければならない。

うだるような暑さのなか、三十分近くをかけて歩いて店まで行った。自転車は少しまえにチェーンが外れてしまい、修理にも出さずそのままになっていた。

汗だくになって辿り着くと、店長は休みでいなかった。少しほっとした。店長は四十歳くらいの男の人で、どんなに朝が早くても、必ず髪を七三のリーゼント風にセットしてくる、明るくて親切な人だった。独り言みたいにダジャレを言う癖があり、そのしつこさにみんな白けていたけれど、わたしはけっこう好きだった。もし顔をあわせたら、近況とかこれからのこととか、心配していろいろ聞いてくれるに違いなかった。わたしには話せるようなことがなにもないから、会わないで済んでよかった気がした。

控室にはこの一年ほど一緒に働いたパートのおばさんが休憩しているところで、わたしたちはいつものように軽い世間話をした。娘さんがいて、この秋に結婚をすることになり、いかに結婚式の費用が高くつくのかをため息まじりに説明してくれた。

わたしが今まで世話になった礼を言うと、伊藤さんは若いのに苦労して、働きもので、ほんとうに偉いねと褒めてくれた。わたしは頭を下げて、店を出た。

店の冷房は強すぎて寒いくらいで、外に出るといっしゅんで全身の毛穴がゆるみ、肌がじんじんした。バイトはもう二週間もまえに正式に辞めていたのに、ブラウスを返してしまうと、なにかが本当に終わってしまった気がして心細くなった。

太陽はまだ高い位置にあり、目からも肌からも熱気がしみこんでくるようだった。駅前の商店街を歩いていると、道のむこうがゆらゆらと歪《ゆが》んでみえた。もう何日も雨が降っておらず、湿度は高いのに埃っぽく、店先で笑ってるあの人とも、いまパン屋から出てきたあの人とも、むこうから自転車で走ってくるあの人とも、わたしは誰とも関係がなく、砂漠ってこんな感じなのかなとか思ったりした。高校生になってから、わたしは自転車に乗って、本当に学校と家とファミレスの三点移動しかしていなかったので、こんなふうにあてもなく歩いていると、なんだか、方向も時間も存在しない夢のなかを進んでいるような、そんな不思議な感覚になるのだった。

弁当屋、薬局、パチンコ屋といった店を眺めながら歩いた。

もうすぐ右手に、母親が働いていたスナックが見えてくる。そういえば、店のママと揉めたって言っていた。あのあと、ちゃんと解決したのだろうか。でも解決ってなんなんだろう。許しを請い、そして相手から許されることなのだろうか。でも許しってなんなのだろうか。わたしはトロスケのことを思いだした。わたしはトロスケを許さない。ぜったい一生、許さない。でも、わたしがトロスケを許さないことが、いったい誰の、なにになるんだろう。許さないでいたからって金が返ってくるわけでもないし、トロスケが苦しむわけでも、反省するわけでもないのだ。暑さでぼんやりした頭を抱え、わたしはこめかみに流れてくる汗を手の甲で何度もぬぐった。

母親のスナックのまえを通りすぎようとしたとき、ドアがあいた。なかから出てきた人を見て、わたしは立ち止まった。

黄美子さんだった。

「花」

わたしたちのあいだに大きな風がひとつ吹き、ドアのまえでやはりおなじように立ったままわたしを見ている黄美子さんの、黒くて長い髪がぶわりと膨らんだ。黄美子さんだった。わたしたちはそのままのかっこうで、数秒のあいだ見つめあっていた。

「花」

黄美子さんが顔にかかった毛を払いながら、わたしの名前を呼んだ。わたしは黙ったまま、黄美子さんを見つめていた。

もう一度、黄美子さんがわたしの名前を呼んだ。

「花、聞こえてる？」

「聞こえてる」

わたしの声はかすかに震えていたけれど、胸のなかは奇妙に静かで、わたしはまっすぐに黄美子さんを見つめていた。瞬きをすると、全身がゆれるような気がした。黄美子さんがいる。二年まえの今日みたいに暑い日に、とつぜんやって来て、そしてとつぜんいなくなった黄美子さんが、今、目のまえにいる。

氷の白い表面が溶けてゆっくりと光りだすように、いろんな場面が甦ってきた。黄美子さんがいなくなったあと、ポケベルを鳴らしつづけたこと。黄美子さんが歩いていないか、町じゅうのいろんな道を探して歩きまわったこと。夜がいつも暗かったこと、それでも緑が燃えていたこと、からあげの色、そうめんの白、笑ったこと、少女漫画の吹きだしのこと。ファミレスの制服のこと、働いたこと、封筒のこと、泣いたこと、叩きつけたドアの感触、お母さんのこと、お母さんが泣いていたこと、ハムやウインナの隙間から漏れていた、薄い黄色い光のこと。

「なんか、花」

黄美子さんが笑った。

「大人になったみたいだ」

わたしはなんにも言えず、首をおりまげて指さきで目をこすった。それから手のひらで顔をおさえ、いくらでも滴り落ちてくる涙を、手の甲で顎や首にのばした。怒っているのか驚いているのか、腹をたてているのか、苦しいのか、悲しいのか嬉しいのか、いったいどの気持ちがわたしにいま、こんな量の涙を流させているのかわからなかった。

「花」

黄美子さんが、さっきよりも大きな声でわたしを呼んだ。

顔をあげて、黄美子さんを見た。

「わたしと一緒にくる？」

「いく」わたしは言った。

「黄美子さんと、一緒にいく」

第三章　祝開店

1

「檸檬」にするか「れもん」にするか「レモン」にするか、黄美子さんとわたしは数日のあいだ、ああでもないこうでもないと話しあった。

漢字の檸檬も、堂々としているし、なんだか格好がいいように思えて迷ったけれど、ぱっと見て読める客がそんなに多くなさそうだった。そもそもわたしも黄美子さんも、調べてみるまで檸檬という字が当然だけれど書けなかったし、カタカナのレモンはどうも台所の流しに置かれている食器用洗剤を思わせた。

わたしたちは「もしも自分たちが酒が飲み足りない客で、ビルの下をふらふらと通りかかったときに『檸檬』と『れもん』、看板にふたつの名前があったとしたら、どっちの店に入ってみるだろうか」を想像した。そんなわけで、店の名前は「れもん」になった。

そもそも、果物のれもんはどうかな、と提案したのはわたしだった。

黄美子さんの名前にもつながる黄色だし、字をどうするのかはともかく、れもんの絵が頭にぱっと浮かんだときに、すごくいいアイデアのように思えたのだ。

店の看板は、黄美子さんの知りあいだという業者に安く頼めることになった。後日、見せてもらった何種類かのデザインのなかから好きなものを、黄美子さんはわたしに選ばせてくれた。

「看板いいよね。れもんの、ちっこい絵もついてて」

つや消しの、角度によっては灰色がかってみえる黒いボード。そこに、線が細くて薄い黄色の「れもん」の文字と、おなじタッチで描かれた線画が添えられてある。

「ちょっと、芋みたい」黄美子さんは笑った。

「芋？　芋はもうちょっとぼこっとしてるよ」

「まあ、れもんって書いてるから」

「うん、風水的にも、最強の黄色だし」わたしは少し得意げに言った。

「まあね。でも、それとはべつに、気に入ってるよ」

「れもん？」

「そう。花が、いい名前をつけてくれた」

わたしたちは、週明けのスナック「れもん」の開店にむけて、準備の追いこみに精を出していた。とはいっても、数ヶ月まえまでここにはべつのスナックが入っていたので、内装も照明も、カラオケもグラスも、基本的にはすべてそのまま、名前と看板だけを変えて、まるっとそのまま使うことになっていた。

大きな荷物を運んだり動かしたりなどの作業はほとんどなかったけれど、照明をいちばん明るくして点検してみると、厨房《ちゅうぼう》やトイレといった水まわりをはじめとして、あちこちが思いのほか汚れていた。絨毯《じゅうたん》はところどころ剝げて変色し、いろんなしみの痕があった。

本当なら清掃業者に来てもらって専門のクリーニングをするのがいいのだろうけれど、そんな金銭的な余裕はなかったので、わたしたちは朝から夜までゴム手袋をつけて、買いこんだ何種類もの洗剤で何日もかけて掃除をし、カラオケのレーザーディスクの一枚一枚、そしてグラスのひとつひとつまで、磨きあげていった。

三軒茶屋《さんげんぢゃや》の駅から数分歩いて、一本なかに入ったところにある小さな雑居ビル。一階には年のいった女将《おかみ》がひとりでやっている「福や」という小料理屋、二階には、いつひらいているのかわからないタトゥーの店が入っており、「れもん」はその三階部分にあった。ひとつのフロアに一店舗しかない、小さな造りの古いビル。「福や」の年季の入った赤提灯《ちょうちん》がぶらさがっている入口のわきに、看板が縦に三枚かかった小さなエントランスがあり、その奥には動くたびにかたかたと不吉な音をたてる、マッチ箱のようなエレベーターがついてある。このあたりは、似たような感じのビルや店がもたれながら支えあうように集まっている一角で、両隣の建物にも、スナックや飲み屋の大小派手な色の看板がひしめいていた。昼は昼で人通りの多い町だけれど、夜は、そこにいろんな酔っ払いたちが加わってさらに騒がしく賑《にぎ》やかになる。

黄美子さんが「れもん」をやることになったのは、ほとんど偶然に近いようなきっかけだったらしい。

黄美子さんは「れもん」の前身でもあるそのスナックに、ときどき客として来ていたらしく、店のママとはわりと親しい仲だった。ママは北九州出身のさっぱりした気持ちの良い性格で、五十歳になるかならないかの女の人。二十歳そこそこで上京したあと、亀有《かめあり》の飲み屋からスタートして、田町、新橋で働き、五反田ではじめて自分で店をやり、そして今から十年まえに三軒茶屋に移ってきて、あと十年はここで頑張れるだろうと思っていたところ、数年まえに乳がんが見つかった。治療しながら騙《だま》し騙しやっていたのが無理になり、妹夫婦がいる地元へ帰ることにしたのだそうだ。

ビルの持ち主は、ママが店をぬけたあと、こんなビルでも税金はかかるし、できるだけ金をかけずにできるだけ早く、貸しに出したいと思っていた。けれど都会にはいろいろな人間がいるもので、不動産屋に情報を出すと、どんなに地味な物件であっても、必ず冷やかしや素性の知れないわけのわからないのがやってくる。その相手をするのも手間だし、過去にはべつの物件で、又貸しや不法な営業をされて、揉めに揉めたこともある。そんな面倒を避けるために——できれば知っている誰かに、そして防火対策とか耐震化とかうるさいことを言わない誰かに、このままするっと店を貸せないものかと相談し、もしかしたら、とママが黄美子さんに話をもってきたのらしい。

ビルの持ち主は、黄美子さんに何度か店で会ったことを覚えていて、一緒に飲んだときの印象がとてもよかったこともあって、乗り気になった。それで、本来ならひと月の家賃十五万円プラス共益費七千円のところを一万円下げた十四万七千円、さらに六ヶ月分の保証金を五ヶ月にするのでどうか、と持ちかけた。

黄美子さんは、これまでどこでどんなふうに働いてきたのか、わたしに詳しい話はしなかった。けれど、わたしの母親のように若い頃からずっと水商売をして生きてきた人なんだろうということは、なんとなくわかるところがあった。

母親と住んでいた文化住宅に入り浸っていた水商売の女の人たちはみんな、顔も性格も、年齢だって違っていたけれど、でもそこには、それがなんであるのかはうまく言えないのだけれど、みんなにうっすらと共通している、なにか見まちがえようのないものがたしかにあって、わたしはいつもそれを感じていた。

黄美子さんにも、それがあった。目つきでもなく、話しかたでもなく習慣でもなく、服装やお金の遣いかたや笑いかたや、においでもない、なにか。わたしが育ち、わたしが一緒に生きてきた人々や家にしみついていて離れない、いったいあれはなんなのだろう。

黄美子さんの説明は話が前後してよくわからないところもあったけれど、とにかくビルの持ち主とママを交えて何度か話しあって、最初にまとまったお金を用意することもなく、レジも、電話も、まえの店のもので使えるものはそのまま使わせてもらう形で、店を引き継げることになったらしい。黄美子さんは、ママが店を辞める二ヶ月ほどまえからちょくちょくバイトに入って、常連客と顔をつないでもらい、ボトルもそのまま保管し、以前と変わらず通ってもらえることになった。二人いたアルバイトの女の子はべつの店に移ることになったけれど、ママに付きあってもらって近所のめぼしい店に挨拶にゆき、何度か通い、その店のママやそこにいた客に開店の目処《めど》を伝えることができた。「ママが、良くしてくれた」、そう言うと黄美子さんは笑った。

鍵を渡されたのが八月の中頃。わたしがあの日、制服を返しにファミレスに行った帰り道で黄美子さんを見つけたのは、その少しあとだった。

「れもん」の開店日は、九月最後の月曜日、もう来週に迫っていた。

わたしと黄美子さんは、店のある一角から大通りに出て、信号を渡って茶沢《ちゃざわ》通りをまっすぐに行き、右手に入ってすぐのところにあるハイツに住んでいた。外階段のある二階建てのこぢんまりした建物で、ところどころ錆《さび》の浮いた六戸の郵便受けには、ほとんど名札がついていなかった。黄美子さんは二年まえにここに越してきたらしい。

白い塗装のはげた階段をあがってすぐのドアをあけると、小さな台所にユニットバス、そして八畳の洋間で、窓に洗濯物を干すためのでっぱりがあるだけで、ベランダはついていなかった。

建ってからかなりの時間がたっているはずなのに、初めて部屋に入ったとき、壁紙があまりにも白く感じられて、わたしの目はちかちか痛んだ。わたしはフローリングの床やユニットバスをじっさいに見るのも初めてで、まるで自分がテレビとか漫画のなかの登場人物の部屋のなかにいるような気がした。物心ついたときから住んでいた文化住宅とはあまりに違っていて、なんだか自分がこれからここで生活を始めるのだと思うと、嬉しいような恥ずかしいような、よくわからないような気持ちになった。部屋にはテレビや物入れの棚や折りたたみのテーブルといった最低限の家具があるだけで、こざっぱりとし、そしてきれいに片づけられていた。

「いよいよ明後日《あさって》かあ」わたしは言った。「なんか、緊張する」

土曜日の午後、黄美子さんが吉野家で買ってきた牛丼を食べながら、わたしたちはテレビを眺めていた。ワイドショーでは携帯電話の新機種についてや、着信メロディを作曲する方法なんかの特集が組まれていた。そのあと話題は「たまごっち」の高額転売や詐欺に移り、コメンテーターたちが冗談を交えつつ、過熱するブームについてあれやこれやの話をしていた。

「緊張しなくていいよ」

黄美子さんが言った。

「そうかな」

「ファミレスのほうが大変だよ」

「そうなの？」

「そうだよ。立ってないといけないし、覚えることも多いし」

「スナックは覚えることないの？」

「べつにないよ、そのまんまな感じ」

「そっか」

「そうだよ」

「わたし、ファミレスしか知らないけどさ」わたしは言った。「働くの、好きだな」

ふうん、というように黄美子さんがわたしを見た。

「しかも、今回は時給じゃないじゃん。ファミレスも頑張りがいあったけど、でもやっぱ限界あったもん。シフトだったし、家にお風呂なかったし、つぎの日は学校あったし。でもこれからは、時間とか気にしないで思いきり働けるよね」

「まあね」

「それで、頑張れば頑張るだけ、お金が入ってくる」

「そうだね」

「わたし、すっごい頑張れる気がする」


わたしたちは日曜日も午前中から「れもん」に掃除に出かけ、つまみや瓶ビール、飲み放題用のウイスキー、それから何種類かの煙草の買い置きなど、足りないものがないかを念入りにチェックした。

最初にここに来たときよりもいろんな部分がきれいになったようにみえて、それはわたしと黄美子さんがひとつひとつをしっかりと磨いたからだと思うと、誇らしい気持ちになった。十坪あるかないかの店内の隅っこには、扉つきの小さな電話ボックスがあって、どういう仕組みか、電話が鳴るとボックスの角の電球がぴかぴか光るようになっていて、わたしはそれが面白くて何度か黄美子さんの携帯電話から鳴らしてみたりした。

みっつある小さなボックス席の濃い紅色のソファの毛羽だちや、たくさんの傷のついたカウンターのカーブや、ガラス棚に収められたウイスキーやブランデーの瓶やグラスなんかを眺めていると、まだ働きはじめてもいないのに、そのひとつひとつにほんの少し愛着のようなものを感じ始めていることに気がついた。黄美子さんはいつ見ても量の多い髪を今日はうえのほうでまとめ、掃除し忘れたところがないかを念入りに確かめていった。そしておしぼりを温める機械の電源がちゃんと入ることと、製氷機がきちんと動いて氷ができていることを確認した。

店に来て、二時間くらいがたっただろうか。空腹を感じて今は何時なのだろうと顔をあげると、ぱっと目につくところに時計がないことに気がついた。

わたしは腕時計をもっていなかったので黄美子さんに訊くと、ちょうど正午を過ぎたところだった。

「ねえ、黄美子さん、そういえば店のなか、時計ないけどいいの？」

「飲み屋にはふつう、時計はないよ」

「なんで」

「客が、時間がわからないほうがいいんだって」

「どういうこと？」

「長くいればいるだけ、酒を飲むでしょ。だから、いらないんだと思う。もうこんな時間か、ってなったら、帰る客もいるから」

「へえ」

そのとき、自動ドアがあく音がして、わたしたちはふりかえった。入口には男の人が立っていて、ほんの少し頭を下げるような仕草をすると店のなかに入ってきた。わたしは思わず立ちあがった。

「早かったね。うちら、昼食べに行くとこだったよ」

黄美子さんは男の人にむかってそう言うと、眉をあげて笑顔になった。

男の人と目があったので立ったまま頭を下げると、もう一度、むこうも小さく頭を下げた。わたしたちはならんで立った格好になり、男の人は百六十三センチのわたしより少し高いくらいの背だった。いくつか皺のよった開襟の黒いシャツに、黒いズボンに茶色いベルトを締めており、わきに合皮の黒いポーチを挟んでいた。髪は坊主とまではいかないけれど横もうえも短く刈りあげられており、黒い芝生のように密集したその毛並みは、わたしに真っ黒な甲斐犬《かいいぬ》を思い起こさせた。

わたしは子どもの頃から犬が好きで、町には子どもの頃からたくさんの野良犬や捨て犬たちがいた。いつだってわたしはその犬たちと暮らしたかったけれど、母親に訊いてみるまでもなく無理なことだとわかっていた。低学年のときや、もっと小さかった頃には学校帰りに給食で残してきたパンをやったり、雨の日には近くの団地の自転車置き場の隅っこにダンボールで即席の寝床を作ったりしていたけれど、わたしが大きくなるにつれ、いつのまにか犬たちはみんな消えて、いなくなった。

わたしは図書室の図鑑で、ときどき世界中のいろんな犬を見た。優雅そうにみえる犬、派手な模様のついた犬、目的を与えられた犬、いろんな色の犬、賢そうな犬、作られた犬、さまざまな大きさ、特徴のある犬たちには、すべて出身地と名前がついてあった。わたしが町でじっさいに触れていた犬たちは雑種とだけ書かれていたけれど、わたしにはその隣で日本犬と紹介されている犬たちとの区別がつかなかった。そのなかでも、甲斐犬という犬が、わたしが少しのあいだ世話をしていたポンタという真っ黒な野良犬にそっくりだった。とても賢い犬だった。もしかしたらあの子は、本当は甲斐犬だったのかもしれない。幼いわたしはその写真を見ながらなぜかそんなことを思った。目のまえの男の人は、わたしにそんないくつかの記憶が混じりあった甲斐犬を思いださせた。

「ヨンスだよ」黄美子さんはわたしにむかって言った。

「ヨンスさん」

わたしの復唱に男の人は目をあわせないまま、顔を少し動かして同意した。

「アン・ヨンス。字はね」黄美子さんが男の人のほうをみて言った。「安心の安と、映画の映と水だよね」

安映水、という漢字をわたしは頭に思い浮かべた。

「映水はわたしの友達。いろいろ手伝ってくれるよ」

「そうなの」

黄美子さんはカウンターに入り、レジの下の物入れから合鍵を取りだすと、カウンター越しに映水さんに手渡した。映水さんはそれをズボンのポケットにしまったあともソファに座ろうとしないので、わたしもなんとなく、立ったままになった。店の真んなかあたりまで移動した映水さんは、あちこちを見まわした。

「映水、ごはん食べたの」

「まだ食べていない」

その短い返事は、思わず映水さんの顔を見てしまうほど、印象的な声をしていた。なめらかで、はっきりとしていて、耳に届くというよりも、まるで頭のなかの静かな場所にそっと物が置かれるような、不思議な重みのある声だった。わたしは自分のもったこの印象に違いがないかもう一度確かめたいような気持ちになって、映水さんがほかになにかしゃべらないかと期待したけれど、なにも話さなかった。

わたしたちは「れもん」を出て、駅前の定食屋に行った。わたしと黄美子さんはカレーを注文した。メニューにあまり興味がないような映水さんに黄美子さんがおなじものでいいかと訊くと、映水さんは首のあたりをぼりぼりと掻きながら肯いた。

昼時で店は混んでいた。作業員風の人、若い人、似たような格好をしたカップルや、スーツを着たサラリーマンたちですべての席が埋まり、料理や水をもったふたりの女の子が席と席とのあいだの狭い通路を、ひっきりなしに行き来していた。この定食屋もそうだけれど、三軒茶屋は全体的に賑やかで、騒がしくて、いろんな店や人が集まっていて、わたしが生まれ育った町とはずいぶん違っていた。東村山と埼玉の境にあるあの町から、わたしはほとんど外に出たことがなかった。小学生のときの社会科見学で国会と都庁に訪れたのと、母親とその友達と上野動物園に行ったのと、あとは新宿で映画を見たくらい。スナックの客がチケットをくれたというので、みんんなで出かけたのだ。

観たのは『魔女の宅急便』。魔法を使える女の子がほうきにまたがって猫と一緒に家を出て、知らない町のパン屋で宅急便の仕事をするという話だった。映画を観終わったあと、母親や女友達は「あんなふうに空が飛べたらいいよね！」なんて言って笑っていたけれど、わたしはべつに空なんか飛べなくていいから、主人公みたいに家を出て、好きなだけ働くことができればどんなにいいだろうと、そんなことを思っていた。

帰りの電車も、着いてからも、映画館で初めて映画を観た興奮は静かにつづいて、夜はうまく眠れなかった。鮮やかな色やスクリーンのなかで動きまわるいろいろなものがきらきらしく甦るたびに、胸は暗く沈んでいった。なにを見ようと、そこでどんな魔法がどんなふうに光ってみせようと、ここにいる自分にはなんの関係もなく、また変わりようもないのだという事実を思い知らされるようだったのだ。

「琴美は、明日くるって」

映水さんが言った。さっき店で聞いたときとおなじ気持ちになる声だった。黄美子さんは髪の毛を結い直しながら言った。

「そうか。何時頃くるんだろ。あの子も明日は店でしょ」

「出勤まえじゃないか」

みっつのカレーが運ばれてきて、わたしは銀色のスプーンを水の入ったコップにつけ、白飯をすくった。これは黄美子さんがいつもしていることの真似で、箸でもスプーンでもこうやって水に濡らして米がくっつかないようにするんだよ、と教えてくれてから、いつのまにか食事のときの習慣になっていた。映水さんも、おなじようにコップにスプーンを浸して掻きまわした。かちゃかちゃという音に隣の席の男がちらりとこちらを見たけれど、すぐに目をそらした。わたしたちはとくに話もしないまま、それぞれのカレーを食べつづけた。わたしも黄美子さんも食べるのは速いほうだったけれど、映水さんの速度は驚くほどだった。三人とも無言のまま、あっというまに食べ終わり、黄美子さんが会計をして店を出た。

「映水、鍵はあとふたついる。花にもいるし」

映水さんは肯き、わきに挟んでいたポーチから白い封筒を取りだして、黄美子さんに渡した。黄美子さんはなかも確認せずにそれを受けとってふたつに折り、ズボンのポケットにしまった。お金だ、とわたしは直感した。黄美子さんはべつにわたしに隠そうともしていなかったのだけれど、わたしはなぜか、見なかったふりをした。

「映水、また電話する」

映水さんは地下へつづく階段を降りていき、わたしたちはその縁に立って映水さんを見送った。その後ろ姿が完全に見えなくなるまで、なんとなく動かなかった。

2

「花はファンデーションはいらないね。粉だけはたいて、あとは眉毛と目と、口紅だ」

黄美子さんはわたしの目のまえに座って、目を閉じるように言った。「れもん」の初日。わたしたちは夕方、店に出るための支度をしていた。

わたしは自分を見ている誰かのまえで目をつむってみせるのが初めてだったので、少しどきどきした。黄美子さんはいい匂いのする粉を、額と鼻、それから頬に軽くはたいたあと、眉をなぞるようにペンシルを細かく走らせた。アイシャドウのチップが瞼のうえを何度か行き来し、冷たい指が目尻を押さえ冷たい金属がまつ毛を挟んで、瞼がぴりぴりと震えた。それがおかしかったのか、黄美子さんは少し笑った。

いいよ、という声がしたので目をあけた。急いでユニットバスまで行って、洗面台の鏡に映った自分の顔は、目が大きくなって、眉が太く濃くなって、なにかに少し驚いているみたいにみえた。

小さな頃から、母親がメイクをしているのを毎日そばで見ていたけれど、興味をもったり、ちょっと自分に試してみたいと思ったようなことは一度もなかった。黄美子さんがわたしにしてくれたメイクは簡単なものだったけれど、それでもわたしは初めて見る自分の顔が新鮮で、顔を動かし、くっきりした眉や瞼のうえの茶色の影を、いろんな角度から眺めてみた。部屋に戻ると、「店についてからでいいよ」と言って、黄美子さんはわたしに口紅を渡してくれた。

わたしの支度を終えると、黄美子さんは、真っ黒な長い髪をまるで海藻のかたまりでも仕分けるみたいに、手際よくいくつかの束にしてブラシで梳《と》かしていった。そこにホットカーラーを巻きつけ、髪に熱が伝わるまでのあいだにメイクをした。黄美子さんがこんなふうに身支度するのを見るのは、初めてだった。ただでさえ立体感のある黄美子さんの顔は、もともとしっかりと生えつまった眉と、茶色く塗られたアイシャドウで目のあたりを中心にもっと彫りが深くなり、さらに鋭くなったように感じられた。

かっこいい、とわたしは思った。マスカラを塗ったまつ毛は斜めうえにむかってまっすぐに伸び、赤く塗られた唇は、なにかの印のようにみえた。黄美子さんは頭にくっついたカーラーをぽこぽこと外してゆき、たくさんの縮こまったカールを両手の指で揉むようにほぐしたあと、襟足から外へ、横から後ろへ搔きあげるように何度もブラシを入れ、まるで毛の長い動物の体でもブラッシングするみたいに、どんどん膨らませていった。そして、顔がいっしゅん見えなくなるほど大量にVO5のスプレーを噴射して、その勢いにわたしは少し咳《せ》きこんだ。白い霧のなかから現れた髪は、根元から肩の下まで美しくうねりながらたっぷりと広がり、蛍光灯の光にさえ、艶やかに波打ってみせた。

「わたしの頭、猫がまるまる一匹入っててもわかんないくらい髪多いでしょ」

「うん、猫と森が、合体してるみたい」

くっきりした目で笑う黄美子さんを見ながら、わたしは二年まえの、真夏の台所で、インスタントラーメンを食べながら黄美子さんの顔を見たときのことを思いだしていた。古代エジプトの、若きファラオのことも。あのときは素顔だったし、わたしがいつも見ているのも素顔の黄美子さんなのに、けれど今こうして初めて見るはっきりとした陰影のある黄美子さんの顔や髪が、これまでのどの黄美子さんよりも黄美子さんであるように思えるのが、不思議だった。

夕方になって日が傾《かし》いでも、昼間の熱はそこらじゅうにむんむんとこもっていた。じっとりした汗をかきながら、わたしたちは「れもん」までの道を歩いた。黄美子さんからもらった黒いレーヨンのワンピースが背中に張りついて、わたしは胸元をつまんで何度も風を入れた。黄美子さんは、光沢のある白いブラウスに細かなラメの入ったズボンを穿いていた。

店に着くと、わたしはトイレで赤い口紅を塗った。一気に顔が変わってぎょっとした。派手だとか似合っていないだとかいう以前に、ただの面白い人のような感じになったけれど、黄美子さんは問題なし、というような顔で笑った。最初の三十分くらいは、ぬめぬめとした唇の感触がどうにも落ち着かなくて、何度もトイレに行っては自分の顔を見てみたけれど、一時間もすると慣れてしまった。

店のなかのあちこちの電源を入れ、現金をレジに入れ、ひととおりの準備を済ませた。店をあける八時まで、あと一時間。そのとき、黄美子さんの携帯電話が鳴った。

「――はい、今……うん、そこを、まっすぐ入って突きあたり……うん、まだあいてないかもだけど、一階に『福や』って店、うん、そこの三階」

何度かあいづちを打って電話を切ると、黄美子さんはわたしにふたりぶんのセットを作るように言って、トイレに入っていった。氷を入れたアイスペールと、じゅったんと呼ばれる大きさのグラスをふたつ、紙製のコースター、灰皿、それから小皿に乾燥したワカメと柿の種などの乾きものを載せて、ボックス席のテーブルに運んだ。それとほとんど同時に、自動ドアがひらく音がした。

「いらっしゃいませ」

ふりかえると、女の人が立っていた。

小柄のすらりとした体型に、白とも薄いピンクともつかないジャケットと、シルクのようなきめ細やかな光沢の、同系色のフレアスカートを身につけたその女の人は、わたしを見るとにっこりと笑った。グロスがたっぷりと塗られた厚みのある唇のあいだから、粒のそろった白い歯がみえた。前髪を真んなかでわけて後ろに流した艶やかな栗色のショートヘア、額は大きくまあるく秀でて、完璧なアーチを描いた眉のしたで、大きな瞳が濡れたように光っていた。そして、それらのきらきらしいパーツがきゅっとつまった顔は、尋常ではないほど小さかった。そこだけ現実の明るさが違ってみえるような、すごい美人だった。芸能人みたいだ——わたしは無意識のうちに後ずさっていた。

「琴美」

戻ってきた黄美子さんが名前を呼ぶと、琴美さんは「わかりにくいって」と笑いながら、後方をふりかえった。するともうひとり、見るからに高齢の男性がゆっくりした足どりでやってきた。

わたしたちはちょっとした儀式でも見守るようなかんじで、男性が店のなかに入ってくるのを見つめていた。

男性もやはり、わたしなんかでもひと目でわかるような高級な洋服に身を包んでいた。青みがかったグレーのスーツに薄い卵色のシャツをあわせ、何色なのかはわからないけれど高いということだけはわかる細くてシックなネクタイを締め、少なくなった白い髪をきれいに後ろになでつけていた。顔にはたくさんの皺が刻まれて、しみも浮き、肉もすっかり削《そ》げ落ちた老人なのだけれど、その見事な洋服と着こなしのなかではそうした老いのしるしですら、華やかで、なにか贅《ぜい》沢《たく》なものであるようにみえるのだった。

「ごんちゃま、こちら黄美子。黄美子、こちら、ごんちゃま」

みっつある小さなボックス席の奥に男性とならんで座った琴美さんは、黄美子さんとごんちゃま、それぞれのほうに両手をぱっぱっと広げて紹介した。美しいシルクのスカートで覆われた琴美さんの膝のうえには、おそらくごんちゃまのものだろう、深緑色をしたワニ革の、大きな財布が置かれていた。

「ごんちゃま、いらっしゃいませ」黄美子さんが笑顔で言った。

「ふぉっ、ふぉふぉっ」

わたしはごんちゃまの言ったことがまったく聞きとれなくて焦った。助けを求めるように黄美子さんの顔を見たけれど、黄美子さんは笑顔で肯いているだけで、気にする様子はまるでなかった。きちんとした折り目のついたズボンのなかで泳いでいるのがわかるほど、細い脚を組んでソファに深く腰かけたごんちゃまは、お腹のへこんだ綿の少ない人形みたいな感じで、立っていたときよりも、さらにふたまわりほども小さくみえた。

「琴美、なににしよう」

「ごんちゃまは、温かいお茶。わたしは、そうだね、ちょっとビールもらおかな。歩いて喉が渇いちゃった」

「歩いたって、車でしょ」

「そうだよ、降りて、通りからここまでのこと」

「一分もないじゃんか」黄美子さんは笑った。「花、ビールね。大瓶にしようか。うちらのじゅったん。それと温かいお茶くれる」

飲み物とグラスを用意して席に戻ると、わたしたちは乾杯した。琴美さんは、あたりまえのようにわたしにもビールを注いでくれた。

子どもの頃、まだ家に父親がいて仕事仲間たちが集まって鍋なんかをしていた頃に、冗談まじりに母親のビールをほんのひとくち飲んだことは覚えているけれど、こうしてちゃんと酒を飲むのは初めてだった。ビールは苦くて、喉がびりびりしたけれど、いやな感じはしなかった。ふたくちめもおなじ味がしたけれど、さっきは感じなかった風味めいたものが舌に残った気がした。そうか、こうやってビールを飲みつづけると、おそらく今はかすかに感じるだけのこの旨味がメインになって、苦味がそれを際立たせるほうにまわって、総じてビールがおいしい、ということになるんだろうな。そんなことを考えながら、わたしはまたグラスに口をつけた。そして、ひょっとしたら自分は酒が強いのではないかと、そんなことを思った。

「また、かわいい名前にしたのねえ。『れもん』だって」

「花が決めたんだよ」

「あなたが、花ちゃん」

琴美さんはわたしをじいっと見つめた。そして顔を斜めにかたむけると――左目のまぶたをきゅっとつむって、ゆっくり戻し、ウインクをしてみせた。それは軽い衝撃というか、正真正銘のウインクと言うべき完璧なウインクで、わたしの胸は音がするくらいにどきりとした。ウインクとか、する人いるんだ……これまで漫画なんかで見たことはあったけれど、それは絵の話で、人が、というか、現実の世界で誰かがじっさいにウインクをするところなんて、当然だけれど見たことがなかった。しかもどこを見ていいのかわからないような美人の、いきなりのウインク。照れと恥ずかしさが相まって、わたしは思わず下をむいてしまった。

「花ちゃんは、れもんが好きなの？」

「あっ、れもんが好き、というより、きらいではないですけれど、れもんの黄色が好きです」わたしはどぎまぎしながら答えた。

「黄色が好きなんだ」

「はい、明るくて、強い感じがして、好きです」

「わたしも黄色、好きだよ」

「あと、風水的にも、いいらしいです」

「風水って、あれね、方角と色のやつよね」

「はい、黄色は金運アップなんです。黄美子さんの名前にも入ってますし」

「なるほどね、それで、れもんなのね」

「はい」

「でも、そしたら、いっそ『黄色』とかにすればよかったんじゃない？」

「えっ」

「うそよ」琴美さんは笑った。「ねえ黄美子、今日はお祝いだから——ね、ごんちゃま」

琴美さんがごんちゃまの骨っぽい膝に手をおいて微笑《ほほえ》むと、ごんちゃまは、ふぉふぉぉっと声を出して肯いた。

「じゃ、『れもん』でいちばんいいの、お願いしまーす」

黄美子さんがもってきたのは、いつのまに用意していたのか、見るからにいかつい感じのするヘネシーXOというブランデーだった。銀色の油性マーカーも一緒に手渡すと、琴美さんはそれを受けとり、瓶の透明の部分に丸い文字で「ごんちゃま☆コトミビジン」と書いた。

「みて、ごんちゃま。これからコトミビジンに頑張ってもらいましょうね」

「ふぉふぉぉっ」

「稼ぎ頭になるよ、わたしみたいに！」

「ふぉっ！」

そのとき、また自動ドアのひらく音がした。ちょっと早いけどごめんくださいなあ、と言いながら、キャップ帽をかぶり、なんとか建設、という白い文字が胸ポケットに刺繍《ししゅう》された作業着の男の人を連れて入ってきたのは、一階の「福や」の女将さんだった。わたしたちは準備のために「れもん」に来ると「福や」で食事をすることも多く、最近はもう馴染《なじ》みになりつつあった。

ここで二十年、営業をつづけているという「福や」の女将さんはエンさんと言って、年は七十と言われても六十と言われても納得するような、白髪を紫に染めて自分のことを「あて」と呼ぶ、明るくて気のいい人だった。いらっしゃいませ、と言いながら黄美子さんは席を離れ、エンさんのほうへ行った。

「あの、ブランデー、水割りにしますか」わたしは言ってみた。

「ああ、それはいいの。あけないで、そのままで」琴美さんは言った。「ご祝儀だから」

「そうなんですか」

「うん。花ちゃんはビールでいいの」

「はい、このまま頂きます」わたしはビールをがぶりと飲んだ。じゅったんの中身が三分の一くらいになると、琴美さんは嬉しそうに笑ってビールを注ぎ足してくれた。

「いいね。もう一本くれる?」

新しいビールを琴美さんのグラスに注ぐと、わたしたちはまた乾杯をした。ビールはまだまだ苦かったし、飲みこむとき、喉にかすかな抵抗感のようなものを感じもするのだけれど、でもその苦味や抵抗感の奥にはきっとわたしの知らないなにかがあって、わたしはそれにはやく触れてみたいような、そんな高揚した気分になっていた。ごんちゃまはお茶には手をつけず、目をつむってソファにもたれたまま、ときどき思いだしたように口をもぐもぐと動かした。

「黄美子と住んでるんでしょ」

「はい」

「やっていけそう?」

わたしは肯いた。

「花ちゃん、何歳だっけ」

「ここでは二十歳だって言うことになってますけど、ほんとは十七です」

「若いね、わたしと黄美子が会ったくらいの年ね」

琴美さんは、バッグから煙草を取りだし、金色の小さなライターで火をつけた。ため息をつくように吐いた煙に目を細め、手前に引き寄せたガラスの灰皿に灰を落とした。

「そんな昔からの友達なんですか」

「そうね。映水が来たでしょ、昨日」

「来ました」

「安映水」

琴美さんは煙に目を細めて、映水さんの名前を口にした。

「わたしら、それくらいからつるんでるの」

「学校が一緒だったんですか？」

「まさか」琴美さんは笑った。「うちら学校なんか行ってないよ。店で会ったの。はるか昔の、歌舞伎町《かぶきちょう》時代だね。花ちゃんはどこだっけ」

「わたしは東村山の奥のほうで」

「あ、そっか。順子《じゅんこ》ママのところにいたんだよね。あそこ、店の名前なんていったっけ……なんか、長いのじゃなかった？」

「はい、『聖母《マドンナ》たちのララバイ』です。母は働いてましたけど、わたしは中学生だったので」

「そうそう、『聖母たちのララバイ』だったわ。長いよね。順子さん、あの人もむかし歌舞伎町にいたの。店終わりにぜったいあの曲を歌うのよね。歌わないと誰も帰れないっていう。花ちゃん、どんな歌か知ってる？」

「はい、母親も歌ってたので、わたしも歌えます」

「なんか、笑える歌だよね」

琴美さんは灰皿の端っこで煙草を丁寧に消して、唇のはしをきゅっともちあげて笑った。ポスターとかテレビのなかにいるような人の顔をしてる、とわたしはあらためて思った。

「いつも、そんなに」わたしは唾をひとつ飲みこんで言った。「きれいというか、そんなふうな感じなんですか」

「顔？　服？」

「両方です」

琴美さんは声を出して笑った。

「作ってんのよ、ぜんぶ。顔洗ったら別人、にぼしみたいよ。家ではジャージ。こんなの仕事のときだけ。今日もこのあと出勤なの」

「今から仕事なんですか？」

「そう、黄美子の開店祝いでしょ……だからごんちゃまに付きあってもらったの。さっき銀座でご飯頂いて、これからまた銀座に戻るの」

「銀座のお店ですか」

「そうそう、いわゆるクラブね」

「クラブって、どんなところなんですか」

「どんなところか」琴美さんはわたしの言葉を吟味するようにくりかえした。「そうねえ、お酒があって、広くて、グランドピアノがあって、女の子たちは毎日髪をセットして、ドレスとか着物を着て、来る日も来る日も金持ちの客が酒を飲みにくるところ？」

「クラブって、たとえばその、こういうスナックとは、違うんですか」

「酒を飲むってことじゃおなじだけど、座っていくらの、単価がまず違うよね。あとスナックは、女の子は客の隣には座っちゃだめってきまりになってるはずよね、たぶん。クラブは隣について接客するの。だから花ちゃん、もし同伴してくれるお客がいても隣には座る必要ないわよ、今みたいにむかいに座ってね」

「同伴ってなんですか」

「店に来てくれるお客さんとちょっと早い時間に待ちあわせてご飯食べて、そのまま一緒に出勤すること？」

「一緒に出勤すると、いいんですか」

「いいもなにも、仕事だもんね」

「ホステスさんは、みんなするんですか」

「クラブ勤めはそうね。ノルマがあるし」

「琴美さんは毎日同伴してるんですか」

「もちろん。わたしなんかもう年だから、ぜったいだよね。ダブル同伴とか、トリプル同伴とかも普通よ。係じゃないしね」

「係？　係ってなんですか」わたしはいろんなことが気になって、身を乗りだして矢継ぎ早に質問していた。

「花ちゃん、興味あるのね。インタビューみたいで面白い。そう、クラブって会社みたいなのよ。経営してる事務所があって、大ママがいて、うちは大きいから、その下にママが四人か。四天王ね。この四人が毎月毎月、売り上げを競いあってるの。で、その四人のママたちのほかに、自分たちでお客さんをもってるホステスたちもいて、これがまあ、みんなひっくるめて、係よね。時給とか日給だけじゃなくてね、自分が『係をしているお客さん』が払った飲み代によって、手取りがどんどん増えていくシステムなの。なんていうの、店を間借りして、自分の商売をやってるって感じ？　あとはヘルプ。いろんなママやホステスの、いろんなお客さんについて、時給で働く子たち。三十人くらいいて、男は七人くらいかな、いわゆる黒服ね。黒服たちにも序列があるのよ、社長でしょ、専務に部長、課長、主任、その下はヒラ。そしてわたしは気楽なスーパーヘルプ。昔、係やってて、飛ばれて痛いめにあったから」

「飛ばれた？」

「そう、わたしもばりばりの係だったときがあったのよ。もうちょっとでママになるかってくらい売り上げやってたけど、でも大きいのを何件か、一気に飛ばれて」

「飲み逃げってことですか」

「そうね」琴美さんは笑った。「ふつうの店と違って、クラブは会員制だし、基本的に、請求書でやりとりするわけ。個人的な信用で、サインひとつで、どんどんお金を遣ってもらうのよ。売り上げれば売り上げるだけ実入りはあるけど、でも、ぜんぶの責任を係が負うの」

「ぜんぶの責任？」

「そう。支払いのね。客に連絡がつかなくなったり、倒産したり、あと最初から騙すつもりで適当な名刺でっちあげてまぎれてくる客もいるし、同業者が面白くないホステスを蹴落とすために、仕組んでたってこともあるしね。まあいろんな人間がいるわよ。それで回収できなかったら、係が店に支払わないといけないの。耳そろえてね。シャンパンとかワインとか、ほんと信じられないくらい高いのよ」

「そんなにすごい金額なんですか」

「そうね、支払い期日が二ヶ月あるでしょ、あるのよ、猶予が二ヶ月。だから二ヶ月分がぱんぱんになってると、そりゃまあ、かなりの額よね。わたしは誕生日の月をまたいでて、ロマネとかスパドンとか調子に乗ってあるだけがんがんに入れてたときで、やばかったよね」

「そういうとき、お店の人たちは助けてくれないんですか」

「最初は一緒に取りたてに行ってくれるわよ、相手がいる場合なら交渉とかね。男のほうが効果あるし。でも駄目なら駄目よね。限界あるし」

「その、まけてくれるとか大めにみてくれるとか、ないんですか」

「それはないわねえ」琴美さんは楽しそうに笑った。「飛ばれたのが確定したときから、店は即座に追いこむ側よ。だからホステスも飛ぶか、その根性がなかったら、なんとかべつの店に移ってアドバンスで立て替えてもらうとか？　まあどっちにしても、借金漬けよね」

「そういうことって、よくあるんですか」

「まあね」

「ホステスさんが飛ぶって、どうするんですか」

「そうねえ」

琴美さんは、わたしの顔を見た。

「消えるの」

「消える？」

「そう、消えるの。誰も追いかけてこられないところに」

わたしは黙ってビールを飲んだ。ふたつ隣のボックス席で、エンさんが身ぶり手ぶりを使って楽しそうに話しているのが目に入った。琴美さんは手首につけた金のチェーンの時計にちらりと目をやり、残りのビールを飲み干した。

「あっというまね、そろそろ行こうかな。最近、遅刻にうるさいのよ」

「はい、黄美子さん呼びます」

「いいよ、大丈夫」

琴美さんは膝のうえに置いた、艶やかなワニ革財布を手にとるとごんちゃまに見せ、金の留め具を外して、なかを覗きこんだ。

「どれでもいい？」

ごんちゃまが肯くと、琴美さんは、どの子がいいかなあ、とおどけながら金色のカードを一枚取り出して、わたしに渡した。

「二十で切ってくれる？」

「二十？」

そこに黄美子さんがやってきて琴美さんの隣に座り、ふたりで小声で話したあと、カードを手にレジに行った。

「ごんちゃま、そろそろ行きましょうか——ねえ、ごんちゃま、今日はお祝いのボトル、ほんとにありがとう。花ちゃんも、ありがとう。うちではシャンパン飲みましょね」

そう言うと、琴美さんはマジックで名前を書いただけの、封もあけていないボトルを両手にもって、顔の横に掲げてみせた。

「じゃ、コトミビジンちゃんのこれからの活躍に、かんぱあい。かわいいよね、あの子。そして、強そう」

「あの、コトミビジンちゃんって」わたしは訊いた。「琴美さんのことですよね？」

「馬よ、お馬ちゃん」

「えっ」

「ごんちゃまはね、馬主さまなの。有名なお馬いっぱいよ。こないだ新しい子が来て、その子にわたしの名前をつけてくれたのよ。もうすぐデビュー。あっちのコトミもこっちの琴美も、いっぱい稼ぐわよ、ね、ごんちゃま！」

「ふぉっ！」

琴美さんは、明細書と領収書を手に礼を言う黄美子さんに、ここで大丈夫だと言い、黄美子さんはわたしに、下まで降りて見送るように言った。

ごんちゃまの腕をとってゆっくりと歩く琴美さんの、少し後ろをついて通りまで出ると、すっかり暗くなった夜の青さのなかに、黒光りする一台の大きな車がみえた。素早く出てきた運転手が後部座席のドアをあけ、ごんちゃまは折りたたまれるようにして車内にすっと収まった。琴美さんもあとにつづくと、運転手は体のすみずみまで丁寧な角度を保ったまま、静かにドアを閉めた。そしてすぐに、これまで聞いたことのないような、快適さそのものというような音とともにスモーク張りの窓が降りて、琴美さんが顔を出した。

ありがとうございましたと頭を下げるわたしに、こっちへ、というように琴美さんが手招きした。

「花ちゃん」

「はい」

「また来るわ」

「はい」

「黄美子、よろしくね」

琴美さんはそう言うと、二秒くらいわたしの目をじっと見つめて、口元だけで微笑んだ。ふたりを乗せた車が去ってしまうと、急にまわりが騒がしくなったように感じられて、そのへんで喧嘩でも始まったのかと、わたしはあたりを見まわした。けれど、なにも起きていなかった。ひっきりなしに車が行き来し、笑いながら、冗談を言いながら、たくさんの人たちが夜のなかをいつもどおりに移動しているだけだった。信号機が濡れたようにめいめいに光っているなかで、さっきの運転手がつけていた手袋の白さがやけに目に残っていた。わたしはなぜか心細くなり、走って店に戻った。

その日「れもん」には、近所のスナックのママや、そこの女の子たちがそれぞれの客を連れてきてくれて、賑やかな初日になった。ビルのオーナーも顔を出した。勘定を済ませて出て行った客が、一時間後に知りあいだという男女を連れて戻ってきたりもした。十坪足らずの「れもん」は、夜じゅう人と熱気でいっぱいになった。日付が変わって深夜の二時まで、わたしたちは酒を飲み、誰かが歌うカラオケを聴き、べつの誰かが歌い、どんどんぶあつくなってゆく煙草のけむりとエコーの響きのなかで、世間話や噂話をし、誰かの身のうえ話をし、そして誰かの冗談に笑い、タンバリンを叩き、それからまた酒を飲んだ。

わたしは自分で直感したとおり、酒に強かった。ぜんぶで大瓶のビールを五本は飲んだはずだったけれど、どんどん楽しく気持ちが高揚していくだけで、不調も不快感もまったくなかった。意識も記憶も、はっきりしていた。黄美子さんはすっかり酔いつぶれてしまい、わたしは黄美子さんの腕を肩にかけて、大きな声で笑いながら部屋まで帰った。その日の売り上げは、二十六万三千五百円。それは、わたしがファミレスで四ヶ月間働きとおして、ようやく手にすることのできた金額だった。

第四章　予感

1

初めて加藤蘭と会ったのは、路上だった。

お客さんを見送りに降りたときや店を閉めて帰るとき、通りのほうでちらしを配ったり客引きをしている女の子たちがいつも何人かいて、そのうちのひとりが蘭だった。

小柄で、見かけるときはいつもラインストーンがちりばめられた厚底の、ショッキングピンクのサンダルを履いていた。髪は金髪に近い茶髪で、額がうんと狭かった。眉をものすごく細くした、目のまわりが白っぽく浮かびあがっている派手なメイクが印象的だった。

「おはよ、寒いよね」

十二月の初め頃、最初に話しかけてきたのは蘭だった。「いつも会うね」

「今日はひとりなの？」わたしは黄美子さんに頼まれて、遅くまであいてる薬局にユンケルを買いに降りたところだった。九時頃。蘭はキャミソール風のぴったりとした黒のワンピースのうえにぶかぶかした白いブルゾンをはおっており、寒さに身を縮める仕草をした。

「うん、わたしだけ指名なくってさ。今日、なんか人が少なくない？　そっちも仕事だよね？」

わたしはふりかえってビルのほうを示し、そこの三階のスナックで働いていると答えた。ちょうど「福や」のエンさんが客を見送りに出てきて、わたしは手をふった。エンさんもおなじように手をふると、店のなかに入っていった。

「スナック？　なんてとこ？」

「『れもん』っていうんだけど」

「へえ、知らなかった」

「まだ新しいっていうか、開店してから何ヶ月かしかたってないから」

「わたしはそっち入ったとこの、大きめのビルあるじゃん。吹きぬけになってる、そこの二階のキャバ」

「キャバクラがあるんだ」

「あるよ、客はかぶってないかもね」

冷たい風がわたしと蘭のあいだをひゅうっと駆けぬけていった。じゃあまた、という感じでわたしは笑い、蘭も、腕を組んで前かがみにした全身を、手をふるみたいに揺らしてみせた。

「黄美子さん、このへんキャバクラもあるんだね。知らなかった」

店に戻って、ソファにもたれていた黄美子さんにユンケルを渡すと、億劫《おっくう》そうに蓋をねじり、何回かにわけて飲み干した。先週からずっと風邪気味で、夜は市販薬と滋養強壮ドリンクで乗りきり、昼間はずっと部屋で横になっているというような日々がつづいていた。

「ああ、あまい――なんだっけ、キャバクラ。あったかもね」

「さっき下で、そこの女の子としゃべった」

「今日はどこも暇なのかもね」

「まだ、しんどい？」わたしは訊いた。

「関節が痛い」

「来週になっても調子が戻らなかったら、病院に行ったほうがいいんじゃない？」

「まあね」

今月末で、「れもん」を開店してから丸三ヶ月がたとうとしていた。

わたしは仕事にも慣れ、店もおおむね順調だった。前身のときから通ってくれている常連客に加えて、新しい客もつきはじめていた。客の内訳は、六割が昔からここが地元の、わりと高齢の男性客たち。三割がふらりと立ち寄って、そのあともふと思いだしたようにやってくる比較的若い一見《いちげん》客。そして残りの一割は、近所の同業者たちという感じだった。なので客同士もみんな、なんとなく顔見知りで、まるで喫茶店に新聞を読みにくるような感じで、顔を出す人も多かった。

飲み代にも、いくつかパターンがあった。カラオケ込みの飲み放題なら、基本料金が四千円にプラス、ホステスの飲み代で、だいたい二時間いれば六千円前後といったところ。ボトルをキープする客は一回の支払いはそうでもないけど、来てくれる頻度が高く、週に三回くらい通ってくれる人が何人もいた。あとは完全に単品でやってくる人。チャージ料金の三千円に、カラオケ代と、すべての飲み物代が加算される。結果的にいちばんお金を遣ってくれるのは、このタイプの客だった。

わたしはすっかりビールが好きになっていたので、どんどん飲んでいいと言ってくれる気前のよい客が来ると、心のなかで腕まくりをする勢いではりきった。中瓶は一本が八百円。三本飲むと二千四百円。わたしがかつて働いていたファミレスの時給にして、四時間弱の金額だった。座ったままで、そして自分もおいしいと思うビールを飲むことで、それがそのまま金になるというのはなんとも不思議な気がした。調子がいいときは、そういう客ひとりから一万円から二万円の代金をとれることも珍しくなかった。

天気や気分とおなじように、その日その日にムラはあるけれど、平均すると「れもん」は一日、三万円前後の売り上げを維持することができていた。そこに琴美さんが月に二度くらい、銀座からレベルの違う客を連れてやってきてどかんと遣ってくれるので、月の売り上げとしてはもっと大きなものになった。

おまけにスナックに来る客たちには、どくとくの雰囲気があった。

同業者も含め、その場に居合わせたみんながひとつのグループなのだというような感じで楽しむことに慣れていて、目のまえにホステスが——つまりわたしや黄美子さんがいてもいなくても、気にしないような人がほとんどだった。カウンターが四席と小さなボックス席がみっつの店内が満席になっても、十人と少し。そんなこぢんまりとした空間が生む一体感なのかもしれなかった。とはいえ、飲みにやってきてホステスが自分の席につかないのは不当であると言って怒り、金を返せなどと文句を言う人もたまにいた。しかしそうした一見客にたいして黄美子さんはとくに思うところはなさそうで、いつも適当にあしらって帰らせるだけだった。相手にしなくっていいよ、と黄美子さんは笑っていたけれど、そういうことがあるとわたしはわりとひきずってしまって、あれこれ考えて眠れなかったりすることがあった。

「ねえ黄美子さん、今はふたりで回せてるけどさ、たとえばどっちかが病気になったりとかさ、急なことがあると困るじゃん？　このままの感じでいいのかな」

「人を増やすってこと？」

「うん、ひとりくらいバイトの人が来ても、いいかなって。今さ、新しいお客さんもちょっと増えてきてるしさ、怒って帰ったりとか、もったいないかなって。また来てくれる人かもしれないし。今年じゅうに誰かを見つけるのはもう無理だろうけど、年明けからとか？」

「そうだね」

わたしは何度か黄美子さんに話をふってはみたけれど、あんまり気乗りがしないというか、関心がないような感じだった。黄美子さんはお金にかんしても、そういうところがあった。今月はこれくらい売り上げがあってこれくらいが残ったよ、と興奮気味に伝えると、もちろん一緒に喜びはするのだけれど、わたしが味わっている達成感を黄美子さんもおなじように感じているのかというと、どうも今ひとつ手応えがないのだった。

毎月のお金の流れについても、なんとなくわたしが管理するようになっていた。とはいえ、べつに難しいことをするわけではなく、「れもん」とハイツの家賃、おしぼり代や酒代、公共料金などの経費をまとめ、振りこみ先の口座番号をもって銀行へ行き、それぞれ現金を振りこむだけ。わたしたちの給料にかんしても、とくに話しあったことはなかった。わたしと母親がしていたように、テレビ台のはしっこに置かれたボウル型の小物入れに、それぞれが適当なタイミングで適当な額を生活費として入れ、なくなったらまた足して、そこから必要なときに遣ってゆくという感じだった。わたしは自分の財布にいつも五千円が入っているようにし、黄美子さんは相変わらず千円札や小銭を裸のまま、あちこちのポケットに入れていた。

そんなふうにして残ったお金はすべて、蓋つきの頑丈なつくりのダンボール箱に保管していた。トロスケのことがあったので、銀行に預けたほうが安全なのではないかという気持ちもあったけど、家を出るときにわたしがもってきたのは、少しの服と下着、そして紺色の箱だけだった。もともと銀行口座なんかなかったし、身分証もないままで、黄美子さんも暗証番号を忘れたとかハンコがなくなったとかで、わたしたちが使える口座はひとつもなかった。

昔の家とは違って部屋にいるのはわたしと黄美子さんだけだから、そこまで不安に思う必要はなかったけれど、わたしは店の帰りにどこかの家の軒先に転がっていたちょっと形のいい漬物石みたいなのを拾って帰り、風呂場で磨いてきれいにしたそれを、念のためにダンボール箱の蓋のうえに載せておいた。

十二月はあっというまに過ぎていった。街も人も時間の流れも、そこにあるすべてが年末を目指して一気になだれこんでいくような活気に満ちていた。どこを歩いてもなにかが瞬くように輝いて、その光と光のあいだの空間を埋めつくすみたいに、賑やかな音楽が鳴り響いていた。

都会はすごいな、とわたしは浮かれた街を歩きながら思った。わたしが育った町やその近隣のちょっとした繁華街とは、なにかが本質的に違うような気がした。三軒茶屋でこんなふうに感じるのだから、この時期の、たとえば新宿や渋谷のセンター街といったところはいったいどんな騒ぎなんだろう。地理的にはすぐそばの三茶に暮らすようになっても、そのイメージはたまにテレビで見る交差点の映像や言葉以上のものにはならなかった。そういう華やかさや現実味のないあれこれが頭をよぎるとき、わたしはよく琴美さんのことを思いだした。彼女が働いている夜の街についても。わたしは東京のことをなにも知らず、銀座なんて具体的になにをどう乗り継いでいけば辿り着けるのかもわからなかった。信じられないほど金払いのいい客を連れて「れもん」にやってくる琴美さんは、頭のてっぺんから爪さきまで、まるでとくべつな粉でもふりかけられたみたいに光ってみえるけれど、銀座は琴美さんみたいな人がふつうにひしめいている場所なんだろうか。そうなんだろうな、とわたしは思った。ふつうの人が汗水をたらして一ヶ月かけて稼ぐ額とおなじくらいの値段のついたシャンパンやらブランデーが何本も飛び交って、誰かが大金を払って誰かが受けとり、それがひとつの場所だけでなく、無数の店で、しかも同時に起きているのだ。

女の人たち、笑い声、グランドピアノの音色や、札束や、よくわからないけれど黒光りしているような大理石、そして泡がどくどくあふれだすシャンパンといったきらびやかなイメージが渾《こん》然《ぜん》一体となって頭のなかで渦を巻きはじめ、わたしはため息をついた。

単価はまったく違うけれど、「れもん」にとって初めてのクリスマスも無事に終わり、その数日後には仕事納めをした。わたしと黄美子さんは店以外に行くところもなく、したいこともないので、気持ち的には年末年始も店をあけつづけてもよかったのだけれど、おしぼり屋も酒屋も閉まるし、さすがに誰もこないだろうということで休むことにした。

「正月、愛さんとこには行かないの」

黄美子さんは乾《から》ぶき用のふきんで壁をふきながら訊いた。年末の大掃除のつもりだったけれど、もともと物が少ないうえに黄美子さんが日頃からまめに掃除をしているので、壁くらいしか磨くところがないようだった。畳んだ布団にもたれるように横になったまま、わたしは黄美子さんがあちこちに小さな円を描くように腕を動かしているのを眺めていた。

「帰んないよ」

「そっか。愛さんとしゃべった?」

「しゃべってない。かけないよ。用事とかないし。電話代がもったいないよ。黄美子さんのとこには、かかってくるんじゃないの」

「かかってこないよ」

「ふうん……まあ、そうだよね」

夏の終わりに家を出て以来、母親とは連絡をとっていなかった。

あの日、黄美子さんに再会した勢いでわたしはそのまま家を出たわけだけれど、高まる気持ちのその裏で、これから自分はとんでもないことをしようとしているのではないだろうかという怖さを感じてもいた。それに、どうしようもなくふらふらして、自分勝手に生きているようにみえる母親ではあるけれど、それとおなじくらい頼りないから心配な気持ちもあった。自分が家を出ることで、なんだか母親を置き去りにするような、自分だけがあの暮らしから逃げだそうとしているんじゃないかとか、そんな罪悪感めいた思いにもかられていた。

母親に「戻ってきて」と懇願されたら、どうしたらいいんだろう。わたしは真剣に考えた。いろんなことを思いだしたり考えたりするうちに胸がつまり、母親はこれからひとりでうまくやっていけるのかとか、面倒に巻きこまれないだろうかとか、今頃すごく心配しているんじゃないだろうかとか、いろんな不安がやってきて、黙って家を出たのは間違いだったのではないかと自分を責めもした。けれど、それらはぜんぶ意味のないことだった。わたしが家を出て一週間以上がたってから、母親はわたしがいないことにようやく気がついたのだった。

黄美子さんの電話が鳴って、どきどきしながら通話を代わると、母親はいつもとおなじ調子で話しかけてきた。運転免許をとろうと思ってるとか、合宿がどうとか、新しくできたペットショップで見かけた猫がどうとか、そういう話をずっとしていた。聞いているうちにわたしはだんだん苦しくなって、あのさ、黄美子さんとこっちで住むことにするよ、と思いきって告げてみると「そう、花ちゃんが決めたんならいいんじゃない？」と、まるで「その髪型もいいじゃない？」くらいの軽い雰囲気で言うのだった。学校はどうするのかとか、どうやって暮らしていくのかとか、わたしのことはなにも尋ねなかった。いくらなんでもそれはだめだよとか、いったん帰ってきて話をしようとか、そんな言葉はひとつもなかった。悲しみもしなければ、怒りもしなかった。花ちゃんは昔からしっかりしてるし、もう大人だもんね。黄美ちゃんもいるしね、なにかあったら、かけてきてよね——明るい声でそう言うと、電話を切った。

「お正月って長いよね。仕事が休みの人ってみんな、なにするんだろう」

わたしは大きな嘘のあくびをしながら言った。

「わかんないけど、家族と、田舎に帰ったりするんじゃないの」

「家族もいなくて、田舎のない人は？」

「友達とかと、遊ぶんじゃないの」

「友達もいなくて、遊ぶお金のない人は？」

「うーん、家でぼーっとしてるんじゃないの」

「家のない人は？」

「そういう人って、正月とか、関係ないんじゃないの」

「そっか」

「そうだよ」

黄美子さんはふきんを裏返してふたつに折って、こたつのうえを丁寧にふいた。それから天板を外すと壁に立てかけ、熱がしっかりこもったこたつ布団を、寝転がっているわたしを包むようにかぶせてきた。ぶわりとした暖かさが広がって、わたしは思わず、気持ちいい、と声をあげた。

「いい？　気持ち」

「うん」母親のことを考えて沈んでいた気持ちをやわらげるようにしあわせがじわっとこみあげて、わたしは大きく息をついた。

「こたつぶわんだ」

「こたつぶわん？」

「うん、なんか、ぶわんってなった。こたつぶわん、好き」わたしは黄美子さんがかけてくれた布団のなかで目を閉じた。懐かしいような匂い、ほんのりと心地よい熱。わたしは丸まったままの姿勢でじっとしていた。

「わたしにはさあ」しばらくして布団から顔を出して、わたしは言った。「黄美子さんがいるもんねー」

黄美子さんは手をとめてわたしを見、それから少し笑った。

「なにそれ」

「えー、だってそうじゃん。わたしには黄美子さんがいるじゃんか」

わたしは急に照れくさくなって布団を剝がし、ごろりと裏返って、それから黄美子さんのほうをちらりと見た。

「ちがう……？　わたしには黄美子さんがいるじゃん」

「まあ、そうだよ」

「それに、お金だってある」

「まあね、今んとこは」

「今んとこ、なんて言わないでよ」わたしは口を尖《とが》らせた。「ずっと、だよ。大丈夫だよ。ね、このままのペースで貯めていけたら、わたしらすごいよね」

わたしはダンボールのなかにひっそりと佇《たたず》んでいる八十六万円を思い浮かべた。わたしたちふたりがこの三ヶ月、「れもん」で稼いで貯めたお金だった。そのイメージはわたしに達成感と安心を与えてくれたけれど、しかし箱と現金の組みあわせは同時にトロスケのことを思いださせもした。トロスケ——その忌々《いまいま》しい音が頭のなかに響くと反射的に奥歯に力が入り、こみあげてくる怒りと嫌悪で息が苦しくなるほどだった。そんなときわたしは、喉のあたりに渦巻くそれを、トロスケのあほみたいな髪型やキーホルダーやわたしのクッションを踏んでいたかとなんかの残像とともに引きずり出して、足でだんだんと踏み潰したあと、蓋のうえの漬物石でめためたに殴ってやるのだった。

「そうだ花、携帯電話」

「あっ！　どうなった？」

わたしは飛び起きて、黄美子さんを見た。

「映水、もってくるって」

「やったあ！」

「明日、鍋でもやって、映水も呼ぼうか」

「いいね！」

「あいつ、酒飲むとちょっと面白いんだよ」

「へえー」

映水さんはあれからちょくちょくわたしたちのところにやってきて、昼ごはんを一緒に食べたり、「れもん」の営業中にもふらりと顔を出すようになっていた。そして別れぎわには必ず、最初とおなじように黄美子さんに白い封筒を手渡していた。最後に会ったとき、映水さんの携帯電話がかっこいいねという話になり、わたしが欲しがっていることを思いだした黄美子さんが、ひとつ用意できないかと頼んでくれたのだった。そして今日、オッケーが出たらしい。保護者もおらず身分証もないから契約するのは無理だろうとあきらめていたし、映水さんがなにをどうしてくれたのかはわからなかったけれど、いずれにせよ、携帯電話がやってくるのだ。かける人もかけてくる人もいなかったけど、うきうきする胸がさらに弾んで、なんだか体のあちこちが痒《かゆ》く感じられるくらいに嬉しかった。

「黄色のおかげだね」

わたしは部屋の西側の棚に設けた「黄色コーナー」を見つめて言った。

そのへんを歩いているときに百円ショップとか雑貨屋なんかで黄色の小物が目につくと、わたしは買い集めるようになっていた。貯金箱にぬいぐるみ、お箸にポーチにペンケース、封筒、メモ帳、シールに毛糸、いろんなサイズの箱やキーホルダー、造花にリボンに招き猫——すべて黄色の物たちが所狭しとひしめいていて、そこに新しいものがひとつ増えるたびに、自分たちのこれからがよくなっていくような、幸運の目盛りが少しずつあがっていくような、そんな気持ちになった。

濃いのやら薄いのやら、青みがかってみえるのやら明るいのやら、黄色にも、いろいろな黄色があった。けれどそのすべてに共通しているのは、それらはぜんぶ黄色であるということで、そして黄色は黄色であるだけで、わたしたちを勇気づけ安心させてくれるとくべつな色だということだった。


つぎの日、夜の七時頃に映水さんがやってきて、わたしの顔を見ると、ほら、というように銀色の携帯電話を差し出した。わたしはこたつから飛びだすように駆け寄って、本体と充電器を受けとった。画面に表示された自分の番号を見ると、嬉しさがわきあがってきた。ぐつぐつ煮える鍋もそこそこにわたしは携帯電話に夢中になって、ひとしきりいろんなボタンを試しつづけた。

「映水さん、お金はどうしたらいい？」

ふとわれに返って映水さんに尋ねると、適当にしておくからいい、と返ってきた。

「え、でも本体とはべつに毎月のお金もあるじゃんか。それは会うときに渡すのでいい？」

「いや、それも適当にやっておく」

「映水さんが払ってくれるってこと？」

「いや、俺がってわけじゃないけど。まあ適当に」

「適当って、誰が払うの？」

「おまえ、細かいことが気になるんだな」映水さんが苦笑した。「会社っていうか、こっちでまとめて払うから、気にしないでいい」

「会社？　映水さん、会社やってるの？」わたしは矢継ぎ早に質問をした。

「まあ映水がいいって言ってんだから、いいんじゃん」黄美子さんが言った。「花、そっち肉できてる、早く食べなよ——映水も食べなよ」

「ほんと？　映水さんいいの？」

ああ、というように映水さんはわたしのほうも見ずに肯き、お玉で鍋の具をよそって食べ始めた。わたしはそんな映水さんを眺めながら、これまで味わったことのない満足感というか喜びが、内側からじわりとわいてくるのを感じていた。

それは携帯電話が手に入ったことにたいしてではなく、なんというか——誰かが自分のためになにかを用意してくれたこと、そして本当なら自分が負うべき責任の一部を引き受けてくれて、なにも心配はいらないというようなことを言ってくれたことにたいする、安堵《あんど》と感謝が入り混じったような感情だった。なんだか守られたみたいだ——うまく言葉にはできなかったけれど、そのときわたしが感じていたのはそういう気持ちだった。わたしは何度も映水さんに礼を言った。

「たかが携帯に、おおげさだな」映水さんが呆れたように言った。

「おおげさじゃないよ」わたしは胸がいっぱいで、それだけを言うので精一杯だった。

気持ちが高ぶっていてなに鍋なのかよくわからなかったけれど、ポン酢につければ肉も野菜もすごくおいしかった。わたしはいろんなことを夢中でしゃべり、途中でまた電話を手にもって、今度は黄美子さんと映水さん、ふたりの番号を登録した。そしてそれぞれに着信を鳴らして聞こえてきたメロディについて冗談なんかを言って、ふたりを笑わせた。黄美子さんは家なのに珍しくビールを飲んでおり、映水さんも自分でもってきたマッコリを飲んでいて、部屋は暖かくて、いい雰囲気だった。テレビでは年末の派手な感じの報道特番が流れていて、香港が中国に返還されたことや、大きな証券会社が潰れたこと、それからイギリスのダイアナ妃が車の事故で男の人と死んでしまったことなんかが、衝撃度の順位とともに取りあげられていた。わたしは子どものころから今に至るまで新聞をちゃんと読んだこともなく、なんとなく流れてくるニュースとかワイドショーを眺めても、すごいな、とか、大変だな、というようなことをいつもぼんやり思うだけだったけれど、その夜のニュースはいつにもまして、なにもひとつも頭に入ってこなかった。

「一味ないかな」映水さんが訊いた。

「七味ならあったよ」黄美子さんが答えると、いや、一味がいいなと映水さんは言い、ビールもないしついでに買ってくるわと腰をあげようとした。

「あっ、わたし行ってくるよ」

「いいよ」

「ううん、わたし行ってくる、一味と、ビールはなんでもいいよね」

「じゃついでに、『雪の宿』買ってきて」黄美子さんが言った。

「オッケー」

わたしは携帯電話をもち、ジャンパーをはおって外に出た。新しい、自分だけの携帯電話がこのポケットに入っているのだと思うと、それだけで、なんでもないいつもの夜道がまるで待ち遠しいどこかへつづくきらきらしい滑走路のように感じられるのだった。わたしはうきうきする気分と肩でも組むような足どりで歩いていった。

「れもん」の近くのスーパーに着くと、少し離れたところで加藤蘭がちらしを配っているのが見えた。いつもとおなじ白いブルゾンとショッキングピンクのサンダルという格好で、多くの人が行き交うなかで、蘭だけがぽっこり浮かんでみえた。わたしは走っていって、声をかけた。

「おっはよ、今日もまだ店？」

「おはよ」蘭はわたしに気がつくと笑顔になった。「そうだよ、今日まで」

「働くねえ、うちはもう休みだよ」

「そっか、もう二十八日だもんね。このへんに住んでるの？」

「うん、茶沢通りのほう」

「うちもまあまあ近いよ、環七またいで、駅でいうと三つ行ったとこ。たまに歩いて帰ってる」

「あっちは行ったことないな。年始はいつから？　やっぱ五日からだよね」

「店はそうかな。わかんないや。でもわたし今日で最後なんだよね。辞めるの」

「えっ、辞めるの？」自分でも思ったより大きな声が出たことにびっくりして、わたしはあたりを見まわした。「――なんで？」

「理由はまあいろいろあるけど、きついんだよね、ノルマね。あとキャバはむいてないなって。わたし指名とれないんだよね。人気ないの」

「この仕事を辞めるってこと？　それともべつのとこ行くの？」

「わかんない、まだなにも決めてないかな。なんか落ちちゃってて。でもわたし夜以外できることないからなあ」

「キャバってわたし、ぜんぜん知らないんだけどさ」スーパーに出入りする客が増えてきたので、わたしたちは道のはしっこに移動した。「何時間働いて、いくらもらえるものなの？　その指名ってのがないと安いの？　日給が変わるの？」

「それは……」加藤蘭は困ったような笑顔で言った。「そうだね、いきなりお金の話もあれだけど……基本給だけになるよね、やっぱ。ぶっちゃけ……七千円とか？　ミラクル起きて二万とかいくことあったけど、最近はもうないね。あ、でもほかの子はぜんぜん違うよ、稼いでる。わたしが指名ないだけだね。やる気ないし」

「えっ、やる気ないの？」わたしはさらに質問をかさねた。

「ないっていうか、あるんだけど、なんか人間関係とか？　うち人多いし、なんかうまくいかなくて。まえの店ではもっと、ちゃんとできてたんだけどなあ」

「店によって、雰囲気が違うのか」

「うん、それはあるね」

　わたしたちのすぐそばを数人の男たちのグループが通りかかり、そのうちのひとりがわたしたちにむかってわけのわからないことを口走り、べつの男がその男の頭をはたきながら、お姉さあん、すみませんねえ、とふざけた調子で謝った。全員が完全に酔っ払っていた。蘭は適当にあしらいながら笑顔をつくり、ひとりひとりにちらしを渡した。蘭が笑うと狭い額がぐんと縮んで、その感じを見たときに――べつに似ているところなんかひとつもないのに、わたしはなぜか小学校の頃にひとりだけ仲の良かった女の子のことを思いだした。ほかの子たちがもう帰らなきゃと言ってひとりずついなくなっていくなかで、ランドセルを左右にゆらしながら、暗くなってもそのへんを一緒に歩きまわっていた女の子。団地とか神社とか非常階段とかの、いろんな階段に一緒に座っていた女の子。男たちはくっついたり離れたりしながら通りのほうへ移動していった。

「ねえ、電話番号おしえてよ。携帯もってる？」わたしはポケットから携帯電話をとりだして、蘭に見せた。「これ、わたしの電話なの。正月でも、そのあとでもいいし、会おうよ。家も近いし」

「いいよ」

「ねえ、名前なんていうの？　わたしは花。伊藤花」

「蘭だよ、加藤蘭」

わたしはそのとき初めて加藤蘭の名前を知った。蘭の携帯電話にはストラップがついており、そこにかわいい色あいのアクセサリーがいくつもぶらさがっていて、いいな、と思った。たしか「黄色コーナー」にふさふさした感じのキーホルダーみたいなのがあったはず。わたしも明日、こんなふうに電話につけてみよう。

「じゃ、電話するね。わたしちょっと買い物して帰る。仕事がんばってね」

「ありがと」

スーパーのなかは冷凍庫みたいにきんきんに白くて、わたしはジャンパーのまえをあわせた。

二十四時間営業をしている店舗だからか、けっこうな数の客がいた。わたしは急ぎ足で店内を歩き、一味とビールと雪の宿を買ってスーパーから出ると、加藤蘭の姿はなかった。最後の客が見つかったのかもしれない。携帯電話を手にした高揚はまだつづいていて、わたしはポケットのなかでにぎりしめたり、指さきで細部をさわったり、それからまたとりだして液晶画面が光るのを見たり、いろんな機能をチェックしながら歩いて帰った。

部屋に着くと、黄美子さんがテレビを見ておかえりと言うだけで、映水さんはいなかった。「あれえ、映水さんは」と訊くと、花が出てすぐ電話がかかってきて戻らなきゃいけなくなったから帰ったのだ、と言う。

「さっき言ってた、会社から呼びだされたの？」

「どうだろ」

「せっかく一味、買ってきたのに」

「またいつでも使えるじゃん」

「年末なのにね。まだやることあるんだね」

「年末だからじゃないの」

黄美子さんはいい感じに酔っ払っており、腰のあたりまでこたつに入って、気持ちよさそうに目をつむっていた。わたしは少しだけ鍋のつづきを食べて、カセットコンロの火を消した。

テレビはバラエティ番組をやっており、誰かがなにか言うたびに全員がいっせいに顔のまえで手を叩いて大笑いをしていた。芸能人って、世の中に何人くらいいるんだろうな。わたしはそんなことを考えた。そして、こういう番組に出ると一回につき、いくらくらいもらえるんだろう。見当もつかなかった。わたしはしばらく画面を見ていたけれど、いっこうに面白く感じられなかったので音量を下げ、べつのチャンネルにあわせてみた。どこも似たような感じだった。

「花」

眠そうな声で黄美子さんが呼んだ。「ちょっとだけ寝るわ、一時間くらいしたら起こして。食器洗って、ここもきれいにするから」

「わたしがやっとくよ」

「いい、いい。わたしがやる。こつがあるから」

そう言うと、黄美子さんはそのまま眠ってしまった。

黄美子さんには掃除全般にたいして、独特のこだわりのようなものがあり、わたしがかかわるのを嫌がるところがあった。いや、嫌がるというか、あわてるというか。「れもん」の開店準備のときはさすがに手わけをしていろいろなところを掃除したけれど、基本的には掃除のすべてを自分でやりたがった。ふたりでやれば早いのにと言っても、こつがあるからの一点張りだった。わたしは子どもの頃から散らかった家で育ったこともあって、掃除に縁がないというか関心がなかったし、黄美子さんの言うこつというようなものがなんなのかも、さっぱりわからなかった。黄美子さんは、毎日ちょっとした時間のすきまにふきんをもって、しゃべりながら、ワイドショーを見ながら、たいして汚れてもいないのにいろんなところをせっせと拭いてまわった。そんな様子を見ながら少し不思議な感じがしたけれど、でも誰かが絶えず、気持ちと手間をかけている小ざっぱりした部屋に住むというのは思いのほかいい気持ちのするものだった。黄美子さんは洗濯物には掃除ほどには興味がないようだったので、わたしは干すのと畳むのをできるだけ頑張るようにした。

黄美子さんはぐうぐうと寝息をたてて眠っていた。

わたしは起こさないようにそっと近づき、顔を覗きこんだ。少しひらいた唇のはしっこにかすかによだれが光っていた。わたしは声を出さずに笑い、それからまたじっと黄美子さんの顔を見つめてみた。

二年まえの夏に黄美子さんと会っていなかったら。そしてあのあと再会していなかったら。わたしはそんな「もしも」について考えた。きっと今もあそこに住んで、自転車に乗ってつまらない学校に通い、どれだけ頑張っても千円にもならない時給で朝から晩まで必死に働いてお金を貯めて、そんなふうに暮らしていたんだろうなと思った。わたしは、物心がつく頃からこのあいだの夏まで住んでいた——つまり、人生のほとんどを過ごしたあの文化住宅の、あらゆるところをはっきりと思いだすことができた。ひびの入った砂壁や、薄暗い廊下にぶらさがった電球や、共同玄関を入ってすぐ、左右の小さくて薄っぺらいドアに、清風荘の古い文字。湿り気をたっぷり吸いこんだいろんなものがありありと迫ってくるようだった。わたしは首をふって、部屋のなかを見まわした。目のまえの壁は白かった。今はもう慣れたけれど、初めてここに来たときすべてが白すぎるように感じて目がちかちかしたことを思いだした。わたしを取り囲んでいるよっつの壁をあらためてじっくり見つめてみると、だんだん奇妙な感じがし始めた。

ここで今、黄美子さんと暮らしているこの自分は、じつは想像のなかの自分であって、本当の自分はまだあの文化住宅にいるんじゃないだろうか。あのテレビの部屋で動けないまま、じっと天井を見つめているのではないだろうか。そして今ここにいるわたしというのは、黄美子さんに去られ、トロスケにすべてを盗まれ、絶望しているわたしが「こんなだったらよかったのに」と夢のように想像している映像かなにかなのではあるまいか——そんなわけのわからない感覚がやってきて、こわくなった。

ちがう、今はここ。わたしは今ここにいて、黄美子さんは今、そこで眠っていて、現実のわたしはこのわたしなのだ。わたしは両手で顔をつつみ、そこに感触があることを確かめた。それに今はもう夏じゃない。今は冬。わたしも今も、ひとつしかなくて、ひとつしかないわたしと今は、ほかでもないここと今にしか存在しないのだ。これがわたしの本当なのだ。わたしは胸のなかの息をぜんぶ吐ききって自分自身に肯いてみせ、それからまた黄美子さんの顔をじっと見た。

目を閉じて、どこかぽかんとした感じのする黄美子さんの顔には、ふだんは目につかない小さなしみがあちこちに浮いて、眉間や目の下や口のまわりにも細かなしわが何本も刻まれていた。力のぬけた黄美子さんの顔を見ていると、なぜだか鼻の奥がじんと疼いた。そして、「れもん」をもっと頑張ろうと思った。今も頑張っているけれど、でも、もっと、もっともっと頑張るんだ——ひとしきり黄美子さんの寝顔を眺め、トイレに行こうと立ったとき、黄美子さんの頭の左うえのほうに白い封筒が置いてあるのが見えた。

それは、例の、いつもの映水さんの封筒だった。おそらく今日も映水さんから受けとって、黄美子さんがそのままにしておいたのだ。

わたしはしばらくその白い封筒を見つめて、それからまた黄美子さんの顔を見た。黄美子さんはさっきよりもぐっすりと眠っているようにみえた。わたしはつばをひとつ飲みこみ、封筒にゆっくり手を伸ばした。封はされておらず、なかを覗くと一万円札の茶色がみえた。数えてみると十五枚あった。二つ折りになった紙切れも入っていて、広げてみると〈オチユウスケ5　ヤマタク7　ヨシミ3〉と走り書きがあった。映水さんの字を見たことはなかったけれど、映水さんが書いたものだと直感した。このお金がなんなのかはわからないけれど、メモされた数字からしてこの十五万円の内訳なのだろうと思った。わたしはお金と紙を封筒に入れ、もとの場所にそっと戻した。

2

太陽の下で見る加藤蘭は、メイクの感じはおなじなのに、着ているものと昼間の光のせいなのか、いつもと雰囲気が違ってみえた。

蘭は黒のもこもこした短めのコートの下にサテン地のシャツとミニスカート、仕事のときよりも底の厚い、白いブーツを履いていた。一月三日。わたしたちは三軒茶屋の駅前で待ちあわせをして、渋谷に行くことになっていた。あのあと蘭と何度か電話で話し、蘭が『タイタニック』を観にいこうと言ったのだ。

『タイタニック』はチケットを買うのも長蛇の列で、映画そのものも長かった。「レオ様すごかった」「レオ様もういっかい観たい」「レオ様やばい」とため息をついて悶《もだ》えるような声を漏らす女の人たちでひしめきあうエレベーターに詰められて地上に降り、扉から吐きだされたそこにもまた、べつの人波が押し寄せていた。わたしたちは人混みを縫うように横断歩道を渡り、映画館のむかいにあるゲームセンターで十五分ほどならんでプリクラを撮り、初売りセールの怒号が飛び交う109を横目で見つつ、さらに人がごったがえしているセンター街のマクドナルドにならんで入り、遅い昼ごはんを食べた。「岩にぶつかるとき、岩の感じがすごかったね」とか「あれって実話らしいよ」とか「自分だったら生き残れると思う?」とか、映画の感想も少し話した。そうするうちにも、つぎからつぎに人が入ってきて、わたしはそれが気になって、ちらちらと目を動かした。誰もが大声で笑い、ひっきりなしに話しているので落ち着かなかった。苛々と疲れを通りこしてわたしの体は緊張し、いろんなところがきしきし痛みだした。

あんまりおいしいと思えないコーラを吸いあげながら、この状態はなにかに似ている、このつらい感じのことをわたしは知っている……と考えながら、それがなんなのか、すぐに思い当たった。それは学校だった。マクドナルドにいる客は全員が若くて、その若さが集まって醸しだしているそれは、わたしに学校というものを否応なしに思い起こさせた。声のトーンもしゃべりかたも、髪の色もメイクも服装も、みんな少しずつ違うのだけれど、でもここにいるのはみんな、肝心なところがおなじなのだ。

わたしは、自分とおなじくらいの年の子たち、それもいくつかのグループや仲間たちが居あわせることで生まれてくる、だるさと警戒心と活《い》きのよさがないまぜになって、全体としては挑戦的な感じでぴりぴりしているこの雰囲気が、すごく苦手だった。きょうだいもおらず、物心ついたときから狭い部屋のなかで母親とそのホステス友達と過ごすことだけが日常で、同級生にも学校にも馴染めなかったわたしにとって、こんなふうな空間は刺激をこえて、苦痛に感じられるのだった。

「蘭ちゃん、渋谷よく来るの」

「うん。服とかメイクのとか、買うときね。新宿とかはないかな」

「蘭ちゃん、人多いのとか平気なほう？」

「どうかな、少ないほうがいいんだろうけど、でもそんなの考えたことないな」

「そうだよね――ねえ、これ飲んだら三茶に戻らない？　駅前にもマックあるし空いてそう。家も近くなるし、ゆっくりできそう」

「いいよ」

行きとおなじ電車の反対側に乗って三茶に着くと、わたしは胸にたまった息をすべて吐きだし、さらに何度か深呼吸をくりかえした。わたしたちは地上に出てすぐのところにあるマクドナルドに入って、オレンジジュースとコーラとポテトを注文して席に着いた。

「三茶、落ち着くわ」わたしは心から言った。

「花ちゃんて、三茶住んで長いんだっけ」

「ううん。夏に来たとこ」

「え、もともと家どこなの？」

「東村山だよ。蘭ちゃんは？」

「わたしは幸手」

「さって？　どこだろ、遠いの？」

「知らないよね、幸手市。埼玉のはしっこにあるんだけどね。実家なんだけど、最初はそこから通ってたの。わたし高校中退して専門に行ってたの。美容の」

「そういえば蘭ちゃんって、何歳なの？」

「いま十八、もう年明けたから今年で十九。花ちゃんは？」

「わたし蘭ちゃんのいっこ下だね、今年、十八。わたしも学校辞めたんだよ。辞めたっていうか、ただ行かなくなっただけなんだけど。蘭ちゃんはそしたら、昼間はその美容の学校に行ってるの？」

「ううん」蘭はストローに視線を落として言った。「もう行ってないんだよね。最初のうちは頑張って通ってたんだけど、うち、すっごい遠くて。朝五時起きとかでチャリで駅まで行って電車乗って、学校が終わって、友達とちょっと遊ぶじゃん、それで家に着いて風呂入ったりなんだりしたら、寝るの毎晩一時とかで。往復三時間。最初はぜんぜんいけるじゃんって思ってたんだけど、やってみるとぜんぜん無理で」

「三時間は遠いね」

「うん、まじ遠くて。こっちで一人暮らしとかできたらよかったんだけど、うちそんな余裕ぜんぜんなかったからさ。学校辞めて専門行きたいって言ったときも、どこにそんな金あるんだよって親から超反対されて、地元で働けとかすごい文句言われたんだけど、押しきって。祖父《じい》ちゃんに頼みこんでなんとか学費だしてもらったから、今さら通うのがきついとか、言えない雰囲気で。あとさ、学校の友達とかみんなお金もっててさ、わたしだけぜんぜんお金なくて。服とかメイクとかのお金」

「友達は、親からお金もらうの？」

「そうだよ、必死でバイトしてる子とかいなかった。だいたい都内に実家があって、よくわかんないけど、みんなふつうにお金もってた。そんなだから、その子らにあわせて一回遊ぶだけで、けっこうお金飛んでいくんだよね。それで、どうしよってなって、最初は週一で終電までってことで、夜、はじめたんだよね」

「学校終わりにってこと？」

「最初は完全にバイトって感じだったんだけど、やっぱりお金にはなるからさ、だんだん出勤も増えていって。わたし高校辞めたあとに近所の薬局の棚だしとかスーパーのレジとかやってたんだけど、死ぬほど働いても月に十万もいかないんだよね。でも夜はやっぱ違うくて。もちろん嫌な客もいるけど、まあ昼だって頭おかしい客なんかふつうにいるから。それで週三とかで入るようになったら、毎日いちいち幸手まで帰るのが無理になるわけよ。とにかく遠いし、寝るだけでしょ。なんのために帰ってんのか意味不明になってきて」

「なるね、それは」わたしは唸《うな》った。

「そうなの。まじ遠くて。それで帰るのがだるくなって、一人暮らししてる友達のところに、ちょくちょく泊めてもらうようになったりして。でもさ、服とか超お金かかるじゃん？　自分だけださいのとかいやだし、遊ぶのにもお金いるし。しばらく昼と夜——学校と店ね、なんとか両方がんばってたんだけど、でも無理んなって。朝起きれなくなって遅刻とか超するようになって、単位とか試験とかまじ終わりだして。そうするとだんだん学校、行きにくくなってくるんだよね。お水やってるのわたしぐらいだから浮いてるし、遊ぶのも、なんとなく誘われなくなったりしてね。センスないとかお水ださいとか馬鹿にされてるのもわかるしさ。それで辞めた感じ。つづいてたら、この春に国家試験だっけ、受けるはずだったんだけど」

「親はなんて言うの、そういうとき」

「いや、超険悪になったよ。おまえはほんとになにやらせても駄目だとか馬鹿とかさんざん言われて。でも、正直ちょっとほっとしてたよね。専門って学費けっこうするから。いくら祖父ちゃんが出したっていっても家の金だし、二年めのぶん払わなくて済んでそれはそれでよかったわ、みたいなのは伝わってきた。おまえこのあとどうすんだよとか言われたけど、本気で心配もしてない感じ。専門のときにできた友達と家賃半々で、東京でバイトして生きるわって言ったら、べつになんも言わなかった」

「友達と住んでるの？」

「ううん、彼氏と住んでる」

「えっ」わたしは驚いて、思わず目を見ひらいた。「彼氏いるんだ」

「うん」

「そうなんだ」わたしはコーラを口に含み、ゆるくなった炭酸が頬の内側でちりちり弾けるのを感じながら、ゆっくり飲み下した。自分でもなぜそんなにびっくりしたのか、わからなかった。

「一緒に住んで八ヶ月くらいかな。すでに限界感じてるけど。束縛きついし」

「……蘭ちゃんは、なんで美容師になろうと思ったの？」

「なんだろな……手に職つけなきゃなって思ったの。トリマーと迷ったけど。犬とかのね。流行ってんだよね……。あと、東京にいればなんとかなるというか、東京にいないと始まんないよなって思ってた。花ちゃんはなんで三茶に越してきたの？」

「越してきたっていうか、なんていうか」

わたしは自分が育った家や町の雰囲気や、二年まえの夏に黄美子さんと出会ったこと、そしてこのあいだの夏に再会して、そのまま家を出たことなんかについて、ざっくりと話した。

「なんか、かっこいいね」蘭が感心したように言った。「あの人、黄美子さんっていうんだ」

「あっ、知ってる？」

「うん、花ちゃんと歩いてるとこ、何回か見てるよ。いつも一緒に帰ってるでしょ。背の大きい人だよね。じゃ、あの人が店のママなんだ」

「ママって感じはあんまりしないけどね。ふたりでやってるって感じ……でも基本的に任せてくれてるっていうか、わたしがぜんぶやってるの。『れもん』って名前もわたしがつけたんだよ」

「へえ、すごい」蘭が小さく声をあげた。

「黄色がわたしらのラッキーカラーなんだよね。風水って知ってる？　西の方向に黄色のものを飾ったり置いたりすると金運がめちゃくちゃよくなるんだよね。黄美子さんの名前にも入ってるし、れもんも黄色でしょ。黄色パワーすごいよ」

「風水って聞いたことあるわ……テレビでやってんの見たかも。なんだっけ、あれでしょ、ドクターなんとかっておっちゃんががんがん広めてるやつじゃなかった？」

「いや……それとはたぶん、違うかも」わたしは咳払いをして言った。

「そうかな、なんか見た気がしたけど」蘭は首をひねった。「花ちゃんってテレビ見ないの？」

「うん、あんま見ない。黄美子さんは昼間流してるけど」

「音楽とかは？　カラオケとか。雑誌とかなにみてんの？」

「音楽とかもぜんぜん。カラオケは店で客が歌ってるの聴くけど、自分じゃ歌わないよ、下手だし。雑誌もみない。黄美子さんがたまに読んでる週刊誌が部屋においてあるけど。女性なんとかとか」

「えー、学校辞めるまえ、花ちゃん友達となにしてたんだよお」

蘭が冗談めかして言った。

「ずっとバイトしてた。あと、友達いなかった。だから今日プリクラも初めて撮った。面白かった」

「まじ？」

「まじ」

「意っ外。花ちゃん、こんな面白いのにね」

「えっ、わたし面白い？」わたしは驚いた。

「うん、面白いよ」

「うそ」

「え、ほんと」

「どこが……どこが面白い？」わたしはどきどきして尋ねた。

「えー、なんか全体的に面白いよ！　あと、ちょっと個性的だよね。それメイクもしてないっしょ。眉毛も太いし、髪の毛も真っ黒だし。スナックってのもなんかレアだし。服も……何系って言っていいのかわかんないタイプ。好きな芸能人とかもいないの？」

「いない。ぜんぜん知らない」

「趣味っつうか、休みの日とかなにしてんの。なにが好きなの」

「なにもしてない。好きなのは――」わたしは蘭の質問をもう一度、頭のなかにめぐらせてみた。

わたしの好きなもの。わたしが好きなものって、なにか。

「好きなのは、働くのが好き……っていうか、稼ぐのが好き」

「へえ、花ちゃんやっぱうけるわ」蘭は声を出して笑った。

「そうかな、でも稼がないと生きていけないじゃんか」わたしは言った。

「それはそうだ、お金は大事だよ……花ちゃん、そのストラップかわいいじゃん、ばっちり黄色じゃん。どう？　金運、効果ある？」

「あると思うよ」わたしはしっぽみたいなファーのキーホルダーを指さきでなでながら言った。

「うち、九月末にオープンしたんだけど、今んとこずっといい感じ」

「客もいい感じ？」

「常連が多いよね。もちろん新規も来ることは来るけど、毎日ぜったいに来るのはじいちゃんたち、昔からいる地元の人なんだよね。で、この人たちがわりとお金を遣うんだよね。もちろんけちな人もいるけど」

「地元のじいちゃんら」

「そうそう。地主っていうの？　そういう人が多いの」

「あーわかる」蘭が口をあけたまま肯いた。

「あるじゃん、ぜんぜん物売れてる気配ないのに、ずっとやってる店とか。茶碗とかスリッパとか置物とかふつうに埃かぶってるのに潰れてない店とかさ。あれって税金対策と、ただ単に閉めるのが面倒だからだらだらあけてるだけで、いっこも売れなくてもまったく問題ないんだって。ほかにもビルとか店とかマンションとかに土地を貸したりしてるみたい。わたしさ、そのへん適当に歩いてて、なんかおんなじ名字の家が多いなって思ったことあるんだよね。偶然なのかなあって。そしたらそこ、うちに来るおじいちゃん客の家だったの。地主ね。親戚っていうか、昔っからこのへん一帯、一族で住んでるんだって。しかも豪邸ばっかかだよ。すごくない？」

「すごい」

「でも、もう年とって二代目が仕切ってるから、家にも居場所がない、嫁がきつい、孫がうるさい、もうここしか来るとこないって、そんな感じのこと言ってた」

「へえ。うちにはそういうじいちゃん連中は来てなかったな。わかんない、わたしが席についてなかっただけかもだけど」

「いや、たぶんキャバとスナックって、なんか違うんだよな。そのじいちゃんたちっていうのも、もともと『れもん』のまえの店に来てた客で、新規の客ってわけでもないし。なんていうか、酒とカラオケのある集会所っていうか、そういう感じあるよ。まあ、細かいこと言わずにお金遣ってくれるから、ありがたいんだけど」わたしはポテトをつまんで言った。「でもさ、すごいよなあ、土地って。なんにもしなくても、毎月毎月とんでもない額のお金が入ってくるんだよ。それが死ぬまでつづいて、なんの心配もなく暮らしていくんだよ。っていうか、土地ってもともと誰のものなの？　地面でしょ？　だってさ、最初は誰のものでもなかったはずじゃんね」

「あれでしょ、戦争終わったあとの焼け野原で『こっからここまでが俺んとこだ』って言ったもん勝ちだったとか、聞いたことあるけど」

「なんで、それができた人とできなかった人がいるんだろうね」

「頭がよかったのかなあ、チャンス見逃さない系の」蘭が首をかしげた。

「死ぬまで金の心配しなくていいところに生まれて育つって、どんな気持ちなんだろうね」

「わかんないよ、金持ちの気持ちなんて」

「でも、蘭ちゃんの実家も、そんな貧乏ってわけじゃないっしょ」

「ぜんぜんだよ。家とか狭くて超ぼっろぼろだし、父親が何年かまえに仕事でけっこう大きい怪我して、ほぼ寝たきりの無職だし、母さん朝から晩までパートだし。貯金もないよ。すっからかん。怪我の保険金と、もともと祖父ちゃんの家だから家賃がいらないってだけで、なんとかやってる感じだよね。うち下にまだ弟ふたりいるんだよね。こないだ電話かかってきて、わたしの部屋もうないってよ。まあ部屋っていっても四畳半の物置みたいなとこだけど。とりあえず、もう帰るとこない」

「やばいじゃん」

「やばいよん」蘭は笑った。

「わたしら、ちょっと似てるかもね」わたしも笑った。

「うん……わたし、家のこと誰かにこんなふうに話したの、考えてみたら初めてかも」

わたしたちは少しのあいだ黙りこみ、飲み物をのみ、ポテトをつまんで口に入れた。店内の座席はほとんど埋まっていて、隣の席では、イヤホンを耳につけた全身黒尽くめの男が激しめに体をゆらし、そのまた隣には、コートを着たまま腕を胸のまえで組んで、さっきから少しも動かない女の人もいた。前髪が顔全体にかかっていて、眠っているのかそうでないのかはわからなかった。

「蘭ちゃん、これからどうすんの？　仕事」わたしは訊いた。

「キャバっきゃないから、また面接受けるかな。三茶がいいけど、あんまないんだよね」

「じゃあさ、決まるまでうちにちょっとバイト入ってよ」

「えっ」

「今うち、黄美子さんとふたりなんだけど、ちょっと回んなくなってきてて。黄美子さんに話してみるからさ、つぎが見つかるまでのあいだでもいいからバイトしてよ。時給とかも相談して決めて」

「それは……超うれしい、けど」蘭は心なしか頬を赤らめ、ひとつひとつの言葉を確かめるように言った。「……ノルマとかない感じ？　人も、花ちゃんと、その黄美子さんだけ？」

「ノルマない。わたしと黄美子さんだけ。そうだ、蘭ちゃんってお酒飲めんの？」

「飲める。っていうか超ざる。店でいちばん強かった」

「うっそん」わたしは目を見ひらいた。「うち黄美子さん弱くて、飲めるのわたしだけで、あんま戦力にならなかったんだよ。蘭ちゃんが入ってくれたら、がんがんいけんじゃんか」

「がんがん飲むよ」

「頼もしすぎるんだけど」

「二日酔いとかも、なったことない」

「やばい。わたしら、超うまくいく予感する」わたしは言った。「黄美子さんにきいて、すぐ電話するからね」

わたしたちはそのあと、チキンナゲットとコーラをそれぞれ追加して、二時間くらいをしゃべり倒した。蘭がよくやっている目のまわりを白っぽくするメイクのやりかたや眉毛のぬきかたや、再来年にやってくる二〇〇〇年はミレニアムと言ってなにかが起きるとか起きないとか言われていること、そしてわたしたちが子どもの頃に流行っていたノストラダムスの大予言の話で盛りあがった。

マクドナルドを出ると、外はもう真っ暗だった。しんとした冬の匂いのなかで信号機や店さきの照明や街灯といったいろんな光がきらきらと瞬いて、それはいつもより強く、鮮やかに感じられるのだった。

わたしはおなじ年くらいの女の子とこんなふうな時間を過ごすのが初めてで、楽しくて、離れがたかった。横断歩道を渡って商店街を歩き、雑貨屋を覗き、本屋にも寄った。「ほら、これじゃん？」と蘭が示した本に目をやると、それは平積みにされた風水の指南書で、ものすごいベストセラーであるという文言と、Dr.コパというおっちゃんのぴかぴかした笑顔が目に飛びこんできた。中身をめくると、風水には黄色の金運以外にも、健康とか家族運とか転職とか出会いとか恋愛とか結婚とか、いろいろな効能があるらしかった。でも、わたしに、わたしと黄美子さんに必要なのは金運だった。それのみだった。ほかの色はいらない。必要ない。わたしらはこのまま黄色一本でいくぞと決意もあらたに、強い気持ちで本を戻した。

部屋に帰ると黄美子さんはおらず、わたしはユニットバスに湯を張って久しぶりに体を温めた。黄美子さんは今日は夕方から琴美さんと会っていて、帰りは遅くなるからさきに寝ていてくれと言われていた。黄美子さんがいない部屋はなんだか落ち着かなかったけれど、慣れない一日を過ごして思った以上に疲れていたのか、気がつけば眠りにすこんと落ちていた。

その夜、夢にレオナルド・ディカプリオが出てきた。わたしたちは暗黒の海を割って進む巨大な豪華客船のデッキの先端にいて、世界の終わりについて話をしていた。わたしは彼のことをレオ様と呼び、ノストラダムスの大予言がどんなものかを身ぶり手ぶりを使って説明していた。レオ様はそんなわたしを優しい目で見つめ、それが嬉しいわたしはさらに言葉を尽くして自分の感じているいろいろなことを知ってほしいとがんばっていた。《僕はこれから、あの贅沢でわがままな女の子を好きになって死ぬことになるけれど、それは僕が決めたことじゃないからね》レオ様は言った。《どういうこと?》わたしは訊いた。《自分で決めた人生を生きる人間なんか、この世にいないってことだよ。それを僕はみんなに知らせるために、こんなふうに存在させられているんだよ》《なんだか難しいけど、そうなんだ》わたしは肯いた。

《そうだよ。僕はあんな女の子、ちっとも好きじゃないよ。人生について、人間について、悲しくなるほどなにも知らない、脳みそが綿菓子と砂糖水でできてるようなあんな女の子のことなんか》わたしが黙っていると、レオ様の澄んだブルーの瞳がちらりと光り、それからわたしをまっすぐに見つめた。《僕は知っているよ、きみがどれだけ頑張り屋さんかっていうことを。そしてきみが、どんなに賢くて素敵な女の子なのかってこともね》わたしはレオ様の言葉に震えるような満足を覚え、目に涙を浮かべて身悶《みもだ》えるような快感を味わっていた。《レオ様、レオ様、死なないで。誰が決めたのか知らないけど、死ぬことないよ。こわくないの。海、まじで冷たそう。即死だよ》わたしは懇願した。《ありがとう花ちゃん。きみは優しいね。でもね、死ぬことじたいは怖くないし、しょうがないよね。人はぜったいに、一回は死ぬものだから》そしてレオ様は片手を伸ばしてわたしの頬を包みこみ、そっと寄せられたばら色の唇を見つめてわたしは——そこでぱっちりと両目がひらき、放りだされたここがいつのどこなのかわからず、わたしは少しのあいだ放心していた。遅れてどきどきがやってきて、夢を見ていたことに気づいたけれど、妙な生々しさにわたしはいてもたってもいられず、すぐにもう一度『タイタニック』を観に行かなければならないというものすごい焦りに駆られた。しかしそのまま二度寝をしてしまい、そうこうするうちに忘れてしまった。

第五章　青春

1

「れもん」に警察がやってきたのは、二月の中頃だった。開店まで一時間、黄美子さんは掃除機をかけていて、わたしはレジのお金を数えているところだった。自動ドアのひらく音がしたのでふりむくと、ひとめで警察官とわかる制服姿の大柄の男が立っており、「どうもすみません」と言いながら、なかを覗きこむように頭を下げた。少し後ろにもうひとり、ひとまわり小さい体つきで真剣な表情をした警官が立っていた。

「お忙しいときにすみません、わたくし、三軒茶屋交番の佐野《さの》と申します」

黄美子さんがドアのところまで行ったので、わたしもカウンターを出てそばに行った。これまで交番のまえや自転車に乗っている警察官を見たりすれ違ったりしたことは何度もあったけれど、こんなに間近で彼らを見るのは初めてだった。本物の警察だ——そう思うと鼓動が一気に速まり、わたしは何度も瞬きをした。そして、ばれたんだ、と反射的に思った。いったい誰のなにがばれたのか、そんなことはなにもわからなかったけれど、でもとにかくなにかがばれたんだ——その衝撃がわたしの全身を駆けぬけた。

「すみませんね、ええっと、あなたがママさん？」

「はい」黄美子さんはいつもの感じで返事をしたけれど、少し声が硬くなっているような気がした。

「もうご存知かもしれないんですけど、今日はですね、二階のね、お店。タトゥーのお店のことで」

「二階の？」

「そうです、そうです。先週の日曜ですか、窃盗……空き巣ですね、入って」

初耳だったので、わたしと黄美子さんは驚いて顔を見あわせた。

「最近またちょっと増えてましてね……日曜日はこちら、お休みですよね」

「うちは、土曜日まで」黄美子さんは言った。

「そうですか。入られた時間帯は、まだわからない感じで。被害の詳細もね、なにがどうなったかは、いま調べているところなんですけれどねえ」

佐野という警官は、その全身が醸しだしている威圧感をよそに、まるで世間話でもするようなどこか人懐こい口調で話した。わたしはその感じに少しほっとして、ゆっくりと胸のなかの息を吐いた。

「捕まったんですか、犯人」

「いやいや、まだまだ。全部これからなんですけど、ただこちらのビル、ちょっと奥まったところにあるでしょ。それにひとつのフロアにお店がひとつだしね。あと、防犯カメラもついてないしねえ」佐野警官は困ったように笑った。「それで、じつはちょっとまえにも傷害の事件もありましてですね。おなじタトゥーのご主人が客に殴られるっていうことがあって。それでまあ、やったほうはそのまま逃げてしまっている状態で。まだ今回の件との関係はわからないですけど」

「ええ」黄美子さんは低く唸った。「こわいじゃん」

「もちろんなにか目撃されたとかね、そういうのはないとは思うんですけど、なんでもいいからもし心当たりとか、そういうのがあったらいつでもご連絡くださいねっていうのと、あと防犯のね、確認強化、お願いも兼ねて、今このあたりぐるっと回らせてもらっていまして。とくに鍵ですね。大丈夫だと思いますけど、お店の人たち、鍵をガスメーターのなかとかマット下とか、店外に置いてらっしゃることがほんと多いんですよ。でもそれ、泥棒にどうぞ入ってくれって言ってるようなもんですから」

黄美子さんは腕組みをしたまま肯いた。

「あとわれわれ、巡回連絡表っていうのにも力を入れておりまして。もしよかったらご氏名とか連絡先とか、そういうの登録してもらえると。なにかのときに迅速に対応できるんですけど」

「それは、また今度で」

黄美子さんが笑ってそう言うと、単に形式的な流れだったのか、佐野警官はあっさりした感じで肯き、最後にひとつ、きびっとしたお辞儀のようなものをして帰っていった。

警官たちがいなくなっても、わたしと黄美子さんはなんとなくその場に立っていた。するともう一度いきなり自動ドアががっとひらき、わたしは大きくびくついた。

「あんたとこも来たかいや」

入れ替わりにやって来たのは「福や」のエンさんだった。

「びっくりした、エンさん」わたしは胸を押さえて言った。「まじびびったから！」

「なんでだ」エンさんは小刻みに首をふりながら店のなかに入ってきて、ボックス席に腰を下ろすと、大きなため息をついた。「店、まだ時間あるよな、ビールくれるか」

わたしと黄美子さんはエンさんのむかい側に座って、三人でビールを飲んだ。エンさんによると「福や」にも三十分ほどまえに佐野警官コンビが巡回と報告をしにやって来たらしく、エンさんは、まずは仮にもおなじビルで営業している店で二件も事件が起きたことにショックを受けているようだった。まだ早い時間だけどエンさんはすでに酒を飲んでいるようで、目のまわりがはっきりと赤くなっていた。

「エンさん、二階の店の人、知ってるの」黄美子さんが訊いた。

「いや、ほとんど知らないよ。知らないけど、怖いじゃないか。盗みに入られて、そのまえには殴られもして」

「まあね」

「たまたま二階だったけど、もしかしたら、うちでもあんたとこでもおかしくなかったんだよ。それ思うともう、なんか嫌んなっちゃって」

「でも、なにもなかったじゃん」黄美子さんが言った。

「いや、だからそれはたまたまだったかもしれないだろうよ。日曜ってたろう。こっちに入られる可能性はあっただろうよ。もちろんもっていかれて困るようなもんなんか、うちにはないよ。でも出くわしでもしててごらんよ。あてがたまたま店にいて、金めのものがないから腹いせに、殴られるか、ひょっとしたら殺されるかしたかもしれないんだ。現実、そうやって殺されてる人たくさんいるよ。そういうことを考えると、あては怖くてたまらなくなるんだよ」

「変なの」黄美子さんが笑った。

「なんも変じゃないだろう。なにが変なの、あんたは怖くないのかい」

「わたしは、よくわからないよ」

「すぐ近くで起きたんだよ、盗みと殴りが」

「まあそうだけど、わたしらはなんもなかったじゃん」

「だから、それはたまたま運が良かっただけで、本当は、あてらがやられてたのかもしれないってことだよ。それが怖いって言ってるんだよ」

「そういうの、難しいよ」

「あんたはまあ——そうだろうよ」そう言った瞬間、エンさんはなぜか自分の言葉に表情を暗くしたようにみえ、それを打ち消すように言葉をつづけた。「——花、もう一杯くれる」

「警察って、どこまでやるの？」わたしはエンさんのグラスにお代わりを注ぎながら訊いてみた。「捕まるの？　ちゃんと」

「まず無理だろうね」エンさんが言った。「何年かまえに通りのむこうであったんだよ。そんときも、指紋とって話きいて、あとはそのまま。忘れておしまい」

わたしは自分のお金が盗まれたことを思いだしており、あのときは警察に届けることなんて思いつきもしなかったけれど、でも仮に警察に行ったとしても、あれはきっと、どうにもならなかったのだろう。お金に名前は書いていないし、そこにいくらあったかを証明することなんかできない。指紋のあとを調べてくれたとしても、トロスケが服かなんかでこすって消していたらどうしようもないし、現にわたしはしばらくのあいだ金が盗まれていたことに気がつきもしなかったのだ。母親が疑われる可能性もあったかもしれない。どのみち泣き寝入りするしかなかったのだと思うと、わたしの胸は暗く沈んだ。

「もうさ、生きてるのが嫌になるわな」エンさんはため息をついて言った。「食べるために生きてるのか、生きるために食べてるのか」

「エンさん、弱気になってるの」黄美子さんが言った。

「そら、なるから。あんたらはまだ体の自由がきくし若いからね、あてだってあんたらの年にはなんも考えんでもよかったよ。でもね、もういいことなんかなにも起きないよ。暗いことばっかりになる気がするわ。自分だけじゃないよ、社会がぜんぶ、世の中ぜんぶが、おかしくなってる。こないだも、あんなおっきな嘘みたいな地震が起きて、見たかよ、高速道路がべろんとひっくり返って、火の海んなって。そうかと思えば頭のおかしいのが束になってあっちらこっちらに毒まき散らすわ、もう無茶苦茶なことばっかりで、こんなの漫画だよ」

　エンさんはもともとよく飲んでよくしゃべる人だけれど、今夜はいつもの明るさがまったく感じられなかった。

「日本はまだ金があるとか、安心安全の国だとか言ってるけど、違うね。これからもっとよくないことが起きて、もっともっと悪くなる。国だって人間と一緒。いいときはほんとに短いんだ。なんも考えないで笑ってられる青春はいっしゅんだろ。あっというまに終わっちまう。いくら寿命がのびたって、頭がぼけてヨイヨイのどうしようもない時間がふえるだけ。あてだってあと何年店に出られるか。ちょっとでも体こわしたら終わり。年金も貯金もない、家族もなし。こないだも――」エンさんはひと息に話すと、そこでまた深いため息をついた。「……昔っから来てくれてたヨッシーっていうのがいてさ、このところ顔みせないなと思ったら、死んでたんだよ」

「えっ」わたしは驚いた。

「家で死んでた。ひとりで死んでた。風呂場出たとこで」

「一人暮らしだったの？」

「脳の血管が切れて、そのまんま。二十年くらいの付きあいだったんだよ。なのに最後に来たときに喧嘩して。まあ、あてらしょっちゅう喧嘩はしてたけど、そのうちいつもみたいに元に戻るだろと思ってたら、いきなり死んじまって」

「なんで喧嘩したの」黄美子さんが訊いた。

「最近、煮物の味つけが濃くなったとか、不味《まず》くなったとかぶつぶつ言うから、あてはなんにも変えてないよって言ったら『出汁《だし》とりながら酒飲んでっから、味がバカんなってんだよ』ってげらげら笑われて。それで頭にきて、文句言って言い返されてまた言って、もう来んな、来ねえよ、でそのまんま」

エンさんはため息をついた。

「でもそれ、ヨッシーの言う通りでさ。酒でおかしくなってるんだよ、頭もベロも。ほかの客にきいてみたら、言いにくそうにみんな『少しまえから味へんになってると思ってた』だってさ。そりゃそうだよね、昼からこんなに飲んでたらそうなるよ。しかしこんな別れになるとはなあ。まあ病気んなって何年も苦しみぬいて死ぬよっか、よかったのかもしれないけれど。そうでも思わないとやりきれないよ。引きとり手がいなかったからさ、葬式も、似た時期に死んだ他人を何人か集めて焼くだけの粗末なやつ。素焼きだよ」

わたしたちは黙ってビールを飲んだ。

「あんたらにこんなこと言うのもあれだけど、水商売ってのは惨めだね。若いときはいいよ。でも生きてたらみんな年とるからね。年とってみるまで年とるってどういうことか、わからなかったわ。一生懸命やってきたけど、なんも残ってねえ」

「エンさん、元気だしなよ」黄美子さんが言った。

「あんたら悪いこと言わないから、今のうちにしっかり金は貯めとくんだよ。それか金持ちつかまえて楽するか……いや、金もってる男にろくなのいねえな。自分の金、貯めて貯めて、こぼれたのをちょっとすすって生きていくくらいでちょうどいいよ、なんの保証も約束もない生きかただもの。仲間がいたって友達がいたって金がなければともに倒れ、貧すりゃ鈍する、みんな死んじまって、生きてるやつはみんな最期は独りになるよ。そのときになって金がないのがどんだけ惨めか。貯めたってあの世に金はもっていけないなんてぬかすやつがいるけど、もっていく必要がどこにある。余ったら置いていけばいいだろう。人間は年をとって死ぬけど、金は年をとらないし、死なないからね」

そのとき、電話ボックスがぴかぴか光って、わたしは席を立って電話に出た。蘭からだった。蘭は正月明けから「れもん」で働くようになっていたけれど、熱が出て先週末から休んでいた。電話の声は少し元気になっていたので、ほっとした。熱も下がったらしいけれど、声が出にくいから今日も念のため休むとのことだった。明日また電話するねと言ってわたしは受話器を戻し、席に戻った。

エンさんは店の照明もあいまって全体的にしんみりしており、黄美子さんも黙ってそれを見つめている感じだった。黄美子さんがもっと飲むかと訊くと、エンさんはいいよ、もう店に戻るよと言って席を立った。小銭入れから代金を払おうとするエンさんにふたりでまあまあと言って笑い、明日ちょっと早めの時間に晩ごはん食べに行くよと声をかけた。

「味がバカになってるけどね」エンさんが力なく笑った。

「いつもおいしいよ」黄美子さんが言い、わたしも肯いた。

ごんごんと音を立ててエレベーターが到着して、エンさんがゆっくり乗り込んだ。灰色をした薄暗い照明の下、こちらにむきかえってボタンを押し、一瞬ほほえんだあとエンさんは目を閉じた。ドアが閉まるその瞬間、わたしは思わず棺桶を想像してしまい、あわててそれをふりはらった。その日は一見の客がふたり来ただけで、売り上げは一万四千六百円だった。十一時すぎにその客が帰ってしまうと誰かがやってくる気配はなくなり、十二時になるとわたしたちは簡単な片づけをして店を出た。

部屋に着くと黄美子さんはお腹が減ったと言って、テレビを眺めながら、わかめラーメンを食べた。わたしは寝そべりながら携帯電話の着メロの和音をいろいろ試し、そのあと交代でシャワーを浴びて、二時過ぎに布団に入った。

「ねえ黄美子さん」電気を消したあと、黄美子さんに話しかけた。「エンさん、すごい暗かったよね。友達も死んで」

「うん。ショックそうだったね」

「わたしもショックだったよ。警察がきたとき……なんか、『ばれた』って思っちゃった」

「なにが?」

ちょっとのまを置いて黄美子さんが言った。

「わからないけど、反射的にそう思ったんだよね」わたしは少しどきどきしながら言った。「仕事しながらさ、いったいなにがばれたって思ったんだろうって考えてたんだけど、わたしが未成年だってこととか、あと、まあ家出してるみたいな感じだとか」

「そんなの、誰にもわかんないよ」黄美子さんが寝返りを打つのがわかった。

「そんならいいんだけど……警察って、あんな近くで初めて見た。ピストルももってるんだよね。あと、服の下に防弾チョッキ着てたのかなとか、仕事中いろいろ考えた」

話しながらわたしは、黄美子さんが映水さんから会うたびに受けとっている封筒のことを思いだしていた。いくつかの名前と具体的な金額が書かれた紙も。あれはなんのお金なのか。もう一歩踏みこんでなにかを訊いてみたいような気持ちに駆られたけれど、勝手に中身を覗いたことは言えないし、かといってこの流れで封筒について訊くのは、なにか危ういような気がした。黄美子さんは封筒の受けとりを隠しているわけではない。けれどわたしに事情を話してくれているわけでもない。この話をすることで黄美子さんがどんな反応をするのか、わたしは想像ができなかった。気まずくなるのか、無視をするのか。それとも笑って説明してくれるのか、あるいは黄美子さんが初めてわたしに怒るようなことになるのかもしれない。いろんなことを想像しているとだんだん気持ちが重くなってきた。そこに警察が来たときの衝撃とか、年をとることやお金について語るエンさんのせっぱつまった感じなんかがありありと甦ってきた。

必ず年をとること。そして年をとるにも金が必要なこと。体を壊したらお終《しま》いで、助けてくれる人などおらず、わたしたちのこの生活はなんの保証もない、惨めな生きかたであること。そんなことを切々と話していたエンさんの表情や声の感じが生々しく体に残っていて、その残りかたは、それがまぎれもない真実であることをわたしに突きつけていた。わたしは怖くなり、思わず黄美子さんの名前を呼んだ。黄美子さんは眠そうな唸り声を出した。

「黄美子さんは——」わたしは訊いた。「怖くない？」

「なにが？」

「エンさんが今日、言ってたこと……わたし、なんかすごい怖くて。事件のこともそうだけど、それよりもお金とか将来のことっていうか……なんか他人事《ひとごと》とは思えない感じあった。あと何十年も生きないといけないのに、どうやっていくんだろうとか。なんかそんな暗いこと考えちゃって。もちろん店はがんばるよ、でも、なんかもっと根本的な不安っていうか……黄美子さんはそういうこと考えない？」

「考えないよ」

「なんで？」

「そんなのわかんないよ」黄美子さんがすごく面倒臭そうに言った。「わたし、そういう難しいことはわかんない」

「難しい？」

「うん」

「なにが？」

「だから、わかんないって」

そこでぷつんと話を打ち切られ、わたしは少し呆気《あっけ》にとられた。そのまま話が再開されるのをじっと待っていたけれど、しばらくすると黄美子さんの寝息が聞こえてきた。

わたしは置き去りにされたような気持ちになった。自分でもなぜと思うくらいに傷ついていて、じっさいに胸のあたりに痛みを感じるほどだった。わたしの質問にたいして、いや、わたしにたいして、黄美子さんが面倒臭そうな態度をとったことに、そんな態度をとられたことに、傷ついていたのだ。

黄美子さんの面倒臭そうなさっきの返事が何度も頭のなかでくりかえされた。わたしはわたしが襲われた不安と恐怖について話を聞いてほしかったのに、そしてふたりのこれからとか、そういう大事なことについてわたしは話そうとしていたのに、黄美子さんの気持ちも聞こうとしていたのに、なのに黄美子さんは本当にどうでもいいような声を出して、あんな態度をわたしにとった。そのことが、胸に突き刺さった。最初は胸が締めつけられて悲しいような感覚だったのが、だんだん顔が熱くなり、喉のあたりが苦しくなってきた。やがてそれは腹だたしさと怒りを混ぜたような感情に変化し、熱い涙がにじんで、目尻から耳のくぼみに落ちるように流れていった。黄美子さんはわたしがすぐ隣でこんなに苦しい気持ちでいるのに、なにも知ろうとせずに眠っていた。わたしは暗くてなにも見えない天井の一点を睨むように見つめながら、気持ちが鎮まるのを待った。

2

警察の騒動があったのが二月の半ば、そこから十日ほどがたった月末の、まだ早い時間に一組の客がやってきた。ドアがあいてふたりがなかに入ってきたとき、わたしは少しぎょっとして、蘭と顔を見あわせた。

同業者も多いので男女でやって来る客は珍しくもなかったけれど、片ほうが制服を着た女子高生だったのだ。

女子高生は紺色のブレザーにえんじ色のネクタイを少しゆるめて締め、肩にかかるくらいの髪にはきれいな艶の輪っかがみえた。背はわたしより少し低いくらいで、全体的にがっちりした体つきをしており、丈の短いタータンチェック柄のスカートからは、筋肉質の立派な二本の脚がみえた。前髪で顔はよく見えなかった。紺色のぴったりした膝下丈の靴下にローファーを履き、肩にかけた鞄のもち手はキーホルダー売り場のようになっていた。そのうちのひとつは弁当箱くらいの大きさのある巨大なキティちゃんの顔面だった。男は飲み放題のセットをひとりぶん頼み、女子高生になにを飲むかを尋ねた。女子高生はウーロン茶、と答えた。

「ねえ、ここってまえからこの店だっけ?」男が尋ねた。

「いえ、場所も中身もそのままですけど、店は変わったんです」わたしは言った。「名前と人が」

「だよね。僕、まえにたぶん一度来たことあると思うんだけど、この名前じゃなかったような」

「去年の秋からです、変わったの」

「だよねだよね」

蘭がセットと飲み物をテーブルに準備すると、男は女子高生に元気な声で、おつかれえ、と言ってグラスをあわせた。女子高生は太ももが半分くらい出た脚をくみかえて、おつかれさまでーす、と小さく返事した。女子高生の膝は思わずじっと見てしまうくらいに大きくて、虫さされのあとのようなしみがいくつかあった。それを見ているうちに、そういえばわたしも、去年の夏休みまえまで制服を着ていたんだということを思いだした。

「きみたちも飲みなよ」

「じゃあビールいただきます」

男は全体的にぽっちゃりとして肌が餅のように白く、後ろで小さく結んだ髪がいっそう黒く濃くみえた。眉毛はほとんど生えてないけれど目はぱっちりとして大きく、ここからでも少しくたびれているのがわかる赤いセーターを着ていて、派手なのか地味なのか、よくわからないような印象だった。

「っていうか、きみたち若くない？　いくつ？」

「ふたりとも二十歳です」

わたしたちは年齢を訊かれると、揃ってそう答えることにしていた。

「へー、ってことは玉森ちゃんの、みっつうえだね」男はそう言うと隣の女子高生のほうを見た。玉森ちゃんと呼ばれた女子高生は、長めの前髪から顔の下半分を出すようにウーロン茶をすりながら肯いた。

「店、ふたりでやってるの？」

「ママがいますけど、今日は遅めです」わたしは答えた。

「あーあー敬語とかいいよ、僕にかんしては」男はナイロンのバッグをがさごそやった。わたしたちそれぞれに手渡された名刺には、黒地に白い文字で《ライター・ながさわ猫太》とあった。

「きみたち名前は？」

「蘭です」

「花です」

「おー、蘭ちゃんと花ちゃん。蘭と花、蘭花……なんか『ランバダ』みたいじゃん⁉ってさすがに古いか、あははははは。ま、それはともかく女の子たちは僕のことみんな『ニャー兄《にい》』って呼んでるから、ふたりともそれでいいよ！」

そう言うとニャー兄はビールをぐいっとあおり、わたしたちにも飲んで飲んでと言って注ぎ足してくれた。

「この子は、玉森桃子ちゃんね。現役女子高生、つぎ三年！」

ニャー兄はテンションが高く、機嫌の良い人物で、酒のペースも早く、驚くほどの饒舌《じょうぜつ》だった。齢《とし》は三十一で、このあいだまで雑誌や本などをつくる編集プロダクションに勤務していたけれど、このたびフリーランスとして独立したばかりなのだという。

こんな雑誌にも書いている、こんな特集も企画したたし、誰々にも取材をしたし、ゴーストライターとしてベストセラーも一冊出したし、超人気のあるなんとかというバンドはデビューまえ、彼らがまだ居酒屋でバイトしてるときからみんな知りあいなんだよね、とニャー兄はいくつも名前を挙げたけれど、わたしはどれも知らなかった。

ニャー兄はテレビに出るような芸能人ではないけれど、渋谷で遊んでる若い子たちとかに人気があって、通好みの客や評論家から一目置かれているようなかっこいいカルチャーの担い手たちを主に専門にしていて、その界隈《かいわい》ではけっこう名前が知られているらしい。今回の自身の独立も

「時代がそれを求めてたのかも……」と言って少し照れくさそうな顔をして笑い、またビールをごくごくと飲んだ。わたしたちもおなじペースで飲みつづけ、大瓶を二本追加した。ニャー兄は「もっと飲みなよ！」と喜び、すごい早口で自身の仕事について語りつづけた。なんでもニャー兄が今いちばん関心をもっているのが「女子高生たちの終焉《しゅうえん》」についてだそうで、この十年近くのあいだ、都市圏を中心に壮絶な女子高生ブームが巻き起こったけれど、それはもうちかぢか完全に終わるので、総括しなければならない段階なのだという。

　ワイドショーとか母親の部屋にあった週刊誌なんかで、女子高生ブームというのを耳や目にしたことはあったけれど、そんなブームがどこにあったのか、このあいだまで女子高生で、今も年齢的には女子高生であるはずのわたしだけれど、まったくぴんとこなかった。それは蘭も似たような感じだったらしく「わたしたち、ちょっとまえに卒業したけど、あんまり関係なかったかも」と話すと「それはそうよ、いくらブームって言ったって、マスコミが騒ぐのはけっきょくそれが局所的な現象にすぎないからだよん。一部一部」とニャー兄は言い、テレクラ、ポケベル、ブルセラ、援助交際、実存形式、内的倫理、自己決定権に、自分探し……わたしでも聞いたことのあるような言葉と、難しいのかそうでないのかすらわからないような言葉を交えながら、身ぶり手ぶりを使って解説していった。

「それでさ、僕は小説を書こうと思っててさ」ひと息ついてニャー兄は言った。すごーい、とわたしと蘭が小さな歓声をあげると、ニャー兄は目を細めて肯いた。

「僕はね、彼女たちを尊敬してるから……真のウォーリアーだと思ってるよ。戦後の古臭い二項対立にすがりきって講釈垂れるか説教するしか能がない、偉そうなおっさんどもに買われていると見せかけてそのじつ非常にクレバーに利用して、ご都合主義まるだしの自虐史観に真正面から蹴り入れて、現実と虚構における正当なルサンチマン、つまり価値転倒をいちおうは社会規模で実現させせちゃったんだから」

「どういう意味ですか」思わずわたしは浮かんだ疑問を口にした。

「いや……いま言ったとおりの意味だけど」

ニャー兄は短く咳払いして言った。

「とにかく、僕はリアルを書きたいわけ、つかみたいわけ……いや、もちろん女子高生文化とかブルセラとか援交とか僕がさっき言ったようなことについてはさ、もう語り尽くされてるっていうか、本とか論文とかも死ぬほど出てるんだけれどね。データもすごいし分析もすごいし……でもさ、そういうのはさ、本当に頭が良くって自信家のニヒリストたち？　気鋭の社会学者とか研究者とかが引きつづきしっかりやってくれればいいから、僕はいいの。僕はもっと、そうだね……体ごと行きたいのよ。僕の側にも世界の側にもフィクションが必要だってことだよね。つまり、作り話でしか描けない時代の真実、実存のエッセンスってのがあって、僕はそれに迫りたいの、女子高生として」

「女子高生として？」わたしは訊いた。

「そう……三十一歳のニャー兄じゃなく、女子高生として書きたいの。それも、きちんと終わっていく女子高生としてね……よくある若者たちの代弁なんかじゃなくて、内側から絡みあって溶けあって、魂レベルで共振したいのよ。もうペンネームも詳細なプロフィールも作ってある。第一章の下書きもできてる。でもね、僕のいちばんの願いは僕の小説を女の子たちが読むことで、女の子たち自身も気づいてなかった真実にタッチする、そういう瞬間を生むことなのよ。書き始めてみるとすごいのよ、シンクロ率が。おっさんはみんなシンジに乗っかって未だに〈自分探し〉とかやってるけど、大事なのは〈自分なくし〉でしょ。その意味で僕は完全に綾波《あやなみ》、女の子側なんだよね。ま、小説じたいはこれからだけど。なんだかんだ言ったって小説はディテールが命だから。それで、玉森ちゃんにも協力してもらっていろんなリアル、教えてもらってるってわけ」

ニャー兄の熱弁にわたしたちは「そうなんだあ」としか言いようがなく、そのあとの少しの沈黙をビールの連続いっき飲みで埋めていった。ニャー兄に協力しているという玉森桃子はあいづちを打つように笑うだけでほとんどしゃべらず、ときどきポケベルを取りだしていじっていた。携帯電話じゃなくてポケベルなんだ、とわたしは思った。

「あーっと」ニャー兄が急に声を張りあげて目を見ひらいた。しゃべっている感じからはよくわからなかったけれど、じつはかなり酔っているようで、真っ白だった顔はまだらに赤くなっていた。ニャー兄は、今日ここに来たのには理由があるのだと言った。

「二階のタトゥーの店、知ってるでしょ？　空き巣に入られたのね。仕事で昔っからお世話になってる人なのよ」ニャー兄は悲しそうな顔をした。「ほんと災難。殴られるわ、盗まれるわ。機械とかぜんぶやられて、けっこう酷い状態みたいなんだよね。それで本人、精神が追いつめられて入院しちゃってて」

「かわいそう」蘭が言った。

「のど渇いてたからさきにちょっと寄ったんだけど、鍵を預かって、いろいろ用事頼まれてるんだわ。じゃ僕、行ってくるけど——玉森ちゃんどうする？　一緒に来る？　ここで待ってる？」

「ここで待ってる」と玉森桃子が言うと、ニャー兄は、「おっけいよん。じゃ荷物このまま置いとかせてね」と言いながら出ていった。

玉森桃子はまたポケベルをいじり、話しかけてほしくないともとれるような雰囲気をなんとなく醸していた。しかし玉森桃子は女子高生とはいえ、いちおう客としてここにいるわけだから接客しないわけにいかないしな、などと考えていると、蘭がウーロン茶を注ぎ足しながら話しかけた。「靴下かわいい。なんか新鮮。ルーズはもうあんまりなんですか」

玉森桃子は顔をあげてこちらを見、少し微笑んだようにみえた。前髪のあいだからみえた額にはにきびがたくさんあって、そのいくつかは化膿《かのう》しているのがわかるくらいの大きさで、赤く腫れていた。

「まだ履いてる子もいるよ……ラルフとヘインズ、半々かな」

玉森桃子の声は艶やかで可愛らしく、そのがっちりした体つきからは少し意外な印象を受けた。

「ニャー兄、勢いすごいですね」わたしは笑った。

「うん……あ、わたしにも敬語、大丈夫です。タメで」

「あ、わかりました……ニャー兄にいろいろ教えてるって言ってたけど、けっこう長いの？」

「三ヶ月くらいかな。ニャー兄、いろんな子に取材してて、わたしはそのうちのひとり」

「取材とかって、すごいね」

「すごくないかな、ぜんぜん」

「ニャー兄の話も、難しいけど、すごい感じで」

「すごくないかな、ニャー兄もべつに」玉森桃子は小さく言った。「あたしゴツくてブスだから、ニャー兄くらいにしか相手にされないだけで。あたしも嘘ばっか話してるし」

わたしも蘭も言葉につまり、気まずいような沈黙が流れた。

「大丈夫。自分でネタにしてるくらい、慣れてるから」玉森桃子は小さく笑った。

わたしたちは気を取りなおして、玉森桃子に学校のこととか春休みのこととか友達のことなんかを明るい感じでいろいろ質問をしていった。でも玉森桃子はそのどれもにうんうんとあいまいな返事をよこし、しばらくすると「……あたしの話より、ふたりの話がききたいかな。あとビール飲みたいかな」とつぶやくように言った。それでわたしたちは玉森桃子にビールを注ぎ、冗談を織り交ぜながらそれぞれのこれまでについてを話していった。

貧乏だったこと、父親が行方知れずなこと、あるいは寝たきりなこと、ヤンキーとビビンバのこと、美容学校でハブられてたこと、キャバで指名がつかなくて首同然になったこと、母親の元彼氏に大金を盗まれたこと、黄色がわたしたちのとくべつな色であること、そして黄美子さんのこと……途中で辻褄《つじつま》をあわせるのが面倒になったので、まあいっか、という感じでじつは玉森桃子とわたしはおなじ年で、蘭はひとつ年上であることを話した。

「すごいね」玉森桃子が真剣な表情で言った。心なしかさっきより目に力が感じられるような気がした。「リアルでそういうの聞いたの、初めてかも」

「玉森さんちは、どんな家なの？」わたしは訊いた。

「うちは……どこにでもある悪趣味な家。青葉台の家でおばあちゃんと一個下の妹と三人で住んでて、親はほとんど軽井沢の別荘にいる」

「悪趣味って、どういうの？」

「クリスチャン・ラッセンの直筆サイン入りのシルクスクリーンが六枚くらい飾ってあって、母親がイッセイ・ミヤケの服しか着なくて、どっちむいてもトラウマしかないような家」

「トラウマってなに？」蘭が訊いた。

「ぜったいに消えない心の傷のこと」玉森桃子は少し笑った。「最近の流行り」

「でも、別荘ってことは、お金持ちなんだね」わたしが言うと、あの人たちは親の会社と土地を継いで適当にやってるだけ、と玉森桃子は肩をすくめてみせた。

それから、ほんと馬鹿みたいなんだけど、と何度もくりかえしながら、自分は都内のキリスト教系の、偏差値が底辺の中高一貫女子校に姉妹で通わされていること、両親は仲が悪く、しかし世間体と憎しみのために離婚はしていないこと、自分とは違って妹がものすごく美人で、両親がいないのをいいことに青葉台の家に男をつれてくるのが超うざいこと、でも歯を磨かないので虫歯と口臭がひどく、そのことを指摘すると本気でキレること、おばあちゃんがどうやらボケはじめていること、クラスで目立つ女の子たちがブルセラショップを冷やかすのについていくことになったとき、自分だけ誰からも相手にされずに待機室でひたすらセガサターンをしていたことがきっかけでみんなから軽く扱われるようになり、あだ名が〈ゴリ玉〉から〈ゴリ玉サターン〉になったこと、学校帰りにつるんでくれるような友達はおらず、ニャー兄くらいしか会う人がいないことなんかを話し、ぽつぽつと語られるのだけれど妙に臨場感のあるそのひとつひとつのエピソードに、わたしたちは興味津々に聞き入った。

「玉森さん、やばい面白い」わたしも蘭も興奮気味に言った。

「花ちゃんたちのほうがレアだし、すごいよ」玉森桃子は首をふった。「面白いなんて言われたことない。つるんでる子もいないし」

「わたしもべつに友達いないよ」わたしは言った。「毎日ここで黄美子さんと蘭ちゃんと働いて、休みの日も会う感じ。蘭ちゃんもそんな感じだよね」

「うん。わたしも、花ちゃんしか友達いない」

客の来る気配はなかった。わたしたちはビールをどんどん飲みつづけ、三人で話しているのが仕事を忘れるくらいに楽しくて、どこか体がふわふわしていた。なんとなくカラオケの流れになった。

「なにが好き?」「どれ歌う?」「なんで手でやるレーザーディスクなの?」「これはまえの店からあるやつで、自動のやつはレンタルするの高いから」などと笑いあって、少し酔っ払った蘭は安室奈美恵《あむろなみえ》やドリカムや華原朋美《かはらともみ》を気分良さそうに歌い、わたしたちは左右に体をゆらしながら歌詞を追い、曲が終わると声を出して拍手をした。

「玉森さんは、誰がすき？」蘭が訊いた。

「あたしは――」玉森桃子がためらいがちに首をふった。

「ちょっと変わってるっていうか、むかしカラオケで歌ってみんなにきもがられたからあれなんだけど」

「いいじゃん、歌ってよ」わたしたちは囃《はや》したてた。

「いや、やっぱ無理かも」

「えー、なんで。聴きたいよ」

「えー、でもなあ」

「いいじゃん、歌ってってば！」

「……まじで？」

「まじで！」

玉森桃子は小さな決心でもするようにカラオケのぶあつい本を握りしめると真剣な顔でページを繰り、メモに番号を書いて蘭に渡した。しばらくしてカラオケ画面に浮かびあがってきたのは〈X JAPAN「紅」〉という文字で、バラード調の、重厚で切ないような伴奏が流れはじめた。やがてゆっくりと英語の歌詞が示されて、玉森桃子は歌いはじめた。その声が聴こえた瞬間、わたしと蘭は思わず顔を見あわせた。嘘でしょ、と言葉が漏れてしまうほど、玉森桃子の声が美しかったのだ。

英語だったので意味はわからなかったけれど、わたしはその歌声の素晴らしさに口を半びらきにしたまま、画面から目をそらすことができなかった。バラード部分が終わって曲はどうなるのかと思った瞬間、世にも激しいドラムのものすごい連打が鳴り響き――そこからの玉森桃子はとんでもなかった。

なにがどうなっているのかわからないほど荒々しい音の渦にまみれながら、玉森桃子の声は突きぬけるようにただ光り輝いているだけではなく、透きとおっていて儚いのに、きらめく極太の筒が喉からまっすぐに果てしなく伸びつづけているような、映像的な凄みがあった。これがなんていう種類の演奏で、楽器がなにで、どういうジャンルの音楽なのかまったくわからなかったけれど、そこで鳴っているすべての音が、玉森桃子の声が、わたしの脳天を直撃し、体をぶるぶると震わせた。

子どもの頃にテレビの名作アニメとかそういうので見たような、モーセだかキリストだかのまえで海がぶあついままに左右に割れて光がさすシーンが頭に浮かび、それと同時にものすごい銀河のイメージが胸に広がった。

お前は走り出す　なにかに追われるよう
俺が見えないのか　すぐそばにいるのに
……
紅に染まったこの俺を
慰める奴はもういない

歌い終わった玉森桃子は、テーブルのうえにマイクをそっと置いた。わたしと蘭は呆然として「やばい」しか言葉が出なかった。玉森桃子の歌もものすごかったけれど、わたしはさっき画面で見た歌詞が目に焼きついて離れなかった。かっこいい、とわたしは五十回くらい胸のなかで叫んでいた。〈俺が見えないのか　すぐそばにいるのに〉――そのフレーズを反芻《はんすう》すると、胸がずきんと痛んだ。その痛みには覚えがあった。警察が来た夜、黄美子さんが面倒臭そうに背中をむけて話を終わらせ、わたしを置いてさきに眠ってしまった夜に感じた、あの痛みだった。

「もう……玉森さん、本当に、本当にすごいわ」わたしはそれだけを言うのが精一杯だった。

「ありがと……桃子って呼んでほしい」

それからわたしたちは瞬きもせずに画面を見つめ、桃子がつぎつぎに歌うのを聴きつづけた。桃子の歌った曲はすべて「Ｘ　ＪＡＰＡＮ」というバンドの曲らしく、わたしはそのどれもに心の底から感動した。桃子によると、バンドはすでに解散してしまったらしく、それも切なかった。激しい曲も素晴らしかったけれど「ＥＮＤＬＥＳＳ　ＲＡＩＮ」というバラードには涙が出た。終わらないでと何度も思った。サビにひとつだけ入る日本語の〈心の傷に〉というフレーズを歌うときの白鳥の絶唱のような桃子の声、血を流しながらほほえみ、強く肩を抱きよせてくれるようなギター、そして終わり近くのドラムの迫力と悲しみの連打は、まさにいま息絶えながら甦ろうとしている魂を見つめているような、瞬間そのものだった。

そんな時間を過ごしたあと、用事を終えて戻ってきたニャー兄と桃子は帰っていった。会計は二万三千円だった。三人とも酔っており、感情が高まりすぎたわたしたちは最後、「れもん」の真んなかで三人で抱きあった。

桃子はその翌週から早い時間にひとりで「れもん」に遊びに来るようになった。代金をとるのはためらわれたけれど、わたしのお金じゃないから気にすることない、おばあちゃんはどうせ金額なんか見てもいない、と言ってクレジットカードを取りだして、毎回一万円を支払っていった。わたしは「X JAPAN」の曲がすっかり好きになってリサイクルショップで八百円のCDウォークマンを買ってやはり中古でアルバムを買い、客がいないときにこっそり〈紅〉の歌詞を〈黄色〉に変えて歌ってみたりした。

そしてわたしたちは友達になった。「れもん」以外でも会うようになり、プリクラを撮り、マクドナルドでだらだらとしゃべり、いろんなところで、いつまでもいろんな話をした。黄美子さんともご飯を食べ、休みの日は琴美さんがそこに交じることもあった（休みの日の琴美さんは、にぼしみたいではぜんぜんなかった）。真夜中、いろんな光があちこちで瞬いてみせる三軒茶屋で、ファミレスから五人で通りにむかって歩くとき、わたしはふいにしあわせを感じて立ち止まり、胸をおさえた。青春みたいだと思った。

第六章　試金石

1

恐ろしい夢をみた。

わたしは黄美子さんと、知らない二人組がテニスの試合をしているコートのわきを歩いている。それは大きなテニスコートで、観客らしき人々はちゃんと席に座っているのに、わたしたちはコートのすぐそばを歩いていて、声をあげてラケットを振る選手の汗が見えるくらいだった。こんなにすれすれでいいのかな、と思いながら歩いていると、そこはいつのまにか砂浜になっていた。波打ちぎわが白く泡だつのを眺めながら、海は生きているのだけれど、そのことを、海は知らないのだと思った。

空はとてもよく晴れていて暑かったのに、そこにはわたしと黄美子さんのほかには誰もいなくて、そのことをわたしはどこか不安に思っていた。そのうち黄美子さんはしゃがんで砂をいじりだし、風が何度も黄美子さんの真っ黒な髪を膨らませた。

わたしたちはなにかを探しているようで、ずっと奥のほうまで掘っていくとやがてそれが見つかった。黄美子さんがいつも手にもっている、乾ぶき用のふきんだった。黄美子さんは短く声をあげて喜び、砂をふり落としてきれいにしたあと、ふきんをぎゅっと握りしめた。わたしも嬉しかった。でもいつのまにか黄美子さんの手のなかのふきんは包丁なのかナイフなのか、銀色の刃物に変わっていて、それに気がついた瞬間、黄美子さんはそれをわたしのお腹にぐさりと刺したのだ。

わたしはよろめいて砂浜に倒れ、転がった。黄美子さんはなにも言わなかった。わたしを見ているのかどうかもわからないような表情をしていた。自分の体に刃物が刺さるのは初めてだった。大きさや材質の合わないもの、なにか間違ったものが間違った方法で鈍く押しこまれるような感触がして、それが気持ち悪かった。そしてその気持ち悪さの輪郭がじわじわと燃えるように広がってゆき、熱くなるのを感じた。わたしは刺されたところを両手で押さえた。血がどんどんあふれて流れていたけれど、おかしなことに痛みらしい痛みを感じることもなく、わたしはただ刃物で刺されたということじたいに恐怖を感じて、動けなくなっているのだった。すると黄美子さんが刃物を今度は上向きに持ち替えて近づいてくるのがみえた。黄美子さんがわたしを誰かと間違えているのではないかと思い、黄美子さん、わたしだよ、花だよ、と叫ぼうとするのだけれど、喉から出るはずの声は血と一緒に傷口からあふれ出てしまうので、それらを手のひらでせきとめようとしたところで目が覚めた。

　時計を見ると昼の十一時を少し過ぎたところで、寝汗で首のまわりがぐっしょり濡れていた。部屋には黄美子さんはおらず、隣にはいつものようにきれいに畳まれた布団がみえた。少しあとで、黄美子さんは朝から出かけると言っていたことを思いだした。琴美さんが引っ越しを考えているので、一緒に不動産屋についていってほしいと頼まれていたのだ。

　夢のダメージが体ぜんたいに残っていて、わたしは暗い気持ちでシャワーを浴びて、のろのろと麦茶を飲み、また布団に戻った。さっきの夢のなかの感覚や場面がありありと甦ってきて、わたしは何度も寝返りを打った。

　あの夢はなんだったんだろう。ふだんほとんど夢なんか見ないのに。しかもあんな怖くてやばい夢。なんなんだろう。これってなんか意味あるの？　疑問があとからあとからわいてきた。ただの夢というのにはあまりに生々しいような感じがして、思いだすとかすかに鼓動が速まるくらいだった。わたしと黄美子さん。いつもみたいに歩いていたらテニスコートがなぜか砂浜になっていて、波打ちぎわが泡だっていて、黄美子さんのふきんが包丁になって。そして黄美子さんが、わたしのお腹を刺したのだ。

　この夢、なんか意味あるの？　暗示とか予兆とか、よくわからないけど、お告げとか？　しばらく夢の意味について考えてみたけれど、なにをどう想像すればいいのかがわからず、頭に残った場面が不安にまみれてどんどん濃くなっていくだけだった。わたしは「黄色コーナー」をじっと見つめた。服を着替えて、駅前の本屋に行ってみることにした。

店内に人の姿はまばらで、まだ寒かった頃、加藤蘭と一緒に風水の本を眺めたあたりを目指して歩いていった。すぐに見つかったその一角は、なんだか全体的にパワーアップしているような気がした。血液型占い、四柱推命、タロット占い、姓名判断、六星占術に数秘術、手相・人相、星座にトランプ、霊感占い、棚にも平台にもありとあらゆる占いの本がひしめきあっていて、その表紙のどれもに〈幸せをつかむ〉とか〈最高の運命〉とか〈あなたを導く〉とか〈超大開運〉とか〈輝ける未来〉といったような言葉がきらきらきらした感じで書かれてあった。

わたしは本棚の端っこのほうに数冊ささっていた夢占いにかんする本のなかから、ちょっと信じられないくらいの厚さのある『夢判断大辞典』を手に取った。本の帯には〈豪華決定版！　百万人の夢を徹底分析。八千種類の夢からわかる、あなたの真実〉の文字、そして値段は二千八百円とあった。

百万人とか八千種類というのが多いのか少ないのかもぴんとこなかったけれど、しかしテニスコートなんてそんな具体的なものが載っているのかと思いながらページを繰っていくと、驚くことにテニスにかんすることだけで、たとえば「恋人とテニスをする夢」「テニスの大会で優勝する夢」「テニスラケットが手になじまない夢」「テニスの観客が騒がしい夢」など、いくつもの細かい項目があるのだった。さすがにこんなにぶあついだけあるな、と感心しながら行を追っていくと「テニスコートの夢」という、わたしの見た夢にまさにぴったりのものがあった。

「……テニスコートは人間関係や職場を示しています。広さはあなたの心を表します。また、面積が大きければ大きいほど、運気がアップするでしょう」……わたしが見たテニスコートは、大きかった。ということは、わたしの心が広く、職場である「れもん」の人間関係、つまりわたしの生活のすべての運気がアップするということだろうか。わたしはテニスコートの意味を頭にとめて、つぎに「砂浜」を調べてみた。

「……砂浜の夢は、運気が上昇し、やる気にも気力にも満ちている状態。砂浜を誰かと歩く夢なら、その人とほどよい良好な関係を築けている証拠。あなたが孤独ではなく穏やかな状況にいることを示します。また、もし砂浜からなにかが出てきたなら、あなたが物事の本来の姿や真実を受け入れる準備ができているということを表します。大吉夢」。なにこれ。砂浜もいい感じだってこと？　歩いていたのは黄美子さんとだし、砂のなかから物も出てきた。本来の自分みたいなのに出会えるってこと？——そう思うと頬のあたりが急にほわっと熱くなった。そして砂浜にはつづきがあった。

「……また、あなたの能力を発揮する機会が近づいています。新しい仕事に出会ったり、責任のある地位につきそうです」……能力を発揮、新しい仕事、責任のある地位……？　それがなにを意味するのかうまく想像ができなかったけれど、でもぜんぜん悪い感じがしないどころか、意外なくらいにいいことばかりが書かれていて、ほんとなのかとわたしは辞典を両手につかんだまま、なぜかあたりをきょろきょろと見まわした。それからわたしは、夢のなかでいちばん印象に残っていた、あの恐ろしい場面を思い浮かべた。黄美子さんに刺されたところだ。辞典には「刃物で刺される」という項目があり、どきどきしながらそこにある一行めを読んだ瞬間、思わず、ああっと声が漏れてしまいそうになった。

「……刃物で刺される夢は、非常に大きな金運のサイン。人生を切り開き、なにか新しいことをして成功するという暗示です。玉の輿《たまのこし》のチャンスも。ただし――」そこで文章がまたがっており、わたしはあわててページをめくった。「出血は、入ってくるお金と出ていくお金の両方を意味します。また、刺されても痛みを感じない夢は、あなたに冷静な判断力が備わっていることを暗示します。人生を左右するかもしれない判断に迫られても、自信をもって大丈夫。また、異性や思いを寄せる人から刺された場合、その人との絆はいっそう深まることでしょう」

わたしは「テニスコート」「砂浜」「刃物で刺される」の項目を暗記するくらいにくりかえし読んでから、本棚に戻した。一歩下がって棚の全体を見ると、そのコーナーには手作りの飾りというか独特なデコレーションが施されていて、宣伝用の大きなボードには《あなたの心を愛しましょう〜癒やしの時代フェア〜》と書かれてあった。

『夢判断大辞典』で知ったそれぞれの意味を組みあわせて、わたしは自分の夢がいったいなにを表していたのかを、あれこれ想像しながら歩いていった。あそこに書かれていた夢のメッセージをわたしなりにまとめてみると、それは「いろんなことがあったけど、これからさきは絶好調」ということだった。そうに違いなかった。

安心してため息をひとつつくと、それが合図かのようにさっきまでわたしをすっぽりと包んでいた暗さはさあっと消えて、いきなりスキップでもしたいような弾む気持ちがやってきた。もちろん夢なんかただの夢で、占いなんて、読めばすべての人に当てはまるようなことを書いているだけなのかもしれないし、出血が意味する〈出ていくお金〉というのが少し気にはなったけれど、でもひとつの夢に出てきた物がすべて強烈な幸運を暗示するものだったのには、やっぱり意味があるんじゃないだろうか。百万人とか、徹底分析とか書いていたし。いずれにせよ、当たるとか外れるとかを現時点で証明することができないのなら、自分の信じたいことを信じて悪いということはないだろう。わたしたちの黄色だっておんなじで、自分が信じることで、励まされたり大丈夫だと思えることが大事なんではないか。現に、さっき部屋で目が覚めたときはあんなに暗く落ちこんでいたのに、今はもうこんなに元気になっているではないか。手にも目にも足にも明るい力がみなぎって、わたしはそのまま駅前をぶらぶらすることにした。

ふだんは行かない通りの店や、これまでまえを通るだけだった店で雑貨や服なんかを眺めて、いろいろなものを手にとってみた。かわいいチャームのついたチョーカーがあって、これを蘭と桃子と三人おそろいでつけたらいいんじゃないかと思ったけれど、ふたりの服の趣味がちょっと違うなと考え直して、蘭には今いちばん売れているという眉毛ペンシルと、桃子には桃子の好きなキティちゃんのビニールポーチを買って、それぞれプレゼントみたいに包んでもらった。吉野家で牛丼を食べたあと、しばらくは楽しい気持ちでそんなふうにあちこちを覗いていたけれど、ぶらりと入ったキャロットタワーの大きなガラス戸に自分ひとりで映っている姿が目に入ったとき、なぜか急に黄美子さんのことを思いだして、淋しくなった。

そんなふうになる理由はなにもないのに、わたしはガラス戸の青っぽい自分の影のまえでしばらく動けないような気持ちになった。

一日はまだ始まったばかりだった。ついていけばよかったかなと少し思った。でも夜までには帰るよと言っていた。ふと黄美子さんがエンさんのところでいつも食べているおかずを思いだした。それはこんにゃくをねじって甘辛く煮たもので、黄美子さんの好物だった。わたしは料理が下手だからうまくできるかどうか自信がなかったけれど、黄美子さんが帰ってきてそれがあったら喜ぶかもと思ってスーパーに行き、こんにゃくを買って帰った。

一九九八年の春から夏の終わりにかけては、いろんなことが起こった。

「れもん」では、新規の若い客が泥酔して手がつけられなくなって映水さんに来てもらったり、水道が壊れたりした。そしてわたしと黄美子さんの住むハイツには動きがあって、べつの部屋を探さなければならなくなった。それを教えてくれたのは映水さんだった。わたしたちは自分たちで毎月の家賃を払っていたけれど、もともとは映水さんが住んでおり、しかし契約者は映水さんの知りあいで、このハイツの持ち主も映水さんの知りあいで、要するに又貸しの又貸しのような状態を黙認されるような形で、わたしたちは住んでいたのらしい。

「まあ今回はしょうがないよな」映水さんは言った。「更地にするって話だから」

「いつ出ないといけないの」黄美子さんが訊いた。

「いつとは言ってなかったけど、まあ、年内には出てやったほうがいいかもな」

黄美子さんは、ふうんという感じで肯いていたけれど、わたしは急なことで不安になった。部屋を借りるのって全部でいくらくらいかかるのか。そもそもちゃんと借りられるのか。なにしろわたしはほとんど家出状態の未成年で、携帯電話だって映水さんから借りているようなあんばいなのだ。それにしてもあの部屋が又貸しの又貸しとは知らなかった。

つぎはどうするんだろう、黄美子さんが新しい部屋を借りるのだろうか、判子を押して、ちゃんと契約の手つづきとかをして——そう思った瞬間に〈でもそんなこと、黄美子さんにできるのだろうか〉というような考えが浮かんで、自分でも驚いた。なぜそんなことを思ったのだろう。無駄遣いもせずにお金だって毎月ちゃんと貯めてきたし、黄美子さんは言うまでもなく大人で、「れもん」だってもともとは黄美子さんが始めた店なのだし、部屋を借りることくらいの、おそらく大人ならふつうにできるはずのことができないわけがないのに、なぜかわたしは反射的にそんなことを思ってしまった。

「黄美子さん、どうするの？」わたしはなんでもないようなふうを装って訊いてみた。

「なにが？」

「えっ」驚いて声が出た。「いや、いま映水さんが言ってたじゃん、部屋のこと」

「部屋ね。今度、どっか見にいかないとだね」

「そうだけど……大丈夫？」

「なにが？」黄美子さんが不思議そうに聞き返すので、わたしはそこで黙りこんでしまった。

「明日すぐ出ていけっていう話じゃないんだし、そんな情けない顔すんなよ。部屋なんかいつでも借りられるだろ」映水さんが笑った。

「だったらいいけど」なんとなく合わせるしかないような雰囲気になって、わたしも笑った。

黄美子さんと映水さんと、そんな話をしたのが四月の末頃だった。そのまま世間も「れもん」

も連休に入り、五月になってすぐの夜、桃子から泣きながら電話がかかってきた。三茶の駅前にいるんだけど、小銭がないから切れるかも、と嗚咽まじりに言うので、蘭と一緒にいたわたしはあわててふたりで桃子を迎えにいった。

桃子は泣きはらした顔を前髪で隠すようにして、わたしたちの姿を見つけると駆け寄り、それから肩に顔を押しつけて声を漏らして泣いた。

元「X JAPAN」のギタリストが急死したのだという。蘭とわたしは言葉を失い、とにかく部屋に行こうと言って桃子を連れて帰った。

水を飲み、少しだけ落ち着きを取りもどした桃子は、鼻をすすりながらゆっくり言葉を繋いでなにが起きたのかについて説明をし始めた。ギタリストの死を知ったのは夕方、突然に流れたニュース速報で、桃子は初め、テレビの文字がなにを言っているのかわからなかった。ふつうにドッキリとか、そういう嘘だと思った。それでもほかのテレビ番組でもいっせいに報道が始まって、みんながおなじようなことをくりかえすのを見ていると膝が震えだした。桃子は去年の暮れにひとりで行った東京ドームの解散コンサートで知りあった子のポケベルと携帯電話を何度も鳴らしてみたけれど、返事はなかった。

驚きと怖さで涙が出て、どうしていいのかわからずにリビングのテレビのまえで座っていると、妹とその取り巻きたちが帰ってきて、泣いている桃子を見てげらげらと笑った。ゲームをやるから部屋に行ってくれと言われたけれど、断った。そのときばかりはテレビの情報を追うことでしかギタリストと繋がっていることができず、桃子はそこから離れたくなかったのだ。邪魔だっつうの、嫌だ、部屋いけっつうの、無理、を何度かくりかえしたあと「自殺とかどんだけへたれだよ、きも」と妹が笑った。その瞬間、桃子は妹を思いきり突き飛ばしており、そこからつかみあいの喧嘩になった。そして家を出て青葉台から歩いてここまで来たと桃子は話した。

「自殺じゃない、ぜったいにそんなことはしない」

桃子は何度もそうくりかえし、わたしたちは桃子の言葉に何度も肯いた。夜のニュースや情報番組はすべてその事件一色で、今はあまり見ないほうがいいんじゃないかと言っても、桃子は目から下にタオルを押しつけながらずっと画面を見つめていた。そうするうちに黄美子さんが帰ってきたので事情を話すと、かわいそうにと言って桃子の頭をなでた。そしてお腹は減ってないかと訊いた。桃子は朝に食パンを食べたきりだと言い、わたしたちもなにも食べてなかったので、近所のそば屋から出前をとって食べた。

桃子はしばらくうちに帰りたくないと言い、そんならしばらくここにいればいいじゃんと黄美子さんが答えた。

「学校はどうする？　ふつうにあるよね」わたしは訊いた。

「わかんない」桃子は消え入りそうな声で言った。

「でも、帰りたくない」

そこから桃子は、しばらくわたしたちの部屋にいた。事件の翌日からは亡くなったギタリストについての報道はさらに過熱して、桃子はテレビのまえから動かなかった。桃子の悲しみようを見ていると、桃子に教えてもらった、すでに解散してしまったというこのバンドの曲が素晴らしいと思って聴いているだけでメンバーのことをそこまで詳しく知らなかったわたしは、なんだか後ろめたいような気持ちにもなったし、一緒に悲しむ資格もないような気がして、桃子になんて声をかけていいのかがわからなかった。昼間は蘭も部屋にきて黄美子さんと桃子の四人で過ごし、関係者を集めて行われた密葬の映像や、通夜、そして告別式の様子をテレビで見た。五万人を超える数の彼のファンが寺のまわりや沿道に何キロにもわたって別れを告げにやってきて、大変な騒ぎと混乱になっているとリポーターが興奮気味に話していた。彼のファンなら誰でもそこに行って献花することができたらしいけれど、桃子はどうしても行けないと言った。

わたしたちはくりかえされるワイドショーの映像を黙って見ていた。本当にたくさんの人々が全身を震わせて泣き、道路に倒れこみ、這《は》いながら彼の名前を叫び、なだれるようにして胸の底から声をふり絞っていた。いろんな人がいて、でもみんなが苦しんでいて、もう耐えられないというように悲しんでいて、それがもう本当にそうであることが伝わってきて、それを見ていると涙がにじんだ。取材に答える人たちは全員が彼に救われたのだと、彼がいたから生きてこられたのだと崩れ落ちながら嗚咽を漏らした。わたしは人々の絶叫を聞きながら、こんなに多くの人の思いや感情や人生の重みがたったひとりの人にむけられるということが起きている、起きてきたんだと思うと、なにか途方もなく恐ろしいような、すごいものを見ているような気持ちになった。

いま画面で見ているのはきっとその一部に過ぎなくて、それでさえ伝わってくるこんなにとてつもない量のエネルギーを、ひとりの人間がどうやって受けとめて、それを背負うことができるんだろう。人と人のあいだには、どうしてこんなことが起きるんだろう。音楽を聴くだけで涙が出たり、会ったこともない誰かがいるだけで救われる人がいたり、勇気がでたり、自分もその一部になりたいというような気持ちに、どうして人はなるんだろう。画面を見ながらうまく言葉にはできない、いろんな思いが頭のなかを駆けめぐった。わたしは彼らのことをよく知らなかったけれど、彼らの音楽が好きだった。桃子の思いの深さとはくらべることもできないこの無責任な砂粒のような、けれども彼らの音楽が好きだと思ったこの気持ちは、死んでしまった彼のどこにどんなふうに関係したのか、しなかったのか、なんなのか。わたしでさえ、そんなことを考えずにはいられなかった。

桃子は週末に青葉台の家に帰り、そのあとはしばらく学校に通っていたけれど、六月が終わる頃には休みがちになり、制服のまま三軒茶屋に来て、昼間はわたしたちと一緒に過ごすことが多くなった。「家も親も学校も死ぬほどだるい」というのが桃子の口癖で、ちょうどその頃、蘭のほうもそんな感じになっていた。同棲している彼氏とエアコンの掃除のことで言いあいになって喧嘩になり、はじめて相手に叩かれるということがあったのだ。

「弾みっちゃ、弾みなんだけど」蘭は暗い声で言った。「でも顔だったし。超むかつかない？」

「超むかつく。そのあと、どうなったの」桃子が訊いた。

「むこうもちょっとびびってたけど、でも俺をキレさせるおまえが悪いんだとか言って焦ってた」

「最悪。相手ってなにしてるんだっけ」わたしは訊いた。

「今は居酒屋でバイト。カリスマ店員とか言ってるわ」

わたしたちが友達になって初めての夏は、そんなふうに始まった。三人で区民プールに行ったり、黄美子さんも一緒にエンさんのところでご飯を食べたり、相変わらずマクドナルドでだらだら話したりした。蘭にメイクを教えてもらったり、わたしの髪型が重いからシャギーを入れるといいと言うので商店街の美容室にみんなで行って、雑誌をみせて試したりした。昔はいつでも真っ黒に日焼けしていてそれがコンプレックスだったのに、いつのまにか自分でもそんなに気にならなくなっていたことに気がついた。桃子は久しぶりに会った親に買ってもらったという携帯電話を見せてくれて、なんで金持ちなのに今までもってなかったのかと訊くと、学校の友達はみんながみんなもっているわけではなく、「あたしレベルのやつがもってると調子に乗ってるとか言われてうざいから、ポケベルにしておいた」と言った。「でも、そんなのもう、どうでもいいかなって思って」。桃子は額のにきびにステロイド軟膏《なんこう》を点々と塗りながらそんなことを話し、夏休みになると「れもん」にも頻繁に来てカウンターのなかを手伝ってくれるようになり、そのまま泊まっていくことも多くなった（わたしたちは大型スーパーで布団をもうひとくみ買い足した）。悲しいことがあったし、蘭も彼氏とあんまりうまく行ってなかったけれど、桃子も少しずつ元気を取りもどし、蘭もわたしたちといるときは冗談ばかり言ってみんなで笑って、そんなこんなで毎日は楽しかった。琴美さんが引っ越しした部屋に、一度みんなで遊びに行ったこともあった。白くて大きなマンションで、家具が真新しくて、わたしたちが部屋にいるときにクリーニング屋が洋服を届けにきたりして、すごいなと思った。

なんでもないことで、なんでもないとき、みんなで笑っていると、ふと、みんなで一緒に住んだら楽しいだろうな、と思うことがあった。みんなと言っても、琴美さんには男の人がいるみたいだし（玄関のはしっこに革靴と、クリーニング屋がもってきた服のなかにネクタイがあった）、住むならわたしと黄美子さんと蘭、そして桃子の四人になるのかな。年内にはもうあの部屋も出ていかなければならないし、それならどこか広めのところを借りて、みんなで住むとか？　蘭の彼氏がうざいことを言うだろうか。でも桃子だって学校があるし、そうは言っても親もいるしなあ。映水さんはまあ、たまに来てご飯を一緒に食べたりとか。「れもん」はもちろん、つづけるし。

空想が楽しい感じに膨らむとそこに現実が突き刺さってしぼんでをくりかえし、それでもわたしは想像しているだけで楽しかった。黄色の小物をあつめるのはつづけていたし、春の終わりにみた夢の生々しさは消えていたけど、でも夢判断の結果はしっかりと脳裏に刻まれていた。わたしはときどき本屋の〈癒やしコーナー〉に行って、例の『夢判断大辞典』を手にとってじっくり眺め、その確信を補強した。なかでもわたしのお気に入りは〈砂浜〉からの〈刃物で刺される〉の流れだった。「物事の真実を知って、能力を発揮、そして、玉の輿級に爆発する金運がやってくる」——わたしはもう誰かにそれを約束されたような気持ちになっていたし、そうなればいいのにと思っていたし、じっさいに強く願ってもいた。それがいいことだったのか、悪いことだったのか、いまもわたしにはわからない。でも、結果として、夢で見たすべては現実になったのだった。

2

ことの発端は、うなぎの蒲焼《かばやき》だった。

八月のお盆休みまえに、エンさんがうなぎの蒲焼をもってきてくれた。それは湯煎して食べるもので、真空パックされた小さいのひとつが二千円以上もする上物だった。「いちげんで来たお客さんがくれたんだけどね、あてはもう、うなぎはべたべたして無理だからね、あんたら食べて精つけや」と言って渡してくれたのを、わたしはうっかり「れもん」の冷蔵庫に入れたままにしていたのだ。それに気がついたのが、お盆の最終日の日曜日。今日で休みは終わりだから、べつに明日でもよかったのだけれど、わたしはなぜか置き忘れていたことを思いだしたとたんにその高級うなぎが気になりだして、その夜に食べなければと思ってしまった。エンさんにもらってから一週間近くがたっているし、大丈夫なのかもしれないけれど、賞味期限のことも心配だった。

黄美子さんは十一時頃に起きてきて、インスタントコーヒーを飲んだあと、いつものようにふきんであちこちを拭いてまわった。それから、今日は昼からお墓参りに行くと言った。「誰の？」と訊くと「お父ちゃんの」と答えた。黄美子さんの口から家族にかんすることを聞くのは初めてだと思いながら、お母さんは、と訊きそうになったけれど、なんとなくその話はそこで終わってしまった。そう言えば、家族のことに限らず黄美子さんと黄美子さんのことについて話すことはこれまでなかったし、わたしだって自分のことで話すようなことは、もうなんにも残っていないような感じだった。ふだん、わたしたちってどんな話をしていたっけ。しばらく考えてみたけれど、わからなかった。わたしたちはただ一緒に暮らして、ご飯を食べて、働いて眠って、蘭や桃子たちも交えて他愛《たわい》のないおしゃべりをしたりして笑っているだけで、でもそれでじゅうぶん楽しかった。

日曜日の昼下がりに「れもん」に行くのは、なんだか新鮮だった。空が明るいか暗いかで、いろんなものがぜんぜん違ってみえるのだ。あのビル、こんなにぼろぼろだったのかとか、道路にはわけのわからない無数のゴミが付着していて、それがわりとカラフルにみえたりだとか、細い通路にサドルのない自転車や山積みの瓶なんかが突っこまれているのとか、ふだんは夜が覆って見えなくしているものが、ありありと目に入ってきた。「福や」のシャッターも下のほうが腐食して茶色になっており、早い時間や遅い時間に、手を伸ばしてそれを一生懸命に上げ下げしているエンさんの小さい後ろ姿が頭に浮かんだ。

エントランスでボタンを押し、ごんごんとエレベーターが降りてくるのを感じながら、まだ時間もあるし久々に歌の練習でもしようかな、とわたしはそんな呑気なことを考えていた。ふんふんとハミングしながら乗りこんでボタンの三階を押し、そういえばうなぎのたれってついてたっけ、たしか四枚くらいあったはずだから蘭も呼んだら来るかなあ、なんて考えながら三階に着き、短い廊下の角を曲がって「れもん」の鍵穴に鍵を差して回したとき、なにかがおかしい感じがした。

あれ、と思った瞬間に自動ドアがひらき、店のなかがみえた。

そこはたしかに「れもん」だったけど、しかしいつもの「れもん」ではなかった。煙草のにおいが塊のように迫ってきて、斜め奥のボックス席に、見知らぬ男が座っているのがみえた。いろんな色のまじった派手なシャツを着た体の大きな男で、その隣にも、知らない男がいた。男たちは携帯電話を耳にあてて大声でなにかをしゃべっていた。手前に座っている男と目があったけれど、男は電話を置くことなく、わたしと目をあわせたままおなじ勢いでしゃべりつづけていた。やがて固まって動けないわたしと「れもん」を遮断するように、音をたてて自動ドアが閉まった。

なにが起きているのか理解できなかった。何秒くらいそこでそうしていたのかわからないけれど、逃げたほうがいいのではないかと思った。わけがわからないけど、とにかく関係ないやつ、怪しいやつが店にいる。そう思った瞬間さあっと血の気が引き、冬に見回りにきた、あの警官の顔が浮かんで、わたしはあわててエレベーターのボタンを連打した。背後で「れもん」のドアがひらく音がした。さっきの男が来る、捕まえられると思った瞬間、名前を呼ばれた。映水さんだった。

「氷、ぜんぶ溶ける。飲んだら」

映水さんは、テーブルに置かれてそのままになっているアイスティーを示して言った。わたしたちは「れもん」の近くにある古い喫茶店でむかいあわせに座り、長いこと黙りこんでいた。わたしは膝のあいだに挟んだ両手をじっと見つめていた。気持ちはだいぶ落ち着いてきたような感じがしたけれど、体にはまだ、さっきの動揺の余韻が残っていた。

「黄美子は？」しばらくして映水さんが訊いた。

「お墓参りに行くって言ってたけど」

自分で思っていたよりも突き放したような低い声が出て、わたしは水を飲んだ。それからもう、何度めになるのかわからないため息をついた。

とぎれず膨らむ波のようなため息にはいろんな感情が含まれていたけれど、なかでも不快感がすごかった。息苦しさを感じるほどだった。映水さんがなにをしていたのかは知らないし、これからその話になるのだろうけれど、でもそれよりもなによりも、わたしたちの「れもん」に、それも開店まえの、わたしたち以外には誰も入れないはずの時間帯の「れもん」に、わけのわからない男たちが勝手に入りこんで我がもの顔をして座っていた場面が衝撃だったのだ。思いだすだけで胃の底のほうから嫌な気持ちがこみあげて、わたしは奥歯を嚙《か》みしめた。

「墓って、どこ」

「知らない」

「そうか」映水さんはアイスコーヒーにストローを入れて少し飲んだ。グラスのうえのほうの茶色が薄く透けていた。どんなに聞き慣れても、いい声だなと思う瞬間が必ずある映水さんの声にも、わたしは苛立ちを感じずにはいられなかった。

「さっきのな」映水さんが言った。「あれな、仕事なんだわ」

「なんの仕事」

「なんのって、俺の仕事だよ」

「いや、だからなんで映水さんの仕事を『れもん』でしてんの？」

そこでまた少し沈黙になり、映水さんは眉のあたりをこするように掻いた。どこから話そうか考えている感じだった。確認したいことや問い詰めたいことがすでに喉のあたりにいくつも渦巻いていたけれど、わたしは映水さんが話すのを待った。

「今日のあれは……賭場っていうか、そういう感じなんだわ」

「とば？」

「野球のな。野球賭博ってやつだよ」

「はあ」わたしは眉をひそめた。「なにそれ」

「野球やってるだろ、毎日。テレビとか。プロ野球。巨人とか阪神とかヤクルトとか、試合してるだろ」

「はあ」

「それで賭けをやってんの。金あつめて、いろいろ」

「それが仕事なの？」

「それだけではないけど」

そこでまたふたりとも黙った。野球賭博――初めて聞く言葉だった。

「それって、ゲームとか、そういうのとは違うよね」

「ゲームかって訊かれたら、まあゲームとも言えるし、そうでないとも言えるよな」

「どっちにしても闇っていうか、悪いやつ？　犯罪？」

「それはどうかな」映水さんは首をひねった。「考えかたによるんじゃねえのかな」

「いや、よらないでしょ。悪いことでしょ。いいよ、正直に言ってくれて。さっきちらっとみえた男の人たち、全然ふつうじゃない感じしたけど」わたしはつづけた。「完全にアウトな感じがものすごいしたけど。っていうか、わたしがいま思ってるのはさ、その映水さんの仕事がなにかは知らないけど、なんかほんと腹がたつっていうかむかついてるのは、勝手に『れもん』を使われてたことだよ。知らなかったよ。なに？　いつから？　最悪じゃない？　これ黄美子さん知ってるの？　っていうか、わたしいま平気でしゃべってるようにみえるかもだけど、さっきすごい怖かったんだけど。もしわたしがあのまま警察に行ってたらどうなってたの？」

「花」映水さんが言った。「おまえ、そんな詰めんな。なにもかも一気に話せるかよ、さっきの今で」

「わたしもおなじだよ。さっきの今だよ」わたしは映水さんをまっすぐに見て言った。映水さんの言う野球賭博とはなんなのか。説明を受けるまでもなく、まともなことではない、悪いことだと直感したけれど、でもそれは、どれくらいまともでなく、悪いことなのか。わたしはなによりもまずそれについて訊かなければならなかったはずなのに、「れもん」を勝手に使われていたという事実と、理不尽な恐怖を味わわされたことへの怒りでいっぱいになっていた。

映水さんは右手にはめた腕時計をちらりと見た。そして、すっかり水っぽくなったアイスコーヒーをストローでぐるぐるとかき混ぜて、それからまた眉のあたりを掻いた。ストローは小さな渦のなかでくるりと回転してからゆっくり止まった。映水さんは鼻で大きく息をつくと、場所を変えよう、と言った。

わたしたちは喫茶店を出て、路地をさらに奥にぬけてべつの通りへ出、昼からやっている外国風居酒屋みたいな店に入った。入口には椰子《やし》の木みたいな作り物の植物がいくつも置かれ、明るく調子のいい音楽が大音量でかかっていた。派手な色のテーブルを外に出して飲み食いができるようになっており、学生風のグループが酒を飲んで楽しそうに騒いでいた。わたしたちは店のいちばん奥の席に座った。大きなドレッドヘアを鮮やかな布で包んだ女性の店員が音楽のリズムに体をゆらしながらやってきて、映水さんは生ビールを頼み、わたしもおなじものを頼んだ。運ばれてきたビールは照明を受けて鋭く光り、思わず眉間に力が入った。わたしたちは乾杯もせずに、黙ったまま飲みはじめた。映水さんはすぐに一杯めを飲み終わり、さっきの店員を呼んで二杯めを頼んだ。膝のうえで組んでいた指をほどいて、わたしの目を二秒くらい見た。そしてもう一度、眉のあたりを指さきでなぞるように掻くと、映水さんは話しはじめた。

3

映水さんは、黄美子さんと琴美さんの二歳年下の三十六歳、東京の下町に生まれ育った。両親はともに日本で生まれた韓国人で、五歳年うえの兄がいた。家のなかでは誰も韓国語は話さず、また家族の誰も、一度も日本の外に出たことはなかった。

小さい頃、行き来のあった祖父母の発音はあいまいで、うまく日本語が話せないような感じがした。会うたびに話が通じているのか通じていないのかがわからず、またなぜ血のつながった祖父母なのに話せる言葉が違うのか、映水さんは子ども心に不思議に思っていたらしい。ふたりともずっと体が悪くてほとんど寝たきりだったので、そのせいなのかとも思っていた。

自分が日本で生まれて日本語しか話せないのに、日本人ではない韓国人であり、小学校や近所の子どもたちと少し違う枠にいるということに気がついたのは、まずは名前だった。

それから、祖父母の家で使われていた光沢のある派手な布団の柄や、正月や法事のときに出てきた食べ物や食器の感じ。日本風のものしか置いていない映水さんの家と祖父母の家には、なにかしら本質的な違いがあるようだった。

父親は町工場で、母親はビルや食堂の清掃作業員として朝から晩まで働いていた。家は貧しく、両親は真面目で勤勉だったのに暮らしはいっこうに楽にならなかった。「大した物はひとつもなかったけど、それでもすごく狭いところにひと家族ぶんの物があるから、兄貴も俺も、よく膝を曲げたまま寝てた」、そう言うと、映水さんは少し笑った。

両親は、自分の家族だけでなく、祖父母の生活費の面倒も見、また多額の借金も返していたらしい。祖父母はまだ若い頃に日本にやってきて、仲間とともに流れ着いた東の町で、飲食店を始めた。冷麺の旨さが評判を呼んで、数年をかけて町でいちばんの韓国料理店に成長した。羽ぶりもよく、雇用や取引もふくめて地域の人たちの繋がりを深めるための役割も果たしたけれど、長い戦争の影響で打撃をうけた経営を立て直すことができずに倒れてしまい、借金はそのときに抱えたものらしかった。

小学二年生の頃、学校に何ヶ月も給食費をもっていけず、着ているものや住んでいるあばら家のこと、名前のことでつねにまわりからからかわれていた映水さんは思いつめ、ある朝、自分たちがこんなにお金に困っているのに、どうして祖父母の借金を払いつづけなければならないのか、それはいつまでつづくのかと訊いたことがあった。父親はふだん口数が少なく大人しい性格をしていたけれど、息子たちの躾《しつけ》はもちろん母親にたいしても厳格で、暴力をふるうこともたびたびあった。そんな父親を問い詰めるような口をきくのはかなり勇気のいることだった。殴られるかもしれないと映水さんは身構えたけれど、父親は映水さんの顔も見ないまま、『子どもが親のために働くのは当たりまえのことだ』とだけ言って、いつものように家を出て工場へむかった。

父も母も働きづめだったので、幼い映水さんの面倒は五歳年うえの兄がみた。兄の名前は雨《ウ》俊《ジュン》といった。

「小柄で泣き虫だった俺とは違って、兄貴は体もでかくて喧嘩も強くて、なんでもできる自慢の兄貴だった」、映水さんは言った。近所の子どもたちにキムチなんて言われてめそめそしていると、うるせえこのたくあん野郎って殴ってやればいいんだよと笑って映水さんの頭を抱き、台所で湯を沸かして、温かいものを食べさせた。高学年になるまでぜんそくの症状のあった映水さんが発作を起こすと、夜でも朝でも背中におぶって近所の診療所に連れていってドアを叩き、処方された薬を丁寧に飲ませ、胸に湿布をはった。咳が止まらなくて眠れない夜は背中をさすり、今日はこんなことがあったとか、誰それがこんな馬鹿なことをしたとか、いろんな話をして気をまぎらわせてくれた。

映水さんが八歳の夏に祖父が死に、十歳のやはり夏に祖母が死んだ。雨俊さんは十五歳になっていた。それぞれの小さな葬式に、思っていたよりもたくさんの人が来たのが意外だった。祖父母や自分たちのことを気にかけている人など誰ひとりいないと思っていたから。映水さんは、この会ったこともない人たちが、口々に祖母や祖父に世話になったと涙を流して話すのを聞きながら、なぜ生きているときにそれを言わなかったのだろうと不思議に思った。病床の祖父母や困窮している自分たちに会いにくることも様子を見にくることもなかった彼らが、今さらなんのためにこんなことを話すのかが、よくわからなかったのだ。祖父母の最期は惨めだったと思う。金がないから満足な治療も受けられず、まるで使い古しのダンボールでも潰すみたいに簡単に死んでいった。人は死ぬと焼かれて骨くずと灰と煙になって消えるけど、借金は残った。学校の先生だったか誰だったかが、形あるものはすべて消えて無にかえると言ってたような気がするけれど、それは嘘だと思った。金は死なないし、消えなかったから。

そのうち父親が酒を飲むようになった。長く勤めていた工場でも、たびたび揉めごとを起こすようになっていた。酔った父親は母親を目のまえに座らせて、愚痴とも説教ともみわけのつかない話を何時間でもえんえんくりかえし、仕事で疲れ果てた母親が少しでも適当な返事をすると、怒りを爆発させるようになった。

父親が家にひきこもる時間が増え、それに比例するように、母親はみるみる体調を崩していった。

息子たちは、どんなに理不尽なことがあっても家のなかでは父親がいちばん偉く、逆らうことは許されないというルールで育ったので、父親が工場に行かなくなり、母親が一時間数百円の時給で稼いでくるなけなしの生活費を酒やパチンコに使うようになっても、酔って暴れ、どんな暴言を吐くようになっても、辛抱づよく耐えていた。それは父親がこれまで家族のために身を粉にして働いてきた姿を覚えているからでもあった。けれどある日、酔っ払った父親が激怒して食べかけのラーメンを汁ごと母親に投げつけたとき、映水さんは反射的に父親の腕をつかみ、それを力の限りに投げとばした。父親は怒声をあげて映水さんの頬を張ってつかみかかり、それを見た雨俊さんが父親の肩を殴り、母親は泣き、家のなかはめちゃくちゃになった。

中学を卒業すると雨俊さんは当然のように学校へは行かず、地元の仲間とつるみ、映水さんもそんな兄についてまわるようになった。お腹がへる、食べるものはない、しかし金もない、であれば、あるところから盗むのはあたりまえのことだった。だから、いろいろなものを盗んだ。朝いちばんのスーパーの搬入口にはパンのつまった箱が積まれていたし、子どもの手は小さいから自動販売機の飲みものなら、いくらでも引きぬくことができた。隣町や、もっと遠くの町まで行って、小綺麗なかっこうをした学生たちから金を巻きあげることもあったし、電車のなかでスリもした。売れそうなものはなんでも盗んで、かたっぱしから金に替えた。数人だった仲間はいつのまにか増え、ちょっとした集団のようになり、噂を聞きつけたべつの町の不良たちがやってきて殴りあいの喧嘩をくりかえすたびに、彼らの絆は深まり、強くなった。

雨俊さんと、やはり韓国人で幼馴染の志訓《ジフン》さんという親友が、仲間を束ねて率いるようになり、そのあたりで彼らを知らない不良はいないくらいの存在になった。

兄は強くて敵には容赦がなかったけれど、どんなときでも後輩を守り、ひとりひとりの話を聞き、慕わない仲間はいなかった。志訓さんもおなじように強かったけれど、性格は兄と対照的で、雨俊さんがかっとするとまずはそれをなだめるような、柔らかさと穏やかさがあった。物心ついたときから兄とおなじようにそばにいた志訓さんは、映水さんにいろんな話をきかせ、歌を教え、遊び、じつの弟のようにかわいがった。映水さんはそんなふたりの兄を誇りに思った。

そうした日々を過ごすうちに雨俊さんと志訓さんは十八歳になり、映水さんは十三歳になった。中学くらいは行っておけよと兄は弟に言ったけれど、たまに顔を出す学校にはうんざりだった。教師は誰ひとり映水さんにまともな関心を示さず、同級生たちは表むきは腫れものにさわるように扱っているのに、陰ではひとりではなにもできない兄貴の金魚の糞《ふん》だと、笑いものにしていることもわかっていた。かろうじて友達と言えるかもしれないと思っていた相手とちょっとしたことで言いあいになったとき、韓国人のくせにと吐き捨てられたことをよく覚えている。そのあとも、なにか問題を起こすたびに、これだから韓国人はと何度言われたことかわからない。たまたま日本人であったことと親の金に守られて何不自由なく生きている連中と、できる話はもうなさそうだった。ここには自分の居場所はないのだと、映水さんが確信するのにそんなに時間はかからなかった。

夏になるとたむろしていた、神社の祭りや夜店で顔見知りになったテキヤの男に誘われて、雨俊さんと志訓さんはその家の露店に出入りするようになった。ちょうどその頃、町でも警察沙汰になる仲間や、年長のチンピラたちともめてゆすられたり、怪我を負わされる後輩たちが出始めていた。それだけでなく、これまでかかわりのなかった遠方の暴走族や、少年刑務所あがりだという札つきの連中がやってきていきなり襲いかかってきたりなど、厄介な事件が起こるようにもなっていた。雨俊さんと志訓さんは自分たちの集団に名前すらつけておらず、ただ地元の町で生き残るために、自分たちのやりかたで仲間とともに生きていたにすぎなかった。

けれどそうした思いや言いぶんとは関係なく、なにかもっとべつの、暗いような激しいようななにかが口をあけて自分たちを待ち構えており、それに飲みこまれていくような不安を感じずにはいられなかった。

東京は大きく、あとからあとから人がわいてきた。衝突や事件が起こるたびに、悪事にもずる賢さにも強さにも、上には上がいることを思い知らされた。どうすればいいのか、自分たちはどうなっていけばいいのか、わからなかった。ふたりにわかっていたのは、とにかく仲間と自分たちを守らなければならないということだけだった。そのためにはもっと強くなる必要があった。強くなるとはどういうことか。雨俊さんは、ちょっかいをかけてくるやつらをこれからも殴り倒して集団をもっと大きくすることだと息巻いたけれど、志訓さんはそうではないと言った。頭数を増やしたり、けちな盗みのアイデアを思いついたり、売られた喧嘩を買ってそれに勝ってみせるようなことではもうない、強さとは、ひとつには金をもつことであり、そして自分たちがその一部であると示すだけで相手が手出しするのをためらうような大人たちと、繋がることだと考えた。

テキヤたちはみな口は悪くて乱暴だったけれど、そこには見まちがえようのない熱のようなものがあった。一家には親分子分の厳しいしきたりがあり、はじめてみるような金の流れがあった。彼らは雨俊さんと志訓さんに礼儀と掃除の仕方を徹底的に教え、盗まずにお腹を満たし、ものを仕入れてそれを売って金を稼ぐという、露店商売の基本を教えた。

雨俊さんと志訓さんは三歳年うえのなるちゃんという兄貴分について、くる日もくる日も大量のするめいかを醤油《しょうゆ》で焼いた。そこにはいろんな人の出入りがあった。指詰めをしている人、よく笑う人、いつも酒のにおいのしている人、背中や腕に入れ墨のある人、無口な人、韓国人、中国人、方言を話す人、面倒見のいい人、そうでない人、一度しか会わなかった人もいればいつも顔をあわせる人もいたけれど、一貫してそこにあったのは、互いの過去には踏みいらないというような雰囲気だった。

酒が入って冗談を言いあうような場面でも、どんなに気さくな間柄になっても、たとえばどんな事情で指を落としたのか、今までどこにいたのか、家族はどうしているのか、そうした身のうえについては訊かないものだというような、暗黙のルールがあった。

働きはじめて三ヶ月がたった頃、ある大きな祭りの、露店の配置を決める大事な店割《みせわり》という場面で初めて会った親分の迫力は凄かった。ただ座って成りゆきをじっと見つめているだけなのに、その場にいる人たちの表情や目つきやちょっとした仕草まで、いつもの祭りとはすべてが違っていた。静かだけれど、つぎの瞬間になにが起きても不思議ではないというような異様な緊迫感を肌で感じ、これまで自分たちがどれほど小さな世界でいい気になっていたのかを一瞬で思いしらされた。親分は多くを語らず、雨俊さんと志訓さんに年齢と名前以外のことはなにも訊かなかった。

学校に行かなくなった映水さんはふたりの兄にくっついて、あちこちの祭りや夜店についてまわり、商売のいろんな決まりごとを、兄たちと一緒に身体《からだ》に叩きこんでいった。家の若い衆で指導役のなるちゃんは、まえと横の歯が何本か欠けていて、真面目な話をしていてもいつもどこかひょうきんな雰囲気を漂わせている面白い男の人だった。たまに小遣いをくれたり、ご飯を食べさせてくれたりして、映水さんにも目をかけてくれた。いつだったか、早い時間にふたりきりで銭湯に行ったことがあった。背中には、雲に乗っている鬼の入れ墨が入っていた。ならんで体を洗いながら、もごもごと礼のようなことを言うと『こんなんぜんぶあたりまえよ。俺ら家に入ったら、こっちが真剣な家だからな。親分が、真剣な親になる。雨俊と志訓は俺の弟分になっただろ、そしたらおまえも弟だよ』

なるちゃんは笑った。

『だけんど雨俊と志訓、あいつら面白いコンビだな。見てくれも中身も、ぜんぜんちがうのな。おまえ、あいつら本気でやりあったのとか、見たことある?』

ない、と答えると、そっかそっかと笑って頭からざぶりと湯をかぶった。

『ふたりとも背はでかいけど、雨俊は気が荒いし、がたいもいかつい、でも志訓は女みてえな顔してるもんな。気も利くしな。しゃべりかたも遅いしな。あいつ喧嘩は強かったのか?』

ふたりとも強かった、と答えると、なるほどなあ、となるちゃんは嬉しそうに笑い、俺は喧嘩はだめだったからなあ、でもあいつらムショ行ったことはないだろう、まあなんにしても豚箱どまりで済んだらそれがいちばんよ、と言いながら、自分が過去に起こした傷害事件や窃盗事件のこと、そのあと捕まって少年刑務所で過ごした十代のあれこれや、どんなふうに今の家に流れ着いたのかについて、面白おかしく話してくれた。そして、人生は真面目がいちばんよお、と歌いながら湯のなかで手足をタコのようにぶらぶら動かし、ふざけてみせた。

映水さんは、兄たちの邪魔にならないようにするだけでなく、落ちている輪ゴムひとつも見逃さないくらい丁寧にゴミを拾いあつめ、客の呼びこみや手伝いに精をだして、おまえは見こみがあるなんて大人たちに褒められると嬉しくなって、顔を赤くした。言いつけられて、明るくにぎやかな祭りの場所から少し離れたところに停めてあるトラックに物をとりにいくと、自分よりももっと小さな年頃の子どもたちが何人もいて、灯りもないなか、荷台やタイヤのわきで影のように遊んでいるのをよく見かけた。親についていろんな町を移動しているんだろうと思ったけれど、祭りは長い休みのある夏だけでなく、春にも秋にも冬にもあったから、学校はどうしているんだろう、映水さんがふと気になって尋ねてみたら、子どもたちは恥ずかしそうに体をくっつけあって、たまに行く、行ってない、わかんない、とそれぞれ小さな声で答え、暗がりのなかへもどっていった。

雨俊さんと志訓さんがテキヤの仲間入りをしたという噂が広まると、変化はすぐにおとずれた。後輩たちは変わらずふたりを慕って、自分たちにさらに大きな後ろ盾ができたように感じて喜びはしたけれど、でも、そうした気分の高まりも長くはつづかなかった。

稼いだ金で酒や食べものを奢り、たまに一緒に時間を過ごして馬鹿な話をして笑っても、肝心ななにかが少しずつ嚙みあわなくなってきていることは明らかだった。一年もたつころには敵対していた顔見知りの不良たちもいつのまにか姿を見せなくなり、知らない年下たちの名前が耳に入るようになり、どこかで派手な喧嘩があってもあとで知ることが多くなった。世代が変わったのかもしれなかった。

テキヤの仕事はきつかった。若いふたりが疲れ果てて翌朝起きあがれないこともよくあった。見えないところでの人間関係の揉めごともあったし、子分どくとくの緊張感にもさらされていた。しかしそれにもようやく慣れて、雨俊さんと志訓さんの下にも新入りがやってくるようになった頃、父親が死んだ。

真夜中に、近所の橋から落ちたらしい。ひどく酒に酔っており、事故だったのか自殺だったのかはわからなかった。映水さんが十六、雨俊さんが二十一になった年の冬のことだった。ふたりは志訓さんの部屋や、事務所やテキヤ仲間の住まいを泊まり歩きながら、たまに家に帰って母親にお金を渡し、父親とも顔をあわせてはいたけれど、あの殴りあい以来ほとんど口をきかないままの、別れになった。町のはずれの小さな集会所での通夜には工場時代の仲間が来て、根っから真面目なお父さんだった、まだ若かったのに残念だと肩を落とした。通夜客が帰ったあと、母親と息子たちは話をした。志訓さんはその場に残り、父と夫に死なれた三人に酒を注いだ。

『親父は、最後なんて言ってた』しばらく声を出さずに泣いたあと、雨俊さんが訊いた。

『なんも言ってない』

それからみんな、しばらく黙った。蛍光灯の下で見る母親の顔はごっそり肉が削げ落ちて、まるでそのへんをうろついている知らない老人のようにみえてしまって、それが映水さんの胸をいっそう陰らせた。垂れてくる涙をこすりながら、母親からそっと目をそらした。

『わたし寝てて、朝そのまま仕事いって、夕方に警察がきて、それでわかったから』

『ほんとは、自分で死んだの』

『わからない。でも散歩に出るような時間じゃないね。もうずっと酒飲んで、寝てばっかりだったのに』

『金は、俺らもっていってたから、そこじゃないよな』雨俊さんが訊いた。

『そうだね』

『暴れたりもなかったんだよな、最近』

『なかったね……それはあんたたちのおかげ、ほら、家ぐちゃぐちゃになったとき。あそこからなくなったね。わたしが仕事からもどったら、おとなしく出されるものちょっとだけ食べて、酒飲んでから、もう文句も言わなかった。酒はもう何年も、ずっと増えてたね。寝起きでも飲むようになってたから。そういえば、いつだったか、夜、泣いてるのみた』母親は鼻で短く息をついた。『酔ってて、なに話してるかわからなかったけど、かあさんのこと言ってたね。ばあちゃんのことね。法事のことも言ってた。あとは自分が情けないともね。大声出すときもあったけど、怖がりで、気の小さい人だったのにね』

『親父さん、きっと落ちちゃったんだと思いますよ』

志訓さんが酒を注ぎながら言った。

『あの橋、手すりが低いから。夜、見えないんですよ。電気ないし。俺の連れで、騒いでるだけで落ちたやついますよ。素面《しらふ》でです。それでも落ちるんですよ、体のほとんどの骨、折りました』

『死ななかったの』

『気合で泳いだらしいです。まだ早い時間で。すれ違うやつがみんな避けるから、ずぶ濡れで骨折れたまま、仕方なく歩いて病院に行ったって』志訓さんは笑った。『あと、あそこの運河汚いじゃないですか。落ちたときにそれ、腹いっぱい飲んじゃったみたいで。吐きつづけて、死にかけるくらいの下痢になって。骨折よりそっちのほうが辛かったらしいです』

『たまんねえな』雨俊さんも笑った。

『でも、生きててよかったよ』伏せていた目をあげて、母親も少し笑った。『――志訓も、大きくなったね』

『そうですか』

『このまえ見たときは、子どもだったよ』

『雨俊も俺も、もう二十一だから』

『そうか、すごいね』母親は口元で微笑み、首をふった。

『――大人も子どもも、みんな一瞬で年をとるっていうのは、本当だったね』

母親が布団部屋に入って休むと、息子たちは外の空気を吸いに集会所を出た。三人とも黙ったまま、なんとなく歩き始めた。志訓さんは煙草をとりだして火をつけた。真冬のしんとした空気のなかをたよりない白い煙が漂って、すぐに溶けてみえなくなった。

『親父は、なんだったんだろうな』

雨俊さんが、独りごとのように言った。

『どういう意味』志訓さんが訊いた。

『いや――朝から晩まで働いて、それでも一生ど貧乏で、犬小屋みたいなとこでアル中んなって、それでけっきょく最期こんなかよって、まあそういうこと、思うわな』

志訓さんは肯いた。

『親父もしょうもないとこあったけど、でもまあ、真面目に働いてきた人間だよ。人を騙したこともねえし、毎日黙って、なんの贅沢もしないで、ただ工場で働いてただけの人間だよ。それでもこんな終わりかたすんのかって、思うわな。親父も情けねえと思ってるだろうな、肝心の息子が根性もねえ、たいした稼ぎもねえ半端ものでさ。それで、なんか、よくわかんねえけど――なんにたいしてなのか、とにかくぜんぶに、無性に腹がたつわな』

砂利道をゆく三人の足音だけが響いていた。

『なあ志訓、こんなこと言ってもしょうがないけどよ』雨俊さんが言った。『親父が日本人だったら、なんか違ってたのか』

『どうだろな』

『あんなんじゃなくて、もっとましな人生だったのか』

『雨俊はどう思うの』

『俺は』そこで言葉がとぎれ、雨俊さんは黙ったまま、前方の暗闇を睨むように見つめていた。しばらくして志訓さんは言った。『日本人じゃなくても、うまくやってるやつはいるからな』

『そうか、そうだな。じゃあ、俺らはいったい、なにが悪かったんだ？』

志訓さんはそれには答えず、吸いかけの煙草を指で弾くと、小さな赤い火が弧を描いて暗闇のなかに消えていった。

『なあ、志訓』雨俊さんは訊いた。

『こういうとき、どう思うのが筋なの？　カスみたいな人生なのは俺たちだけじゃねえんだから、しょうがねえだろってさっさと忘れんのが筋なのか、俺たちがいつか山返してやるから今に見とけよって、怒《いか》んのが筋なのか』

『どうだろね』

『それとも、金とか運とか、そんなの最初から俺らには関係ないもんだって、あきらめんのが筋なのか』

『どれが正解かはわかんないけど、でも最初っから決まってることはあるよな。でかいことは、なにも選べない。親も、生まれてくるとこも』志訓さんは言った。『自分も』

『血ってなんだ』

しばらくして雨俊さんは言った。

『ガキの頃からさんざん言われてきたけどさ、じっさい俺、わかんねえんだわ。あいつらの言ってる血ってのがなんなのか。血に汚いとかきれいとか、えらいとか、そんなのあるのか？　本当のところ、あいつらはどういう意味で言ってんだ？　仮にそんなのがあるとして、でもそれをなにでみわけるんだ？　食べてるものか？　生まれた場所か？　親の、そのまた親のやってきたことか？　顔つきか？　それとも名前か？　なんなんだ、血って』

『連中もわかってないよ』志訓さんは言った。『わかってないから言えるんだろ』

『なんだそれ、なんでてめえでわかってないことが言えるんだよ』

『わかってないことを話すときが、人間いちばん調子にのれるからだろ』

『調子にのる？』雨俊さんは志訓さんの顔を見て首をかしげた。『なんだよ、調子にのるとかの問題かよ』

『そうだよ、雨俊』志訓さんは笑った。『だいたいのことは、ぜんぶ調子の問題だよ。理由とか、本当はどうとか、そういうの誰もいらないんだよ。調子にのってるやつといると、自分までうまくいってるように感じるだろ、気分がよくなって、ぜんぶうまくいってるように思える。みんなそれが好きなんだよ。だから調子にのってるやつに、人も金も、運も集まる。力をもつ。だからいちばん調子にのってるやつの言うことが、そのときいちばん正しいってことになるんだ』

『おまえの言うことは、いっつもよくわかんねえけど』雨俊さんは頭をかいた。『調子にのったやつがいい目するなら、じゃあ、俺らが調子にのれんのはいつなんだよ。どうやったら調子にのれんだよ。俺も調子にのりてえよ』

『あはは、俺らは無理だよ』

『なんでだよ』

『なんでもだよ』

そう言って笑う志訓さんに、雨俊さんは最初は納得できないような顔をしていたけれど、そのうちにつられて顔をゆるめ、最後は三人で声を出して笑った。

三人はそのまま、夜じゅう生まれ育った町を歩き、眠らないで葬式に出た。三人の息子たちが棺《ひつぎ》をかついだ。隣町の火葬場で焼きあがるのを待つあいだ、雨俊さんは母親を待合室の椅子に座らせて肩をもんだ。志訓さんは映水さんに、昔話のようなたとえ話のような話をいくつも話して聞かせた。どんな内容だったか詳しいことは忘れたけれど、動物たちが出てくるどこか不思議な感じのする話だった。時間がきて、真っ白な灰のなかに散らばった骨がどの骨なのかの説明を聞きながら、父親の笑った顔を思いだした。父親は笑うと眉がさがって、八重歯がみえて、映水さんは父親が笑うと嬉しかったことを思いだした。学校から帰って外から傾いた家を眺めてみるとき、大人になったら金をたくさん稼いで、みんなを広い家に住ませてやるんだと思ったことも思いだした。まだ小さかった頃、みんなでダムを見にいったことも思いだした。母親のつくった握り飯を食べ、河原で水切もした。帰りに大雨が降って、映水さんと雨俊さんをジャンパーのなかに抱きこんで、右に左に体をゆらしながらみんなで笑って家路についた、あれはたしか、いつかの春の初めだった。映水さんはそんなことを考えながら父親の骨の入った桐箱を抱く雨俊さんのあとを歩き、母親と志訓さんと四人で、来たときとおなじように自分たちの町へ戻っていった。

気が遠くなるほど澄んでみえる真冬の青空に、小さな息のような、雲のきれはしがいつまでも浮かんでいるのが見えた。

「もう二十年もまえだけど、兄貴と志訓が話して、三人で歩いたあの夜のことは、今でもよく思いだす。葬式の朝のことも」映水さんは言った。「あのまま、テキヤつづけるか、それか、ほかで適当に働くかして地元にいればよかったんだな。でも、あのときはわからなかった。今もだけど、俺はクソの役にもたたない頭の足りないガキで、兄貴と志訓についていけば、兄貴と志訓がいれば、それでいいと思ってたんだ。大丈夫だと思ってたんだ。今さら言ってもどうしようもないけどな。それでも、ときどき思いだす」

映水さんはひと息つくと、グラスに残っていたビールを口に含み、ゆっくりと飲み下した。

「俺、話したな。いくら酒飲んでいるとはいえ、人生でこんな話したの、ないわ」映水さんは自分に呆れたように笑った。「酒入ると駄目だな。知ってたけど」

わたしは唇をあわせたまま、何度か肯いた。壁にかかってる時計を見ると三時を少し回ったところだった。わたしたちがここに入ったのは何時だった？　思いだせなかった。二時間とか、もしかしたらもっと長い時間が過ぎていたのかもしれなかったけれど、わたしは映水さんの話に入りこんでしまっていて、時間とか場所とか、自分が今こんなふうにソファに座っていることとか、そういういろんな現実的な感覚がうまく手足に戻ってこないような、奇妙な感じがずっとしていた。たしか途中で二度おかわりをしたはずだったけれど、目のまえのジョッキはすでに空になっていた。もう一杯頼むかと訊かれたので、わたしは肯いた。映水さんは店員を呼んで、またおなじものを注文した。

「黄美子と琴美と会ったのは、そのあとだな」映水さんが言った。「俺ら地元出て、新宿でシノギ始めて。歌舞伎町も今みたいにぐちゃぐちゃじゃなくて、もっとわかりやすかった時代。まだ顔が見えた時代だな」

「黄美子さんと琴美さんは、そのときはもう、一緒だったの？」

「ふたりはおなじ飲み屋で働いてて、一緒に住んでた。俺らは近くのカジノにいて。自然と顔見知りになって、すぐにつるむようになった」

「カジノって、捕まるやつだよね」

「まあ、そうだな」

「テキヤからカジノになったの？」

「親父が死んで半年くらいたったころかな、家が揉めたんだよ。家っていうのは俺らが世話になってたテキヤの家のほうな。俺らみたいなぺえぺえの稼ぎこみには詳しいことは知らされないけど、とにかく跡目のことで面倒なごちゃごちゃがあったんだよ。で、現場が百八十度変わって、ついていけねえってことになった。シメられるのは今までも普通にあったけど、いちばんでかかったのは、今度から新しく俺らのうえになるってやつに、なるちゃんが半殺しにされたことだった。まあ多少の下手は打ったかもしれなかったけど、でもやりすぎだろって俺らは思った。よく知りもしないやつにそこまでやられて、ケツもってくれる兄弟も誰もいなくて、それはおかしいだろって話になった。それでなるちゃんが家を出ることになって、新宿に昔の兄弟分がいるから、その兄貴と連絡とって、そっちとやりとりするようになった。地元で世話になった親分は代がわりするし、いろんな意味で潮時かと思ったんだよ。それに新宿は規模がちがう、やばいことも多いけど、でもやばいのはどこでもおなじだろと思っていた。それより、もっとでかく稼げるっていうのに色めきたったんだ。それで俺らは新宿に移ってシノギすることになった。

なるちゃんの兄弟分が繋いでくれたのは、でかい組が元締めの賭場だった。それはべつに珍しいことじゃなくて、テキヤも色々あるけどヤクザは無縁じゃないからな。まったく知らない世界ってわけじゃなかった。でも俺らは田舎のテキヤ出身の、まあどこにでもごろついてるガキだから、タコ部屋に住みこんで、店あけてるときは厨房に入ってホール仕事やって、どっかに物とか金とか運んだりとか、見張りとか、そういう使い走りみたいなことばっかりやってた。そのうち回収についていくようになって、最初に現場みたときはとんでもないとこに来たなと正直思った。そこまですんのかって、あんな追いこみ見たことなかったし、これは自分には無理だと思った。もちろん俺はまだガキだったから直接どうこうってのはなかったけど、兄貴と志訓はすぐに飲みこまれていったよな。

ある意味、なるちゃんもな。住むとこもだけど、免許とか車とかふだんの飯とか、まとまった金も出してもらってたし、女とかもそっちとの絡みが多くなって、すぐに引き返せない感じになった。そのうち、バカラだけじゃなくてほかのシノギもふられるようになって、でかい回収まかされるのから始まって、場数ふんで、結果だして。兄貴と志訓の顔はすぐに売れて、敵も味方も倍々ゲームみたいに膨らんでいったよな。どこでやめてりゃよかったんだろうな。今でも考えることあるけど、この瞬間むかしに戻してやるよっていわれても、たぶんわかんねえと思うわ」

「雨俊さんと志訓さんは、ヤクザになったの？」

「組に出入りするようになって、盃《さかずき》もらって、そうなった」

「映水さんもヤクザになったの？」

「俺は盃はしなかった」映水さんは言った。「まだ十八になるかならないかだったこともあるけど、兄貴と志訓が、とにかく俺にはカタギでいろって言い張ったんだよ。俺は兄貴と志訓と一緒がよかったし、ガキ扱いされるのは情けなかったけど、どっかで兄貴らの言ってることがわかってたんだろな。自分にヤクザ張れる甲斐性《かいしょう》はないって。だから昔とおんなじ、けっきょくふたりにくっついて、自分ではしょぼいシノギやって中途半端に稼いでるだけだった。でも、だんだん離れていくんだよ。まわりの人間が変わって、動かす金の種類もでかさも変わって、それでまた人間も変わって、兄貴も志訓も、自分らが想像してたのとは段違いの早さでどんどん押し流されていった。地方で金まわすことも多くなって、長いこと帰ってこない時期もあった。そのうち、なるちゃんが消えた。兄貴も志訓も俺には詳しくは言わなかったけど、なるちゃんは早いうちからシノギでシャブやってて、品《しな》も金もでかい使いこみがあったらしい。新宿に来てからまだ二年もたってねえうち。あっというまだよな。俺はたいした仕事はないから、カジノとかほかの賭場の当番やって、パチンコの打ち子の調達とか、あとはミカジメ回収だな、酒屋とかおしぼり屋とか風俗とかぐるぐるまわって。ほかはバッタもんまわり」

　わたしはビールを飲んで肯いた。

「そういうしょぼいことして、その辺でうろうろして。あとは黄美子と琴美の家に行って飯食ってたな」

「最初から、仲良かったんだ」

「あんときは、雨俊と黄美子が付きあってて、志訓と琴美もそういう仲だったから、まあ、よくある弟みたいな立ち位置だよな」

「ええっ」わたしは驚いて声を出した。

「なんだよ、そんな驚くことか?」わたしの驚きに映水さんは目を丸くした。「わりと普通だろ?」

「いや、いやいや」わたしはソファに座り直した。「なんか、黄美子さんとそういうことが、結びつかなくって」

「そうか」

「うん、まあ」わたしはビールをがぶりと飲んだ。

「当時はなんもないから、連絡とるのは部屋か店か事務所の電話しかなかったんだよ。だから店が閉まってて、俺の体が空いてるときは、黄美子と琴美の部屋で電話番させられたりな。いつ兄貴と志訓からかかってくるかわかんないし、兄貴らはいちいち留守電とか入れねえし」

「なんか、そこは普通の恋人同士っていうか」

「まあな、それでたまに顔あわせたら仲良くすりゃいいのに、あいつらものすごい喧嘩するんだよ。あいつらっていっても、兄貴と琴美な。なぜかいつも、このふたりが喧嘩して、志訓と黄美子がそれをなだめるっていう。組みあわせが違うだろって思ってたけど」映水さんは笑った。「琴美は今でこそ落ちついたっていうか、やんわりした感じになったけど、昔は気が強くて口も達者で。志訓はおおらかなとこがあるだろ、わかったわかったしか言わないで、笑って相手にしないわけ。それで兄貴が、おまえさすがにそれは言い過ぎだとかなんとか割って入って、志訓はおまえの男だろうけどそのまえに俺の兄弟だってこと忘れんなとか言って、それに琴美がキレて喧嘩になるっていうパターンだったな。それでさんざん揉めたあと、最後はみんなで飯食いに出るっていう」

「みんな、仲良かったんだね」わたしは笑った。「黄美子さんは、雨俊さんと喧嘩しなかったの?」

「あそこが喧嘩してるのは、見たことなかったな」映水さんは言った。「まあ黄美子は黄美子で、事情があるからな。兄貴はいっつも、それを心配してたな」

「事情って?」

わたしが尋ねると、映水さんはわたしの目をじっと見て、ビールをひとくち飲んだ。

「事情ってなんだろ」わたしはもう一度訊いた。

「事情というか――」映水さんは眉のあたりをこすった。「花、おまえ黄美子から、なんかそういう感じのこと聞いてない?」

「聞いてない」

「そうか。母親のことは?」

「黄美子さんのお母さんのこと?」わたしは訊いた。「聞いたことないよ。今日はお父さんのお墓に行くって言ってたけど、家族の話題がでたのは、それが初めて」

「いや、べつにたいしたことじゃないんだけど」

「なに」

映水さんは自分の指さきをじっと見つめて、それから短く言った。

「黄美子の母親、刑務所にいるんだわ」

「刑務所?」わたしは映水さんの言葉をくりかえした。「いま?」

「そう」

「ひとりで?」

「いや、刑務所はふつう一人じゃない?」映水さんは少し笑って、わたしを見た。「まあ、なかには何人もいるけど」

「そうだった、ごめん」わたしは唇をあわせた。

「べつに謝んなくていいよ。とにかく黄美子の母親は刑務所にいるんだよ。もう昔っからだな。出ても入って、出ても入ってのくりかえしで」

「なにをやって、刑務所にいるの」

「最近のは万引とかシャブだろうな」映水さんは言った。「最初に入ったのは、シャブと盗みと、放火」

「放火?」

「べつに喜んで人の家に火をつけたわけじゃないぜ。嵌《は》められたんだよ。あそこの店燃やしてきたら借金ちゃらにしてやるって。保険金狙いだから相手の店も承知のうえでぜんぶ場面できてるってことでやったんだけど、それがガセだったんだな。十歳そこそこだった黄美子も母親に連れられて、一緒に火をつけに行ったんだ」

わたしは映水さんの顔を見た。

「父親はまえに死んでるし、身寄りもないからそのあとは施設みたいなとこを転々として育ったって。まあ珍しいことじゃないけど、どんな暮らしだったかは想像つくよな。食うもんがないとか普通だからな。それに、黄美子はあれもあるし、そうとう酷いめに遭ったはずだよ」

「あれって?」

映水さんはわたしの顔をじっと見つめたまま、何度か瞬きをした。

「あれっていうのは」そこでいったん言葉を切って、映水さんは壁のほうに目をやった。後ろで流れていた音楽が、いっしゅん大きくなったような気がした。

「いや、黄美子のあの感じがあるだろ。おまえも一緒に住んでてわかると思うけど、感じがあるだろ、黄美子はちょっと」

わたしは映水さんの言ってることの意味を理解しようと、目に力を入れて映水さんを見つめた。

「普通っちゃ普通だけど、表からみるとそうなんだけど、でもなんか、そういう場面あるだろ。話が通じてんのか通じてないのか、わからなくなるとき。この場面で、おまえなんでこれなんだっていうときが」

「ある」反射的に声が出た。

「できないことも、いろいろあるだろ」

これまでいろんな状況や、ちょっとしたやりとりのときに不思議に感じたり、疑問に思った黄美子さんの反応やふるまいがつぎつぎに思いだされて、わたしは指さきでまぶたをおさえた。

「あるだろ」

「ある」

「あんま、さきのこととか——たとえば金のことでもそうだけど、そういうの、考えられないっていうか」

「うん」

「あれ、わざとじゃねえんだよ」映水さんは言った。

「でも、たんなる性格っていうんでもない、黄美子はそういうやつなんだよ。いただろ、むかし学校とかにも。水商売とか闇とかそういう場所には、そういう黄美子みたいなやつがたくさん流れてくんだよ。悪い人間からしたら、そのまんま、金の成る木だからな。男も女も」

「金の成る木？」わたしはつぶやいた。

「ああ。黄美子みたいなやつは、どうとでもできるからな。家族もいない、昼の世界とも繫がっていない、身元も適当で、今日とつぜんいなくなっても、なんの問題にもならないようなやつな。そういうやつが夜にはたくさんいて、ある意味、物みたいになってんだよ。いろんな遣い道のある物な。飛ばすのにも沈めるにも、いちばん都合がいいんだよ。そういう世界なんだよ」

わたしは目を見ひらいたまま、映水さんの顔を見ていた。

「もっと言えば、そういうのを専門で探してるやつらもいるわけだよ。手っとり早く、確実に金になるから。なんも言えねえし、誰も聞く耳もたないし、もともと世間はそういうやつらを存在してないことにしてるからな。ふらふらしてるとこに、ちょっと優しくして甘い言葉でつけこんだら、あっというまに思い通りにできるんだよ。親身なふりして借金つかませて、利子だなんだいって、あとは無限に毟《むし》りとるだけ」

「黄美子さんは」わたしは知らないうちに口元にやっていた手を下ろした。

「そりゃ、いろいろあっただろうな」映水さんはまっすぐにわたしを見て言った。「俺らが会ったときは黄美子は十八とか、そんなだったろ。ちょうど今のおまえとおなじくらいか。そんときにはもう琴美も一緒にいたしな。そっからは俺もつかず離れずで見てるけど、嵌められたりとかはねえよ。水商売やってただけで、派手なとこと出入りもないし。でもガキの頃はきつかったんじゃねえか。黄美子はあんま言わないけど」

「わたし」わたしは思いつくままを言った。「まえに、冬、映水さん鍋に来たときあったでしょう、っていうか、映水さんいつも黄美子さんに封筒渡してるでしょう、封筒っていうか、お金」

「ああ」

「わたしそれ、黄美子さんからなにも言われてないんだけど、あのとき勝手に見ちゃったんだよ。そしたらお金入ってて、あれは」

「あれは、母親の借金にまわす金」

「黄美子さんのお母さん？」

「そう」

「さっきの野球賭博のお金なの？」

「いや、あれはまたべつ」映水さんは言った。「いろいろあるから」

「黄美子さんもかかわってるの？」

「いや、基本、俺が黄美子に渡すだけ」

「映水さんが、黄美子さんのお母さんの借金を返してるってこと？」

「まあ、そうなるけど」映水さんは眉のあたりを搔いて言った。「でも、これはたいしたことないっていうか、ただの保険だよ。ケガの。保険屋と病院な」

「保険って？」

「保険に何人か入れるだろ、月に何千円とかで。それからちょっとケガした感じになるだろ、それで組んでる病院に行く。通院したら一日にまあ、契約によるけど一万前後は出る。とにかくバイトみたいに毎日行かせる。行きさえすりゃ記録は残るから。それで限界まで引っ張る。だいたい二ヶ月、六十日が目標。保険がおりたら、それをわける」

「ばれたら」わたしは訊いた。

「診断書を書く医者も審査通す保険屋もわかってるからな。保険屋も医者もかぶらないグループがいくつかあって、メンバーも定期的に変えて、保険屋の担当がストップかけたら止める。黄美子にまわしてる金は、そこからのだな」

「もし、捕まったら」

「こんな地味なやつで、どうのってのは、まあ」

そこで沈黙になり、わたしたちはそれぞれのビールを飲んだ。映水さんに、映水さんはこれまでに捕まったことがあるのかどうかを訊くべきかといっしゅん迷ったけれど、なぜかそれは訊かないほうがいいような気がしてやめた。長い沈黙があった。

「お母さんの借金、かなりあるの」

「シャブも積もれば、けっこうな金額になるからな。まえには街金のぶんもあったし、黄美子はガキの頃からせっせと返してまわってたんだよ」

「黄美子さん」わたしは胸のなかの息を吐き、手のひらで顔を揉んだ。「子どもの頃から、そんなふうに生きてきたの」

「黄美子の右手に、なんか、でかめのほくろみたいなの、あるだろ」

「えっ、知らない」わたしは顔をあげた。

「あるんだよ。親指のしたんとこに。何回おしえても黄美子は右と左を覚えねえから、子どもんときに墨でしるし入れられたんだよ。適当な針で。こっちが右だってぱっと見でわかるように」

「誰に」

「母親と男だろ」

わたしは絶句した。

「花」しばらくして映水さんは言った。「三茶とかは、まあべつにどうってことない場所だけど、でもなにがあるかわかんねえから。だから家出してるとか、親と連絡とってないとか、自分のこといちいち言わないようにしろよ。誰がどこでどんな絵描くかは、わかんねえから。金の成る木に思われねえようにしろよ、目えつけられねえようにな」

動きすぎているのか鈍くなっているのか、こめかみがきしきし音をたてて痛みだしていて、わたしは映水さんの言葉に肯くので精一杯だった。映水さんはジョッキに残ったビールを飲み干すと、しばらくわたしの顔を見ていた。そして、そろそろ出るか、と小さな声で言った。わたしは黙って肯いた。映水さんが手をあげて合図すると、頭に鮮やかな布をぐるぐるに巻いたさっきの店員がやってきて、レシートを渡した。わたしは自分の財布からお金を出そうとしたけれど、映水さんはそれを遮ってわたしのぶんも出してくれた。店員はわたしたちに明るい声で礼を言ってにっこり笑った。この店員は店に入ってきたときからずっとおなじ人なはずなのに、何度もビールを運んできてくれたおなじ人のはずなのに、なぜか本当は違う人なんだというような気がして、じつは中身が入れ替わっているような気がして、そしてそのことを本当はみんなが知っているのに示しあわせて黙っているようなそんな怖いような不安なような感じがして、胸がどきどきと音をたてた。

外に出ると、夏の終わりの匂いがした。わたしはどうしてこの匂いを知ってるのか、どこでかいだことがあるのか、どこかぼんやりした頭でそんなことを思いながら、映水さんの隣を歩いた。わたしたちはなんとなく駅にむかって歩いているようだった。季節の匂いは、考えたら不思議だと思った。季節はどこで決まるのだろう。なにが作るんだろう。花とか葉っぱとか、風とかだろうか。人間は関係ないんだろうか。何歳でも、どこであっても、それがその季節であるのなら、おなじ匂いがするのだろうか。なんだか、そんなわけのわからないことを考えた。

「黄美子は帰ってくるんだろ」映水さんが訊いた。

「帰ってくるよ」わたしは顔をあげた。「なんで？　帰ってこないかもしれないってこと？」

「いや、ぜんぜん深い意味ねえよ、何時に帰ってくんのって」映水さんがわたしの顔を覗きこんだ。「なんだよ」

「何時かは言ってないけど」わたしはなぜかどうしようもなく心細い気持ちになって、情けない声が出た。「帰ってくるよ」

「賭場のことは悪かったよ」映水さんが言った。「いきなりで、おまえもびびるよな。俺もびびったけど、もっとびびるよな」

わたしはそれには答えなかった。

「いま、過渡期なんだわ。こんな仕事で過渡期もなんもないけどな。でも今日はたまたまだよ。ちょっと借りただけ」

ビルとビルのあいだの空に、黒くて小さな鳥たちがくっつきあって飛び、しばらくすると散って、どこかに吸いこまれるように消えていくのが見えた。

「映水さんのお兄さんは、どうしてるの」

「兄貴は死んだよ」映水さんは言った。「二十七だったな。まあ、若いのから死んでいくよな」

駅の改札へつづく階段のところまで来ると、映水さんは、けっこう飲んだな、おまえはほんとにざるなんだな、と言って笑い、手にもっていたポーチを脇に挟み、それからまた手にもち直した。

「志訓さんは」

「志訓は」映水さんは鼻で息をつくと、指さきで眉を掻いた。

「いわゆる消息不明ってやつだな。懲役でもない、でも死んだとかやられたって話もねえから、わからないままだな。さすがに長いけどな。最後のほうは金庫とか銀行とか、そっちもやってたからな。志訓は見栄えがよくて、ヤクザには見えないからそっちでも重宝されたんだよ。兄貴も志訓も親分に気にいられてずっとついてたから、金にも組にも深く関わりすぎたんだな。案外、ちゃちゃっとカタギんなって普通にやってんのかもだけどな。まあ、そんなに安くないわな。どうだろな。でも、どっちにしても、なかなか見つかんないわな」

「探してるの?」

「どうかな」映水さんは笑った。「まあ、兄貴だからな」


映水さんと別れたあと、わたしはあてもなく三軒茶屋の街を歩きつづけた。信号を渡って商店街をまっすぐ行って、そのまま部屋に帰ればよかったのだけれど、なぜかそうすることができなかった。目のまえに伸びている灰色の道をゆき、突きあたると右に曲がり、また左に折れて、それを何度かくりかえすうちに、気がつけばまた駅前の夕暮れのなかに立っていた。暗くなるまでにまだ時間があるはずだったけれど、それでも通りを行き来する人々の足取りには夜へむかう興奮のような、うっすらとした熱が感じられて、わたしはどこを見て歩けばいいのかがわからなくなった。だんだん重くなっていく体をひきずるようにして歩きながら、信号をふたつ越えたむこうにある、べつの商店街をぬけていった。しばらく進むと大きな木の生えた公園があり、わたしは空いているベンチを見つけて腰を下ろした。子どもや老人や、カップルや、赤ん坊をあやす母親やいろんな人が、日曜日の午後の終わりの時間のなかで、なぜなのか、少しずつ淡くなっていくような気がした。なにかを考えなければならない気がしたけれど、どうすればそれが考えられるのかがわからなかった。

暗くなるまで公園にいて、部屋に帰ってドアをあけると、黄美子さんがいた。いつものふきんをもって、いつものように、壁を拭いているところだった。黄美子さんはわたしを見ると嬉しそうに笑って手を止めて、玄関のほうまでやってきた。

「花、おかえり」

「ただいま」

「たこ焼きあるよ」

「うそー」なぜだか黄美子さんの目が見れなくて、わたしはわざと元気な声で返事をした。

「お墓参りのとこで、ちっちゃい祭りやってたから、買ってきたよ」

「えー、まじー」わたしは目をあわせないようにして流しへ行って手を洗い、息を整えてから部屋に入った。

「拭きおわったら、食べよか」

「うんー」

腕をくるくるとまわしながら、汚れてもいない壁をいつまでも一生懸命に拭きつづけている黄美子さんの後ろ姿は、わたしの目のなかで何度も小さな子どもになった。わたしは黙ったまま、黄美子さんがふきんをにぎりしめて壁を拭くのを見つめていた。

「よし、花、食べよか」

ちゃぶ台にたこ焼きを広げる黄美子さんの右手の親指には、映水さんが言ったとおり、小さな楕円の、青っぽいあざのようなものがあった。おいしいねえ、とわたしは言って、たこ焼きをふたつ口につめこんだ。

「あれ、花、なんで泣いてるの」

「えー」わたしはごまかして言った。「えー、涙でてる？」

「涙でてる」黄美子さんが不思議そうに言った。「涙でてるよ。なんかあったの」

「なんもないよ、おいしいなあって、思ってさ」

「そっか」黄美子さんが笑った。「屋台のは、おいしいよね。いつだっけ、花ともいったね、夜店」

「いったいった」わたしは口をもぐもぐ動かしながら、垂れてくる涙を頬にのばしながら言った。

「黄美子さんと、一緒にいった」

たこ焼きを食べながら、わたしは遠い夏の夜のなかにいるようだった。どの夏も、あの夏も、艶やかに光るりんご飴や綿菓子、水のなかでちらちらとゆれる金魚の赤色、色とりどりのスーパーボール、土の匂い、たれの匂い、いつまでもとぎれない煙に人々の歓声が混じりあって、夜はどこまでも膨らんでいった。

暗いところを、さらに濃い影に縁どられた子どもたちが駆けていった。夜はこわいよ、そっちじゃないよ、何度くりかえしても子どもたちは笑うだけで、これが夜であることがわからない、夜がなにかもわからない、誰にもそれがわからない。それでも行く手にはぼんやりとした光がみえて――それはぎゅうぎゅうにつめられたウインナや菓子パンや缶詰の隙間から漏れてくる懐かしいような淡い光で、気がつくと、黄美子さんがわたしの顔を見ていた。

「黄美子さん」かすれた声が出た。

「もう、まえみたいに、急にいなくなったりしないでね」

「そういえば、あったね」黄美子さんは笑った。

「笑わないで」わたしは言った。「ずっと、一緒だよ」

それからわたしたちはたこ焼きのつづきを食べて、テレビを見た。交代でシャワーを浴びて、電気を消した布団のなかで、少し話をした。わたしは今日はずっと部屋で過ごして夕方まえに散歩に出たと話し、黄美子さんは墓地にいた野良猫たちの話をした。黄美子さんはすぐに寝息をたてて眠ってしまったけれど、わたしは目をあけたまま、部屋のいろんなところに落ちている青い影をぼんやりと眺め、その夜はうまく眠れなかった。

第七章　一家団欒

1

「そろそろ休憩しようよ、マックスお腹へったよお」

蘭はもうだめだというように手足をのばして、畳のうえにうつぶせになった。もうそんな時間なのかと携帯電話で確認すると、時刻は午後二時をまわったところだった。たしかに朝コンビニのおにぎりを食べてから、かなりの時間がたっていた。とたんにお腹がぐうときしんだ。みんなで夢中になって片づけをしていたので、空腹なのにも気がつかなかった。

「なに食べる」重そうに抱えていたダンボールを下におろして、黄美子さんが訊いた。「みんな、なに食べたい」

「なんでもいいけど、早いやつ」、ごろりと寝転がったまま蘭が言い、わたしも桃子も、なんでもいいよ、と声をあわせた。

「じゃあ、駅前までいって、そっから決めよっか」

わたしたちはまだ少し慣れない区画の住宅街を十五分くらい歩き、国道の信号を渡り、いつもの三軒茶屋の駅前に出た。何軒かの店を覗きながらどこにしようかうろうろし、結局これまで何度も来たことのある中華料理屋に入ることにした。ガラガラと引き戸をあけて、焼き飯や餃子《ギョーザ》や脂のにおいが流れてきたとたんに、まるでぞうきんをぎゅうっとしぼるような空腹感に突きあげられて口のなかに唾がわきでた。出てくるのがいちばん早いという日替わり定食をみんなで頼み、べつで餃子を二枚、頼むことにした。すぐに運ばれてきた肉炒めと白飯をみんな黙々と食べつづけ、ひと息ついたところで桃子が笑った。

「みんなやばい、一気すぎ。大食い選手権の予選じゃないんだよ。てか、みんなもうごはん残ってないじゃん。食いすぎー」

「うちらのマイブーム、白ごはん」蘭も笑った。

「ね、ごはんってなんでこんなにおいしいんだろうね。無限に食べられそう」

わたしは口のなかで肉汁とニラのうまみがまざりあってゆく白飯の味をしみじみ味わいながら言った。そこに見るからにぱりっとした焼きたての餃子がテーブルにどんと置かれ、みんなで小さく声をあげた。

「片づけ、もう終わるね。二階はあとカーテンつけて終わり、ね、花ちゃん。布団も押入れ入ったし」蘭が餃子をたれにひたしながら言った。

「うん、サイズあわなかったらどうしようかと思ったけど、ぜんぶいけたね。レールの金具も足りたし」

「畳の部屋がうちらの寝るところだよね。隣はしばらく荷物の部屋か。服とかけっこうあるかもだし」

「そうだね、寝るとこはちょっとでも余裕あるほうがいいもんね。あっ、洗面台のタイルみた？ぼろいっちゃぼろいけど、けっこうかわいくない？　なんか、こちょこちょしてて、色もさあ」

「かわいいー」桃子と蘭は声をあわせた。

わたしたちは遅めの昼ごはんをお腹いっぱいに食べ終わり、そのあとコンビニに寄って飲み物を買った。よく晴れた十一月の日曜日。ときどきふわりと吹きぬける風には、まだ少しさきにある冬のほうからやってくる冷たさがほんのりとまじって、いいにおいがした。とても気持ちのよい秋の午後だった。そのせいか、今日はいつもの日曜日よりも人が多く、街全体が明るく、それでいてみんながいつもより楽しそうにもみえるのだった。まだ引っ越しの片づけが残っていたけれど、わたしたちはそんな人の流れにまじってなんとなく駅前をぶらぶら歩きはじめた。

三茶に来て一年と少し。今ではどの店も馴染みがあったけれど、今日はインテリアというか、花瓶とか、ちょっとした棚とか椅子とか鏡とか、そういう家にかんするものがたくさん目についた。どれもこれもがきらきらと輝いていて、わたしはそのすべてに優しく歓迎されているような気持ちになった。自分の家のために、自分の好きな家具やものを見たり、そしてそんなに高くないものであれば、自分の好きなものを買うことだってできるのだ——そう思うと嬉しさがじわじわ胸に広がって、自然に顔がにやけた。もちろん不安がないわけではなかったけれど、でもそれはわたしがはじめて味わう高揚感だった。

黄美子さんと住んでいたハイツを出なければならないと知ったのが四月のことで、最初はまだ余裕があると思っていたのにそれもつかのま、いろんなことがあった夏のおかげで時間はあっというまに過ぎ去って、わたしたちの部屋探しはすぐに追いつめられることになった。考えないとな、ちゃんとしないとな、と頭ではずっとわかっていたのだけれど、しかし「れもん」の営業もあるし、黄美子さんが胃腸風邪で寝こんだり、それから蘭と桃子と遊ばないといけない時間もあったりで、なんだかんだと忙しい毎日で後まわしになってしまっていたのだった。

そうこうするうちにわたしたちのほかに残っていた最後の住人がハイツを出てしまい、秋のにおいがし始めるころ、わたしは本格的に焦りはじめた。これも最初からわかってはいたことなのだけれど、わたしは部屋を借りるための手つづきを、どこから始めていいのかもよくわかっていなかったのだ。

しかし部屋を借りるには不動産屋にいくしかない。「れもん」に出勤するまえや休みの日に、街のいたるところにある不動産屋のガラス戸に張りだされた賃貸情報の間取りや数字のひとつひとつを、わたしはガラスに目を押しつける勢いで見つめながら一生懸命に練り歩いた。でも当然のことながらわたしはただの一度も店に入ってみることもできず、帰り道はそんなふうに見つめた物件の数とおなじだけ、ため息をつくことになった。

金銭的にはいけるのだ。貯金もしていたし、「れもん」だってものすごく儲《もう》けているわけではないけれど大きな問題もなくつづけていられたし、家賃を払いつづけることはできるはずだ。大家にも誰にも迷惑をかけず、ちゃんと暮らしていけるとは思うのだ。でも、そのスタートラインに立つための、信用みたいなものがわたしたちにはなかった。わたしはまだ保護者が必要な未成年で、身分を証明するものをひとつももっておらず、毎月の収入を示すものもなかった。黄美子さんは大人だったけれど、わたしとなにも変わらなかった。

ちょうどその頃、蘭は同棲している彼氏といよいよ激しい喧嘩をくりかえすようになっており、一ヶ月まえには相手が過呼吸みたいなのを起こして痙攣《けいれん》し、救急車を呼ぶ騒ぎになったこともあったのだ。いったいどうなっているのか、気分のムラはあるにはせよ、興奮すると互いに手も足も出るようになっているのは事実らしく、一緒に暮らしていくのはもう限界かもしれないと言い始めていた。桃子も桃子で、青葉台の家には用があるとき以外は帰っておらず、不登校になっていてそのことで親とも揉め、妹との仲も最悪で、ひきつづきほとんどの時間をわたしと黄美子さんの部屋と「れもん」で過ごすようになっていた。

だから、年内には新しいところを見つけないといけないと話したとき、「だったら、みんなで一緒に住もうよ！」とすぐにいい感じに盛りあがりはしたけれど、でもそれはただいつものノリで盛りあがるだけのことで、そうするための具体的な方法が、やっぱり誰にもわからなかった。

わたしも蘭も親に頼ることはできなかったし、桃子の家は金持ちで親も立派な人たちなんだろうけれど、会ったこともないわたしたちには当然だけれど関係がなかった。「おばあちゃん使ってなんとかならないかなー」と桃子は冗談まじりに言っていたけれど、それもぜんぜん現実味のない話だった。わたしたちは身分証があろうがなかろうがこうして現実に生きてはいるんだけれど、でもなんだか根本的に半分は生きていないというか、存在の仕かたとか思われかたが普通の人たちとは違うというか、そういうことを思い知らされるような日々だった。それが未成年であるということなのかもしれなかったけれど、でも、年齢は関係ないのかもしれなかった。黄美子さんも、わたしとおなじだったから。

いつだったか琴美さんが三茶に来てみんなでご飯を食べたとき――そう、琴美さんが食後にコーヒーを飲みながらゆっくり煙草を吸い、ため息をつくように煙を吐いた瞬間に目があって、そしていつもの感じでかすかに笑ってくれたとき――わたしは琴美さんがときどきみせる、笑顔なんだけれどもどこか淋しい感じのするこの表情が好きで、それを見ると泣きそうな気持ちになってしまうのだけれど、その日もその顔をみた瞬間、はりつめていた不安がまるで発作みたいにこみあげて、思わずいま抱えている心配をすべて打ち明けてしまいそうになって焦った。けれどただでさえ、もうずっと月に二回ほど出勤まえに「れもん」に銀座のお客さんを連れてきて、わたしと黄美子さんと蘭のためにたくさんお金を遣ってくれる琴美さんに住むところまで世話をしてもらおうというのは頼りすぎなのではないかと思い、なんとか思いとどまった。

あるいは、もしかしたら黄美子さんから琴美さんにお願いしてくれたら自然な感じになったのかもしれなかったけれど、そういうことは、黄美子さんにはまるで思いつかないようだった。かと言って、わたしから黄美子さんに「琴美さんに頼んでみてよ」というのも違うような気がして、いろいろが難しかった。

　映水さんに頼るのも気がすすまなかった。あの日——野球賭博に出くわした日、映水さんが話してくれた映水さんのこれまでのことは、わたしのなかに深く根をおろしていて、ふとしたときに——実際にはわたしが経験したはずもない、いろんな場面が甦って、切ないような、苦しいような気持ちになった。あのあと、映水さんはもういつもの無口な映水さんで、変わらず「れもん」に来てはいつもどおりに過ごしていたけれど、会っているとき、会っていないとき、なにかをしているとき、していないとき、わたしは映水さんの話のなかの風景や人や、そのときどきに映水さんが見たり感じたりしただろうことをふいに思いだし、考えるようになっていた。映水さんと黄美子さんのつながりのことを思えば、なんとかしてくれるかもしれなかったけれど、すでに借りている携帯電話のこともあるし、これ以上負担をかけるわけにはいかなかった。それに映水さんがどう都合をつけてくれるにせよ、それはきっとまっとうな方法ではないだろうし、いずれにしても映水さんにお願いするのは、本当の最後の可能性として考えなければならないとわたしは思った。

　東村山にもどって、そこでなにか証明するものを探すか。でもなにがある？　いったいなにが、わたしのなにを証明してくれるのだ？　そんなものはなにもない。考えてみれば、部屋に限ったことじゃなかった。たとえばわたしがいま事故に遭ったり病気になったらどうすればいいのか。病院に行くことができるのか、保険もなにもないわたしに金を払うことができるのか——目のまえに黒くて巨大な穴がぽっかりとあいて、いきなり顔からものすごい勢いで吸いこまれていくような感覚がして、わたしは首をふってそのイメージをふりはらった。そうじゃない、今はとにかく家のことを考えなければならないのだ。住む家を、おまえはいったいどうするんだ。

最悪わたしと黄美子さんふたりなら「れもん」で住んだりできるんだろうか。ソファをベッド代わりにして、ボックス席をひとつ潰して荷物を置いて、布をかぶせて見えないようにして？　あるいは、桃子からニャー兄に事情を話して頼んでもらって、二階のタトゥー屋の鍵を借りて布団を持ちこんで、少しのあいだこっそり住まわせてもらうとか？　朝も夜もそんなことをひっきりなしに考えつづけて、頭がおかしくなりそうだった。黄美子さんは相変わらずふきんを手にもって壁を拭きつづけていた。蘭も桃子も楽観的というのか、わたしが部屋探しのことでこんなに思いつめていることにはまったく気づいてなさそうだった。そう、蘭も桃子も「一緒に住みたいね！」とは言っていても、それは余裕のある願いというか、そうなったらいいよねぐらいの気持ちであって、わたしのこのせっぱつまった状況は誰とも共有できないものだった。わたしがなんとかしなくてはならない。黄美子さんとわたしの生活を、わたしがなんとかしないといけないのだ。でも、どうやって？　狭い箱のなかで酸素が少しずつぬかれていくようなどうしようもない数週間を過ごし、もういよいよおしまいか、映水さんに相談するしかないのかと思ったとき――救いの手はまるで想像もしなかったところからやってきた。「れもん」のビルの持ち主だった。

「下馬《しもうま》に、一軒あるで」

関西の生まれ育ちでやわらかい大阪弁を話すジン爺の本名は陣野《じんの》さんといい、わたしたちは親しみをこめて、ジン爺と呼んでいた。ジン爺は「れもん」を気に入ってくれており、月に一度、ひとりでふらりとやってきた。年季の入ったかなりのボロとはいえ、しかしビルをもっているくらいなのだから相当の金持ちなのだろうけれど、うるさいことも言わず、偉そうなところもぜんぜんなく（おなじ金持ちや地主でも、わがままで意地悪な常連客はわりといるのだ）、黄美子さんもわたしも、蘭も桃子も、ジン爺が来るとその日はなんとなくついているような嬉しいような気持ちになれる、とてもいいお客さんだった。

自分でジン爺と自己紹介しただけあって、ジン爺の髪は真っ白で、見るからにおじいちゃんという感じがしたけれど、しかし肌には全体的に艶があり、まるで頬紅でも塗ったみたいに血色がよく、なにより背筋がぴんと伸びて動作がしゃきしゃきとして元気がみなぎっていた。ジン爺は「れもん」に来るときは必ず電話をかけてきて、奥のボックス席が空いているかどうかを確認した。やってくるとまずビールを頼んで、わたしたちにも勧めてくれ、それから水割りを飲み、少しのってきたところでカラオケに移り、最初は歌い慣れた曲をうたった。それから胸ポケットから小さな手帳と老眼鏡を取りだして準備してきた曲名をチェックした。毎回かならずジン爺なりの新曲にチャレンジするのがお決まりで、その夜に挑戦したのはＪ－ＷＡＬＫの「何も言えなくて…夏」だった。

歌い終わってひと息ついたジン爺は、なんとなく元気のないわたしを察してくれたのか、「最近はどないやねん」という感じで話をきいてくれ、かくかくしかじかで住むところがなくなりそうなのだと話したわたしに、「下馬に、一軒あるで」と——思わず耳を疑うような、ものすごいことを言ってくれたのだった。その日の「れもん」は客がいっぱいで騒がしかったけれど、その言葉を耳にした瞬間まわりの音がふうっと消え、ジン爺の声はまるでぶあつい雲の隙間から射す光のように、わたしの暗闇を照らしたのだった。

「ぼろやけど、あるわ。もうだいぶなかも見てないけど」ジン爺は、きざみ塩こんぶをつまんで口に入れながら言った。「あれ、どこの店にあずけてたかな。どっちにしても、もう長いこと連絡もないままや。それくらい借り手もつかんし、潰して売ろかな思たことあるけど、それも忘れてたわ。そこでええやん」

誰にも相談できず、うっすら吐き気がするほどひとりで思いつめていたこの問題の解決の糸口がいま、目のまえに現れたのかもしれない——そう思うとわたしの頬はかあっと熱くなり、思わず身をのりだした。

「でもジン爺っ、わたし身分証とかないんです、契約とかそういうの、たぶんぜったい無理な感じで」

「ここて、どないやった？　どないしてた？」

「ど、どない——」

「ようけあるから、ここがどないやったか、ぱっと思いだせん」

「わたしはあとで来たもんで、詳しいことはわからんのです」このチャンスを逃してはならないと気持ちが昂《たかぶ》り、ジン爺につられて思わず口調が下手な大阪弁になってしまい、わたしは唇をなめた。

「せやけどここ、ちゃんとできてたんとちがう。わりかしスムーズやったと思うけど」

「ちゃんとできてましたか」

「せやったと思うで。あ、ほれ……黄美ちゃんはまえ、ここで長いことやってくれてた厚子《あつこ》ママのあれやろな。長かったしな、厚子ママ、黄美ちゃんえらい気に入っとったやろ。それでわしら知りおうたんや。わしは知らんのが嫌やねん。たまにめちゃくちゃしよるやつおるからな。どないしょもあらへんで。あんたら家賃もためはったことないし、いうて掃除や。掃除がえらいまめやろが。問題あらへんのとちがう。わし、最後は便所で決めるとこあんねん」

「便所？」

「せやで。誰かて口ではなんぼでもうまいこと、きれいこと言うやろな。わしは車買うんでも金貸すんでもなんでも、最後はそこの便所みたんねん。あんたとこはいつみてもきれいや。商売はぜんぶ便所に出るからな」ジン爺は親指と人さし指についた塩を交互に舐《な》めながら言った。「いうて、黄美ちゃんとあんたが住むんやろ。べつにええよ」

「あっ、黄美子さんとふたりっていうか、蘭と桃子も一緒なんです、みんなで住もうということになってて、家賃もちゃんとみんなで出しあって」

「あそこ、そんな住めたかなあ――もううろ覚えやけど……ああ、うえに部屋ふたつ、下に居間と和室がひとつやったか。どないやったかなあ。古いし、長いこと放ったあるからよう傷んでる思うけど」

「一軒家なんですか」わたしは目を見ひらいて訊いた。

「何坪やったかな、二十ないくらいとちがう」

「や、家賃は高いですか」

「あー」ジン爺は老眼鏡と手帳をポケットにもどしながら言った。「なんぼやったかな、はっきり覚えてへんから、あした誰かに連絡させるわ。そんな高ないやろ。ここの家賃と一緒に振りこんでくれたらよろしわ。ほっといても潰すしかないような家やし、好きにしてくれはってええよ。それよりさき見にいったほうがええんとちがう。住むかもしれんとこやし。ああ、鍵がいるか。ほしたらそれも連絡さすわ」

わたしは顔面どころか手も足も首も背中も熱くなって、頭をさげて何度も礼を言った。

「あんた、そんな頭うごかしてたら首いわすで。うちも家賃入って、ええがな」ジン爺は水割りをすすった。「せや、映水くんにも言うといてな。安映水くん。おるやろ」

「おります」

「あの子に鍵とりにきてもろて」

そう言い残してジン爺が帰っていくと、わたしはすぐに映水さんに電話をかけてみた。しかし何度呼びだしても映水さんは出ず、十二回くらいかけつづけても出なかったので諦めて、翌朝もまた起きてすぐに電話した。けれどその日はけっきょく夕方になっても一日じゅう繋がらず、じりじりしながら「れもん」に出勤し、みんなでお弁当を食べているところにようやく映水さんがやって来た。わたしは電話のことを話しかけられるまえに「しっ」というように目で鋭く合図をし「映水さん、ちょっとコンビニいこう」と言って外に連れだした。まだどうなるかわからないし中途半端に話してだめになってみんなをがっかりさせたくなかったし、できればいきなり家に連れていって「じゃじゃーん！」なんて言って驚かせたいと思ったのと「花ちゃん、すごーい！」なんて言われたらちょっといいだろうなと、そんなようなことを考えていたのだ。わたしたちはビルを出て、いちおうコンビニへむかった。映水さんは不可解な顔をしていたけれど、歩きながら事情を話すと、へえ、というように目をひらいて、そのあと少し考えるように黙りこんだ。

「あれ、なんかまずい？」わたしは訊いた。

「いや、陣野さんか、思いつかなかったなと思って。そういやもうあんま、時間なかったよな」映水さんはちらりと目をあげてうえのほうを見た。「こっちも最近いろいろあって、ばたついてたからな」

「いや、わたしもすごい焦ってて。もう終わりだと思ってたら、ジン爺が言ってくれて。映水さんも昔からの知りあいなんだよね？　鍵とりにきてって言ってた。映水さんもいろいろあって忙しいと思うけど、でもなるべく早くお願い。たのみます」わたしは手をあわせて言った。

「わかった。家はどこだって？」

「下馬だって。世田谷公園までは行かないけど、そっちに近いほうみたい。もう何年も空き家になってる古いところだって。でもいくら古いっていっても一軒家らしいから家賃がちょっと心配だけど、部屋はぜんぶでみっつあって、居間もあって、みんなでぜんぜんいける感じ。でも一軒家とかすごいよね。住んだことないから、なんかぜんぜんわかんないよ。家んなかに階段あるってどんな感じなのか――」しゃべりながら興奮と不安でいつもよりかなり早口になっているのが自分でもわかった。

「家がだいたいどんな感じか、あと家賃もきいとくわ」映水さんは言った。

「高いといやだな」

「まあ、陣野さんだったら悪いようにはしないだろ。金もあるし。『れもん』のときもなんだかんだ言って、こっちが言う条件そのまま通ったから」

「あっ」それを聞いた瞬間、これまでずっと──断続的にだけれどうっすら気になっていたあることが頭に浮かんだ。

「そうだよね──『れもん』借りるときって、映水さんがやったんだよね」

そうだけど、というような顔をして映水さんがわたしを見た。

「や、ぜんぜんいいいんだけどね」わたしは自分の靴のさきを見ながら言った。「そりゃ、映水さんがするよね。べつにぜんぜん、いいんだけどね」

映水さんから黄美子さんのことを聞いて、なにもかもがいっしゅんで腑《ふ》に落ちる気がした、あのときの感覚がぶわりと甦った。黄美子さんと「れもん」をせっせと掃除していた頃は、わたしなにも知らなかったんだよな。そんなことを思った。東村山で過ごしたときも、いや、それどころか、ついこのあいだまでわたしは黄美子さんのこと、なにも知らなかったんだよな──そう思うと、黄美子さんの右手の青っぽい痕が目に浮かんで、胸が痛んだ。

わたしはその三日後に、映水さんから家の場所にしるしのついた地図と間取り図、そして鍵を受けとった。穴があくほどその間取り図を見つめながらわたしはいろいろなことを想像した。一階の和室6と書かれた四角い部屋は黄美子さんが寝るところ、二階のおなじく和室6は、わたしたち三人が寝るところ、隣の洋間5にはタンスとか棚とか服とかを置いて。わたしたちの大事な「黄色コーナー」は、ここのいちばん目立つところにするべきか、それともみんなが過ごす一階の居間6にするべきか。台所4にそんな大きなテーブルは置けないだろうけど、ここでみんなでごはんを食べたいな、そうしたら椅子がいる。椅子――わたしはこれまで椅子のある生活をしたことがないことに気がついた。家のなかに椅子があったことってなかったんだ。じゃあまず、最初に椅子を買おうか。買ってみようか。わたしの初めての椅子。そう思うとたまらなく嬉しかった。そして長いこと悩んだすえに、わたしはあることを決めた。まえもってひとりで家の下見に行くことはしないで、最初からみんなと一緒に行くことにしたのだ。そこで初めて、せえので一緒に、みんなで家を見ることにした。

今日とおなじくらい晴れた気持ちのいい日曜日に、わたしは世田谷公園に行こうとみんなを誘った。

いつもはマクドナルドや部屋や近所でだらだらと過ごすことが多かったので、みんな珍しがっていたけれど、コンビニで買ったおにぎりを食べ、芝生で座ってしゃべり、なんだか休みらしい日になった。陽《ひ》が傾きかけた帰り道に、散歩をするふりをして住宅街に入っていった。もうすぐみんなをびっくりさせられるのだと思うと嬉しかったけれど、でもいったいそれがどんな外見をしたどんな家なのかわからなかったし、ほんとの廃墟《はいきょ》みたいなのだったらどうしようとか、あるいは、そもそもちゃんと家があるのかどうか、不安と期待で体がかすかにゆれて感じられるくらいにどきどきしていた。やがて、頭に入れた地図の、小さな駐車場の隣のこのあたりだという場所に——一軒の家があらわれた。

「どしたの、花ちゃん」

足をとめて、家を見ているわたしに、蘭が声をかけた。「なに、どしたの」

それはなんの変哲もない、どこにでもある古い一軒家だった。

瓦でできた三角の屋根がついていて、家なのだからあたりまえだけど全体的に四角くて——わたしは大きくまぶたをひきあげて、そのぜんぶを目に入れた。

二階部分には、黙ってこっちを見ているような黒い枠のついた小さな窓がひとつあった。そのちょうど真下の一階部分、ひさしの下に粉のふいた板チョコみたいな、渋いこげ茶色のドアがあった。ドアとわたしのあいだには胸くらいの高さの小さなアルミ製の門がついていて、その左右からコンクリートの塀がつづいて家のぐるりを囲っていた。すっかり錆びついた新聞入れが少し斜めになったまま、塀のうえにのっかっていた。表札がかかっていたらしいところに、小さな長方形のぼんやりした跡が残っていた。

家の壁の色は、わたしに小学生の頃にずっと履いていた運動靴を思いださせた。それは長い時間がたって、雨や泥や埃なんかで元の色がわからないような薄い灰みたいな色になって、まだらになって、何度洗ってどれだけ太陽の日に干しても影のような色が染みついてとれなかった運動靴だった。

地面に近いところほど黒ずみ、深いのか浅いのかわからないようなひび割れが何本か走っていた。視線を下におろすと、門と玄関のあいだにいろんな種類の草が生えているのがみえた。敷石には雨に溶けたちらしがそのまま固まって張りつき、わきにはすっかり枯れて変色しているアロエの大きな鉢植えもあった。その横に、なぜか木製の古いバットが転がっているのもみえた。この右手から奥に入っていったさきにたしか小さな庭があるのだと、わたしは印刷が薄くて文字や線がところどころかすれた間取り図を思いだしていた。

家だった。どこにでもある、何度みたって誰の記憶に残ることもなさそうな、なんの特徴もない、ただ古いだけの普通の家だった。でも、それはわたしの新しい家だった。わたしと黄美子さんの、そしてみんなで住む、わたしたちの家だった。

「花ちゃーん」

桃子がわたしの隣にきた。それでもわたしがなにも言わずに動かないので、不思議そうに家に目をやり、少し離れたところにいた黄美子さんも蘭もやってきて、わたしたちは横に一列にならぶようなかっこうになって、少しのあいだ家を眺めた。

「みんな」

わたしは家を見つめたまま言った。

「ここ、わたしらの家だよ」

なんのことかわからないというような、ぽかんとした沈黙が流れたあと、蘭がわたしの顔を覗きこんだ。

「どゆこと？」

「わたしら、ここに住むの」

「え――」三秒くらいして、桃子が高い声を出した。「待って、待って花ちゃん、家って、なに、そういうこと？」

「そういうこと」わたしは肯いた。

「うわあ、花ちゃん、いつのまに！」

「うっそん花ちゃん！　まじなの？　えっ黄美子さんっ、黄美子さんは知ってたの？」蘭も負けじと大声を出した。

「知らなかった」

黄美子さんはそう言うと、なにかを聞きたそうな、それでいてべつになんの不思議もないというような顔をして、わたしを見た。わたしは黄美子さんを見てにっこり笑い、それからまた家を見た。

蘭と桃子はふたりで腕をからめながら騒いでいたけれど、しばらくすると、静かになった。黄美子さんが大きなくしゃみをひとつして、蘭と桃子が少しだけ笑って、わたしは黄美子さんの右手の袖を――黄美子さんがいつも着ているジャンパーの袖をにぎった。

「わたしらの家だよ」

気がつくと、空はわたしたちのはるか頭上で紺色の濃淡に広がって、そのいちばん遠いところが夜に溶けはじめていた。どこかでカラスの鳴く声がして、それが伸びたり縮んだりしながら少しずつ離れていった。なぜだかうっすらと、海の、潮のにおいがするような気がした。そしてそれもすぐに消えた。わたしたちは黙ったまま、互いに少しずつふれあいながら、わたしたちの家を見つめていた。

2

「れもん」の家賃が十四万円、光熱費もろもろ、酒やおしぼり、そのほかの仕入れと諸経費にプラス、それぞれ金額は違うけれど、蘭と桃子へのアルバイト代を月の売り上げから支払うと、月にだいたい四十万円前後が残った。一日の売り上げは最低三万円をみんなでなんとか死守するようにし、営業日が二十六日で約七十万、そこに琴美さんからの定期というか臨時というかの大きめの入金があったので、「れもん」はこんな小さなスナックにしては、すごくうまくいっているほうだったと思う。残ったお金からハイツの家賃と光熱費と、わたしたちふたりの生活費をぬいた残りを、わたしは必ず例のダンボールに貯金していた。

「れもん」を始めてから一年二ヶ月。こつこつ貯めた甲斐あって、貯金は二百三十五万円になっていた。ジン爺は家を借りるのも口約束、保証金もいらないと言ってくれたので、貯めたお金には手をつけずに済んで本当に助かった。新しい家の賃料は十二万円。黄美子さんとわたしであわせて七万円を出し、蘭が三万、桃子が二万を出すことになった。

二百三十五万円は、わたしにとって、正真正銘の大金だった。

わたしは家に置いているこの貯金のことを、蘭にも桃子にも秘密にしていた。ふたりを信用していないわけではまったくないけれど、わざわざ言うのもおかしいし、黄美子さんとの共同の貯金とはいってもこれはやはり個人的なことだと思ったからだった。それに、蘭や桃子にそれぞれ貯金があるのかどうかはわからないけれど、いずれにしたってわたしはそれについてはなにも知らないわけだし、一緒に住んでもそこはべつでいいのだと考えるようにした。黄美子さんは相変わらず「れもん」の売り上げにも儲けにも、わたしたちの貯金の額にもいまいち関心がなく、たまにふたりになったときに話してみても、すごいね、くらいの反応しかないのだった。

家に越してきてから一ヶ月ほどがたった、十二月の最初の日曜日。渋谷に新しくできたフランス仕込みのなんとかという店の、すごく長い名前のついたケーキを食べに行こうと、桃子がわたしと蘭を誘った。桃子には仲がいいといえる友達はいなかったけれど、エスカレーター式の女子校で、小学校の頃から何度もおなじクラスになり、学校にほとんど行かなくなった今でもたまに電話で軽く話す程度には付きあいのあるクラスメイトがひとりだけいて、その子に教えてもらったらしい。蘭は行ってみたいと興味津々で、わたしもすごく行きたいけど、でも家のことでちょっと映水さんに相談しないといけないことがあるから、まずはわたしぬきで行ってきてよ、それでよかったら今度一緒に行こうよと言ってみた。その日、黄美子さんはちょうど琴美さんと美容院に行くために午前中からいなかった。えー、いいの、なんかわたしたちだけごめんね、と言いながら、メイクをしながらおしゃべりが止まらない蘭と、あれでもないこれでもないと服選びに時間をかける桃子をじりじりしながらやっとの思いで見送って、ふたりが角をまがるのをしっかり見届けてから、家に戻った。それから家のあちこちを調べて、お金を隠せる場所がないかどうかを探した。

わたしが住んだことのある文化住宅やこのあいだまで黄美子さんといたハイツとは違って、一軒家というのはいろんな意味で奥が深かった。

なんのためにあるのかよくわからない空間や溝や、棚や段差みたいなのがいくつもあって、隠し場所はすぐに見つかった。台所にも玄関にも物置にもいくつか候補はあったけれど、わたしは灯台下暗し、みんなで眠っている和室の押入れに隠すことにした。

それが一軒家の特徴なのか、古い建物ならではの造りなのかはわからなかったけれど、押入れじたいが奇妙なくらいに大きくて、なかにあがって天井をぐっと押してみると板がぼこんと音をたててはずれ、覗いてみるとあちこちに屋根の梁《はり》がみえる、天井裏にはしっかりとした空間が広がっているのだった。今、布団は押入れの下にしまっているけれど、明日からうえにしまうことにして、そうすれば起きている日中は上段が布団で埋まることになるし、夜はみんな眠るわけだから、蘭と桃子がここにあがって板をはずして天井裏を覗くなんていう可能性はまずないし、そもそも布団があってもなくっても、わざわざ押入れに入っていちいち天井を触ってみようなんて思うはずがないのだった。

わたしは隣の洋室に行って、まだ整理されていない、いろんな荷物にそれとなく、しかし注意深くまぎれこませていた例のダンボールの蓋をあけて、そっとお金を取りだした。現金の大きさにくらべてダンボールは大きかったので、紙袋に変えてもいいなと考えた。このお金を守ってくれていた漬物石は、ここに越してくるまえに、拾った場所に感謝をこめて戻しておいた。

わたしはこれまで取っておいた紙袋の束のなかから防水加工がほどこされた厚手のものを選ん

で、手にもった二百三十五万円を底にしずかに置き、じっと見つめた。それからやっぱり思い直して、もう一度洋室へ戻り、わたしが子どもの頃から小物入れに使っていた、あの紺色の箱をもってきて、そっちに入れることにした。わたしはこの箱の、蓋をあけたりはずしたりするときのちょっとした感触が好きだった。なかには封筒や紙切れや小物が入っており、わたしはそれらをよけてめくったいちばん下に、わたしの大切なお金を寝かせた。そしてしっかりと蓋をしたのを確認してから天井裏にしまい、天井の板をもとに戻した。

昼過ぎに家を出た蘭と桃子は、夜になるまえに帰ってきた。渋谷はすごい人で、店に入るのに三十分くらいならんだけれど、さすがに人気なだけあって雰囲気もよくてケーキもなかなかおいしかったと報告してくれた。わたしたちは一階の居間でこたつに入っていて、ビールやカシスオレンジなんかを飲みながら、だらだらとしゃべっていた。こたつの骨はハイツからもってきたものだけど、布団はこのあいだ新しく西友で買ったばかりで、どこをさわってもいかにも新品らしいハリのある感触が気持ちよかった。わたしたちは常連や新規の客の話をし、新しいメニューについての話をし、それからまた客の話に戻った。とくに蘭は最近ばりばり同伴をするようになっており、そのうちのひとりから休みにお台場に行こうとしつこく誘われているらしく、ああでもないこうでもないと断りかたのアイデアを出しあった。しばらくして、桃子が思いだしたようにバッグから小さな包みをとりだして、これお土産だよと言って手渡してくれた。何種類かの黄色の糸で編まれたミサンガだった。

「黄色の物みるともう、速攻で花ちゃん思いだしちゃって」

「わー、ありがと」わたしはもっていたビールを置いて、喜んで受けとった。「何気にわたし初ミサンガかも。自然に切れるまでつけとくもんなんだよね？」

「そうそう、手首か足首につけるときに願いごとをして、切れたときにそれが叶うっていう」

「そっか。どっちにしようかな」手首や足首にあてていると、そういえばさあ、と蘭が言った。

「さっきさあ、桃子の学校の友達に会ったんだよね」

「渋谷で？」わたしが訊くと、だよね、というように蘭は桃子のほうに目をやった。

「ケーキの店。ね、いたんだよね」

「へー、しゃべったの？」

「いや、むこうは気づいてないと思うんだけど」桃子はカシスオレンジのプルタブをあけて言った。「でも、完璧にあれ、援交だったわ」

「ええ」思わず声が出た。「そんなの、わかるもんなんだ」

「だって今日なんか日曜なのに制服着てるし、相手とかどぶねずみみたいな色の超ださいセーター着たきもいおっさんだったし、くねくねしてるし。そりゃわかるよ」

「桃子、女子校だもんね……やっぱ、みんなやってるものなの？」訊きながら、ニャー兄の顔が浮かんだ。ニャー兄はあのあと何回か「れもん」にやってきておなじようにビールを飲んでしゃべり倒して帰っていったけれど、そういえば最近みかけなかった。「ニャー兄、このごろぜんぜんこないね。桃子、連絡とってる？」

「まあね、つかず離れずって感じかな。でもなんか、もうぜんぶがだるくて」桃子は本当にだるそうにそう言い、もっとだるそうにカシスオレンジの缶をあおった。「ニャー兄ってさ、べつに悪いやつじゃないし害はないし、会って話すぶんにはいいんだけど、それも二時間が限界っていうか……なんていえばいいのかな、あの胡散《うさん》臭い感じ……わかる？」

「なんとなく」わたしは肯いた。「べつにいやな感じはしないけどね」

「まあね。でもなんか大げさっていうかさ、自分をおっきく見せたがりすぎるっていうか……ただ、いわゆる嘘つき、っていうのではないんだよね、どっちかっていうとホラふきっていうか。たとえば昨日たまたま知ったことをまるで十年まえから知ってますみたいな顔して話すから、苛つくの。あの本がどうとかこの映画がどうとか、誰が知りあいとか、こないだどこそこでどんなパーティがあってそこで誰がどうしたとか。半端に有名人の名前とか出して、そこにちょいちょい俺ってすごいでしょ情報をまぜてくんの。あたしもいろいろ教えてもらったし、まるっきり嘘ってわけじゃないんだけど……ほら、嘘つきとホラふきのちがいってあるじゃん。わかる？」

「わかんない」蘭が言った。

「……あるんだよね、違いが」

「なに、違いって」蘭がきょとんとした顔で訊いた。

「……わかんないなら、それはいいよ」桃子は少し冷たい目つきで蘭を見て言った。「……でもニャー兄よりさ、その友達のことだよ。さっき見た子ね、そっちがまじ終わってるなと思って。今ごろ援交やってるのって死ぬほどださいから」

「援交ってださいの？」わたしは援交のことはよく知らなかったけれど、でも、もっと大げさなものというか、ハードルの高いなにかなのだという感じが漠然としていたので、ださいという軽い言葉を桃子が使ったのが意外だった。

「ださいっていうか、きもいっていうか。援交ってさ、もともとはあたしが中二くらいのときに、ふたつうえくらいの高等部の先輩らがやってたんだよね。それくらいのときに流行ったの。んでその先輩らって、とにかくみんな超かわいくていけてて髪とか死ぬほどきれいでメイクもよくて、超かっこいいって感じの存在だったんだよ。大人からいっぱい誘われてお金もあって、ちやほやされてみんなにもてて、センター街に行ったらちょっとした有名人で知りあいも友達も多くって、すっごくかっこよかったの。その先輩らとおなじくらい見た目がよくて認められてる感じじゃないと、恥ずくて援交なんかできなかったわけ」桃子は言った。「だから、うちらみんな、ちょっと憧れてるとこあったんだよね」

「へえ」わたしは感心して言った。「なんか、ちょっとイメージと違った」

「そう？」桃子は下唇を突きだしてうえにむかってふっと息を吐いた。前髪がふわりと動いた。「なんか大人っぽい秘密っていうか、いっこうえのグループに入るっていうか、そういう感じがあったんだよね。そういう先輩らだけが行けるようなクラブとかもあって。朝まで遊んで、そのまま学校くるっていう」

「でも援交って、お金もらうためにするんだよね？」わたしはビールをひとくち飲んでから訊いた。「そのいけてる先輩たちは、お金がほしいっていうか、必要だからやってたんだよね？」

「んなわけない」桃子は笑った。「時代劇じゃあるまいし、べつにお金じゃないよ。もちろんお金はあればあるでべつにいいけど、うちの学校に通ってる子なんか家にみんな金あるし、そこじゃないよ。面白いし、暇だし、楽しいからやってた感じじゃない？」

「そうなの？」わたしは驚いて目を見ひらいた。「だって援交って、なんか、その……我慢しないといけないわけじゃん、その、ものすごい我慢っていうか……そうだよね？　その、知らない男になんていうか、いちおう買われるっていうか、好きにされるっていうか、それってわりとすごい我慢な、気がするんだけど」

「いやあ」桃子は首をかしげて言った。「我慢とか、ないんじゃん？　だって『こいつはないな』と思ったらパスすればいいんだし、選べるし、誰かに強制されてるわけじゃないんだし。基本、遊びの延長だと思うけど」

「わたしウリはしたことないけど、ちょっとわかるかも」いつのまにか新しいビールを手に戻ってきた蘭が話に入ってきた。「だってさ、たんなる腐れ縁とか面倒臭さだけで別れてないみたいな彼氏とかとしててもさ、変な話、なんもないじゃん。もうラブラブでもなんでもないのに、暇だからやっとくか、みたいな。もう百パーなあなあなわけじゃん。ほんとうざくて意味なくて、やったあととか、おまえまじ消えてくれよみたいな、そんな感じになるじゃんか。どうせおなじような気持ちになるんだったら、お金もらえたほうが全然ましかも。それはわかるなあ」

「うちの先輩たちのは、たぶんそういうんでもなかったと思うけど」桃子は指さきで目尻をなぞりながら言った。「楽しそうだったし、ノリノリだったよ」

「ほんとうに？」

「うん……まあ、先輩らがほんとはなに考えてたかはわかんないけど、こっちからは、そういう感じ。そんなふうにみえてたよ。大人がちやほやしてたしね」

「え、じゃあ桃子も、やってみたかったたってこと？」わたしは少しどきどきしながら訊いてみた。

「まあね……まえに話したと思うけど、あたしはゴリブスだったからブルセラの待機室で撃沈したけど、先輩らみたいだったらどんなだったかな、とは思うかも。たぶん違う景色みえてたはず。で、さっき見た子っていうのがさ、ぜんぜん完璧にあたし寄りの子だったんだよ！　あたしレベルの子だったわけ！　それが言いたかったの。あたしのあだ名〈ゴリ玉サターン〉だったでしょ、でもその子は〈背後霊〉だったんだよ？　あたしのほうがまだましじゃない？　なんか今頃デビューしてる感じがもう超だっさかった……ウリなんかとっくに終わってんのにね……っていうか、話ちょっと変わるけど」

「なに？」

　桃子は前髪のあいだからわたしの目を見てにやりと笑った。「花ちゃんってさあ」

「たぶんだけど……まだしたことないよね、たぶんだけど」

「あっ、桃子そこ訊いちゃう？」蘭が矢印みたいにぴんと立てた両手の人さし指を桃子にむけて、嬉しそうに食いついた。

「ないよ、ない」わたしはいきなり話をふられてびっくりしたけれど、びっくりしたついでに素直に答えた。「ないよ、誰とも付きあったことないもん」

「そんなの、付きあったことなくても、べつにできるじゃん」桃子は手にもったカシスオレンジの缶をゆらしながら笑った。「ね、蘭ちゃん」

「でも、最初は付きあう子とするもんじゃないの」蘭も笑った。「でも好きな子は普通にいたでしょ、その子とはどうにもならなかったの？」

「好きな子」わたしは蘭の言葉をくりかえした。「好きな子って……どういう」

「へ？　好きな子って好きな子じゃん。その子と、チューしたりとかなかったの？」

「好きな子……いなかった」わたしは真顔で言った。

「えー、うける花ちゃん」ふたりは顔を見あわせて嬉しそうに笑った。「花ちゃんってさ、なんかそういうとこあるんだよね、意味不明なところが！　でも、さすがにひとりくらいはいたでしょ、なんか、ちょっといいなって人」

「ちょっと待って、思いだしてみる」

わたしはこたつに突っこんでいた膝をさすりながら背筋を伸ばし、これまでの人生でそういうポイントがなかったかどうかを考えてみようとした。でも、いくら思いだそうとしても頭に浮かんでくるのは子どもの頃に住んでた文化住宅の砂壁のざらついた感触や、清風荘の字が滲《にじ》んでる看板や、母親がラーメンを食べながら部屋のなかで履いてた白いハイヒールとかそんなものばかりで、同級生の男子とか誰かとか、いくら思いだそうとしても、どんな顔もひとつの名前もやってこなかった。

ほんとにいないのか――と思ったとき、ぱっとひらめくものがあって、それは小学校の頃に夢中になっていた漫画の主人公、エジプトのファラオだった。あの黒髪の凛々しい目つきをした強引なファラオの名前はなんていったっけ……そうだメンフィス、『王家の紋章』の、たしかメンフィスだったと思うけど、そんなことをここで言ったら心底馬鹿にされると思ったし、そもそもメンフィスは現実の人じゃなかった。でも、本当にいないのか。いいなと思った人、好きかもしれないと思った人、これまでわたしは本当に、男の人にそういうことを思ったことってなかったのか——そう思ってビールを飲もうとした瞬間、ふいに思いだした人がいた。

「ファミレスの店長が」わたしは言った。「すごくいい人だった、けど」

「いるんじゃんかあ」ふたりは目を細めて言った。

「でも、好きとかそういうんじゃなかったよ。親切にしてくれたから、いま思いだしただけ」

「でも優しかったってことは、むこうは花ちゃん狙ってたんじゃない？」桃子はいたずらっぽく言った。

「そんなことないよ」わたしは否定した。

「そんなことあるよ、わかってるくせにい」桃子が笑って、蘭も声をあわせた。

「いや、違うと思うけど」

「むこうは狙ってたに決まってるじゃん」桃子はにやにや笑った。「ぜったい、花ちゃんとやりたかったはず！」

それを聞いた瞬間、わたしの全身には、今の今まで目のまえで楽しそうに笑っていた誰かにいきなり睨みつけられたような戸惑いが走り、同時にものすごく——ものすごくいやな気持ちになった。それは真っ白なふすまに墨汁をまるまる一本ぶちまけるようなはっきりとした嫌悪感だった。わたしは胸のなかを鼻からゆっくり逃がし、動揺をごまかすためにこたつから出て「ミ、ミサンガ、いったん飾ろっかな」と言いながら、黄色コーナーのほうへ移動した。

なんでもないような雰囲気を装って黄色コーナーのいろんな小物を手にとって、おなじ位置にもどし、それからまた手にとってをくりかえし、わたしは気持ちを落ち着けようとした。右から左に数をかぞえて、逆からもまた、かぞえてみたりした。二段の棚には黄色の小物がひしめいており、ぜんぶで五十三個あった。そしてさっきの話のいったいなにがこの嫌悪感をかきたてているのか、なにがわたしにこんなダメージを与えているのかを考えてみようとした。店長がどうというわけでもない。桃子にむかついたわけでもない。腹がたったとか、そういうんでもない。それはなんというか、心というか、感情の話じゃないような気がした。体にちょくせつ嫌なものが触れるような、もっとじかな感覚であるような気がした。わたしは台所に移動して手を洗った。

居間ではいつのまにかテレビがついていて、バラエティ番組の騒がしい音が流れていた。いや、テレビは最初からついていたのかもしれなかった。どっという笑い声や派手な効果音にまじって聞こえるどれがタレントや芸能人の声で、どれが桃子と蘭の声なのかがうまく聞きわけられなかった。流し台の前で数分間じっとして気をとり直し、みんなにカップラーメンを食べないかと声をかけた。

「今からまた外でるのとか、寒いしだるいしね」と言いながら蘭と桃子もやってきて、カップラーメンをストックしているかごのなかからそれぞれ好きなのを選んで、沸騰した湯を入れて、またこたつにもどった。台所にはまだテーブルも椅子もそろっていなかった。

「黄美子さん、今日遅くなるんだっけ」少しして蘭が訊いた。

「琴美さんと一緒だから、なんか食べてくるんじゃない?」桃子がカップラーメンの蓋をめりめりと剝がしながら言った。「あのふたり、仲いいよねえ。何歳なんだっけ。おない年なんだっけ」

「もうちょっとで四十歳とかじゃないかな」わたしは答えた。

「ってことは、うちのママとみっつよっつしか違わないんだ。うわ、信じらんない」桃子は目を丸くして言った。「琴美さんとかすっごい若いよね。いっつも超きれいだしスタイルいいし。なにからなにまで違いすぎてびびるんだけど」

「わかる」蘭も笑った。「もう長いこと会ってないけど、うちの親なんか完全に田舎のおばさんだよ。家だと見慣れてるっていうか、馴染んでるからそうでもないんだけど、友達といるときに商店街とかですれ違ったりすると、まじぎょっとするよね。着てるものも老け具合もやばいし、これがあんたの母親だよ、あんたも将来こうなるんだよって言われているみたいで、ほんと落ちる。まじこわい。でも桃子んちってすごい金持ちなんでしょ。金持ちでもそうなるの? エステとか好きなだけ行けるんじゃないの」

「金はあっても、基本的にはおなじだよ。でもうちのママは、それ以前にまじでいっちゃってるから」桃子は顔を思いきり歪めてみせ、割り箸のさきをくるくるまわして言った。「あたし、どれだけ金があってもうちのママみたいな人間にはなりたくないっていっつも思ってるよ。ほんとに自己中で、自分のことが大好きで、あたしらのことを、まじ自分のアクセサリーかなんかだと思ってんの」

「どういうこと？」わたしは訊いた。

「どうもこうも、ぜんぶが自分のためなの。人も金も物もぜんぶ、自分のためにあると思ってるんだよ。見栄をはるためだけに生きてるような人なの。素敵な家ですね、素晴らしいご家族ですね、お金持ちですね、さすがですね、羨ましいですって言われるのが生き甲斐みたいな人なの。あたしら物心ついたときから『あなたたちは特別な才能がある人間なんだから、特別な才能のある人間らしくふるまいなさい』とか超意味不明なこと言われつづけて。訳わかんない習い事とか死ぬほどやらされて、いろんなとこ連れていかれて、きもい家庭教師とかつけられて、ださい高級服とか着せられて育ったの。馬鹿みたいでしょ」

桃子はカップラーメンをぐるぐるとほぐして、ずずっとひとくち吸いあげた。

「でさ、自分は芸術なんかいっさいわかんないくせに、いい格好するためだけに美術館とかクラシックのコンサートとかオペラとかいちばんいい席とっておしかけて、帰りは赤坂とかの高いだけの有名店で家族そろって食事して、そういうのに浸って見せびらかすのが心の底から大好きな俗物なんだよね。べつに自分で稼いだ金じゃないんだよ。ママもパパも親の金。大人になって親になっても親パワーで生きてんの。それを恥ずかしいとも思ってないの。で、自分の娘はなにがあっても名門私立に入れるんだって言って、まだ字も書けないうちから受験の塾とかつっこまれて、でもあたしら、まじですさまじい頭の悪さだったから入れるところが普通になくて、コネで学校探して入ったとこもついていけなくて一回辞めて、けっきょく底辺ランクの女子校に滑りこむしかなくなって。他人に自慢できるような学歴にならなかったことを、今でもねちねち責めるんだよ。なんでそんなこともできないの、なんで何回いってもわからないの、どうしてみんなができることができないの、こんなに恵まれてるのに、こんなにママが一生懸命にやってるのに、どうしてあなたたちはなにもできないのって、ヒステリ起こしてしょっちゅう叩かれてたしね。痛い思いして産んで、時間もお金もめいっぱいかけてお膳立てしてきてやったのに、できの悪い子どものママにしかなれない自分が可哀想で、愛する娘たちにただただいい人生を歩ませてやりたいと思う一心で今まで精一杯やってきたのに、ママはどうして報われないの、ってまじで泣いてんの。うけるでしょ」

「うける」蘭も麺をすすりながら笑った。

「あと、あたしらはふたりともおなじくらい馬鹿だけど、でも静香《しずか》は——あ、妹の名前ね、静香はまえにも言ったかもだけど、美人なんだよすごく。モデルとか普通にやれそうなくらい顔がいいの」

「そんなきれいなの?」わたしは訊いた。

「美人だよ。ママもまあ、昔の人間にしては美人なほうで、それも自分が特別だって思いこみたい要素なんだよね。それで静香はそっち似なの、家系的にママのほうなの。あたしはもちろんパパの家系で、頰骨が出てて ごつごつして、岩みたいなパパのおばあちゃんそっくり」桃子は苦笑いした。「ママは昔から、あたしら両方にありとあらゆることを押しつけてきたけど、顔がかわいくて行く先々でちやほやされる静香のほうに、きつくあたることがあったんだよね。ブスなあたしには少しだけ優しくするっていうか、わけわかんない時期があった。あれってたぶん静香にたいする嫉妬だよね。あたしには哀れみっていうか。でも知らないうちにそれも都合よく変わっちゃって、なんかママのなかで静香の顔がいいのが最後の希望だ、みたいなことにいつのまにかなっちゃって。頭が悪いのはしょうがない、顔を生かしてちゃんとすれば将来は金と地位のある家の男と結婚とかできるかもだから、そっちにシフトしようって必死になってあれこれやってたんだけど、でもあたしの顔はこんなじゃん？　あたしを見るとせっかく頑張ろうとしても現実に引きもどされるみたいでさ、『あなたはそんな感じで、人生をいったいどうするの？』とかまじな顔して訊いてくるの。そんなのあらためて訊いてくんなよって感じじゃない？　ってか知らなくない？　そしてあたしがブスなのなんか最初からわかってることじゃない？　ママはあなたを愛してるからこんなに心配してるのに、あなたはどうしてそんな悠長でいられるのって。もっと努力しなきゃ誰からも愛されないわよとか言って。なんかいろいろが頭おかしいでしょ」

「やばい」蘭が言った。

「で、あたしらが入れた学校ってど底辺だから、生徒も似たような馬鹿しかいないじゃん。金はあるけど行くとこない馬鹿だけが来るとこだから、みんな猛スピードで猛烈にもっとすごい馬鹿になってくの。小学校からみんなそんな感じだから、中学とかになると、馬鹿がもう完璧に仕あがって筋金入りの馬鹿が完成するわけよ。静香なんか煙草も吸ってクラブも行くようになって、男とかおっさんとかと遊びまくるようになって、それで呼び出しとかばんばん食らって、ママはそのたびに半狂乱になって。静香を尾行するようになったり、つるんでる男たちを突き止めて待ち伏せして喚《わめ》き散らしたり、家で殴りあいの喧嘩もしたり。あたしはあたしで早送りするみたいにどんどんでぶになってブスになって顔じゅうニキビでぼこぼこでしょ、みんなから苛められて、親からしたらわけのわかんない音楽聴いてきもい本とか読んで部屋にこもって口きかなくなって、もう、なにひとつ自分の理想が実現できなかったってことでママ、それで病んじゃって」

「どうなったの？」わたしは訊いた。

「なんか、カウンセリングとか、そういうのあっちこっち行くようになって。たしかに口数少なくなって寝こんだりして、暗い感じにはなってたけど、でもそんな自分にもやっぱり酔ってるんだよね。ママのカウンセラーは本も何冊も出していて講演会なんかもしてる有名な人で、すごいんだからって気がついたら自慢してんの。軸のぶれなさがやばいよね。それで、そのすごい先生が『あなたはこれまでよく頑張ってきた、あなたはなにも間違っていない、今あなたが苦しいのは、母親として娘にしっかり愛情を注いできた証拠なんだ』って言ってくれて、それが超超超超気持ちよくて、それだけがママの真実で。パパはパパで、外にずうっと女がいて、しかもママと似たようなおばさんだよ？　でぶで冴えない普通のおばさん。あたし何回も見たことあんの。んでことあるごとに離婚したがって喧嘩してたんだけど、ママもパパのことなんかぜんぜんもう好きじゃないくせに、娘ふたりが失敗作で、そのうえ夫に捨てられた妻になんかぜったいなってたまるかってことで、弁護士とか入ってけっこう長いこと揉めてたんだよね。で、そこにオウムってあったでしょ、サリン事件。それと地震があったじゃん。あれでママ、一気に弾けちゃって」

「弾けたって？」蘭が訊いた。

「まじ弾けたの。そのまんまだよ。いきなり、もうほんとにやばいくらい超ハイなばばあになって、いきなりボランティアに目覚めて、登山靴とかポンチョとかリュックとか笛とか上から下までそろえて被災地に行ったり、すごい勢いで募金活動展開したり、あとは震災で親がいなくなっちゃった子を引きとって育ててみせるとかひとりでまじ大騒ぎして。あんたにできるわけないだろっつう。それで今度は人生の意味とか本当の幸せに気がついたとか、命と自然との調和がどうとか温暖化がどうとか地球に優しく生きていくとか言って、誰かに紹介された占い師とかに勧められて軽井沢に土地買って、住むとこ建てたの。父親を東京から離れさせる目的もあったんじゃない？　さんざん脅して連れてった」

「うわあ」わたしたちは唸った。

「あたしらもいちおう学校があるし、青葉台のマンションにおばあちゃんが来て、住むことになって。けどおばあちゃんももう年だし、なに言ってるかよくわかんないし。まだらぼけな感じがあるんだけど」

「でも、妹もやばいんでしょ」蘭が笑った。

「うん、やばいよ静香。あいつもママとおなじくらい頭おかしくてやばいけど、いちばんやばいのが汚さだよね。すごいレベルで不潔なんだよ。ママともそれでずっと喧嘩してて、ぜったいに歯磨きしない、風呂も最低限、あと掃除しないし、させないの。あとぜったいシーツとか洗わないの。電気つけなくても黄ばんでるのがわかるくらいやばくて、そこに男を連れてくるんだよ？　呼ぶほうも呼ぶほうだけど、来るほうも来るほうだよ。吐き気するんですけど。あと何日でもおんなじパンツはいてんの。で、限界になったら部屋のそのへんに脱ぎ捨てて、新しいのはくの」

「なんで」わたしはぎょっとして訊いた。

「ぜんぶが面倒臭いのと、」桃子は唇をへの字に曲げて少し笑った。「ママがそれを嫌がるからだね。あたしは静香が嫌いだし、あっちもあたしのことが嫌いだけど、ママの嫌がることならなんでもしてやろうっていう一点で、あたしらは繋がってるの。そこだけは、おなじ側に立ってるの。いちいち話したことないけどわかる。愛だのなんだの言ってるけど、本当はぜんぶ自分のために、見栄のために、あたしらのことさんざん好きにしたあげく、けっきょくほっぽりだして自分だけ逃げてったママが嫌がることならなんだってやるって、あたしらは思ってるの」

少しの沈黙が流れて、わたしたちの麺をすする音がずるずると響いた。蘭が汁をすすり、もぐもぐ口を動かしながらテレビにむかってなにか聞きとれないことを言って笑い、つられたようにわたしも笑った。そのとき玄関のドアのあく音がして、黄美子さんが帰ってきたのがわかった。

わたしたちはぴょこんと首だけ動かして、おかえりい、と大声を出した。ただいまあ、と言いながら黄美子さんも居間に入ってきて、みんなにお土産だと言って肉まんの入った箱をこたつのうえにのせた。

わたしたちが小さく声をあげて手にとると、肉まんはまだ少し温かかった。黄美子さんはジャンパーを脱いで壁のハンガーにかけながら、外すごく寒くなってるよと言って暖房のスイッチを入れた。わたしたちは四人でこたつを囲んで肉まんを割って、なにもつけずにそのまま食べた。

正方形のよっつの辺にひとりずつが上半身だけを見せてこたつにくっつくように座っていて、そしてそれがどこか妙にぴったりしていて、その感じを見ていると、なんだか自分たちが自由に選んでこうしてこたつを囲んでいるのではなく、じつはなにかの一部であるような――たとえばこの家とか、わたしたち四人がひとつの塊のようなものとしてあって、それぞれがその一部なんだというような、なんだか奇妙なものを見ている感覚になった。それは、ひとつの字を見つづけているとその字の意味や形がばらばらになってわけがわからなくなるのに少し似ていて、自分の体の大きさとか手足の感覚とか、なにかそういうふだんは疑いようもなくあたりまえのものとしてあるものが、ぐらりと傾くような、そんな感じがした。わたしは目にも感覚にも現実味をとりもどそうと、瞬きをし、肉まんをかじり、嚙みつづけた。美容院へ行ってきた黄美子さんの髪はいつものように大きく波打っていて、わたしは黄美子さんの髪の毛に意識を集中することにした。そして、うっすらとトリートメントのいい香りがする、と思った瞬間、肉まんのにおいとまじりあってわからなくなった。

夜遅くまで黄美子さんも一緒にテレビを見た。テレビのなかはすっかりクリスマスと年末のにぎやかな雰囲気にあふれていた。わたしは一年まえの今頃のことを思いだした。三茶に来てから、「れもん」を始めてから、一年以上がたったんだ。テレビでは警察に密着したドキュメンタリー番組が流れていて、顔にぼかしが入り、機械でおかしな声に変えられている酔っぱらいやヤンキーや素性のわからない人たちが、警察官に問い詰められたり怒鳴ったり、言い訳したり、逃げたり叫んだり、反省したり暴れたりしていた。

桃子と蘭は大笑いしながらその番組を見ていたけれど、わたしは画面のどこを見ていいのかわからないような気持ちになった。黄美子さんのほうをちらりと見ると、黄美子さんは頰づえをついて画面に目をむけてはいたけれど、なにかぜんぜんべつのことを考えているようにもみえたし、なにも考えていないようにもみえた。風呂に入っておやすみを言って、わたしたち三人は二階へ上がった。ふとんに入って電気を消して、もう一度おやすみを言ったあと、桃子が言った。

「ねえ、今度うちのマンションに来てよ。面白いものけっこうあるから」

「いいよ」蘭が言った。「桃子のやばいママに会えるの？」

「まさか。正月はもしかしたら帰ってくるかもだから、終わってからいこ。こっちにもってきたいものあるしさ」

「オッケー」

　蘭と桃子はそのあともしばらく話していたけれど、だんだん口数が少なくなり、やがて寝息が聞こえ始めた。わたしは桃子の話を思いだしながら、若い頃から美人で金持ちでふたりの娘に恨まれて今は軽井沢で好きでもない夫と暮らしている桃子の母親がどんな顔をしているのか想像してみようとした。けれど、なにもひとつも思いつかなかった。ふいに、わたしは自分の母親のことを思いだした。最後に話したのはいつだったっけ。夏だったような気がするけれど、この夏じゃなくて、あれはもういっこまえの夏になるのか。もう一年以上、声も聞いていなかった。どうしてるのかな。若い頃からスナックで酒を飲んで酔っぱらいを相手にして、潰れそうな文化住宅でホステス仲間とつるんで笑って、それだけが世界で、そこでわたしを育てた母。自分の娘が家出同然というのは桃子の母親もわたしの母親もおなじだったけど、でもわたしの母親にはお金はないし、軽井沢にも住めないし、コンサートとかおいしいものを食べて見栄をはろうとか、そんなこと思いつくことすらできないし、なにもかもが違うのだった。そう思うと、なぜか胸が痛んだ。

桃子の母親は娘が思いどおりにならなくて、そして娘たちから恨まれていて、でもお金の心配はいっさいなく裕福な生活を送っている。わたしの母親は貧乏で家もお金もなにもないけど、自分の気持ちの赴くまま、機嫌よく暮らしているのかもしれない。それにわたしは母親にたいして複雑な気持ちがあるにはあったけれど、でも、桃子のように恨んでいるというのでもなかった。どっちがしあわせなんだろう。それについて考えようとすると、鼻の奥がつんと疼いた。もしかしたらわたしは母親に会いたいのかもしれないと、そんなことを思った。そしてその考えはしばらくわたしのなかにとどまって、子どもの頃のいろんな思い出を呼び覚ますのだった。

今度、そう、お正月明けに——電話をかけてみようかな。そんなことを思いついた。自分からかけるのはちょっと照れくさいけれど、べつに喧嘩をしているわけじゃなかったし、もしかしたらお母さんもかけにくいのかもしれないし。考えてみれば、わたしはこっちに来てからのことを話してないし「れもん」でしっかり働いてることを伝えたら、安心して喜んでくれるかもしれない。それに、お正月なんだし、お母さんが食べたことのないようなすき焼きとかお寿司とか、そういうのをわたしがごちそうしたっていいんだよな、それってすごくいいことなんじゃないだろうか、ふたりでこれまでやったことのないような贅沢を、おいしいものを食べたりするのって——そう思うとなんだか胸が高鳴って、目のまわりが熱くなった。今月いっぱいは「れもん」を死ぬほど頑張って、年が明けたら新しい気持ちで電話してみよう。そうしよう——わたしはそんなことを考えながら眠った。でも、けっきょくわたしから電話をかけることはなかった。母親のほうから、いきなりわたしに会いにやってきたのだった。

3

「花ちゃん、元気そうでよかったわあ」

母親はそう言うと、唇のはしをきゅっとひっぱるように笑ってみせた。

それから、わたしも子どもの頃から知っているホステス友達の夫が勤め先の工場の事故で亡くなった話とか、駅前の美容院を経営していた三姉妹が仲違《なかたが》いして分裂したとかいうようなことを身ぶり手ぶりを使ってひとしきり話し、ひと息つくと、アイスコーヒーを勢いよく吸いあげた。一年半ぶりに会う母親は以前とおなじように元気だったけれど、少し痩せたようにみえた。まるっこかった頬がへこみ、目のまわりの陰が目立つような感じがした。

わたしたちは三茶のファミレスの厨房にいちばん近い席で、むかいあわせに座っていた。

食器がぶつかりあう音や、店員たちがメニューを伝えあう声がひっきりなしに聞こえていて、その合間を埋めるように、客が来たことを知らせるブザーがぽおんぽおんと鳴っていた。隣の席には野球のユニフォームを着た中年の団体客が赤い顔で騒いでいて、テーブルのうえにはビールジョッキがひしめきあっていた。日曜日のファミレスは朝から夜まで客がとぎれない。一日のほとんどをファミレスで働くことに費やし、こんなふうに見えるものや聞こえるものやにおいのすべてが体の一部みたいだったあの頃からまだ二年くらいしかたっていないのに、なんだか誰かのぼんやりした記憶でも眺めているような感じがした。

「花ちゃん、お腹へってないのお」

「うん、へってない」わたしは言った。「さっき、お昼食べた」

「ふうん」母親は唇を少し尖らせるような表情をしてメニューを広げ、わたしやっぱりご飯も頼むわと言ってボタンを押した。制服を着た男性の店員がやってきて、母親がオムライスを頼むと伝票をもって奥に入っていった。わたしはドリンクバーに行ってウーロン茶を注ぎ足してから席にもどった。母親はわたしに気を遣っているようにも遣っていないようにもみえる微笑みを顔に浮かべて、瞬きをくりかえした。

「さっき、一緒にいたのって友達？」

「うん」

蘭と桃子のことだ。わたしは、一緒に暮らしているとか働いているとか、そういう話はせずに、肯くだけにしておいた。

「みんな、いい感じだったじゃん。ぴちぴちしてて」

「そうかな」

「そうだよお。若さがまぶいわあ」母親が明るく言った。「それにしてもまあ、お正月もあっというまに終わったよねえ。花ちゃん、おもち食べた？　あっ、でも黄美ちゃんって料理しないか」

「べつになんもなくて、普通の感じだったよ」

「そうだよね、正月なんか寝てれば終わるもんね、なんもしないに限るよっ！」

母親が言うように、たしかに正月は瞬きでもするみたいに過ぎ去って、すべてが通常運転に戻り、気がつけば一月も半ばになっていた。そうか、考えてみれば一九九九年になったんだ、とわたしは思った。

一九九九年。その数字のならびは、昔、大流行したノストラダムスの大予言でおなじみで、子どもの頃、目にも頭にもいやというほど刷りこまれたものだった。この年に世界は壊滅的ななにかによって滅亡するとされていて、わたしたちは大人になるまえに死んでしまうんだとか、太陽が四角になって地球がまた氷河期になるんだとか、これはけっきょく核戦争のことを表しているのだとか、話題になるたびに真剣に怖がっていた。いつだったか、誰かが、でもそれはずっとずっと未来の話だよね、と不安を打ち消すようにぽつりと言って、そうだよね、と答えたことを覚えている。あれはたしか土砂降りのあとの夏の夕方で、神社の境内の濡れていないところを探して何人かで座って話しているうちに、さらに追いつめられるような、逃げ場のないような恐ろしいような気持ちになって、すぐそばの黒く膨らんだ苔が動いたような気がしたのも覚えている。

わたしはソファのシートを指さきでなぞった。

オムライスを待っているあいだ、まるで独りごとみたいにテンション高く話しつづける母親にあいづちをうちながら、わたしはなにを話していいかわからず、ずっとそわそわしていた。

年が明けたらわたしから電話してみようかなと思ったことは思ったけれど、でも急なことで心の準備ができていないのかもしれなかった。でも準備ってなんなのか。自分の気持ちがよくわからなかった。本当は会いたくなかったのか、困っているのか、緊張しているのか、なんなのか。

「友達と、どっか行くはずだったんだよね、ごめんねえ」

「後から追っかけるから、いいよ」

　桃子か蘭から連絡がきてるかなと思って携帯電話をみたけれど、着信もメッセージもなかった。まだ電車に乗っているのかもしれない。『ねえ、来週うちの家こない？　親は軽井沢に帰ったし、静香もいないからさ』、そう桃子が言ったのは先週のことだった。いいね、見てみたい、とわたしたちは盛りあがって日にちを決め、そして今日、つい三十分まえくらいに三人で家を出たところだったのだ。

「黄美ちゃんは今日、どうしてんの」

「家じゃない。わたしが出るとき、家にいたよ」

「そっか」

　母親とそんな短い言葉を交わしながら、わたしはさっき駅前で母親を見つけたときに受けた小さな衝撃のことを思いだしていた。わたしは、ふりかえったそこに立っていた女の人が、自分の母親であることがひと目でわかった。わかったというか、わかってしまった。わたしがわかりたいと思っても思わなくても、そんなこととは関係なしに一瞬でそれが自分の母親だと、どうしようもなくわかってしまうということに、わたしは少し驚いてしまったのだ。目があった瞬間、わたしたちのあいだにはなしにすることがぜったいにできないようななにかが、まるでどんな暴風に煽《あお》られてもびくともしない巨大な文鎮のようにどんと居すわっているようで、その堂々とした鈍さ、大きさ、それから――なぜだかわっと涙がにじんでしまいそうな理由のわからない気持ちが一瞬でまぜこぜになってこみあげて、思わず後ずさってしまったくらいだった。

あのとき、桃子と蘭と改札口につづく階段を降りようとして着信がぶうぶうと震えたあのとき、電話に出なければよかったのだろうか。でも、画面にいきなり映った〈おかあさん〉という文字にわたしは反射的に通話ボタンを押してしまった。耳をあてると『いきなりだけどなにしてるかなと思って！　ちょっと会えたらなって思って！』。まるで昨日の話のつづきをするみたいなテンションで母親は話しはじめた。きょとんとした顔でこちらを見ている蘭と桃子に、手で合図をして電話にもどると、母親はいま三軒茶屋の駅前まで来ていると言った。どこにいるのかと訊くと、マクドナルドのまえだと言う。それはそのときわたしたちが立っていたところとほとんどおなじ場所だった。とっさのことになにかを考えることもできず、ふりむいたそこに、母親がいたのだった。

オムライスが運ばれてくると、母親は店員にさらにケチャップをもってきてくれといい、円を描くようにぐるぐるのせて、スプーンの背で、卵の黄色を塗りつぶしていった。

真んなかでふたつにわり、かきまぜてから食べはじめた。わたしは母親がオムライスを食べているあいだ、電話をいじりながらいろいろなことについて考えようとした。長いこと会ってなかったとはいえ、べつに親が気まぐれに自分の娘にふらっと会いにくるのは変なことじゃないよなとか、このあとわたしたちはなんの話をするんだろうとか、頭に浮かんでくるそれらをなぞっていった。そういえば母親から電話がかかってきたことってなかった。映水さんからこの電話をもらったときに、いちおう母親の番号は登録してあったけど、母親がわたしの番号を知っているのかどうかもさだかじゃなかった。でも、かかってきたということは知っていたんだな。最後に黄美子さんにかかってきた電話で話したとき、わたしが伝えたんだっけ。いや、でもあのときはわたしはまだ電話はもってなかったよな――そんなことを考えていた。

母親はあっというまにオムライスを食べ終わると、ごくごくと水を飲んで、おいしかったあと言った。茶色く染めた髪はさきのほうが色素がぬけて白っぽくなっていたけど、メイクはべつに変じゃなくて、でもそこにあるなにかをなぜかまっすぐに見ることができなくて、わたしは母親が着ているセーターに視線を落とした。何模様と言っていいのかわからないけれど全体的に花柄のような、だぼっとしたセーターで、袖口にはいくつも目立つ毛玉がついていて、そこから伸びた手は骨ばってみえてショッキングピンクのネイルがところどころ剝げていた。母親はまたべつのいろんな話をし、それから、わたしが「れもん」を頑張っていることを楽しそうに褒めた。このあいだ久しぶりに黄美子さんと電話で話をして、花ちゃんがすごく頼りになると話していたと言って、嬉しそうに笑った。そのとき、母親の顔に微妙な緊張がさっと走ったような気がした。それを見た瞬間わたしは――もちろん、なにか話があるからこうして会いにきたということはわかっていたのだけれど、ひょっとしたら母親は東村山を出て、こっちで一緒に暮らしたいとか、戻ってこないかとか、そういうことを考えているのではないかと思った。付きあっていた不動産屋とどうなったのかは知らないけれど、とにかくなにかしらの変化があって、あるいは心細くなって？――またふたりで一緒に暮らそうと、そういう話をしにきたのではないだろうか、と。

「花ちゃん」

母親は口角をきゅっと引きあげて笑顔をつくると、唇を舐めあわせて少し黙り、それからちょっと困ったように笑った。「じつはさ……ちょっと話があって」

「え、どうしたの」

きた、とわたしは身構え、ゆっくり息を吸った。

「っていうか、わたし、ちょっと入院してたんだよ」

「えっ」

「心配かけちゃうかと思って黙ってたんだけどさ。なんていうの、子宮ってあるんじゃん、まあ子宮じゃないんだけど、その手前のとこに、がんができたの。けいがんっていうんだって。手術もしたんだよ。でも今は平気。すぐ終わるやつだったし、がんは、そんな悪いやつでもなかったから。でも痛かったよ、一週間くらい」

「けいがんって」わたしは訊いた。「がんだってこと？　お母さん、がんになったの？」

「そう。がんになったの。仕事もちょっと休んでる。まだ検査とかあるから」

がん、という言葉にわたしは動揺して、うまく返事ができなかった。お母さんが、がんになった――あらためて頭のなかで言葉にしてみると、胸がどきんと音をたてた。がんという響きにはどくとくの怖さと重みがあった。どれくらいよくないことなのか、悪いことなのか、がんになって手術をした人はどうなるのか。いろんな疑問がわいてきて怖いような気持ちになった。しかしそれと同時に、母親は今こうして目のまえで、少し痩せた感じがするとはいえ、すごい勢いでしゃべり倒すくらいの元気はあり、さっきもオムライスをぺろりと平らげていた。そんなに心配することはないのかもしれない。わたしはなんとかそう思おうとした。でも、もしかしたら、じつは転移とかそういうのがあって、本当はそんなに楽観的な話でもなくて、なんか遺言っていうんじゃないけれど、これまでのまとめというかお別れ的な感じもあって、それで会いにきたという可能性はないだろうか。短いあいだにそうした想像が、ああでもないこうでもないと頭のなかを駆けめぐった。

「でね……話っていうのはね、その、言いにくいんだけど……じつはね、ちょっとね、お金を貸してもらえないかと思って」

「お金？」

わたしは母親を見た。

「うん、そうなの。ほんとにほんとに、ごめんねなんだけど」

それからしばらく沈黙が流れた。自動ドアがあくたびに鳴る、ぽおんぽおんという音だけが、わたしたちのあいだで行ったり来たりしているような感じだった。

そっか、お金のことで会いに来たんだ。わたしは底に残ったウーロン茶の茶色く濁った部分をじっと見つめた。それから少し、可笑《おか》しいような気持ちになった。一緒に住もうとか、戻ってきてほしいとかそういうことではぜんぜんなくて、病気が深刻だとか大事な話があるとかそういうことでもぜんぜんなくて、それはそれでぜんぜんよかったんだけど、でもそっか、お母さんはお金のことでわたしに会いに来たんだ。

　でも、ふつうに考えればそうだよなと思った。それはそうに決まっていた。昔からずっとかつかつの生活で、家に貯金なんかあったためしはないし、わたしたちはずっと母親のスナックの日当だけが頼りのその日暮らしで生きてきたのだ。それはそのまま、くしゃくしゃの千円札と小銭を集めて生きているようなもので、それで、そんな家の人間が病気になって入院して仕事も休まないといけなくなったら、その場で生活が止まってしまうのは、そんなのはあたりまえのことだった。そりゃそうだよ。しっかりしなよ、とわたしは自分を笑ってやりたくなった。人の目を盗むようにちょろちょろと流れていた水道の蛇口がきゅっと締められる場面が浮かんで、それから、わたしたちが暮らした文化住宅の台所を思いだした。湿気で波を打つように膨らんだ床、水垢のこびりついた小さなステンレスの流し、しぼられたままの形で紙粘土みたいにかたまって隅っこに転がっている雑巾に、いろんなものがぐちゃぐちゃにつまったプラスティックの箱。スナックから帰ってきた母親が真夜中、そこに立ってラーメンを作っている後ろ姿が浮かんだ。

「あのさ、あの人は？」しばらくして、わたしは訊いてみた。「いたじゃんか、不動産屋の人。あの人は、なんていうか……助けてくれたりしないの？」

「だめだよね。別れたし」

「仕事っていうか、秘書みたいに一緒にいろいろやるとか言ってたじゃん、それも終わったの？」

「終わった」

「仕事なのに？」わたしは訊いた。

「むりむり」母親は笑った。「っていうか、仕事はわたしね、店にもどったの、順子ママんとこね。今はちょっと休んでるけど、来週からもどんの。辞めるときにいっかい揉めたじゃん。でも事情話したら、いいよって。よかったわあ」

体の心配はさておき、いちおう母親の今後の働き口はあるわけだ。ということは、なんとかこれまでとおなじように生活はつづけてはいけるのだろうけれど、しかし休んでいたあいだ給料がなかったので、家賃とか光熱費とか当面の生活費に不安があるということなんだろう。

それにしても、とわたしは思った。いつ別れたとか、じっさいにどういう付きあいをしていたのか詳しいことはわからないし知りたくもなかったけれど、例の不動産屋の男は母親を助けてやらなかったんだな。わたしの覚えている限りでは、母親とスナックで知りあったくせにホステスなんかするなと言ってスナックを辞めさせて自分の仕事の手伝いをやらせていたのに、それも結局なあなあに終わってしまったのはどちらが悪いとかはっきり言えるものじゃないんだろうけれど、でも、わたしはどこか釈然としないものを感じた。不動産屋と付きあい始めたときの母親はやっと自分にも幸せが巡ってきたんだと言って本当にうきうきして、母親が嬉しそうなのを見てわたしもそれなりに嬉しかったし、そうなったらいいなと思っていた。

でも、やっぱり違ったのだ。なにも誰もあてにはならないのだ。金のあるやつと一緒になったからといってその金が自分のものになるわけではないし、広い家に住んでいるやつと一緒に暮らしたからといってそれが自分の家になるわけではない。家でも金でもなんでもいいけど、仮にその誰かのものを自分のもののように遣えるような状況になったとしても、それはあくまで遣わせてもらっているだけのことなのだ。

それはたぶん、結婚とか、親とか家族とかでもおなじことで、それがどんな関係であったって、その金を稼いだやつはそれが自分の金であるということをぜったいに忘れないし、金のある自分が自分よりも金のないやつに自分の金を遣わせてやっているんだと心のどこかで思っているはずなのだ。

金を出すやつは金を出してもらうやつより強い。金を出してもらわないといけないやつは、金を出してくれるやつより弱い。金を出すやつは口を出すし、それが通る。金を出すやつには意識していてもいなくてもいつも優越感があって、出してもらうほうは無意識のうちに卑屈になるし、顔色をうかがうようになっていく。強いものは弱いものを自分の都合でいつだってないことにできる。現にスナックを辞めて不動産屋の仕事を一緒にやるんだと目を輝かせていた母親は二年もたたないうちにそうなった。別れたのが病気のあとなのかまえなのかはわからないけど、けっきょくなんにもならなかった。いつだったかエンさんが言っていたことも思いだす。金をもってる男にろくなのはいない――もちろん金をもってるのは男のほうが多いからエンさんの言うことは筋が通っているかもしれないけれど、でも肝心なのは金をもっているのが誰なのか、つまり、金のありかなのではないだろうか。貯めて貯めてちょっとこぼれてくるのをすするくらいがちょうどいい、エンさんはそうも言っていた。自分で稼いだ金だけが自分の金で、自分を守ってくれるのは誰かの金ではない。自分で稼いだ自分の金だけなのだ。

わたしは、寝室の押入れの天井裏に置いてある、あの紺色の箱のことを考えた。あのなかには、わたしが稼いだお金があった。二百三十五万円。わたしと黄美子さんが「れもん」で一生懸命に働いて貯めたお金だった。わたしは、ひんやりとした淡い闇のなかでじっと息を潜めているお金の束を見つめた。お金が減るのは、正直に言って嬉しくなかった。嬉しくないどころか、はっきりしたダメージがあった。なんでわたしが、という気持ちもないでもなかった。でも、今のわたしはしっかり働くことができて、お金も貯めていて、お母さんを助けてやることができる。これはわたしの力だった。暗い台所でラーメンを作っている母親の後ろ姿がまた頭に甦った。わたしはお金にそっと指さきをのばして、上から一枚そっとつまんでそれを三回くりかえし、三万円を手にとるところを想像した。すると一万円札の茶色は見慣れた清風荘の砂壁になって、そこにもたれて缶ビールを飲みながらぼうっとテレビを眺めているお母さんが目に浮かんで、胸が痛んだ。

現実の、本当のお母さんはいま目のまえに座っているのに、なぜだかひとりぼっちのお母さん、もっと昔のお母さん、今じゃないお母さんがつぎつぎにやってくるのだった。まだわたしが小さかった頃、あれはなにを、誰を待っていたのか、ふたりでスーパーの階段に座って買ってもらったお菓子の付録で遊んで、一緒に笑ったことなんかもやってきた。わたしはさらに二万円を手にとって、あわせて五万円にした。

五万円、お母さんに渡そう。仕方ないよ。二百三十五万のうちの五万円だから、大丈夫。平均したら「れもん」のお客さん八人分。ボトルが入れば六人分くらい。頑張れば三日くらいでまた稼げる。そうしよう。母親はわたしとおなじように銀行口座とかそういうのもちゃんとしていないだろうから、もう一度会って手渡すことになる。母親はさすがに気を遣っているのか、ひっきりなしに唇をあわせて、ちらちらとわたしの顔を見ていた。わたしは大きく息を吐いて、背筋を伸ばした。

「いいよ」わたしは気持ちよく言った。「お金のこと」

「花ちゃん！」母親は目を大きくあけて、一段と明るい声を出した。「ありがとう！」

「いいよ。でも、店にもどれてよかったね」

そう言ってしまうと、頬のあたりがすっとゆるんだような気がした。やっぱり久しぶりにお母さんに会って、変に緊張していたんだと思った。がんになったことも急に知らされてびっくりしたし、肩とか顎に力が入っていたんだ。大きく息をひとつ吐くと、まるで大草原をひとなでする緑の爽やかな風のなかにいるような妙に清々《すがすが》しい気持ちになって、それから自分が心の広い人間であるというか、とてもいいことをしたような、そんな達成感がじわじわとこみあげてきた。自分の力でこつこつとやってきたことで、お母さんを助けてやることができるんだという事実がまた新しい自信をつれてくるようなそれはそんな気分で、なによりこんなふうに頼ってきた母親にちゃんとしてあげられる自分をまるで自分に自慢しているようで面映《おもはゆ》く、それがなんとも心地よいのだった。

「っていうか――うん、返さなくっていいよ。お母さんも大変だったし。遣ってくれていいよ」

その心地よさはわたしにこんなことまで言わせて、わたしは自分が口にした台詞に満足して微笑んだ。「でも、今はもってないから、また会って渡すことになると思うけど」

「あっ、お金はここに振りこんでほしいの」母親は脇に置いたショルダーバッグからさっと財布を取りだし、なかからカードをつまんでテーブルのうえに置いて、こちらにすっと移動させた。

「あ、銀行口座つくったんだ」意外だったので、わたしは素直に驚いた。

「うん！　っていうか、出てきたの。むかし使ってたポーチんなかに入ってた。通帳もハンコもどっかいったけど、暗証番号は誕生日だったかなって思いだして、入れたら使えたんだよ」

「そうなんだ」わたしは店員にお願いしてボールペンを借り、紙ナプキンが破れないように銀行の支店名とか口座番号なんかをそっと書き写した。「――じゃ、ここに振りこむね」

「花ちゃん、ほんとにほんとにありがとう！」母親は鼻のまえで拝むように手を合わせた。

「いいよ、大丈夫」

母親はにっこり笑って、わたしもにっこりと笑った。けれど母親は笑顔のまま、なかなか目をそらそうとしなかった。一分くらい、おなじ状態がつづいた。あれ、これで大丈夫だよね……？という感じでわたしが何度か肯いてみせると、母親もおなじように笑顔で肯き、それでもまだどこかしらが真剣な感じのする目でじっとわたしを見つめるのだった。そこで、あ、そうか、いくら渡すのか肝心なことを話してなかったのかと気がつき、金額のことだけど――と言いかけたわたしにかぶせるように、母親が言った。

「そうっ、花ちゃんっ」

母親は笑顔のままで、わたしに大きくピースサインをしてみせた。たんに「やったあ！」みたいな意味でピースをしているのかと思ったので、わたしも思わずピースをしかえした。でもそれはただのピースサインではなく、どうやら金額を示しているようだった。

「……二って、二万円でいいの？」ピースサインをしたままわたしが尋ねると、母親はぶんぶんと首をふった。

「え、二十万？」

「その、それが、ちょっと違うんだよお」

母親は笑ってるのか泣きそうになってるのかわからないようなくしゃくしゃの顔をしてピースとは違うほうの手の甲で鼻をこすり、身をよじった。「その、その……」

「え、なに」

「その……返すから、ちゃんと返すから、そのっ」母親は顔のまえで手をこすりあわせながら言った。「二っていうのは、そのっ、思いきって言うね、言うけどっ、二っていうのは二百なのっ、二百万なの」

「イッ？」

自分でも聞いたことのないような声が出て、わたしはばちばちと瞬きをくりかえした。母親も一瞬ぴたりと動きを止めて、わたしたちは何秒間か見つめあう形になった。あいたままの口からは、言葉はなんにもひとつも出てこず、わたしは瞬きをくりかえしながら母親を見ていた。すると母親はわれに返ったようにはっとして、テーブルを抱えるように身を乗りだして、わたしに言った。

「違うの花ちゃんっ、これには事情があって、ちゃんとした話があるんだよ、それをまず花ちゃんに聞いてほしいんだけどっ」

「いや、なになになに」

やっと声を出せたわたしは思わずソファにのけぞって笑ってしまった。「なになにお母さん、なにそれ二百万て」

「そんな顔しないで、事情があるんだってばっ」

「ないって、そんなのないから、あはははは」

「違うの、お願いなの、貸してもらえないと、お母さんほんとにだめなのっ」

「むりむり、もう、うけるなあ、あははははは」

べつに笑えることはなにもなかったし、悲しいとか腹だたしいとか怒りとか自分が今どんな感情なのかもよくわからなかったけれど、わたしはおかしな角度に体をひねってソファにもたれて、へらへらと笑っていた。

なんというか、そうでもしないとこのまま座ってられないというか、耐えられないというか、そういう状態だったのだと思う。でも同時にそんなふうにわけのわからない感じで笑うしかない自分にも苛立ちに似た嫌悪のようなものを感じていて、なんでいま自分はこんなへらへらしてるんだろう、なにがわたしをこんなにへらへらさせるんだろう、なんか二百万とか言ってるけど、これわたしにどう関係あるんだろう、でもこれけっきょくどうするんだろう、二百万とかってなくないか、っていうかなんでその金額がわたしの貯金の額と微妙にぴったしあってんの？　そもそもお母さんなに言ってんの？　おかしくない？　だいぶおかしいよね？　でもそれよりなにがあったの、お母さんどうなってんの、なんでそんな大金がいるの、なにがあったの、なんかやばいの、お母さん――へらへらは奥のほうから染みだしてきた不安に塗りつぶされて、それをさらに濃くしていく言葉で喉がつまり、少しでも気をゆるめたらその瞬間に涙が――なんの涙かもわからないようなのが、どばっとあふれそうになっているのだった。

「ほんとにほんとに、ごめんねなんだけどっ」

わたしのへらへらが少し落ち着き、少しの沈黙のあとで、母親はなぜ二百万円が必要になったかについて、話しはじめた。

わたしが家を出た一昨年の夏の終わり頃――当時すでに母親と不動産屋が付きあって一年くらいがたっていたけれど、わたしがいなくなってからもふたりの関係はしばらくそこそこ順調で、とくにこれといった問題はなかったようだった。母親より二十歳も年上の不動産屋が不動産屋を経営しているのはどうやら本当のことらしく、最初の話にあったように、スナックを辞めたあとは母親も駅前や埼玉の事務所なんかに出勤して、掃除をしたり、来客があるとお茶を出したり、物件を案内する車に乗って一緒に現場へ行ったりなど、仕事っぽいことをやっていたらしい。わたしたちが一緒に住んでいた清風荘はそのままにしていたけれど、不動産屋がもっている隣町のワンルームマンションを使っていいと言われたので、必要な荷物だけをもって移動して、そこからしばらく事務所に通っていたそうだ。

不動産屋は、いずれ母親を社員とかにして給料を出すようにすると言っていたけれど、三ヶ月がたち、半年が過ぎるころになっても具体的な話にはならず、新規の入居者が決まったときとか、不動産屋にちょっとした入金があったとき、また競馬とか競艇とかのギャンブルに勝ったときなんかに気まぐれに現金をくれるといった具合だった。機嫌がいいときは、ぽんと十万円をくれることもあれば、一万円を渡すのにも渋い顔をすることもあり、金額もタイミングもまちまちで、安定した収入にはなりそうもなかった。でも母親はマンションにもただで住まわせてもらっているし、一緒に食事をすれば代金はすべて不動産屋が出していたし、車で迎えにきてくれたりもするし、まあこんなものかなと思っていたという。

　そんなある日、なにがきっかけだったのかは忘れたけれど、ちょっとしたことで不動産屋が機嫌をそこね、そこから猛烈に怒りだし、おまえはしばらく店に来るなと言われたことがあった。真面目に出勤してもタイムカードがあるわけじゃないので、まあいいかと思って母親はマンションでしばらくテレビを見たりして過ごすことにした。数日後、どんなもんかと電話をかけてみると、落ち着くどころか不動産屋の怒りはなぜか激増しており、母親はえんえんと説教をされ、それにたいして言い返しもせず、ただあいづちを打っていたことについても不動産屋はさらに怒りを爆発させ、ボケだのカスだの能なしだのと怒鳴り、電話を切った。母親はびっくりしたけれど、これもまあ、ないことではないと思い、あまり深刻に考えないようにした。というのも、水商売をしていると、じつにいろんな客がいるもので、昨日までどの角度からみてもまともな客だと思っていた人間が、本当に一晩でわけのわからないことを言いだして面倒をふっかけてくるとか、これまで贔屓《ひいき》にしてくれてよい関係だと思っていた客が、こちらにはまったくわからない理由で――そこに理由があるのかどうかさえわからないけれど、とにかく手のひらを返したように憎悪をむけるようになり、とんでもない行動を起こすというようなことは、頻繁にではないにせよ、まあ、あるにはあるらしいのだった。

不動産屋にしても、たしかに付きあいはじめの頃こそわかりにくかったものの、極端に気分屋なところがあり、わけのわからない場面でいきなり激高することがちらほらとあった。スナックに来る客ならもう来ないでくれと言うことも、あるいはママにあいだに入ってもらってもろもろを和らげることもできたけれど、不動産屋はもうそんなふうにあしらえる店の客ではなかったし、母親の生活に——もっというと生活費に直結した相手になっていたので、どうしたらよいのか、母親もよくわからなかった。

店に来るなと言われてからひと月くらい、母親は言いつけどおり、大人しくマンションで過ごした。しかしそんなふうに受け身でいることでまた余計に怒られるのもいやなので、いちおう形だけでも何度か電話をかけることにした。しかし、何度かけても不動産屋は出ず、事務所にかけても居留守を使われるようになった。今までにないパターンでわけがわからなかったけれど、しかし無理に話してまたあんなふうに怒鳴られることを思うと億劫だった。しばらくこのままでもいいのかもしれないと思いつつ、けれども手元にある生活費もだんだん心細くなってきた。少しでもお金を増やそうと母親は駅前のパチンコに行き、勝ったり負けたりしながら時間を潰すようになった。そこで「塾長」と呼ばれる女に会ったのだった。

「それまで何回か見たことあったんだけど、ちょっと目立つ感じの人で。べつに美人とかスタイルがいいとかじゃないんだけど、感じいい人だったの。何回めかのときに隣になって一緒に打って、話すようになったんだよね。玉足してくれたりしてさ、雰囲気よくて、優しいの。それでお昼とかたまに一緒に食べるようになったんだよね。年はわたしとおなじくらいで、なんか友達みたいで話もあったの。

塾長のほんとの名前は、いっかい聞いたような気がするけど忘れちゃった。みんなから塾長って呼ばれてるんだって言って。んで連絡さき教えあって、パチンコ以外でも居酒屋とかで飲むようになったの。まえの友達とも連絡はとってたけど、店辞めるときのごたごたでちょっと距離っぽいのがあったし、塾長と会うほうがなんかいろいろ気が楽で。彼のことも相談に乗ってくれるようになって、今はそっとしておいたほうがいいとか、一週間に一回は事務所に電話だけ入れて気にしてる感じは出しておいたほうがいいとか、アドバイスくれて。なんかあのとき、塾長が話きいてくれるだけでほっとしたっていうかね。塾長ってとくべつおしゃれってわけじゃないんだけど、ポイント押さえてるっていうか、高そうな指輪とかシャネルの財布とか、バレッタとかつけててさ、いいねって言ったら自分で仕事してるって言って、すっごーい、みたいな話して。

で、あれいつだったかなあ……わたし半袖着てたから九月とかかな、もっと秋かな、なんかいっぱい汗かいてた時期。わかんないけどその頃に、彼から電話がかかってきたの。連絡とれなくなってから二ヶ月くらいたってたと思う。わたしもお金なくなってたから、やっときたぞと思って話したら、奥さんにばれてすごい怒ってて、訴えるとか訴えられるとか、なんかそういう話になってるって」

「奥さん?」わたしは訊きかえした。「不動産屋、結婚してたの?」

「そりゃそうだよお」母親は笑った。「だって、六十とか、そんなだよ?」

「いや……年とかじゃなくて」

「奥さん、埼玉にいるって言ってたんだよね。面倒臭いから離婚してないけど仲もすっごく悪くて、関係も終わってるからって。ただの腐れ縁だって」

　わたしは自分のグラスに口をつけてから、中身が空になっていることに気がついた。

「花ちゃん、入ってないよそれ――ね、花ちゃん、なんか頼もっか。ウーロン茶ばっか飲んでると、喉がきしきしししない?」母親はメニューをひらいてわたしの顔を覗いたけれど、わたしはなにも答える気にならず、黙っていた。じゃ、おなじのにするね、と言って母親はクリーム・ソーダをふたつ注文した。

「……っていうか、ちょっといろいろが」わたしは額を指さきで押さえた。「話に戻るけど、誰がなにを訴えるってなったの?」

「そう、びっくりだよね」母親は目を丸くした。「あっちの奥さんがわたしと彼を訴えるって言ってるって。どういうことかって訊いたら、既婚者だって知ってて付きあった場合、その相手は奥さんに訴えられて慰謝料がっぽりとられるんだって。『裁判になったら俺もあいつに金を払うことになるけど、おまえはそんな金ないだろ』って、わたしに言ったの。だからこのへんが潮時で、ほんとに弁護士とか入ってくるまえに終わらせたほうがいいよなって。で、娘が住むからマンションも来月までに出ていくようにって」

「それで」

「うん、それでわたししょうがないから荷物もって家に帰って、どうしていいかわかんなくなったから塾長に相談したの。そしたら励ましてくれて、お酒とかご飯奢ってくれて、塾長の仕事の仲間に入れてくれるってなったの。ひとりでも生きていけるよって」

「塾長って、なんの塾長なの？　塾？」

「うーん、塾っていうより、ビジネスチームみたいなやつの、リーダーしてて」

「ビジネスって、なんの」

「下着屋さん」母親は言った。「矯正下着だよ。すっごい流行ってるすごいやつ。花ちゃん知ってる？」

「知らない」

「矯正下着っていって、着るだけで体が矯正されて、スタイルがよくなるの」

そこでクリーム・ソーダが運ばれてきて、母親はさっそくソーダにのっかったアイスクリームを長いスプーンのさきで削りはじめた。母親がスプーンをこちょこちょと動かすたびにソーダの緑色のなかで丸いアイスクリームがぐらぐらゆれた。母親のその動作は、ふいに子どものころにしてもらった耳かきを思いださせた。わたしは小さく首をふって、目のまえのグラスのなかで弾けている無数の泡に目をやった。

「塾長は、その仕事の創始者っていうの？　おおもとの人で、そのシステムつくった人なんだって。矯正下着っていうのはね、花ちゃん、ブラジャーとかパンツとかそのへんに売ってるものとはまったく違くって、ボディスーツなんだよね。でね、アメリカで特許とった安全で科学的な効果のあるワイヤーと一部パシュミナっていうシルクの五倍くらい高価な素材が贅沢に豪華に使われていて、それを日常的に身につけることで脇腹とか二の腕とか背中に移動してきた肉を、胸とかお尻とか、本来あるべき位置にもどして、それをしっかり記憶させることができるんです。背骨とか内臓も正しい位置にもどるから肩こりもなくなるし呼吸も楽になるから就寝中も装着可能で、習慣化することでボディメイクが可能になって――」

「ちょっと待って」わたしは暗記した文章をそのまま読みあげるような母親の話を遮って言った。「それを、お母さんがどうしたの」

「そう、その矯正下着が一着、三十五万円とか四十万円くらいするんだけど」母親はアイスクリームを食べながら言った。「一着売るごとに、わたしたちに八万円とか十万円くらいが入ってくるって仕事だったの」

「売る？　お母さんが？」わたしは眉根を寄せた。

「ちょっと説明するのが難しいんだけど……まずね、塾長のマンションに行って講習うけて……そう、シスタにもふたつパターンがあって……あっ、シスタっていうのは塾長のブランドの名前で、〈シエスタ・シスタ〉っていうんだけど、〈お昼寝する姉妹たち〉って意味らしくって、なんかちょっといいなって。かわいくない？　あと〈お昼寝しながらボディメイク〉っていうキャッチコピーとかもあって……で、そう、〈シエスタ・シスタ〉の下着を売る人も買う人もみんなシスタって呼ぶことになってて、シスタが〈シエスタ・ボディ〉を売って、シスタを増やしてくっていう感じだったの」

「それで」

「うん、つまりわたしはシスタで、シエスタ・ボディを売る仕事をやったの。みんなで塾長の講習うけて」

「それで」

「で、さっきふたつパターンがあるって言ったのは、月賦くんでもらって売る専門のシスタと、自分で買いとったのを売る専門のシスタがいて、そっちのほうが取りぶんは高くて、わたしは買取がむいてるねって塾長に勧められて」

「それで」

「試しにやってみたら、すぐに売れたの。原価が二十八万円で売値が三十八万円のやつが、すぐに二着売れて、一瞬で二十万円入ったの。才能あるって言われて、わたしもいけるって思って、それで買取シスタとして契約することになって。まとめて一括で買ったほうが安くできてお得だからって、八着を〈登録〉したの」

「〈登録〉って……買ったってこと?」

「うん」

「お母さんが買ったってこと?」

「うん……まえもって自分の在庫として買うって感じで……まとめて〈登録〉すればそのぶん利益が出るからって」

「いくらで買ったの?」

「まとめ買いにすると、一着につき三万円引いてくれて二十五万になって、たしかに安いの。安くなってるでしょ？　定価は変わらないから、おなじ売るならぜったいこっちのほうが得で」

「いくらで買ったの」

「うん、二十五万円かける八着だから……二百万円で」

わたしは首をふった。

「違うんだよ花ちゃんっ」母親はスプーンを握ったまま身を乗りだした。「最初はシエスタ・ボディがちゃんと売れてから入金するのでいいって話だったんだよ。でもそれには期限があって、わたし頑張ったんだけど、最初はすっと二着売れたんだけど、そのあとなんか売れなくなって、期限が来ちゃったんだよ。でもわたしそんなお金なんかもってないからどうしよってなって、そしたら塾長がお金を貸してくれる人を紹介してくれるってことになって、その人から借りることになって」

わたしはもう一度首をふって、胸の底からため息をついた。

「今ならわたし、シスタとかならなかったかも、でもわたしあのとき、彼に裏切られてどうしていいかわかんなかったし、お金もなかったし、あいつ奥さんがごねてるとか裁判とかぜったい嘘で、べつに女ができてわたしを切りたくて言ってるだけだったんだよ。でもそのとき話きいてくれたのが塾長で、講習も楽しかったし、それにほかのシスタはみんなちゃんと売り上げできて稼げてたし、ちゃんといい感じだったし、わたしがうまくやれなかったってせいもあるかもしれないって思って。もうこれしか、生きていく方法がないからがんばろって思って」

「お母さん」わたしは両手の指さきでまぶたを押さえた。

「それで、その頃にちょうどがんだってわかって、手術したほうがいいってなって。塾長がそれのお金貸してくれたりとか、親身に話も聞いてくれて、やっぱシスタでやっていくしかないって。紹介してくれた人に下着代を借りたの。でもやっぱ高いじゃん、だからなかなか売れなくて、塾長にもあんまり顔を合わせられなくなっちゃって。細々したお金も返せないし……退院してから、道歩いてたらたまたま順子ママにばったりあって、話きいてもらったら店に戻れることになったんだけど、そのときはもう、二百万円を借りてシエスタに振りこんだあとで、返済が始まっちゃってたんだよ。それで利子が思ってたより高くて。毎月一生懸命払っても利子のぶんしか減らなくて。ママに相談したら、あんたそれ騙されたんだよって。とにかく借金返して縁を切らないととんでもないことになるって、それで」

「お母さん、それって、けっきょくサラ金に借りたってことだよね」

「たぶん、たぶんそう」

「判子とか、契約書とか、そういうの書いたんだよね」

「ぼ、拇印《ぼいん》押してって言われて、押した」

わたしはソファにもたれて、ゆっくり息を吐いた。なにをどう言っていいのかわからなかった。いや、わかっていたのかもしれなかったけれど、その気力がなかった。頭ははっきりしているのだけれど手足に力が入らず、体のどこにどんな意識をむければ姿勢を立て直すことができるのかがわからなかった。

母親は目に涙をにじませて、黙ったままスプーンをいじっていた。アイスクリームはすっかり溶けてグラスのなかに緑と白の頼りないしましまができていた。

いつのまにか隣の野球チームはいなくなっており、かわりに三組の子連れ家族がやってきてメニューを広げ、ああでもないこうでもないと騒いでいた。三人いる子どもたちはまだ小さかったけれど、それが何歳くらいの子どもなのかわたしには見当もつかなかった。母親たちはみんな似たような髪型と顔をして、似たような声のトーンで似たような大きさの子どもたちに、笑ったり呆れたりしながらせっせと話しかけていた。

「ねえ」かすれた声でわたしは訊いた。「なんで……わたしにお金のこと言おうと思ったの」

「それは」母親が懇願するような目をして言った。「わたしもう、どうしていいかわかんなくて、黄美ちゃんに電話したの。花ちゃんのことも、どうしてるかなあって思ってたし」

「それで、黄美子さんが……わたしたちが貯金してること、お母さんに話したってこと？」

「っていうか、わたしがほんとに困ってたから、困ってるなら花ちゃんに相談してみるといいって、黄美ちゃんが背中押してくれて。黄美ちゃん、優しいから」

わたしたちは、しばらく黙っていた。

母親は口紅がはがれて皺のよった唇をすぼませて、爪で爪をひっきりなしにひっかいていた。それは子どもの頃からよく見た、焦ったり困ったり追いつめられたりしているときに母親が無意識にする仕草だった。なんだかこの三十分で母親はひとまわりも縮んだように感じられた。男に逃げられて女に騙されて借金をつかまされて、がんになって、これからまたさびれた町のスナックで酔っぱらいを相手に生きていくしかない母親はお金がなくて、もうどこにも誰も頼る人がいなくて、家出中の娘がお金を出してくれるかどうか、おどおどしていた。娘のわたしはそんな自分の母親がもうどうすることもできないこと、自分がお金を出すことでしか自分の母親を救えないのだということがどうしようもなくわかっていて、それはわかっていて、もうぜんぶわかってはいるのだけれど、でもどこもかもが痛いというか、つらくて、ただ意味もなく首をゆっくり右に左に動かすことしかできなかった。

「ここで、待ってて」

しばらくしてわたしは言った。「今から、もってくるから」

「花ちゃん……」

わたしはふらふらと歩いてファミレスを出て、家にむかった。

地面を踏んでいる感触がいつもと違って、街や人もぺらぺらに感じられて、紙製の着せ替え人形が頭に浮かんだ。昔、あったよなあ。ちっちゃなでっぱりを折り曲げて紙の人形にひっかけて、靴とかいろんなのがあって、それで着せ替えるんだったよなあ。ほかにも付録とか、いっぱいあったなあ。封筒とか便箋とかシールとか、大事にして使わないでとっておいて、嬉しかったよなあ。ひとつも捨てた記憶なんかないのに、みんなどこにいっちゃったんだろうな。そんなことをぼんやり考えていた。

何年もまえの雑誌のページでもめくるみたいに風景は味気なく移動して、気がつけば家のまえにいた。鍵がかかっていたので、黄美子さんはいないんだと思った。ドアをあけてなかに入り、きしきし音をたてる階段をあがって、寝室に行った。布団を下ろして押入れにあがり、板をはずして紺色の箱を取りだした。お金の束から三十五枚を数えて箱にもどし、両手に、二百万円をもった。一枚一枚、毎月毎月、一生懸命に貯めてきた、わたしのすべてのお金だった。でも、これがぜんぶなくなるんだと思っても、なんだか現実味がなかった。

台所へ行って物入れから輪ゴムを拾って、束をきつく縛って斜めがけにしたバッグの底に入れて靴を履き、来た道をそのままふらふらと歩いてファミレスにもどった。ファミレスの階段をのぼっているときに、いっしゅん、母親がいなくなっているのではないかという考えがよぎった。わたしにお金を無心したことを後悔して、娘がつらい思いをしていることに耐えきれなくなって、もしかしたらいなくなっているのではないか、どこかへ行ってしまったのではないか——そう思うと胸がざわついた。でも、そんなことはなかった。ぽおんと音をたてて自動ドアがひらいてなかに入ると、母親はさっきとおなじ席に座って携帯電話をいじっており、わたしに気がつくと中腰になって、首をひょこっと動かした。

ソファに座って、バッグから二百万円を取りだして渡すと、母親は泣きながら、本当にごめんなさい、と深々と頭を下げた。テーブルのうえに母親の髪が乾いた海藻みたいに広がって、通路を通りかかった店員がちらっとこちらを見て、すぐに目をそらした。これで元本をちゃんと返してきれいになって、利子を払い終わったら、花ちゃんにもちゃんと返します。必ず必ず返します。本当にごめんなさい。母親はひび割れた合皮の財布からファミレスの代金を出そうとしたけれど、大丈夫と言ってわたしが払った。わたしたちは黙ったまま駅まで歩き、改札に降りる階段のところで別れた。母親は見えなくなるまで何度もこちらをふりかえって、手をふった。

家に帰って、わたしは頭から布団をかぶって泣いた。泣いたというより、目からだらだらと液体が流れて、それが止まらないという感じだった。どれくらいそうしていたのかわからない。体が熱くなったり寒くなったりした。やがて一階からドアのあく音がした。黄美子さんが帰ってきたのだと思ったけれど、わたしはそのまま布団のなかで体をまるめて動かなかった。しばらくして階段をのぼってくる足音が聞こえた。

「花」

黄美子さんがわたしの名前を呼んだ。わたしは黙ったまま体をもぞもぞと動かし、聞いてる、でも布団から出たくない、というような合図をした。黄美子さんがそばに来て腰をおろす気配がして、布団のうえ、わたしの腰骨あたりに手を置いた。

「花」

「うん」鼻が詰まって息が苦しかった。

「愛さんと会った?」

「うん」

「そっか」

「黄美子さん」わたしは布団をかぶったまま言った。黄美子さんがきびこさんにしか聞こえない、ひどい鼻声だった。「黄美子さんに、わたし謝んなきゃで、わたしらが貯めたお金、さっきお母さんに渡しちゃった」

「いいよ、ぜんぜん」黄美子さんが言った。

「よくないよ、わたしは、お母さんは自分の親だからしょうがないけど、黄美子さんは、関係ないし」

「ほとんど花のお金だよ、気にすることないよ」

「そんなことない、わたしが管理してるだけで、あれはふたりで一生懸命貯めたお金」

「そうかもしんないけど、わたしもオッケー出したもん、愛さんから電話あったし」

「でも黄美子さん」わたしは枕に顔を押しつけて嗚咽しながら言った。「わたし……もうなんかほんと、きつくて。なんか、もうよくわかんない。お金がなくなったのがこんなにきついのか、お母さんが可哀想できついのか、頑張っても頑張っても、けっきょくまたこんなことになってるのがきついのか、もうぜんぶ、どうしようもないことがぜんぶ、ありすぎて」

「うん」

「わたし一生懸命やってるんだけど」

「うん」

「なんか、いつもこうなっちゃって」

「うん」

「まえも、トロ、トロスケに盗まれて」

「うん」

「今回は盗まれたんじゃなくて、わたしが決めて、わたしが出したんだけど」

「うん」

「そうするしか、なかったんだけど」

「うん」

「でも、なんか、もうどうしていいか、わかんないよ」

「大丈夫だよ」黄美子さんが言った。「お金なんかまたすぐに貯まるし。また稼げばいいじゃんか」


わたしは布団のなかでまるまったまま、声をあげて泣いた。喉の奥から自分でも聞いたことのないような、何重にもねじれたような低い声が押しだされて胸をついた。二百万円の、仮に半分が黄美子さんのものだとして、その百万円は黄美子さんにとっても大金で大事なお金のはずなのに、なのにわたしをまったく責めようとしない黄美子さんのことを思うともっと悲しく、苦しくなった。大量の涙は鼻水と汗とまざって顔を濡らし、枕を湿らせた。黄美子さんはなんにも言わず、布団のうえからわたしの体をさすりつづけた。

それからわたしは少し眠ってしまったようだった。どれくらい寝ていたのか、携帯電話を見ると四時まえだった。母と別れたのが何時だったのか、ここに帰ってきたのが何時だったのか、うまく思いだせなかった。携帯には蘭からの着信と桃子から〈花ちゃんどうする？　いけてる？〉というメッセージが届いていた。わたしは重くなったまぶたに力を入れて〈今日は、このまま家にいるよ！　いろいろあって、くわしくはまたあとで〉と送信した。二分後くらいに〈ＯＫ！〉

と返信がきて、わたしは携帯を畳のうえにほうって目を閉じた。鼻水をすすると、こめかみがずきずきと痛んだ。

階段を降りて居間を覗くと、黄美子さんがこたつに体を半分いれて、いつもとおなじようにテレビを見て笑っていた。わたしは清風荘で初めて黄美子さんと会ったときのことを思いだした。あのときは夏で、扇風機がついていて、こたつではなかったけれど、こんなふうに寝転んでテレビを見て笑う黄美子さんを、今とおなじような感じで見つめたのを思いだした。黒々とした髪が生き物みたいで、目がきりっとしていて、何回もコンビニに行って、銭湯に行って、夜店に行って、からあげを作ってくれて、あの夏は汗をだらだら流しながら、あちこちを歩きまわった。わたしは台所でコップに水を入れてひと息で飲み干して、それから居間にもどって、こたつに入った。しばらくふたりでバラエティ番組を眺めていた。ふいにルーズソックスの先輩の噴水みたいな前髪が頭に浮かんで、どうしてるのかな、なんてことを考えた。

「目、腫れてない？」泣いたところを見られてしまった恥ずかしさと気まずさをごまかすために、ちょっとおどけた感じで訊いてみた。

「腫れてる、ぶよんぶよんになってる」黄美子さんはわたしを見て笑った。

「ぶよんぶよん？　まじ？」

「うんうん、こんなんなってる」黄美子さんは指さきで小さく数字の3を描いてみせ、ふたりで笑った。それからまたテレビに目をやった。画面は料理番組になっていて、エプロンをつけた女性が、小さなガラスの小皿にのった調味料の説明をしながら肉や野菜を炒めていた。

「黄美子さん」

「なに?」

「わたしさ、ちょっとまえに——っていっても去年だけど、映水さんとね、いろいろ話したの。それで、映水さんのヒストリーっていうか、いろんなこと聞いたの」

べつにこの話をしようと思っていたわけではまったくないのに、なぜか黄美子さんの横顔を見ていると自然な流れのような気がするのが不思議だった。まるでまえからいつかこのことを話せるときを待っていたような、そんな感じがするのだった。

「いろんなこと、たくさん聞いたよ」

「そうなの」テレビに目をやったまま黄美子さんが返事した。

「うん。『れもん』で映水さんが野球賭博やってたのに出くわしたの。日曜日だったかな。それで、わたしちょっとパニックになって。それで映水さんがいろいろ話してくれた。仕事のこととか——あと、みんなの昔の話とか」

そうなんだ、という感じで黄美子さんはわたしの顔を見た。

「黄美子さんと琴美さんの、歌舞伎町時代の話も聞いたよ」

「すごい昔の話だね」

「ずっと仲良いんだね、三人は」

「そうだね」

それから長い沈黙があった。わたしの胸には、この半年くらいのあいだに起こったこと、漠然と不安に感じたり、どうしてなんだとため息をついたり、そして今日わたしのお金のほとんどがなくなってしまったことなんかが押し寄せていて、わたしはその波に押し流されないように、瞼に力を入れてテレビの画面を見つめていた。それでも母親の泣き顔と楽しそうな笑顔が交互に浮かび、それから、会ったこともない映水さんのお母さん、テキ屋の人たち、お父さんのお骨を抱えて歩く映水さんたちの後ろ姿なんかが思いだされて——やるせなさとも怒りともつかない、でもなにかにどうしても納得できないような宛さきのない気持ちがこみあげて、考えもまとまらないまま、その考えのまとまらなさを自分自身に説明するように話し始めた。

「……映水さんの仕事のことね、わたし最初すっごいびっくりして、わけがわかんなくて怒ったんだよね。『れもん』が勝手に使われてるのもいやだったし。怖かったしさ。なんか信じられないって感じで。でも、映水さんの話を聞いてるうちに——うまく言えないんだけど、なんかいろいろ、考えるようになって」

「うん」

「だってわたしだってさ、未成年で家出同然で、まだお酒飲んじゃいけないのに毎日飲んで仕事してるわけだよね。警察が来たときびくびくしたし。今も年齢は隠してるしさ。でもね、わたしからすると、生きていくにはこれしかないっていうか、これ以外になかったっていうか、それは本当なわけだよ。だから映水さんも、そこはおなじで」

「うん」

「だからって、べつに自分のやってることとか映水さんのやってることが正しいって言いたいわけじゃないし、言えないんだけどね、でも、じゃあ、わたしは間違ってるのかって言われると、なんか、そうは思えなくて」

わたしは考えていることがうまく説明できなくて、こめかみをごしごし掻いた。

「正しくないよ、そりゃ正しくはないけど、でも間違ってるわけじゃない。そう感じるの。未成年だし、その意味で悪いことなのかもしれないけど、でも、人生として間違ったことをしてるのかって訊かれると、そうじゃないっていう気持ちがどうしてもあって。わたし、なんか、映水さんの話きいてから、ときどきそういうこと考えるんだ。わたしは年をごまかしたりしてるけど、その意味で嘘をついてるってことにもなるんだろうけど、でも――間違っていないと思う。でも、おまえの人生どうなんだって訊かれたら、なんて答えられるんだろうって」

「人生って？」

「いや、だから、間違ってないかもしんないけど、でも、おまえの人生どうなんだっていう」

「それは」黄美子さんがわたしの顔を見て言った。「誰に訊かれるの？」

「え？」

「誰が、そんなこと訊くの？」

「誰って」

わたしは黄美子さんの顔をじっと見つめた。

「誰もそんなこと、訊かなくない？」

「訊かないかもしんないけど」

「じゃあ、いいじゃんか」

「え、いいの？」

「だってそんなこと、誰も訊かないよ」

「……自分が自分に、訊いてるのかもしんないけど」

「じゃあ、自分で自分に訊くの、やめればいいじゃんか」

わたしは黄美子さんの目を見た。自分で自分に訊くのをやめる——それはこれまで考えたこともなかった発想だった。わたしは何秒間か言葉に詰まり、黄美子さんはそんなわたしを不思議そうに見ていた。

「うん？」

「いや、でも、それだと——」

「困るっていうか、いや、困りはしないけど」

「じゃあ、いいじゃん」

「そうかも、しれないけど……」

「なんか、むずかしく考えるの花っぽいけど」黄美子さんは笑った。わたしはなんて答えていいのかわからず黙ってしまった。テレビは料理番組から通販番組に変わり、金粉入りのクリームが画面いっぱいに映しだされていた。

「そういや、映水、兄ちゃんの話した？」

「うん、聞いた」

「そっか」黄美子さんは笑顔で何度か肯いた。「あそこの兄弟、名前、ふたりとも水がついてんの」

「雨俊さんだよね」わたしは呟《つぶや》いた。「ほんとだ、雨だ」

「映水は、水」

「子どもの頃の話も、きかせてくれたよ。屋台の話とか。お父さんの話も、お母さんの話も、家の話も」

「そっか」

「親ってさ」わたしは言った。「なんなんだろうなって、思う」

「まあね」

「腹たつし、なんでなのって思うし、でも、それより可哀想だっていう気持ちになって、悔しくて、悲しくて、それでまたわけがわかんなくなって」

「まあね」

「ほんと、わけわかんなくて」

「うーん、でも親は、しょうがないよ」

「しょうがないの？」

「うん、しょうがない」

「そうなの？」

「うん。わたしもよくわかんないけど、なんだってみんな、いつか終わるまで、待つしかないよ」

　そこで黄美子さんと目があって、わたしたちは何秒間か見つめあった。会ったこともない黄美子さんのお母さん、刑務所にいるらしいお母さんのことが頭をよぎって、わたしは目をそらしてしまった。そのことにかすかな後ろめたさを感じて、わたしは雰囲気を変えようと、わざと大きくのびをしてみせながら、ふざけた調子で言った。

「っていうかさあ、やってられなくないですかあ」

「なにが」

「ぜんぶ、ぜーんぶだよ、黄美子さん。もうまじやってらんないよねっ。また最初からお金貯めるのやり直し！　もう副業でもしないと無理かもレベル。お金もとにもどらないよ。これからまだまだ必要なのにさ」

「大丈夫だよ。『れもん』あるし」

「そりゃ『れもん』はあるけどさ。そうだ、こうなったらもうわたし、映水さんの仕事手伝おっかなあ」わたしはおおげさに笑った。「あっちの世界の部下になって、ばりばり働いて、そっちでがんがん貯金するの、将来のために」

「あれは、けっこう大変だよ」黄美子さんも笑った。

　そんなふうにわたしたちが冗談を言っていると、蘭と桃子が帰ってきた。大きな声でただいまを言いながら居間に入ってくると、じゃじゃーんと嬉しそうに両手を広げて、わたしと黄美子さんに一枚の大きな絵を見せた。

「これ！　もってかえってきた！」

　それは全体が青っぽい、なんだかぱっと見ると派手なのか暗いのかよくわからない不思議な感じのする絵で、よくみると青い部分はどうやら海が描かれているようだった。真んなかにはビームのようなきらきらした虹を背おい、輝く波しぶきにまみれたむちむちのイルカが跳ねあがっていた。

「クリスチャン・ラッセンでーす！」桃子は元気よく言った。「重かったけど、もってきた！　道で、みんなに見られてやばかったし」

「やばかったし」蘭も笑った。

「えっ、なんかすごい」わたしは目を丸くして言った。

「ラッセンでーす。本物だよ」

「本物なの？」

「だよだよ。まじうけるよね」

「すごい」

「でしょでしょ。売ってもいいしね」

「えっ、売ってもいいの？」わたしは訊いた。「これって高いの？　高く売れるの？」

「たぶん、すごい高いよ。まあまあの額で売れるんじゃん？　しかもサイン入りだかんね」

「でも親にばれない？」わたしは訊いた。

「わっかんないっしょ、何枚もあるんだから」

「でもさ、わたし、この絵好きかも」さっきからじっと絵を見つめていた蘭が言った。

「まじ?」桃子が笑った。

「まじまじ。売るのはいつでも売れるんだしさ、せっかくだから部屋か『れもん』に飾ろうよ。っていうか、わたしこのイルカ超すき。超気に入ったし。がんばって運んできたんだしさ。桃子もさっき言ってたじゃん」

「まあね……うちにあるなかでは、いちばん完成度は高い気はしてた」

わたしたちは三人ならんで、クリスチャン・ラッセンの絵を見つめた。名前は聞いたことがあったしポスターなのかグッズなのか、どこかで見たことはあったけれど、実物を見るのはもちろん初めてだった。繊細なのかそうでないのか、暗いのか明るいのか、わからないような不思議な感じのする絵だった。光はあるけれど夜のようにみえて、イルカも元気に跳ねているけれど淋しさというか、なぜか見ているとこちらの気持ちにほんの少し陰ができる。ここに描かれているのは海で波で光でイルカなのだけれど、わたしはなぜだか夜の三茶の路地裏を思いだしていた。

「ね、売るの、もったいないよ」蘭が言った。

「まあ、たしかに、あわてて売る必要はないかもだけど」

「でしょ、なんか運命感じるし。イルカ超笑ってるし」

「よくみると、たしかにかわいいね」わたしも同意した。そして、とりあえずみんなでカップラーメンを食べることにして、おしゃべりしながらラッセンをふたたび眺め、ああでもないこうでもないと話しあった結果、しばらく居間か寝室に飾ってから「れもん」にもっていこうということになった。本物のラッセンの絵がある店ということで、店が一気に高級な感じになって、それにつられて客が高いボトルをおろしてくれるようなこともあるかもしれないと、蘭は鼻息を荒くした。

「そうだね……じつはね、今までもそうだったけど、わたし、もう『れもん』しかないから。また最初からって気持ちで、もうほんとに今まで以上に覚悟決めて、まじ全力でがんばりまくるから」

具体的な金額は伏せたまま、でもそれが全財産だったということを伝えて――わたしは今日、母親とのあいだに起きた出来事を、桃子と蘭に話した。すると蘭も、じつは恥ずかしくて言えなかったけど、このあいだ母親から電話がかかってきてお金を振りこんだばかりだったと話してくれた。桃子は「花ちゃん、蘭ちゃん、あんたらえらすぎー」と言って泣き真似をして、肩を抱いて励ましてくれた。

「うちらラッセンパワーだよ！　もうラッセンでいくしかないよ、いくっきゃない！　生ラッセンが見られる店！　あたらしくチャージ、がんがんのっけてこ！」イェイ！　と桃子は短く叫んで拳を突きあげ、わたしたちも声をあわせた。

でも、クリスチャン・ラッセンが「れもん」に飾られることはなかった。

ジン爺から黄美子さんの携帯に電話がかかってきたのは、二月の終わりの日曜日の、夜の十時を少しまわったところだった。わたしたちはこたつに入って、いつものようにテレビを見ていた。

「花、花」

珍しく黄美子さんが大きな声でわたしを呼んだ。

「なに？」

「『れもん』が、燃えてるって」

わたしたちは部屋着にコートやジャンパーをひっかけて、全速力で走って「れもん」へむかった。暗い住宅街を無我夢中で駆けぬけて、商店街から大通りに出て駅が見えたとき、何台もの消防車が列をなして、道路を埋め尽くしているのが見えた。無数のランプが音もなくあたり一面の夜を真っ赤に染めるなか、たくさんの人たちが立ち止まり、首をのばして現場の様子を窺《うかが》っていた。わたしたちはすみませんすみませんと言いながら、人をかきわけて「れもん」に近づいていった。

ビニールや木やいろいろなものが焦げるいやな臭いがそこらじゅうに漂っていて、アスファルトには土砂降りのあとのような水溜まりがいくつもできていて、ホースが何本もあっちこっちを這っていて、やっとの思いで最前列に体が出たとき、「れもん」のビルの数メートル手前にある電柱から電柱にかけて立ち入り禁止の黄色いテープが貼られていて——その奥に、黒焦げになった「福や」が見えた。ドアのガラスは割れ、暖簾《のれん》も外枠もエントランスも、それはまるで焼死した人の口のなかみたいに真っ黒になっていた。

火は消し止められた後のようだった。ただいやな臭いがしているだけで煙も見えなかった。窓から室外機から看板から、ビルの至るところから黒い水が滴り落ち、銀色やオレンジの防火服を着た消防隊員や警察官たちがビルのまえを行き来していた。そのうちのひとりが、危ないからもう少し後ろに下がって、とわたしに言ったけれど、違うんです、このビルに「れもん」があるんです、わたしたちの店があるんです、ほんとはそう叫びだしたいくらいなのに、わたしは口にすることができなかった。うわあ、とか、やばい、とか、全焼じゃん、とか、誰か死んだの、そんなふうに騒いでいる通行人たちにまじって、わたしはただ黒焦げになったビルを見つめることしかできなかった。

何分くらいそうしていたのか、一時間くらいたったのか、だんだん人の数が減ってきて、消防車が少しずつ引きあげる頃になっても、わたしたちはその場から動くことができなかった。黒い水溜まりのなかに、真っ白なスポーツドリンクが一本転がっているのが見えた。無線でなにかを話している警官の声が聞こえた。わたしの左側に黄美子さんがいて、右側に、体をぴったりくっつけた桃子と蘭が立っていた。強い風が吹きつけて髪が顔を何度も覆った。わたしたちは誰も口をきかなかった。ただ瞬きだけをくりかえし、立ち尽くしたまま、「れもん」を見ていた。

第八章　着手

1

わたしと映水さんは、指定された場所に、約束の二十分まえに着いた。人だらけの新宿駅の東改札を出て、階段をあがり、大通りをふたつわたってすぐ、一階にＣＤショップの入っているビルの三階にその店はあった。

　明るいところから急に建物のなかに入ったせいで、いきなり視界が暗くなったように感じられた。エレベーターがやってくると、映水さんはわたしが乗るのを待って三階のボタンを押した。蛍光灯の赤みのない光のしたで見る映水さんの顔には、ふだんは感じないようなおうとつや皺がありありと目立って、わたしはじっさいには見たことも行ったこともない、切りたった崖を思いだしていた。映水さんはポーチをわきにかかえて腕を組み、１、２、３、と数字のうえをゆっくり移動していくランプをじっと見つめていた。

フロアにはひとつの店しかなかった。暗い色をした木製のドアには楕円の看板がかかっていて、目を近づけてみると「メンバーズクラブ・波」という文字があった。映水さんがドアをあけてなかに入り、わたしも後につづいた。

カウンターの奥のほうから、女性が顔を覗かせた。赤と白の大きな水玉模様のエプロンをかけていた。年齢はだいたい五十代くらいかそれ以上か、パーマのかかったもこもことした髪をおさげにして束ねていた。わたしたちの顔を見て、あまり関心のなさそうな目つきで何度か瞬きすると「座っといて」と言い残し、また奥へ入っていった。映水さんは、いちばん奥のボックス席の手まえ側のソファに腰をおろし、わたしもならんで座った。厨房からは、女性が作業をしている音が聞こえていた。プラスティック製のゴミ箱を壁に何度もぶつけてゴミ袋のなかに空ける音、適当につっこんでおいたビール瓶をケースに戻してお腹に力をいれてもちあげ、それを何回かにわけて積んでいく音、冷蔵庫のなかを確認して足りないものを頭に入れてからドアをばたんと閉める音——それらはわたしにとって馴染みがあるというよりも、苦しいような懐かしさを感じさせるものばかりだった。離れたところに座っていても、まるでいま自分が「れもん」の厨房のなかにいて、じっさいに体を動かしているみたいな感覚がありありと甦った。

わたしたちは口をきかず、黙ったままボックス席に座っていた。映水さんはときどき携帯電話を見て、それから眉のあたりを何度かこすった。さっきまで肌寒いくらいだったのに、そしてただソファに座ってじっとしているだけなのに、わたしはセーターのしたで汗をかきはじめていた。

今日はよく晴れていたけれど、まだこの冬の残りの寒さがしっかりと居座っている三月の中旬で、店のなかの暖房が効きすぎているというわけでもなく、そんな季節とも室温とも関係のない汗をわたしは背中や腋にかきつづけていた。なんでもいいからペットボトルの飲み物をもってきていたらよかったと思った。そのとき、わたしの背後でドアのあく音がして、映水さんが立ちあがった。わたしも反射的に中腰になって、ふりかえった。

入ってきたのは、女の人だった。

あっす、と聞こえるか聞こえないかくらいの短い声を出して映水さんは頭を下げ、わたしもおなじようにした。

女の人はわたしの後ろを通ってボックス席に入り、座んなよ、と言って少し笑った。そしてソファに深く腰かけると、黒いコートを脱いでまるめ、隣に置いた。映水さんはまた短い挨拶みたいな声を出して、わたしたちはむかいあって座った。

その人は、わたしよりもひとまわりほど体が小さく、肩につくかつかないかくらいの黒髪で、化粧っ気はなく、ごく普通な感じのする女の人だった。着ているものも黒に近い灰色の丸首のセーターで、同系色のズボンを穿き、アクセサリーはなにもつけていなかった。

「久しぶりだね、映水」

この人がヴィヴィアンさん――わたしは顎を引いて背筋を伸ばし、まえもって映水さんから聞いていた名前を頭のなかでつぶやいた。

「ご無沙汰です」

映水さんがそう言うと、ヴィヴィアンさんは唇の片方を少しあげて肯き、両手で髪をなでつけて後ろで束ねる仕草をした。映水さんから話を聞いて勝手に想像していたヴィヴィアンさんと、目のまえにあらわれた女の人があまりに違っていたので、わたしは少しどきどきした。年齢も、黄美子さんや琴美さんよりも年うえだと言っていたから四十は過ぎているはずだけれど、もっと若いようにみえたし、なんというか、事務員とか文房具屋とか、そういうところで働いていると言われるほうがしっくりくるような雰囲気をしているのだった。

「うちら最後に会ったの、二年まえとか？」

「ですね」

「そうだ」ヴィヴィアンさんは目を細めて言った。「ムラマツの、例の件のあとだ」

「ですね」映水さんが肯いた。

「コンノとは会ってんの」

「いえ、もう会ってないすね。あれきりです」

「まあ、そうなるよね」

そのあと、ヴィヴィアンさんと映水さんは何人かの名前を挙げて、ときおり小さく笑いながら、わたしにはわからない、おそらく仕事の話をした。さっきの水玉エプロンの女の人が、ビールとグラスをもってのっそのっそとこちらへやってきた。遠目でみたときにはわからなかったけれど、女性はずんぐりと大きな体をしていて、人さし指と中指と親指でつまんでもったみっつのグラスが、どこか不自然なくらいに小さくみえた。大瓶とグラスをテーブルのうえにまとめて置くと、また奥にもどっていった。映水さんにさわっていいか目で確認してから、わたしはそれぞれにビールを注いでいった。みっつのグラスが満たされると、とくに乾杯もなくヴィヴィアンさんがごくりと飲み、そのつぎに映水さんが飲み、それを待ってわたしも口をつけた。喉がすごく渇いていたせいで、そしてとても緊張していたせいで、わたしは一口で飲み干してしまった。

「──わたしの落ちめの噂きいて、新しいシノギでももってきてくれるのかと思ったら逆とはね」

「いや、逆っていうか、手が足りてないっていうのも聞いたんすよ」

「物は言いようだよねえ」ヴィヴィアンさんはどこか嬉しそうに笑った。「足りないんじゃなくて、なくなったの、なにせ落ちめだから」

「それはどこも一緒すよ」

そこではじめてヴィヴィアンさんはわたしの顔を見た。わたしたちは二秒くらいのあいだ見つめあった。ヴィヴィアンさんは、ふん、と、うん、のあいだのような声をだして何度かゆっくりとまばたきをした。

「名前は？」

「花です。伊藤花といいます」

「年は？」

「もうすぐに十九になります」

「東京出身？」

「東村山です」

「いま住んでるのはどこ？」

「三軒茶屋です」

「免許もってる？」

「もってません」

ヴィヴィアンさんは何度か小さく肯くと、また映水さんに話をふった。今度は野球賭博の話題らしいことがわかった。

チームの名前や金額や、なにを示しているのかわからない単語や言いまわしや、人のあだ名が出てくるその話に聞くともなく耳を傾け、わたしは少しずつビールを飲んだ。

「じゃ、また連絡するよ」ちょうど大瓶が空になったところで、ヴィヴィアンさんが言った。

「あっす」

「映水、そういえばカマザキがあんたのことさんざん吹いてたよ」

「ああ、無視してください」映水さんは短く言った。

「そっか」ヴィヴィアンさんは、にやりと笑った。「まあ、お互いいろいろあるよね、一周まわって似たもの同士になった感じ？」

「冗談やめてくださいよ、俺みたいなカスと似てるわけないでしょう」

「そう？　そっくりだと思うけど」

ヴィヴィアンさんはそう言うと、声を出さずに大きく笑った。色のついていない唇のあいだから歯がみえた。ふたつの前歯のあいだにはきれいな――まるで最初から誰かに意図して作られたような、まっすぐな隙間があった。ハの字の形にもならずゆがみもなく、美しく整列したほかの歯の中央にみえた隙間は、ヴィヴィアンさんの顔のどの部分よりも印象に残った。厨房のほうから、思いきり蛇口をひねっているのか、水がシンクにぶつかるような激しい音がきこえてきた。みっつのグラスは空になり、話は終わったというような雰囲気になった。わたしたちは席を立ち、一礼してから「波」を出た。

映水さんとわたしは駅にむかってしばらく黙ったまま歩いた。ひとつめの通りを渡り終わったときに、少しまえを歩く映水さんを呼び止めた。

「映水さん、ちょっと待って」

映水さんがふりかえってわたしを見た。

「すごい緊張したんだけど」わたしは言った。「っていうか、ヴィヴィアンさん――思ってた感じとぜんぜん違って、びっくりした」

「そうか」

「そうだよ。もっといかつい、すごい人が出てくんのかと思った」

「いかついってどんなだよ。ヴィヴが女だってのは言ってただろ」

「いや、女の人でもだよ。もっとこう、わかんないけど、勝手なイメージで、ぎらついたこわい感じの人なのかと思ってたから」

映水さんはまえにむきかえって足を進めた。わたしは早足で隣に追いついた。

「――それで、わたし、いけたかな」

「いけただろ」

「ほんと？　どこでわかる？」

「いや、なんとなく」

「まじ？」

「勘だけど」

「もしいけたら、このあと、どうなる？」

「まず、俺に連絡があって、そっからおまえに電話かかってくると思う。それ待ちだな」

「えっ、わたしに直接かかってくるの？」

「たぶん」映水さんは言った。「ヴィヴは昔から、あいだに人を入れるのを嫌うんだよ。ぜんぶ自分でやる。基本的にあらめんも避ける」

「あらめんてなに」

「新入りっていうか、新顔か」

「じゃ、わたし、まだわかんないね」わたしは小さくため息をついた。

「でも本人も言ってたけど、あっちもせっぱつまってるらしいからな。ケツ割られて手がなくて。最初からない腹なら会わねえよ」映水さんは鼻を鳴らした。「とはいえ、ヴィヴは筋《スジ》もシマもかぶらねえように、こまかい所帯で小さいままでやってきたし、顔が見える人数でっていうのは変えてねえからな。ま、どっちにしても誰でもできるようなシノギしかまわってこねえから、そんな気張るものでもないよ——花、俺、寄るとこあるから、ここで。また連絡する」
春の終わりの日曜日の昼下がり、新宿の大きな通りには、たくさんの人々がひしめきあってい
た。行くあてのない人もある人も、笑ってる人も難しい顔をしている人も、着飾った人も、みる
からに疲れきったような人も、それぞれの速さで、遅さで、ここではないべつの場所へ移動しよ
うとしていた。
すべてが偶然で、たまたまの光景であるはずだった。でも、そんな人々にまぎれて自分も足を
進めているうちに、なんだかあらかじめ決められた動きみたいなものがあって、方向があって、
それは誰にもわからないのだけれど、でもわたしたちはおなじ光のしたで、そして春の気だるい
ようなひとつの温度のなかで、ただそれに従って動いているだけなのではないか、誰かのなにか
をただなぞるように、そんなふうにここにいるのではないかというような——なにか遠くから遠
くのものを眺めているような、よくわからない気持ちになった。クラクションの高い音がしては
っと顔をあげると、信号の黄色が目に飛びこんできて、今まさに赤に変わろうとする瞬間だった。
車がいっせいに走りだそうとする気配がした。ふだんならわたしは足を止めて待ったと思う。で
もわたしは打たれたように駆けだして、通りのむこうへ渡りきった。

二月の終わりに「れもん」が燃えて、わたしたちは働く場所と、稼ぐ手段を失った。それはと
てつもない出来事だったけれど、わたしはそれから数日のあいだを、なんとも奇妙な感覚のなか
で過ごすことになった。あのあとすぐ——それこそ火事の現場からの帰り道だって、夜中だって、

そのつぎの日だって、わたしたちは四人でいろいろな話をしたはずだけれど、いったいどんな話をしたのかあんまり記憶に残っていない。食欲がなくなったわけでも、ショックで動けなくなっていたわけでもないけれど、何枚かがさねにした不透明なビニール袋を頭にすっぽりかぶせられでもしたみたいに、あの数日間のことは今もうまく思いだせない。でも、ただ「れもん」に出勤することができなくなっただけで、いつもどおりに過ごしていたのかもしれない。

出火元はエンさんの「福や」だったこともわかった。日曜日なのにどうしてエンさんが店にいて火を使っていたのかはわからない。エンさんは煙を吸って倒れて火傷を負い、そのまま入院しているらしかった。幸いなことに命に別状はないみたいだった。

みんなでお見舞いに行こうとしてジン爺に連絡をしてみたけれど、エンさんが来てほしくないと言ったそうで、わたしたちはショックを受けた。店はちがうけれどおなじひとつ屋根の——もじどおりおなじひとつ屋根のしたで働いてきて、これまでエンさんの作ったものを数えきれないくらい食べ、いろんな話をし、冗談をいい、泣いたり笑ったり歌ったりしてやってきたと思っていたから、エンさんがわたしたちに会いたくないという気持ちを、どんなふうに受けとめればいいのかわからなかった。

そんなふうに現実のいろいろなことが現実的な重みをもって、じりじりと迫ってきた。それは生活そのものでもあった。わたしたちの「れもん」は黒焦げになって跡形もなくなって、四人の収入は途絶えてしまった。スーパーやコンビニで使う少額とはいえ、お金も日に日に減りつづけていた。今後、「れもん」は再開できる見こみがあるのか、家の家賃はどうすればいいのか、どれくらい待ってもらえるのか——ジン爺は急《せ》かすようなことはなにも言わなかったけれど、ジン爺はジン爺で大変そうなのが伝わってきた。なにしろビルがひとつ焼けてなくなってしまったのだ。消防検査は受けていたのか、違反はなかったのかどうか、ビルの持ち主の責任を、これからいろいろ問われるはずだった。わたしたちも他人事ではなかった。たとえばレーザーディスクはレンタルしていたもので、火事で燃えてしまった場合はどうすればいいのか。弁償しないといけないのか。だとしたらどこにそんな金があるのか。いや、レンタルしていたのは「れもん」のまえの店からだったから、わたしたちは関係ないでいけるのか。それでいいのか。そんなことひとつとっても、どこにどう連絡すればいいのか、わからないことばかりだった。とにかくあっちもこっちも考えなければいけないこと、しないといけない話はたくさんあった。問題はどこからどうみても山積みで、わたしはうまく働かない頭を抱えて、途方に暮れるような気持ちになった。

本当はみんなで力をあわせて、知恵を絞って、ああでもないこうでもないとこれからのことを手わけしてやりたかったけれど、そういうふうにはならなかった。

わたしが言いださなければ、いつまでも問題はないままだった。「どう思う?」と訊いてみなければ、黄美子さんはもちろん、蘭にしても桃子にしても、この状況が自分の生活と直結しているものとは、なぜなのか思えないようなのだった。話をしてみても、なんとかなるっしょ、みんなで頑張って「れもん」復活させようよ、今度はもっと広い場所にしよう、やるっきゃない!とかいう軽いノリの現実味のないやりとりがあるだけで、最後はいつもどうでもいい話になって、具体的なアイデアが出ることはなかった。そうしたみんなの無責任で楽観的な態度は、一瞬だけすべてを麻痺《まひ》させてわたしを明るい気持ちにさせることもあったけれど、でも最後はいつも、どうにかするのはわたししかいないのだという、暗くて重い現実だけが残ることになった。

そんなプレッシャーのなかで、わたしは必死にいろいろなことを考えようとした。桃子と蘭。桃子には家がある。蘭も、ほとんど終わってるけれど、でもまだ繋がってはいる彼氏の部屋があるし、バイト先も見つけようと思えばあるだろう。問題は、わたしと黄美子さんだった。わたしは自分が黄美子さんと東村山にもどってファミレスかそこらのバイト生活にもどることを想像してみたけれど、それはまったく現実的なことではなかった。一日八時間働いて数千円の稼ぎで、ふたりが生活していくことは無理だった。

母親と暮らすことも、おなじくらい無理だった。母親にまつわることは、わたしを苦しめた。あの日、ファミレスで渡した二百万円のことを思いだすとうっすら吐き気がするくらいに気持ちが重くなったし、今でも涙がにじんですべてが悔しいし、大金を失ったことがどこかまだ信じられない気持ちもある。でもそれにもまして、母親のことを思うとどうしようもなく感じてしまう、悲しさや、やるせなさや切なさのほうが、きつく感じられるのだった。

しっかりものを考えられない、適当でばかでどうしようもない母親だけれど、でも母親は騙されるばかりで人を騙すような悪人ではないということも、わたしがたえず感じている苦しさの一因だった。そしてそれはべつの憎しみにつながっていった。それは母親みたいな頭のまわらない人間をカモにして、なけなしの金を巻きあげるなにかに、誰かにたいする憎しみだった。母親のことを思うたびにやってくる、そんな思い浮かべるべき顔のない憎しみや怒りや、いろんなものが複雑にからまった感情のぜんぶをひっくるめて、母親に近いところで生活をするのはとても無理なことだった。

だったらこの家を解散して、ひとりで生きていくっていうのは？　お金の面では可能かもしれなかった。でも黄美子さんはどうなる？　いや、黄美子さんは大人で、わたしと暮らすまえ、「れもん」をやるまえはどうにかして生きてきたわけだし、べつにわたしがいないと生きていけないという人ではない。映水さんや琴美さんだっているし、普通に考えて、これまでどうにかしてきたように、これからだってどうにかやっていくはずだった。だから黄美子さんはどんなふうにもならない。なにもおそれない。もし黄美子さんに「こんなことになったから、わたしたち、もうべつべつに暮らそう」と言ったなら、黄美子さんはいつもの感じで、なんでもない顔で「わかった」と言うだろう。そしてとつぜんいなくなったあの四年まえの夏の日のように、なんのためらいもなくわたしのまえから姿を消してしまうだろう。あのときとおなじように、わたしを置き去りにするだろう。そしてわたしはまた、誰もいない、暗く湿った砂壁の誰も帰ってこない部屋の、ひとりきりの、子どもの頃のあの生活にもどるのだ。わたしは首をふった。

わたしの家。わたしは自分で手に入れた、この家を守らなければならない。黄美子さんとわたしの、そしてわたしたちの生活をつづけなければならない。

わたしはアルバイト雑誌を買って、夜のバイトも含めてすべてのページに念入りに目を通した。でも、高校も出ていない、なんの取り柄もないわたしが稼げる金など、ほんとうにわずかなものだった。

べつのスナックやキャバクラなんかで出稼ぎのように働くことも真剣に考えてみた。でも、わたしは自分がそうしたところでは通用しないだろうということがどうしようもなくわかっていた。たとえば蘭。蘭はよく気がきいて話もうまく、顔も美人なほうだと思うし、メイクとかファッションにも関心があって人気者で、「れもん」では稼ぎ頭だったのに、すぐ隣にあるキャバクラではまったく稼げない落ちこぼれホステスで、ほとんど首になったようなものなのだ。

わたしが「れもん」でそれなりにやってこられたのは、黄美子さんがいて、黄美子さんと暮らしている感覚そのままで、無理なくふるまえるような店だったからだ。メイクも着飾る必要もなく、知らない女の子たちもひとりもおらず、ノルマも競争もなく、一緒に暮らしている仲間だけで近所の常連客を相手にするような、「れもん」がそんな店だったからだ。自分で掃除をし、金を計算し、鍵をしめて鍵をあけ、そこで起きることのすべてについて考えて自分で決定をくだすことができる、「れもん」がそんな店だったからだ。それになにより、琴美さんが毎月遣ってくれるお金が、本当に大きかった。わたしはどうにかして、みんなで一緒に暮らす家を守り、生きていくために「れもん」を取りもどさなければならなかった。

2

ヴィヴィアンさんから電話がかかってきたのは、一ヶ月後の、四月の終わりだった。家には誰もいなかった。蘭はバイトの面接に出かけており、桃子はどうしても母親に会わなければならない用事があった。黄美子さんは珍しく早起きで、いつもの拭き掃除を終えると、とくに行き先を言わずふらりと出ていったままだった。着信音が鳴って、布団にあおむけになって天井を見つめていたわたしは飛び起きた。知らない番号だった。この家の三人と映水さんのほかに、わたしに電話をかけてくる人なんかいない。きた、とわたしは息をひとつ飲んで、電話に出た。

「もしもし」

「——伊藤花の電話?」

少しのまをおいて、声がした。

「はい」わたしは言った。音が少し遠くてくぐもって聞こえたけれど、ヴィヴィアンさんの声だった。

「映水から番号をきいた。いま三茶?」

「家です」

「二時間後——二時半に出てこれる?」

「はい、いけます」

「そしたら渋谷の、東急インのまえにいてくれる? 宮益坂《みやますざか》、左の」

「東急イン」わたしはくりかえした。

「ホテル。すぐにわかるよ。そこのまえにいて。電話鳴らすから」

ヴィヴィアンさんが電話を切ると、さっきからなんの音もしていなかったのに、部屋のなかが急に静かになったような気がした。わたしは両手でもむように顔を包むと、大きく息を吐いた。

そして昨日の夜、お風呂に入っていなかったことを思いだし、一階に降りてシャワーを浴びた。ヴィヴィアンさんが指定した、東急インというホテルがどこにあるのかわからなかったけれど、渋谷についてから駅員に聞けばわかるはず、地図もあるし——そんなことを考えながら髪を乾かし、あまり食欲がなかったけれど卵かけご飯を食べ、それからいつものようにふわふわした埃とりで黄色コーナーに置かれた小物たちの表面をなでていった。

黄色コーナーの小物はある時期からそんなに数は増えていなかったけれど、居間のテレビのすぐ横のその棚は意識をしてもしなくてもいつでも目に入り、今では完全にこの家の、そしてわたしの一部になっていた。ただ眺めているだけでなく、ちょっと配置を変えてみたり、手のひらにのせてみたり、ガラス製のものは洗剤できれいに洗ったりなど気にかけて、ひとつひとつを大事にしていた。母親の無心もあったし、火事で「れもん」もなくなって散々といえば散々だったけれど、でも一時期は二百万円を超える額を貯めたこともあったし、ぐちゃぐちゃな波にもまれながらもこうして暮らせているのは、トータルで考えて黄色のご利益のおかげなのだと思っていた。そしてそんな黄色コーナーを見つめながら、わたしが必ず思いだしていたのは、一年以上もまえにみた、あの激烈に印象的な夢だった。

テニスコート、砂浜、黄美子さんのふきん、そして刺されたわたしのお腹から流れでた赤い血の感触……わたしは場面のすみずみまでを、そして夢辞典に書かれた文字のひとつひとつ、言いまわしのすべてを、ありありと思いだすことができた。映像と夢分析のストーリーはみわけがつかなくなって記憶にからみあい、わたしにとってゆるぎない事実となっていた。わたしはあのあと、夢らしい夢を一度もみていない。それがまた、あの夢がとくべつであることを確信させた。今日こうしてヴィヴィアンさんからも電話がかかってきた。いろいろなことがあったけれど、夢のお告げどおりにことが進んでいるようにしか思えなかった。大丈夫だ。なにも怖がることはない。わたしはやらなければならない。どうかうまく行きますようにと、わたしは目を閉じて、それだけをつよくつよく思った。ひとしきり念じたあと、ハッ、と声を出して目をひらき、黄色のつやつやした招き猫の耳にかけていた黄色のヘアゴムを手首につけて、家を出た。

駅へむかう途中、これからヴィヴィアンさんに会うことを映水さんにいちおう伝えておこうと思い、電話をかけてみたけれど出なかった。

渋谷駅で駅員に場所を訊き、わたしは東急インのまえに指定された時刻の二十五分まえに着いた。こういうときは、こんなふうに突ったってないでそのへんを自然にうろうろしていたほうがいいのか、どこか店に入って買い物客っぽくしていたほうがいいのか迷ったけれど、けっきょくわたしは動けなかった。このあとヴィヴィアンさんとふたりきりで会って、仕事の具体的な話をするのだと思うと、みぞおちのあたりがぐっとしめつけられ、耳の奥で鼓動がざくざく音をたてた。もう十分はたっただろうと電話をみてもまだ五分もたっておらず、わたしはじりじりするような緊張のなかで肩から斜めに下げたショルダーバッグの紐をにぎりしめて、街ゆく人を目で追って、数えきれないくらいため息をついた。そして二時半。ヴィヴィアンさんは約束の時間ぴったりにわたしの電話を鳴らした。

「ここ、車つけてるから乗って」

顔をあげて道路のほうをみると、黒い乗用車が停車中のランプを点滅させて、止まっているのがみえた。車には顔がないのに、なぜかこちらを見ているように感じたのが不思議だった。近寄っていくと車は全体的にうっすらと埃をかぶっていて、半円の形の痕のついたフロントガラス越しにヴィヴィアンさんがみえ、ここだというように頭をくいっと動かした。後部座席のほうに行こうとすると、まえに乗れというように合図をよこし、わたしは頭を下げながら助手席に乗りこんだ。

ヴィヴィアンさんは運転中、話をせず、わたしも黙ったままだった。車のなかは、レシートや空になったペットボトルやコンビニのビニール袋が足もとに散らかっていた。食べかすや生ものののゴミはなく、また煙草も吸わないみたいで、いやなにおいはしなかった。考えてみるとタクシーには乗ったことはあるけれど、こうして誰かの運転する車の、しかも助手席に乗るのは初めてだった。電車やバスのいちばんまえの窓なんかとは違って、目線が低くて、振動も音もじかに響いて、迫ってくる風景が大きくて、ヴィヴィアンさんがブレーキを踏むたびに太ももに力が入った。車は十五分くらい走ったあと（もこもことした大きな木がずっと右手に見えていた）、広くてがらんとした、ひと気のない駐車場に入って止まった。

「えっと」ヴィヴィアンさんが声をだした。それがちょっと明るい感じのトーンだったので、わたしは少しほっとした。ヴィヴィアンさんはバックミラーにちらっと目をあげ、左右にさっと視線を走らせたあと、足もとからポーチのようなものを取りだしてファスナーをあけ、なかから何枚かのカードを取りだしてざっとチェックし、そのうちの三枚を手にとって残りをもどした。

「これで、金を引きだしてくる」

「えっ」

いきなりすぎて、大きな声が出た。

「映水から聞いてるよね?」

「あっ、はい、でも、ちゃんとは聞いていません」

「なんだよ、聞いてないの」

「詳しくは聞いてないです」

「どこまで聞いてんの」

「今後はヴィヴィアンさんと直接やりとりしていくことになるってことと、わたしでもできる仕事をもらえるかもしれないってことは聞き――」

「これ」わたしが話し終わるまえにヴィヴィアンさんは言い、手にもっていたカードの一枚をみせた。

「今日渡すのは、この三枚。裏のはしっこに番号ふってるでしょ。暗証番号書いてるカードがべつにあるから、それであわせて番号覚える。カード一枚で一日の上限五十万。つぎのカードまでは三日あける。三枚あるからぜんぶで百五十。回収はだいたい二週間後」

「あの、ちょっとメモしていいですか」わたしはあわててバッグをまさぐった。急に数字の話がでてきて、おまけにヴィヴィアンさんは早口だった。

「メモ?」ヴィヴィアンさんが眉根を寄せた。「ないよ、メモとか」

「でもあの、わたし今日いきなり本番というか、こういう展開を想像してなくて」わたしは正直に言った。「初めてなので、すみません」

ヴィヴィアンさんは、小さく唸るように喉を鳴らして、わたしの顔をじいっと見た。

「簡単だよ。中学生でもできるから」

「間違いがないように、したいです」わたしは大きく息を吐いた。「——すみません、緊張して」

「緊張はいいけど、基本こういうのはなんも残さないんだよ」ヴィヴィアンさんは言った。「映水の野球、見てるでしょ」

「ちゃんと見たことないんです、ちらっとしか」

「え、そうなの」

「はい」

「あれよ、基本はぜんぶオブラート」

「オブラート？」

「あるじゃん、食べられる紙。そこに書いて、終わったら飲む」

なんて返事していいのかわからず、わたしは何度か肯いた。

「紙は使わない。まあ最近はガサ入れもまえもってわかるし、ほとんどないからまえほどぴりぴりはしないけど」

そのとき、ヴィヴィアンさんの電話が鳴った。着信メロディはZARDの「負けないで」だった。ものすごいハイテンションな音色が跳ねまわるように車中に響き、思わず背筋がすっと伸びた。ヴィヴィアンさんはポケットから取りだした電話に目を落として、出るか出ないかを考えているようだった。横顔をちらちら覗き見すると、昼間の光のせいか——目のしたにくまや皺がはっきりみえ、しみも浮き、このあいだ「波」で思ったよりも年相応な感じにみえた。留守番電話の設定をしていないのか、「負けないで」は狭い車中でえんえんと鳴りつづけた。やがて「どんなに離れてても」の、いちばん音の高い、な、のところで着信がぷつんと切れて、少しのあいだ沈黙になった。

「——で、どこまで話したっけ」

「オブラートで、証拠隠滅のところです」

「隠滅って、そんな言いかたしてないっしょ」

ヴィヴィアンさんが口元だけでにやっと笑った。唇がめくれて、あの前歯のまっすぐな隙間がみえた。それを見た瞬間、なぜだか少しだけ緊張が和らいだような気がした。

「はい、でも……オブラートが意外でした」

「まあね……飲むのはコツがいるんだよね。水ない場合もあるし」

「ヴィヴィアンさんも、飲んだことあるんですか」

「あるよ。野球じゃなくて、べつでだけど」ヴィヴィアンさんは言った。「ヴィヴでいいよ、呼ぶの。ヴィヴィアンさんて長いじゃん」

「ヴィヴさん」たしか映水さんもそう呼んでいたのを思いだした。「わかりました、ヴィヴさんとお呼びします」

「ま、とにかく、あんたは――花だっけか、集金するだけだから」

わたしはヴィヴさんが手にしているカードをじっと見つめた。わたしはここで、自分が使える人間なのだとヴィヴさんに思ってもらわなければならなかった。いきなりだったとはいえ、さっきの「メモしていいですか」は余計だったかもしれない。でも「負けないで」がかかってちょっと世間話的な雰囲気にもなったし、感じからしてものすごいへまをしたという感じでもなさそうだった。でも、わからない。

最初から具体的な話だったのも、あの情報が多いのか少ないのかもわからないような早口だった感じも、わたしの理解力というか反射神経というか、物わかりのようなものを試しているのかもしれなかった。ここでやっぱり駄目だと思われるわけにはいかない。やる気をアピールして、できる人間なのだと示さなければならない。わたしはできるだけ冷静な感じを装って、ヴィヴさんに言った。

「さきほどのカードのことですけど」

「うん」

「一回……自分でやりかた言ってみてもいいですか」

「いいよ」

「自分で説明してみます。間違ってると思うんで、そのときは教えてください」

わたしはつばをひとつ飲みこんで集中し、さっきのヴィヴさんの話で覚えているところを順に辿っていった。

「……まず、わたしがこの三枚のカードを預かります。暗証番号が書かれたべつのカードと照らしあわせて、それで、お金が引きだせる。暗証番号は、覚える」

「うん」

「一枚につき、引きだせる金額は五十万円」

「そう」

「一回使ったら、つぎのカードまで最低三日はあける。五十万かける三枚で、百五十万円。回収は、二週間後」

わたしが聞いたことをたぶんぜんぶ説明できたと思ったので、ほっとしてヴィヴさんの話のつづきを待った。けれどヴィヴさんはなにも言わないで、なんだかじりじりするような微妙な空気になり、仕方なくわたしから質問した。

「あの……お金引きだすのって、どこでやるんですか」

「ATMだよ」

「どこのATMですか」

「警備員がいるような銀行のでかいATMはだめ。ATMだけ独立してるとこあるでしょ、渋谷とか新宿とか混んでて基本、人の出入りがあるとこ」

「人がいてもいいんですか」

「カードにもよるけど、今回のはそれでいいよ。普通に口座からの現金引きだしだから。人の流れがあるとまぎれるんよ」

「ひとつのATMで、やっていいんですか」

「一枚ごとに場所は変えるね。いちおう帽子とかかぶっといて」

「場所は、ひとつひとつ離れてるほうがいいですか」

「いや、渋谷か新宿の人の多いとこなら、そこはべつに気にしないでいいよ。時間帯もべつにいつでもいい」

「はい」

「今回あんたにわたすのは三枚でしょ、基本三日あけての、締日は二週間に一回。そのときに、つぎのカードわたすわ」

「はい」

「だから、ひと月で三百万の集金になる計算」

三百万——わたしは思わず息を止め、黙ったまま肯いた。

「締日ごとに、カードは新しいのに変えるから。あんたは約束した日に、集金した金とカードをもってくる」

「はい」

「だいたいこんな感じ。カードによってやることは変わるけど、今月はこれで」

「あの、もし」

「なに」

「――もし、捕まったらどうすればいいですか」

わたしはヴィヴさんの顔を見た。やる気と熱意とはべつに、これだけは訊いておかなければならないというものすごく大事なことについて思いきって質問したつもりだったけれど、ヴィヴさんは意外にもそこはべつになんでもないというような顔をして言った。

「警察にってこと？」

「そうです」

「そしたら――歌舞伎町で、知らない外人にもらったって言う」

「ええっ」

わたしは驚いて大きな声を出してしまい、わたしのその勢いにヴィヴさんがぎょっとしたように顎をひいた。

「え、なに」

「や、あの、そういうので、いいんですかと思って」

「そういうのって、どういうの」

「いいえ、その、なんというかシンプルな感じっていうか」

「いいよ」

「でも、そういう感じで警察って、いけるんですか」

「いけるよ、べつに」

「と、取り調べとかになったら」

「そんなことにはならないよ」

「でも、もしです、もし」

「そしたら」ヴィヴさんはちょっと目をあげて、両手で髪を束ねて言った。「――男が道でしつこく声かけてきて、うるせえなあと思ってだらだらしゃべってたら、なんかよくわかんないけど金を引っ張れるカードとかいってみせびらかしてきた、流れで一枚もらって、嘘だと思って試してみたら金が出た。ラッキーって感じで、適当に使ったって言えばいい。回数も場所も正直に言っていいよ」

「ええ、そんな軽い感じの、あの、嘘っていうか……そういう感じでいけるんですか」

「べつに嘘じゃないじゃん。外人か、わたしかの違いしかないよ。あとは、歌舞伎町か車かの違い」

　こんな気構えというか姿勢というか、段取りでだいじょうぶなのか――それまでも緊張と不安でいっぱいだったけれど、ヴィヴさんのこのすごく慣れた感じというか――そりゃ慣れてはいるんだろうけれど、でも余裕というかゆるさというかにまた違う種類の不安がやってきて、わたしは無意識のうちに胃のあたりに手をやっていた。この感じをどうすればいいのか、どうもしなくていいのか、言葉に詰まって黙っているわたしをよそにヴィヴさんはつづけた。

「でも捕まるとかないよ。うちのは安心安全、身元も堅いし回転も早いのしか仕入れないから。今回の三枚も、ちゃんと枠のある信用できるやつだから。足はつかない。大丈夫」

　わたしはヴィヴさんの話に全身を傾けながら、なにかもっときちんと確認しておかなければならないこと、ここでしっかりと訊いておかなければならないことがあるはずだと必死に頭を動かそうとしたけれど、なんとか叩きこんだ金額や順序を忘れてはいけないという気持ちばかりが焦って、黙って肯くことしかできなかった。

「今日って何日だっけ」

「四月——三十です。三十日」

「そしたら一回目は、連休あけて、十五日とかそのへんだね。時間は電話するわ」

「あの、わからないこととかでてきたら、ヴィヴさんに電話していいんですか」

「いいよ」ヴィヴさんは言った。「わたしの番号は登録はしないで、覚えてかけて。着信と発信も、基本いちおう消す感じで」

「はい」

「まあ、心配はないけど、もち歩くのは基本一枚ずつにしといて」

「あの、ほかにコツみたいなのって」

「そうね、自分の金だって感じで、堂々と引きだす。出したらさっとバッグに入れて、自然な感じで外に出る。まわりのことはいっさい見ない、気にしない。番号は覚える」

「はい」

「それから、これには映水はもうかかわんないから、こっからの中身はぜんぶ、あんたとわたしだけの話。あたりまえだけど誰にも言わない。わかった?」

「はい」

「オッケ」

ヴィヴさんはわたしに三枚のカードと暗証番号の書かれたカードを一枚渡して、わたしが財布のなかに入れるのを見届けてから、車を発進させた。体が異様なくらいふわふわしていて、窓の外を流れてゆく景色のなかを、まるで自分が座席に腰かけたままの形で宙に浮いて、目にみえないレールにのせられて移動しているみたいだった。

「どこで降りる？」

気がつくと通行人があふれている渋谷にもどってきていて、どこでもいいです、とわたしは反射的に答えた。

「じゃ、また来月。十五日ごろね。電話する」

タワーレコードのまえでわたしを降ろすと、ヴィヴさんの車は音をたてて走り去り、あっというまにほかの車と混ざりあってみえなくなった。

何秒間か、何分間か——わたしはしばらくその場に立っていた。ファン、とクラクションの音がして、いきなり街のざわめきのなかに放りだされたような気がした。顔をあげると黄色い看板の横に名前を知らない歌手の女の子の巨大ポスターが貼られていて、引きのばされた目のなかに、いくつかの白い四角が浮かんでいた。わたしは渋谷駅まで歩いてバスに乗り、三軒茶屋に戻った。

3

五月三日の午前中に、わたしは三茶の駅前からバスに乗って、渋谷にむかった。

道を歩いているときも、バスにゆられているときもずっと緊張していて、目に映るもの、聞こえてくるものぜんぶが、どこか普通の感じがしなかった。それに気がつくたびに、わたしはかぶった帽子のつばを何度も引っぱって、両手で頭を押さえた。そのバケットハットお似合いですう、と言った店員の高い声を思いだした。三茶の駅前の路地にある古着屋で千円。目立たない、少しくたびれたベージュで目深にかぶれる感じのものだ。斜めがけにしたバッグのなかには財布が入っていて、そのなかにはヴィヴさんから預かったカードが一枚入っている。わたしは頭のなかで暗証番号をくりかえしながら、胸の奥の息を吐いた。

連休の渋谷はすごい人出で、バスから降りて数歩すすんでみるだけで、気がうっすらと遠くなるような気がした。それがいいことなのかそうでないのかも、よくわからなかった。それでも今わたしの胸のなかにある重いものが、今ここにいる人たちの頭数で割られてどんどん小さく軽くなっていくところを想像して、わたしはなんとかまえに進んでいった。

二日まえ、わたしは渋谷と新宿に行って、ヴィヴさんから教えられた条件にあうようなＡＴＭを探して、すでに確認していた。今日はそこへ行ってカードを入れて、現金を引きだす——そう思うだけで、指さきが震えた。ヴィヴさんから託されたカード。見つかってしまえばもちろん、そしてうまくやりおおせたとしても、このカードがわたしの人生のなにかを決めることになるんだと思うと、胃のあたりがしめつけられた。

これまでキャッシュカードをもったことも使ったこともなかったから、ヴィヴさんから渡されたカードが、偽物のカードなのか本物なのか、わたしにはわからなかった。でも、じっさいに存在する銀行の名前が三枚それぞれに書かれてあって、ちゃんとした光沢もあって、数字や名前の刻印みたいなものもあった。裏面には小さな文字もすみずみまでしっかりと印刷されていて、本物だと言われたらそう思うしかないような雰囲気があった。

このカードはなんなのだろう。持ち主はいるのだろうか。いったいどういう仕組みなのか。やばいカードではあるのは間違いないにしても、どれくらいやばいものなのか。ヴィヴさんからカードを受けとってから、それについて考えないときはなかった。〈うちのは安心安全、身元も堅いし回転も早いのしか仕入れないから。今回の三枚も、ちゃんと枠のある信用できるやつだから。足はつかない。大丈夫〉――恐ろしい気持ちになるたびに、わたしはヴィヴさんの言葉を頭のなかでくりかえして、もうそれ以上はなにも想像しないですむように頭をふった。けれど、不安はまたすぐにやってきた。家族連れや、恋人同士や女の子たちや男の人たちがあらゆる方向からやってきてはすれ違い、また新しい人間がやってきては流れていった。まるで自分とおなじかそれ以上の重さの荷物をひきずるように進んでいくと、いつのまにかわたしはATMに着いていた。

細長いビルの一階。明るい銀行の看板がかかり、おなじ機械がみっつならんだ、そんなに広くない出張所だった。

連休中でみんな買い物をするのに必要なのか、それぞれのATMには二、三人ずつ男性や女性やカップルが待っており、わたしはいちばん右のいちばん後ろにならんで、自分の順番がくるのを待った。緊張がどんどんと突きあげてくる鼓動で、全身がゆれて感じられた。わたしの体じゅうで鳴り響いているこの音が、ちょっとでも気をぬくとへたりこんでしまいそうなこの恐ろしさが、わたしの耳の穴や目や皮膚から外に漏れていないのが不思議に思えるくらいだった。ポケットのなかの指さきが震えて、わたしはそれを封じるためにぎゅっと拳をにぎった。

順番がきて、わたしはパネルのまえに立った。

小さな四角の、少し湾曲した鏡みたいなのに自分の顔が映った。これは監視カメラにもなっていて、いま録画されているわたしの映像がいつかニュースで流れることになるのかもしれない——そんなことを思った。あるいはここにいる人、後ろにならんでいる人、番号のついたキーボード、隣や又隣から聞こえてくる機械の応答音、後ろでぽんぽんと鳴っている自動ドアの音、ここにあるすべてが、じつはわたしを監視しており、わたしがこのカードを差しこんだ瞬間にけたたましい警報が鳴って、男たちが何人もやってきて、わたしはこの場で取り押さえられるのかもしれない——そんな生々しいイメージが頭のなかにわきあがった。でも、やめるわけにはいかなかった。わたしを押し流そうとする恐怖を薄めるためにわたしは息を大きく吸いこみ、何度もシミュレーションをして、そして何度も自然にふるまえるよう家で練習したように、財布から例のカードを取りだして、差込口に入れた。一瞬だけかすかな抵抗を感じたけれど、カードはそのまま ぐっとATMのなかに飲みこまれていった。このままカードが出てこなかったり、入れた瞬間にどこかに連絡がいって警備員が走ってきたり、非常ベルが鳴ったりしたら。隣の人がじつは捜査官で、わたしの手首をつかんだりしたら。わたしの目には涙がにじみ、恐怖は最大になっていた。

一秒、二秒、ほとんど声を漏らしてしまいそうになった瞬間、パネルはつぎの画面になった。わたしは震える指さきで〈お引出し〉を選択し、暗証番号を入れた。つぎに金額の画面が出ると、ほとんど反射的に、数字の5を押し、ゼロを五つ打ち込んだ。そして——息を止めて見つめていた画面には〈…お手続き中…〉の文字が現れ、何秒かがたったあと、いきなりズバババババッという激しい音がして、息が止まるかと思った。そして間もなくぱかっとあいた灰色の現金取り出し口のなかに、一万円札の束が入っているのが見えた。わたしは手を入れて取りだしたそれをふたつに折ってバッグに入れ、しっかりとファスナーを閉めた。操作をうながす明るい音が鳴り、〈カードのお取り忘れにご注意ください〉という文字が見え、わたしは戻ってきたカードを指でつまんでぬきとり、吐きだされた小さな明細票と一緒に財布にしまった。〈ご利用、ありがとうございました〉という機械の声を聞きながら、わたしは後ろにむきかえった。

つぎにならんでいたのは髪をカラフルに染めた若いカップルで、楽しそうに話をしながらもたれあい、潤んだ目で互いを見つめあっていた。わたしが操作を終えたことにも気づいてないようだった。誰もわたしを見ていなかったし、誰も、なににも関心がない様子で——妙なことに、それはいま自分たちが引きだしたり、引きだそうとしている金にさえ興味がないような様子で、ここでは気に留めるような、なにか記憶にひっかかるようなできごとは、なにも起きていないかのようだった。わたしはショルダーバッグの肩紐を両手で握りしめ、ATMを後にした。

わたしはヴィヴさんの言いつけどおり、五月七日、そして五月十一日と、きちんと三日をあけて、二回目は新宿、三回目はまた渋谷のべつのATMへ行っておなじことをくりかえし、ぜんぶで百五十万円を引きだした。

最初の日はどうやって家まで帰ったのか、まだらな記憶しかない。誰かが後ろをつけてきていないか、誰かが待ち伏せしたりしていないか、気が気ではなかった。

食欲はまったくなかったけれど、朝からなにも食べていなかったせいで胃液のつんとしたにおいがして、そんな少しのことに頭がおかしくなってしまいそうだった。三茶にもどって最初に目についたラーメン屋に入って醤油ラーメンを頼んだけれど、待っているあいだもこめかみがうずいて、手足がじんじんして、胸が押しつぶされるように重くなって、スツールに座っているのが精一杯だった。具合が悪くみえたのか、斜めむかいに座っていた女の人がちらちらとわたしのほうを何度も見るので、わたしはさらに追いつめられるような気持ちになり、けっきょく少しだけ麺をすすって、ほとんどを残して店を出た。

二回目もおなじような感じで、生きた心地がしなかった。三回目もほとんど倒れそうな気持ちで行って戻って、家に着くとぐったりしたりして動けなかった。少しだけなにかがましになっている気がしないでもなかったけれど、いったいなにがましになっているのかはわからなかった。

ヴィヴさんの仕事をやり遂げなければならない連休は長かった。

休みがはじまる最初の日に青葉台の自宅にもどっていた桃子からは、親と話がこじれて休みのあいだはこっちで過ごす、きっちり話つけてくるわ、というような連絡があった。蘭は、おなじ三茶の駅近くではあるけれど、以前、働いていたところとはべつのキャバクラの面接に受かり、そこに通いはじめていた。黄美子さんは、映水さんからの例の毎月のお金で――それは刑務所にいる黄美子さんのお母さんへの仕送りだということだったけれど、ときどき思いだしたようにわたしと蘭を焼肉に連れて行ってくれたりした。蘭は新しいバイト先のシステムや、客や女の子たちについて話をし、わたしと黄美子さんは肉を焼いてビールを飲みながら（缶じゃないビールを飲むのはすごく久しぶりだった）、あいづちを打ったり冗談を言いあって笑った。ひとりでいるとカードとお金のことで追いつめられるような気持ちでどうしていいかわからなくなったけれど、黄美子さんや蘭といるとそのあいだは考えずにすむので、それはうっすらと涙がにじむくらいにありがたい時間でもあった。

連休も終わって、さらに数日がたった頃、ヴィヴさんから電話がかかってきた。午前十一時。コール音が鳴った瞬間にわたしは着信ボタンを押して出た。むこうの声がいっしゅん聞こえず、わたしは携帯電話をぎゅっと耳に押しつけた。

「もしもし、もしもし」

「はい、聞こえてるよ――どうよ、うまくいった？」

「なんとか、やりました」

「オッケオッケ」

ヴィヴさんがにやっと笑った気がして、前歯の隙間が目に浮かんだ。

「今日このあと、二時間後とか出てこられる？」

「いけます」

「オッケ。じゃあ、一時に」

わたしは通話の切れた携帯電話をにぎりしめたまま、押入れを眺めた。天井裏の紺色の箱のなかに、ヴィヴさんのカードで引きだした百五十万が入っている。けっきょく、誰もわたしを追ってこなかったし、捕まることもなかった。あのお金はどうやら誰にも知られずにここに移動するのに成功したみたいだった。わたしは押入れから布団を出してなかにあがり、現金を取りだして輪ゴムで縛った。少し迷って百円ショップで買っておいた幅のある封筒に入れて、いつものショルダーバッグの底に置いた。

待ちあわせは、前回とおなじだった。

このあいだとおなじ場所に、一時ぴったり――うっすら埃をかぶった黒い車がやってきた。今度は合図されるまえにわたしのほうから駆け寄って、頭を下げてから助手席のドアをあけて乗った。車が走りだすと、窓のうえに二週間まえとおなじ風景が流れ、おなじ道をたどり、そしておなじ角を何度か曲がって駐車場に入っていった。ヴィヴさんがギッと大きな音をたててバーを引くと車中がしいんとした。なにからなにまでヴィヴさんと最初にふたりで会った日とおなじだったので、まるで巻き戻した時間のなかでもう一度おなじことをくりかえしているみたいだった。

「あの、もってきました」

わたしは小声でそう言うと、お腹のまえで抱えていたショルダーバッグを、ここです、というように示してみせた。

「どうよ、簡単にいけたでしょ」

「作業じたいは、そうですけど」

この二週間たえず感じていた暗さや重さがこみあげてくるようで、わたしは肩でため息をついた。

「どこでやった？」

「渋谷と、新宿です」

「オッケオッケ」

ヴィヴさんは満足そうに肯いた。それから左右にさっと目をやって、ほら、というように顎をくいっと動かした。わたしはバッグのファスナーをあけて百五十万を入れてきた茶封筒を取りだした。そして窓の外に人の気配がないことを再び確認してから、両手でヴィヴさんにそっと手渡した。

「封筒とかに入れて、あんたちゃんとしてんだね」

ヴィヴさんは茶化すみたいに少し笑うと、なかから金の束を取りだして、指さきでするすると札をはじいていった。ヴィヴさんの指の動きのあいだで一万円札は流れるようになめらかに、前後に移動していった。空になった茶封筒が足もとに落ちたけれど、ヴィヴさんは気にしなかった。さっきまでお金を入れていた封筒はもうここに散らばっているレシートとかガムの包みなんかとおなじようにゴミになったんだ、とそんなことを思った。ヴィヴさんはあっというまに百五十枚をかぞえ終わると、今度は束から札を一枚一枚剝がすようにめくって――わたしに、十五枚を渡した。

両手のなかの十五万を、わたしはじっと見つめた。

十五万円。一万円が十五枚。わたしが今回の仕事で得た報酬。死ぬほど追いつめられるような気持ちになったあの三回の行為で、わたしに支払われたお金。「れもん」で四人で一生懸命働いたなら五日間、もしひとりなら二週間はかかる売り上げ。ファミレスなら朝から晩まで二ヶ月半働いてもらえるお金。十五万円というのが、たった三回とはいえ二週間あんな思いをして得られる金額として充分なものなのか、それとも多いのか、安いのか、正直に言ってわたしにはわからなかった。

でもひとつわかっていたことは、それが今のわたしがどうしたって三日で稼げるような金ではないということだった。

「あんたの手取りは集金額の一割。出し子の基本給ってやつ。だから今回は十五。オッケ？」

「はい」

「つぎもだいじょうぶ？」

わたしは肯いた。「……おなじATMは、使ってもいいんですか」

「今のカードはいいよ。でも、いくつか使い勝手いいとこキープして、ぐるぐるまわるのがいいかもね。気分も変わるし」ヴィヴさんは笑った。

「そうだ、カードを」

わたしは手にもった十五万円をふたつに折ってヴィヴさんに小さく頭を下げ、それを財布とはべつに用意したこの仕事専用の集金袋——黄色のポーチに入れた。そして預かっていた暗証番号のカード、それから引きだし用のカード三枚とそれぞれの明細票をかさねて手渡した。

「このあいだ明細票のことを聞き忘れてしまって、どうしようかと思ったんですけど、いちおうもってきました」

「ああ、今度から捨てちゃっていいよ」

「どこに捨てていいんですか」

「ゴミ箱でしょ」

「ふつうのゴミ箱でいいんですか」

「ゴミ箱はみんなふつうでしょ。どこでもいいよ」ヴィヴさんは明細票を指さきでつまんで眺め、呆れたように笑った。「ぬかれても気づかないやつがいるからねえ」

わたしはそれぞれの明細票にあった数字を——ひとめ見て、はっと息を呑んでしまったその数字を、はっきりと思いだしていた。見るなと言われていなかったので穴があくほどにしっかりと見つめ、ほとんど暗記していたそれぞれの残高は、一枚めが千二百万と少し、二枚めが三千百万と少し、そして三枚めが五百五十万と少しだった。三枚とも男性の名前の名義のもので、どれも何度みてもゼロの数がぱっと頭に入ってこないくらいの大金だった。この金はなにで、この名前の人は誰で、そしてこのカードはなんなのか。

この仕事というか、わたしがかかわりはじめているこれは、どんな仕組みになっているのか。けれど当然のことながら、そんなことを自分から訊くわけにはいかなかった。

「そんじゃ、つぎはこれでいこう」

ヴィヴさんは、足もとに置いてあった小さなバッグから前回とおなじように何枚かのカードを取りだしてさっとチェックすると、番号を確認して三枚を選んで、暗証番号の書かれたカードと一緒にわたしに手渡した。

「段取りはおなじだよ。もう楽勝だよね」

「楽勝では、ないです」わたしは唇をあわせた。「どきどきします」

「いいじゃん、どきどき」

ヴィヴさんはわたしの顔をじっと見て、それから少し笑った。

「でもまあ、すぐに慣れるよ」

ヴィヴさんは寄るところがあるから途中まで乗っていけばと言ってくれ、わたしは肯いた。来た道をそのまま戻り、三茶の混みあった交差点をぬけて世田谷通りに入ったところでわたしを降ろすと、ヴィヴさんの車はまっすぐ走り去っていった。

「れもん」が焼けてなくなってしまってから、丸三ヶ月がたとうとしていた。

一緒に働くことはできなくなったけれど、表面上はこれまでと変わらない生活がつづいているようにみえた。お金ないね、お金ないよ、これからどうするよお、と言って笑いながら、わたしたちは夜中にラーメンを食べたり、テレビを見て過ごしたり、桃子が妹の静香から盗んできたという「たまごっち」なんかをして、だらだらと過ごしていた。

ジン爺からもとくに連絡はなかった。「れもん」はどうなっているのか、ビルじたいはどうなるのか、もう退院しているはずのエンさんはどうしているのか——考えるべきことや知るべきことがわたしたちにもあったはずなのに、その考えるべきことや知るべきことのほうから、こんなわたしたちに愛想を尽かして離れていきつつあるような、そんな感じさえした。そのいっぽうで、暗黙の了解というか、わたしたちのあいだでなんとなく共有されていたのは、「この家で、このままみんなで一緒に暮らしていく」という根拠のないあいまいさだった。

「れもん」からの収入が途絶えたあとも、それぞれが出しあう家賃や光熱費の変更はとくになかった。蘭はぶつぶつ文句を言いながらも新しいキャバクラのバイトをつづけていて、遅れることなくわたしに自分の金額を渡してきたし、親の金かお祖母《ばあ》ちゃんの金なのかはわからないけれど、桃子も自分のぶんを入金していた。黄美子さんはどこから都合をつけてくるのか、この三ヶ月で二回、七万円を渡してくれて、わたしはそれを割りふって家賃にまわした。買い物や細かなものはみんなでスーパーに行けばなんとなく割り勘になるようにし、ひとりで家のものを買いだするときは自分の貯金から出した。表むきはなんとか生活が保てていると考えることもできた。けれどこんなのは長くはつづかない。黄美子さんが気まぐれにもってくる金は不安定で、桃子や蘭にしたところで似たようなものだった。わたしたちは必ず年をとり、年をとるにも金が必要で、体を壊したらお終《しま》いで、助けてくれる人など誰もいない。基本的になんの保証もない惨めな人生であることに変わりはない——少しでも安心しようとするとかつてエンさんと話したことが甦って、わたしを不安のどん底に引き戻した。そのたびに「れもん」のことを思いだし、胸が痛んだ。

そんなふうな日々を過ごし、そろそろ六月も終わりそうだというある夜、みんなでテレビを見ていると、桃子が言った。

「親がさあ、まじウザすぎて泣けるんだけど」

桃子は最後の一年間まともに通学しなかったのにもかかわらず高校を卒業し、今後のことで春からずっと母親と揉めているらしかった。桃子の通っていた女子校には短大がついており、桃子は桃子自身が決めた覚えもないのにそこに在籍していることになっているのだという。精神的に少々不安定な時期がつづいていたのでカウンセラーをつけ、基本的には自宅学習をしているという形にし、必要なレポートもそのつど学校に提出していたのだという。カウンセラーは桃子の母親のお抱えで、レポートもツテで知りあったなんとか大学の学生に金を払って書かせていたらしい。桃子からするとそれはありえないほどひどい話であるらしく、徹底的に抵抗するつもりなのだと言った。

「でも、短大って、入学金とかすごい払ってんでしょ。もったいなくない？」蘭が訊いた。

「あほ学校だからね。金くらい払ってないとプライドが保てないんだよ。あと娘がなんもしないでうろうろして、プーになるのが耐えらんないんだよ」

「え、なんで娘がプーだと耐えらんないの？　べつに桃子に働いて金入れてくれとか、そんなんじゃないんでしょ？　逆に短大に行かせるのにも、金かかんのに」

「いや、金じゃなくてさ」桃子が眉根を寄せた。「まえも話したけどさ、うちは金じゃないところの話なの」

「でも、親が全力で面倒みてくれんのって、わりとよくない？　楽っつうか」

「は？」桃子は少しいらっとしたような目つきで蘭を見た。「いやいや、ありえないでしょ。うちらの面倒みてるんじゃなくて、うちのママは自分のためにやってるんだから。『お嬢さんはどうしてるの？』って聞かれて、なんも答えられないのに耐えられないんだよ」

「元気ですよーってんじゃ、だめなんだ」蘭が笑った。

「は？　だめに決まってんじゃん。元気とかどうでもいいんだよ。『まあ、ほんと素敵ねえ』って目を細められることじゃないとだめなんだよ。意味ないの。ママにとっては世間が命だから。軽井沢のあほコミュニティのあほ仲間には、東京の渋谷に祖母と住んでいる自分の娘は芸術家肌で繊細なところがあるから凡庸なクラスメイトたちとは馴染めなくて、とくべつな先生をつけて自宅学習に切り替えて、そのうち海外にでも出す予定なの、ぐらいの話してんのよ。それで下の娘はものすごい美貌で、歩けば有名事務所のスカウトに声かけられてばかりなんだけど、でももちろん芸能界なんかぜったいにやらせませんけどね、みたいな調子よ。だからうちら、軽井沢ぜったい呼ばれないもん。一発で嘘がばれるから」

「そっか……まあ大変だよね」

「そうだよ、大変だよ――っていうか、このへんの話すると、蘭ちゃんとは、なあんかずれがあるっていうか、いまいち伝わってない感じ」

そう言うと桃子は少し笑って、同意を求めるようにわたしのほうをちらっと見た。わたしは反射的に適当な目配せをして返したけれど、その後を引きとるというか、うまく話に入っていけなかった。というのも、ふたりの話は聞いてはいたけれど、頭のなかでずっと金の計算をしていて身が入ってなかったのだ。

七月がすぐそこに迫ったその頃、ヴィヴさんとの仕事は四回目を終えていて、明日からちょうど五回目のクールに入るところだった。一回につき、十五万円。それが月に二度で三十万になる計算。これまでヴィヴさんから報酬としてわたしは六十万円を受け取っており、黄美子さんからの臨時の手渡しもあったので生活費をぬいても、三十万円の貯金ができていた。そこにもともとの貯金の十九万円（母親に渡した残りは三十五万あったけど生活費が削られてこの額になった）を足して、四十九万円。これがわたしの全財産だった。

ヴィヴさんとの仕事のことは、蘭や桃子にはもちろん、黄美子さんにも話していなかった。なにか不審に思われたり、バイトとかどうするの、どうしてんの、とかそういうことを訊かれたらなんと答えたらいいのかと心配していたけれど、誰もなにも訊かなかった。関心がないのか、質問することじたいを思いつかないのかわからないけれど、そこになにも問題はないみたいだった。映水さんとは、最初にヴィヴさんに会いに行った日に電話をかけて、その数日後に少し話したきりになっていた。これからは、わたしとあんただけ。映水はもう関係ない——映水さんにはいちおうすべてを話しておきたかったけれど、ヴィヴさんの言葉を思いだして、詳しい内容は言わず、まだテストかもしれないけれど仕事をまわしてもらえることになったとだけ報告した。それがこの業界というかそういう世界のルールだとわかっているのか、映水さんも「そうか」とだけ言って、それ以上の話にはならなかった。

月にまるまる三十万の収入は、「れもん」をやっていたときに比べると物足りないような気もしたけれど、それは錯覚だった。なにしろ、経費がいっさいかからないのだ。みんなと一緒に「れもん」で働くのは楽しかったしやりがいもあったけれど、でも意地悪で鬱陶しい客の相手をすることもなくはなかったし、ファミレスとは報酬も拘束時間もしんどさも違う、そして酒に強い体質だったとはいえ、どくとくな疲労もあった。それに、琴美さんが銀座の客を連れてきてくれるからうまく行っていたものの、それだっていつどうなるかわからないと、ひやひやすることもままあった。

客にひどいことを言われて悔しくて、トイレで涙を流したこともある。けれどこのカードの仕事は——これが仕事といえるのかどうかはべつにして、ヴィヴさんとの仕事はそんなものをすべてふっ飛ばす、強さというか、勢いがあった。明日からまた三日おきに始めるのだと思うと、たしかに肩がきゅっと縮こまって緊張はするのだけれど、でも最初のほうに感じていたおそろしさは、ここへきて確実に質が変わっているように思えた。ポケットのなかで手が震えていないのにも、このあいだ気がついた。なにより、わたしには目的というか、目標があった。ただあてのない金のために、楽をするためにこんなことをしているわけじゃないという気持ちがあった。金を稼いで自分の家を守ること。そして——そう、金を貯めてもう一度、わたしたちの「れもん」を取りもどすこと。そのために、わたしはこれを始めたのだ。

スナックの店舗を借りて始めるためには、どんなに小さい場所であっても、最低でも資金が三百万円、もう少しいいところを考えれば、優に五百万円以上がかかってしまう。あたりまえすぎて笑ってしまうけれど、中卒で身分証もないようなわたしにそんな大金を貸してくれる人は誰もいない。世界中を探しても、わたしの手の届くところにはどこにもない。常連客は散り散りになり、営業をするにも連絡先やすべてのものは「れもん」と一緒に消滅してしまった。ゼロからどころか圧倒的なマイナスからの再開なのだ。金がいる。どうにかして資金を用意しないと、わたしは、黄美子さんと生きていくことができない。

でも、ヴィヴさんのこの仕事をずっとつづけるというわけでもない。そんなのは無理だ。目的と期限があるからできる仕事だった。それはよくわかっていた。だからもう一度「れもん」を手に入れられるだけの金が貯まったらすぐに辞めて、またもとの生活に戻って以前のように暮らしていけばいい。こんなことがずっとつづくわけじゃない。わたしは本当にそう思っていたし、それを願っていた。でもわたしたちは、そうはならなかった。

第九章　千客万来

1

「──そうめん、パンの耳、あとはなんだ、じゃがいもか。茹でたやつ。茹でたじゃがいも」

ヴィヴさんはそう言うと、まるで目にみえるような鮮やかな音を立てて焼ける肉を金色のトングでさっと裏返し、わたしの取り皿にのせてくれた。「──あんたはなに？」

「わたしも、そうめんかもです」

わたしたちは肉を食べていた。そしてどういう話の流れだったか──べつに嫌いではないけれど、これまでの人生で一生ぶん食べたからこれ以上はもう食べたくないと思うものについて話していた。

「そうめんか。死ぬほど食べたわ」ヴィヴさんは笑った。「つゆなしでね。醬油があったら、たまにかけんの。あんたは？」

「つゆはありました。コンビニで売ってるのには、ついてるんです」

「ナイスな時代に生まれたね――ほら、食べな」

「はい」

　この店に連れてきてもらうのは二度目だった。ここがなんの店かと言われたら「焼肉屋」ということになるのだろうけれど、わたしの知っている焼肉屋とはあまりにもすべてが違っていた。肉も野菜もタレも、おなじ名前のついた食べ物であるとは到底思えないほど文字どおり光っており、口に入れた瞬間、思わず顔をしかめてしまうほどのおいしさなのだった。肉だけではなく、なぜかウニやいくらや、トリュフ卵かけご飯なんていうのも出てきて、個室で、静かで、飾り棚にはものすごく繊細な模様のついた、壺なのか花瓶なのかわからないけれど、とにかく高そうな陶芸品がスポットライトのしたに飾られている。話しているあいだは聞こえないのに、沈黙になるとすっと耳に入ってくる音量のクラシック音楽、床もテーブルも食器も照明も、そして肉の焼ける音やうっすらと漂う煙までもが、落ち着きはらったような高級さを醸しだしていた。

　ヴィヴさんは赤ワインを飲み、わたしはビールを飲んでいた。まえに来たときにもみた黒いスーツの男性がやってきて、運んできたぶあつい肉を焼いてくれようとしたけれど、ヴィヴさんは、自分で適当にやるよと言って笑った。そして社長がどうしたとか、どこそこの店がこうだとか話すヴィヴさんにむかって男性はにこやかに微笑み、優雅としか言いようのないお辞儀をして、出ていった。

春が完全に過ぎ去って夏になった頃――集金の回数でいうと五回目か六回目あたりから、ヴィヴさんはときどきわたしを食事に連れていってくれるようになった。最初に食事をしたのも、この店だった。あんたこのあと時間あるなら晩飯食べようよ、そう言って車を走らせて着いたのが、まるで宮殿みたいな外観をしたこの店だった。

ヴィヴさんが駐車スペースに車を止めると、店の人がどこからかさっとやってきて挨拶し、案内をし始めたのでびっくりした。それまでわたしが何度か会っていたヴィヴさんの感じからして――もちろんお金はあるのかもしれないけれど、いつも埃をかぶった車とか地味としかいいようのない格好から想像するに、ごくあたりまえのようにこんな感じの店で食事をするんだというのが意外だったのもあるし、そもそもこんなところに自分が入っていくのが信じられないような感じだった。

ヴィヴさんの後ろを歩きながら、そういえば、こうやって一緒に歩くのって初めてなんだと思った。これまではずっと車の座席に横ならびで、出会ったときも「波」のソファに座ったままだった。ヴィヴさんの顔が小さいのも小柄なのも知っていたけれど、歩いているのを初めて見るヴィヴさんは、わたしが感じていたよりも、もっとずっと小さい感じがした。灰色のジーンズの脚には肉がついていなくて線が細くて、後ろから見るおかっぱの髪型も、なんだか登下校中の子どもを思わせるような雰囲気があった。

わたしは慣れない高級店にも緊張していたし、これまで何度も会っているとはいえこんなふうにヴィヴさんとむかいあわせでいることにも気持ちが張り詰めていた。ヴィヴさんはときどき携帯をいじりながら、運ばれてきた作り物みたいなきれいな色をした肉を焼いて、ほれ食べな、と言ってわたしのほうへ寄こしてくれた。はい、と短く返事をして肉を口に入れると、それはこれまで食べたもののなかでいちばんおいしいものだった。それは衝撃的な味というか体験で、わたしは目を見ひらいて、ものすごくおいしいとしか言いようのない肉を噛んでいた。

最初の何秒間かは、純粋にショックというか、ただびっくりして感心していたのだと思うのだけれど、すぐに目のまえに古くてぶあついカーテンがざっとひかれるように、胸が暗く陰った。それは自分でも脈絡のわからない感情の流れで、なぜこんな気持ちになっているんだろうと探っていると、ふいに母親の笑っている顔が浮かんできた。その瞬間、ずきんと音をたてて胸が痛み、お母さんは、こんな肉を食べたこともなければ、このさき食べることもなく、そして世の中にこんなものがあることすら知らないんだと思った。それから黄美子さんの顔も浮かんできた。悲しいような苦しいような気持ちになって、目のまわりが熱くなるのがわかった。わたしは下まぶたにみるみるこみあげてくる涙に気がついて焦った。待て、ここは、今は、そういうときではない。そういう感じのときじゃない。おさまれ、わたしはただ肉を食べているだけ。さっと気持ちを切り替えて「お肉おいしー」ぐらいに思えばいいんだ。いや、「お肉おいしー」とも思わなくていい。ただわたしは機械的に顎を動かしているんだと思うだけでいい。いや、なにも思わないでいい。無、みたいな感じになればいい。でもだめだった。多少は慣れたつもりではいたけれど、この仕事を始めてからずっと張り詰めていた気持ちや蓄積していた不安がまざって竜巻のようになって、胸を内側からほろほろと崩していくように涙があふれて、頰にたれた。

「え、なに」

肉を食べたと思ったら、いきなり泣きだしたわたしにヴィヴさんはすごく驚いた。それはそうだと思う。なんでもないんです、すみません、と言いながらわたしは異様なくらいにいいにおいのするおしぼりで目を押さえて、何度も首をふって謝った。ヴィヴさんは、なんでもなくはないだろお、と言って茶化すように笑った。

「あの、ただ、このお肉がおいしくて」

「なんだそれは」ヴィヴさんは声を出して笑った。「ちょっとあんた、まじ泣きしてんじゃん。やば。なんでそんな泣く」

「お肉が、お肉が、おいしくて」

「肉がうまくては泣かないっしょ」ヴィヴさんは笑いながら自分のぶんのおしぼりを渡してくれた。「──ま、ビール飲んで落ち着きなよ」

「はい、すみません」

「わたしがびびるわ、はやく飲みな」

「すみません」

ヴィヴさんが笑いつづけるので、わたしも泣きながら笑ってしまった。ひとしきりふたりで笑ったあと、わたしは顔を両手で扇いで気持ちを落ち着けた。ほんとすみませんと頭を下げると、ヴィヴさんは、まじでびびるわ、と言って何度も首をふってみせた。小さくドアがノックされて、さっきの男の人がさっきと完全におなじ笑顔で入ってきた。さっとテーブルのうえをチェックして空いた食器を手にとり、ヴィヴさんにワインを注いで、ふたたびお辞儀をして出ていった。

わたしたちは焼肉に戻ったけれど、少しするとヴィヴさんは、なんでさっき、いきなりあんなに泣いたのかを話せと言った。わたしたちはこれまで何度か顔をあわせて、軽い冗談を言うような雰囲気になることもあったけれど、でもお互いのことについては一度も話したことはなかったし、訊かれたこともなかった。わたしがヴィヴさんについて知っているのは、映水さんとおなじ業界で生きているらしいということ、そして年が黄美子さんよりうえだということだけ。本名さえ知らなかった。

それでわたしは、自分が家出同然で東村山から出てきたこと、黄美子さんと、友達ふたりの四人で暮らしていて、みんなでスナックをやっていたこと、母親を助けてそのときあったお金がぜんぶなくなってしまったこと、そのあとすぐに「れもん」が燃えてしまったことなんかを、ぽつぽつと話した。ヴィヴさんは、黙ってワインを飲みながら、わたしの話にじっと耳を傾けていた。またみんなで「れもん」をやりたくてそのためにお金が必要なこと、映水さんに相談したらヴィヴさんを紹介してくれて仕事をもらえて今があること、そしてこのお肉を食べたらすごくおいしくて、すると自分の母親のことを思いだしてしまい、自分でもわけがわからないけれど、涙が出てしまったと説明した。

「そうか、あんたは頭のおかしいところがあるんだね」ヴィヴさんは楽しそうに笑った。

「おかしいですか」

「うん、おかしい。わたしも頭おかしいところがあるからわかる」ヴィヴさんは言った。「映水は言ってなかったけど、そうか、あんた黄美子と住んでるんだ」

「ヴィヴさん、黄美子さんのこと知ってるんですか」

「知ってるよ。黄美子と映水ってことは、ひょっとして琴美もまだ一緒にいるの？」

「はい。琴美さんには、すごくよくしてもらいました」

「あの子ら、何歳になった？」

「琴美さんも黄美子さんも、三十九歳とか、そんなだったと思います」

「早いねえ」ヴィヴさんは髪をうしろでまとめながら笑った。「てことは、映水はもう三十後ろってことか。立派なおっさんだな」

「かもです」

「黄美子はなにしてんの？」

「店が燃えてからは、よくわからないです」

たまに外に出かけますが家では拭き掃除をしています、と言ってみるのを想像すると黄美子さんの顔が浮かんで、胸がじわりとした。

「琴美は水商売？　自分で店やってんの？」

「いえ、銀座のお店みたいで、わたしたちの店にもよくお客さんを連れてきてくれました」

「そうか。あの子も長いね」

「ヴィヴさんは、黄美子さんたちと仲間というか、友達だったんですか」わたしは訊いてみた。

「連れっていうより、ふつうにしてたら顔あわせる感じだったんだよ昔は。ぜんぶ狭かったから。いちばん一緒にいたのは、あれ何年まえになるんだ、八五年とか六年とかそんなだから……もう十年以上もまえになるのか。バカラ時代だね」

「バカラ時代」

「バカラ。やったことある？」

「ないです」わたしは首をふった。

「まあ、やんないならやんなくてもいいけど」ヴィヴさんは目を細めた。「バカラは強いからね」

「強い？」

「一回やったら馬だのパチだのサイコロだの野球だの、ちまちましたものトロくてやってられなくなるよ。親が勝つか子が勝つか、バカラはそれしかないから、いいよね」

「親が勝つか、子が勝つか」

わたしはヴィヴさんの言葉をくりかえした。

「そう。賭場に行くでしょ、まあいろんな人間がいるわけよ。昼の人間も夜の人間もヤクザも自営も会社員も、ホステスも土建屋も風俗嬢もよくわかんないのもわんさかいて、黄美子らとはそこで会ったんだと思うわ」

「バカラってあれですか、映水さんがやってるやつみたいな」

「いや、もっとばちばちの博奕《ばくち》」ヴィヴさんは笑った。「んで、もっと早い。賭場でどっさりチップ買うでしょ、それを親か子かどっちか好きなほうに賭けるんだよ。トランプめくってって、九に近いほうが勝ち。それだけ。勝ったら、張った金が倍になって返ってくる。バカラのコツはひとつだけ。親でも子でも、その日最初に勝ったほうにとにかく張りつづけること。そしたらあんた、倍どころか四倍、六倍、十倍なんてのもふつうにあるからね。自分の思ったとおりになる。自分が天才になったみたいな気分になるんよ」

「天才ですか」わたしは思わずつぶやいた。よくわからないけど、天才というのは音楽とか芸術とかそういう感じのものに使う言葉のような気がして、少し意外な感じがしたからだった。「思ったとおりになる気分っていうのが、天才なんですか」

「そう、天才」

「なんか、神さまになった気分とか、そういう感じではなくて？」

「神さんとかそういうこすいもんじゃなくて、こう……人間の最高の感じになるんだよ。人間のまま、人間の世界のことが、ぜんぶがびかっとわかる感じ。ぜんぶが同時にみえる感じ。自分にみえた現実を、現実が――そのままこっちにむかってくる感じというかね。そういう人間の最高っつったら天才ってことになるんじゃないの。まああでかい勝負になってくるとギャラリーも何十人も集まってくる。それで天才になったらもう、みえてるわけだよ、ぜんぶが。いや、ふつうに考えたら親が勝つか子が勝つか確率は二分の一だから、おんなじでしょ、勝つか負けるか、丸裸にするかされるかは二分の一。でも、それがひとつになるんだよ。天才になったら、どこからみても道はひとつになるの。それしかなくなるの。わかる？」

　わたしはあいまいに肯いた。

「一晩で五百万とか一千万とか勝つこともあるし、それが何日かつづくこともある。もう寝ないよね、はは、寝てらんないよ。そういう天才気分を味わう程度で遊ぶぶんには最高だよ。小遣い稼ぎになるし。あんた、今度行ってみる？」

「えっ、わたしは」

「冗談だよ」ヴィヴさんは笑った。「でも、それは素人の話。わたしらの話じゃない。わたしらが賭けていたのは、あそこにあったのは、金じゃないんだ」

「お金を賭けてるのに、お金じゃないってどういうことですか」

「いや、金は金なんだけど、あそこでほんとに起きてたことってのは、なんていうか」そこでヴィヴさんは少し考えるようにして瞬きをした。「そう、金の奥にあるものっていうか」

「金の奥？」

「わたしさ、二十八のとき、サシで一億張ったことあるんよ。全財産かき集めて、借金できるとこぜんぶから集めて一億。バカラのために」

「一億？」

「一回の勝負でね。それで、わたし勝ったんよ」

わたしは目を見ひらいてヴィヴさんを見た。

「あのときのことはぜんぶ焼きついてる。わたしらのまわりを囲んでた何十人ものギャラリーがどんな顔してどんな服着て、どんな男がいて女がいて、勝負がついたときにどんなふうに声を漏らしたか、ぜんぶ完全にそのまんま、焼きついてるね。あのときに起きたこと、あれがたぶん、金の奥なんだよ」
「それは、勝負に勝ったことが、っていう意味ですか」
「いや」ヴィヴさんはなにかを思いだすみたいに、自分の指さきにちらりと目をやった。「たしかに博奕は勝ち負けだよ。それがすべて。負けたら金はなくなるし、勝ったら金が入ってくる。単純な話。でも、それとおなじくらい、なんつうか、あの瞬間、あそこでは、金は無意味になるんだよ。それもただの無意味じゃなくて、圧倒的な無意味っていうか。あの瞬間だけ、金がこの世の中でいちばん無意味なものになるんだ。おかしいでしょ。だって金はすべてでしょ。それは間違いない。金がすべてで、でも、それと同時に金が無意味になる。金以上のものなんかあるわけないのに、そんなことはわかりきってるのに、でもここにはいま、金以上のものだけがあるんだ。それしかない。手につかんだ札束には、それが満ちてる。もうそれだけをびんびんに感じてた——うまく説明できないけど、そういう感覚なんよね。

もちろん、借金つかまされて沈められたやつもいれば、じっさいに首吊って死んだのも、バラされたのもいる。みんな金のことでつぎからつぎにぽんぽん死んでいく。でもね、死ぬことひとつとっても、金が本当の理由っていうか、それが死因じゃないんだよ。バカラで負けて金が払えなくなったから死ぬんじゃないの。それだけで死ぬんじゃないんだよ」

ヴィヴさんは背もたれに体をあずけて、腕組みをして少し黙った。わたしはヴィヴさんの話のつづきを待った。

「小遣い稼ぎのお遊び連中はべつだよ、でも本気でね、博奕を、バカラをやるやつっていうのがいて、こいつらは最初からちょっとずつ死んでんの」

「ちょっとずつ死んでる？」

「死んでるっていうか、ちょっとずつ自分を殺しつづけてるっていうかね。見ためは服着て飯食って普通に生きてる。外からはぜんぜん普通にみえる。でもあいつらはちょっとずつ自分を死なせてんの。ちょっとずつ死んでる、死なせつづけてる……そういうやつらが本気でバカラをやりにくんの。それで、金の奥にいこうとする」

わたしはヴィヴさんの話していることの意味を理解しようと、ヴィヴさんの言葉を頭のなかでくりかえしていた。

「はは、意味わかんないよね。自分でもわからんから」

「いえ」わたしは椅子に座り直して、ヴィヴさんの顔を見た。「その、金の奥にいこうとするのは」

「うん」

「そこにいくと、その、ちょっとずつ死んでるのがましになるっていうか、死なないですむかもしれないからですか」

「いや、逆だね。死にながら生きてんのはきついから。さっさと白黒つけたいのかもね。本気でバカラやるやつは、どのみちみんな、ちゃんと死ねるから」

「ヴィヴさんは、でも――」

「わたし？」ヴィヴさんは笑った。「あんたから見てどう？　生きてるようにみえる？」

「生きてるようにみえます」

「ふうん」ヴィヴさんはにやりと笑った。「──ってま、くだらないことべらべらしゃべったけど、バカラやってもやらなくても、どっちみちわたしらみんな、死ぬからね。事故でも病気でも、寿命でもなんでも、呼びかたが違うだけで、いつかなにかに殺されるのとおなじだよ。そうでしょ？」

そこでまたノックの音がして、さっきとはべつの、白い制服を着た男性が新しい鉄板をもってやってきた。

わたしは焼肉屋で店の人が焦げた網を取り替えるのを何度もみたことがあったけれど、それはおなじ目的をもつおなじ行為にはぜんぜんみえなかった。男性が手にしている黒々とした鉄板は、まるでなにかの記念に授けられた盾のようで、ぴかぴかに磨きあげられた金具をへこみにひっかけて取り替えるさまは、ちょっとした儀式のようだった。入れ違いに、完璧なお辞儀をするさっきの男性がやってきて、ヴィヴさんにワインを注ぎ、わたしにビールのおかわりを訊ねてくれた。わたしはお願いしますと頭を下げて、小皿に載っていたひときれの肉を口に入れて、ゆっくりと嚙んで飲みくだした。数分後、飴色に輝くビールが運ばれてきた。ビールをひとくち飲んで、わたしは訊いてみた。

「ヴィヴさんは、バカラはもうやっていないんですか」

「そうね、やめた」ヴィヴさんは言った。「やめたっていうか、なんも感じなくなったんだよ。どうでもよくなったの」

「急にですか」

「どうだっけな――さっき言った勝負のあと、ちょっとしてからかな」

「そのあとヴィヴさんは、どうなったんですか」

「どうなったって、こうなったよ」ヴィヴさんは笑った。「ナマもシノギもなくなって落ちめの煮こごりみたいなね。金まわりも世代も人もシマもそっくり入れ替わって、せこせこ偽造カードつくって、走りまわって小銭稼ぐばばあになった」

「でも、その、勝った一億円は」

「あはは、そんなのひと月もたないよ。賭場で儲けた金が賭場から出ることはないんだよ。親に食われて終わり。最後はぜったい親が勝つようになってるからね。子はぜったいに負けることになってんの」

わたしは黙ってビールを飲んだ。

「あんたがさっき言ってた店のことだけど」しばらくしてヴィヴさんが言った。「その金は、あんたがひとりで用意すんの？」

「はい」

「なんで？」

「なんで、って」反射的に声が出た。

「黄美子と、ほかに暮らしてる連れがいるんじゃないの？」

わたしはなんと答えていいかわからず、黙ってしまった。

そういえば、なんでだろう。なんで、みんなで働く「れもん」の資金をわたしだけが用意しようとしているのだろう。考えてみれば、蘭や桃子や黄美子さんからそうしてくれと頼まれたわけでもないし、相談して決めたわけでもなかった。ただ、黄美子さんと暮らしていくこと、わたしたちの家を守ること、それはわたしが望んでいることだから、だからわたしがやらなくちゃいけないのだと思って、それがあたりまえだと思っていて——それはわかっているはずなのに、なぜか不安のような戸惑いがうっすら漂った。

「あー、あんま深く考えないでいいよ」ヴィヴさんがふふんと笑った。「世の中は、できるやつがぜんぶやることになってんだから、考えたってしかたないよ。無駄無駄。頭を使えるやつが苦労することになってるんだよ。でもそれでいいじゃんか」

「苦労するのは、いいことなんですか」

「いいことだとは言ってないよ。しょうがないってこと。でも苦労もできない馬鹿よかましでしょ。あいつらは幸せかもしれないけど、馬鹿だよ。あんた、幸せになんかなりたい？」

「わかりません、幸せっていうのがどういう感じか」

「幸せな人間っていうのは、たしかにいるんだよ。でもそれは金があるから、仕事があるから、幸せなんじゃないよ。あいつらは、考えないから幸せなんだよ」ヴィヴさんは言った。「あんたは頭が使えるんでしょ。じゃあいいじゃん、それで。頭使って金を稼げば。博奕なんかやんないでふつうに生きていくぶんには、金はわかりやすい力だよ。それはそれでなかなか面白いもんだよ。知恵絞って体使って自分でつかんだ金をもつとね、最初からなんの苦労もなしに金をもってるやつの醜さがよくわかる。頑張んなよ」

わたしは、さっき目を押さえたままの形にくぼんだ、おしぼりを見つめていた。

「黄美子には、わたしとの仕事のこと話した？」

ヴィヴさんはわたしの顔をまっすぐに見た。

「いえ、誰にも話してません」

「幸せで、ずうずうしい、あんたのお友達らにも？」

「はい、誰にも」

わたしの目をじっと見たまま、ヴィヴさんはグラスに口をつけてワインをふくんだ。わたしたちはそのまま見つめあうかたちになり、少しのあいだ黙りこんだ。その後ろを、わたしでも聴いたことのあるピアノ曲がうっすらと流れていった。

「——月に三十やそこらじゃ、話にならんでしょ」

わたしは黙って肯いた。

「もっと稼ぎな」

ヴィヴさんは満足そうな表情をして、大きく笑った。光の加減なのか、前歯の隙間がいつもより少しだけ大きくみえた。

2

集金のときも、また集金がなくても、わたしとヴィヴさんはたまに会うようになり、ヴィヴさんはわたしにヴィヴさんの仕事の詳細を教えてくれるようになった。ほとんど口癖のようになっていた落ちめであるというのがどんな状態なのか、これまで使ってきた後輩やシノギをしていた仲間たちにどんなふうにケツを割られたのかとか（これは逃げられたという意味らしい）、面白おかしく茶化しながらヴィヴさんは話すのだけれど、わたしからすれば笑っていいのか、笑えないというか、そんな話の連続なのだった。

ヴィヴさんはいろんなことをやって稼いでいた。

実体があるのかないのか、なんの店なのかは話の流れからはっきりわからなかったけれど、いくつか経営のようなこともしていて、ときどき店長と呼ぶ相手と電話でお金の話をしているところに居合わせたりもした。

鍵屋という言葉も、屋根屋という言葉もよく耳にした。直感的に、闇というか夜の世界に属する誰かに場を提供していたり、あるいはなにかしらの物を扱っているのだろうと思ったけれど、ヴィヴさんが詳しく話をしてくれたのは、カードにかんすることだった。つまり、それはわたし自身の仕事にかんすることでもあった。

わたしがヴィヴさんから預かって現金を引きだすために使っていたのは、偽造キャッシュカードだった。でも、やっぱりわたしが最初に思ったとおり、それはどこからみても限りなく本物に近い――というより本物にしかみえないカードで、偽造カードのグレードから言っても最高級なものであるらしかった。

「なんでもそうだけど、偽造カードも、もちろんピンキリ。あんたに渡してんのは、ばちばちのピンもの。場所と出し子は念のために変えるけど、使いまわしもばっちりの、耐久性のある強いやつなんよ」

「強いやつ」

「そう」

「弱いやつっていうのは、どんななんですか」わたしは訊いた。

「最近、中国系が使ってるのは、だいたいそうだね。適当な生《なま》カに情報入れて、そのへんに使い捨てる」

「生カってなんですか」

「生カード。空の磁気テープだけついてる、なんにも情報が入ってない状態のまっさらなプラスティックのカードのこと。そこに盗《と》ってきたデータを入れるんだけど、そのデータの出どころが安いんだよ。つまり、どこの誰のかわからないのを大量にぬいてきて、なんでもいいって感じでつっこんでるからボロが出やすい。事故カードも――つまり盗難届とか紛失届とかが出てたやつね、そういうのも混ざってくるから。最近は生カードじたいもそこそこ値段がするようになってきたから、カラオケの会員カードとか、でかい病院の診察券とかあるじゃん、サイズと硬さがおなじならいけるっていうんで、そういうの使ってる猛者もいるわ」

「カラオケのカード」

「焼肉屋のカードも見たことあるわ。データを入れた磁気テープを貼るんだわ。そしたらそのカラオケ会員カードが、どこかの誰かのキャッシュカードとか、クレジットカードとかに、華麗に変身するってわけよ」

「キャッシュカードと、クレジットカードって、どう違うんですか？」

「えっ、あんた、そこから？」ヴィヴさんは顎をひいた。

「いえ、なんとなくはわかるんですけど、そのふたつって関係あるんですか」

「キャッシュカードは、そいつが銀行に貯めてる金にアクセスするためのカードでしょ。まあ貯金箱の鍵みたいなもんよ。で、クレジットカードっていうのは、現金がなくても、物買ったり、契約によっちゃキャッシングも――つまり借金もできる。で、使うなり借りるなりしたぶんの請求が一ヶ月後にきて、持ち主がそれを払う」

「いくらでも使えるんですか」

「そいつによって違いがある。っていうか、そもそもクレジットカードは誰でも作れるわけじゃない。そいつがどこで何年働いて、どれくらいの貯金とか収入とかがあって、いくらの家賃の家に何年住んでるか、持ち家だったらローンのあるなし、どんな家族構成なのかとか、カード会社がきちっと調べる。それで、こいつにはつづけて支払っていく能力があるなって判断したら、もたせるんだよ」

「収入によるんですね」

「そうね。ふつう最初は三十万とかで始まって、滞納しないで真面目にこつこつ使って払ってをくりかえしてたら、カード会社のほうから、限度額をあげるのでどんどん使ってくださいねって頼んでくる。五十万、百万、上限はまあ三百万くらいか。こいつは飛ばないなって思ったら、ご家族にもどうですかって勧めてくるわけ。カード会社はどんどん顧客をふやしたいからね」

「カード会社は、なにで儲けるんですか？」わたしは訊いてみた。

「えっ、そりゃ手数料でしょ」ヴィヴさんは首を傾げた。「あんた、クレジットカードのこと、基本的にわかってないんだね」

「すみません」

「オッケ」ヴィヴさんは肯いた。「たとえば、あんたがクレジットカードもってて、それ使って店で物を買うとするでしょ」

「はい」

「あんたが店でカードを切る。決済した金額がカード会社に届く。そしたらカード会社が、さきに店に金を払うんだよ。金額から手数料を引いたぶんをね。それであんたは、あとでカード会社に金を払う。店とあんたのあいだにカード会社が入ってんの——あんた、スナックやってたとき、カード決済ってやってなかったの？」

「あっ」わたしは瞬きをした。「あった、ありました」

「だったらわかるでしょ」

「え、いや」

たしかに「れもん」でも、数は少なかったけれど、クレジットカードで飲み代を支払う客がいた。そういえば常連だった地主のおじいちゃんから家族にもたされているという話を聞いたこともあった気がする。息子の嫁がきつくてさ、俺がいつどこでいくら使ったかぜんぶ握っておきたいんだよ——そう言って苦々しく笑っていた。それから、琴美さんが連れてくる羽ぶりのいい客も、クレジットカードが多かったような気がする。でも、客からカードを受けとって機械に通すのは、いつも黄美子さんの役目だった。最初からそうだったので、わたしが覚える必要はとくになかったし、そもそもカードで支払う客はたまにしかいなかった。客がカードで払うよと言ったらカードを受けとり、黄美子さんに渡す。黄美子さんはレジ横の棚から四角い機械を出してきて、たしかそこにカードを挟むとかして、いろいろやっていた。そのあと客が伝票にサインして、受け取り票とカードを返して終わり……でも、言われてみれば、たしかにクレジットカードの客の代金、とくに印象的なのは琴美さんの客の大きめの支払い額だったけれど、少し時間が経ってから映水さんが渡してくれて、それを売上げにまとめていた。銀行に換金に行ってどうの、という話もたまにしていたような覚えがある。

「うちはクレジットカードは使える店だったんですけど、わたしはその機械を使ったことがなくて。でも、使ったときに、がっちゃんって大きい音がするので、その機械とかカードで払うことを〈がっちゃん〉って呼んでました」

「インプリンターね」

「使いかたは、わたしは知らないんですけど」

「いまは、溝にさっと通すだけで決済できるやつがほとんどだけど、まあ仕組みはおなじだよ」ヴィヴさんは言った。「これまではいろいろ楽でよかったよ。でもこれからは、そうだね、あと数年もしたら、どの店にも猫がつくだろうし、クレジットカードとキャッシュカードが合体して一枚になって、そもそもデータを読みとるのにも手間がかかるようになる。それどころか、そのうちみんなパソコンってあるでしょ、あれを使うようになって、情報はぜんぶそっちでやりとりされるようになるらしいからね。そういうのに詳しい若いのにぜんぶもっていかれて、わたしらはめでたく終わりだね、あはは」

「ヴィヴさん、猫ってなんですか」わたしは訊いた。

「猫っていうのは、キャットシステムのこと。キャットだから猫。クレジットカードを使える店には二種類ある。猫つきの店か、猫なしの店か」ヴィヴさんは言った。「猫がついてる店でカードを切るでしょ、そしたらカード会社に同時に情報がいくの。会社と直接つながってる店が、猫つき。だから事故カードだったらすぐにバレる。でも、猫なしの店はカード会社とつながってない。猫なしがカード会社と情報をやりとりするのには、だいたい一ヶ月くらいかかるんだよ。まとめて郵送するから。つまり、事故カードが事故カードになるまで、ひとつきくらいまがあるってこと。そこでうまくやれば、まあまあ稼げる」

わたしはヴィヴさんの説明を頭のなかで整理しながら肯いた。

「まあ、わたしは自分とこでは基本、事故カードは使わないから、猫がついてるかどうかはそんなに重要ではないけどね……でも、今も猫なしでやってくれてる店は貴重だよ、とくにデパート。事故カードでも偽造でも、アシと人数を使えばしっかり稼げる。でもあれは体力が必要なんよ。とにかく走るから。今はもうアシがないからやってないけど。『アタックナンバーワン』みたいなもんよ」

「アタックナンバーワン」

「知ってる？　アニメ」

「見たことはないですけど、なんとなく知ってます。バレーボールの、ですよね」

「そうそう。わたしはコーチだよ。金が必要な、若くて体力あるやつらが部員。走って走らせて汗水たらして稼いだわ。なにごともチームワークが肝心なんよ」

「チームでやる場合もあるんですか」

「あるよ、もちろん」

アタックナンバーワン、チームワーク……わたしは頭のなかでくりかえした。

「今は、単独でふってるけどね。チームでやるとうまくいく場合もあるよ……まあとにかく、カードは本当に便利。いろんな使いかたができる。偽造テレホンカードもあほみたいに儲かったし、パチ屋のプリペイドカードもよかった。玉とコイン出し放題でそのまま換金できるからありがたい。ほんと、出し子と組まれたらパチ屋なんかすぐに潰されるからね。あと、ちょっとまえに流行ったのは、まあまあ堅いとこで働いている女をハマらせて何枚もクレジットカードを作らせて、キャッシングから買い物からなにから限界までやらせて現金にして、きりのいいとこで自己破産させるやつね。ほかには、紛失届でも盗難届でもどっちでもいいけど、出したあとそのままカードを身内に渡して、カード会社が利用停止にするまでの時間をフルに使って遣いまくるのとかね。これも一ヶ月くらい、かかんのよ」

「本人は、ほんとに払わなくていいんですか」

「もちろん。だって届けはちゃんと出してるし、本人が使ったっていう証拠は出ないし。それに不正だろうがなんだろうが、騙された店はあくまで被害者だから、カード会社にちゃんと金を払ってもらえる。全額ね。そのカード会社だって、でっかい保険に入ってるからびたいち損することはない。保険会社なんかふだんから善良な市民を死ぬだの怪我するだのがんになるだの、年がら年じゅうびびらせまくって大金せしめてんだから、とんとんでしょ。金だけがぐるぐるまわって、みんながいい感じになる」

「あの……わたしが使ってるのは、おなじ偽造カードでも、キャッシュカードでしたよね。クレジットカードじゃなくて」

「そうだよ、しかも最高級」

「それは、どういう意味で、最高級……」

「ほぼ、本物っていう意味で最高級だね。もちろん偽物なんだけど、なんていうか、おなじなんだよね。クローンっていうか。わかる？　クローン」

「クローン」

「つまり、銀行口座に金を預けてる、そのキャッシュカードの持ち主のおっさんは、ちゃんと自分のキャッシュカードをもってるの。おっさんの手元からは、なくなっていない。盗まれたのは情報だけ。で、その盗んだ情報を入れて作ったのがクローンカード。一枚のカードが一枚ふえて、二枚になったってイメージかな。電話でいったら子機と親機っつうか。ちょっと違うか、でもまあ、似たようなもんよ。カードの見ためもそれっぽく作ってる。もちろん細かいところみるとアラはあるけどね。でもATMで手元をちょろっと見られるくらいなら怪しまれることはないし、監視カメラでもまずわからない」

「わたしは、本物かもしれないと思ってました」

「でも、表面と中身は違うこともあるよ。名前やら番号やらね。あんたが使ってんのは、ほぼおなじ。ローマ字の刻印があるでしょ。現実にいるおっさんだよ。あとは買い子とか出し子本人の名前を彫るのがクレジット界隈ではちょっと流行ってるね。万が一なんか言われたときに身分証と一致するでしょ。そしたらだいたいオッケだよ。基本、カード詐欺は現行犯だから、その場をしのぐのが大事」

わたしは感心して肯いた。

「とにかくクレジットカードにしろキャッシュカードにしろ、ガワは嘘ものでもデータは本物。あんたの場合も、情報上は本人が自分の金を引き出してんのと変わらないんだよ。貯金にストローさしてずるずる吸いあげてんのと変わらないわけ。わたしがいちばん好きなやつ」

「でも、そうすると……」わたしは考えて言った。「口座からはお金がどんどん引きだされてるわけですよね。そうしたら、けっきょく気づかれませんか」

「だから最高級っていうのは、そこよ。データが高いの」

「データが高い？」

「そう。つまり、口座なんかろくに見ないような金持ちの、自分がどの口座にいくら金を置いたままにしてんのかろくに覚えていないような、選《え》りすぐりの金満ボケ老人たちのデータなんよ。顔がみえるデータっていうか。そういうのを盗ってきて、それで作んの」

「その人たちは、困らないんですか」

「なにが？」

「お金がなくなって、困らないんですか」

「困らないよ」ヴィヴさんは即答した。「なんで困るの」

「……わからないけど、その人たちも時間をかけて……その、貯めたのかもしれないなとか、ちょっと思って」

「そんなわけあるかよ」ヴィヴさんは声を出して笑った。「いい？　口座にいくらあるか知らないですむような金持ちは、ぬかれても気がつきもしないでいられるぼんくらの金持ちどもは、なんの努力もしてないよ。努力なんか必要ないし、あいつら金持ちが金持ちであることに、理由なんかないいんだよ」

「そうなんですか」

「そうだよ。自分の頭と体を使って稼いだやつらは、ちゃんと金に執着があるからね。貧乏人とおなじように、金についてちゃんと考えたことのある人間だよ。でも、家の金、親の金、先祖代々のでかい金に守られてるようなやつ、そいつらがその金をもってることには、なんの理由もない。そいつらの努力なんかいっさいない。あんたはガキの頃から金に苦労したんでしょ？　あんたが貧乏だったこと、あんたに金がなかったことに、なにか理由がある？　理由があったか？」

　わたしはなんと答えていいのかわからず、黙りこんだ。

「ないよ。あんたが生まれつき貧乏だってことに理由なんか。それとおなじ。ある種の金持ちが金持ちなのは、最初からそうだったからだよ。それで、こういう鈍い金持ちは、自分らが鈍い金持ちでいられるための、自分らに都合のいい仕組みをつくりあげて、そのなかでぬくぬくやりつづけるの。親の代から、ばばあやじじいの時代から、自分らがぜったいに損しないように、脅かされることがないように、涼しい顔して甘い汁を吸いつづけることのできる、自分らのためだけの頑丈な仕組みをつくりあげて、それをせっせと強くしてんの。あんた、金持ちが金をもってることと、自分のあいだには、なんにも関係がないと思ってるでしょ」ヴィヴさんはわたしの目を見た。「でもね、金の量は決まってるんだよ。金持ちのところに金があるから、あんたのとこに金がこない。ぜったいにこない。すごくシンプルな話なんだよ。金持ちが死んだあともずっと金持ちのままで、貧乏人が死んだあともずっと貧乏人のままなのは、金持ちがそれを望んでるからだよ。金をもってるやつが、金をもってるやつのためにルールを作って、貧乏人はそのルールのなかでどんどん搾りとられていく。そして滓《かす》になったやつは、滓になるだけの理由があったんだと思いこませる。まるで滓にも滓にならないですむチャンスがあったみたいなことを平気で言う。ふざけんじゃねえよ、おまえらが搾りとってるから滓になって滓のままなんだろうが」

わたしはあいまいな声を出した。

「金は権力で、貧乏は暴力だよ」ヴィヴさんは言った。

「貧乏人は最初からぼこぼこに殴られてるから、殴られるってことがどういうことかわからない。たこ殴りにされて、されつづけて、頭も体もばかになってる。それがあたりまえのまま育つ。だからいろんなことがわからない。でもわからなくても腹は減るでしょ。腹が減ったら食い物がいる。食い物を手に入れるには金がいる。金を手に入れるにはどうしたらいい？　働けばいい？どこで？　どんなふうに？」

ヴィヴさんは前歯を見せて笑った。

「それは、あいつらのためのルールだよ。わたしはそんなルールは知らない。あんたも知らないでいい。だから金持ちの金についてはいっさい考えなくていい。あいつらの鈍さだけ、醜さだけ、想像してればいいよ。どんどんぬいてやればいい。あいつらの金は、わたしらの金とは違う。データだと思えばいい。っていうか、データだから」

「……金持ちのデータは、どうやって見つけるんですか」

「力をあわせてだよ」ヴィヴさんはにやりと笑った。「元保険屋、元銀行員、元証券会社、元不動産屋、税理士に会計士、カード会社で審査やってた人間もいるね。それからもちろん色恋屋の、ホステス、愛人、ときどき身内もね……家でも高級老人ホームでもゴルフクラブでも銀座でも、どこにでも、そういう金持ちのボケじじいの懐に入りこんでるやつら、情報を流してくれるやつらがいて、そいつらからデータを買うんだよ。家族構成はもちろん趣味に性格、おおよその資産額、それとそいつがどれくらいのまぬけなのかまでをふくめた――個人情報と暗証番号つき。だから高い」

「磁気テープに入れる情報は、どうやって盗むんですか」

「スキマーを使う。見ためは、本ちゃんの決済端末とまったくおなじ。溝があるからそこにちゃっと通すだけ。三秒もかかんない。そうやってスキマーに情報ためたら、スキマーごと業者に渡す。海外のね。金を払ってしばらくたったら、クローンに生まれかわってくる」

「暗証番号は、わかるんですか」

「もちろん。一回でも一緒に現金を引きだしに行けば楽勝だし、まあ九十パーセント以上が誕生日だよ。あるいは手帳とか、すぐ目につくところにメモしてある。それどころか一緒に窓口に作りにいく猛者もいるわ。孤独で誰にも相手にされないじじいはすぐに人を信用するし、そこそこがめついやつでもキャッシュカードと通帳と印鑑が手元にあれば疑わない。あとわりと、他人に自分の金まわりの世話させるのに快感をおぼえるじじいが多い。人に財布預けられる俺さま、って感じなんだろ。ああいう馬鹿は地方に多いね、ごろごろいるよ」ヴィヴさんは笑った。「そんなわけでカードにもいろいろあるんだよ。でもクローンが廃れんのも時間の問題だと思うわ。さっきも言ったけど、まず現場がパソコンになるってね。みんな家から一歩も外に出ないで物を買う時代が来るんだってさ。信じられる？　カード情報はぜんぶパソコンのなかでやりとりすることになるっていうんだよ。はは、ついていけないよ。わたしには想像もできない。あとは暴対ができたせいで、半端者がこの数年で一気にふえて、すごい勢いで景色が変わってきてる」

「ボウタイって」

「暴力団なんとか法——なんだったっけ？　とにかくヤクザをしめつける法律ができたんだよ。地上げにカスリ、ガジリに企業のケツモチ……ヤクザがヤクザの力を使ったヤクザ活動がしにくくなるようなね」

「それは、よくないことなんですか」

「さあね……市民のみなさんにとっちゃ安心なのかもしれないけど、長い目でみたら、首しめることになるんじゃないかと思うけどね」ヴィヴさんは歯の隙間をちゅっと鳴らした。「もちろん、ヤクザがろくなもんじゃないのは間違いないし、わたしもヤクザは嫌いだよ。なにかと鬱陶しい目にもあうし、あいつらまず声がでかいからね。じっさいうるさいんだよ。輩《やから》いわせる声がいちいち。でもまあ、いちおうヤクザであるってだけで、そいつらは顔が見えてるわけだよ。警察からも世間からも。家がある——つまり最後は責任とる親がいるわけよ。盃やって代紋つけたら、その瞬間から、子はその親に絶対服従を誓う。そしたらそこにはルールがあるし、実体がある。どんなでかい家になっても、秩序があって、ブレーキがあって、それを誰が踏むのかってことが、外もなかも、みんなわかっていたわけよ。でも暴対ができてみるみるシノギができなくなって、キップきられてしめつけられて、金まわりもしょぼくなって人も減りだして、弱ってきてるわけよ。そしたらそこに暴走族あがりとか、中国系のいかついのが気合入れて盛りあがってきて——そうだね、あいつらはなんでもやるね。若くて血の気が多くて、守るもんがなんもないからね。なんでもやる。ヤクザが縦ならそいつらは横のつながりで、どんどんシマとシノギを膨らませてる。すごい勢いでね。ヤクザはタタキやってても、カチコミがあっても下手を打っても、どこの誰がなにをやったかがわかるけど、やつらの場合は、誰が誰の命令で、それとも命令なんかそもそもないのか、とにかくみえない、わからない。ぐにゃぐにゃしてて、繋がってるのか、ちぎれてるのか、つかめない。実体がない。顔がみえないっていうのは面倒なんだよ。

だから、わたしがさんざん落ちめだって言ってるのは、こういうことだよ。わたしの好きな――そう、あんたがいま使ってる、身もともはっきり最高級、安心安全キャッシュカードもそろそろ頭打ちになるだろうってこと。なんにでも流行りっていうのがあるからね。パソコンもそうだし、そういう専門職のやつらの引きぬきも増えてるって話だし。これからは名前のないやつ、顔のみえないやつが大活躍する時代になるよ。たとえばヤクザがやってるヤミ金なんてのは、まあトゴとかあくどいことやらかしてても、建前ではまあいちおう、金は貸してたわけよ。でもこれからは、貸してもない金を、貸してもないところから毟りとるやつらがうじゃうじゃ出てくる。いちいちカードなんか偽造しないで、たぶんもっと、ダイレクトに、手軽にね」ヴィヴさんはにやりと笑った。「だから、今のうちにしっかり稼いでおかないとね。時代はあっというまに変わるから」

気がつけば、八月が終わろうとしていた。たしかに毎日は暑く、どこを見ても夏としかいいようのないものばかりで満ちていたけれど、その年の夏には、わたしの知っている夏の実感のようなものがなかった。真っ青な空には写真のような入道雲がぴたりとはりつき、蟬があたり一面を塗りつぶす勢いで鳴きつづけ、太陽の熱をはらんだ風がときどき大きく吹きぬけていった。そしてわたしは、いろんなところで汗をかきつづけていた。でも、自分がここにいることと、今が夏であるということとのあいだには、深くて暗い溝のようなものが横たわっていて、音もなく、けれどもなにかが激しく流れているような気配があった。でもそこにいったいなにが流れているのか、わたしにはそれを覗きこんで確かめることはできなかった。

ヴィヴさんはわたしに渡すカードの枚数を増やしていった。

月に三十万だった収入は、すぐに倍になった。わたしは何種類かの帽子をかぶりわけ、そして手首にはいつもお守りとして黄色のヘアゴムをつけて（人から見えないように、長袖のパーカーを着て袖口をしっかり隠していた）、たくさんのATMを渡り歩いた。電車に乗って知らない街まで行って、新しいATMの開拓もした。どんな街にも必ず銀行があり、ATMがあった。自動販売機とか家とか駐車場とおなじように、あたりまえのようにATMがあった。

そのATMのなかには、たくさんのお金が入っているはずだった。あそこには一台につき、いったいいくらくらい入っているんだろう。想像もつかなかった。あのATMのなかに現金がつまっているんだと思うと、なんだか不思議な気がした。そこにいろんな人がつぎからつぎにやってきて、ひっきりなしにお金を引きだしていくことも、なんだか奇妙な感じがした。お金はATMのなかにあるうちは誰のものでもないお金なのに、それを引きだした瞬間に、引きだした人間のものになる。いや、どうなんだろう。引きだして、財布に入れたところで、その金はすぐにまたべつのところへ行ってしまう。

金が、誰かの、あるいは自分のものになるというのは、どういうことなんだろう。なにかを買って手に入れたとしても、それは物が自分のものになるだけで、金が自分のものになるというのとは違う気がする。金はいつも、移動しているだけだ。あっちからこっちへ、誰かから誰かへ、どこかから、どこかへ。移動すること、それが金の正体なのだろうか。金が必要だと思うとき、欲しいと思うとき、その気持ちと金の正体には、いったいどんな関係があるんだろう――わたしはそんなとりとめのないことを考えながらATMの取りだし口から現金を手に取ってバッグのなかに入れ、夏の終わりのうだるような熱気のなかを歩きまわった。

毎月の、ほとんど変わらない生活費をぬいた残りを、わたしは天井裏の紺色の箱に貯金していた。淡い暗闇のなかで、お金はいつでもじっとしていた。誰もいないときに両手でそっともってみるお金は手触りとして、重さとして、そして目にみえないときは数字として、わたしのなかでじっとしていた。お金はどこからどんなふうに見つめても、ぴくりとも動かなかった。その動かなさは、わたしを安心させた。減りもせず動きもせず、ここにあることを誰にも知られず、このまま静かに目標にむかっていくんだと思うと、少しだけ自分のなかのなにかが、ゆるむような気がした。こうしてきちんと貯めつづけることができたなら――そう、このまま、ひとつき四十万円ずつのペースを崩さずに貯めることができたなら、一年後にはある程度の余裕をもって「れもん」を再開するために動きはじめることができそうだった。わたしは毎朝、黄色コーナーの小物を手にとって布で丁寧にふきながら、どうかこのまま、どうかすべてがうまくいきますようにと祈った。

　ある日、ヴィヴさんとの集金を終えて家に帰ると、玄関のところで黄美子さんと出くわした。おなじ家に住んでるのだから出くわすというのはおかしいのかもしれないけれど、でもそれは、出くわすというのがしっくりくるような感じだった。黒くうねった髪は左右にこんもり膨らんで、とくに化粧はしておらず、見ためはいつもと変わらないのだけれど、でも黄美子さんがあわてているのは、すぐにわかった。

「黄美子さん、どうしたの」

「花」

　わたしに声をかけられて、黄美子さんはなぜかはっとしたように、何度か瞬きをした。それから門を手で押して段を降りてくると、わたしの目を見たまま小さく息をついた。

「琴美が怪我した」

「えっ」

「ちょっと、行ってくるわ」

「黄美子さん、ちょっと待って」

「なに」早足で歩きだした黄美子さんはすごく焦っているのに、なぜか、どこかぼんやりしたような表情でふりむいた。

「黄美子さん、ちょっと待って」わたしは黄美子さんに駆け寄っていった。「ちょっと待って、どうしたの、琴美さんが怪我ってなに、事故？　誰から連絡があったの」

「琴美から電話があった」

「なにがあったの、どうしたの」

「殴られたんだよ、やっと今日ひとりになって、電話できたって」

「殴られた？」わたしは驚いて声を出した。「誰に？」

「おっさんだよ、これ」黄美子さんはそう言うと、まっすぐに立てた親指を、わたしに見せた。

「えっ、おっさんて誰？　その親指なに？」

「これだよ」

「え、だからその親指なに？」

「おっさんは、おっさんだよ。とにかく行ってくる」

黄美子さんはそう言い残すと早足で駅のほうへ歩いていった。なんかあったら電話してよ、とわたしは黄美子さんの後ろ姿にむかって叫んだ。黄美子さんは頭を少し動かしてみせると、角を曲がって消えていった。

わたしはしばらくその場に立ったまま動かなかった。二分か三分か、どれくらいそこにいたのかわからない。気がつくとわたしは、道のむこうから弾むような足どりでやってくる犬をじっと見つめていた。大きくも小さくもないその茶色い犬は、自分の毛よりももっと濃い茶色の首輪をしていて、隣には紐をにぎって犬を散歩させているおばさんの姿があった。おばさんと犬が家のまえを通り過ぎていなくなると、わたしは軽く頭をふって玄関のドアをあけてなかに入った。

琴美さんが怪我をした、やっとひとりになることができて黄美子さんに電話をかけてきた、その怪我はおっさんにやられた——わたしは玄関でスニーカーを脱ぎながら、黄美子さんの言ったことを何度も頭のなかでくりかえしていた。おっさんというのは誰で、なぜ琴美さんはそのおっさんに殴られたのか、そもそも琴美さんはどれくらいの怪我をしているのか、だいじょうぶなのか。おっさんというのは琴美さんの彼氏というか、男なのだろうか。あるいは――ヤクザだったりするのだろうか。それとも客なのか。もしそうだとしたらそいつは「れもん」に来たことがあるのだろうか――琴美さんが引っ越したばかりのころ、遊びにいったときにみた男物のネクタイと革靴が目に浮かんだ。先のほうが黒ずんで、全体が濡れたような艶に包まれた、硬そうな靴だった。ネクタイは暗い青色だった。そんな記憶とともに、いろんな疑問や心配や不安がいっせいに頭のなかを駆けめぐった。

映水さんは知ってるのだろうか。映水さんに電話したほうがいいのではないだろうか。そういえば映水さんと、ずいぶん長いあいだ会っていないような気がした。わたしがヴィヴさんの仕事を始めてからは一度だけ、わたしたちがみんなで夜ごはんを食べている居酒屋にやってきて、なんでもない世間話をしたきりだった。映水さんは少し疲れているようにみえて、あのとき、わたしはそれが気になったけれど、話したいこともあったけれど、みんながいるので仕事のことは言えなかったし、うまく話すことができなかった。映水さんは黄美子さんにいつもの封筒を渡すために来たようで、二十分もしないうちに出ていった。

しばらくすると、ふいに家のなかに気配を感じてわたしは顔をあげた。蘭だろうか、桃子だろうか。黄色コーナーの置き時計をみると夕方の四時を少し過ぎたところだった。桃子は今日は、渋谷で久しぶりにニャー兄に会うと言っていた。詳しくは聞かなかったけれど、ニャー兄が主催するパーティだったかイベントがあるらしく、うざったいけど行ってくると話していたのを思いだした。

階段をあがっていくと、寝室にしている和室ではなく、ほとんど物置きみたいになっている洋室のほうに蘭の姿がみえた。

引きだしがところどころ飛びでたカラーボックスや、雑誌や、物干しから取りこんだままになっているバスタオルや脱いだままになっている服のあいだに、蘭はこちらに背をむけて、横になっていた。西日の強い日差しが部屋全体に満ちていた。西友で買ったクリーム色のカーテンは光を吸いこんで、大きく発光し、夕日そのものにでもなったみたいだった。蘭の足もとには、ひときわ濃い光のたまりができていた。うっすらと音楽が流れていた。X JAPANの「ENDLESS RAIN」だった。そのとき、懐かしいと思うよりもさきに「れもん」のことやいろんなことが波のようになって押し寄せて少し胸が痛んだ。蘭、とわたしは蘭の背中に呼びかけた。

「花ちゃん」

蘭はゆっくりとこちらにむきかえり、わたしを見た。逆光で影になっていて表情がよくわからなかったけれど、わたしの名前を呼んだ声が少し鼻声なような気がした。

「寝てたの?」

「いや、なんか、ぼーっとしてた」

「さっき下で黄美子さんが出ていくとこだったんだけど、琴美さんが怪我したみたいで」

「えっ、まじ」蘭はわたしの場所からでもわかるくらいはっきりと眉根を寄せて、体を起こした。

「いつ?」

「電話があったみたい。詳しくは黄美子さんが帰ってこないとわからないんだけど」

　わたしたちはしばらくのあいだ黙りこんだ。「ENDLESS　RAIN」が終わってつぎの曲になり、蘭が停止ボタンを押すと部屋のなかがしいんとなった。

「でも、だいじょうぶだと思うよ、わかんないけど、電話で話したみたいだし、黄美子さんが行ったし」わたしがそう言うと、蘭は何度か肯いてみせ、また横になった。

「蘭、体調悪いの?　しんどい?」

「ううん、だいじょうぶ。しんどいっていうか、なんか……いろいろあるよなあって、思ってさ」

　蘭は肘を曲げた腕を枕にして、こちらに顔をむけた。わたしは部屋に入って腰をおろし、カラーボックスにもたれた。

「なんかあったの?」

「あるっていえばあるし、ないっていえばないんだけどね。わかんない。なにもないから、こんな気持ちになるのかもしんないし。でもなんか、最近すごく疲れることが多くてさ。花ちゃんはどう?　なんか、ふたりでしゃべるの久しぶりな感じがする」

　そういえば、そんなような気がした。この数ヶ月、わたしは昼間はヴィヴさんの仕事であちこちを歩きまわり、そのあとヴィヴさんと過ごすことも多くなっていた。わたしが家に帰ると蘭はもう店に出ていて、蘭が帰ってくるとわたしは眠っていて、逆にわたしが起きる午前中は、蘭はずっと眠っていた。

「――桃子もカラオケのバイト、頑張ってるみたいだよね。花ちゃんはどう？　調子いい？」

「まあ……普通な感じかな。やること毎日おなじだしね」

「そっか」

わたしはカードの仕事のことを誰にも話しておらず、週に三日、登録制で、五反田の工場で梱包のアルバイトをしていることになっていた。いろいろを訊かれてもちゃんと答えられるように、バイト雑誌で見つけた内容をしっかり暗記して（じっさいに現地まで行って、道順や雰囲気も確認した）どきどきしながら話したけれど、黄美子さんも蘭も桃子も内容にはとくに関心がないみたいで、それ以上は訊いてこなかった。わたしは最低限の嘘だけで済んだことにほっとしつつ、その後もできるだけ仕事の話にならないように気をつけていた。

「なんかさ……この先もずっとこんなふうな毎日がつづいて、生きていかなきゃいけないと思うと、無理じゃないかなって、そんなこと考えちゃう」

「えっ、無理って？」わたしは訊いた。

「うん……だってさ、花ちゃん、さきのこと考えると、しんどくならない？　なんか、生きててなにがあるのかなっていうか。なんか、いろいろが無理すぎじゃない？　とか思って」蘭は少し微笑んだ。「キャバだっていつまでつづけられるかわかんないし、でもほかにできる仕事なんかないし。お金もないしさ。水商売でも、ほんと、ぎり。なんか、すごくこわくなって、動けなくなるときあるよ。帰れる家もないし、困っても助けてくれる人なんかもいないし。それどころか、実家からは金送ってくれって電話くるし。東京にいるんだからうまくやってると思ってるみたいなんだけど。はは、ぜんぜんわかってないよね。でもじっさい、家もすっからかんだからさ。わたしがなんとかしなきゃって思うんだけど、なんともできないんだよね。こないだも店で担当に言われてさ。わたし、情けないんだけどやっぱぜんぜんノルマもこなせてなくて。女の子らから軽くハブられてる感じもあるし。服とか笑われんの。どこも一緒だよね。こいつはレベルが低くてそういう扱いしてもいいんだってなったら、みんなでそれをいじって場を作ってくんだよね。でもこのへんではもう、キャバはあそこしかないしさ」

わたしはなんて言っていいのかわからず、黙っていた。

「『れもん』があったときはよかった。もちろんあのときだって、さきのことなんかわかんなかったけど——じっさいに火事でなくなっちゃったわけだけどさ、でもみんなと一緒だったし、楽しかった」

「楽しかった」わたしは言った。

「ね、楽しかったよね。でもわたし、なんかもう、このまま生きてても——っていうと大げさな感じするけど、なんていうか、このさき、年をとっていっても、なんもいいことないような気がする」

「そんなことないよ」

「そっかなあ」蘭は頼りなく笑った。「そうだ、彼氏いたじゃんか。一緒に住んでた」

「うん」

「なんか最近、彼女できたみたいで。ま、わたしから出て行ったんだけど。住んでるとき超うざくてきつかったから。でもはっきり別れたって感じではなかったし、たまに会ってたし、なんかんだでつづいてたじゃん。でも最近、電話もでなくなって、訊いたら、好きな子できた、みたいな」蘭は小さくため息をついた。「思ってたよりショックだったわ。それで、ショックだったことがまたちょっと、ショックだったわ。なんだかんだで付きあい長いし、なんだかんだ言いながら、わりとずっと一緒に腐れ縁でいるのかなあって、思ってたことあったからさ。でも、もう別人みたい。記憶喪失にでもなったのかっていうくらい、ほんとに変わっちゃった。新しい彼女に夢中で、まじで、まったく知らない人みたいになってた」

「そうか」

「うん。それで、明日わたし、電話解約して、新しいとこのにするんだ。番号も変えて、iモードできるやつにするんだ」

「まじ。わたしついていこっかな」

「まじ。嬉しいな。久しぶりじゃんね、一緒にどっかいくの」

それから蘭とわたしは「れもん」時代のいろんなことを話した。あのときあのお客さんがどうしたとか、みんなで酔っぱらったときに桃子がどうしたとか、そういったとりとめのない話をした。さっきまで金色の西日に満ちていた部屋は知らないあいだに薄青になっていて、さっきよりもいろんなものの輪郭が濃くなったような気がした。

「ねえ、エンさんいたじゃん。どうしてんのかな。元気になったのかな」蘭が言った。

「お見舞いに行きたかったよね。来てほしくないって聞いて、それきりだよね。ジン爺からも連絡はないみたいだし。家賃はちゃんと振りこんでるけど」

「ビルはね、あのままだったよ。焦げたまま。たまに仕事行くまえに見にいくの。なんも変わってない」

「『福や』とエントランスんとこに、でっかい板が張られたぐらいだよね。わたしもたまに見にいってる」

「え、そうなんだ」蘭が少し驚いて言った。

「うん」

「だよね、見にいっちゃうよね……なんかさ、わたし最近、ちょっとエンさんのこと考えるんだよね」

「わたしも、たまに考えるよ、どうしてんのかなって」わたしは言った。「たしか、ヨッシーってお客さんが亡くなったときに話してたと思うんだけど、天涯孤独っていうか、親戚とかもいないって言ってたのに、どこにいるのかなとか。だいじょうぶなのかなとか」

「ね……エンさんがわたしたちに会いたくないって言ったの、ショックだったよね」

「うん、ショックだった」

「あれね、わたし最初は、もしかしたらエンさんとこから火事になったから、ごめんって気持ちで、なんていうの？　あわせる顔がないっていうか、そういう感じでそう言ってるのかなって思ってたんだけど」

「うん」

「ほんとはそうじゃなくて、ほんとは——わたしたちのことが嫌いだったんじゃないかなって、そんなふうに思って」

「えっ」

「うん……エンさんさ、ほんとはわたしたちのことが嫌いだったんだよ」そう言うと蘭はわたしの目をじっと見た。「嫌いだったんだと思うよ」

「エンさんが？」

「なんか、そんなふうに思えてきちゃって。いやだったんじゃないかなって。ぜんぶが。『福や』も、酔っぱらいの客もお酒も、ぎゃあぎゃあ言ってるわたしたちも、もう、なにもかもがぜんぶが嫌だったんだよ。それで、その気持ちがわたし、ちょっとわかる気がするんだよ。だから、もしもだけどね、あれが普通の火事だったんじゃなくて、エンさんが自分で火事にした火事だったとしたら、怖いよ、だいぶ怖いけど、でももしそうなんだったら——よかったって、わたし、なんかそう思っちゃって」

「エンさんが自分で？」

「そう。エンさんがぜんぶ燃やしたくてそうしたんなら、うまく言えないんだけど、でも、もしそうなんだったらいいなって、そんなこと考えちゃうんだよ。ただ燃えただけなんじゃなくて、エンさんが自分でそうしたんなら、それを望んでそうなったんなら、それはそれでよかったんじゃないかって、そんなこと思ったりもして」

わたしは瞬きをしながら、蘭を見つめた。

「なんか、微妙なこと言っちゃったね――ごめん、花ちゃん、怒った?」

「ううん、怒ってないよ」わたしは言った。「そんなこと、考えてもみなかったから、ちょっとびっくりして」

「そうだよね。わたしも、なんか思いつきっていうか、適当なこと言っちゃった。なんかごめんね。でも、そう思うの」

わたしたちはなんとなく黙りこんだ。窓の外から、ごろんごろんと鳴る鐘の音がうっすらと聞こえてきた。夕方になると、ときどきこの音を耳にすることがあった。それは寺にあるみたいな低くてまっすぐな鐘の音ではなく、いろんな高さの音色がまじってくりかえされるような鐘の音で、もしかしたらこのあたりのどこかに教会があるのかもしれなかったけれど、それがどれくらい遠くのどの方向にあるのか、見当もつかなかった。

「わたしさ、花ちゃんってさ」

しばらく沈黙が流れたあと、蘭は気を取り直すみたいににっこり笑って、わたしを見た。「花ちゃんってさ、わたしが今まで会った人のなかで、いちばんすごいなって、思ってて」

「え、どうしたの、いきなり」

思いがけない蘭の言葉にわたしは驚いた。

「花ちゃん、驚きすぎ」

「えっ、だって」

「花ちゃんは、すごいよ」

「すごくないよ」わたしは首をふった。「ってか急にどうしたの、蘭」

「いや、いつも思ってるから。なんか、ちゃんと言っておこうって思って」蘭は笑った。「いっつも一生懸命で、すごいじゃん」

「ぜんぜんすごくないよ」

「ううん、すごいよ。わたし、花ちゃん見てたら元気でるもんなあ。店でいやなことがあっても、花ちゃんいるしなって思うことあるもん。『れもん』はなくなっちゃったけど、でも家から出てきて、『れもん』をちゃんとやってさ、みんなのこと仕切って、ひっぱっていってくれて、この家だって花ちゃんが見つけてきてくれて。わたし、彼氏もいなくなって家もないし、花ちゃんがいなかったら、どこにも行くとこなかったんだなあって、よく思う」蘭は言った。「黄美子さんともこの話したことあるの。そしたら黄美子さんも、花ちゃんはすごいって言ってたよ」

「黄美子さんが?」

「うん。すごくしっかりしてて、優しいって」蘭は言った。「最近、なんか生きててもしょうがないって思ったりもするけど、花ちゃん見てると、だいじょうぶだって気持ちになる。花ちゃんはしっかりしてて、どんなことがあってもぜったいになんとかするっていうか。お母さんのこともあったでしょ、これまでいろんな目に遭ってるのに、負けないもんね。すごいよ。そういう強さみたいなのがあって。わたしのほうがいっこうえなのに、なんか頼れるお姉ちゃんみたいなね。そう、お姉ちゃんがいたら、こんな感じなのかな、とか。花ちゃんといるとだいじょうぶだって思える」

　わたしは黙ったままなにも言えなかったけれど、蘭の言葉に、じいんとしていた。音が聞こえるくらい、じいんとしていた。たしかに自分はこれまで何度もひどい目に遭ったと思うし、今だって焦りや不安を誰とも共有できない淋しさや、やりきれなさのようなものを感じることがあった。でも、ちゃんと見ててくれたんだなと思った。わたしの苦労というか、そういうのをちゃんとわかって、見ててくれてるんだなとそう思った。蘭だけじゃない。黄美子さんもおなじように見てくれていたんだ。そう思うとさらに胸は高鳴り、まぶたのまわりが熱くなった。

「そんなふうに言ってくれて、嬉しいよ」

「うん。でも、べつに花ちゃんを喜ばすために言ったんじゃないよ、ほんとに思ってることを言ったんだよ」蘭は笑った。「でも、嬉しいって言ってくれて嬉しいよ」

「わたしこそ」わたしは面映くなって、指さきで小鼻の脇をかりかりと掻いた。「みんながいるから、頑張れるとこあるよ。ずっとこうやっていきたいなって思ってるし、わたしには、目標があるし」

「花ちゃんの目標ってなに？」

「それは——もちろん『れもん』を再開して、またみんなで働くことだよ」わたしは言った。

「また、みんなで『れもん』やろうよ」

「花ちゃん……やっぱりすごい」蘭は目を輝かせた。「花ちゃんが言うと、現実味っていうか、ほんとにそうなりそうな気がする。わたしら、ときどき話すじゃん、またみんなでやりたいねって。でも毎日のことで精一杯で、そのためになにしていいかわかんないし、どっかで無理だよねって思っちゃってるところがあるかもなんだけど、でも、花ちゃんが言うと、ほんとにまた、できそうな気がする。そう思わせてくれるところが、ほんとにすごい。すごいよ」

「すごくないよ、すごくはないけど——」わたしはぴくりと鼻の穴が膨らむのを感じながら言った。「でも……自信はあるよ。頑張れる自信はあるから。うん。これまでだってやってきたし、これからだって、やってく。だいじょうぶだよ。まかせて」

「花ちゃん……」

わたしたちは膝の内側を床につけてむかいあわせにぺたんと座って、すごく近い距離で見つめあうかっこうになっていた。それに気がつくとふたりで笑った。お腹減らない？　減ったよねと言いあって台所に降りていくと、冷蔵庫のなかにはすぐに食べられそうなものはなく、スナックやラーメンを入れておくかごも空になっていた。

わたしたちはコンビニへ行ってからあげやサラダやおにぎり、お弁当やカップラーメン、それからビールやおつまみなんかを買いこんで家に戻った。だらだらとおしゃべりをしながらいろんなものを食べ、テレビを眺めていたけれど、だんだん飽きたような感じになり、テレビ台の脇にあったレンタルビデオ屋の青い袋を蘭が見つけて手にとった。わたしと蘭は本にも映画にも関心がなかったけれど、桃子は駅前のツタヤで定期的にCDとか映画とかを借りて、夜中にひとりで観たり聴いたりしていることがあった。二階の洋室の棚の隅っこにも、桃子が家からもってきた雑誌とか本がならべられていた。小説や漫画や雑誌が多くて、なかには『完全自殺マニュアル』

なんていうぎょっとするようなタイトルのものもあった。

レンタルビデオ屋の青い袋のなかには三本、映画が入っていた。タイトルはそれぞれ『カビリアの夜』、『レザボア・ドッグス』、『奇跡の海』で、プラスティックのケースにむき出しのテープが入っているだけで写真もついていなくてイメージがつかめず、「このなかだと、奇跡ってやつが、なんか泣けるやつっぽいんじゃない？」という感じで蘭が選び、『奇跡の海』を観ることにした。わたしたちは最初はなんだかんだとしゃべりながら、ビールを飲んでおつまみを口に放りながら笑って画面を観ていたけれど、映画が進むにつれ、だんだん口数が少なくなっていった。これがどういう種類の映画なのかわからなかったけれど、画面もぐらぐらと不安定で、出てくる人物がみんな——とくに追いつめられていく主人公の女の人が大丈夫なのかと不安になるほど恐ろしく、無意識のうちにわたしは眉間に皺を寄せて、顔を斜めにして画面に目をやっていた。途中で重いため息をつき、なんなんだと腹だたしい気持ちになり、いくらなんでもおかしいだろうと笑ってしまいそうになり、そして何度も嫌な気持ちがこみあげた。しかも映画は長かった。観終わったあと、わたしたちは胸に渦巻いているこの気持ちを、この後味の悪さをどんなふうに言葉にすればいいのかわからず、どんよりした空気のまま黙っていた。

テープが自動で巻きもどされてがちゃっという音をたてると蘭が無言でケースに戻し、最悪だったね、と苦笑いして言った。

それから間もなく黄美子さんが帰ってきた。わたしたちは玄関まで行って、黄美子さんの顔をみるなり、どうだった？　と口々に尋ねた。黄美子さんからはなぜかあまり深刻な雰囲気は感じられず、わたしはそのことに少しほっとして、同時に少しだけなにかが気になった。黄美子さんは、汗がすごいからまずシャワー入るわ、と言って風呂場にむかった。わたしたちは居間でじりじりしながら黄美子さんが出てくるのを待った。

バスタオルで髪の毛をくるんだ黄美子さんはビールを飲みながら、琴美さんの身に起きたことについて話してくれた。とはいえ、黄美子さんの説明はわかるといえばわかるのだけれど、ところどころ要領を得なかったので、途中で何度か話の筋道を確認したり、質問したりして理解する必要があった。黄美子さんがしてくれた話をわたしなりにまとめるとこうなる——まず、琴美さんには現在、及川《おいかわ》という彼氏というか、金銭的にも時間的にも深いつながりのある男がいて（黄美子さんが親指を立てて言っていたおっさんというのは、金を出す彼氏の存在のことだった）、この男は暴力団の一員、つまりヤクザということだった。

年齢は四十過ぎ。五年まえに客として琴美さんの店にやってきてすぐに琴美さんに夢中になり、毎日のように通いつめ、異常な額を遣い倒して琴美さんを店のナンバーワンホステスにし、やがてふたりはそういう関係になった。及川はヤクザといっても昔ながらの古臭いヤクザではなく、主に不動産詐欺で巨額のシノギをするタイプのヤクザで、表むきは船やボートの販売業や、海外タレントの興行を請け負うような会社をいくつも経営していた。黄美子さんによると「ぼんぼんタイプの甘めなマスク」をしており、羽ぶりもよくて話が面白く、琴美さんも及川のことが好きで、性格も合い、数年のあいだは喧嘩をくりかえしながらもうまくやっていたらしい。

けれども及川の薬物使用の頻度があがって、異常な行動をとることが多くなってきた。すると当然のことながら、仕事や人間関係にもいろんな影響を及ぼすようになって及川は疑心暗鬼のかたまりになり、あちこちで問題を起こすようになった。それまでも琴美さんとも激しく喧嘩をすることはあったし、琴美さんも気の強いところがあるので顔を張られたら張り返すくらいのことはしていたけれど、この一年から二年にかけて、状況はどんどん悪い方向に転がっていった。組もまわりの人間も誰もがみんな自分を陥れようとしている、自分を嵌めるための絵が、裏ですでにきっちりと描かれており、何曜日の何時に誰々が命《タマ》をとりにくるなどと怒り、薬を追加し、酒を飲み、怯えて、暴れるようになった。

及川が信じられるのは琴美さんだけになり、正気のときには、おまえがいてくれるから生きていられる、すべての金をおまえに残す、薬をぬいてもう一度ぜんぶやりなおす、ぜんぶからきれいに足を洗ってカタギになるなどと言って涙をにじませるのだけれど、それもつかのま、ちょっとしたことが引き金になって豹変《ひょうへん》し、琴美さんに被害妄想をぶつけ、物を壊したり、わめき散らすようになった。

そして三日まえ。及川は琴美さんが及川の敵や組織と通じていて、いろいろな情報をわたしているのではないか、誰それという及川の兄貴分とできているのではないか、じつは及川と琴美さんの出会いすらおまえらがグルになって仕掛けた罠だったのではないかというような妄想にとらわれて発作のようなものを起こして暴れた。電話をとりあげられ、店に連絡をするために取りもどそうと揉みあいになったときに、弾みで琴美さんの肘が及川の目を直撃した。その瞬間、及川の頭は完全に飛んで、琴美さんの腹を蹴りあげて両方の拳で顔を殴りつけ、そのあと丸二日以上、琴美さんから目を離さず、軟禁状態にした。その後、及川は落ち着きを見せはじめ、仕事で京都へ出かけていった。これはまえから入っていた予定で二日は帰ってこない。及川が部屋を出たあとに琴美さんは電話をかけてきたのだった。

「逃げなくていいの」自分の声がかすかに震えているのがわかった。「琴美さん、逃げなくていいの、怪我はどんなだったの」

「口んとこが切れて、あと顔、目のとこが腫れてた。まあ、たいしたことなくてよかったけど」

「たいしたことない？」

わたしは黄美子さんの言葉をそのまま訊き返した。「いま、たいしたことないって言った？」

「うん。言った」

「え、待って……いや、ぜんぜんたいしたことあるよね、黄美子さん……なに言ってるの？」

「え？　怪我がたいしたことなくてよかったって、言ったんだよ」

黄美子さんはなにが問題なのかというような顔をして言った。

「いや、怪我がどうとかじゃなくて」わたしは黄美子さんの反応に驚きながら、問いつめるように言った。「そういう問題じゃないよね？　ぜんぜんたいしたことだよね？　いや、なんで……ってていうか、琴美さんはいま自分ちにいるの？　だとしたらまた、その及川ってやつが帰ってきたらおなじようにやられるんじゃないの？　黄美子さんがここに連れてこないといけなかったんじゃないの？　黄美子さん、なんでひとりで帰ってきたの？」

「は」

黄美子さんは、じいっとわたしの顔を見たあと、まるで目のまえのひらがなでも発音するような感じで声を出した。それはなんの感情もこめられてないような、無機質な音でしかないような声で、けれどもその視線には、わたしをむこう側まで射ぬくような妙な威圧感があった。無意識のうちにわたしは座ったまま後ずさりし、なんと言葉をつづけていいかわからず、黙ってしまった。

黄美子さんは、ずっとわたしの顔を見ていた。わたしは自分の膝に視線を落とし、何度も唇をなめあわせた。怒っているのか、機嫌が悪くなったのか、なにかわたしが間違ったことや余計なことを言ったのか、黄美子さんのこの感じ、これまで感じたことのないこの緊張がなんなのかわからなかった。わたしは知らないうちに両方の手をかたく握りしめていた。

しばらくすると黄美子さんは立ちあがって洗面所へ行き、すぐにドライヤーの音がしはじめた。ごうごう鳴る機械の音は見えない円を描きながらその幅を縮め、だんだん迫ってくるようだった。わたしと蘭は黙っていた。ゆっくり胸のなかの息を吐くと、それも少し震えているような気がした。

「あんたらごはん食べたの」

戻ってきた黄美子さんはいつもの感じでわたしたちに訊ねた。でもわたしは胸がどきどきしていて、そして琴美さんのことで頭がいっぱいで返事ができなかった。蘭のほうをちらりと見ると目があった。蘭は気まずいような、どこか怖がっているような、不安な目をしていた。

「焼肉いく?」

「ううん、だいじょうぶ。ね、わたしたち、適当に食べたからだいじょうぶ」

「そう」

それからなにも話さず三人でテレビを見ていた。バラエティ番組の内容はまったく頭に入ってこなかった。わたしは蘭にそろそろ寝よっかとか、うえにいこっかとか、なんでもないふうに声をかけてこの場を離れてしまいたかった。でもなぜなのか、そうすることができないような雰囲気があった。しばらくすると黄美子さんがテレビに反応して大笑いをした。それはとても大きな笑い声で、ひとしきり笑ったあと、黄美子さんはわたしににっこりと笑いかけた。いつもの黄美子さんだった。それを見たとき反射的に肩から力がぬけて、わたしは静かにため息をついた。もう一度、蘭のほうを見た。蘭もなにかを感じたようで小さく肯いてみせた。テレビは天気予報になり、黄美子さんはリモコンでかちゃかちゃと番組を替えながら、「琴美、あんたらに会いたがってたよ」と言った。

「わたしも会いたい」わたしは言った。「もう長いこと会ってないから」

「そうだね」黄美子さんは言った。

「昔、みんなでファミレス行ってた時代あったよね」

「カラオケもしたよね」蘭が合わせた。「琴美さんは、なに歌ったっけ」

「琴美さんは歌わなくなかった？」わたしは言った。「歌下手だからって、歌ってくんなかったよね」

「そうだったっけ、でもまあカラオケっていえば、桃子だよね。バイトの休憩中も歌ってるって言ってたもん。あれだけ上手なら歌いたくなるよね」

「桃子はどこいってんの」黄美子さんが訊いた。

「今日は、なんかのパーティに行くって」

それからわたしたちは完全にいつもの感じにもどり、冗談を言って笑いあい、ビールを飲んでつまみを食べた。時計を見るといつのまにか十一時を過ぎており、そろそろ寝ようという感じになった。黄美子さんはあくびまじりに小さく唸り、心地よさそうにのびをした。わたしはものすごく迷ったけれど、気になっていたことを訊いてみた。

「黄美子さん」

「なに」黄美子さんは目尻をこすりながら返事をした。

「琴美さんのことなんだけど……警察っていうか、言わなくていいのかな」

「警察？　なにを？」

「いや、琴美さんのこと」

黄美子さんは眉間に皺を少し寄せてわたしをじっと見た。

「琴美がやられたことを、警察に言うってこと？」

「そう、そう」わたしは何度も肯いた。

「なあんで」黄美子さんは呆れたように笑いを漏らし、首をふった。「警察行ってどうすんの」

「いや、わかんないけど」

「警察とか、ないよ。うちらはない」

「でも、怖いよ、琴美さんがまたそんなめに遭ったら。わかんないけど、その及川って男がもう手出しできないように、なにかそういう――」

「わたしも琴美も、警察はないよ」

「でも」食い下がろうとするわたしを遮るように黄美子さんは言った。

「わたしらに警察ってのはない。でも、花がそうしたいんなら、そうすればいいよ」黄美子さんは言った。「でも、そしたらいろいろあるから、琴美もそのままじゃいられないよ。それでいいならそうすればいいじゃん」

わたしは目を見ひらいて黄美子さんの顔をみた。

「……琴美さんも捕まる可能性があるってこと？」

「そりゃそうだよ」

「なんで？」

「なんでって、おっさんがそうなら、そういうもんじゃんか、一緒に住んでんだし。だから、警察はない。っていうか――花はだいじょうぶなの？　警察なんか行って」

黄美子さんの言葉に、大きく心臓が鳴った。ヴィヴさんの顔が額の裏にぱっとひらめき、それが目のまえの黄美子さんの顔とかさなった。

だいじょうぶなの？　警察なんか行って。どういう意味でいま黄美子さんがそう言ったのか――わたしは黄美子さんからさっと目をそらし、黄色コーナーのほうへむきかえって、胸のどきどきを押さえながら素早く考えを巡らせた。黄美子さんはわたしのやっていることを知っている？　でもヴィヴさんと黄美子さんは繫がっていないはずだ。だとしたら映水さん？　でも映水さんは仕事の詳しい内容を知らないはず——でも、そうか、わたしをヴィヴさんに繫いだことは話したのかもしれない。だからわたしが工場でバイトしていると言いながらヴィヴさんと組んで金を稼いでいることを知っているのか。だとしたら、黄美子さんは知っているのに今までなにも言わなかったことになる。なんで？　関心がないのか、関係ないと思っているのか。わたしから話すのを待っているのか。それとも黙っていることになにか意味があるのか。いや、それともさっきの言葉には意味なんかなくて、単にわたしに、自分が家出中の未成年だということを思いださせるためのものだったのかもしれない。いくつもの不穏さがせめぎあって渦巻き、わたしは無意識のうちに喉のあたりに手をやっていた。

「もう寝るよー」

黄美子さんは居間の端っこにきれいに畳んだ布団をのばして、なかに入った。肘を枕にして大きくあくびをすると、眠そうな声で、あんたらももう寝なよ、と言った。

その秋の初めにはいろんなことが起きた。

まず、桃子の妹の静香がやってきた。九月の中頃。夕方、滅多に鳴らない——本当に鳴ったのをほとんど聴いたことのない玄関のチャイムの音が鳴って、一瞬、どこでなにの音がしているのか、わからないくらいだった。桃子は二階の寝室で寝ていて、一階にはわたしと出勤まえの蘭がいた。

ドアをあけると、制服を着た茶髪の女子高生と、男子高生ふたりが立っていた。

「うちの姉、います？」

これが桃子の妹――そう思うのと同時に、目のまえの静香の顔の整いぐあいに、わたしは軽い衝撃を受けた。真んなかできれいにわけられた前髪のあいだから、形のいいつるりとした額が見え、大げさではなく顔の半分が目なのではないかというくらいに、大きな瞳をしているのだった。顔の下半分に顔のパーツがぎゅっと集められていて、高さのある鼻、はっきりした二重まぶたに濃く長く茂ったまつげ、しかも顔全体がとても小さくて、わたしは何度も瞬きをした。でもその数秒後、ある違和感にも気がついた。首からうえは桃子からさんざん聞かされて想像していた以上の美人ではあるのだったけれど、その小さな顔にたいして体が大きすぎるような気がしたのだ。肩にも腕にも首にもたっぷりと肉がつき、制服は全体的にきちきちで、ばさりと外に出したブラウスのうえからでも胸と腹のあたりが段々になっているのがわかるほどで、ミニスカートから突きでた足ははっきりと短く、筋肉質でぼこぼことしていた。両脇にならんだ男子学生もいっけん背が高いのかと思ったけれど、静香の背が低いだけでじっさいはわたしとそんなに変わらない感じだった。ふたりとも制服を独自にアレンジしており、ひとりは黒くて太い輪っかのピアスが、そしてもうひとりはスチールたわしのようにちりちりした黄土色の髪型が印象的だった。静香のことは桃子の話から勝手にすらりとしたモデルのような美人女子高生だと想像していたので、意外だった。

「あ、桃子さん、ですか」

「はい」静香は片足に重心をのせて、顎をくいっと突きだすように肯いた。

「ちょっと待って」

わたしはいったんドアを閉めて、蘭と一緒に二階へあがって桃子を起こした。体をゆらされながら桃子は寝ぼけてむにゃむにゃと声を出してタオルケットをかぶって寝返りを打とうとしたけれど、妹が来てるよ、呼んできてって言ってるんだけど、と言うと、顔をこちらにむけて目を剝き、跳ねるように起きあがった。

「えっ、花ちゃん、まじいないって言って」

「えっ、ごめん、いるって言っちゃった」わたしはあわてて謝った。

桃子はうめき声のようなものを出し、顔を押さえた。「え、なにしに来たんだろ、なんだろ」

「わかんない、どうする?」蘭が言った。「やっぱりいないって言う?」

「どうしよう」

そうこうするうちにまたチャイムが鳴り、そのままにしていると連打に変わった。ころりん、というどちらかというと可愛らしい感じのする音なのにひっきりなしに鳴らされると異様な圧迫感というか狂気じみたものを感じた。桃子はしょうがないというようにため息をつき、みんなで下に降りていった。わたしと蘭は桃子を送りだし、玄関ドアを少しだけあけてなかから外の様子を窺った。

「ゴリ、あんたまじなにしてんだよ」

静香の怒鳴り声が聞こえた。

「しーちゃん、なに。いきなりびっくりするじゃん」

「あんたが電話でないからだろ、なにしてんだよ」

「なんもしてないよ……」

明らかに静香の立場のほうが強いうえに、桃子は完全に気圧され、びびっているような感じがした。

「は？　してるだろ。あんたが適当なことしてるから、テツがこっちに来てうっせーんだよ。行くとこ行くとこ絡んでくるし、ってかゴリまじ速攻でテツに連絡しなよ、すぐ。しなよ。なんであんたのことで、しーがカマされそうになってんだよ。まじ迷惑。死ねよ」

静香は桃子のことを「ゴリ」と呼び、自分のことを「しー」と呼んでいた。どうやら桃子のせいで誰かが静香のところにやってきて、静香がなにかしらの迷惑をこうむっているようだった。

静香の追いこみはエスカレートし、ときおり男子生徒の笑い声がしたけれど、桃子の声はほとんど聞こえなかった。わたしは心配になってドアをあけ、顔を出した。桃子の背中越しに静香と目があった。大きく鋭い目つきでわたしを睨むと、なんすか、と言って笑顔なのか威嚇してるのかわからないような表情で、ちっと舌を鳴らした。形のいい唇がめくれてそのあいだから歯が見えた。わたしの場所からでも前歯の端っこのほうが黒ずんで、虫歯のせいなのか元からなのかわからないけど変色したような隙間が目立った。蘭も横から顔を出した。ふりむいた桃子は見たことないような弱りきった顔をしていた。

「ごめんだけど、わたしたちこれから用事あるからさ。ね、桃子、あとで電話するでいいじゃん」わたしは内心少しどきどきしながら静香に言い、桃子に促した。黒ピアスとスチールヘアは少し離れたところでへらへらと笑いあっていた。

「……ゴリ、まじ電話しろよ。あとズッキーもあんたがつかまんないから連絡させろって言ってたから。まじ適当なことすんなよ」

そう言い残すと静香はふたりを連れて、右に左に体をゆらしながらだるそうに帰って行った。

蘭はその日、仕事を当日欠勤し（最近そういうことがつづいていた）、ふたりで桃子に事情を聞くことにした。桃子はすっかり弱っており、ひとまわり体が縮んだような気さえした。

結論からいって、桃子は追いこまれていた。高校時代のクラスメイトで、ときどき会う間柄だったひとりがこの一年でクラブで遊ぶような大学生になっており、連れられて何度か行く機会があった。そこから、ただ遊びに行くだけではなく、パー券と呼ばれるチケットを売る、ややこしいチームにかかわることになってしまった。経緯をきくと桃子は少々言いにくそうに、イベントを企画しているチームを紹介されて、そのなかのひとり――ウーノと名乗っている男がものすごく優しくて、ちょっと、いや、だいぶ好きになってしまったのだと言う。

年は二十六とかで、港区に住んでいて、美人ばっかりのなかであんなふうに男の人に優しくしてもらえたのが初めてで、舞いあがってしまったのだと。最初は行っても行かなくても、イベントがあると自分のぶん一枚だけを買っていた。そのうち、ウーノが電話をくれるようになり、高校時代とか短大の友達も連れてきてほしいな、遊びにおいでよと言われて、桃子は友達がいないと言うことができず、三枚、五枚と、お祖母ちゃんのお金で買うようになっていた。桃子ちゃんってやっぱり人気者なんだね、なんて誉められて桃子はときめき、そのうち僕の仕事を軽く手伝ってほしいとお願いされて、こくんと肯き、そのほかいろんなパーティを開催してるウーノの仲間を紹介されて、定期的にパー券を預かることになってしまった。でも、知りあいも友達もいない桃子にそれをさばけるわけがなく、ウーノに誉められたいのといい格好をしたい気持ちで、お祖母ちゃんの銀行口座から金をちょろまかしてしのいでいた。それがちょうど二ヶ月くらいまえの話らしい。けれども十枚が十五枚になり、二十枚が三十枚になり、五十枚になっていくなかで、お祖母ちゃんが体調を崩して入院するかしないかという話がもちあがり、お祖母ちゃんの金まわりをチェックした親にあっさりと桃子の遣いこみがばれてしまった。当然ながら通帳もカードも取りあげられ、桃子には最低限の生活費しか振りこまれなくなった。それでもウーノに会いたい気持ち、もっとずっと優しくされたいという思いを捨てられなかった桃子は、お祖母ちゃんにちょくせつ無心するかたちで頑張った。それで先月。ウーノとその仲間たちによる、彼らの集大成だという大きなクラブイベントがひらかれることになり、桃子に百枚のお願いがきた。場所は六本木《ろっぽんぎ》。一般チケットで金額は一枚五千円の、五十万円。そんな枚数を自分がどうにかできるわけないと桃子はわかっていたけれど、目のまえの優しいウーノにそれを伝えることはできなかった。桃子は余裕の笑顔で百枚を受け取り、どうすることもできなくなって、それを公園のゴミ箱に捨てたのだった。

　話し終えると桃子は、わたしと蘭の顔を交互にちらちらと見て、それから深いため息をついた。

「さっき、桃子の妹が言ってたのは、そのクラブのやつらなの？」少しのまをおいてから、わたしは訊いた。

「うん……ウーノの仲間。学校とか近いところで繋がってるから。人間関係わりと狭くて、あたしと静香がきょうだいってのもみんな知ってるし。静香は静香でサークルみたいなのに出入りしてて、そこがけっこう派手なとこで有名なの。あたしがぶちったから、静香んとこに行ったんだと思う」

「このままぶちりつづけたらどうなるの？」蘭が訊いた。

「わかんない」

「パー券って、もうないよね。ゴミ箱」

「ない」

「ってことは、そのウーノと仲間に百枚ぶん……五十万か、金で桃子が返さないといけないってこと？　パー券ってそういうやつだよね」

「うん、そう、そうだと思う。だから追っかけてきてるんだと思う」

わたしたちはいっせいに、鼻から大きく息を吐いた。

「……お祖母ちゃんとか、親になんとかしてもらうってのは？」わたしは訊いてみた。

「それはもう無理。さすがに言えない」

「でも、なんとかしてくれるんじゃ……」わたしが言いかけると、桃子は奇妙な声を漏らして遮った。驚いて桃子を見ると、顔は真っ赤になっており、目も唇もぶるぶると震えて、それから下まぶたにたっぷり膨らんだ涙がぼたぼたと落ちた。そして、それはもう無理なんだよ花ちゃん、とかすれた声で言った。桃子はいつも笑顔というわけではなかったけれど、でもこんな表情の桃子を見るのは初めてで、わたしはなにも言えなくなった。蘭も黙っていた。

「なんでうちの場所わかったんだろ」少し落ち着いてからわたしが訊くと、本とか服とかを小分けに宅急便で何度か送ったので、その伝票かなにかを見たのかもしれない、と小さな声で答えた。あるいは尾行かも。

　確かなことはわからなかったけれど、いずれにせよこれでもう桃子の居場所は割れてしまったし、静香ならまだいいけれど、ウーノとその取り巻きの男たちが直接やって来たりしたらと思うと気持ちが暗くなった。どっちにしても金を返さないと話は収まらないはずだった。さらに話を聞くと、桃子はカラオケ店のバイトも先月から行かなくなってしまっているらしい。バイトに行ってるって言ってた時間なにしてたの、と蘭が訊くと、渋谷とか公園とかツタヤとか店とかそのへんをぶらぶらしていた、たまにカラオケもひとりで行ったり、と肩をすくめた。

　それにしてもとわたしは思った。最近は時間的にすれ違うことが多かったとはいえ一緒に住んでいるというのに、桃子がこんなことになっていることに、わたしはまったく気がつかなかった。一緒の部屋で寝たり起きたりしていても、肝心なことはなにもわからないんだ。そう思うと複雑な気持ちだった。でもそれは自分もおなじだった。黄美子さんがなにをどこまで知っているのか知らないのかはわからないけれど、でも少なくとも桃子と蘭は、わたしは工場でバイトしていると思っており、ヴィヴさんの偽造カードを手に走りまわって金を稼いでいるなんて想像もできないはずだった。そう思うと胸が陰ったけれど、どうすることもできなかった。桃子がさきに風呂に入ることになり、わたしと蘭は黙ったまま激しいシャワーの音を聴いていた。しばらくして蘭が言った。

「静香だっけ、妹」

「うん」

「すっごい美人だったけど」

「うん」

「死ぬほど歯、汚くなかった？」

「汚かった……」

「あれだよね、部屋もパンツもぐちゃぐちゃなんだよね。あんなに顔がいけてても、家に金があっても、全体的に、ごりごりにやばい感じするよね。病んでるっていうか」

「うん」

「男らも、完全にあれだった」

「うん」

「んで微妙にドリカム状態だったね……地獄の未来予想図Ⅱ」そう言いながら蘭が面白い顔をしたので、雰囲気が少しだけなごんだ。

桃子のパー券についてては具体的な解決策をみつけることもできずに、わたしたちはなんとなく、びくびくして過ごした。けれど、なぜか静香もウーノもその仲間も家にはやってこなかったし、電話もかかってこなかった。

桃子が受けとってゴミ箱にそのまま捨てたというパー券の当のイベントの開催日は三週間後だった。もしかしたら桃子が思うほど桃子のやったことはたいしたことではなかったのかもしれない、連中にとって桃子が預かったパー券百枚は問題にもならない数だったのかもしれない、などとわたしたちはなんとか楽観的なほうへ考えをむけたかったのだけれど、でも現にああやって催促された静香が家にやってきたのだから、このままなんでもなかったということにはならないのではないか、なんといってもあれは金とおなじなのだといろんな考えがせめぎあって安心はできず、ため息ばかりが増えていった。

そうこうするうちに、映水さんと連絡がとれなくなった。

時間帯をいろいろ変えて電話を何度かけても呼びだし音がひとしきり鳴って、留守番電話の応答に切り替わるだけだった。メッセージも送ってみたけれど届いているのかどうかもわからない。黄美子さんは、まえにもこういうことはあったたし、たいしたことないよとは言っていたけれど、わたしはすごく不安だった。でもどうしようもなかった。

例の封筒のお金も——いま黄美子さんが映水さんからいくらもらっているのかはわからなかったけれど、それも途絶えているみたいだった。そもそも映水さんから手渡されるお金は刑務所にいる黄美子さんのお母さんに必要なものだと映水さんは言っていた。そうすると、これまで深く考えてこなかったいろいろなことが気になりだした。

黄美子さんがこの数ヶ月、ときどき思いだしたようにわたしに渡してくれていた五万円とか十万円というのは、いったいどこから得ていたものなのか。琴美さんのところへよく行っていたから、そこでなにかしら工面しているのかもしれないと漠然と思っていた。けれど例の及川の事件があってから、琴美さんと会う回数も減っていて、黄美子さんは家にいることが多くなったし、一週間くらい外に出ないこともざらになった。居間でテレビを眺めているか、ふきんを手にしてあちこちを拭いているかそんな感じで、二ヶ月まえに五万円を渡してくれたのが最後になっていた。

　黄美子さんが自分のことを話すことはないし、人のことをあれこれ訊いたりすることもまずなかったし、なにをどう考えているのかわからないのはいつものことだったけれど、それでも少しだけ雰囲気に変化が感じられるようになった。つまり、黄美子さんにもわかるくらいにこの家にはお金がなくて、今後入ってくるあてもなくて、そしてそのことにもしかしたら多少なりとも不安を感じているのかもしれなかった。

　映水さんと連絡がつかなくなって一ヶ月近くがたった頃、蘭が店を辞めてきた。原因はいくつかあった。ノルマのことで担当の黒服につめられたこと、指名がないので売り上げのある女の子の席に着いたのはいいけれど、客も含めてその席の全員からいじられて酒を飲まされて軽い急性アルコール中毒みたいなのになったこと（蘭は酒がとても強かったのでかなりのことだったと思う）、ある女の子の化粧ポーチからクレ・ド・ポーの三万円もするファンデーションがなくなって、盗んだのが蘭ではないかと密かに疑われたことなどがかさなって、怒りとともに心が折れてしまったのだった。

　わたしたちは、どん詰まりだった。

稼働しているのはわたしだけで、桃子も蘭も黄美子さんも家にいてテレビを見たり、どこに出かけるわけでもないのに思いだしたようにメイクを試したり、ビデオを見たり寝ていたりしていた。

ここにやってきた当初、あるいは「れもん」が燃えてしまってすぐの頃にはあった呑気さや張りや明るさはすっかり鳴りを潜めてしまっており、テレビ画面にむけられた蘭と桃子の目はどんよりと曇って重かった。黄美子さんはあいかわらず部屋のこまごましたところに手を伸ばして整理したり壁を拭いたりしていたけれど、それも以前にくらべると動きが鈍くなっているような気がした。これからのこと、お金のこと、家賃のこと、話さなければならないことはたくさんあってどれもせっぱつまっているのに、でもそれを話した瞬間に、今みんながこうして黙っていることでかろうじて保っているすべてがそこで本当に終わってしまうというような、ぎりぎりの感じがあった。

そんな三人の姿を見ていると、わたしはだんだん苦しくなっていった。

そこにはいろいろな感情があった。べつに自分が贅沢をするわけではなく、「れもん」再開のためだとは言っても、梱包のバイトだと言いながらヴィヴさんの偽造カードでわたしはまるで現金つかみ取りのような感じでもってＡＴＭから金を得て、ヴィヴさんに納め、自分の取り分から貯金をしていた。三人は無職、表むきはわたしだけがバイトをしていたので、この家の収入はそれだけというのがなんだか暗黙の了解というようになり、スーパーやコンビニに行っても蘭や桃子が出すのは小銭で、働いているわたしの財布からなんとなくお金を出すような感じになって、嘘をついている後ろめたさがあるとはいっても、それには複雑な気持ちにさせられた。三人ともすべてにたいして危機感がないのは知っていたし、今すぐにどうすることもできないのもわかっているけれど、でもこのさきをいったいどうするつもりなのか。みんな元気がなかったのでお金の話はしにくかったけれど、現実的に家賃や光熱費のことだってあった。出そうと思えば秘密に貯めているぶんからわたしが出すこともできたけれど、それがどこからきた金なのかを言うわけにもいかない。

みんな内心では焦っているのかもしれないけれど、ともかく誰も家賃のことを口にしようとしない。何日待ってもそんな感じなので、仕方なく、今月はわたしが立て替えるよ、とだけ言って、それ以上は詳しいことを言わなかった。「えー、そんなの悪いよ」「花ちゃんだって大変なのに」と眉根を寄せて首をふって気を遣うそぶりはみせるのだけれど、でもお金はどうやって工面したのかとかそういうことはいっさい訊かずに、最後は「ありがとう」と言ってわたしの提案を受け入れるのだった。

そんな複雑な思いと、このままではいけないという気持ち、これからどうするのかという不安のなかで、わたしはだんだん行き場がなくなっていくような錯覚に襲われた。たとえば四人で骨だけのこたつに足を入れてテレビを眺めているとき。誰もなにも言わず、見た目はふだんどおり。なにもしない、できない時間を、なんとなく家のなかで過ごしている。でもわたしはだんだん胸が苦しくなって、座っているのもままならないくらいに怖くなって、腋にじっとりとした汗がにじみはじめる。みんなが——そう、蘭と桃子、そして黄美子さんが、わたしを責めているんじゃないかというような気持ちになるのだった。

「花ちゃんならなんとかしてくれると思っていたのに」「花ちゃんだけが頼りだったのに」「すごいと思ってたのに」「期待はずれだった」「あーあ」「自信あるって言ってたから信じちゃった」「やっぱ花ちゃんでもだめなんだね」「花は優しくて、しっかりしていて、なんでもできると思っていたのに」――じっさいには誰も口にしていない言葉が三人からひっきりなしに聞こえてくるようで、わたしは追いつめられていった。

なんとかしなければならない。わたしがなんとかしなければ。わたしは一日じゅうその考えにとらわれるようになっていった。

帽子を目深にかぶって、知ってる街、知らない街のATMを渡り歩きながら、なにかいい方法がないかを必死に考えつづけていた。

蘭と桃子は充電期間というか、パー券やキャバクラの出来事が落ち着いたらほかのバイトを見つけて、いくらかは金をもってくるようになると思う。でもそれだって、いつまでつづくかわからない。蘭も桃子も弱いところがある。危ういところがある。桃子はときどき思いつめたような顔をしていることがあるし、蘭が夜中にわたしたちにばれないように泣いていることがあるのも知っている。

でも、いちばんは黄美子さんだ。映水さんとも連絡がつかなくなっている黄美子さん、お母さんが刑務所にいる黄美子さん、まともな働きかたを知らない黄美子さん、普通の大人のようにちゃんとすることができない黄美子さん。そこで黄美子さんの右手のしるしが目に浮かぶ。その右手でふきんをにぎりしめ、なにも見ていないような表情で、でも真剣に壁やカラーボックスを拭きつづけている、子どもの、そして大人の黄美子さんが目に浮かんで胸が詰まる。わたしは何度も首をふる。いっそ、いっそみんなで本当に工場とかそういうところで、最初からゼロになって働くのはどうか。そんなことも考えた。でも無理だった。時給数百円の稼ぎでは今月や来月を生きることはできても、将来を生きるのは無理だった。わたしはヴィヴさんの仕事を手放せない。辞めることはできない。そしてそのヴィヴさんの仕事も、わたしの、わたしたちの命綱である仕事もそう遠くないうちにきっとなくなってしまう。わたしはなにがあっても今、この仕事がある今、金を稼げるだけ稼いでおかなければならない——そこでわたしはふいにエンさんのことも思いだす。エンさんは言っていた、金がない人生がどれだけ辛いものか、惨めなものか。顔を出せばいつも笑ってほとんどただみたいな金額でご飯を食べさせてくれたエンさん。優しかった。歌もうたったし、たくさん笑ったし、わたしはエンさんが好きだった。でもエンさんはわたしのことを嫌いだったのかもしれない。

エンさんはなにもかもが嫌になって、もしかしたらずっと嫌で、自分も含めたぜんぶを失くすつもりで火をつけたのかもしれなかった。今となってはもうわからない。わかっているのは「れもん」と「福や」は焼けてなくなり、エンさんにはたぶんもう二度と会えないだろうということだった。そう思うと悲しかった。もしわたしに金があれば「れもん」も「福や」も焼けずに済んだんじゃないかと思ってしまうくらい、そんなことを思ってしまうくらい悲しかった。

みんな、どうやって生きているのだろう。道ですれ違う人、喫茶店で新聞を読んでる人、居酒屋で酒を飲んだり、ラーメンを食べたり、仲間でどこかに出かけて思い出をつくったり、どこから来てどこかへ行く人たち、普通に笑ったり怒ったり泣いたりしている、つまり今日を生きて明日もそのつづきを生きることのできる人たちは、どうやって生活しているのだろう。そういう人たちがまともな仕事についてまともな金を稼いでいることは知っている。でもわたしがわからなかったのは、その人たちがいったいどうやって、そのまともな世界でまともに生きていく資格のようなものを手にいれたのかということだった。どうやってそっちの世界の人間になれたのかということだった。わたしは誰かに教えてほしかった。不安とプレッシャーと興奮で眠れない夜がつづいて、思考回路がおかしくなって母親に電話をかけてしまいそうになることもあった。もしもしお母さん、お母さん、わたし大変なんだよ、どうしていいかわかんないんだよ、夢と現《うつつ》の境目でわたしは母親に話しかけていた。ねえお母さん、お母さんはどうやって、どうやっていままで生きてきたの、わたしが子どもの頃、もっと小さかった頃、お金もないのにどうやって、いったいどうやって生きてきたの、みんながどうやって毎日を生きていってるのかがわからない、わからないんだよ、ねえお母さん、いまどうしてるの、お母さんいままでつらくなかった？　こわくなかった？　ねえお母さん、生きていくのって難しくない？　すごくすごく難しくない？　お金稼ぐのって、稼ぎつづけないといけないのって、お金がないとご飯も食べられなくて家賃も払えなくて病院も行けなくて水も飲めないのって、すごくすごく難しくない？　ねえお母さん、わたしわからないんだよ、どうしていいかわかんないの、いますごく難しいの、難しいんだよ、どうしていいかわかんないの、ねえお母さん聞こえてる？　ねえお母さん――すると母親はインスタントラーメンを食べている手を止めて、わたしにむかってにっこり笑う、あれはいつかの夏の日、やっぱり夏の日、買ったばかりの真っ白のヒールが嬉しくて履いたまま畳に座ってるお母さんが、わたしにむかってにっこり笑う、やだ花ちゃん、なんで泣いてるの、泣かない泣かない、泣いてもなんもいいことないよお、そう言って母親はにっこり笑う、子どもの頃、それをみると嬉しくて、思いだすと学校の帰り道、自然に駆け足になった笑顔だった、ほら花ちゃん、泣かないで、花ちゃんはいっつも笑ってないと、だいじょうぶだよ花ちゃんなら、かしこくってなんでもできて、花ちゃんだったらだいじょうぶだよ、わたしはこんなにだめだめだけど、頼りなくて迷惑かけてばっかりでだめだめなお母さんだけど、花ちゃんはぜんぜんちがうもん、わたしなんかよりぜんぜんすごくて、お母さん花ちゃんすごいと思う、自慢の花ちゃん、花ちゃんならぜったいだいじょうぶ、ありがとうありがとうって、いつもいっつも思ってる、お母さん、花ちゃんに借りてるお金も返すから、ちゃんとぜんぶ返すから、いますごく頑張ってるから、ほんとにほんとにごめんねだけど、ぜったいぜんぶ良くなるからね、花ちゃんそんな泣かないで、花ちゃんなら、なにがあってもだいじょうぶ、なにがあっても花ちゃんならだいじょうぶ、ぜんぶぜんぶだいじょうぶ――わたしは枕に顔を押しつけて、とめどなくあふれてくる涙をせき止めるように目が痛くなるほどまぶたをぎゅっと押しつけて、嗚咽が漏れないように、蘭や桃子に気づかれないように、喉にありったけの力をこめてしめつけながら、母親の言葉を何度も何度もくりかえした。

だいじょうぶ、わたしはだいじょうぶ、頑張れる、わたしはぜったいだいじょうぶ、わたしはぜったいに頑張れる――すると頭のなかにまあるいぼんやりした光が浮かびあがって、それはいつかの冷蔵庫、忘れられないいつかの夏、わたしのために黄美子さんがいっぱいにしてくれた、食べ物がぎゅうぎゅうに詰まった冷蔵庫の隙間から漏れていた、あの暖かな光を思いだす、黄美子さんを思いだす、狭い台所、指さきについたにんにくのにおい、夜店で食べたかき氷、するめいかを焼く子どもたち、甘辛いにおいと夜空に膨らんでいく煙、涙が出るくらい大笑いしたこと、汗をかきながら歩いたこと、ならんだお布団、ファミレスに制服を返しにいって、熱い風がぶわりと吹いて、そのなかに黄美子さんが立っていて、あのとき黄美子さんがわたしの名前を呼んでくれたこと、ふたりで一緒に「れもん」を掃除したこと作ったこと、れもんの看板、だいじょうぶ、わたしはぜったいだいじょうぶ、わたしはやれる頑張れる、だいじょうぶ、黄美子さんはわたしが守る――頭のなかでそうくりかえしながら、わたしは泣きつかれて知らないうちに眠っていた。

翌朝、ひさしぶりにみんなが起きる時間がそろって、コンビニへ行って朝ごはんを買って、みんなで食べた。午後になるのを待って、わたしはヴィヴさんに電話をかけた。

3

わたしたちの〈アタックナンバーワン〉は、驚くほど順調に進んだ。蘭も桃子も飲みこみがすごく早かった。わたしたちは初日の最初こそ緊張で顔が引きつって無口になって食欲もなかったけれど、現金五十五万円を手に入れたその日の夕方には、わたしたちを覆っていた不安と緊張は、興奮と達成感に変わろうとしていた。

「超すごい」桃子が鼻の穴を膨らませて本当にすごいというように首をふった。「こんなの、すごすぎるよ」

「ね……ぜんぶで三時間もかかってなくない？　それで五十五万ってちょっとやばいよね。いろいろがやばすぎる」蘭も興奮を隠しきれない表情でため息をついた。

わたしたちは渋谷で一回めのアタックを無事に終えて三茶に戻り、駅前のマクドナルドで一息ついていた。三人とも興奮を冷ますようにコーラを一気に吸いあげ、そのあとそれぞれが今日の出来事を思い返すように少しのあいだ黙った。現金は桃子がもっていた。桃子は膝のうえに置いたバッグを片方の手でしっかり握り、わたしたちのいる二階席に誰かが上がってくるたびにちらちらと視線をやって警戒していた。大丈夫だよ、とわたしが言うと、桃子と蘭はほっとしたように小刻みに何度か肯いてみせ、それからほとんど残っていないコーラに刺さったストローにまた口をつけた。

「でも」桃子は言った。「あたし知らなかったよ、全然気づかなかった、花ちゃんがこんなすごいことしてたなんて」

「わたしも。全然わかんなかった」

「そうだよね……でも、嘘ついてるとか黙ってたとかじゃなくて、仕事そのものが極秘だったから言えなかったんだよ」

「わかるよ、そりゃそうだよ！」二人は興奮気味に声をあわせた。それからわたしたちは飲み物が完全に空になったことに気がついて、蘭が三人ぶんのコーラのお代わりを買いに行った。桃子は膝のうえの現金の入ったバッグをまるで大事な誰かの手でも握るようにぎゅっとつかんでいた。少しして戻ってきた蘭は気をきかせてハンバーガーとナゲットとポテトなんかも一緒に買ってきた。お金を払おうとすると今日はわたしのおごりで、とにっこり笑った。

「花ちゃん、ひとりでずっとこれ、頑張ってたの？」ハンバーガーにかぶりつきながら桃子が感心したように言った。

「そうだね……正確に言うと種類がちょっと違うけど、似てるっていうか、まあカードはカードだよ」

「そっか……詳しいことはわかんないけど、すごいね」

「その、花ちゃんの仕事のボスって人は、どんな人なのか、じっさいは花ちゃんも知らないんだよね」なんとなくわたしの顔色を窺いながら蘭が訊いた。

「うん、知らない。指定された場所にいつも違う人が来て、やりとりするだけだから」

「男か女かもわかんないの？」桃子がかぶせてきた。

「うん、わかんない」

「何歳のどういう人なのか、会ったこともないんだ」

「うん。基本、電話だけで繫がってるから。万が一のことがあっても、なんていうか、辿れないでしょ。そういう理由からだと思うけど」

「なるほど……そうすることで秘密っていうか、お互いの安全を守ってるんだね」蘭は納得したように肯いた。

「なんかさ、スパイっつうか、映画っつうか、ミステリアスで超かっこいいっていうか、やばいけどゾクゾクするっていうかさ……あたしらネクストステージに来た感じあるよね。やばいよ。こんなに稼げるのすごいって。っていうか、これってもともとどうやって花ちゃん繋がったんだっけ、映水さん絡みだったっけ？」桃子は楽しそうに話をつづけ、さらに色々と訊いてこようとするので、わたしはなんとなくそれ以上この話はしないほうがいいんだけどな、というような感じを出してみた。蘭はわたしの表情に気がついてさっと雰囲気を変えたけれど、桃子は興奮が収まらないようで、もぐもぐと口を動かしながらまえのめりな勢いでしゃべりつづけた。けれども桃子も実際のところこの仕事の本当を知りたい訳ではなく、たった数時間のアタックで何十万円という金が手に入ったことが単に嬉しくて驚きで舞いあがっているだけであり、このアタックがどれくらいやばいことなのか、逆にどれくらい安全なのかについて知りたいという気持ちはなさそうだった。蘭は、桃子とそこは少し違っていて、わきまえているというか、あえて訊きだすようなことではないと感じたようだった。ハイになった桃子からいろんな話と質問が混じりあってくりだされるおしゃべりに、わたしは適当に相づちを打って受け流し、蘭は空気を読みながら、よくわからないテンションの何時間かを過ごした。

「ねえ、今度はいつ？　いつできるの？」

店を出て歩き始めたときに、桃子が黒目をちらりと輝かせてせがむように訊いてきた。

「連絡待ちかな。また指示がくるから、それから」

「花ちゃん、でもさ、この五十五万円ぜんぶがそのままあたしらのものになるわけじゃないでしょ。ボスにいくら取られるの？」

「それは」具体的な金額をこのタイミングで訊かれると思っていなかったので、思わず口ごもった。「まだ、ちゃんと決まってないよ」

「ふーん」桃子は眉間に力を入れて唸った。「そしたら、もっと気合入れないとね」

「えっ」

「だって、いくら残るのかわかんないけど、ちょっとでも多く稼ぐためには一回でも多くアタックしなきゃじゃん。逆から言えば一回でも多くアタックしたら、そのぶんあたしらの取りぶんが増えるってことじゃんね。だったら頑張ろうよって話。ぶっちゃけ、最初はまじかーってびびったけど、ぜんぜんいけた。今日の感じだったら楽勝。あたし超超、超がんばれるから。ね、蘭ちゃんもそうでしょ。がんばろ」

「うん、がんばろう」そこで桃子に力強く腕を組まれた蘭は少しよろめき、わたしの目を見て少し遠慮がちに肯いた。

今日初めてこの仕事をやったにもかかわらず、まるで自分の手柄のように張り切っている桃子の無邪気なはしゃぎっぷりに少し複雑な気持ちになりはしたけれど、でもわたしにとっても初めてのアタックがうまくいったことで、ほっとしていたのも事実だった。いつもとは違う方法、初めてのやりかただったのでずっと緊張していた一日で、でもそれを乗り越えて、じんわりとこみあげてくる達成感のようなものがあった。そして、ある種のステップアップというか――ヴィヴさんがわたしを信じて新しい仕事をくれたこと、わたしはそこに、妙だけれど確かな喜びを感じていた。

わたしたちはすっかり暗くなって少し肌寒く感じる夜のなか、身を寄せあっていつも以上に光ってみえる信号機が変わるのを待っていた。いろんな色が光を放ち、目のなかで瞬いて、縮んだり膨らんだりした。それらを見るともなく眺めながら、この道路を渡ったむこう、あそこの奥まったところに、わたしたちが働いていた「れもん」がある、あったんだ――わたしはそう思ったし、もしかしたら蘭と桃子の胸にもそんなことがよぎったのかもしれなかったけれど、もう誰も口にはしなかった。

「当然だけど、わたしの名前は出さない。関わらない。あくまで仕切りはあんた。ケツ持ちはなし。それができるなら、やってみれば」

今から二週間まえ、折り入って相談があると会いにきたわたしの話を最後まで聞くと、ヴィヴさんは言った。

「それは、カードの数を増やしてくれるってことですか」

「まえにも言ったと思うけど、あんたにいつも渡してるカードは極上クラスの高級品だよ。あんたのまぬけなお友達らを助けるためには使えない」ヴィヴさんは笑った。「もっと格下の雑魚《ざこ》いカードなら、用意してやれないこともない。当然、いつものカードよりはリスクはあがる。でもあんたは今のシノギじゃにっちもさっちもいかなくなって、それで相談に来たんでしょ」

「そうです」

「じゃ、それでいいんじゃないの」ヴィヴさんは言った。「けど、いつものシノギとはきっちりべつに考えてね。あれはあれでまとまったシノギだからいつも通りちゃんとこなす。今回あんたに新しくまわすのは、それとはべつ」

「わかりました」

「まあ、あんたら若いからね。まえに言ったっけ、あれだよ、〈アタックナンバーワン〉だよ。あんたがコーチ兼キャプテンみたいに束ねて、とにかくチームワーク命だから」

わたしは力強く肯いた。そう、アタックナンバーワン——ヴィヴさんが話してくれた過去のいろんな出来事のなかで、若い頃にチームで力をあわせてシノギをやっていたというくだりを、わたしははっきりと覚えていた。それが具体的にどんなシノギなのかはわからなかったけれど、わたしたちが生き残るためにはそれしかないと直感して、わたしはヴィヴさんに相談することに決めたのだった。

でもそれは勇気のいることだった。仕事の内容はもちろん、わたしたちの関係のことを誰にも言うなとはっきり釘を刺されているのに、顔も知らない仲間にもおなじように仕事をくれだなんてどういうつもりだと見限られ、これまで積みあげてきた信用を失って関係をばっさり断ち切られ、自分の稼ぎを失う恐れだって十分にあった。でもわたしにはもうこれしか方法が思いつかなかった。ヴィヴさんに正直に話して駄目ならば、それならもうどうしようもないと諦めもつくような気がした。

「カードは来週までに用意する。やりかたと条件も、その時に説明するわ」

「ヴィヴさん」わたしは言った。「すみません、本当にありがとう」

「オッケ」ヴィヴさんは前歯の隙間を見せて笑った。「ていうか、ま、仕事だから。わたしが慈善事業してあんたが施しを受けるわけじゃなし、頭下げる必要はないよ。それよりあんたのお仲間が下手打たないようにしっかり指導して、足と頭使って稼ぎまくりな」

「はい」

「それにしてもあんたも、なんというか」ヴィヴさんは呆れたように楽しそうに、声を出して笑った。「——まあいいよ、うまくやれば金は入る。頑張りな」


翌週、わたしはヴィヴさんから五枚の、ヴィヴさんが言うところの雑魚いカードを受けとった。それは普段わたしがATMで使っているものとは違う、届けがカード会社で受理されるまでに一ヶ月ほどの猶予がある盗難カードや紛失カード、借金で首がまわらなくなってカードの持ち主自らが売りに来たもの、種類はいくつかあったけれど、まとめて「事故カード」と呼ばれるものだった。

わたしは事故カードについての説明と具体的な使い方、注意事項、これまでとはなにがおなじでなにがおなじでないのか、緊急時にするべきこと、わからないところがなくなるまで——ほとんど半日くらいをかけて、ヴィヴさんにくりかえし質問しつづけた。そんなに心配ならやめとけば、目が血走っててやばいよとヴィヴさんが呆れてしまうくらい確かにわたしはしつこかったけれど、けれどもわたしは必死だった。そしてこの仕事がしばらくのあいだうまくいったとしても、ヴィヴさんがこれまで散々わたしに話してきたように、時代が変わってこのシノギが通用しなくなるときがすぐに来る。今ここで、可能な限り、限界まで稼いでおかなければならない。そうしないと、わたしも黄美子さんも、誰も生きてはいけない。最初のカードの説明を受けたときとおなじようにメモをとることはできなかったので、わたしはヴィヴさんの言葉のひとつひとつ、手順のすべてを完璧に頭に叩きこんだ。

わたしたちの現場はATMではなく、主にデパートだった。

猫つきではない——それは、カードを使ったときにその情報がカード会社に共有されるシステムがないデパートに行って金券類を買いまくり、それを街の金券ショップに持ちこんで現金化するという方法だった。ただし、いくら猫がついていないといっても、金券類はほかの品物とは違って、二万円以上の金券を売るときには店員がクレジット会社に電話をかけて確認しなければならないというルールがあった。

なので一回の購入は一万五千円を上限にして、わたしたちはデパートのいろんな売り場で売られている、いろんな種類の金券を買い漁った。ビール券に図書券、デパート共通の商品券に、系列企業で使えるレストランの食事券に、おこめ券……三人がそれぞれのカードをもってすべての売り場に総当たりになるように動き、ひとつのデパートを終えると、ヴィヴさんから聞いていたべつの猫なしデパートに移動して、おなじことをくりかえした。わたしたちはカードを切るとき、不審に思われないかどうか気が気ではなかったけれど、どの店員も一回の金額が小さいせいか、あるいは伝票に書くローマ字風の適当なサインをカードを見つめて三人で必死に練習した甲斐があったのか、わたしたちにはなんの関心も示さず、なんなら顔すら見ないような事務的な流れでもって、問題なく金券を売ってくれた。

ヴィヴさんが渡してくれた事故カードの賞味期限は短かった。三日以内に使い切ること、使ったカードは二度と使用せず、念の為に捨てずにとっておくこと。わたしは最初のアタックを終えてつぎのカードを受け取るときに、稼いだ五十五万円をそのままもっていった。ヴィヴさんはしばらく考えるような顔をしてわたしの手のなかの札を見ていたけれど、当分はあがりをそのままとっといていいよ、と言って自分の取り分を受けとらなかった。それからしばらくのあいだは、現金化したお金はそっくり自分たちのものになった。これまでの偽造キャッシュカードのほうも、わたしはしっかりつづけていて、そちらのぶんはヴィヴさんにしっかりと納めていた。アタックは捗った。猫なしのデパートはまだたくさんあったし、わたしたちは遠征といって少し離れた街まで行って、おなじことをえんえんくりかえした。それは本当にアタックナンバーワンというか、漫画というか、部活のような体力の消耗と規則正しさと、それからほんの少し、どこか潑剌《はつらつ》とした開放感があった。

冬のはじめにはヴィヴさんは事故カードだけではなく、猫つき、猫なしを気にする必要のない、ぐっと安全度のあがる偽造クレジットカードも渡してくれるようになった。これは偽造キャッシュカードと扱いがほとんどおなじで、使う場所がＡＴＭか店頭かの違いくらいしかない。こちらもデパートで金券を買う場合の上限は二万円だったけれど、事故カードのように三日で腐るものではなかったので、わたしたちは目標と余裕をもって動くことができた。

ヴィヴさんが用意してくれるカードは、だんだん事故カードから偽造クレジットカードに置き換わっていった。そこからの儲けはヴィヴさんと折半することになった。わたしたちの立場の取り分は一割が相場らしかったので、わたしのことを思ってとくべつにそうしてくれたんだと思う。五割の報酬は破格だった。現場はデパートの金券にくわえ、一回の金額がものすごく大きい、新幹線の回数券がメインになっていった。

ヴィヴさんのアドバイスに従って、わたしたちは白いシャツに地味なジャケットを着て、それに黒とか紺色のスカートをあわせて髪の毛を後ろでひとつに束ね、ぱっとみればどこかの若くて地味な事務員にでもみえるような変装をした。わたしたちはこれをユニフォームと呼んでお互いの姿をみて、お腹を抱えて笑いあった。桃子と蘭はドラッグストアでヘアカラー剤を買って自然な栗色に髪を染め、メイクも極力薄くした。そしてその格好で旅行会社の窓口に行って、新大阪—東京の新幹線チケット、五十枚セットを買う。値段はたしか六十万弱とか、それくらいだったと思う。カードの利用額の上限が百万円のものなら問題なかったけれど、たまに五十万円、三十万というものもまじっており、そのときはカードで切れるぶんだけを注意深く切って、残りは現金で精算するようにした。万が一、承認が取れない場合は必ずその場で引き下がる。六十万円弱の新幹線チケットの束は、金券ショップで二、三万ほど安くなりはしたけれど、ほとんどそのままの金額で買いとってもらうことができた。

新幹線チケットを売っている旅行会社は死ぬほどあった。三人がそれぞれ別行動でアタックをすることもあり、そんなときには百五十万円以上が一日で手に入る日もあった。街のいろんなところにある金券ショップは客が一枚でも多く金券を売りにくるのを待っていた。目のまえに立っているのに、そして手から手へこんなにもはっきりと金が動いているのに、文字どおり寝るまも惜しんで無我夢中でアタックをつづけて金をもっていくわたしたちの姿は、なぜか誰の目にも映らないようだった。金は貯まるいっぽうだった。わたしたちの家のあの押入れのなかで、金はどんどん大きくなっていった。

「久々の休みって感じ……」

桃子が、嬉しいのかそうでないのか、よくわからない表情で言った。わたしたちは居間のこたつに入って寝そべりながら、ワイドショーを眺めていた。

「つぎのカード、もらうの遅れてるんだね……なんかやばいことでもあったのかな」蘭が画面に目をやったまま、少し不安そうな声で言った。

「ううん、それはないって言ってた。こういうこともあると思うよ」

「そっか。だといいけど」

気がつくと十二月も半ばになっていた。一九九九年はあと少しで終わりを迎え、二〇〇〇年がすぐそこに迫っていた。テレビでは二〇〇〇年問題について——数字が変わるタイミングで、システム障害とか、なにかもっと大きな不具合が世界規模で起きるかもしれないというような話をして盛りあがっていた。わたしたちは黙ってテレビを見ていた。世紀末や新世紀、新しい時代、これからの百年における科学の進歩などなど、いろんな言葉が飛び交っていたけれど、なにも頭に入ってこなかった。

コメンテーターたちが楽しそうに笑ったりしゃべったりするのを見ながら、けっきょく今年──一九九九年に世界が滅びるどころかなにも起きなかったんだな、とそんなようなことを思った。

ヴィヴさんからのカードの受け取りは、テンポよく続くこともあれば、一週間まるまる空いたりすることもあった。そのつどバレたのではないかとわたしたちは顔を真っ青にして身を縮めたけれど、新しいカードがやってくるとその不安は一瞬で吹き飛んでテンションがあがり、さらに倍の勢いで稼ぎに精を出すことになった。バランスを考えて、旅行会社やデパートを開拓しながらまんべんなく、念入りにアタックをつづけた。多いときで、わたしたちの取りぶんだけで三百万を超える月もあったと思う。街は世紀末とクリスマスのせいで異常なくらい浮かれていたけれど、わたしたちもどこからやってくるのかわからない熱のなかで、金を稼ぐことに追いかけられるように夢中になった。

稼いだ金は、基本的にわたしと黄美子さんが管理することになっていた。

ヴィヴさんに相談に行ったとき、いくつかの条件のなかに「黄美子を入れてもいいけど、現場にはぜったいに行かせないこと」というのがあった。どうしてですかと訊き返す必要もなかったけれど、黙っているわたしにヴィヴさんは「わかるでしょ、黄美子はとろい」と言って笑った。

「黄美子には金庫番でもやらせとくといいよ。座ってるだけだから」

わたしはその言葉に従って、ある日、黄美子さんにわたしたちがいま置かれている状況とわたしたちの新しい仕事について説明した。蘭と桃子は出かけており、居間には黄美子さんしかいなかった。黄美子さんはこたつに入って背中を丸め、テレビを眺めていた。わたしも足を入れて黄美子さんとおなじように画面を見つめていた。こたつのうえには食べかけの「雪の宿」とふきんが置いてあった。黄美子さんはわたしの話を黙って聞いていた。

「……それでね、わたしたちのボスが誰かは言えないんだけどさ、でもこれでぜんぶうまくいくから」

「そっか」

黄美子さんは少し考えるような顔つきをしたけれど、そこからさきは詳しいことを訊いてこなかった。

「いろいろあるけど、わたしらでぜんぶ、ちゃんとうまく回ってるからね。お金も順調に貯まってる。家賃の心配も、携帯代も、このさき食べ物の心配もしないでいいように、いまのうちに稼げるだけしっかり稼いでおくから。だからあたりまえだけど黄美子さんはこのことを誰にも言わないで、わたしたちがもってくるお金を——そうだね、大蔵大臣っていうの？　そういう感じでどーんと構えて見張っててて。それが黄美子さんの仕事ってことになるかな」

「うん、わかった」

「黄美子さん？」

「うん？」

「だいじょうぶ？」

「なにが」

「いや、なんとなく元気ないというか」

「ううん、普通だよ」黄美子さんが頭に手を入れて何度かぼりぼりと頭皮を掻いた。その動作がやけにゆっくりしすぎているように感じた。そういえばまえは定期的に美容院へ行って手入れしていた髪も最近はもうずっとそのままになっていて艶もなく、以前は感じられた黄美子さんらしさというか、生命力みたいなものがどこか感じられないような気がした。

「なら、いいんだけど」

「映水と連絡がとれないね」テレビに目をやったまま黄美子さんが呟いた。

「そうだよね」

そこで少し沈黙になった。映水さんが姿を消してから、約三ヶ月が経とうとしていた。最初のほうは何度も連絡していたけれど、アタックが始まってからはそちらに必死で、最近は電話をかけてみることさえしていなかった。映水さん。黄美子さんはこういうことは以前にもあったと言っていたし、映水さんは大人の男で、その業界の性格からしてわたしが心配してもしょうがないかもしれないという気持ちもあったけれど、たしかに三ヶ月なんの連絡もないというのはおかしいのかもしれない。連絡したくてもできないというか、なにか事件というか、よくないことに巻き込まれた可能性もあるような気がしはじめてきた。

「でもさ、わたしの携帯電話、通じてるじゃん？」わたしは明るく言ってみた。「これ、ずっと映水さんが貸してくれてるやつでしょ、ということは支払いが滞ってないってことで、っていうことは、映水さんから連絡はないけど、どこかでちゃんとやってるってことなんじゃないかな」

「携帯電話？」黄美子さんはわたしの顔を見た。「ああ……でも、映水が金を払ってるかどうかはわからない。払ってないいんじゃん。そもそも誰の電話かも、わからないから」

「そうなの？」わたしは少し驚いて言った。

「うん、そういうの、ぐるぐるまわってるやつで、適当だから」

そこで話が途切れ、わたしたちはしばらく黙った。わたしは鼻をひとつ鳴らして、話をつづけた。

「……ねえ、琴美さんはどうしてる？　元気にしてる？　ぜんぜん会ってないから、会いたいよ」

「そうだね、わたしも会いたい」黄美子さんは独り言のように呟いた。

「会ってないの？　例のおっさん——あの最悪なやつ、あいつとはどうなったの、まだ一緒なんだよね？　もしかしてあいつがいるから会えないとか、そういう感じなの？」そう言った瞬間、琴美さんの小さな顔のなかで青黒くうっ血して腫れたまぶた、切れて血のたれた唇がぱっと頭に浮かんで胸が暗くなった。余計なことを言ってしまったかもしれない。わたしは気を取り直すようにに座り直し、黄美子さんに笑いかけた。

「ま、それはそれとして、黄美子さんに今月分、渡しておくね。大蔵大臣っていっても、とくにすることはなくて、そうだね、家にいるとき、泥棒が入らないかどうかみててねってぐらいの感じ。はは。今後も黄美子さんのお給料、ずっとちゃんと出るんだから、安心して好きなことに遣ってよ。残りはわたし、ちゃんとばっちり貯金して――」

そこで、不意に言葉につまった。

残りはわたし、ちゃんとばっちり貯金して――そう、また「れもん」をやるためにお金を貯めてるから、貯まったらみんなでまた「れもん」やるんだからね――それはわたしが本当にそう思っていることで、それがこの仕事を始めた最大の理由なのに、だからわたしはそう言えばいいだけなのに、なぜかわたしはそれを言うことができなかった。

なぜだろう。わたしはなんで、それを言うことができなかったんだろう。「れもん」にたいする気持ちを失ったわけでもないし、わたしと黄美子さんにとって「れもん」が大切なものであることには変わりはなかった。そう、今の仕事には限界があることは百も承知で、だからこそわたしたちが生きていくためにまた「れもん」をやり直すことがいちばん大事なことなのに、それはわかっているのに、でもわたしは、なぜかそのときそう言うことができなかった。

「ね、黄美子さん」

「なに」

「わたしたちが仕事に出てるあいだって、いつもなにしてるの?」

わたしは雰囲気を変えたくて、何気ない話をふってみた。

「いつもって?」

「うん、なにしてるのかなって」

「なにもしてないい」

「うん、なにも」

「テレビみたりとか……掃除とか?」

「うん、それくらい」

「そっか……ねえ黄美子さん、黄美子さんのお給料もちゃんとあるんだから、そこから好きに遣っていいいんだよ。琴美さんにも連絡して、会ったほうがいいよ、わたしも会いたい。心配だし。映水さんのことも、今度ちゃんとゆっくり話そう」

「うん」

わたしは黄美子さんを見つめながら、琴美さんのことを思い、映水さんのことを考え、それから刑務所にいるお母さんへの仕送りのことを訊いたほうがいいのかもしれないと思った。けれど少し迷って、それには触れないことにした。考えてみればこれは映水さんから聞いた話で、黄美子さんが直接わたしに話してくれたことではなかったからだ。黄美子さんなら気にしないかもしれないとは思ったけれど、でもなにをどう感じるかは、言ってみないとわからないことがある。

そう、あのとき——おっさんに殴られた琴美さんに会いに行って戻ってきた直後のやりとりのなかで感じた、あのときの黄美子さんの異様な威圧感、なんとも言えないような目でわたしをじっと見たこと、そのあとに漂った苦しいような緊張感とこわさのようなものをしっかりと覚えていた。そしてそれは、わたしにとってあまり思いだしたくない、できれば忘れてしまいたいような場面だった。

「……そうだ、黄美子さん、いろんな心配事とはべつにさ、最近、ちゃんと話せてなかったからさ、ふたりで今度ごはん食べに行こうよ。あとさ、一緒に髪の毛も切りにいかない？　焼肉でもいいしさ、ふたりでどっか行こうよ」

「うん」

「聞いてる？　黄美子さん」

「うん」

黄美子さんはこたつのなかでもぞもぞと体を動かし、そのあと思いだしたようにふきんを手に取って腕を伸ばし、円を描くようにこたつのうえを拭いた。

「ねえ、そうだ黄美子さん」わたしは言った。「ねえ、あれしようよ、むかし何回かやったじゃん、こたつぶわん」

「こたつぶわん？」

「うん、この布団で、ほら、ぶわんってやるやつ」

わたしはすごくいいことを思いだしたと思って笑顔で言った。わたしと黄美子さんが一緒に暮らし始めて最初の冬に、黄美子さんがわたしを熱のこもったこたつ布団ですっぽり包んでくれて、それがすごく気持ちよくて、そのあと何度かやってもらったことがあったのだ。

「……なんだったっけ」

「え、黄美子さん、覚えてない？　こうやって、ぶわんって」

黄美子さんはあいまいな声を出して少し首を傾げた。わたしは唇を合わせて、こたつ布団に目をやった。それからまた話を変えようと適当な話をし、会話が続かなくなると黄美子さんは立ち上がり、どこかぼんやりとした足取りでトイレへ行った。べつに痩せたというわけではないけれど、黄美子さんの後ろ姿を見ていると、なにかが減っていっているというか、そこにはどこかわたしの胸を不安にさせる足りなさがあるような気がした。わたしは急に頼りない気持ちになって二階にあがって寝室へ行き、柱にもたれたまま押入れを眺めた。

あのなかに、金がある。

唐突にそう思った。

それも、たくさんの金で、増えつづけていく金が。

そう思うと、さっきまでわたしのなかにはっきりと感じられた心細さ、切なさ、やるせなさ——そのすべてを混ぜたような感情がさっと取り払われるような気がした。それはまるで、指をぱちんと鳴らすだけで目のまえのものがそっくり消えてしまう手品のような、力強いあっけなさだった。

わたしは蘭と桃子に、給料として毎月、家賃はなしで、十五万円を渡していた。黄美子さんには二十万円。残りは将来のため、今後のためにできるだけ貯金しようとだけ伝えており、今のところ蘭も桃子もそれで問題ないという感じだった。

アタックで稼いだ金は押入れのダンボールに入れていた。千円札は一万円に、一万円は十万円に、区切りよく束にして、みんなが見ているまえでなかに入れて、そして蓋を閉じるという流れだった。それは、その日の成果を確認しあう儀式であるのはもちろん、なんだか世界のなかでいちばん大きな——可能性そのものにでもじかに触っているかのような、とくべつな興奮がみなぎる時間だった。ダンボールにはみんなが一緒のとき以外にはふれないという暗黙のルールもなんとなくできあがった。けれどわたしは黄美子さんには、わたしたちが仕事に出たあと、一日一回は必ず、そこにあるはずの金額と実際の金額が一致していることを確認するように伝えていた。べつに桃子と蘭を信用していないわけではなかったけれど、管理するというのはそういうことだし、当然のことだと思っていた。

世の中は、世紀の終わりにむかって加速し、加熱し、どんどん膨らんでいくようだった。熱気はどよめきながらいくつもの渦になって街のいたるところでぶつかりあい、それがまた新しい狂騒を生んでいた。わたしたちはそんな街や人々の、押しとどめることのできない興奮や歓声や欲望の流れに身を任せているのか逆らっているのかもわからなくなるくらい夢中になって、アタックをつづけた。

第十章　境界線

1

新年になった。わたしたちはどこか心ここにあらずな感じでこたつに足を突っこみ、じりじりするような数日をテレビを見てやり過ごした。なんとなく正月らしいことでもやってみたほうがいいような気がして、大晦日《おおみそか》にスーパーに行って二段がさねのお節を買い、いつもより多めに酒を飲んだりした。でもお節はどのおかずも似たような味がして、全体的に冷たくて、おいしいのかおいしくないのかもわからなかった。桃子と蘭は朝から派手な色のカクテルや日本酒を飲んで酔っぱらう日もあったけれど、わたしはなにをいくら飲んでも酔わなかった。

　この家に来てからみんなで迎える二度目の正月。黄美子さんに出会ってからは何度目になるんだろう。四年とか五年とか？　数えたらすぐにわかることなのに、何年と言われてもしっくりこない気がした。その数字からやってくるだろう、もうこんなに、とか、まだこんな、とか、そういう感想みたいなものは、わたしが黄美子さんと出会ってから流れた時間や出来事を表すのに充分じゃないような感じがしたし、どんな数字もわたしたちのなににも結びつかないように思えるのだった。

「花ちゃん、起きてる？」

ある夜、部屋の電気を消してしばらくたったあと、蘭が話しかけてきた。桃子はいびきをかいて眠っていた。

「起きてるよ」

「なんか、目が冴えちゃって」淡い闇のなかで蘭が姿勢を変えるのがわかった。「正月、長くない？」

「長いね」

「長いよね」

「世間的に休みっていつまでなんだっけ」

「わかんないけど、また週末から連休になるんだよね。店とかはもうぜんぜん普通にあいてるけどね」

「そっかあ」蘭が少し笑った。「なんか昔、おなじ話しなかった？『そっち店いつからー？』とか。道でさ。すごい寒かったの覚えてる」

「あ、したかも、したした。蘭、いっつも白いブルゾン着てて」

「ね、わたしいっつも外に立たされてたな。若かったよね」

それから少し沈黙が流れた。

「早く休み終わるといいな」夜の青さに目が慣れて、蘭がこちらに顔をむけて瞬きをするのがわかった。「なんかさ、こうしてるあいだも、損してるような気がする」

「アタックのこと？」

「そう」

「そうだね、そうかも――」わたしも同意した。「三日あったらこれくらいいけた、とかそんなふうに考えちゃうよね。正月終わったら、また頑張んないとね」

「けっこう……貯まってきたよね、お金」

「うん、順調だと思う」

「それってさ」蘭が後ろで眠っている桃子を気にするようにまを置いたあと、少し声を小さくして訊いた。「……予定とかって、花ちゃんのなかであるの？　予定っていうか、段取りっていうか……」

「お金の？」

そこで少し、空気が変わるのを感じた。

「そう……まえにもう一回『れもん』やるんだって花ちゃん言ってたじゃん？　みんなでもう一回、働くんだって。いま貯めてるお金って、そのために遣うんだよね？」

「うん、そのつもりだけど」わたしは答えた。

「そうだよね……『れもん』もう一回やるのって、いくらくらいかかるんだっけ」

「かなり、かかると思うよ」

思っていたより低い声が出て、わたしはひとつ咳払いをして言った。

「『れもん』のときはそもそもがラッキーだったっていうか、まえの人から引き継いでなんとなく始められたんだけど、今度はぜんぶ自分たちで最初からやんないといけないから。店を借りるには、本気の身分証とかもいるし。わたしたちがいつも店に見せてる嘘の保険証なんかじゃ、ぜんぜん無理。ちゃんとした保証人みたいなのも必要だし。現実的にすごいハードル高いから、準備が必要なんだよね」

「そうだよね」

「だから、今できることはぜんぶやってるつもり……まずアタックで資金を貯めて、それと並行してわたし、たまに不動産屋の紙とか見てる。本屋でどうやったら店を借りられるのかとか、スナックやるための資格とか、そういうの調べたり」

わたしは今度そうしてみようと思いながらまだやってもいないことを、さも日常的にやっているかのように蘭に説明した。

「そうなんだ、やっぱハードル高いよね」蘭が感心と気落ちの混じったようなため息をつき、どこか気を遣うような声で訊いてきた。「ってことは、まだまだ貯金、足りない感じ……?」

「金額ってこと?」

「うん、そう」

「……店するのってさ、八百万とか、場所にもよるけど一千万円とかかかる場合あるから。頭金とか。そのへんのアパート借りるのとはぜんぜん違うよ」

「え、そんなにかかるの？」

「かかるよ。それに開店してそれで終わりってわけじゃないよね。蘭も知ってると思うけど、軌道に乗るまではずっと赤字だし、でも経費はずっとかかるでしょ、だからそのぶんの確保もしておかないとだし。店やるっていうのは、そんな簡単なことじゃないんだよね、ほんとお金かかる。それにわたしたち、お客の連絡先とかぜんぶなくなったでしょ。ほんとに一から、いや、マイナスからのスタートになるからさ」

そっか、そうなんだ、そうだよね……と納得しているのかしていないのか、いまいちつかみきれない蘭の反応に、わたしはなんだか胸がざわついた。

蘭はいったいなにを聞きたいんだろう。普段からそうだけれど、今の感じからして、蘭はとくに「れもん」の再開が本気で気になっているというわけではなさそうだった。蘭は単に、金に関心があるだけなんじゃないだろうか。そんな気がした。「れもん」をひらくならひらくでそれはいいけれど、それにかかった費用を差っ引いたあとにいくらが残るのか、つまり、今ある金のうちのいくらが自分のものになるのか、それを知りたがっているような気がした。

もし蘭がそう考えているなら、それもまあ、わからないでもなかった。アタックを始めて二ヶ月が過ぎた。毎回貯金にまわしている金額と比べて自分が受けとっている給料が少ないと感じたり、自分の取りぶんがこれからどうなっていくのかを知りたい、この計画みたいなものがどうなっていくのかについて把握しておきたいと思うのは、不自然なことではなかった。

でも、わたしにだって先のことはわからなかった。わたしにわかっているのはとにかく稼げるうちに稼いでおかなければならないこと、「れもん」を再開するにしてもしないにしても、とにかく一円でも多く金を貯めて万が一のときに動けるようにしておくこと、それだけだった。今後、貯めた金をどんなふうに分けるにしても、なにかに遣うことになるにしても、そんなのはまずは分けたり遣うことのできるだけの金があってこその話なのだ。それなのに蘭が今わたしにこんなふうに金の話をしてくるのは、早くないか？——そう思うと少しいらっとした。

蘭も桃子も、もちろん頑張ってはいるけれど、でもそもそもアタックという、みんなにお金をまわせる仕組みをこの家にもちこんだのはわたしで、なぜもちこめたかというと、わたしがヴィヴさんに頭を下げて頼んだからだった。なぜヴィヴさんがわたしの頼みをきいてくれたかといえば、ヴィヴさんにわたしの信用があったからで、じゃあその信用がどこから来たのかというと、それはこの一年弱のあいだ、わたしが完璧にヴィヴさんの仕事をこなし、ときにはヴィヴさんの期待を超えるような結果をしっかりと出してきたからだった。

わたしはヴィヴさんからカードを受けとって初めてＡＴＭのまえに立ったときの、あの恐ろしさと緊張感をありありと思いだすことができた。あれは今でも鼓動が速まるくらいに怖かったし、本当にきつかった。わたしはひとりきりで、あの恐ろしさに耐えたのだ。

わたしがあんなふうにとてつもない恐怖に直面していたそのとき、蘭と桃子がいったいなにをしていたかというと、蘭はまあキャバクラで働いてはいたけれど、でも理由をつけて休んで楽をしていたし、桃子に至ってはなにもしないで実家の金を遣って遊んでばかりで、わけのわからない男のパー券にはまって追いこみをかけられるという体たらくだった。それでもふたりがこの家でだらだらと過ごしていられたのは、わたしがぎりぎりのラインでひとり、耐えていたからだった。そう、ふたりが暮らしているこの家だってわたしがジン爺に必死にかけあって用意したのだ。その家でふたりがいろいろなことに気づかないで笑っていられたのは、いつだってふたりが気づかないでいられることのすべてに、いつもわたしだけが気づいていたからなのだ。

アタックに、すごくリスクがあることはわかっている。でも、カードの調達や指示や、足がつかないための場所の計画、ヴィヴさんから与えられてる嘘の身分証明書の管理とか整理とかローテーションなんかは、ぜんぶわたしが念入りにやっていて、ふたりはちょっと監視カメラの角度を気にして(それもわたしがちゃんと指示している)、ユニフォームを着て窓口に立つだけで、月に十五万円をまるまる手に入れているのだ。家賃も光熱費もなしで、ぜんぶ自由に遣えるお金として。それだけあれば充分じゃないのか。桃子は金銭感覚というか基本的に世間知らずなところがあるからあれとして、蘭なんかは月に十五万を稼ぐことがどれくらいしんどいことなのか、ちゃんとわかっているはずなのに。

ひょっとして、ふだんから桃子と蘭はわたしのいないところで、アタックや貯金の行方について話をしているのだろうか。そしてさっきのやりとりは、それを踏まえた蘭がわたしに探りを入れにきたということなんだろうか。ということは、桃子もいま寝てるのはふりで、じつは起きているとか？　マックなのか居間なのかわからないけど、ふたりが冗談を交えながらこそこそと話をしている場面が頭に浮かんで、頬がぼっと熱くなった。

年明けのこの時点で、貯金の額は（この夜が明けて翌日、ふたりがいないのを見計らってしっかり数えたから金額ははっきり思いだせる）、五百七十五万三千円になっていた。二ヶ月と少し、わたしが計画を立てて、ふたりに指示して、走りまわって、全力で貯めたお金だった。これを万が一、いや、億に一の可能性でも、蘭と桃子が手を組んでダンボールのなかの金を根こそぎもって突然いなくなったりすることってあるのだろうか――ふいにそんな恐ろしい考えが浮かんで、心臓がどっと音をたてた。

そんな可能性ってあるのだろうか。いや、さすがにそれはないと思う、ないない、ないはず、そういうのはぜったいにない、けど……わたしは無意識のうちに喉に手をあてていた。わたしは気持ちを落ち着かせるために何度か深呼吸した――だめだ。こういうときは良くないほう、良くないほうへ考えが押し流されてしまう。わたしは首をふるかわりに、何度も瞬きをして、体じゅうにすごい勢いでわいてくる不安をどうにか散らそうとした。大丈夫。悪いことはなにも起きていない。まだ平和。ぜんぜん平和。これはただの考えすぎ。金はちゃんとそこにある。まえむきに考えよう。わたしは自分に言い聞かせて、肩に入った力をぬこうと深呼吸をくりかえした。蘭も桃子も友達っていうか、それ以上っていうか、仲間じゃないか。それでも、つぎからつぎに悪い想像が押し寄せて、不安はぐすぐすくすぶりつづけた。そのうちにこめかみが痛みだし、今のうちに蘭と桃子の実家の住所をそれとなく聞いておいたほうがいいのではないかとか、今はみんながフェアであることのアピールもこめて金をダンボールに入れているけれど、理由をつけて金庫みたいなものも用意したほうがいいのだろうかとか、いろんな考えがやってくるのだった。そんなふうに、ああでもないこうでもないと自問自答するうちに何分くらいがたったのか、はっとして蘭に話しかけてみた。ねえ蘭、蘭……でも返事はなかった。どうやら蘭は寝てしまったようで、耳に意識を集中するとかすかな鼻息が聞こえてきた。

2

ようやく正月が終わり、日常が戻ってきた。でもそれは戻ってきたように思いたかっただけで、なにかが少し変わっている、調子が変だということをすぐに肌身に感じずにはいられなかった。まず、ヴィヴさんに連絡がとれなくなった。何度、電話をしても出ない。折返しもない。年末に直接会って確認したざっくりした予定では、正月の連休が終わったあたりに連絡をとりあって、カードの入れ替えをする予定だった。

アタックはこれまでもきっちり曜日や間隔が決まっていたわけじゃなく、枚数や頻度にもそれなりにムラはあった。でもヴィヴさん自身に連絡がつかなくなるのは初めてだった。ヴィヴさんに繋がるためのほかの方法はひとつもなく、頭のなかに記憶しているヴィヴさんの電話番号だけがすべての頼りだった。

桃子と蘭は渋谷に買い物へ出かけていなかった。黄美子さんも、お父ちゃんの墓参りに行ってくると言ってやはり朝からいなかった。蘭も桃子もなにか買ってきてほしいものはないかとか誰それの新曲がどうとかこうとかメイクしながら楽しそうに話しかけてきたけれど、わたしはそれどころではなかった。ひとりになった家のなかは至るところに無音が充満して、それが毛穴という毛穴から体のなかに入り込んで膨張して、わたし自身をそこから追いだそうとしているようなそんな気がした。

ヴィヴさんは入院でもしてしまったのか。でもそれなら電話の一本くらいかけられるはずだった。もしかして大きな事故に巻きこまれるかなにかして電話をかけるまもなく死んでしまったりしたのだろうか。そう思うとどきっとしたけれど、でもいちばん有り得るとわたしが直感的に思ったのは、ヴィヴさんが警察に捕まってしまったという可能性だった。そう思った瞬間、胃が迫りあがる気がした。急に足を入れているこたつの熱が気持ち悪く感じられて、わたしは台所へ行って冷たい水を飲んだ。

ヴィヴさんからの電話を待っているのは、最悪を通りこして具合が悪くなるほどきついことだった。ふだん、ほとんど鳴ることのない電話が今も鳴らないのはなにも特別なことではないのに、ただいつもどおり鳴らないというあたりまえのことにこれほど苦しみを味わっているということが、さらに苦しかった。ヴィヴさん、なんなの。なにがあったの。わたしはぴくりとも動かないぶあついドアを拳で叩きつづけるように、頭のなかで何度もヴィヴさんに呼びかけた。

そんなふうにヴィヴさんと連絡がとれなくなって、わたしは本格的に追いこまれていった。食欲を感じる神経をぱつっと切られでもしたように、ほとんどなにも口にせず、二階の寝室にひきこもっていた。最近、風邪気味でしんどいからと伝えると、蘭と桃子は「えー、邪魔になんないようにうち下で寝よっか」とお菓子を食べながら言い、黄美子さんはコンビニで買ってきたおかゆを温めて出してくれたりした。

わたしは二階の冷たい部屋で布団から顔だけ出して、ほとんど瞬きもせずに押入れのふすまの角っこを凝視していた。そして今が最悪の状況であるかもしれないという想定をし、いろんな可能性について考えてみた。

ひとつめ。ヴィヴさんが別件で、単独で捕まってしまったという可能性。詳しいことはわからないけれど、一緒にいるときに電話で話している感じから、ヴィヴさんはカードだけじゃなく、おそらく似たようなシノギ、しかもバラエティのあるシノギをいくつも並行してやっているはずだった。わたしたちに回しているカードとはべつの、そっちのシノギが見つかって捕まってしまった。

ふたつめ。わたしたちがわかっていないだけで、わたしたちはじつはどこかで重大な下手を打っており、そのことに気がついたヴィヴさんが自分に危険が及ばないように、わたしたちとの関係をばっさり切った——これが最も濃厚で、ものすごく有り得るような気がして、ぶるっと全身が震えた。

でも、わたしたちがもし下手を打ったとしたのなら、それはなんなのだろう。ヴィヴさんが用意してくれる保険証は念入りに入れ替えて、使用する店の場所も期間もかぶらないようにローテーションを組んでいた。それに金券ショップを観察していると、ふだん、いったいなにをしているのか見当もつかないような人が、新幹線のチケットの束や商品券をまとめて売っているのは珍しいことでも目につくことでもなかった。店員も売る客も互いに無関心というか、そこに人はいるけれど、どこか機械的な流れ作業の雰囲気があるのだ。だからユニフォームのほかにも金券ショップのそうした空気に馴染むような適当な仕事着も用意して、あれこれ気も遣っていた。監視カメラにしても——そう、これは最初にヴィヴさんに言われていたことだけれど、もし監視カメラがあったとしても、基本的に画像が粗いし高性能なものは高額なのでそのへんの店ではほとんど出回っておらず、仮に一日じゅう回しでもしたら録画テープが追いつかないからダミーである場合が多い。ＡＴＭでは帽子は必須だけど、金券ショップ程度であればそこまで気にしなくてもよい。また、ヴィヴさんは金券ショップの性質として客と店のあいだの暗黙の了解のようなものが成立している場合も、多々あると言っていた。つまり、金券ショップにとっては客がもってくる金券だけが商売のタネなのだから、それがないと商売はあがったりである。客がもってくる金券を一枚でも多く買いとることだけが彼らの目的であり、それが本物の金券でありさえすれば、極端なことを言えば誰がもってきたものでもかまわないし、どこからどんなふうに入手した物であるかなど知ったことではなく、なんでもよいのだ。仮に「なんかこいつ、ちょっとあやしいかも」と思ったとしても、わざわざ面倒を起こす必要がない。通報したりなんだりとやりとりをする時間があれば一枚でも多く金券を買い一枚でも多く売る、それだけなのだ。

　それに、とわたしは思った。これは重要なことだけれど、わたしたちがやっていることでもし捕まるようなことがあれば、それは必ず現行犯であるということだった。だから万が一のときは、とにかくすべてをふりきって走って走って逃げまくれ、というのが唯一にして絶対の対処法であるとヴィヴさんに念押しされていた（見張りはしらを切り通せるので焦らずでオッケー）。ということはつまり、もしわたしたちがどこかで致命的な下手を打っていたのだとしたら、その場で捕まっているはずなのだ。でもわたしは捕まっていない。ということは捕まるような下手を打っていないことになる。

とはいえ、泳がされている可能性もないわけではなかった。でも、これについてもヴィヴさんは言っていた。基本的に警察が、人や時間を割いて張りこみをしたり泳がせたりする案件というのは少なくともそうするだけの理由と仕込みが必要で、いくつかの犯罪——たとえば大きめの不動産詐欺が絡んでいたり、以前から目をつけているヤクザとか裏組織が関係しているというようなアタリがないと、基本はそんなふうには動かない。たとえば覚醒剤にしても、張りこみや泳がせがあるのは個人を狙ったものではなく、その背後にある密輸や売買組織を芋づる式に叩くのが主な目的だから計画的な捜査になるのであって、個人が単独で捕まるのはたまたま目につく挙動不審があったり、職務質問などで異常があったりした、つまりほとんどの場合が偶然の現行犯逮捕であるらしい。だからヴィヴさんに言わせると、一回で動く金額が数万から数十万の、しかもこんな少人数の慎ましいカードのあれこれなんて、誰からみても取るに足らない、お遊びみたいなものであるのだと。たとえば今この瞬間でさえパチンコ屋のしょぼい出し子たちが動かしている金額にしたってわたしたちが動かしている額の何倍もあるわけで、冷静になって考えれば世の中はもっとはっきりくっきりとした犯罪が、検挙する側にもうまみのある事件が数えきれないほどあるわけで、警察だってこんなちゃちなシノギにいちいち付きあうほど暇ではないのだと。油断は禁物だけれどしかし、わたしの言う基本的なことをクリアしていればびびる必要なんかない。よく寝てよく食べ、体力つけて自然体でアタックあるのみ――これがヴィヴさんの教えだった。

そうだった、カードの下手打ちは現行犯のみ――そう思うと少しほっとし、そのあとじわじわと勇気がわいてきた。そう、現実問題、わたしは今こうして布団のなかにいるし、自由だし、なにも悪いことは起きていないのだ。ただヴィヴさんから連絡がないだけ、わたしからかけても出ないだけで、具体的になにかがあったと決まったわけでもなんでもない。ただわたしが不安になって悪いほう悪いほうへ考えて勝手に悪いイメージを作りだして、それにやられているだけなのだ。これは自分自身のネガティブな想像力が生みだしている無意味な苦しみで、これにはなんの根拠もない。いや、根拠といえばここにある。わたしは現行犯逮捕されていないのだ。これこそが悪いことはなにも起きていないと言い切れる、ただひとつの立派な根拠ではないだろうか――そう思うと、押入れの角を見つめている目にまぶたに、少しずつ力が感じられて、わたしはがばりと体を起こした。

布団から出て一階に降りると、桃子と蘭と黄美子さんはこたつに入って寝そべりながら、バラエティ番組を見て笑っていた。なにが面白いのか、三人とも口を半びらきにして、テレビのなかの芸人やタレントたちとおなじになって、あはは、あははと声を漏らして笑っていた。ここのところ風邪で元気がないといって、今日だって何時間かぶりに布団から出て、二階から降りてきたわたしに「具合はどう」とか「お腹へってない？」と声をかけてくれることも気にかけることもなく、三人はへらへらと笑っていた。

わたしは無言のまま居間をぬけて台所へ行き、コップに水を汲《く》んで一息で飲み干した。急激に空腹を感じたのでラーメンでも食べようと思い、ストックのかごを見たけれどひとつも残っていなかった。調子が悪くなるまえに買いだしに行ったときに買っておいた、わたしのわかめラーメンがなくなっていた。

　食べ物にかんしての明確なルールはなかったけれど、誰がなにを買って、それが誰のものかというのはなんとなく共有されていたし、自分のものじゃない物を食べるときは「これ食べていい？」「いいよ」みたいなやりとりがあるのが普通なのだ。でもわたしのわかめラーメンがない。誰が食べたのか知らないけれど、誰もわたしに訊かなかった。わたしはむかっとしたけど、気持ちをおさえて冷蔵庫をあけてみた。醤油と焼肉のたれと、ビールとカクテルみたいな酒の缶が入っているだけだった。冷蔵庫に食べるものがない、でもまあ、これはわかっていたことなのでべつにいい。いつものことだ。わたしは仕方なくアイスのピノを食べることにした。ほんとはラーメンのあとに食べたかったけど、今からコンビニまで行く気にはならなかった。ピノなんかじゃ足りないけどしょうがないと思いながら冷凍庫をあけると、なんとピノまでが消えていた。

「ピノは？」わたしは反射的に居間に顔をむけて声を出していた。でもちょうどテレビの爆笑のタイミングで、さらにはそこにかぶさるような三人の笑い声にかき消されて、誰にも聞こえないみたいだった。思わず冷凍庫を閉める手に力が入り、思った以上に大きな音が出た。でも三人はそれにも気づかなかった。わたしはしばらく冷蔵庫のまえでじっと立っていた。誰かが暗いところで立っているわたしに気がついて声をかけるのを待っていたけれど、一分が過ぎ、三分が過ぎ、五分が過ぎても相変わらずどうでもいい笑い声とテレビの馬鹿みたいな騒音が流れてくるだけだった。

しびれを切らして自分から居間に戻ると、三人ともさっきとおなじ、だらしのない表情でテレビを見つめたままだった。しばらくしてから蘭がようやく壁際に突っ立っているわたしに気がついた。

「あ、花ちゃん。これまじうけるよ、みてみー」

「は？　みないよ」

わたしは言い捨てた。びっくりした蘭がわたしの顔を見たまま座りなおして、ゆっくり背筋を伸ばした。桃子はまだ笑っていたけれど、さすがになにかが変だと気づいたのか、おなじように こちらを見、なにが起きているのかと瞬きをくりかえした。

「わたしのピノがないんだけど」

「えっ、ピノ？」

「そう、あと、わかめラーメンも」

いっしゅん無言になったあと、えっ桃子どう？　みたいな顔をして蘭は桃子のほうを見、桃子もわからないというように蘭のほうを見て、ぱちぱちと瞬きをした。

「なに、ふたりじゃないってこと？」

「いや、ちょっと思いだせないっていうか」蘭はまた座りなおしてわたしを見た。「え、ごめん、ちょっとラーメン……」

「ラーメンだけじゃないよ。ピノもだよ」

「ピノ……」桃子も蘭とおなじように座りなおして眉をひそめ、記憶をさぐるような表情をした。

「いつの、どのピノだったたっけ……」

「わたしが買っておいた、わたしのピノだけど」

「ほかのと混じって、誰か……食べちゃったかなあ」

「誰かって、ふたりしかいなくない？」

「いや、黄美子さんもいるけど……」桃子が小さい声で言った。

「黄美子さん、食べた？」わたしは黄美子さんに訊いた。黄美子さんは声を出さずに笑いながらテレビを見つづけており、もう一度おなじ質問をすると、画面を見たまま、うんにゃ、というようなあいまいな声を返した。

「聞いた？　黄美子さん食べてないって。黄美子さん基本アイス食べないじゃん。ふたりのどっちかでしょ。なんで人のせいにするの？」

「えっと……黄美子さんのせいにしてるわけじゃなくて、どうだったか、その、忘れちゃったんだけど」

　わたしは黙ったまま、ふたりを見下ろしていた。わかめラーメンとピノを無断で食べられていたことへのむかつきはたしかにあった。けれどもそのむかつきよりもさらに大きな不快感と苛立ちが――この数ヶ月、いや、もしかしたら数年をかけてわたしのなかに溜まっていたいろんな負の感情が、どこからともなくじわじわとわいてくるのを感じていた。

「ねっ、花ちゃん、わたし今から買ってくるよ。花ちゃんいまどうしても食べたいんだよね、ちょっと待ってて、わたしダッシュで行ってくる」

蘭が張り詰めた空気をほぐすように笑い、あわててこたつから立ち上がろうとした。

「待って、それは違くない？」

「えっ」

「蘭のいまの言いかただと、わたしがどうしても食べたいからってわがまま言って、じゃあ買ってきて、みたいに聞こえるけど、そうじゃないよね。もともとあるはずのわたしのものを、断りもなしにどっちかが食べたってことが問題で、わたしが言ってるのはそれだよね。わたしが食べたいかどうかは、関係なくない？」

「ああ、うん、関係ない……」蘭は中腰のまま、何度も肯いた。

「でも、覚えてないけど、うちらのどっちかだとは思うし、だから……今からうちら行ってくるよ」桃子も笑顔をつくって言った。わたしはそれには答えず、腕を組んだまま真顔でふたりを見下ろしていた。ふたりも少しこわばったような表情でわたしの顔をちらちら見あげていたけれど、そのうち視線をこたつの台に落として、動かなくなった。

「……まあ、今回はもう、いいよ。ほんと気をつけて」

わたしとしては当然の、そして桃子と蘭にとっては気まずい数秒間のたっぷりした沈黙のあと、もう一度なにか食べるものがないかチェックしようと台所へ行こうとしたそのとき——テレビの横の、黄色コーナーが目に入った。あれっ、と思って棚に近づいて目をこらした瞬間、あっ、と大きな声が出た。

「ねえ、すっごい汚いんだけど！」

わたしはふりかえって言った。

「見てこれ、すごい埃がつもってる、なんでっ、ここ誰も掃除してないのっ？」

「えっ」ふたりは同時に立ちあがって、わたしの後ろから棚をのぞきこんだ。

「見てよほら、ここっ、黄色コーナー！　なんで……誰も、ちゃんと見てないの？」

ほんとだ、ああ、埃つもってる……というような感じでふたりはわたしの後ろでまごつき、どうしよう、え、どうしたらいい？　というようなことを焦った様子で言い合った。黄色コーナーの、すべての小物の黄色に、埃がつもっている。さっきぐっと飲み込んだはずのいろいろが急激にせりあがってくるのを感じた。それはまるで体温計だか温度計だかの液体が激しく上昇して、目盛りというか枠じたいをぶちぬいてしまうんじゃないかというような勢いだった。なんなんだよ、とわたしは思った。ほんと、なんなんだよ。ふたりはいったいなにしてるんだよ。さっきもわたしがひとりで具合が悪くなるまで金や稼ぎや将来についてあれこれほんとに限界まで考えてたっていうのに、ふたりはなんにも考えず、へらへらテレビみて笑って、適当で、すべてが人まかせで、でも食べるものは気ままに食べて、いつだってそうで、それでいて目のまえにある黄色コーナーが埃まみれであることにも気がつかない。なんなんだよ。わたしは目を閉じ、手のひらをぎゅっとにぎりしめた。

「は、花ちゃん……？」

わたしは深呼吸をしてから、ゆっくり顔をあげて言った。

「……これ、完全におかしいよね。テレビはぼおっと見てる時間あるのに、なんで黄色コーナーのこと、誰も見てないの？　黄色コーナーの意味、ちゃんと話してるよね、わたしらにとってまじ大事なやつなんだって。こんな……こんなさ、こんな埃まみれにしてちゃだめだってふつう、気がつかない？　わからない？　どう思ってるの？」

「どう思ってる、って……」

「どう思ってるのかって、訊いてるの。なんで気がつかないのかって」

「でも……」桃子がわたしの顔色をうかがうように、小さな声で言った。「ほら……掃除は黄美子さんがしてくれるっていうか……いつも、いろんなとこ拭いたりしてるから」

「え、それって黄美子さんがやってないだけじゃんって、そういう？　そういうことが言いたいの？」わたしは桃子を睨んだ。

「いや、そういうわけじゃないけど、あんま、よくわかってなくて」

「わかってない？　わかってないなら、わかろうとするのがふつうじゃないの？　そういうのってひらきなお――」

「花ちゃんっ、これだよね、これで拭くんだよねっ」

いつのまにか台所に移動していた蘭が、袋をもった手を勢いよくあげて、ぶんぶんとふった。

「これっ、このっ、『サッサ』ってので、やるんだよねっ！」

蘭はサッサをもって小走りで戻ってきて、袋のなかからあわてて二枚をとりだし、うち一枚をさっと桃子の手に押しつけた。

「桃子、いいからっ、いっこずつ拭いてこ」

「……表だけじゃなくて、裏も横もちゃんと拭いてよ」

「わかった」

「『サッサ』もったいないから、全部の面、ちゃんと使ってやって」

「わかった」

黄美子さんは、ずっと適当なふきんで、それがぼろぼろになっても気にせず壁やら棚やらこたつの台やらを拭いていたけれど、しばらくまえにわたしがドラッグストアで金鳥という会社が出している「サッサ」という使い捨て万能ふきんを見つけて、それ以来、黄美子さんのふきんはこれで統一することにしたのだった。水も使わず、どんな細かい埃も逃さず、艶だしの効果もある。両面どちらでも、そして家じゅうの、食べ物以外のあらゆるもの、ほとんどすべての場所に使えて便利なことこのうえない。もちろん、百円ショップのふきんを使い回すほうが安くついたし使い捨てては贅沢品ではあった。しかし、この「サッサ」は見るも鮮やかな、ドラッグストアでも目に飛び込んでくるような、ものすごくいい黄色をしていて、それが購入と継続の決め手になったのだった。

蘭と桃子が小物を手にとって、「サッサ」で頭や背中や尻のひとつひとつを丁寧になでてせっせと埃をとって拭いていくのを見ていると、ヴィヴさんといま連絡がつかなくなってるのって、もしかしてこれのせいなんじゃないか？　という考えがはっとやってきた。

つまり、わたしたちが大事な黄色コーナーを疎《おろそ》かにして、ちゃんと手入れをせず、初心を忘れて埃をかぶるまでぼおっとしていたから、わたしたちの運が逃げてしまったというか滞ってしまって、こんなことになっているのかもしれない、と。

そう、黄色は金運。金運とは、自分のところに金が入ってくる流れのことだ。わたしたちが曲がりなりにもここでこうして住むところを見つけて、金を稼ぐことができているのは、もちろんそのときどきの努力もあるだろうけど、基本的には黄色の運のおかげであるという強い思いがわたしにはあった。

だって、そもそもの始まりがそうだった。黄色の漢字が名前に入っている黄美子さんと出会い、黄色のもつ金運の話を黄美子さんが教えてくれ、そしてわたしは東村山を出て自分の暮らしを手に入れることができた。そしてもちろん「れもん」だ。れもんは黄色、その「れもん」は火事で焼けてしまったり母親に貯金全額をもっていかれたり、いろんなことが、ほんとにいろんなことがあったけど、でも、でもこうして黄美子さんと暮らせる家を見つけ、稼ぐ手段もなんとか得ることができていること、生活にこうした道筋をつけることができていること、そうしたわたしたちの成りゆきに黄色の運がかかわっていないとは思えなかった。もちろんそれを証明することはできない。できないけれど、黄色が無関係であるということを証明することもまた、おなじようにできないのだ。であれば、誰が、なにを決めるというのか。わたしにとって大事なことは、わたしの心が決めるしかないし、それを信じてここまでやってきたことは事実だった。そして黄色コーナーを蔑《ないがし》ろにしたとたん、ヴィヴさんとの連絡が途絶えて、つまり金運が途絶えて、こんなことになってるのだ。

そう、黄色、黄色だ、黄色をちゃんとしなければ――そう強く思ったその瞬間、目のまえでぱんと大きく手のひらを鳴らされて我に返ったみたいに、はっとした。わたしとしたことが、長いこと本屋にも行っていないではないか。

そう、この数年でわたしが唯一はっきりくっきり見たといってもいい、あの激烈に劇的で、その後のわたしの人生のすべてがそのとおりになっている、あの予知夢としか言いようのない、今でも隅々まで鮮明に思いだせるあの運命の夢のこと、そしてその夢がなんであるかをわたしに教えてくれたあの、ぶあつくてものすごい高かった『夢判断大辞典』を、もう長いことみていないではないか。

そう、「れもん」があったころは、たびたび出勤まえに立ち寄って手にとって、ほとんど暗記しているといっていい文面を読みなぞり、自分を励ましてから店に行く、そんな黄色と夢判断の合わせ技でわたしは守られている、うまく行っているという確信をもつことができて、それでなんとかやってきたのに。黄色コーナーにくわえて、わたしは大事な『夢判断大辞典』のことまですっかり忘れてしまっていたのだ。黄色コーナーの運が逃げてしまっただけではない、倍だ、これは倍のマイナス状態なのだ。打たれたように時計を見ると七時十分――いける、まだ間に合う。

「ちょっと出てくる、ちゃんとぜんぶ拭いててねっ」

わたしは言うが早いかショルダーバッグをひっかけて家を飛びだし、駅前の本屋まで全速力で走っていった。ぜえぜえいいながらなかに入って通路をぬけ、棚のまえまでやってきて、誰かに買われないように本棚のいちばん右上に移動させておいた夢辞典がささっているはずの定位置を見あげると——ない。ぶあつくてひとめでわかるはずの夢辞典が、ない。縦に横に視線を走らせても、どこにもない。わたしの夢辞典が、わたしの運命を記した本が、どこにもない。数歩下がって棚全体を見ると、これもまたおなじみだった《あなたの心を愛しましょう〜癒やしの時代フエア〜》と書かれた、あんなにもきらきらと輝き潤んでいた宣伝ボードもすっかり色あせ、ぼさっとし、おまけに斜めに傾いていているようにみえるのだった。

わたしは焦った。焦りすぎて棚にちょっともたれかかった。だめだ、終わった。どうしよう。どうしたらいいんだろう。わたしは両腕でお腹を巻き込むようにまえかがみになって、その場でじっと耐えていた。運が尽き、見放され、すべてが悪いほうへめくれかえり、想像もできないような怒濤《どとう》の不幸に見舞われ奈落の底へ転落する、今この瞬間が、わたしのこれからのすべての分かれめだったのではないだろうか——そう思うと、その場にへたりこんでしまいそうになった。通路のむこうからぱんぱんにはちきれそうになったスーパーのビニール袋を腕にかけたおばさんがやってきて、こちらをちらちら気にするそぶりをみせたけど、わたしはつぎからつぎにやってくるおそろしいイメージに押し流されないように肩にぎゅっと力を入れ、立っているのが精一杯だった。そのあいだ、記憶のなかのいろいろな——気持ちとか風景とか、匂いとか他愛ないやりとりとか、そんなものがいっせいにこみあげて束になって渦になって、空洞になったわたしのなかを流れ去っていくような感じがした。自分自身が等身大の、なにか筒みたいな——そう、まるで巨大なトイレットペーパーのぺこぺこした空の芯にでもなったような気分で、その感覚は頼りなく、さらにわたしを弱い気持ちにさせた。下まぶたと眼球のあいだにもりもり涙があふれて鼻がつんと痛くなった。でもわたしは大きく首をふって、なんとかそれをふりはらった。違う、考えろ。なにかあるはず、おまえはちゃんと考えて、今回のこれを帳消しにできるような、黄色のなにか、もう一度運がこっちにくるような黄色いなにかを、おまえはちゃんと思いつけ、なにかをちゃんと思いつけ——わたしは自分を鼓舞した。なにかある、なにかあるはず、これまでだってやってきたのだから、今回だってなにかあるはず、黄色、黄色、金運、黄色……脳みそをぞうきんみたいに絞りつくしてかすかすになり、それをひとつふたつと積みあげながらわたしは必死に考えた。

でも、考えがつぎのなにかに結びつきそうになるたびに、巨大な鉄板みたいな天井が上から降りてきてぺしゃんこに押し潰されそうになり、間一髪でごろごろと身を転がして横に逃げても今度はおなじくらい大きな壁がこちらに迫ってやってくる。逃げ場がない、もう逃げ場が——と思ったそのとき、おでこの裏あたりに激しくかっとひらめくものがあり、わたしは目を、ここまで大きくひらいたことはないというくらいに見ひらいた。そうだ、壁だ、壁だよ、あった、あそこにあったはず——わたしは一目散に本屋を飛びだして信号を渡って、世田谷通りを西にむかって駆け出した。

むかった先は「れもん」の開店準備をしていたときに何度か行ったことのある工具店だった。環七のすぐ手前に位置するプロ御用達の有名店で、かつての「れもん」の常連客がこの店の品揃えがいかにすごいか、手に入らないものはないというような話をして盛りあがっていたこともある。わたしは五、六分を全速力で走ってその店に滑りこんで、最初に目の合ったずんぐりした作業着姿のおじさんを捕まえて、黄色のペンキありますかっ、とほとんど倒れこむような勢いで尋ねた。あるよ、とおじさんは答えてわたしを奥の棚に案内してくれたけど、よく見るとその人は店の人じゃなくてお客のようだった。わたしはぜえぜえいいながら、たくさん種類のあるなかからどれを選んでよいのかわからず、しかし缶に載っている黄色がいちばん鮮やかにみえ、〈超乾燥・驚異の耐久力！〉とでかでか極太の字で書かれているのをあるだけ（おなじ種類のものがよっつあった）腕に抱えて、脇に吊るしてあった刷毛をみっつつかんでレジに運び、八千三百円という大金を払って店を出た。行きよりペースは落ちたものの、それでもわたしは走って帰った。

「ただいま！」

わたしはつまさきにひっかかった靴をえいえいとふるい落としてなかに入り、居間に駆けこもうとした瞬間、あっとよろけて膝をつき、顎からまえにこけてしまった。

「いたっ！」

「花ちゃん、だいじょうぶっ」桃子と蘭がさっとこちらにやってきて、転がったペンキと刷毛を拾ってくれた。

「だいじょうぶ、だいじょうぶ」

「花ちゃん、これなに……？　わかめラーメンは？」蘭が片手でペンキをもち、もう片方でわたしの肩を抱いて言った。

「わかめラーメンはもういいの、それより、これ、これを」

「これは……」

「これはペンキ。黄色にする、ペンキで」わたしは肩で息をしながら言った。

「え、なにを」

「家を」

「家って？」

「わたしらの家、黄色にする」わたしはふたりの顔を交互に、そしてまっすぐに見て言った。

「最初は、部屋んなかやる。西の――そこの、そっちの壁から黄色にする、みんな刷毛もって。早く」

「わかった」ふたりは口を半開きにしたまま、肯いた。

「――黄美子さん、黄美子さんは二階に行ってて、終わったら呼ぶから、蘭っ、テレビと棚動かして隙間つくって、そっちの、はしっこのほうから塗ってく――黄美子さんってば、テレビいったんやめて上に行くか風呂入るかしてっ」

「あいあい」黄美子さんは頭を搔きながら、のそのそと居間から出ていった。

わたしたちは広げたゴミ袋のうえにペンキ缶を置いて刷毛を手にもち、床のあちこちに垂らしたりこぼしたりしながら、壁に黄色を塗って塗って、塗りまくっていった。しかし三人とも塗るといっても、せいぜい絵の具とかマニキュアくらいしか経験がなかったので、どこもむらになり、垂れたまま固まってしまったりかすれたり、とにかく作業途中も仕上がりも、散々なありさまだった。しかもわたしはペンキが用途によって種類があることも知らず、買ってきたのは油性、つまりふつうは家の外に使うものであり、もし部屋のなかに使用するのであれば換気などの注意が必要なものだった。

　寒かったので窓を閉めたまま一心不乱に塗りたくり、するとあたりまえだけど、途中で気持ちが悪くなって、吐き気がし、そのあとは頭痛がやってきた。それでもやばいやばいと言いながら一刻も早く運気を取りもどさなければならないという一心で、ふたりに気合を入れながら、なんとか作業をつづけていった。

　やがて午前二時を過ぎたあたりで、今度はなにやら愉快な感じになって、誰がなにを言っても、笑えて笑えてしょうがないというわけのわからない状態になった。酒に酔うのとも違う、かといって素面ではぜったいにない、それはなんとも奇妙な感じで、互いの発する意味のない言葉に、身をよじって笑いこけた。息ができなくなるまで笑ったのは誰かが言った「アンメルツヨコヨコ」で、わたしたちは本当に、床に転がる勢いで涙を流して笑いつづけた。「マッスルドッキング」も「おうどん」もやばかった。刷毛をにぎりしめたまま三人で体を折り曲げて笑うたびに、あちこちに鮮やかな黄色が飛び散った。黄色は生き物のように伸びて縮み、跳ね、帯のようにたなびいて、螺旋《らせん》を描いた。スローモーションになった蘭と桃子のあいだをぬけて、黄色は流星みたいに輝いて、わたしを射ぬこうと飛んできた。わたしは胸をひらいてそれを受け止め、声をあげて笑った。わたしたちは無我夢中でペンキのついた刷毛をふるい、それがはねかえって顔や髪につくと爆笑し、黄色だらけになった体をくっつけあって、何度でも身をよじらせて笑いつづけた。

カーテンが冬の朝の濃紺に浮かびあがる頃、桃子と蘭は力尽き、こたつに入ったまま眠ってしまった。眠気とペンキのせいで意識は朦朧《もうろう》としていたけれど、わたしはなんとか黄色になった壁を見つめながら、達成感と少しの安心を味わっていた。ムラはあるけど、ペンキが足りなくなって塗れてないところもあるけれど、でもとにかくやるべきことはやったのだ。疲れた。明日のことは明日また考えよう――そう思って目を閉じてしばらくじっとしていると、遠くでなにかが鳴っていて、それがだんだん近づいてくる気配がした。重く垂れ下がろうとするまぶたをこすって顔をあげると、壁の黄色が目に入って、いっしゅん自分がなにを見ているのか、どこにいるのかがわからなくなった。

そうだった、この黄色はさっきわたしたちが塗ったペンキの黄色で、ここは居間、わたしらの家……ひとつひとつを指で確認するように思いだすのに、数秒かかった。髪も顔も黄色まみれでかぴかぴになった桃子と蘭はぴくりとも動かず眠ったままで、部屋の感じはすっかり朝の明るさになっていた。ほんのいっしゅんしか寝ていない感じがしたけど、知らないうちに、わたしはまとまった時間を寝てしまっていたようだった。そこで携帯電話が鳴りつづけているのに気がついて、重い腕をのばしてショルダーバッグをたぐりよせて手にとった。携帯をみると、ヴィヴさんの番号が示されていた。その数字のならびを見た瞬間だるさも眠気も一気に吹き飛び、わたしは携帯電話をぎゅっと耳に押しつけた。

「ヴィヴさん！」

「花？」

「はいっ、っていうかヴィヴさんどこですかっ、なにしてるんですかっ？」

「なにって、きのう帰ってきたんだよ」

「どこからですか？」

「韓国——って、聞いてるでしょ、トガシから」

「えっ、なんですか？　トガシ？」

「ばたばたで出ることになったから、トガシからそっちに電話して伝えとくように言ったんだけど。連絡あったでしょ、トガシから。うちの」

「ないですよ、なんもないです」

「まじ。あいつ終わってんな」

「でもよかったです、どうなっちゃったのかと思ってたから」

「なんもないよ。ないけどまあ、今回は急なあれだったからね」

「旅行とかじゃ、ないですよね」わたしは念の為に訊いてみた。

「仕事に決まってんじゃんか。若いのがイモ引きまくりで手がないから、スキマーの受け渡しとかそんなしょうもない仕事までわたしがやんなきゃいけないわけよ。まあ新しい端末も手に入ったし、ほかにもいろいろね。生カもたんまりもってこられた」ヴィヴさんは笑った。「これでまたじゃぶじゃぶ増えるよ。磁気テープも技術がえらいことになっててびっくりしたわ。あとデータも遠隔っていうの、飛ばせるやつもあるってよ。それ使えるようになれば、いちいちスキマー回収したり韓国くんだりブツ運んだりする手間もはぶける」

はい、とわたしは相槌をうった。

「ま、阿呆ほど高いだろうし、操作する人間も要るから、落ち目のわたしには関係ない話だろうけどね」ヴィヴさんは笑った。「そういやそっち、今もうカードないでしょ」

「はい、いちおう今のでひとまわりしてる感じです。新しいの待ちです」

「だよね」

「はい、年明けヴィヴさんに会えるって話でしたけど、いきなり連絡がとれなくなって、すごい心配になって、もしかして悪いことでも起きたかと思って、わたし」

「悪いことって？」

「その、たとえば――」わたしはそこで言葉に詰まった。「いえ、でも大丈夫でよかったです」

「ふうん」ヴィヴさんはあいまいな声を出した。「今週、金曜にしよう。木曜に新しい保険証くるから、そのあとで。いつものカードとはべつに、あんたんとこで預かっておいてほしいものもあるからそれももってく」

「うちにですか？　じゃあなにか入れるもの、もっていったほうがいいですか？」

「そうね、でもちょっとでかめのバッグとかでいいよ。荷物ったって使用済みカードとか、磁気テがうまく動かなかったやつの束とかだから、そんなに場所はとらないよ。あんたんとこにある使用済みのと一緒に保管しとくだけでいい」

「わかりました」

「オッケ。じゃ、また連絡するわ」

「そうだ、ヴィヴさん」わたしは電話を切ろうとするヴィヴさんを呼び止めた。「あの、じつは映水さんと、長いこと連絡がとれなくなってるんです」

「映水と？」

「はい。最初は黄美子さんも心配ないって感じだったんですけど、秋くらいからずっとで。なんだか、おかしい感じなんです。それでもしかしたらヴィヴさん、なにか知らないかなって思って」

「映水――」ヴィヴさんは考えるような声を出した。「そういや、最近ぜんぜん知らないな。でもキップ切られたとか飛んだとかなんの話も聞かないから、適当にやってんじゃないの？」

「……だったらいいんですけど」わたしは小さくため息をついた。「帰ってこないんじゃないかって、なんかちょっと心配で」

「はは、生きてたら帰ってくるでしょ。死んでたら知らんけど」ヴィヴさんは言った。「じゃ、また連絡するわ。新年明けましてこれまたえらい忙しくなるよ。しっかり稼ぎな」

通話が切れてしまったあとも、なぜかわたしはしばらく電話を手ににぎったまま、ぼんやりしていた。どこかで鳥がちゅんちゅん鳴いて、子どもたちが騒ぎながら、どこかからどこかへ走っていく声が聞こえていた。急にペンキのむせ返るようなにおいがして、わたしは強く鼻をこすった。

第十一章　前後不覚

1

ヴィヴさんが言ったとおり、新年が明けてからのシノギはまえにも増してのりにのった。一日が、一週間が、そして一ヶ月が怒濤のように過ぎ去って、それはＡＴＭでお札がズバババッと吐き出される、容赦のない、あの誰の気持ちも入りこむ余地のない勢いそのものだった。シノギのために出ずっぱりで冬は寒かったはずだけれど、寒さのことは覚えていない。春がやってきてわたしは二十歳になったけれど、感慨のようなものもなかった。アタックが終わったら家に帰って寝て、翌日またつぎのアタックに出かける、ただそれのくりかえしだった。

全員参加のアタックを始めてから数ヶ月。わたしはなにか少しでも不安があると恐ろしさと使命感の激しい波にもまれて上も下もわからなくなっていたけれど、初夏になる頃には、気持ちが揺れ動かされることも少なくなっていった。

もちろん気は張っていた。より多くのことに目がいくようになったし、ローテーションの組み方や金券ショップでのふるまいかた、偽造カードの扱いもさらに丁寧に慎重になっていたと思う。でも、そういう技術とはべつのところがたいらになったような気がした。それはたとえば洗面器。以前のわたしは水のたっぷり入った洗面器を腕に抱えて、動きすぎてこぼれないよう、つまずいて水のふちが洗面器のふちを乗り越えてしまわないように、どんなときも必死だった。でも今は水のことを心配しなくなった。こぼれたらこぼれたでいいと思ってるのか、決してこぼれることはないと高をくくっているのか、それとも水はとっくになくなっているのにそれに気づいていないのか、あるいは気がついていないふりをしているのか——わからないけど、わたしがたいらになればなるほど、金は大人しく、順調に増えていった。

桃子の借金も、わたしが返してやった。耳をそろえて五十万。あれは二〇〇〇年のゴールデンウィークまえ、長いこと音沙汰のなかった桃子の妹の静香が、家にやってきたのだ。桃子と蘭は渋谷に出かけておらず、家には黄美子さんとわたししかいなかった。玄関のドアをあけると静香がいた。初対面のときとおなじく、あっと思うくらいの美人だったけれど、今回はひとりで私服だった。ミニスカートのしたのアンバランスなくらいに逞《たくま》しい下半身は以前とおなじように堂々としていて、目のしたのくまがすごかった。目つきはぎらついているけれど濁っていて、はっきりと調子が悪そうだった。

静香は、何度連絡しても桃子が出ないと言い、この数ヶ月のあいだ断続的に例のウーノとかいうパー券野郎どもにほとんど強請《ゆす》られるレベルであれこれやられてきたけどもう限界、ゴリ（桃子のことだ）のやったことなのに、身内であるというだけで自分が追いこみをかけられて害を被ってるのだと説明した。そして少しのやりとりの後に、静香は警察に行こうと思っていると言った。

「だってうち、被害者だもん。ウーノまじやばいし、うちの仲間も拉致られたりウリやらされたり限界だし、うち自身ももうやばいし。で、うちが追いこまれてんのはゴリのせいなわけ。だからゴリがこのまま逃げてんなら面倒だけど親にぜんぶ話して捜索願いとか出すわ。でみんな連れてここに来るしかなくね？　親はうちとゴリがばあちゃん家《ち》で適当にやってると思ってるけど、ここであんたらと住んでんだから」

そんなことで警察が動くとは思えなかったけど、それでもわたしは不穏な気持ちになった。わたしは二十歳になったけど桃子はまだ未成年で、たしかに親が出てきたら面倒なことになるのかもしれない。万が一警察もやってきたら不審に思ってあれこれ探られる可能性もある。そんなことを考えていると背後に気配がして、ふりかえると黄美子さんが立っていた。話し声がするので様子を見にきたのか、ここで静香に黄美子さんを見られたことにわたしはかなり動揺してしまった。薄い染みのついたよれたティーシャツに半パン、伸びほうだいの髪のその姿は、まだらな黄色に塗られた家のなかでは違和感がなかったけれど、玄関先とはいえ外の光のもとでは異様な感じがした。黄美子さんは手に真っ黄色のサッサをもっており、まるで流れ作業の一工程のようにドアの表面をひとなですると、家のなかに戻っていった。

「へえ……あんたらだけじゃないんだ、大人ってか、ばばあもいるんだ」。静香の言葉にあわてたわたしはそこで話を終わらせてドアを閉め、追い払うように帰らせた。けれど、いいものを見つけたとでもいうようにほくそえんだ静香の去り際の顔が、頭からずっと離れなかった。それでつぎの日の夜、わたしは桃子に五十万を渡して静香に返してこい、そしてもうここには来ないように念を押してこいと言ったのだった。

アタックにかんしては不安や恐怖からは以前にくらべて解放されたのかもしれなかったけど、わたしはそれ以外の場面で桃子と蘭に苛立つことが多くなっていった。

鈍感で世間知らずな桃子も、借金を返してやった一件からわたしに気遣いをみせるようになってはいたけれど、苛々させられることは変わらず多かった。なにか具体的な出来事があったときだけでなく、ふたりの根本的な考えかたというか、考えなさというかに、わたしの気持ちはいつもささくれだった。たとえば「れもん」のこと。この頃にはもう、わたしは自分が「れもん」を再開することはできないということがわかっていた。身分を証するものもなければ銀行口座もない、人には決して言えない稼ぎで生きているわたしに店をひらくことなんかできるわけがない。もう無理なんだということは誰よりも自分でわかっていた。それはわたしにとってつらく、もう考えたくないくらいショックなことで、だから蘭と桃子とこのことについて話をしたいわけでもなかった。でも、それなのに、ふたりのほうから「れもん」のことをなにひとつ訊いてこないこと、「れもん」のことなど気にもかけていないその無責任さに、ひどく苛立ったりした。

いっぽうで、わたしはすごく機嫌のよいときもあって、そんなときは以前のようにみんなを連れてマックに行ったり吉野家に行ったり、駅前をぶらぶらしたりした。桃子と蘭は渋谷や新宿に行くのが好きだったけれど、わたしは三茶以外の場所に行きたい気持ちにはなれなかった。大きな街はアタックで行くだけで充分だった。三茶を歩いていると、住宅街でも商店街でも、友達や家族、それから恋人みたいな誰かと楽しそうに歩いている誰かを、かならず見かけた。わたしとおなじ年くらいの女の子たち。みんな顔からはみでそうな屈託のない笑顔をみせて、みんな幸せそうにみえた。その幸せはたぶん、親なのか家族なのか彼氏なのかは知らないけれど、でも、自分より強い誰かに守ってもらっているという自信と安心からにじみ出ているなにかであるように感じられた。そんな光景を見たあとには胸のあたりにどす黒いものが渦巻くのを感じた。

みんなおなじようなまのぬけた顔をして、どうせ親に金を出してもらって学校とか行って物を買ったり食べたり、そしておなじように甘やかされて育ったちゃらくさい男とか友達と遊ぶだけの毎日を過ごしてるんだろうと胸のなかで悪態をついた。そしてそのあと、わたしはいつもダンボールのなかの金のことを思った。いいんだ。わたしには金があるから。いつも誰かに守られて呑気に生きてる、ここにいるあんたらの誰よりわたしは金をもってるんだ。自分で稼いで自分で手に入れた自分の金を——そう思うと気持ちが少し鎮まった。

金はいろんな猶予をくれる。考えるための猶予、眠るための猶予、病気になる猶予、なにかを待つための猶予。世間の多くの人は自分でその猶予を作りだす必要がないのかもしれない。ほとんどの人間には最初からある程度与えられるものなのかもしれない。けれどわたしと黄美子さんは違った。もちろん自分のやっていることが人に言えないことであるということはわかっていた。

だからこそわたしはことあるごとに恐ろしさに震え、眠れない夜を過ごしてきたし、もしすべてがばれたらわたしは警察に捕まってニュースになって、世間の人々が口々にわたしを非難して責めることもわかっていた。誰だってみんな金が必要で、だからこそ汗水たらして働いているのだと。でもわたしは半笑いで言ってやりたかった。わたしも汗水をたらしていますよと。誰の汗水がいい汗水で、誰の汗水が悪い汗水なのかを決めることのできるあなたは、いったいどこでその汗水をかいているんですか？　たぶんとても素敵な場所なんだろうね、よかったら今度行きかたを教えてくださいよ、と。

そんなふうに五月が終わり、六月に入った頃、映水さんから電話がかかってきた。連絡がとれなくなってあまりに時間がたっていたので番号を見た瞬間、動けなかった。久しぶりに聞こえてきた声は映水さんの声だった。頭がうまく回らないのに、何年もまえに初めて映水さんの声を聴いたときにすごくいい声だと思ったことを思いだしていた。わたしたちはやはり何年かまえにふたりで行って長い話をした、レゲエ調の居酒屋で待ちあわせすることにした。

店には映水さんがさきに着いていてビールを飲んでいた。少し痩せた気がしたけれど、でも元気そうにみえたのでほっとしつつ、椅子に座るなり連絡がとれなくてわたしたちがどれだけ心配したかを話し始めると、映水さんはまあ落ち着いてビール飲めよと言ってわたしのぶんを注文した。わたしはほとんど一息で飲み干しておかわりを頼んだ。相変わらずざるだな、と映水さんは苦笑した。

「それで、なんでいなくなってたの」

「あれだよ、野球関係よ」

「捕まってたってこと？」

「いや、それもやばかったけど、おまえ、まえに店で俺ら野球やってたとき見に来たことあったろ？」

「見に行ったんじゃないよ、見たくないのに見ちゃったんだよ」

「そうか、あの俺らの野球、ダマだったんだよ。それでややこしいことになって」

「ダマ？」

「親の客引きぬいて勝手にやってたんだよ。サツより親に追いこまれて、ほとぼり冷めるまで戻れねえってなって。んで手打ちにもっていくのに時間がかかった」

それでも連絡くらいできたはずだとわたしが言い、映水さんがほかのシノギの段取りもあったと言い訳をし、わたしはこの数ヶ月のことを思いだすままに話していった。主にはヴィヴさんとわたしのやりとりについてだった。やっぱりヴィヴさんとも連絡がつかなくて怖かったことや、ヴィヴさんとこれまで話したいろんなことについて。三人で始めたアタックについて話すかどうか迷ったけれど、事業拡大につきヴィヴさんの許可をとって桃子も蘭も一緒に動いているとだけ説明した。映水さんは「黄美子は現場やってないよな？」とだけ確認すると、あとはとくに訊かなかった。

「あと、戻ってくるのが遅くなった理由もういっこあって」

一時間くらいが過ぎ、なんとなく話が一区切りついたあたりで映水さんが言った。わたしたちは三杯目のビールに取りかかるところだった。

「志訓て、いただろ」

わたしは瞬きして映水さんの顔を見た。わたしが答えるまえに映水さんが言った。「志訓。行方不明だった志訓」

「映水さんの、お兄ちゃんの」

「兄貴は死んだけどな。志訓が生きてたんだよ」

わたしは目を見ひらいた。

「いたんだよ、大阪に」

「うっそ、まじで?」大きい声が出てわたしは肩をすくめた。「ごめん」

「いや、長いことなんのあれもなかったけど、張ってるとこういうことあるからな。点と点がまいこと繋がって、あそこにいるの志訓じゃねえかって話がきて」

「会ったの?」

「いや。情報きたときに、カタギんなって暮らしてるってのは聞いたしな。でもそれがほんとに志訓かどうかは確かめたかったから、まあ行くだけ行って、見てきたって感じか」映水さんは肩のあたりを掻いた。「あそこは東大阪ってのか、町工場の多いとこで、そこで働いてたわ。ガキもいたわ」

「子ども?」

「小学生とかくらいか。坊主な」

「志訓さん、結婚とかして、いま普通に暮らしてるんだ」わたしは少し昂ぶって言った。「すごい……よかったっていうか生きてたっていうか、なんていうか」

「身元調べたら相手は病気で死んだみたいだな、そのガキの母親な」

「えっ」

「三年まえとか、たぶんそんな」

「じゃ、志訓さんはひとりで？」

「まあな。俺が見てる感じ、そうだったわ」映水さんはテーブルに視線を落とし、ほんの少し笑った。「それにしても年もくってガキ連れて、ボロの作業着で、なにもかもが変わってんのに、目見たら一発で志訓だってわかんだから、人間ってのはえらいもんだよな」

「ねえねえ、今回は確認しただけだったけど、つぎは会うんだよね？」

「いや、わかんねえな」

「え、そうなの？」わたしは訊いた。「なんで？」

映水さんは少し考えるような顔をしたけれど、わたしはなぜか気持ちが逸《はや》って話をつづけた。

「そりゃもちろんびっくりするだろうけど、志訓さんきっと喜ぶよ、映水さんに会いたいに決まってるんだから。会ったほうがいいよ、ぜったい会いに行きなよ」

映水さんはわたしの顔を見ないまま、まあな、と言ったけど、なぜかぜんぜんまあな、とは思っていない表情をしているようにみえた。それに気づいたわたしは自分がなにか間違ったことを言ってしまったのかもしれないと思ったけど、自分の言ったことのなにがどれくらい間違っているのかがわからなかった。微妙な沈黙のなかで、わたしたちは店内に流れるレゲエ音楽を聴くともなしに聴いていた。

「そうだ、映水さん」わたしは気をとりなおして訊いた。「そういえば黄美子さんに連絡するまえに、わたしにかけてきたのはなんで？　わたしに会ってから黄美子さんに電話するって言うから、わたしまだ黄美子さんになにも言ってないよ？」

「これといった理由はねえけど」映水さんは言った。「――わかんねえけど、黄美子と琴美に会うまえに、おまえにまとめて話しといたほうがいいとか、そんな感じだよ」

「だったら会ったことも言わないほうがいいってこと？」

「まあ、そうなるか」

「とにかく黄美子さんも琴美さんもすごく心配してるから、このあとすぐ電話してよ――あっ、そうだ」

ここでわたしは琴美さんが及川に殴られた事件を思いだし、それを話した。映水さんは黙ってわたしの話をきいたあと、「あの腐れポン中が」とだけ吐き捨て、苦々しい顔をした。

「琴美さんは、あのあとも黄美子さんとたまに会ってて、店には出てるみたい。でも黄美子さんも、最近ぼおっとしててまえより変な感じなんだよ」

「金は、おまえらでまわしてんだよな」

「黄美子さんにも渡してる。だからそれで、例のお母さんへの仕送りもできてるはず」

そうか、というように映水さんは何度か肯き、腕にはめた時計をちらっと見た。「もうこんなか。そろそろ行くわ。黄美子にも琴美にもあとで電話しとく。で、志訓のことだけど、黄美子には――つまり琴美にも、伏せといて。言わねえわけにはいかねえだろうけど、言うタイミング考えるわ」

「わかった」

「おまえ、時間あんなら飲んでいけよ。また連絡する」

そう言うと映水さんは席を立って出ていった。わたしはテーブルの角っこを見つめながら志訓さんについて考えた。会ったことも見たこともないのに、なぜだか志訓さんという人を思いだせている感じがするのが不思議だった。志訓さんは琴美さんの恋人だった。二十年以上もう生きてはいないだろうと思っていた恋人がじつは生きていたと知るのは、いったいどんな気持ちがするものなんだろう。それはおなじ状況でも家族や友達にたいするのとは違う感情なのだろうか。男の人を好きになったこともないわたしにはうまく想像ができなかったけど、でも驚いたり複雑な気持ちになったとしても、生きていたことは嬉しいに決まっていると思った。琴美さんのことを思うとなぜだかわたしはいつも懐かしいような切ないような気持ちになったけれど、今日はとりわけこみあげるものがあった。わたしは残りのビールを飲み干して店を出た。ビール代は映水さんが払ってくれていた。

家に着くと、映水から連絡があったよ、と言いながら最近では珍しくはっきりと明るい顔をして、黄美子さんが玄関まで小走りでやってきた。「まじ！」とわたしは驚いてみせて居間に入っていき、そこで息が止まりそうになった。テレビを見ている桃子の横にひとり、知らない女がいて一緒になって寝そべりながら笑っていたのだ。

驚愕しているわたしをよそに、桃子は高校時代の同級生の何々だと紹介した。名前なんか頭に入ってくるはずもなく、気がつくとわたしは桃子の後ろにまわってブラウスの肩の部分を思いきりつかんでひっぱって立たせ、それと同時に同級生に家から出るように命令していた。

わたしの剣幕に同級生はこれ以上は戸惑えないという顔をしてバッグをつかんで逃げるように出て行った。同級生を追いかけようとする桃子を制止して家のなかに連れもどした。

「あんたなに考えてんだよっ」

「なに、なに、友達と遊んでたんだけど」桃子はわけがわからないというように両手をまえに出してそれを左右にゆらした。

「あんたこの家になにがあると思ってんだよ、まじでなに考えてんだよっ」わたしは大声で怒鳴った。「黄美子さん、黄美子さんもなにしてんのっ、蘭はどこだよ」

ふたりの返事を待たずにわたしは二階に駆けあがり洋室のノブを引きぬく勢いでドアをあけると、こちらに背をむけてヘッドフォンをつけて寝転んでる蘭がみえた。わたしは後ろからヘッドフォンをつかんで床に叩き捨て、驚きのあまり大声を出して飛びあがった蘭に叫んだ。

「蘭っ、あんた下に知らないやつが入ってきてんの知ってんの、あんた家にいてなにしてんだよっ」

「え、なに、なんなの」

「なんなのじゃねえよ！　下に降りな！」

　わたしは階段を駆けおりて居間へ戻り、桃子と黄美子さんを睨みつけた。信じられない。ありえない。わたしは怒りで手が震え、胸の底から絶叫してしまいそうだった。蘭があとからやってきた。わたしは三人にそこに座れと言って、なんで知らないやつを家に入れたのか、どういうことなのか説明しろと言った。何度か目をあわせようとする桃子と蘭に、そっちを見るな、わたしを見ろと大声で言うと、ふたりはわかったというように肯いて正座になった。最初に、桃子が久しぶりに同級生から連絡が来て会おうということになり、とくにこれと言った理由はなく行くところがなくてなんとなく家に来ることになったとしどろもどろに答えた。蘭は、今日は昼ごはんを桃子と下で食べてから上でひとりで音楽を聴いたり雑誌を読んだりしててなにも気づかなかった、気づいてたら止めてたと言った。

　黄美子さんは、桃子が友達だと言ったので三人でビールを飲んでテレビを見ていたと言った。その内容、話しかた、目の動き、三人のすべてがあまりに馬鹿すぎてそのどうしようもなさにめまいがし、同時に冗談じゃなく自分が怒りで爆発して体が吹き飛んでしまうんじゃないかと思った。わたしは三人にそこからぜったいに動くなと言ってふたたび階段を駆けあがって二階へ行き、ダンボールの中身を調べた。誰かが触った形跡はなく、ヴィヴさんから預かっているカードの束を入れた箱にも異変はなかった。わたしは何度も大きく肩で息をつき、拳を握りしめ、今度はゆっくり階段を降りていった。

2

「でも、わたしは機械のことはぜんぜんわからないし、銀座には行ったこともないし、桃子も蘭もアタック以外には使えません。それに――」

「それに？」ヴィヴさんはそこから言葉のつづかないわたしに言った。「なんでそんな深く考える必要がある？　いつものＡＴＭとなにが違う？　難しいことなんかなんもない、どうした花」

珍しく三茶までやってきて商店街の古い喫茶店にわたしを呼びだしたヴィヴさんは、椅子に座るなり新しい仕事の話を始めた。この日は最初から調子が違った。話しかたはいつも通りの早口で見た感じも変わりはないのだけれど、ヴィヴさんはどこか落ち着きがなく、心なしか少し焦っている感じがした。

これまではキャッシュカードにしろクレジットカードにしろ、すでに情報の入った物を使ってシノギをしていた。けれど今度からは情報をぬき、それを売る側にまわるのだとヴィヴさんは言った。そのためには決済端末にスキマーをつけて情報を吸いあげ、同時に暗証番号も入手する必要がある。カードはもちろん筋の良いものが好ましい。つまり、わたしにそれをやれと言っているのだ。しかも琴美さんが働いている銀座のクラブで。

「スキマーなんかくっつけるだけ。どっちも黒いから全然わかんない。あとは天井に手元が映る角度にちっこいカメラ仕込むだけでいい。機械の知識なんかひとつも要らない。あんたは週いち間隔でスキマー回収して取り替えるだけ。カメラの映像はべつのやつが都度で電波で拾っていく。連絡係みたいなもんよ。なかのことなんか琴美に言えばどうとでもなる」

「あの、琴美さんには言うんですよね」

「あんたおもろいこと言うな」ヴィヴさんがまっすぐにわたしを見た。「琴美に言わないでどうやってやんの？」

「もし……琴美さんが断ったらどうなりますか」

「どうなるもこうなるもないよ。あんたが自分の責任で琴美を口説いて、やらせんだよ」ヴィヴさんは大きく息を吐くと、何度か椅子に座り直した。「まず鍵を用意させる、昼間に仕込む、レジ係に金を握らせる、以上。これで終わり。言っとくけどこれは相談とかじゃないよ。いつものカードはもう頭打ちがそこまできてんの。あんたもわたしも、こっちに舵《かじ》きる以外にはもうないってこと」

　この数週間、ヴィヴさんから与えられるカードの枚数と回数が目にみえて少なくなっていた。ATMもアタックも減り、わたしはわたしでかなり焦っていた。これまで貯めた金はある。でもこのさき、それを崩すしかなくなればすぐに消えてしまう。あんな思いをして稼いで貯めた金が四人もいればたったの数年、生きるだけでなくなってしまうのだ。稼ぎは必ず確保しておく必要がある。どんな人間でもそれはおなじだ。でもわたしは琴美さんを巻きこみたくなかった。琴美さんは黄美子さんから聞いてもしかしたらすでにいろいろを知っているのかもしれないけれど、できればこの仕事のことを自分の口からは言いたくない気持ちがあった。

「あんななあ、花。あんたがどっちむいてんのか知らんけど、道は一本なんだよ」ヴィヴさんが前歯の隙間をみせて苛だったように言った。

「カメラの仕込みがあれだってんなら、映水を入れていい。あいつ完全に終わったらしいから有り難いシノギの誘いだよ。琴美だって、黄美子と映水、お仲間の生活がかかってんだからやるだろ。一枚めくれば琴美だってなんのかんの出てくんだよ。琴美に話すときはわたしの名前も出していい。取りぶんについては後日話す。カメラとスキマーはこっちで用意してそれも渡す。いい？　ぼおっとすんな花。わたしの話をちゃんと聞け。とにかくふたりと段取りしてこっちが用意できたらすぐに動けるように中身固めな」

一息に話してしばらく黙ったあと、ヴィヴさんは急に立ちあがってレジにむかった。てっきりトイレにでも行くのかと思ったわたしはあわててそのあとを追って店を出た。大通りへ出る途中でヴィヴさんの電話が鳴ったけれど、いっしゅん立ち止まって番号を確認したあとそれを無視した。タクシーを止めて乗り込んで大きな音をたててドアが閉まると、ヴィヴさんはわたしのほうを一度も見ずに去っていった。今の感じや喫茶店でのヴィヴさんのじりじりとした雰囲気はわたしにたいして思うところがあるというよりは、べつのなにかに追われていて余裕がないという感じがした。わたしが思っているよりも、わたしたちのアタックやATM、そしてヴィヴさん自身のシノギもかなりやばい状態なのかもしれない。そしてさっきのヴィヴさん。あれはこれまでにない別れかただった。そのことがわたしの気持ちを暗くさせた。

家に着くと、蘭と桃子が骨だけのこたつに脚を入れて寝そべってテレビを見ていた。わたしが居間に入っていくとびくっとし、一瞬で空気が硬くなるのがわかった。

「会議するよ」

わたしがそう言うとふたりは体を起こして、こたつの板のうえに目を落とした。六月の終わり。じめじめとした梅雨の重苦しい空気が部屋の隅々にまで充満していた。まだらに塗られてそのままになった壁の黄色がいつも以上に澱《よど》んでみえた。わたしはうんざりしてため息をつき、この二週間まともなアタックがないことについて話しはじめた。

「会議」というのはあの日をきっかけにわたしが作った時間だった。毎日一回、仕事と現状について、そして日常で気がついたことをわたしが話し、それをふたりが聞く時間。あの日、よりにもよって他人をこの家に入れるなんてことを――この仕事をつづけるにあたって最低限わかっていなければならないことをふたりはまったく理解しておらず、あのときわたしは全身が震えるほどの怒りとおなじくらいの衝撃を受けた。ふたりの考えがどれだけ足りずどれだけ甘いか、それを踏まえて今後はどうあるべきなのかを継続して徹底的にわからせる必要がある。「会議」ではふたりは自然に敬語になった。

「――ということで、桃子と蘭は今回のシノギにはかかわらない。だからこのままアタックが再開するの待ち。このあと映水さんと話してわたしがいろいろ決める。桃子、つぎ外出るのいつ」

「あたし、べつに予定ないです」桃子は言った。

「そう。蘭は」

「わたしもとくにないです」

「わかった。買いだしはいつもどおり土曜の昼。四人で行く。ほかで出るならちゃんと内容書いて。わかってると思うけど門限は守ってね。あと黄色コーナーも。サッサまだあるよね？」

「あります」

「会議」はあっさり十分で終わることもあれば、夜じゅう続くこともあった。話すうちにぶりかえすように思いだされ爆発するわたしの怒りと剣幕に、ふたりはいつも文字通り身を縮めて土下座をする勢いで謝った。でもわたしはふたりのそのふるまいこそがなにもわかっていない証拠なのだとさらに激しくまくしたてた。謝って生活がどうにかなるのか。謝って金が入ってくるのか。自分たちの生活がなにで成り立っていて、それがばれたらどうなるのかわかっているのか。今あるすべてとこれからが、あんたらのちょっとした気の緩みで崩れてしまうのに、もしそうなったらいったいどう責任をとるつもりなのか。

数分後にはどうせぜんぶ忘れてしまうくせに、そんなふうに謝ることになんの意味があるのか、少しは頭を使って考えろ——ふたりはわたしからくりだされる言葉にうなだれて、どんどん小さくなっていった。けれど小さくなるだけではどうしようもない。なんといってもここには公にできない金があり、わたしたちの運命はその金にかかっており、そしてこのふたりはその秘密を知っていて、なおかつその金の所有者でもあるのだ。

蘭はともかく、桃子が心配だった。しょうもない男に騙されてパー券に何十万もつぎこんでしまうような馬鹿なのだ。そして一緒に住んでいるのにそのことにまったく気づけなかったという反省がわたしにもあった。アタックがなくて自由な時間が増えた今、また妙な交友関係が復活して借金ができないとも限らないし、もっといえば、ここにある金が危険にさらされる可能性だってある。なにがあるかわからないのだ。だからわたしはふたりが外に出るときには、いつどこで誰になんのために会い、何時に帰ってくるのかを居間に置いたノートに記録し、わたしに伝えることを義務づけた。遅れるときも連絡は必須。たとえあんたたちに非がなくても悪気がなくても、勘づいた誰かがなにかを仕掛けてきたり嵌められたりする可能性もある、わたしらの秘密の仕事とこの金を守るためにこれは必要なルールなのだと説明すると、最初はちょっと驚いてもごもごしていた桃子も蘭も、わかったというように肯いた。あたりまえのことだった。それが自分たちの生活を守ることになるのだし、蘭はここ以外に住む場所もないし、桃子にしたところで今やおなじようなものだった。それにアタックは心身ともに独特のきつさがあるとはいっても、わたしの指示に従うだけで毎月十五万もの給料があり、アタックがない今なんか、なにもしないで家でごろごろしているだけでそれが保証されているという信じられない高待遇なのだ。文句なんか出ようがない。生活と金を徹底して守るため、わたしは毎晩ふたりの携帯電話もチェックするようにした。

「――これで今日の会議は終わり。黄美子さんは？」

「上だと思う」

　わかっていたことだけれど、黄美子さんにはわたしの言葉は通じなかった。あの日も、家に入ってきた誰とも知らない人間を座らせて一緒にビールを飲んだことに、なぜわたしがこんなに激怒しているのか、怒っていることの事実は理解できても、そのことじたいに関心をもつことはできなそうだった。黄美子さんがそういう人であることはわかっていたけど、あの日は勢いにまかせて桃子と蘭にしたのとおなじように、わたしは黄美子さんをも問い詰めた。すると黄美子さんは少し困ったように、そしておなじくらい他人事のように「そういうの、わたしわかんないんだよ」と小さく答えたのだった。それはいつだったか、アパートを追いだされるときや、金の相談をしたときに返ってきた反応とおなじだった。「だったらいったい黄美子さんにはなにがわかるんだよっ、なんかいっこでも、わかることとあんのかよっ」と興奮状態にあったわたしは声を荒らげた。黄美子さんは黙りこんでしまったけれど、その二日後、わたしが二階の寝室でダンボールのなかの金を整理しているとやってきて、隣にあぐらをかいて座った。

しばらく無言のままわたしの作業をじっと見たあとで、お腹はすいてないのかと訊いてきた。お腹なんかすいてないよ、とまだ苛だっていたわたしが言い捨てると、黄美子さんは「わたしには、そういうことしかわからない」と言った。

金を数えていた手が止まり、わたしは黄美子さんの顔をみた。

こんなふうに間近でまっすぐに黄美子さんの顔を見るのはいつ以来か、初めて会ったときのあの力強い目の印象や、わたしのなかに最初から今までずっとあったと思っていた黄美子さんという存在の大きなイメージのほとんどが失われていることに、わたしはほとんど殴られるように気づかされた。

「花、花。わたしは、腹が減ってんのかなとか、泣いてるなとか、そういうのだよ。なにすればいいいか、そんならわかる」

考えることが苦手な黄美子さんが、それでも黄美子さんなりに考えて、二日まえにわたしが怒鳴ったことにたいして、今こうして一生懸命に説明しにきたのだと思うと胸が痛んだ。数日間くすぶっていた怒りがじんわりゆるみ、そしてまだそんな年でもないのになんでこんなに老けてしまったのだろうとか、なんでこんなぼんやりした目つきになったんだろうとか、もしかしたらわたしが気づかなかっただけで最初から黄美子さんはこうだったのではないかとか、いや、そんなことあるわけがない、黄美子さんはもっと——そんな脈絡のない思いが渦巻いた。そしてそこに黄美子さんのお腹が減ってるとか泣いてるとかの言葉がめぐって、あの夏、わたしが十五歳だったあの夏にいっぱいにしてくれた冷蔵庫がはっきり思いだされて、悲しさとも切なさともつかないような、どうしようもない気持ちになった。

「花」

「うん、知ってるよ、黄美子さんは、そうだよね」わたしは言った。「あれは桃子が悪いんだよ。黄美子さんは桃子が連れてきたから、そりゃ友達だと思っちゃうよ。喉渇いたって言われたらビールあげるよね。でもね、今度からは誰の友達だっていわれても、ぜったいに誰も家に入れちゃだめだよ。黄美子さんもわかってると思うけど、この家には知られちゃいけない大事なものがあるからね」

「わかった」

「黄美子さんは、わたしの言うことききいてくれるよね」

「うん、きくよ」

「黄美子さんは、掃除が得意だし、黄美子さんのおかげでぜんぶうまくいってるよ」

「そうかな。わたし、なんも得意じゃないけど」そう言うと黄美子さんは笑った。

そんな三週間くらいまえのやりとりを思いだしながら階段をあがって二階に行くと、薄暗い部屋のなかで黄美子さんは押入れのまえに三角座りをして金庫番になっていた。あの日以来、家のなかの雰囲気が変わり、つねにうっすらと緊張が漂っていることを黄美子さんなりに感じているらしかった。これまで通り横になってテレビを見ることもあったけれど、黄美子さんにも独自の責任感がめばえたのか、サッサで拭き掃除をしたあとの何時間かを金庫番として過ごすことにしたようだった。わたしは隣に腰をおろして言った。

「黄美子さん、ヴィヴさんって知ってる?」

「ヴィヴ?」

「ヴィヴィアンさんっていうんだけど。名字はわかんない。わたしらのアタックのボスって、そのヴィヴさんって人なの。黄美子さんのことも琴美さんのことも知ってるんだって。昔カジノとかで一緒だったたって」

「ヴィヴィアン……誰だっけな、ぱっと思いだせないなあ」黄美子さんは髪のなかに手を入れてかき混ぜながら首をひねった。「仕事って、映水が花を連れていったんだよね。じゃあ、わたしも昔どこかで会ってるのかもね」

そしてわたしはヴィヴさんからほとんど命令されたといってもいい、例の新しい仕事について話した。映水さんもかかわること、そしてじつは琴美さんにも頼みごとをしなければならないこと。

「そっか……こないだ会ったとき、琴美、店もおっさんももういやだなって言ってた。笑ってたけど。その新しい仕事ってのが、うまくいくといいけど」

琴美さんを巻きこむことに黄美子さんがどんな反応をするのかわからなかったので、わたしは少しどきどきしていたけれど、以前のような、そう、及川事件のときに見せたあの怖い目つきをすることもなく普通だったのでほっとした。すると今度は気が緩んだのか、気がつけば、わたしは「会議」では桃子や蘭には言わないようなことを話していた。たとえば今回のことで言えばヴィヴさんはこれまでとなにも変わらないと言うけれど正直気が重いこと、でもわたしたちが生きていくためのシノギはもうこれしかないこと、アタックにかんしてヴィヴさんは破格の取りぶんを与えてくれていたけれど、でもそれはわたしのためを思ってのことではなく、今後なにがあってもわたしが断れないようにするためだったのかもしれないこと——誰にも言えない不安について。黄美子さんは三角座りのまま黙ってわたしの話を聞いていてくれて、久しぶりにふたりで話せたなと思っていたら、自分のなかで決めた金庫番の終了時刻になったのか、時計を見るといきなり立ち上がって下に降りていった。

夜、映水さんに電話をして事情を話すと、二つ返事で——本当に二秒もまがないくらいの速さでやると即答してきて、わたしは少し怖くなった。まだ取りぶんのことも決まっていないのにこの勢いということは、映水さんも本当にあとがないのかもしれない。そこに昼間の喫茶店のヴィヴさんの焦った様子が思いだされて、電話を握る手が急にだるく感じられた。年明けの、あのシノギの勢いがものすごかったときからまだ半年もたっていないのに、なんだか一気に風景が変わってしまったような気がした。映水さんは、琴美には最初は俺から話をしてみると言った。そうしてくれると助かるとわたしは言って電話を切った。二日後に映水さんから電話があった。ヴィヴさんとも直接話をしたようで、スキマーとカメラの受け渡しの段取りがついたと言った。そして翌週の水曜日の午後、琴美さんとわたしと黄美子さんと映水さんの四人で会うことになった。

「レジのお姉さん、チエさんって言って、わたしもうずいぶん長いこと知ってるの」

琴美さんは煙草の煙をゆっくり吐きだすと、それよりも、もっとゆっくりに感じられる口調でそう言った。「孫が三人もいてね、出戻りの娘がべつの男つくって帰ってこなくて、チエさんが面倒みてんのよ。若い頃から苦労してるのに、いつまでたってもおなじだね。でもチエさん……話のわかる、すごく気のいい人」

「引っ張れるだけ引っ張るけど、ヴィヴはまだ具体的な金額は言ってこねえ。どっちにしてもそのレジのばばあは組めんのか」

「うん」琴美さんは肯いた。「やるってさ」

「鍵もそのばばあでいけんだな」

「そうね……念のため合鍵つくってもらうわ」

おう、というように肯いた映水さんはグラスのビールを飲み干した。わたしたちは渋谷駅から少し奥に入った場所にある小さなバーにいた。映水さんが昔から知っている店らしく、ほかに客はいなかった。琴美さんに会うのはどれくらいぶりだろう。

「れもん」が焼けたあと電話では話したけれど、会うのはものすごく久しぶりだったから、ひょっとしたら一年以上経っているのかもしれなかった。もともと細身の琴美さんはさらに痩せていて、暗い照明のなかでその輪郭は影を帯びて、もうひとまわりも小さくみえた。

「番号の録画とカード情報のかちあわせは、ヴィヴんとこのがやる。トガシってやつ。鍵が手に入ったらそいつと俺で、日曜でも昼間いっかい店のなか入って、カメラの場所を決めてくる。おととといのビルの下見、店の入口にカメラなし、トガシによると非常口んとこで電波とれそうだって話だった」

「いいんじゃない。最近は請求書よりカードで飲む人多いから」琴美さんが笑った。「それにしても今頃ヴィヴの名前聞くなんてね。ふふ、生きてたんだねって感じ。まあ、むこうもおなじだろうけど」

「映水さん、ヴィヴさんってやばいの」ヴィヴさんよりやばい状態の可能性のある映水さんに聞いていいのかわからなかったけど、わたしは気になっていたことを率直に聞いてみた。「なんか、すごい焦ってた」

「ヴィヴはみかじめのことで詰められてんだよ」映水さんは言った。「そっちは親筋からな。あとヤクザじゃねえ筋の、顔のみえねえ若い連中がわらわら湧いてて、シマも人間ももっていかれてアガリがねえんだよ。連中、代紋も親もいねえからやりたい放題やりやがっても話のつけようないんだよ。やられっぱなしでヴィヴはそれで焦ってんだよ」

「それ、どうなるの」わたしは訊いた。

「この流れはもうどうもならねえよ。このシノギだってしょせん繋ぎ程度にしかならねえし、早けりゃ来年にでもカードにややこしいシステムが入ってきやがる。でも日銭はいるだろ。だからやるしかねえんだよ」映水さんは手のひらでごしごし頭をこすって言った。「とにかくヴィヴが言うには情報食ったスキマーと番号映したビデオはセットでまだ韓国と中国で高額になる。単価は安いけどマレーシアにも増やして流せる。動画撮る機械は俺とトガシが店に仕込む。ばばあがスキマーに情報ためる。新しいスキマーはトガシに届けさせる。花、店の入口にはカメラはないけどビルの一階にはついてっから俺らは裏から入る。琴美の店は『セラヴィ』って三階にある。そこの二階に散髪屋があるからそこの客装ってビル入って、曜日決めてばばあからスキマーを受け取るって流れだ。さすがに琴美が店でってのは危険だしな。琴美、これでいけるか？　ばばあはできるか？」

「会計するのはチエさんだけ。部長も社長も女の子とおんなじ、酒飲んで客の相手をするだけよ。毎日最後に店を閉めるのは下っ端の黒服。店をあけるのもその男と事務所から直で来るチエさんが半々。いけると思うよ」琴美さんは笑った。「チエさんにちゃんとお金あげてね。いくらあっても足りないんだから」

「手付に十万——花、十万あるか」

「えっ、あるけど、今はもってないよ」

「今じゃなくていい、ばばあに初めに会ったときに手付で渡して、今後は出来高で琴美から都度で渡してくって伝えてくれ、悪いようにはしないってな」

そのお金は今後どんなふうに返ってくるのかこないのか、一瞬いろんな考えがよぎったけれど今はそんなことを気にしている場合ではないし、なにより本当にもうこれをうまくやってのけるしかないのだというのが伝わってくる映水さんの気迫がすごかった。そのいっぽうで、わたしは琴美さんの目や雰囲気がどこかどんよりしているのが気になっていた。具合が悪そうにはみえないけどずいぶん痩せているのもひっかかった。この段取りの話しあいのあいだ、黄美子さんは一言も意見を言わずみんなにビールを注いでいた。でも琴美さんと一緒にいるせいかすごくリラックスしてる感じがして、こんな仕事の話の席とはいえ、わたしも琴美さんと黄美子さんと久しぶりに一緒の時間を過ごしていることが嬉しかった。

わたしたちの新しいシノギ——通称〈セラヴィ〉は、わたしの心配をよそに順調に進んだ。会計のチエさんはものすごい垂れ目であること以外は特徴のないどこにでもいるような地味なおばさんで、近所の誰かにお土産でも渡すみたいにコンビニ袋に入れたスキマーをもたせてくれた。

琴美さんのクラブは想像していたよりもカード決済の数が多かったので、受け渡しは週に二回の間隔でわたしたちはセラヴィをつづけた。そこにはまるでバケツリレーでもするような小気味良い勢いと爽快さすらがあった。あるいはすでに宛名の書かれたハガキに切手を貼ってあとはポストに入れるだけというような単純さが。ＡＴＭやアタックにあった緊張や疲労がほとんどないのだ。それは自分以外にヴィヴさんをはじめ映水さん、それからただ巻きこんだだけだけど琴美さんという責任者的な存在がいるからだと思った。あとは、現金に触らないで済むというのが大きい気がした。もちろんヴィヴさんから分けまえを受けとりはするけれど、現場でわたしが扱うのは、知らなければそれがなんなのかもわからない手のひらサイズの黒いプラスティック製の四角だけなのだ。

セラヴィが安定するとヴィヴさんは上機嫌になり、また愉快な顔をみせるようになった。映水さんも手に入れたデータで利益を最大限に得られるように、ヴィヴさん側とやりとりしたり張りきっているようだった。ヴィヴさんは以前のように食事に誘ってくれ、枚数は減ったけどアタック用のカードを渡してくれることもあった。ただ、これまでは折半だった取りぶんが二割になった。カードのセキュリティーが一新されるので駆けこみが増えて値段があがってるということらしかった。桃子と蘭とわたしは以前のようにアタックに出かけることにした。けれども調子が変だった。これまでふたりにあったような覇気というか食いつきがなく、かといって体調が悪いとか元気がないとかそういうことでもない――「会議」でもないのに、これまでとは違うわたしにたいするよそよそしさというか距離のようなものがあるように感じられるのだった。

その理由はすぐにわかった。あまり盛りあがらなかったアタックの終わりに、久しぶりに酒でも飲むかという流れになって居間でだらだらしていると蘭と桃子が金のことについて訊いてきたのだ。

「会議」のときはわたしが議長的な役割をしていたし、日常生活でも基本的にわたしが使えないふたりに苛々しているとはいえ、普段は同居している友達だからいろんなことを適当に話す。この夜は、蘭は携帯電話の新機種の話、桃子は最近読んだという漫画の話をし、わたしは適当に聞き流していた。そんな長い前置きのようなおしゃべりのあと、蘭が少々ためらいがちな表情で「わたしたちが貯めたお金って、今後どうなる感じなのかなあ」と訊いてきたのだ。

「それって仕事の話だから、会議のときに話すことじゃない？」金のことを訊かれると思ってなかったのでわたしは一瞬どきっとしたけれど、冷静を装って言った。「アタックまた再開したしさ」

「まえはさ、いくら貯まったねとか、そういう話もみんなでしてたじゃん？　最近はそれもなくなって、なんか会議だけだし」

ね、というように蘭は桃子のほうを見た。

「そう。まえから聞こうと思ってたんだけどさ、花ちゃん、もう『れもん』ってやらない方向なんだよね？　最近ぜんぜん話に出ないし」

「最近ぜんぜん話に出ない？」わたしは眉根を寄せた。「話に出ないってそれ、ふたりとも『れもん』のことなんかぜんぜん気にかけてなかったじゃん。その言い方はおかしくない？」

「いや、あたしら気い遣ってたんだって」桃子が言った。「大事なことはなんでも花ちゃんが決めるわけだからさ……あたしらにできることって限られてるし。今なんか待機だけだし」

「え、この家のルールのこと言ってんの？」わたしは目をむいた。「それはわたしがあれだけ時間をかけて話したから、さすがに理解してると思ってたけど？　桃子、自分のやったことわかってるよね？　どれだけわたしらを危険にさらしたか」

「あのさあ……いま会議じゃないし酒も飲んでるから言わせてもらうけどさあ……一回の失敗を

こんなふうにずっと引きずられるの、正直きついんだよね」桃子は言った。「花ちゃんが言うように考え甘かったたし悪かったと思ってるよ。でもあたし何回も謝ったし、それ以外でべつにでかい失敗とかしてないじゃん。アタックは花ちゃんがリーダーなのはわかってるけど、でも基本あたしら同等でしょ？　携帯みられたりとか行きさき書けとか、花ちゃんキレるとやばいからはいはい言うこと聞いてたけど、ちょっと異常かなって思うわ正直」

わたしは思ってもみなかった桃子の言いぶんに動揺して目を丸くした。自分のやったことを反省して心を入れ替えて、家と金を守るためにわたしが考えたルールに納得していたんじゃなかったのか。はいはい言うこと？　キレるとやばい？　桃子はなにを言ってるんだ。

「あのさあ……桃子なんか勘違いしてない？」わたしはできるだけ気持ちを抑えて言った。「桃子、あんたパー券の借金返してもらってるよね。それってじゅうぶんでかくない？　あんたの妹のその仲間もこの家の場所知ってんだよ？　こんなの入ってこようと思ったらドアも窓も速攻で破られて金まるごといかれたらどうすんの？　勘づかれて強請られる可能性もあるんだよ、だから慎重にしようって話なんじゃん」

「いや、勘違いはそっちだよね。パー券のこともしつこく言うじゃんそうやって。だからこれまで貯めた金、精算しようって言ってんの。あたしの取りぶんから五十万引いたって残りいくらあるよ。五十万なんか余裕でしょ。だから三人でちゃんと分けて、もう解散でいいじゃん。そしたら強請られるとか盗まれるとかも、もうないじゃん。解散すれば」

「解散？」わたしは言った。「解散ってなに？」

「は？　それぞれ自分の金もって、みんなそれぞれになればいいじゃんてこと」

わたしは唾をひとつ飲みこんで、蘭を見た。

「蘭、これ……このいま桃子が言ったこと、あんたも一緒に決めた話だっていうわけ？」

「いや……解散とかってのは、具体的にはなかったけど」蘭はわたしと桃子の顔を交互に見ながら言った。「てか――そろそろお金の話はしたいよねとは、言ってた」

「なに勝手なこと言ってんの」自分の声がかすかに震えているのがわかった。「金の話？　そろそろしたいと思ってた？　解散？　あんたらなに言ってんの？　解散とか、そんなことできるわけないだろうが」

桃子と蘭がわたしの顔を見た。わたしは肩が上下するほど大きく息を吐き、自分の内側から迫りあがってくるものを抑えようとした。「わたしがいったい、どれだけの思いしてここまできたと思ってんの、それでなに、金はじゅうぶん貯まったからここらで山分けしてぜんぶなかったことにしようって、桃子、あんたそんな話が通るとでも思ってんの」

「じゃあ訊くけどさ」桃子は一瞬ひるんだようにみえたけれど立て直し、わたしを睨んだ。「あたしらだって働いたじゃん、それはどうなんの？」

「給料だしてただろうが」

「それが全体のいくらなのかとか、うちらわかんないままじゃん。おかしくない？」

「おかしいのはあんたの頭だろうが」

「は？　おかしいのどう考えてもそっちでしょ。てかしゃべりかたもおかしいから」桃子はせせら笑った。「とにかく、今ある金額みんなでちゃんとみて、平等に分けるしかないっしょ。それで解散すればいいじゃん」

「だから……解散とか、無理だから」

「なんで？　だって『れもん』も再開しないわけでしょ。だったらうちらが今こうやって一緒にいる意味ってなんなの？　なくない？　うちらいつまでこれつづけんの？　いつまでこの家にいんの？　いつやめんの？」

「桃子」わたしは桃子をまっすぐに見て言った。「あんたは、自分がいつまで生きるか、いつ死ぬのか、わかんのか」

「は？」

「あんた、自分がいつまで生きて、このさき死ぬまでにいくら金がいるか、自分でわかんのか。あんたにそれがわかんのか」

「え、誰もそんな話してなくない？　ぜんぜん関係なくない？」

「なんも関係なくないわ。あんたはわたしにおなじこと訊いてるんだよ。いつまでこれつづけるのかってあんた訊いただろ、それとこれとはおなじことなんだよ。答えなよ桃子、あんた自分がいつまで生きて、死ぬまでにいったいいくら金がいるのか、それが自分でわかってんのか、言えんのか、あんたはわたしに、おなじこと訊いてんだよ」

「やばい、完全に意味不明」桃子は顔をひきつらせて言った。

「蘭」わたしは蘭を見た。「あんたはわたしの言ってる意味わかるよね、わたしの言ってることの意味が」

「わたしは」蘭は言った。「わかる部分もあります」

「敬語なんかやめなよ！」桃子が強い口調で言った。「わかるわけないだろこんな話っ！　もうまじあんたら意味不明すぎて怖いって！　蘭、あたしら花ちゃんの手下でも奴隷でもないんだよ、おかしいってこんなの。花ちゃんがなに考えてんのか知らないけど、こんなのもう終わりだよっ、とにかくうえにある金数えようよ、そっからじゃないと始まんないから」そう言うと桃子は居間を出て階段を駆け上がっていった。

「どこ行くんだよ！」わたしは叫びながら後を追った。わたしは寝室に飛びこんで押入れのふすまに手をかけようとした桃子の肩を後ろからつかんだ。バランスを崩しながらも桃子は体を左右にぶんぶん動かしてわたしを払いのけようとした。

「勝手にさわるな！」

「痛いっ！　あんただけのもんじゃないでしょ！」

桃子の勢いにふりはらわれたわたしは畳のうえに放りだされ思いきり尻もちをついた。一対一では負ける――衝撃が尾てい骨から頭に走るのを感じながら、わたしはそれを一瞬で悟った。桃子は下半身が太くて体格がごつくて、わたしより力がある。今ここで金の奪いあいにでもなったりしたらわたしは完全に負けてしまう。そしてもし桃子にこの金をもって外に出られたら最後、それを取り戻す手立てはない。この金は、わたしたちが必死にかき集めたこの金はたしかにダンボールのなかに存在してはいるけれど、しかし同時にそれはどこにも存在しない金なのだ。

「……桃子」わたしは尻もちをついたままの格好で息を整え、落ち着いたトーンを取り戻して言った。「なに、そこにある金もっていくの?」

「は? あたしはただ精算しようって……」そう言いながらも桃子は、わたしの言葉のなかに、自分がここでぜんぶの金をもって逃げることもできるのかもしれないという可能性に気がついたようで、少し表情を変えてみせた。

「もっていくなら、もっていけばいいよ」わたしは静かに言った。「でもね、桃子。そうしたら最後、絶対に、どんなことがあってもあんたは追い詰められることになるからね。あんたが思ってるよりも、わたしたちはもう最悪なところにいるんだよ。やばいところにいるの。わたしらが使ってたカードがどういう代物なのか、ちょっとは考えたことある? 普通じゃないんだよ。ヤクザとか闇とかそういうのでもうがんじがらめになってて、そういうのをいっこいっこクリアにしていかなきゃなんないお金なんだよ。そうしないと遣えない金なの。でもいいよ、桃子がもっていくならそれでも。でもその金はまだ組織のものでもあるんだからね。ヤクザだよ。あんたらが想像してるよりも確実にやばい、恐ろしい世界だよ。親は――この世界では上のことを親っていうんだよ、親はね、わたしのことはもちろん、桃子、蘭、あんたらがどこのどんな人間なのかもしっかりつかんでる。ここにいくらあんのかも、ぜんぶわかってる。もしあんたが金をもってどこかへ行こうとしても、ぜったいに逃げられない。パー券の追いこみどころの話じゃないよ」

桃子は、いつのまにか二階にあがってきていた蘭とならんで顔をこわばらせ、わたしを見下ろしていた。

「精算はする。でもちょっと時間がかかるって話。この家を解散するならするで、時間ちょうだいってこと」

しばらくの沈黙のあと、桃子が聞いたことのないような低い声で訊いた。

「……お金って、ぜんぶで今いくらあるの」

「二千百六十五万九千円」わたしは正直に答えた。ふたりが息を呑んだのがわかった。わたしたちが朝から晩まで一心不乱にアタックをしまくって稼いだ金だ。

「みんなでアタック始めるまえ、わたしが個人で稼いでた金もそこにあわせてる。ぜんぶ『れもん』のためだったからね。でも金がどうこうじゃなくて現実的に『れもん』は無理。だからわたしらが頑張って貯めた金を、最後ちゃんとみんなが納得して分けられるようにしようよ」

「そうだよ、そうしたほうがいいよ」蘭がかぶせるように同調した。「喧嘩なんかしてもしょうがないよ、ねっ、桃子」

「桃子と蘭が、ここでもうアタック辞めるってんならそれでもいい」わたしは言った。「いったんここでってことにするよ。親に話つけてくるからちょっと待ってて。でも精算が終わるまではちゃんとルールは守って。解散するまでは家のことちゃんとして。そうだ、ねえ、今度の会議で言わなきゃと思ってたんだけど、黄色コーナーはちゃんと拭けてるけど、トイレと玄関が最近さぼり気味だよね。黄色も大事だけど風水的にはそのふたつをぴかぴかにしとかないとって話したでしょ。あと靴はひとり二足までってこないだ会議で決めたのに、どっちか知んないけど一足多いよ。ミュールだから蘭じゃない？　とにかく家のことはちゃんとして。精算はするから」

桃子と蘭は黙ったまま、しばらくわたしの顔を見ていた。

3

もう何度も往復して慣れているはずなのに、銀座に行く日はすべてが重い。どんなに晴れていても電車のなかは暗く、自分の意志で目的地へ行って帰ってくるだけのことが、目隠しをされてどこか知らない遠くの場所へでも連れていかれているような気持ちになる。夜の銀座がどうなのかは知らないけれど、昼間の銀座は殺風景で、いろんなところが汚れていていたるところにゴミが転がっていて、まるで巨大な残りかすのなかを歩いているようだった。

「セラヴィ」のフロアでの、いつも過剰なほどの笑顔をつくってみせるチエさんとのやりとりは本当に数秒といった感じで、なぜだかはわからないけれどそれもわたしの憂鬱の一部であるような気もした。七月もそろそろ終わろうとするのにこれから本格的に夏が始まろうとしているなんて馬鹿みたいだった。でも季節がわたしにいったいどんな関係があるというんだろう。関係ない。季節なんかわたしにひとつも関係ない。

あれから蘭と桃子は家のルールを守り、以前より出かける頻度も少なくなった。精算だの解散だのとわたしにいろいろ生意気なことを言ったくせに、居間でだらだらとテレビを見て過ごすという相変わらずの体たらくだった。でも油断はできない。わたしは黄美子さんにこのあいだわたしたちのあいだにあったやりとりを伝えて、ぜったいに家を空けないでふたりの動きを監視するように言った。

精算。わたしは精算について考えなければならなかった。今ある金は、二千百六十五万九千円。これをわたしたち四人の頭数で割ってはいおしまい、とはならないはずだった。それではなにかがおかしい。わたしが個人で稼いでいた金も入っていたし、仕事への責任感や重圧だってまるで違ったのだ。けれど、そんなふうに金の割り振りについて考えていても、どこか本当に考えなければならないことについて考えているという手応えがなかった。そうじゃないなにか、わたしたちについてのべつのなにかについて考えないといけないのだということがわたしを急かしているのだけれど、どうすればそれについて考えることができるのかがわからなかった。桃子に話したことはほとんどが出任せだった。ヤクザも闇も嘘ではないしヴィヴさんがそうした業界の人間であることは間違いないけれど、これまできちんと金は納めていたし、今ある金はすべてわたしたちのものだった。蘭と桃子はなにを望んでいるのか。家から出ていったいどこへ行くというのか。わたしたちの家なのに。それともふたりが求めているのは金そのものなのか。それとも金を稼ぐということなのか。金があるということと、金を遣うということと、金を稼ぐということは似てはいるけれど違うことなのに。

金を望むのはいい、でもふたりはいったい金の、どれを、なにを望んでいるのだ？　じゃあわたしは？　わたしが金に望んでいることはなんなのか。いやちがう、金じゃない、家、わたしは家が——そんなとりとめのない考えが絡まって身動きがとれなくなったときにやってくるのは、いつも黄美子さんだった。ときにはそれが重く暗く感じられることもあった。でもそれは混乱する考えのなかにひとつのはっきりした思いを、わたしにわたし自身のことを思いださせてくれるものでもあった。そう、黄美子さんはひとりでは生きていけない——黄美子さんには、わたしが必要だった。

銀座からの帰り、乗り換えで渋谷に降りたとき電話が鳴った。琴美さんからだった。電車の轟音がすごかったのでわたしはいったん地上に出て折り返した。偶然、琴美さんも渋谷にいることがわかり、わたしたちは二十分後にマークシティという建物にあるホテルのカフェラウンジで待ち合わせることにした。

「花ちゃん」琴美さんはわたしを見つけると手をあげた。遠くからでもひとめできれいな人だとわかる琴美さんに少しどきどきしながらわたしは速歩きで店内を進み、むかいあわせに腰を下ろした。琴美さんはビールを飲んでいて、わたしもビールを飲むことにした。

「花ちゃん、元気そうね」

「はい、琴美さんも」

「ね、すごいタイミング。黄美子も呼ぼうかなって電話したんだけど、しばらくは家を離れられないって。なんかあったのかな」

「なんだろう……帰ったら聞いてみますね。でも元気だよ、黄美子さん」

琴美さんはこのホテルに先週から泊まっているのだと話した。心配させないように笑ってはいたけれど表情にはどこか陰があって、またなにか及川にひどいことをされたのではないかと思った。琴美さんは「セラヴィ」の話はほとんどせず、わたしに最近の家のことを聞きたがった。うん、みんな仲が良くて、笑ってばっかりで、みんなで暮らすのは変わらずすごく楽しいよ、とわたしは話した。それから「れもん」の話になった。

琴美さんといちばん最初に会ったときに琴美さんが着ていた洋服のこと、こんなにきれいな人がいるなんて信じられないと思ったこと、遣ってくれるお金の額にびっくりしたこと、見送りのときにみた黒塗りの大きな外車がきらきらした夜の海の生き物みたいで、桃子が家にもってきたクリスチャン・ラッセンの絵が目に入るたびに今でも思いだすことなんかを、つぎつぎに話していった。わたしは琴美さんとこんなふうに過ごすのが嬉しくて、でも少し緊張していて、いつもの倍くらいのスピードでビールを飲みつづけた。琴美さんは身ぶり手ぶりをつかって話すわたしに楽しそうに笑ってくれた。

わたしたちはその店で二時間くらいを過ごした。自分がものすごく酔っているのがわかったけれど、でもそれとても心地の良い感覚だった。いつもはそんなに飲まない琴美さんが珍しくたくさん飲んでおなじように酔っているのも、わたしといる時間を楽しんでくれているみたいで嬉しかった。琴美さんはこの数年ですごく痩せたけれど相変わらずきれいで、視線が合うと思わず目をそらしてしまうくらいだった。どこからかピアノの音楽が流れ、夏の夕暮れは青い時間を薄くひきのばすようにして、ゆっくりと夜にむかっていった。なんとなく出ようかという感じになって、わたしたちは席を立った。

そのままここで別れるのかと思ったら、琴美さんは薬局に行くから一緒に降りると言った。エレベーターに乗るときに琴美さんがよろめき、わたしが抱きとめ、すっかり酔っ払っていたわたしたちは声をあげて大笑いした。薬局で琴美さんが目薬を買うのに付きあうと、今度は琴美さんが電車の改札まで送ると言いだした。わたしは琴美さんと離れがたい気持ちになっていて、もしかしたら琴美さんのほうもそう感じてくれているのかもしれなかった。もたれあうように笑いながら人混みをかきわけ通りを歩いていると、カラオケが目についた。琴美さんはぴかぴか光る巨大な電飾を指差して、歌うたって帰ろうよと言った。もちろんわたしは大喜びで賛成した。

案内された部屋に入っても、わたしたちはビールを飲みつづけた。なにを話しても琴美さんが大げさに笑ってくれるので、わたしは調子に乗って話しつづけた。黄美子さんと初めて会った夏の日のこと。そのあと黄美子さんが突然いなくなって途方に暮れたこと。でも再会できたこと。映水さんは本当にいい声をしているのに、これまで歌うのを一度も聴いたことがないことなんかを話した。琴美さんは、そういえば花ちゃんの歌も聴いたことがないよねと笑った。わたしは歌が下手だからとごまかしてさらにビールを飲み、なにか歌ってよと琴美さんにお願いした。カラオケをやっても歌うのはいつも桃子と蘭ばっかりで、わたしもこれまで琴美さんの歌を聴いたことがなかった。

「ぜんぜんうまくないんだけどねえ」琴美さんはソファにもたれ、ぶあつい歌本をめくっていった。なんでもいいよ、うまくなくていいから好きな歌うたってよとわたしははしゃぎ、琴美さんにくっついてページを覗きこんだ。楽しいなとわたしは思った。こんなふうに笑ったり騒いだりするのっていつぶりだろう。しかも大好きな琴美さんと。今このときだけは、すべてを忘れて楽しんだっていいような気がした。わたしはどんどんビールを飲んだ。花ちゃん飲むわねえと琴美さんが笑い、じゃあこれにしようかなと言って曲の番号を入力し、わたしたちは笑顔のまま、画面をじいっと見つめた。しばらくするときらきらしたようなちょっと懐かしいようなイントロが鳴り始め、マイクをもった琴美さんは立ちあがり、わたしに冗談交じりにお辞儀をした。その姿がすごくきれいで、わたしは思わず両手で口を押さえた。

初めて聴く琴美さんの歌声は細くて、でも澄んでいて、流れてくる歌詞のひとつひとつ、音のひとつひとつに目をあわせて肯くような、それはそんな歌声だった。わたしは流れていく歌詞を目に焼きつけるように追い、間奏になると琴美さんの横顔を、瞬きもせずに見つめた。琴美さんの頬と額には細切れになったミラーボールの輝きが降り注ぎ、濡れたようにゆれる黒目には、白い小さな光が瞬いていた。

時は無限のつながりで
終わりを思いもしないね
手に届く宇宙は限りなく澄んで
君を包んでいた

大人の階段昇る君はまだシンデレラさ
幸福《しあわせ》は誰かがきっと
運んでくれると信じてるね

少女だったといつの日か
想う時がくるのさ

歌い終わると琴美さんは照れたようにイエーイと小さく体をよじらせて、拍手をした。琴美さんの声になのか歌詞になのか、それともここでふたりでこうしていることにたいしてなのか、あるいはその全部になのかわからなかったけれど、わたしはほとんど泣きそうになっていて、なんていう曲なのと尋ねるので精一杯だった。「これは『想い出がいっぱい』ってやつでーす」と琴美さんはマイクを通して言うと、花ちゃーんと笑って両手をあげてわたしの名前を呼んだ。そのとき、琴美さんのはだけたスカートから太ももに青黒い痕があるのがみえた。それはなにか間違いじゃないかというくらいの、どうやったらそんな色になるかというくらいの大きな痕だった。琴美さんはさっと隠したけれどわたしは息を呑んでしまった。

そのあとも琴美さんはふざけて空気を変えようとしたけれど、わたしはそれにもうまく応えることができなかった。なにも言えずにわたしが黙っていると、さっきの歌はわたしが花ちゃんくらいのときに流行ったんだよと琴美さんが言い、それから少しずつ若い頃の話になった。わたしはとても酔っていて、いろんな考えや映像がぐるぐるまわって、瞼が熱くなって、琴美さんの声が遠くなったり近くなったりした。黄美子さんとは喧嘩らしい喧嘩をしたことがないこと、ふたりで暮らしていたときのこと、海に一度だけ行ったことがあること、そんなことを琴美さんは話してくれた。みんな昔からの仲間なんだよね、何年かまえに映水さんが教えてくれたよ、とわたしは言った。

「そう、映水は弟みたいなところあるよねえ、昔から急にいなくなったりするから焦るけど」

「こないだはわたしも焦った」

「ね……でも、いつもちゃんと、帰ってくるから」

そこでわたしたちは少し黙った。いくつもの部屋からいろんな種類の曲が漏れ、エコーと一体になった歌声がわんわんと響いていた。

「ねえ琴美さん、おっさんいるでしょ、及川ってやつ、そいつみんなでなんとかしようよ」わたしは酔ってないと言えないようなことを口にした。さっきの痕が頭から離れなかった。「ねえ、なんとかしようよ、琴美さん、こんなのおかしいって、映水さんだっているし、みんないるし、なんだってできるんだし」

琴美さんは困ったように微笑んでビールをひとくち飲んだ。

「わたし、ほんとに言ってるんだよ」及川への怒りなのか悔しさなのか、わたしの目には涙がにじみはじめていた。「こんなのおかしいよ」

「ありがとね、花ちゃん、でも、無理なんだよねえ」琴美さんは笑った。

「無理なのよ」

「無理じゃないよ」わたしは言った。「琴美さん、映水さんに聞いたと思うけど、志訓さんも見つかったでしょ、それはみんながあきらめなかったからだよ、みんな昔からの本当の仲間なんでしょ、またみんなで力合わせてがんばってやれば、無理なことなんてなんもないよ、みんな琴美さんのこと好きなんだから、みんな大事に思ってるんだから、だから」

「志訓？」

　琴美さんが微笑んだまま、わたしに訊き返した。

「志訓って」

「志訓さん、志訓さんだよ、大阪にいたんでしょう、映水さんが見たって」

「ああ――そうだったね」琴美さんは笑顔のままで何秒かわたしをじっと見つめ、そのあと何度か肯いてみせた。「その話ね……わたしまだ、詳しく聞いてないのよ」

「なら映水さんにちゃんと聞いて、ね、みんなでがんばろうよ、黄美子さんもいるよ、わたしもいるよ、だから琴美さん、無理だなんて言わないで、無理なんかじゃない、だからそんなふうに言わないで」気持ちがこみあげて泣きながら一方的に話すわたしに、琴美さんは泣かないでいいよと言って肩を抱いてくれた。

「琴美さん、ほんとに、ほんとに」

「そうだね、花ちゃんの言うとおりだね、無理なことなんか、なんもないね」

　そのあとわたしたちはほとんどソファに寝そべりならビールを飲みつづけ、わたしたちの思い出話をした。琴美さんとまたファミレスに行きたいな、またみんなで遊びたいなと言うと、いいね、と言って琴美さんは笑った。それから、黄美子のことありがとね、と琴美さんは言った。わたしあの子のこと好きなの。わたしも好きだよ、黄美子さん優しいよね、わたしのこと助けてくれたんだよ、それでわたし、琴美さんにも会えた。そうね。うん。ねえ花ちゃん。なに？　みて、ミラーボール、きれいだねえ。ああ……ほんと、きれいだねえ。

店を出たのは夜の十時過ぎだった。今度は黄美子も一緒にね。そう言うと、琴美さんはわたしの指さきをきゅっとにぎって、離した。わたしは駅にむかって歩きだし、何度もふりかえって手をふった。人混みにまぎれて見えなくなってしまうまで、琴美さんもずっとずっと手をふっていてくれた。今度はみんなでね。でも、それがわたしが見た琴美さんの最後の姿になった。

酔っぱらったわたしは琴美さんが歌ってくれた「想い出がいっぱい」の思いだせる歌詞とメロディを何度も頭のなかで再生しながら、バスにゆられて帰っていった。夏の夜道は心地よく、わたしは琴美さんのことを考えながら歩いた。琴美さんのことを思うと、誰を思うのとも違う不思議な気持ちになった。それは最初からそうだった。最初から悲しくて、最初から切なくて、淋しそうで、会わなくても大切に感じる人だった。なぜなのかはわからない。わたしは琴美さんにしあわせでいてほしかった。しあわせっていうのがなんなのかわからなかったけど、そう思っていた。でも大丈夫、映水さんだっているし、黄美子さんもいるし、志訓さんだって見つかったし、仕事とはいえヴィヴさんだっておなじ側にいる。みんないるもの。わたしはとても感傷的になっていて、仲間とか友達がいるということに、そういう存在そのものに、なんだかすごく感謝したいような気持ちになっていた。家。わたしたちの家は今は混乱がつづいているけど、苛立つこともむかつくこともあるけれど、でももう一度やり直せるんじゃないか。なんといっても蘭と桃子ほどこんなに深く付きあった友達はいないのだ。二人は、わたしの友達なのだ。もう一度話しあって、ちゃんとして、なんとかすべてをいい方向に——夜道をふらふらと歩いて辿り着いた玄関先で、そんなわたしの願いは打ち砕かれた。金をもって逃げようとする桃子と鉢あわせしたのだ。

第十二章　御破算

1

桃子は大きなリュックをかつぎ、手には紙袋を提げていた。いっしゅん、わたしは桃子がそこでなにをしているのかがわからなかった。しまったという顔をして桃子は家のなかに逃げ戻り、それからまた打たれたように引き返してきて、わたしを押しのけて玄関を突破しようとした。金だ――そう直感するより先に体が動いた。唸り声をあげながら外ににじり出ようとする桃子を押しとどめ、わたしは必死に踏ん張った。無言で揉みあいながらわたしはすきをついて後ろに回り込み、リュックの肩紐を力の限りに引っ張った。桃子はバランスを崩して後ろに転び、ごんと鈍い音がした。あがり框《かまち》の角で頭を打ったようだった。しばらく身をよじっていたけれど、いきなり短く叫ぶと紙袋を胸に抱えて、外にではなく家のなかへ這っていき、階段を駆けあがっていった。

「桃子っ」わたしも後を追った。「あんたなにしてんだよっ」

「なんもしてないっ」

「紙袋、貸しなっ」

「うるさいっ」

わたしたちは腕をつかみあったまま寝室になだれこんで、紙袋を奪いあった。ふすまにぶつかった弾みで足を滑らせた桃子が、柱に耳のあたりを勢いよくぶっつけた。ぎゃっと叫んで桃子が紙袋から手を離したすきに、わたしはもち手をつかんで胸にかかえた。痛い痛いと呻《うめ》いて体を丸める桃子を見下ろしながらぜえぜえ息をしていると、髪の毛がびしょびしょに濡れたままの蘭がどたどたと階段をあがってきた。それを追うように、見るからに寝起きの表情の黄美子さんもやってきた。

「なにっ、ふたりなにしてんのっ」蘭が、耳を押さえている桃子に気づいて駆け寄った。「切れてるっ、血が出てるっ」

「うるさいっ、黄美子さんっ、桃子が今、金をもって逃げようとしてたんだよっ、黄美子さんなにしてんだよっ、見張っててって言っただろっ」

「ごめん、ちょっと寝てしまった」黄美子さんは珍しくうろたえ、その場で足踏みをしてくるりと一周した。蘭は桃子に駆け寄ると、花ちゃんやりすぎだよっと声を荒らげた。蘭の甲高い声に一瞬ひるみそうになったけど、わたしは紙袋をかかえる腕に力を入れた。たしかに血は出てはいるみたいだけれどほんの少しで、騒ぐほどのことではなさそうだった。桃子が金をもって逃げようとしていたのに蘭はいったいなにを心配しているんだ。なにが起きてるのかわかっているのか。わたしは息を整えながら紙袋の中身を確認した。正確な額はわからないけれど、タオルにくるまれたそれはふだんわたしがダンボールのなかで数えていたぶん、つまり全額とおなじくらいのヴォリュームがあるようにみえた。信じられない。信じられない。あれだけわたしがヤクザとか闇とか説明してもち逃げなんかしたら大変なことになると忠告したのに桃子はそれをやろうとしたのだ。いったいなにをどう考えたらこんなことができるのか。

「花ちゃん、聞いてんのっ、こんな」

「うるさいっ」ぎゃあぎゃあわめく蘭にわたしは怒鳴った。「桃子がわたしらの金、ぜんぶもっていこうとしてたんだよ、それを止めてなにが悪いっ、あたりまえだろっ、わたしがあれだけ、わたしがあれだけっ」

　畳のうえで唸りながら体を丸めている桃子、そばにしゃがみこんでわたしを睨むように見あげている蘭、そしてその隣でどんと突っ立っている黄美子さんを見ていると頭のなかでわんわん音が響き始めて、わたしは前髪をかきむしった。なんなんだこれは、なにが起きてるんだ。琴美さんのことを思って、友達のことを考えて、切ない気持ちになっていたさっきのあれはなんだったんだ。頭のわんわんにかさなるように動悸がしはじめ、わたしはそれをふりはらうように激しく頭をふって声をあげた。

「桃子っ、あんたこの金はもって逃げらんないって言っただろ、ちゃんとわかったんじゃなかったのかっ」

「はあああ？　あんな話いったい誰が信じんだよ、ヤクザかなにか知らないけど、たんなる脅しだってことくらいちゃんとわかるわっ、こんなしょぼいチームで闇の追いこみとかあるわけないだろ、馬鹿にすんなっ、あんたお得意の脅しだってことぐらい、ちゃんとバレてっから！」桃子は耳を押さえながら大声を出した。「あんたが金を独り占めするつもりなのもばればれだかんね、そんなことさせないよ、働いたぶんは払ってもらうんだからっ、あたしの金はあたしがもらうっ」

「いい加減にしなよ、わたしがそんなことするわけないだろっ、これはみんなで貯めたみんなの金でそんなこと——」

「もういいよ、適当なこと言うんじゃないよ、いいからあたしのぶん渡せっ」

「桃子あんた、あんた、そんなに金が大事かっ」

「なに言ってんだよ、自分に言えよ！」

「わたしは、金じゃない——違う、金だけど、でもそんなことを言ってんじゃない、わたしは」

「ふざけんなっ、あんた自分がやってきたことふりかえれっ！　あたしらさんざん支配して自分に都合良く扱ってきたくせに！　あたしら使ってさんざん金儲けしてきたくせに！　今さらあんたが、なに言ってんだ！」

　わたしは桃子の言葉に絶句した。

「……ほんと、一緒にしないでくれる」桃子は大きく息を吐いてわたしを睨んで言った。「あたしらのこと金でがんじがらめにして動けないようにして、それでいて友達づらして、花ちゃんあんた勘違いしてんだよ」

「……なんの勘違いだよ、あんたらだって行くとこなくて、金もなくて、わたしが必死に稼ぎの方法みつけて、あんたらそれで生活してたじゃんか、いったいわたしが誰のために——」

「誰もあんたにこんな こと頼んでねえよ！」桃子は叫んだ。「もしかしてあんたみんなのためだったとか思ってるかもしれないけど、違うからね。まったくぜんぜん、完全に間違ってるからね。ぜんぶあんたが勝手に決めて、あんたが勝手に始めたことだからね。ここまできたら、あたしが花ちゃんだったら、さくっと山分けして後腐れなくして解散してぱっと終わるんだよ、あんたもそうすりゃいいじゃん、なんでそれしないんだよ」

わたしは黙っていた。

「はは、しないんじゃなくて、できないんだよね。じゃあ、なんであんたにそれができないのか、わかる？」桃子は言った。「金のこともあるんだろうけど、基本、あんたがひとりじゃ生きていけない人間だからだよ。あんたはひとりで、なんにもなくて、だから人を金で支配してまわりに置いとこうとしてんだよ、いいかげん、自分のやばさに気づいたほうがいいよ」

「わたしが」わたしは唾をひとつ飲みこんで言った。「ひとりで生きていけないって、どういう意味だよ」

「そのまんまの意味だよ」

「笑わせんな。ひとりで生きていけないのはどっちだよ。桃子、あんたわたしが今までなにをやってきたかわかっててそれ言ってんのか。世間知らずで親とばあちゃんのすねかじって、美人の妹にひがみ倒して文句たれてばっかのあんたがぬくぬくだらだら遊んで暮らしてたときに、わたしは必死に働いてたんだよ、いつだって限界までやってきたんだよ。この家だって用意して、なんもできないあんたらのために仕事だって用意して、それで生活させてもらってたあんたがわたしになに言ってんだよ、わたしが勝手に始めたこと？　もっかい言うけど笑わせんな、全力で乗っかってきたのはどこの誰だよ、ひとりで生きていけないのはそっちだろうがっ、偉そうなこと言ってんじゃねえっ」

「はっ、あんたがうけんのはそういうとこだよ」桃子はわたしを一瞥《いちべつ》した。「自分だけが苦労してきたぶってるとこね。どんなふうでも人にはそれぞれ苦労があんだよ。そんな簡単なこともわかんないなら、あんたいったいなんのために苦労してきたの？　意味なくない？　せっかくのご自慢の苦労が泣いちゃうね、はいはいはいはい、親のすねかじりで悪かったね、妹コンプレックスですまんかったわ。でもあんたは謝られるよりこう言ってほしいんだよね、花ちゃんはほんとにすごいなあって。しっかり者で気が利いて、ピンチをチャンスに変えられる、いつでも一生懸命で結果を残す、すごい人って」

　喉のあたりがぐっと詰まって、頰が熱くなるのを感じた。

「いっくらでも言ってあげるよ、あんたくらい苦労した人はいないよね、すごいよね、あんたに比べたら、わたしらみんなぬるま湯バカすぎ温室育ちでごめんなさーいってね、あははははっ、でもね、あんたはほんとはべつにすごくもなんもないよ、あんたはただの運がない人、ただの可哀想な人、風水とか占いにすがるしかない、そういう人。わかる？　仲間使って支配して、ボロ家に住んでカード詐欺で汚い金集めて生きていくしかない、それでにっちもさっちもいかなくなってる中卒水商売のどうしようもない人、他人のために一生懸命やってる顔して、本当は自分が気持ちよくなりたいだけの人、わかります？　威張れる誰か、支配できる誰かがいないと生きていけない、あんたはそんなやつだよ、そこ忘れんなっ」

視界の一部がぱちぱちっと瞬いてくらっと体が傾いて、つぎの瞬間わたしは桃子につかみかかろうとしていた。やめなよっ、と蘭が叫んで割って入ってわたしを止めようとしたときに、聞いたことのない怒声がして——わたしたちは揉みあった姿勢のまま、声のほうをふりかえった。

黄美子さんだった。黄美子さんはいつのまにか壁に立てかけてあったクリスチャン・ラッセンの絵を両手でつかんで頭のうえにふりかざしており、つぎの瞬間、押入れのふすまにそれを思いきりぶっ刺した。一回で大量のふすまの骨が折れる激しい音がしてわたしたちは身をすくめた。黄美子さんは突き刺さったラッセンを引きぬいてもう一度大きくふりかざし、勢いよくふりおろし、それを何度もくりかえして、ふすまを破壊していった。わたしたちは微動だにせずに、鈍い金色の額縁に入ったラッセンの青光りする海が何度もふすまに突きたてられるのを見ていた。それはなにか発作のようにもみえたし、はっきりした意志のある行動のようにもみえた。事態がうまく飲みこめなかった。わたしは唖然とし、そして同時に黄美子さんを落ち着かせなければならないとも思い、とにかく動きを止めるために黄美子さんを後ろから羽交いじめにした。ふりあげられたラッセンの額縁が何度かわたしの頭に当たったけれど、それでもなんとか黄美子さんを鎮めよう、抑えこもうとしていたら、そのどさくさにまぎれて桃子が思いきりぶつかってきてわたしは脇に抱えていた紙袋を落としてしまった。

紙袋をつかんで部屋から飛びでようとした桃子のティーシャツのすそをすんでのところでつかんだわたしは、そのまま引きずられるように廊下に出、蘭がそこに加わって、ついで黄美子さんもやってきて、痛いっ、ふたりともやめなよっ、逃げるなっ、離せっ、いくつもの怒鳴り声が入り交じるなか、階段まえの小さなスペースでわたしたち四人は揉みあった。誰が誰をつかんでいるのか、押しているのか、ひっぱりこもうとしているのか、とにかくわたしたちは互いのいろんなところを握りしめたまま団子状態でぶつかりあった。桃子を逃してはならない、外に出してはいけない、なんとか寝室にもどさなければ、そして紙袋を取りもどさねば。ぎゃあぎゃあ叫んで動きまわる蘭の声、唇を横一文字にぎゅっと結んで桃子を行かせないように踏ん張っている黄美子さんのぼこぼこした頬、いろんなものにこめられたすべての力が最高潮に達したとき、不意になにかがスローになって――つぎの瞬間、桃子が階段を落ちていくのがみえた。顔がこちらにむけられた桃子はいっしゅんだけふわりと浮いたようになり、腕をまえに伸ばして、階段を転がるというよりは文字通り落下するという感じで、気がつくと体を変な角度に曲げて階下に倒れていた。わたしたちは動けないまま、しばらくのあいだ階上から桃子を見下ろしていた。少しして誰からともなくひとりずつ階段を降りていき、桃子をまたいで床のほうに移動すると、何度か桃子の名前を呼んだ。数秒後、桃子は顔を思いきり歪めて首をふって声をだし、足、足がやばい、と言って涙をにじませてわたしを睨んだ。

「あんたらみんな、頭おかしい」桃子は足首を押さえながら言った。「てか、あたしもうこれ親に言うわ、ぜんぶおかしい」

「親？」

「そうだよ、ママにぜんぶ話す、警察にも言う」

「警察？」妙にうわずった声が出て、わたしは唾を飲みこんだ。

「そう、あたしは巻きこまれてやってんだ、命令されてやってただけ。いいじゃん、包み隠さずぜんぶ正直に言えば警察が判断するだろ。金とかもういい、金なんかいらない、あんたらみんな頭おかしい。ほんとまじ足が痛い。あたしはほんとのこと話す」

「そんなの、無理だよ」

「無理じゃねえ、あたしはもうぜんぶ言う」

「でも、そしたら」わたしは息を吐きながら言った。

「あんたこれからどうすんの」

「あたしをあんたと一緒にするんじゃねえよ、あたしは家に帰るよ、ママに話す、相談する、不安なのは自分でしょ、あんたこそなにして生きていくの？　将来あるの？　ないよね。未来とか完全にないよね。てか、まえから思ってたんだけど黄美子さんってなんなの？　全体的にきもくない？　やばいやばいと思ってたけどいきなり暴れて本物じゃん。なにからなにまでいっちゃってる。てか足やばい。ずきずきがすごい。病院だよこれ、どうしてくれんの」桃子は目をむいて捲《まく》したてた。「ああそうだ、あたし家に帰ったらこのことニャー兄に話すわ。なにからなにまで、ぜんぶ記事にしてもらう。ぜんぶだかんね、いや、このあとすぐに電話する、ニャー兄、大好物だからこういうの、けっこうな騒ぎになると思うわ、十代がカード詐欺でATMで荒稼ぎ、援交どころの話じゃないよね——わかったらそこどいてっ！　あたし帰る」

わたしは目を見ひらいて桃子を凝視した。桃子はどこまで本気で言っているのか。なにかの作戦なのか裏があるのか、出任せなのか、それともぜんぶ真剣なのか。わからない、わかりたくもない——気をゆるめたらわあっと叫ぶかしゃがみこんでしまいそうだった。どうすればいいんだ、ここでなにを言えばいいんだ、考えろ、わたしは考えろ、今この状況でなにがわかってるのかなにが正しいのかを整理しろ、そうだ、わかってることはひとつある、桃子の言ってることが本当でもはったりでも、桃子を家から出すわけにはいかない。それだけはいま阻止しないといけないことだ、これだけは今やらないといけないことだ、だったら、わかってることをおまえはやれ、やらなきゃいけないことをおまえはやれ——。

「黄美子さん、桃子が出ないように見てて、蘭、ちょっと」

「なんだよ妨害？　そんなことし——」

「いいからそこにいなっ、黄美子さん、ちゃんと見ててっ」

わたしは半泣きになっている蘭を台所に連れていき、心配いらないと落ち着かせた。

「花ちゃんどうすんの、ねえ、わたしら捕まんの？」

「捕まんない、大丈夫」

「お金とかもういいよ、もうやめようよ」

「それじゃ逮捕されるよ、そうじゃない」

「じゃあどうすんの」

「桃子に考え直させる。あの子いま気が動転してるだけだから、冷静に話して金をちゃんとわけるって言えば、受け入れるはず」

「でも桃子、もう帰るって言ってるじゃん、どうすんの」

「ちょっとここにいてもらう」わたしは言った。「考えをわかってもらうまで。蘭、これはわたしらのぜんぶがかかってる。しっかりして。いいからわたしの言うことをきいて」

蘭は泣いていた。

戻ると、黄美子さんに見張られながら桃子は、足首が痛い、折れたかもしれないと顔を歪めていた。額には脂汗を浮かべていたけれど、捻挫なのか骨折なのかわたしには判断がつかなかった。わめく桃子の体を黄美子さんと蘭に押さえるように言い、玄関に転がった桃子の荷物と携帯電話を取りあげた。桃子はなおも騒ぎ、これから二階でみんなで会議をするんだと説明しても聞かなかった。真夜中だった。不審に思った誰かが通報したりなんかしたら。焦ったわたしは黄美子さんにガムテープをもってくるように言い、落ち着くまで黙ってほしいと言って桃子の口に貼った。それから三人で腕をつかんで両脇を抱えて、二十分くらいかけてなんとか二階に連れてあがり、洋室の奥に座らせた。黄美子さんがずっと後ろで腕をつかんでいたけれど、桃子が暴れてガムテープを剝がそうとするのでどうしようもなくなり、ナイロンロープをもってきて、それで手首をきつく縛ることになった。

桃子はテープの下で唸り声をぶうぶう響かせ、目を真っ赤にして上半身を揺らしていた。そうした指示を出して行動するそのいっぽうで、わたしの頭のなかは真っ白になっており、自分がなにをしているのか、この数秒さきになにをするべきなのか筋道がたてられず、勝手に震えだす手を握りしめるのに必死だった。自分がやらせたことなのに、ガムテープを口に貼られ、腕をくくられて涙を流している桃子の姿が恐ろしかった。

わたしは何度も深呼吸して気持ちを落ち着かせ、桃子のまえで膝をつき、できるだけ冷静な口調で、警察に行くなんて言わないで、ぜんぶをちゃんと終わらせるために話しあいたいということを説明した。けれど桃子は耳を貸さず、痛めたほうとは逆の足をばたつかせ、その弾みでわたしの顎にものすごい蹴りが入った。ぎゃっと短く声が出て、わたしは後ろに大きく倒れこんだ。するとわたしが蹴られたと思ったのか黄美子さんが飛んできて――ばしんと大きく桃子の頰を張った。だめだよ黄美子さんっ、わたしと蘭はあわてて黄美子さんの手を押さえ、今のは当たっただけでわざとじゃないと説明し、ごめん、ごめんねと桃子に謝った。桃子は涙を流して身をよじりつづけた。どうしていいのかわからなかった。桃子の足首がさっきよりも膨らんでいるようにみえた。もしかしたら本当に骨折しているのかもしれない。でも、どうしたらいいんだ。いったい、どうすれば。

黄色コーナーの置き時計は夜の三時半を指していた。桃子を二階の洋室に入れてから数時間がたっていた――あのあと桃子が這って部屋を出ようとするので、わたしたちはふくらはぎと膝をガムテープでぐるぐるに巻いて固定した。そして四人で割った金額を渡したい、でもまずは警察に行かないこと、誰にも言わないことを約束してくれないと自由にはできないことを丁寧に説明した。桃子はわたしの話を聞いていたけど首を縦にはふらなかった。わたしたちはずいぶん長いあいだ見つめあうかっこうで動かなかったけれど、しばらくすると桃子はごろりと体を横に倒して目をつむった。

冷蔵庫に湿布があったのを思いだし、それを桃子の足の腫れているところに貼った。また蹴られるかと思ったけれど桃子はじっとして、そのあと寝入ったようだった。

居間におりたわたしたちは黙りこんでいた。蘭は三角座りで顔を隠して動かず、黄美子さんはぼんやり一点をみつめていた。さっきなんでラッセンであんなことをしたのか聞いてみようかとも思ったけど気力がなかった。壁のまだらな黄色が目のなかで濃くなったり薄くなったりした。これからどうすればいいのか。桃子もトイレに行かなければならないし、水だって、食べ物だって食べないといけない。カードのことを洗いざらいぶちまけて警察に行くとまで言った桃子を相手にわたしはなんてことをしているのか、この状況のすべてが信じられなかった。

蘭と黄美子さんはこたつに突っ伏すように眠り、やがてわたしは一睡もしないまま朝を迎えた。水を入れたコップを手に二階にあがると、桃子は起きていて目があった。大声を出さないで話ができるかと訊くと、しばらくわたしの顔を睨んだあと、小さく肯いた。

口のガムテープを剝がすと桃子は大きく息を吐き、トイレ、と短く言った。ふくらはぎのテープを剝がし立たせ、ハサミをもってきて手首のロープを切った。足首は腫れていたし引きずっていたけれど骨折まではしていないようだった。足の痛みもあるかもしれないけれど、少なくともこのタイミングで桃子に逃亡する気はないようだった。桃子は大人しく部屋に戻ると、ゆっくり時間をかけて水を飲んだ。

「……桃子、あんたわたしにいろいろ言ったけど、あんただってほんとはわかってるはずだよ。もしこのことを話したら、あんただって無事では済まない。パー券の金だってここから遣ってるし、毎月給料って形で受け取ってたし、のりのりだった。わたしが無理やりやらせてたなんて話は通らない。それはわかるでしょ。わたしにだって言いぶんがあるよ。それに、あんたは自分は家に帰るって言ったけど、あんたにも家なんかないよ。あったらなんでここにいたの？」

桃子は黙っていた。

「五百万円」わたしは言った。「ちゃんと計算しないとわかんないけど、でもざっくり割ったらあんたの取りぶんはそれくらいある。まえにも言ったけど親に言って遣えるようにしないとだし、桃子と蘭がぬけるなら今後のこと考えなきゃいけない。もうなにもしないでいいから、とにかく話がつくまで蘭と黄美子さんとしばらくこのままここにいて。今日もわたし、仕事がある。責任があるの。辞めますって言ってそうですかってことにはならないんだよ、仕事だから。金だけど、それだけじゃないんだよ、いろんな人がかかわってんの。自分ひとりの気持ちとかじゃ、もうどうにもなんないの。わたしにもわかんないけど、もう」

桃子はひとしきりわたしを睨んだあと、ため息をついて視線をそらした。それがわたしの提案を受け入れたという意味なのかどうかはわからなかったけれど、しばらくすると足をひきずって寝室へ行き、畳んであった布団をひきのばすと横になって布団をかぶった。

「悪いけど携帯電話は預かっとく。あと、家から出ないで。黄美子さんと蘭に見張らせる。精算するまで我慢して」

桃子は背をむけたまま、それには答えなかった。

それからわたしたちは奇妙な数週間を過ごした。

見張りなんて言っても黄美子さんと蘭に徹底してそれができるわけでもなく、逃げようと思えばいくらでも逃げられる状況のなかで桃子は逃げず、家にとどまった。警察に告げるのが現実的でないと思い直し、そしてやはり金が惜しかったのだと思う。わたしたちは必要最低限の話しかしないようになり、わたしたちのあいだに残されているのはわたしの決めたこの家のルールだけという感じになった。すべてに倦《う》んでいた。セラヴィは体調を崩して二回つづけて休ませてもらったあと、連絡がこないままになっていた。わたしぬきでまわしているのかもしれないけれど、わからない。取りぶんはどうなるのか、今後はどうしたらいいのか。不安はあったけれど、わたしから尋ねる気持ちにもなれなかった。

とにかくわたしは疲れていた。けれど家賃と光熱費を払い、桃子と蘭と黄美子さんに給料を払わなければならない。わたしがやらなければならない。有り金からちまちま取り崩すのを桃子は嫌がるだろう。桃子は、そしておそらくは蘭も精算と解散を望んでいる。しびれを切らしてまたあの夜みたいなことにでもなったら。考えるだけで吐き気がしそうだった。すべてが最悪だった。

八月になっていた。暑さは酷く、降り注ぐ太陽の熱はどこまでもまっすぐで、そのためらいのなさには憎しみさえ感じられるほどだった。桃子は洋室にこもり、蘭と黄美子さんは居間でテレビをぼんやり眺めていた。わたしは破壊されたふすまを引き、金を確かめ、つぎにカードの束を手にとった。輪ゴムでくくられた偽物の、いくつものクレジットやキャッシュカードの束が箱のなかに置かれていた。わたしはそれらを手にとって畳のうえに積んでいった。ヴィヴさんから預かったもの、わたしたちが遺ったものが混ざりあってかなりの数になっていた。わたしは紙袋から金をすべて取りだしてカードの山の隣におなじように積んでみた。二千百六十五万九千円——それは金と思わなければただの紙の束であり、けれどもやっぱり金で、しかしそれはどうみても両手でつかもうと思えばつかめるくらいの大きさしかない、ただの物でもあった。わたしは自分がいったいなにを見ているのかがわからなくなっていった。でもわたしは、わたしたちはこの数年をかけて、目のまえのこれを集めるために必死だった。わたしたちはなにを集めていたのか。金。金を集めていた。誰かが望むものに速やかに形を変えるもの。自分や大事な人を守り、満たし、時間と可能性そのものになるもの。未来、安心、強さ、怖さ、ちから——これまで金をつかみながら考えたいろいろなこと、こうしてひと塊になった金を見ながらいま頭にやってくる言葉のすべてが真実だという気もしたし、すべてが例外なく的外れであるようにも思えた。わからない。今わたしが見つめているこれは、いったいなんなのだ?

押入れのまえでそんなことを考えていると電話が鳴った。

映水さんからだったけど出る気にならず、そのままにしておいた。下に降りると黄美子さんと蘭は頭をそれぞれ逆のほうへむけて昼寝をしていた。それは眠っているのにぜんぜん眠っているように感じられない、わたしにも覚えのある苦しい昼寝であるような気がした。なにもすることがなく行くところのない人が、どうしようもなく意識を中断させるためにするような昼寝。わたしはショルダーバッグに電話を入れて外に出た。

三茶の駅が見えてきたところで映水さんに折返しの電話をかけた。ほとんどコール音を鳴らさずに出た映水さんは、すぐにべつの番号からかけ直すといった。

「花」映水さんは言った。「ヴィヴが飛んだ」

太陽の日差しがすべての音を飲み込んだようにしいんとして、すぐに元に戻った。

「花、聞いてんのか、ヴィヴが飛んだ」

「ヴィヴさんが」

「そこらじゅうから金引いててケツはこっちだ——いちばんでかいのはスキマーの客からの前払いだ。今わかってるだけで日本円で八百万。それごと飛んだ」

わたしは何度か瞬きをした。

「おい花、聞いてんのか」

「聞いてる」

「花、万が一、ヴィヴから電話かかってきたら知らねえふりしてなんでもいいから話引きだせ。この番号は限られたのにしか言ってねえから、いつものが繋がんなかったらこっちにかけろ。知らねえ番号からのは出んな。あとでかける」そう言うと映水さんは電話を切った。

わたしは携帯電話を手にもったまま、しばらく道の真んなかに突ったっていた。額からこめかみ、背中や腰や腋の下を流れていく汗の音が聞こえてきそうだった。不意に後ろからクラクションを鳴らされてよろめき、そのあとを車がすごい勢いで走り去っていった。わたしはその後を辿るように熱気をかきわけて歩いていった。

ヴィヴさん。ヴィヴさんが飛んだ。いなくなった。飛ぶっていうのは、いなくなること、でもいったいどこに行くの？　それは誰も追いかけてこられないところに。ヴィヴさんの声がそう言うような気がしたけれど、違う、これは琴美さんが言ったんだった、ずっとまえに、初めて会った夜に、琴美さんが教えてくれたんだった。焼肉。ヴィヴさんが、笑ったときにみえる前歯の隙間。焼肉。そうか、あんたは頭のおかしいところがあるんだね。肉があんまり美味しくて母親を思いだして泣いていたら、ヴィヴさんはそう言って、もっと食えと笑ってくれた——『わたしも頭おかしいところがあるからわかる』

駅前の大きな交差点を右に折れ、首都高の青黒い陰のなかを歩いていった。どこに行くあてもなかったけれど、ただ立ち止まっていることのほうが難しかった。三宿《みしゅく》の交差点を過ぎ、池尻大橋を越え、やがて渋谷に出た。駅が見えるといきなり人や音があふれかえり、わたしは思わず身をすくめた。アタックで何度も通った道をぬけて、いくつも角を曲がり、それを何度もくりかえしていると知らない場所に出た。目についた駐車場の自動販売機で水を買い、その脇のビルの陰になっている背の低いコンクリート塀に腰を下ろしてそれを飲んだ。

一方通行の細い道路を挟んだむかいには、雑居ビルが立ちならんでいた。一階には携帯ショップ、雑貨屋、洋服屋がひしめいていて、そのまえを女の子たちが大声で笑いながら通り過ぎ、バイクが駆けぬけ、トラックがやってきて作業員が素早く荷物を下ろし、しばらくすると去っていった。背の低い男が電話を耳にあて、電柱のあたりをうろうろしているのもみえた。映水さんはだいじょうぶだろうか。ヴィヴさんはこのまま姿を消してしまうのだろうか。もう二度と会わないということなのだろうか。金はどうなるのか。危ないことになるのか。なにか理由があって今は連絡できないだけで、もしかしたらヴィヴさんだってどこかで酷いめに遭っているという可能性はないのだろうか。なにか大変なことが起きて。そう思うと怖かった。でも、映水さんは飛んだと言った。映水さんなりに根拠があってのことなのかもしれない。ヴィヴさん――わたしは垂れてくる汗を手の甲で拭いつづけた。

何分くらいそうしていたのか、不意に、さっきから通りのむこうで電話をしている男の顔が目にとまった。その瞬間に知っている顔だと直感した。この顔、知ってる。誰だった？　すぐには思いだせないけど、しかしわたしはこの男を知っている。

体が小さくて、背が低くて、ここからでもわかるほどによれたティーシャツにジーンズを穿いた、みるからにくたびれきった中年の男。「れもん」に来ていた客だろうか。わたしは目を凝らして男の顔がわたしの記憶のどこにあるかを探った。違う、客じゃない。じゃあ誰だ、この男は誰だった、知ってる誰か、わたしが知ってる男の誰か、この感じ――つぎの瞬間、頭のなかでなにかが一致する音がして体がゆれるくらいに脈を打った。こいつはあいつだ――トロスケだ。

なんでトロスケがここにいるのか、人まちがいじゃないのか、どうすればいいのか――そんなことを考える間もなくわたしは道路を渡っていた。様子を窺おうとも思わなかった。ここは渋谷で、誰がいたっておかしくないし、わたし自身が現にこうしてここにいるのだから、ここにトロスケがいることになんの不思議があるだろうか。わたしがここにいて、あそこにトロスケがいる。

あのときとおなじように。なにもかもが当然のような気がしはじめて、わたしは瞬きもせずに男のいる歩道へ歩いていった。男はビルの壁にもたれてこちらに小さな背をむけて、体をふらふらさせながら電話をしていた。わたしは少し離れたところに立って男を見ていた。この声。この背格好、あのときとおなじ後ろだけを伸ばしてる髪、そしてわたしは足元を見た。これはわたしのクッションを踏みつけていた足だ。間違いなかった。こいつはトロスケだ。

「あんた」

心臓がものすごい音をたて、指さきも声もはっきりと震えていたと思う。けれどそれとはべつにわたしの一部は覚めていて、わたしはそこから声を出した。「あんた」

「へ？」電話を耳にあてたままトロスケはむきかえり、ぽかんとした顔でわたしを見つめた。

「はい？」

「あんた、トロスケだろ」

「え、誰？」

トロスケは最後に見たときよりも痩せてひとまわりも縮んでおり、頬には崖のような影がさしていた。

奇妙な髪型はそのままに全体的に薄くなった茶髪に頭皮が透けて、肌がぼこぼこしてみえた。トロスケはいっしゅん笑みを浮かべ、それから真顔になり、相手にぼそぼそなにか言うと電話を切ってポケットに入れた。「――え、誰」

「わたしだよ、あんたわたしの金盗んだだろ」

「え？」

「えじゃねえよ。わたしのバイトの金盗っただろうが。返せよ。あんたが付き合ってたやつの娘だよ。わたしの金盗っただろうが。五年まえ、東村山の家で」

トロスケは眉間に皺を寄せてわたしを覗きこむようにじっと見た。そしてゆっくりと首を傾げてから言った。「いや、あんた違うだろ」

「なに言ってんだよ、わたしだよ。あんたわたしの箱から現金盗っただろうが。七十二万六千円。家に来てただろうが。しらばっくれんな」

「いや……金なんかとってねえし、なんかうっすら……娘とかいたかもしんねえけど、顔がちげえよ」

「なに言ってんだよ、だったらなんでわたしがあんたの名前知ってんだよ」

「そんなこた知らねえよ、いたかもしんねえけど俺じゃねって」

「嘘つくな」

「嘘じゃねえよ」

「いいから金返せよ」わたしは左手でショルダーバッグの肩紐をにぎり、ペットボトルをつかんでいる右手に力を入れた。「返せ」

「俺じゃねって」

「返せよ、わたしにぜんぶ返せ、返せ！」

「しっつけえな、俺じゃねっつってんだろが！　殺すぞてめえ！」

トロスケの威嚇にわたしはびくつき、後ずさった。奥歯に力が入って、唾を飲み込んだ。違う、ひるむな、こいつにびびるな、トロスケに今すぐものすごい声で怒鳴り返せとわたしは自分に命令した。けれど声が出なかった。ペットボトルを握る手に力をこめればこめるほど喉の奥がぶるぶると震え、その振動が全身をゆらして足がすくんだ。

こんな卑怯な男に、終わってる男に、わたしよりもひとまわりも縮んだよろよろした体の男に、本気で殴りあったら勝てるとしか思えない男に、高校生だったわたしの金を盗んだクソみたいな男に、わたしは恐怖を感じていた。もしトロスケを見つけたら、あのときに戻れたらと想像のなかで後悔と怒りを何度ぶちまけてきたかわからない。それは自分をも殴りつづけるような激しくて苦しい感情で、何度でも甦る場面のなかでわたしはトロスケを罵倒し、飛び蹴りをし、漬物石で殴り、土下座をさせて涙ながらに許しを請わせてきた。でも今こうして目のまえに現れたトロスケに、このちんけな男にただひとこと殺すぞと威嚇されただけで、現実のわたしは体を動かすことも声を出すこともできないでいるのだ。やれ、殴れ、びびるな、言い返せ――わたしはあたりになにか武器になるようなものがないかを目で探した。でもつかめそうなものはなにもなかったし、もしあったとしてもわたしにそれは使えなかった。悔しいのと怖いので涙が垂れてきた。こんな男に殺すぞと言われて、脅されただけで、わたしの体は問答無用に固まって、握りしめたこの生ぬるいべこべこのペットボトルを投げつけることすらできないのだ。その事実にわたしは膝から崩れてしまいそうになった。

「おまえ、たいがい気いつけろよ」トロスケは言った。

「返せ……いいから返せ」わたしは絞り出すように言った。

「しつけえ！　こまけえ金でごちゃごちゃ言ってんじゃねえ！」

トロスケは思いだしたようにカーッと喉を鳴らすと、道路にぺっと痰を吐き捨てた。「それにしても見ためかわりすぎだろ。昔はもっとこう……普通の顔してただろ」

呆れたようにそう言うとトロスケは駅とは逆のほうに去って行った。

トロスケの後ろ姿が視界から消えても、しばらくその場から動けなかった。興奮と恐怖がねじりあって体のなかで膨らんで、わたしは何度も呼吸をしてそれを吐きださなければならなかった。

体じゅうが汗にまみれ、新しいペットボトルの水を買おうとしたけど、手が震えて取りだし口で何度かつかみ損ねた。それでもなんとか、いま自分に起きたこと、遭遇したことを整理して気持ちを落ち着けなければ、冷静にならなければと言い聞かせてペットボトルを額にあてて深呼吸していると、知らない男が近寄ってきて、馴れ馴れしく声をかけてきた。暑いよね、あっついあっつい、涼しいとこでお茶飲まない？　気持ちの悪い笑顔がぐんとこっちに迫ってきて、わたしは飛びのき、その拍子にペットボトルを落としてしまった。拾う間もなくわたしは駆けだした。人がたくさんいるところまで出てふりかえり、男がついてきていないことを確認した。わたしはショルダーバッグの肩紐を両手で強く握った。これ以上はこめられないというほどに力をこめて、まるで命綱のように肩紐を握りしめてわたしは人混みのなかに立っていた。どこに行けばいいのかわからない。でもここに立っていることのほうが怖い。人波に逆らわないように一歩ずつ、交互に足を出していった。渋谷駅を越え、国道沿いを歩き、知らない角を何度も曲がって、自分の胃液が臭うのに気がついた。朝からなにも食べていなかった。コンビニに入っておにぎりを買って立ったままそれを食べ、また歩き始めた。どこをどんなふうに折れ曲がっても地面だけはどこまでもつづいていて、わたしはそのうえを歩きつづけた。

　空のむこう、何層にもなった薄い雲がいろんな青に沈みはじめる頃、わたしは小さな公園に辿り着いて、石のベンチに腰かけた。歩きすぎて足がだるく痺れ、全身はうっすら熱っぽく感じられた。小学生くらいの子どもたちが遊具で遊び、幼児を連れた母親たちがそろそろ切り上げようとして、笑ったり困ったりしながら何度も子どもの名前を呼んでいた。バッグのなかで携帯電話が鳴った。映水さんからだった。ヴィヴさんのことでなにかわかったことがあったのだろうか。どこかに連絡がついたのだろうか。でも、なぜだかすぐに出ることができなくて、わたしは暗く光る液晶画面を見つめていた。着信音は切れたかと思うとまたすぐに鳴りはじめ、大きく息を吐いてから通話ボタンを押して耳にあてた。

　琴美さんが死んだと、映水さんは言った。

2

　家に帰ると黄美子さんはいなかった。居間で桃子と蘭がコンビニの弁当を広げてテレビを見ていた。テレビからは大勢の笑い声が聞こえて、いろいろな効果音にあふれていた。桃子がちらっとわたしを見て、すぐに視線を画面に戻した。蘭が小さく「おかえり」と言った。わたしは二階にあがって暗い寝室に入り、右手を胃のうえに置き、左手に携帯電話を握ったまま横になって目をつむった。暑いのに体の奥で塊のような寒気が潜んでいて、それが何度も鳥肌をたてた。じっとしていても頭が小刻みにゆれて、わたしはぶつぶつと声に出しながらずっとその数をかぞえていた。

琴美さんが死んだ。映水さんはそう言った。けれども琴美さんが死んだという文章が誰の声でもない、ただの意味として頭に浮かぶだけで、それはそこから一歩も動こうとはしなかった。琴美さんが死んだ。わたしは声に出して言ってみようとした。けれどそれはどうしたって口から出ようとはしなかった。琴美さんが死んだ。死んだというのは——わたしは薄闇のなかで瞬きをした、そう、死んだということだ。死の意味はわたしのなかでぴくりともせず、そこからさきがつづかなかった。でも、琴美さんは死んだというけれど、でもそれはどこにあるのだ？　わたしはなにも見ていない。ただ映水さんがさっきの短い電話のなかでそう言っただけ、映水さんに間違った情報が入っただけでもしかしたら人違いかなにかである可能性だってないわけではないのに、信じるにはまだ早いかもしれないのに——それでもわたしは、なぜだかそれが事実であるということを直感していた。映水さんが言ったように琴美さんは死んでしまったのだ。でも、死んでしまって、それで琴美さんは今どこにいるんだろう。そんなことを考えていた。

しばらくすると階下で音がして、誰かがやってきた気配がした。それからみしみしと階段をあがってくる音が鳴り、顔をむけると映水さんが立っていた。その後ろに黄美子さんがいた。ふたりはそれぞれの体とおなじ大きさの荷物でも引きずるようにゆっくり部屋に入ってきて、わたしのまえに座った。いくつもの影がかさなり落ちて、ふたりの目のまわりは真っ黒にみえた。

「電気つけるぞ」映水さんが言った。わたしはゆっくり体を起こし、三人で車座になってしばらくのあいだ黙っていた。映水さんの目は充血し、顔色が灰色がかって悪く、最後に会ったときより十も二十も老けてみえた。疲れ果てているようだった。ところどころ固まりになった髪、頬にげっそり線の入った顔をして黄美子さんは泣き腫らしていた。夜の九時をまわっていた。わたしはどれくらいここでじっとしていたんだろう。簡単な数も引けなかった。

「電話でも言ったけど」

わたしと黄美子さんは話を切りだそうとする映水さんに相づちを打つこともできなかった。それでわたしたちはまた黙りこんだ。外のどこかで車の走りぬける音がし、車のライトを受けて窓が一瞬、暗く光った。

「……琴美が死んだのは一週間まえで、部屋で、及川と死んでた」

わたしは顔をあげた。

「俺らのセラヴィは関係ねえと思う」映水さんは言った。「流れは、確かなことはわかんねえけど、とにかく及川はシャブやって首吊ってそれで死んでたと。琴美もシャブのあとで喉詰まらせた。自分の吐いたもので窒息したんだ」

「琴美さんが」

「正直、琴美の最近のことは、俺にはわからねえこともある」映水さんは言った。「つるむのは久しぶりだったし、及川と籍入ってたのも知らなかったしな。けど琴美がシャブってのは、ちょっと考えられねえ。なんかな、ぴんとこねえんだよ」

わたしは両肘をつかんだ手に力を入れた。

「何日かまえから及川が死んだってのは流れてて、女も一緒だったと。んで調べたら琴美だった。始末は及川側がやったから、琴美関係が今どこでどうなってんのかもわからねえ」

「琴美に会えなかった」黄美子さんは小さな声で言った。

「俺は、琴美やったのは及川だと思ってる」

「どういうこと」

「詳しいことは知りようがねえし、これ以上はたぶん入ってこねえからほんとのところはわかんねえけど」映水さんは大きく息を吐いて、両手で顔を揉むようにこすった。「けど及川はシャブでいかれてて、パクられるか派手にやらかすかは時間の問題だってのはずっとあったんだ、腐ったポン中で、琴美はそれをもろに見てただろ」

「琴美さんを殴ってた」わたしは絞りだすように言った。「映水さん、会ったことあるの」

「昔はな」映水さんは言った。「及川がまだ金もってるだけの、ヤクザの金蔓だった頃にな。けどあっという間にシャブだのなんだの行くようになって、この数年、相当追いこまれてたのは事実だよ。及川をまともに相手するやつなんかいねえような状況になってた。本人もそれわかってるから鬱憤《うっぷん》ためて、賭場で暴れて出禁食らったとかは聞いてた。それで最近は家から出なくなってたと」

「なんで、逮捕されなかったの」わたしの声は震えていた。映水さんはそれには答えなかった。

「……及川と付き合いのある人間が言うには、家んなかでもそんな調子だったんだろうと。いつもどおりシャブやって暴れてキレて、それで琴美を殴って巻きこんだんだろ。それで量を間違うかなんかして琴美が泡吹いて、でも救急車は呼べねえよな。それでどうしようもなくなって自分もシャブで頭いってるうちに首吊ったんだろ」映水さんは言った。「無理心中だ」

黄美子さんは目をつむって垂れてくる涙を手で押さえて声を漏らした。映水さんは話し終えると両手で額を支えて動かなかった。誰もなにも話さなかった。しばらくして映水さんの携帯電話が鳴った。着信音はわたしたちの沈黙を震わせるように鳴りつづけた。映水さんは出ないのに、電話は一度切れてもまたすぐにかかってきて、何度もそれをくりかえした。映水さんは出ないのだろうか、でも琴美さんかもしれないのに——わたしは真剣にそんなことを思ってしまい、首をふった。

「いったん戻るわ」電話が止んで、しばらくして映水さんは言った。「花、ヴィヴから連絡ないよな、どこからも連絡は」

ない、というようにわたしは頭を動かした。

「スキマーの金は、どのみち相手が追いこみかけれんのは俺までだから、おまえにどうこうってのはない、けど一応気つけろ。昼間も言ったけど、知らない番号は出るなよ」

そう言うと映水さんは黄美子さんの顔をじっと見て、なにかを言おうとして思い直したように口元をぐっと結び、出ていった。

しばらくすると、また階段の軋む音がした。桃子と蘭だった。ふたりはそろそろと部屋に入ってきて、神妙な顔つきで黄美子さんとわたしの顔を覗きこんだ。

「花ちゃん、ちょっと聞こえたんだけど、なんかあったの……？」蘭が訊いた。わたしは首をふってみせるのが精一杯だったけど、ふたりはなにがあったのかを知りたがった。

「ねえ……どうしたの」

「琴美さんが」

「琴美さんがどうしたの」

「死んで、今それで」

「えっ」桃子が声をあげた。「うっそ、え、それって……なんで？」

「詳しいことはわからないけど、まだ」

「っていうか、ほんとに死んだの？」

「ちょっと、なんていうか……」

ふたりは顔を見あわせてうつむき、しばらくすると桃子が眉根を寄せて訊いてきた。

「それってさ、それって……その、わたしたちのアタックとかシノギとか、関係ないよね？」

「わからない、けど」

「……けど？」

「でも、それじゃ、それじゃないと思う」

大きく息を吐いたあと、桃子はほっとしたように肯いた。黄美子さんは壁にもたれてぼんやりして、ときどき思いだしたように目をこすった。桃子と蘭は気まずさと気遣いがまじったような表情でわたしたちを交互に眺めていた。

「……うちら、今日は下で寝るから、ふたりここで寝たら」

桃子はそう言うと下に降りていった。蘭もこちらをちらちらと気にしながら、少し遅れていなくなった。

わたしと黄美子さんは電気をつけたまま、夜中じゅうぼんやりしていた。ときどき姿勢を変えて、ときどき黄美子さんの泣くのが聞こえるだけで、わたしたちはなにも話さなかった。まるで心臓が移動したみたいに足の裏がずきずきと疼き、わたしは今日いちにち歩きまわっていたことを思いだした。そう、ヴィヴさんがいなくなって、渋谷のビルのまえでトロスケを見つけて——垂れてくる汗の感触、全身をこわばらせた恐怖、どの場面も鮮明に焼きついているのに、でもそれはどこかの誰かの体に起こったできごとみたいに奇妙なほどに実感がなかった。黄美子さんは横になり、思いだしたように起きあがり、そしてまた横になった。夜が明ける頃になって、わたしたちは眠ったようだった。

その日から、わたしと黄美子さんは寝室で過ごすようになった。

どちらかが起きるまで布団のなかでぼんやり天井を眺め、空腹を感じたらどちらからともなく下に降りて、コンビニにふらふら行って適当なものを買って食べた。わたしたちが居間に降りてくると蘭と桃子は二階にあがり、わたしたちが二階に戻ると居間に移動して、できるだけ顔を合わせるのを避けているようだった。わたしと黄美子さんが横になっていると廊下から様子を窺っている気配を感じることもあった。顔をむけるとさっといなくなり、けれどもそんなことも、もうどうでもいいと思うようになっていた。

　真夜中に、黄美子さんとならべた布団でじっとしていると、東村山の文化住宅を思いだした。布団の部屋。ある朝、目を覚ましたら黄美子さんがいたのだ。黄美子さんはきっちり布団を畳んだそのうえに、おなじようにきれいに畳んだパジャマをのせて、それが散らかった部屋のなかでぽっかり浮かんでみえるほど新鮮で、わたしはそれをじっと見つめていた。黄美子さんが作ってくれたラーメンを食べ、わたしたちは汗をかきながらいろんなところを散歩した。夏だった。もう何年まえになるのか、あのときわたしはまだ中学生だった。あれから何年も時間がたって、わたしは二十歳になっていた。五年。五年も時間がたって、わたしは五年を、そのあいだにわたしは――考えが、そのさきのなにかに触れようとして、わたしは怖くなった。五年も、五年のあいだに、わたしは――黄美子さん、とわたしは思わず黄美子さんの名前を呼んだ。しばらく返事がなかったけれど、黄美子さんはゆっくりこちらにむきかえり、わたしの顔をじっと見つめた。家のまえをバイクが走りぬけていく音がした。淡い闇のなかで黄美子さんの落ち窪んだまぶたが影に濃く縁取られて、瞬きするごとに黒く滲んでいくようだった。

「花」

　ずっと一緒にいるのに、もう長いこと黄美子さんに会っていなかったような感じがした。黄美子さんの声はかすれて、花、ともう一度わたしの名前を呼んだ。

「なに」わたしの声もかすれていた。

「映水はもう、帰ってこないと思う」

わたしは黄美子さんの目を見た。

「映水はもう、帰ってこないよ。こられないと思う」

わたしたちは黙ったまま動かなかった。

「あと、気になってることがある」黄美子さんは言った。「琴美と最後にしゃべったとき、琴美は大阪に行くって言ってた」

「大阪に？」

「志訓に会いに行くって言ってた」黄美子さんは言った。「生きてるのがわかったって。調べて、遠くでいいから顔見にいくって。でも、映水には黙っててくれって言われた。言うとぜったいに止められるからって。約束させられた」

「それは」

どくんと心臓が脈打った。

「たぶん、誰かが志訓を見つけて、それを琴美に話したんだと思う」

「……映水さんではなく？」

「琴美は、映水にはぜったいに言うなって言ってたから、映水じゃないと思う」

志訓さんを見つけたのは映水さんのはずだった。でも映水さんは琴美さんに話していなかった？　でもカラオケでわたしが志訓さんの話をしたとき、琴美さんはとくに驚きもせず、普通に話を聞いて、肯いて、そう、わたしが話した時点で琴美さんはもう知っている感じがした、いや、どうだった？　わからない、あのときわたしは完全に酔っていて、もう琴美さんが知ってるものだと頭から思いこんで志訓さんの話をしたけど、こんな大事なことはもう琴美さんは当然知っているだろうと勝手に思って、でも映水さんはわたしに、そうだ、タイミングをみて話すから伏せておいてくれと、映水さんはわたしに言っていた、あのとき映水さんは琴美さんにまだ話していなかった？　琴美さんはわたしから志訓さんのことを初めて聞いて、それでひとりで調べて、顔を見に行こうと思ったということ？　会いに行こうとしたっていうこと？　わたしが琴美さんに言ったから？　それで——。

「花」

わたしは目を見ひらいて天井を見つめていた。

「花」

わたしは返事ができなかった。

「琴美がぜったいに言うなって言ってたから、映水には話してない。でも、志訓に会いにいくまえに、おっさんにやられたみたいだ」

わたしはだんだん眠れなくなっていった。食欲もなくなり、一日のほとんどを布団のなかで過ごすようになった。少しずつ眠ってはいたと思うけれど細切れに意識が入りこみ、昼でも夜でも、夢なのか現実なのか記憶なのかわからない映像がつぎつぎにやってきて、気がつくとわたしはいろんなところにいた。母親も出てきたし、名前を思いだせないホステスたちもたくさん出てきた。煙草の煙のなかで誰かの笑う声、清風荘の滲んだ文字、ファミレスの店長と話もしたし、野球のユニフォームを着た男たちががしゃんとジョッキをぶつける音を聞きながら、わたしは制服の汚れを気にしていた。栗色の髪、わたしにむかってにっこり笑う琴美さんはきれいだった。ミラーボールの小さな光が形のいい額や頬に落ちて、目のまえにいるこの人が、この数週間後に死んでしまうなんて信じられなかった。ねえ琴美さん、琴美さん、志訓さんのこと知らなかったんだよね、わたしが言ってそれで初めて知ったんだよね、わたし映水さんに黙ってるように言われてたのに、頃合いをみて話すからって映水さんが言っていたのに、わたしは馬鹿で、琴美さんに元気を出してもらいたくって、なんにも考えないで先走って話したの、よかれと思って言ったのに、琴美さんはたぶんきっとそれでおっさんに殺されたんだよね、大阪に行くのがばれて、行くんだって言って、それできっとやられたんだよね、頭のおかしくなってるおっさんに、それはわたしのせいだよね、約束したことをぜんぶ忘れて、よかれと思って、それでわたしが琴美さんを殺したようなものだよね。マイクをもった琴美さんは笑ったままでなにも言わず、画面のうえに流れる歌詞が琴美さんの声にあわせてゆっくり色を変えていくのを眺めながら、桃子と蘭、そして黄美子さんとわたしは「れもん」へつづく夜の道を歩いていた。エンさんがのれんの奥から手をふると「れもん」は勢いよく燃えはじめ、トロスケが火のなかでのたうちまわっているのがみえた。おまえの顔、おまえの顔、と指をさして笑うトロスケの声に鏡をのぞきこんだわたしは短く叫んで目をそらす、わたしじゃない、これじゃない、黄美子さん、黄美子さんがいなくなるまえ冷蔵庫をいっぱいにしてくれたでしょう、あれわたし嬉しくて、すごくすごく嬉しくて、ハムにウインナ、メロンパン、わたしのお腹をいっぱいに――ドアに手をかけてなかをのぞくと金がぎっしりつまっていて、奥が見えないくらいにつまっていて、重みに耐えきれなくなった札の束があとからあとから転がり落ちてくる、ドアを閉めても閉めてもふえる金に押し流されるようにわたしは逃げる。風が吹いて顔に張りつく、わたしはそれをむしり取り、門を目指して走っている、くぐりぬけたあとでそれがヴィヴさんの前歯の隙間だったのがわかる、花、映水はもう帰ってこないよ、帰ってこれない、なぜだかわかる？　わからない、ヴィヴさん、なんで急にいなくなったの、ヴィヴさんはわたしが嫌いだったの、ヴィヴさんはわたしを、ねえヴィヴさん、なんで急にいなくなれるの、ねえ花、死にたいのはいつも貧乏人、金をもつと命が惜しくなるんだよ、でも金はどんな人間よりも長生きだ、ねえヴィヴさん、ねえ黄美子さん、黄色は金運、幸運の色、黄美子さんの名前にも黄色、そう、西に黄色、わたしたちを守ってくれる、黄色はわたしたちの幸せの色――そこでわたしは目が覚めて汗だくになった体を起こす。真夜中。黄美子さんはわたしに背をむけたままぴくりとも動かず眠っていて、けれどもわたしを凝視しているのがわかる。ぜんぶおまえのせいだからね、ぜんぶおまえがやったこと、琴美が死んだのはあんたのせい、誰のものなのかわからない、でもまっすぐに聞こえる声がわたしを捉えて離さない、わたしは枕元に置いたカッターナイフを手にもって階段を降りていく、遠い、近い、まだらに広がった黄色が言う、ぜんぶおまえが、ぜんぶおまえの――「花ちゃん」

ふりかえると、少し離れたところに桃子と蘭が立っていた。

「花ちゃん……それ」蘭が静かに言った。「ねえ、もうやめたほうがいいと思うんだけど」

わたしは手にもったカッターナイフをしばらく見つめ、親指に力を入れて刃を戻した。きりきりと音がして、桃子が少し後ずさった。

「花ちゃん」蘭が言った。「……花ちゃん、わかってる？」

わたしは肯いた。

「花ちゃん、昼夜逆転はいいけどさ、夜中とかガリガリガリガリやられて、うちらまで頭おかしくなるよ。もう一週間？　十日くらいこんなでさ、もうちょっとやめにしなよ」

わたしはあいまいな声を出した。

「ってか壁のそれ、最終的にどうしようと思ってんの」桃子が訊いた。

「わか、わかんないけど」わたしはカッターナイフを握りしめたまま言った。「わかんないけど、黄色のこれ、これが」

「なんか文字とか彫ってんのかと思ったけど」

「ちが、違う」

「じゃあなにしてんの」

「黄色を、削ろうと思って」

「なに？」

「き、黄色を」

「え、ここ塗ったペンキ、ぜんぶ削ろうとしてんの？」桃子が眉をひそめた。「やば。カッターで削んの限界あるって」

わたしは肯いた。

「なに、花ちゃんどうしたいの」

「わたしは」

「花ちゃん寝てないでしょ、夜もうろうろしてさ、降りてきたかと思ったら、ごはんもろくに食べないで、ずっと壁削ってんだよ。話しかけてもよくわかんないし、やばいと思うんだけど。いま朝の七時。わかる？　二階もさ、ゴミとかちゃんとまとめてる？　出しなよゴミ。ペットボトル超あるの見えたけど。きのう買ってきてあげた弁当食べた？　黄美子さんは？」

「ちょっと、食べた」

「黄美子さん、うえで寝てるよね？　二人とも風呂とか入ってる気配ないけど、それも大丈夫なの？」桃子が訊いた。

「わか、わかんない、横になってる、ずっと」

桃子と蘭は呆れているのか、怒っているのか、それともなにかを真剣に考えているのか戸惑っているのかわからない顔でわたしを見つめていた。わたしはふたりの視線から逃れるように壁にむきかえってカッターナイフの刃を出し、また目のまえの黄色を削っていった。刃の先で黄色は粉になってはらはらと落ち、わたしはそれを吸いこまないように息を止めながら削っていった。でも目にみえない黄色の粒子はすべてが生きていて、わたしの肌に降りたつと無数の毛穴にするすると潜りこんで責めたてた。わたしはわっと叫んでしゃがみこみ、声を漏らした。

「……わたしのせいで」

「あのさあ、それって花ちゃん、琴美さんのこと言ってるんだよね」蘭は言った。「琴美さんが死んだってやつ。あそこからおかしいもんね。でもべつに花ちゃん関係なくない？　うちらの仕事は関係ないって言ってなかった？」

「そうだよ、花ちゃん、やばくなってるよ」

「こと、琴美さんの、ことだけじゃなくて」

わたしは両手で顔を覆って言った。顔と手のひらのあいだが濡れていて、そのことに気づくたびにわたしは嗚咽を漏らして泣いた。泣くつもりはないのに、桃子と蘭の言ってることは聞こえるのに、でも自分ではどうすることもできない波がわたしのなかにとめどもなく押し寄せて、わたしはそれに身を任せることも踏みとどまることもできなかった。

明るい昼も、暗い夜も、波はいつでもわたしを目がけてやってきた。琴美さんに話してしまったこと、なにも確かめられないこと、誰かがいなくなること、消えること、これまでのことが、この家でやってきたことのすべてが恐ろしく、わたしはなにも考えられなくなっていた。

「わたし、わたし怖くて」

「なにが」

「ぜんぶが、自分のやってきたことぜんぶ」

「花ちゃん、なにしたの」

「なにって」

「花ちゃん、自分がなにしたと思ってんの」

「それは」

「それは？」

「……まえに、桃子が、桃子が言ったみたいに、わたしがみんなを」

「わたしがみんなを？」桃子がくりかえした。

「巻きこんだ」

桃子はわたしをじっと見つめて、それから壁を見つめた。そして台所へ行きゴミ袋を手に戻ってくると、わたしのまえで袋の口を大きく広げて言った。

「花ちゃん、黄色コーナーのこれ、ぜんぶ捨てなよ」

わたしはぼたぼたと涙をこぼしながら黄色コーナーを見つめ、そのあと桃子の言う通りにした。キーホルダー、貯金箱、キリンの置き物に、ペンケース、毛糸やマニキュア、うなだれながら、もたれかかるように埃にまみれた小物たちを手につかみ、袋のなかに入れていった。

「花ちゃんは、悪くないよ」蘭が優しく言った。「花ちゃんは利用されてたんだよ。わたしも、桃子も」

「利用？」

蘭の言葉に、わたしは顔をあげた。

「そう、花ちゃん頭がおかしくなるまで利用されたんだよ、わけわかんない人たちに。わたしらみんな、やられたんだよ」

「黄美子さん、具合悪いんでしょ、寝てんでしょ」桃子が急かすように言った。「花ちゃん、もう今しかないよ。ぜんぶ終わりにするなら今しかないって。あたしらがここにいたことは誰も知らない。なんの証拠もない。あるのは金だけ。だから予定通り、うちらで金をわけて解散しようよ。それでお終い。ぜんぶ忘れて適当にやり直せばいいよ」

「やり直すって」

「え、ぜんぶなかったことにすればいいじゃん」桃子は言った。「誰も知らないんだから。出ていけばそれでお終いだよ」

「でも」

「でもなに?」

「でも、黄美子さんは」

「黄美子さんなんかどうでもいいじゃん」蘭が言い捨てた。「わたし、あの人最初からどっかおかしいと思ってた。こっちから見てたらふたりとも——映水さんも黄美子さんも完全におかしいと思ってたよ、花ちゃんはなんか、いっつもいっつもいい思い出みたいに言ってたけど、ここに連れてこられたとき、高校生とかそんなだったんでしょ、わたし普通にやばいと思ってたよ、それでカード詐欺とかスナックとか一緒にやらされて、死ぬほど酒飲まされて、花ちゃんうまいこと丸められて、ずっと利用されてたんだよ、結局わたしら三人とも。ちがう?」

「あたしを階段から突き落としたのも、黄美子さん」

桃子がわたしを、それから蘭をちらりと見て言った。

「ね、そうだよね。あたしの手首くくって動けなくしたのも、あれは黄美子さんの命令だった。黄美子さんはそのあと暴れて、ふすまぐちゃぐちゃにして破壊して、あたしの顔を殴った」

「そう」蘭は言った。「黄美子さんがやった。それが事実。花ちゃん、いい？　わたしらの事実はこれだからね。この家のことなんか誰も知らないし、知られることもないけど、でも事実はこれだよ。今後、万が一、誰かになにか訊かれても、事実はこれだからね。覚えといて。わたしらはなんもしてない。ぜんぶ、ぜんぶやらされてただけ。あいつらみんな大人なんだよ、歯むかったらなにされるかわかんなかった。いい？　これが事実だよ」

「わたし」わたしはうなだれ、額を床につけて嗚咽した。「蘭、蘭、わたし、わたしは、よかれと思って、そうするしかないと思って、今までぜんぶ、やってきて、それで」

「わかってるって」

「わたし、みんなで生きていこうと思って、それでいつも、これしかないって、いつも必死で」

「いいってもう、だから花ちゃんこれ――」そう言うと蘭は桃子に合図をした。桃子は紙袋をわたしたちのあいだに置くと、なかから金を取りだした。百万でひとつにした塊を、それぞれのまえに積んでいった。

「ね、早くしよう――花ちゃん、予定どおり四等分。あとでうるさいこと言われたらいやだから黄美子さんのぶんもいちおう置いていく。だからひとり五百万円。だいたい、ちゃんと割ったから。この束、いっこで百だから五つね。いい？　いいよね？　わたしらもう荷物もってるから、このあと出るから花ちゃんもそうしなよ。なんもないと思うけど、花ちゃんに繋がるかもしんないものはもって出なよ。そう、それから、わたしたちが金をわけたこと、もって出たことはここだけの秘密だよ。金なんか最初からなかった、いい？　花ちゃん言ってみて」

「かね、金は」

「金なんか最初から、なかった」

「か、金なんか、最初から、なかった」

「そう。金は稼がされたけど、わたしたちは小遣いもらう程度で、あとはここに出入りしてた大人がコントロールしてた。大人がやってた。だからまとまった金なんかない。いい？　花ちゃん、だいじょうぶ？」

「うん」わたしは泣きながら肯いた。

「ねえ、泣くのやめなよ」桃子がわたしを小突いて言った。「——花ちゃん、黄美子さんと顔合わせたらどうなるかわかんないから、あたしら待ってるから、財布とか電話とかもってきなよ、今すぐ。早く。音たてないでよ、そおっと行くんだよ、そおっと」

　わたしは頬に垂れてくる涙を拭いもせず、桃子に言われるままふらふらと階段をあがっていった。締め切ったカーテンは朝の色に沈み、黄美子さんはこちらに背をむけて眠っていた。いや、眠っているのかどうかもわからなかった。とにかく黄美子さんは動かなかった。わたしは桃子の言ったとおりショルダーバッグに財布と電話を入れた。ふすまが外されてむきだしになった押入れに蓋のはずれた紺色の靴箱があった。わたしは吸い寄せられるようにそれに近づいて手にもった。寝室の入口でゆっくりとふりかえって、横たわった黄美子さんの背中を見た。わたしは壁を手で押さえながら階段を降りて居間に戻った。

「黄美子さん、寝てた？」

「うん」わたしはもう、誰のなにに返事をしているのかがわからなかった。ただ頭が割れるように痛んで、その疼きにあわせてかすかに吐き気がし、あとからあとから涙が流れ出た。

「じゃ、わたしたち出るから」桃子は小声で言った。「花ちゃんも、十分以内に出てね」

そう言い残すと桃子と蘭は音をたてないように玄関のドアから出ていった。わたしは居間の真んなかで、紺色の靴箱を脇に抱え、ショルダーバッグの肩紐を両手で握りしめていた。足元に金が転がっていた。小さく不安定に積みあがった金を、わたしは泣きながら見下ろしていた。やがてわたしはそのうえにかがみこみ、ゆっくり腕を伸ばして札の束をひとつ拾ってバッグに入れた。ぼろぼろになった紙袋が、かすかにゆれた気がした。

わたしは、黄美子さんを残して家を出た。

第十三章　黄落

「伊藤さん、お疲れさまです――そうだ、店長が帰りに事務所、寄ってほしいって言ってました」

「あ、はい」

「そっちの豆腐ハンバーグ、時間くるんでもって帰ってもらっていいっすよ」

「ありがとうございます」

　わたしはゴム手袋とエプロンを外し、更衣室へ行って帰り支度をした。タイムカードはがちゃんと大きな音をたてて、青いインクで夜の八時十五分を刻んだ。歩いて二分。古い雑居ビルの二階にある事務所へ行ってドアをノックした。

「ああ伊藤さん、ごめんね、帰りに」

　なかに入ると書類に目を通していた店長が顔を上げた。四方にダンボールが積まれ、小さな冷蔵庫と組み立て式の棚、作業台のようなテーブルに椅子がふたつあるだけの、四人もいればいっぱいになる部屋。店長は白髪のまじった髪をなでつけながら、どうぞ、というように椅子を示した。わたしは頭を下げて座り、少し離れた場所にいる店長とむかいあった。

「あのね、店のことなんだけどね」店長は疲れた表情で言った。「頑張ってみたんだけど、コロナでもうどうしようもない状態で。週明けから臨時休業にして、様子見ようかという流れになっていて」

「はい」

「急なことで申し訳ないんだけど、いったんみなさんお休みをとってもらうことになりました。お見舞金じゃないけど、そういうのも後で出せたら出そうって話をしています。いかんせん給付金の申請とか、金額もね、具体的なことはまだなにも知らされてないし、わからないんだけれどね。諸々《もろもろ》の目処がたったら連絡するということで。そのあいだ、べつのところが決まったら、そちらを優先させてもらってかまいません。すみませんね」

「大丈夫です」わたしは言った。「こちらこそ、すみません」

「なんで伊藤さんが謝るの。不甲斐ないのはこっちよ。ほんとすみません」

週明けから休業するということは、わたしのシフトは今日で最後ということになる。この連休もまったく客がこなかったし、商品はほとんどが廃棄になり、こういう流れもあるかもしれないとは思っていたから、あまりショックはなかった。店長は用件を伝え終えると、どことなくほっとしたようにみえた。そのあとわたしたちは少しだけ世間話のようなものをした。店長は五十半ばの男性で大学生の娘がいて、コロナでみんなが家にいるようになって、狭くて喧嘩ばかりして大変だと嘆いてみせた。話がなんとなく途切れると、じゃあ落ち着いたらご連絡お待ちしています、ありがとうございました、とわたしは小さな声で挨拶して事務所を出た。

五月も半ばになっていた。いつ終わるのか、それがどれくらい恐ろしいものなのかもはっきりしない感染症に世間は緊張し、怒り、うろたえ、そしてどこか興奮しているようにもみえた。テレビにもネットにもコロナの文字があふれ、人々は不安に駆られつづけていた。でも、わたしは春のはじめに黄美子さんの記事を見つけてからというもの、こうした現実のいっさいを生身のこととしてうまく感じることができなくなっていた。感覚がどこかふわふわとしていて、ニュースの文字や音声も、理解はできるのだけれどそれが頭のなかでまとまりをもつまえにほどけてしまうという感じだった。だから、三年も勤め、唯一の収入源である惣菜屋の仕事を実質的に首になってしまっても、それにたいしてなにを思っていいのかがよくわからなかった。

あの家を出たあと、わたしはその足で東村山の実家に戻った。清風荘。着いたのはたしか昼過ぎで、したたるほど汗をかいていたことを覚えている。布団の部屋のドアノブを回すと鍵はかかっておらず、玄関からなかを覗きこむと、母親が眠っているのがみえた。わたしは少し迷って部屋にあがり、棚のうえに紺色の靴箱を置いて、しばらくのあいだ台所と部屋の境目のところに立っていた。気配を感じたのか、数分後に薄目をあけてこちらを見た母親は、驚きもせずに「ああ花ちゃん」とだけ言うと、そのまま寝に戻った。

そのあとも、おなじ調子だった。変わったのはわたしが十代ではなくなっていたことと、ホステス仲間が寄りつかなくなっていたことだけだった。母親は夕方の遅くになると隣の駅のスナックに自転車で行き、日付が変わるころに帰ってくると昼過ぎまで眠った。まるでわたしがこの部屋を出てからの数年間など存在しなかったかのように、元の暮らしに戻ったようにみえた。

でも、東村山に帰ってきてからしばらくのあいだ、そう、あの家での最後の日々とおなじように——あれが一週間だったのか二週間だったのかはわからないけれど、琴美さんが亡くなったことを聞かされてからの日々とおなじように、わたしは異常な状態だったと思う。

眠ろうとすると、黄美子さんや映水さんがわたしを責める声が聞こえてきたし、顔を吐いたものまみれにしてベッドで死んでいる琴美さんの姿が頭に浮かんで、離れなかった。起きているときは、わたしのしたことを嗅ぎつけた警察が捕まえにくるのではないか、シノギのことで闇の誰かがここにやってくるのではないかと気が気ではなかったし、あるいは電話がいきなり爆発して体が吹き飛んだり、人の変わった黄美子さんがとつぜん襲ってくるような恐ろしい夢も、数えきれないくらいみた。なにもしないでも、涙が出て止まらないような日々だった。

そんなふうに、まともに物が考えられない状態ではあったけれど、それでも桃子と蘭があの朝居間でわたしに言ったことは脳裏に焼きついていた。

わたしたちは利用されていたのだと、ふたりは言った。花ちゃんがここに連れてこられたとき、まだ十代だったのだと。そう、蘭は、わたしが黄美子さんに連れてこられたのだと言った。わたしは、黄美子さんがわたしを救ってくれたのだとずっと思っていた。そして黄美子さんのことを知るにつれ、黄美子さんもまたわたしがいなければ生きてはいけない人だと、それ以外にはないのだと思うようになっていた。だからこそ、わたしは必死になった。でもそれこそが間違いなのだと、桃子と蘭はわたしを見下ろしながら言ったのだ。

シノギも「れもん」も、そして琴美さんの死も、すべてがあのときあそこにいた頭のおかしい大人たちが自分たちのためにしでかしたことなのだと。わたしたちは判断のつかない子どもで、酒を飲まされ、働かされ、利用されただけ。生活を支配していた大人たちの思惑を、無力なわたしたちがどうにかすることなどできなかった。この家で起きていたことは、誰にも知られることはないけれど、しかしこれだけが、たったひとつの事実なのだと。

本当はどうだったのか。でもあのとき、わたしはふたりの言うことにすがるしかなかった。自分を自分に繋ぎとめておくためにはそうするしかなかった。わたしは眠れない日々のなかで、桃子と蘭の言ったことが本当であると思いこもうとした。そう、最初は思いこもうとするだけだった。でもそのことについて考えつづけるうちに、思いこみではなく桃子と蘭の言っていることが真実だったのではないかと、そうとしか思えないような瞬間が何度もやってくるようになった。わたしは集めたお金のほとんどを置いてきて、それは黄美子さんと映水さんのものになったはずだった。お金を置いてきたのは、ふたりが怖かったから。わたしは黄美子さんが怖かった。違う、そうではない。わたしは首をふる。怖くなんかなかった。わたしは自分の心に、事実に正直にならなければならないと何度も思った。でもわたしが認識していることが、認識できることが、真実であるといえるのだろうか。わたしは黄美子さんを怖いと思ったことはなかったか？　あったはずだ。自分がわかっていなかっただけで、わたしはずっと黄美子さんを恐れていたし、あるいは黄美子さんと映水さんがわたしの気持ちを利用するようにその都度に話をつくって、わたしをうまく支配していたんじゃなかったのか——違う、わたしはすべてを自分で決めてきた、お金だって自分の意志で置いてきたのだ。もう金が恐ろしくてどうしようもなくなって、そのいっさいから逃れるために。違う、あれは映水さんと黄美子さんのためにしたことだったんじゃなかったのか？　ひとりでは生きていけない黄美子さんのために、わたしたちが生きていくために、わたしはヴィヴさんのもとで走りまわっていたんじゃなかったのか。違う、自分のためだ、自分に優しくしてくれた黄美子さんを、桃子と蘭の言うままに、あんなふうに置き去りにすることが後ろめたかったから、だから、金を置いてきたのだ、いや、そうじゃない、わからない——。

こんなふうにわたしは一生、びくびくしながら、苦しみながら、あの家のことや黄美子さんや映水さんのこと、そして琴美さんのことを考えつづけるのだと思った。忘れられるはずがないと思っていた。たしかに数ヶ月間はそうだった。なんでもないときに、桃子と蘭、みんなで過ごした家の日々の場面や楽しかったこと、笑ったこと、そしてそのすべてがなくなってしまった瞬間なんかが入り乱れるように甦って、動けなくなることもあった。けれど、それもやがて薄れていった。秋がやってきて冬になり、つぎの春が終わる頃には、思いだす間隔が長くなっていることに気がついた。生々しかった感情にも少しずつ膜がかかったようになり、やがてわたしは自転車で三十分の場所にある工場で朝から晩まで働くようになり、疲れ、泥のように眠る日々を過ごすうちに、まるで思いだすことじたいを思いだせなくなるようにして、すべてを忘れていった。

わたしが東村山に戻ってから二年後に母親は、スナックに通っていた客と一緒になると言って九州へ行った。しばらくひとりで清風荘に住んでいたけれど、勤めていた工場が閉鎖され移転することになり、わたしはそこを辞めて東村山を離れることにした。

求人はたくさんあった。どれもぎりぎり千円に届かないくらいの時給だったけれど、人がひとりひっそり生きていくだけならなんとかなりそうだった。わたしは行ったことのなかった神奈川県の湯河原《ゆがわら》にある大きなホテルの、清掃員として働くことになった。初期費用のかからないワンルームの寮があり、光熱費は無料だった。寮とホテルを行き来するだけの日々だったけれど、勤めて六年目になる頃に入ってきた女の人と仲良くなった。

年齢はわたしのふたつうえで、高知県の出身で、よく笑う明るい性格をしていた。一年後、その子に強く誘われて近くのアパートで一緒に暮らすことになった。わたしたちのあいだにあったものが友情だったのか恋愛だったのかはわからない。楽しい時間もあったけれど、しだいに彼女が仕事に行かなくなって喧嘩ばかりするようになり、そのあと彼女が部屋を出て、二年にわたる同居は終わりを告げた。

しばらくして引きだしに入れておいた三万円がなくなっていることに気がついた。傷ついたし淋しい気持ちもあったけれど、でもそれ以上にほっとしている自分にも気がついた。わたしは湯河原から箱根《はこね》のホテルに職場を変えてべつの寮に入り、そこでもやはり清掃員として働いた。冬、スキーの季節には系列会社が運営している長野県のホテルに遠征することもあった。

わたしが三十六歳のとき、母親が亡くなった。五十九歳になったばかりの冬で、わたしたちはもう何年も会っていなかった。母親は九州であのまま男と暮らしているとと思っていたけれど、どこでどうなったのか、都内の小さなアパートで一人暮らしをしていたのだと知らされた。

死因は心疾患による突然死。とくに通院などはしていなかったようで、ときどき酒を一緒に飲む仲だったという大家によると、前日の夜もクリーニング工場のパート仲間数人と居酒屋で酒を飲み、いつもとまったく変わりない様子だったということだった。葬儀については市役所の人が丁寧に教えてくれて、いろんな人の助けを借りながらわたしはきちんとそれをやり遂げたはずだけれど、詳しいことは覚えていない。大家から鍵を受けとって、母が暮らしていた部屋に入って遺品を整理しているときも実感がわかなかった。

六畳のワンルーム。少しの洋服と小さな箱に詰められた使いかけの化粧品、テレビとカラーボックスがならんでいて、敷きっぱなしの布団の横にめくられた掛け布団がそのままになっていた。カラーボックスのうえには百円ショップで売っているようなプラスティック製の写真たてがあり、タータンチェックのワンピースを着てピースサインをした小さなわたしが、笑顔の母の膝に座って笑っている古い写真が飾られていた。そしてその横にボール紙でできた卓上の引きだしがあり、白い封筒が入ってあった。鉛筆の薄い小さな文字で「花ちゃんにわたす用」と書かれてあり、なかにはほとんどが皺のよった千円札で、ぜんぶで七万三千円が入れてあった。わたしはきつく目を閉じた。

最後に会ったのはいつだったたか。最後に話したのはなんだったたか。母親はどんな顔をしていたか。何度か着信があったのに、わざと出なかったこともあった。わたしになにか話したいことがあったのかもしれなかったのに。声を聞きたいと思ったのかもしれなかったのに。あのときも、あのときも、時間はいくらでもあったのに。笑顔ばかりが思いだされてわたしは膝を抱えて泣いた。

わたしは箱根のホテルを辞めて、母親が借りていたアパートに移ることにした。大家には断られるかと思ったけれど、正直に言うと部屋で人が亡くなるとつぎの借り手を見つけるまでに色々と面倒なことが多く、娘さんがいったん、そのまま借りてくれるとこちらとしても助かると言ってくれた。わたしは母が着ていたパジャマを着、眠っていた布団に入り、夜は眠れずに涙を流した。

しだいにわたしは体調を崩しはじめ、ほとんど部屋から出られなくなった。週に一度、近所の商店街に体をひきずるようにして食べ物を買いに行くのが精一杯で、いま思うと鬱の症状だとは思うのだけれど、当時はそんなことも考えなかった。シャワーを浴びることもままならないくらいに体が重く動かないのだけれど、そのことにすら関心がもてないような感じだった。横にはなっているのだけれどうまく眠ることができず、ただぼんやりと目を見ひらいて部屋のなかでなにもしないで過ごすだけの日々を送った。ときどきこのまま死んでしまえたらどうなるのだろうと思うこともあったけれど、それはただそれだけのことだった。

誰にも会わず、家賃と食費と光熱費以外にお金を遣うこともなかったので、ただ生きているだけならあと数年くらいはやっていけそうだった。でもある日、食料を買うために外へ出て商店街を歩いていると、惣菜屋のガラス戸に求人の紙が貼られているのが目に入った。なんだか文字というものを読むのが久しぶりのような気がして、入口のところでぼうっと眺めていると、なかから惣菜の入ったビニール袋をもった客のおばさんが出てきて、目があったわたしににっこりと笑いかけてくれた。

それはなんてことのない、どこででも交わされるただの会釈だったのだけれど、ただそれだけのことにどういうわけかわたしはその場で涙がこらえきれなくなってしまい、早歩きでアパートに戻った。悲しさと嬉しさと取り返しのつかなさのようなものが渦を巻いて、その日はわたしにわけのわからない涙を流させつづけた。泣いた後はぐったりして目も頭も痛んだけれど、でもそれはありありとした実感のある痛みだった。

それからわたしはときどきその惣菜屋のまえを意識して通るようになり、それをつづけていくうちに、少しずつではあるけれど以前の自分に戻っていくような変化を感じるようになっていった。やがてシャワーに入る回数もふえ、何年かぶりに下着を買い替え、伸びっぱなしだった髪を切りに近所の美容院に行くこともできた。そして惣菜屋の販売スタッフとして働きはじめて三年めの春、ネットの記事で黄美子さんの名前を見つけて——わたしは黄美子さんのことを思いだした。そして、そのときまで黄美子さんと過ごしたあの家での日々を思いだしもしなかったことに、気がついたのだった。

琴美さんが死んだと聞かされてあの家を出た頃のように、そして母親が死んでしまったあとのように、ふたたびわたしは眠れなくなっていった。朝でも夜でも気がつくと電話のカメラロールに保存した黄美子さんの事件の記事を見つめ、一日の大半を、黄美子さんと、昔の日々の出来事を思いだすことに費やすようになった。

初めて会ったとき、白いブルゾンを着て、素足にサンダルをはいてチラシを配っていた蘭、最初はどこか人見知りで、でも声が本当にきれいで歌がすごくうまくて、いつのまにかどこに行くのにも一緒になっていった桃子。笑った顔、泣いたこと、夜じゅう、ずっと話していたこと。わたしはため息をつき、また画面に目を落とす。記事には黄美子さんが二十代の女性を閉じこめて、暴行して、怪我をさせたと書いてある。黄美子さんが、言葉で支配して意のままに操り、そして脱出した女性が通報して事件が発覚し、捕まったのだと。

最初この記事をみつけたとき、わたしは自分が黄美子さんのことを忘れていたことに衝撃を受け、そして自分があの家でやっていたことが明るみに出るんじゃないかと思い、その恐怖をひとりで抱えていることができなかった。そしてどうすることもできずに蘭に会いにいった。蘭はあの家の居間で最後に言ったのとおなじことをわたしにくりかえした。

でも、この数週間、あの家でのこと、わたしたちのこと、琴美さんの身に起きてしまったこと、そして黄美子さんのことを来る日も来る日も思いだし、考えつづけるうちに、わたしはこの記事に書かれたことがそのまま真実であるとは、どうしても思えなくなっていった。

もちろんなにが起きたのか本当のところはわからない。でもここに書かれているのとは違う事情が、違う出来事があったのではないかと思わずにはいられなくなった。外からみればたしかにこの記事のようにしかみえず、逃げた女の子は若く、その言葉はたくさんの人々が理解できるものので、そして黄美子さんは黙っていることしかできない。うまく説明することなんかできない。

そう、わたしの知っている黄美子さんがそうだったように。そして、あの家を出たわたしたち三人が、わたしたちのための事実をつくりあげたように。十数行の文字で書かれたこの事件の記事の後ろにあるもの、あったかもしれないものと、二十年まえのわたしたちが過ごした日々との見分けがつかなくなっていった。

黄美子さんはいま、どうしているんだろう。

五月が終わり、六月になってもわたしは黄美子さんのことを考えつづけた。新しいバイト先を見つける気持ちにもならなかった。事件が起きたのが去年の五月で、裁判があったのが今年の一月。ネットにはこの事件についてこれ以上の情報は見当たらなかった。有罪になったのか、無罪になったのか、刑務所にいるのかいないのか、それすらもわからない。そういうことを問い合わせるための窓口や連絡先があるのだろうか。わたしは個人が裁判の結果を知るための方法があるのかどうか、ネットで検索しつづけた。

わかったことは、これくらいの事件の裁判では判例検索のデータベースには記録が残らず、一般人がネットを使って検索するのも無理だということだった。あるブログによると、裁判にかかわった人のその後、つまり個人情報を知るのも不可能で、過去に検察に開示請求をした人が手に入れた情報は、ほとんどが黒塗りになっていたらしい。あとは事件を担当した弁護士を自力で探して会いにいき、その人から聞きだすしかないのだけれど、でも、もし弁護士に会えたとしても関係のない人間にはなにも教えてくれないだろうと書いてあった。

これまでのように、そして蘭がわたしに言ったように、わたしはこのまま黄美子さんのことを忘れるべきなのだろうか。すべてをこのままにしておくべきなのだろうか。もし仮に黄美子さんの居場所がわかったとして、わたしはいったいどうするつもりなのか。自分がなにをしたいのか、なににこんなにも急きたてられているのか、自分に説明することができなかった。ただひとつわたしにわかっていたのは、このままではいられないということだけだった。

　ある日の午後、わたしは古い電話を手にとってアドレス帳をひらき、そこに現れた名前をじっと見つめ、番号を控えた。二十年間、一度もかけることのなかったこの番号が、今も繋がるかどうかはわからない。

　そしてもし繋がったとしても、なにを話すべきなのかもわからない。それでもわたしは、電話をかけるしかなかった。

　ひとしきり呼びだし音が鳴ったあと、留守番電話に切り替わった。

　わたしは深呼吸をひとつしてから、自分の名前を告げた。このメッセージを聞いて、もしよかったら、電話をかけてきてほしいと声を残した。もう持ち主は変わっているのかもしれない。わたしはぜんぜん関係のない人の留守電に意味のわからないメッセージを残してしまったのかもしれない。そう考えるのが普通だった。なにしろこんなにも長い時間が経っているのだから。わたしは首をふり、ため息をついた。

　六月の逃げ場のない重く湿った空気が、あらゆる隙間から流れこんで部屋のなかに充満していた。わたしはそれから逃れるように布団のなかで体を丸めた。昼間の光がまぶたの裏に赤く映っていて、その模様を追いかけるうちにわたしは眠ってしまっていた。遠くで電話の鳴る音がして、それがだんだん近づいてきて——目をあけるのと同時にわたしは電話に手を伸ばして起きあがり、受信ボタンを押した。

「もしもし」わたしは言った。「もしもし」

「ひさしぶりだな」

音が少しくぐもって遠くに感じられたけれど、聞こえてきたのは映水さんの声だった。

わたしは受話器をもつ手に力を入れた。

「映水さん、花です。急に——急に電話なんかしてごめん」

「番号、まだもってたのか」

映水さんの声じたいは変わっていないのだけれど、明らかに芯が細くなって、ところどころが風に吹かれているみたいに震えて感じられた。

「もう繋がらないかもと思ったけど、わたしいろいろ思いだしてて、それで誰にも教えてないって言ってた、最後に映水さんが教えてくれたこの番号があって、それで、もしかしたらって思って」

少しの沈黙が流れ、わたしは唾をひとつ飲みこんだ。

「じつは、少しまえにネットで黄美子さんの裁判の記事をみつけて、それからずっと考えてて、それでわたし、黄美子さんのことが気になって、いま、どうしてるのかと思って」

「黄美子の裁判」映水さんは独りごとのように言った。「ああ……出てたのか」

「そう、わたしそれを読んで、どうしていいかわかんなくなって」

わたしは緊張していた。映水さんに連絡をとって映水さんと話そうと思ったのは自分なのに、いまこうして、二十年ぶりにあの映水さんと話していることがうまく信じられなかった。自分がきちんと話せているのかどうかもわからなかった。映水さんは相づちのようなあいまいな声を出し、何度か大きく咳きこんだ。

あのあとヴィヴさんのことはどうなったのか、置いていったお金で無事に払えたのか、わたしたちが家を出たあと問題は起きなかったのか、この二十年どうしていたのか、黄美子さんの事件は本当はどういうものだったのか——話さないといけないこと、訊きたいことはたくさんあるのに、それをわたしに言い出させないなにかがわたしたちのあいだには横たわっていて、わたしは何度も唇を舐めた。

「——映水さん、黄美子さん、黄美子さん、いま、どうしてるのか」わたしは電話を耳に押しつけた。「わたし知りたくて、でも、調べても出てこなくて」

「黄美子は……執行猶予ついたから、ムショには、行かなかった」映水さんはゆっくり時間をかけて、ひとつひとつの言葉を発していった。「黄美子はあいつらに……べつになんもしてねえしな」

「なにも、してないの」

「ああ」

「記事にあったようなことは、なにも」

電話のむこうで映水さんが息をつくのがわかった。

「映水さん、あの、黄美子さんがどこにいるのか、わたしに」

「どこって……会いにいくのか」

「わからない、でも」

「会っても、もう、しょうがねえと思うけどな」

「わたしも、自分でなにがしたいのかわからない、この電話だって、かけてよかったのかどうかもわからない、でもわたし」わたしは電話を左手にもち替えて言った。

「もし映水さんに繋がったら、言おうと思っていたことがあって、言わなきゃいけないことがあって、でもわたしがずっとそのことを思ってたとは言わない、言えないんだけど、わたし、わたしぜんぶ忘れてたの、思いださなかった、自分の都合のいいように考えて思いこんで、ぜんぶなかったことにして、いままでやってきたの、きっと映水さん怒ってるよね、いろんなこと途中で放りだしてわたし、いなくなって、ヴィヴさんのこともそのままにして、怖くなって、わたしは黄美子さんとずっと一緒に生きてくんだって思ってたのに、いなくならないでねってわたしが黄美子さんに言ったのに、言ったのはわたしなのに、なのにわたしがぜんぶほっぽりだして」

「花」映水さんはかすれた声で笑った。映水さんの顔が目に浮かんでわたしは胸が痛んだ。

「おまえは、相変わらずだな」

「わたしだめだった、ぜんぶ、心のなかで黄美子さんに押しつけた、黄美子さんはなにも悪くないのに、わたしが自分でやったことなのに、やらされたんだって思いこんで、自分の都合のいいように、それで黄美子さんを、置いて逃げて」

「いや」映水さんは声を出した。「それが普通だろ」

「でも、でもわたしは」

「誰も、なんも思ってねえよ」

「でも」

「黄美子は……」映水さんはゆっくり息を吐きながら言った。「あそこだよ、東村山のスナックあったろ、あそこに住んでる」

「東村山の？」

「行くとこなくて、そこのママに借りて、二階に住んでる」映水さんは言った。「俺はもう、黄美子んとこ、行けねえしな、あいつは電話もねえし」

「映水さん、どこにいるの」

「俺はまあ、適当だよ。あちこちガタがきたな。腎臓からリンパきて肝臓……腹に水もたまってきたしな」

「病気なの」

「まあな、もうそろそろだな」

わたしは息を呑んだ。

「まあ、そんな感じか」映水さんは言った。「――電話、もういいか」

「待って、映水さん待って」わたしは言った。「お金、映水さん、わたしあれからずっと働いてたの、住みこみで朝から晩まで働いてたの、だからちょっとだけど貯金がある、映水さんいま少しでも必要ならわたし、いまから、映水さん、いまどこに――」

ああ、と短く声を出して、おまえそんなん、自分のために遣えよ、と映水さんは小さく笑った。

「映水さん、あの、あのね、言わなきゃいけないことがあって、わたし映水さんに謝らなきゃいけないことがあって」まるで目のまえからいなくなろうとしている映水さんの腕をつかむようにわたしは言った。「琴美さん、琴美さんのことなんだけど、いま話すことじゃないかもしれないんだけど、映水さんに謝らなくちゃいけないことがある、言わなきゃいけないことがある、わたし映水さんに言うなって言われてたのに、よかれと思って、琴美さんに元気だしてほしくて、最後に会ったとき、カラオケで琴美さんに話してしまったの、勝手に、志訓さんのこと話して、それで琴美さんは大阪に行こうとしたの、そのあと琴美さんがあんなことになって、わたしそれを映水さんに言わないままだった、琴美さんはわたしのせいで、もしわたしが映水さんとの約束を守ってたら、琴美さんは――」

涙があふれ、喉を押さえ、そこで言葉に詰まった。

映水さんは、長いあいだ黙りこんでいた。

そして、そんなこともあったな、と言って笑った。

「もう気にすんな、ぜんぶ終わったことだよ」

通話が切れてしまったあとも、わたしは抱えた膝にまぶたを押しつけたまま、動けなかった。

駅で降りたのは、わたしだけだった。

最後にここに来たのはもう十五年以上もまえのことで、そして物心がついてからわたしはこの町にずっと長く住んでいたのに、幼い頃のわたしの記憶はすべてこの町に結びついているはずなのに、古びた改札にも、あちこちが削れて変色した階段の灰色にも、風のにおいにも、あまり懐かしさのようなものを感じなかった。

子どもの頃のわたしは、母親を待ってずっと部屋にいるか、眠っている母親の邪魔にならないように外に出て歩きまわるだけで、電車に乗ってどこかへ出かけるということが、なかったからかもしれない。

駅前の商店街にも、人の姿はまばらだった。大きなかごを前後につけた自転車に乗ったおばさんとすれ違い、犬を連れた老人がやってきていなくなると、たくさんの蟬が鳴いているのに気がついた。商店街を見渡すと、店の半分くらいにシャッターが降りていて、ひらいている店もあるのだとは思うけれど、人の気配は感じられなかった。昔、何度か行ったことのある焼鳥屋の戸のまえにはビールケースが積まれていて、白っぽく埃をかぶった瓶が何本かのぞいていた。その隣に見たことのない接骨院ができていて、小さな電光掲示板が文字を映しだしていた。いろんな光が反射していて、しばらく目を凝らしてみてもそこになにが書いてあるのかはわからなかった。

八月の終わり、太陽は地上にいる人々になにかを思い知らせるかのように、熱を発し、微動だにしなかった。ぼこぼこしたアスファルトにも、電柱にも、ななめに傾いた看板にも、建物のひさしにもそれぞれの色がついてあるのに、あまりにもまっすぐに迷いなく照りつける日差しのせいで、なぜだかすべてが一色であるような不思議な感じがした。息をするごとに目の奥が重くなり、汗がにじみ、腋や背中を濡らしていった。

昔、働いていたファミレスは建物ごとなくなっていて、車のほとんど停まっていない駐車場に変わっていた。学校がある日もない日も本当に毎日、自転車でここに通い、朝から晩まで働いていた。みんなを笑わせるのが好きな店長もいた。早番でも深夜でも頭をいつもリーゼントみたいにして。親切にしてくれたけれど、最後は会わず、礼も言えないままだった。どこかで元気にしているのかなと思いながら、わたしはひっきりなしに垂れてくる汗をぬぐった。

ここまで来ても、わたしは自分がどうしようとしているのかわからなかった。

黄美子さんはあのスナックに——わたしの母親が働いていたあの店の二階に住んでいると映水さんは言っていた。

もし黄美子さんがいて、黄美子さんに会えたとして、そしてわたしはどうするんだろう。なにか言い訳をしたいのか、謝りたいのか、それともなにかを訊きたいのか、なにかを、思いだしたいのか。わからない。それに、もし黄美子さんがいたとしても会えるとは限らないのに。いま黄美子さんがどんな気持ちでいるのか、どんな状況なのかも、わたしにはわからなかった。数秒ごとに気温は上昇し、耳元でちりちりと音がして、わたしは胸のなかにあるものを逃がすように何度も何度も息を吐いた。けれど気持ちを鎮めようと思えば思うほど動悸が速まり、いったん足を止めて頭のなかを整理しようと思っても、わたしはなぜか歩くのをやめられなかった。

すると右手に、古い木のドアがみえた。

ここだったとわたしは思い、息を吞み、数歩後ずさって建物の全体を目に入れた。それはわたしの記憶にあるよりもひとまわりもふたまわりも小さく縮んでみえ、外壁には何本かの亀裂が走り、ところどころがぼろぼろと崩れていた。ドアのならびの小さなステンドグラス窓は四隅がべっとりと黒く沈んで、ひび割れているところもあった。ドアの右手にある柱に、小さな呼びだしのブザーがついてあった。わたしは深呼吸をしてから、ボタンに指のはらをあて、ゆっくりと力を入れた。鳴っているのか鳴っていないのかもわからなかった。

数十秒待っても、なんの反応もなかった。二階にも小さな窓があるのがみえたけれど、カーテンが引かれたままになっていてぴくりともしなかった。人の住んでいる気配がないような感じがした。わたしはもう一度ブザーのボタンを押して待ってみた。けれどさっきとおなじ、物音ひとつしなかった。

何分間かドアのまえに立ち尽くし、迷ったけれど、わたしは思いきってドアを叩いてみた。大きく三回。数秒待ってもう一度、さっきより大きく、ドアを叩いた。けれどおなじだった。

太陽はまだ高い位置にあり、日差しは和らぐ気配がなかった。わたしは汗をかきつづけた。考えてみれば水分を摂《と》っていなかった。そう思うとうっすらと耳鳴りがしはじめた。

そのまま何分がたったのかわからない。一分だった気もするし、五分くらいそうしていたのかもしれない。黄美子さんはもうここにはいないのかもしれない。わたしは二階の窓を見つめ、ステンドグラス窓のひび割れを見つめ、それからドアを見つめて大きく息を吐き、駅に戻ろうと歩き始めた。すると背中のほうでドアのあく音がして、わたしは打たれたようにふりかえった。

　黄美子さんだった。


　黄美子さんと目があった瞬間、わたしたちのあいだに大きく風がひとつ吹いて、あの日、あの夏の日、わたしが黄美子さんをここで見つけたあの日のように、あの瞬間のように、黄美子さんの黒くて大きな髪がぶわりと膨らんだような気がして――けれどそれはわたしの記憶が呼び覚ました錯覚で、目のまえにいる黄美子さんは短く刈りあげた白髪まじりの髪に、よれたティーシャツに色の落ちた半パンをはき、裸足で立っていた。

「黄美子さん」わたしは声を漏らした。黄美子さんはドアノブに手をおいたまま、わたしをじっと見ていた。

「黄美子さん」わたしはもう一度、黄美子さんの名前を呼んだ。

「花、花です、黄美子さん」

「花」

　黄美子さんは落ちくぼんだ目でゆっくりと瞬きをし、耳のしたをぼりぼりと掻いて不思議そうにわたしを見た。

　黄美子さんはすっかり変わってしまっていた。

　頬はこけて、しみだらけの肌には皺が刻まれ、手足は痩せ、記事にあった六十という年齢よりも、もっともっと年をとっているようにみえた。老婆のようにみえた。わたしは黄美子さんの右手をみた。昔とおなじように、そこには青く滲んだ入れ墨の痕があった。

それを見た瞬間——なにかを思うまえにわたしの目からは涙があふれ、わたしはそれを止めることができなかった。なんの涙かわからない、悔しいのかこわいのか、悲しいのかわからない感情が涙を押しだし、わたしは手のひらでそれをぬぐうこともできなかった。黄美子さんここにひとりで住んでいるの、ごはんはどうしてるの、痛いところはないの、いろいろな言葉が頭に浮かんだけど、わたしは声を発することができなかった。

「黄美子さん、ごめ、ごめん」わたしは言った。「急に来てこんな泣いて」

「いいよ」黄美子さんはよくわからないというような顔で言った。

「黄美子さん、ここにはひとりでいるの」

「うん」

「ママは、ここのママ」

「ママは、施設にいるよ」

「じゃあ、こ、ここはひとりでいるの」

「うん」

「電話、電話もってないんだよね」

「うん」

「ごはんどうしてるの、お金はどうしてるの」

「もらったのがあるよ、友達に」

「よ、映水さん？　映水さんかな、わたしここに黄美子さんがいること映水さんに教えてもらって、それで――」

「花は、映水を知ってるの？」

わたしは目を見ひらいて、黄美子さんを見た。

黄美子さんもわたしを見ていた。とめどなく流れつづける涙で視界が白くにじみ、わたしは何度も目をこすって、鼻をすすりあげた。

「うん、そうだよ、映水さんのこと知ってるよ、わたし昔、黄美子さんと一緒に住んでたんだよ、ずっとずっと昔、わたしがはじめて黄美子さんに会ったのは十五歳のときで、この町で」

「うん」

「黄美子さん、わたしに優しくしてくれて」

「うん」

「からあげ作ってくれて、夜店も行って、冷蔵庫いっぱいにしてくれて、わたしをいっぱい助けてくれて、お母さんがいないときも、いつも」

「お母さん？」

「うん、黄美子さんはわたしのお母さんの友達で、でもわたしと何年も、一緒に暮らしてたんだよ一緒に」

「そうか」黄美子さんはしみだらけの顔で笑った。「お母さんは元気？」

「お母さんは、お母さんはね、死んじゃったの」

「それでそんなに、泣いてるんだね」黄美子さんは目を細めた。「わたしも母さん死んだとき、泣いたよ」

「黄美子さんのお母さんも、死んじゃったの？」

「うん、刑務所のなかで死んだよ」

「そっか」わたしは泣きながら何度も肯いた。「ねえ黄美子さん、わたし、黄美子さんにひどいことしたの、うまく言えないけど、黄美子さんにも映水さんにも、それから琴美さんにも、ひどいことしたの、一生懸命やったつもりだったんだけど、でもけっきょく、ひどいことしてわたしは逃げたの、約束したのに、黄美子さんとも映水さんとも、約束したのに」

「うん」

「それなのに、わたしはずっと忘れて、黄美子さんはもしかしたらそのせいでいろんなことにも巻きこまれたのかもしれない、黄美子さんはなにもしないのに、あとでいいように言われて、ひどい目に遭ったのかもしれない、わたしにも、ほんとのことはわかんない、でも、でもいま、いまこんなことになって」

　黄美子さんは黙ったまま、わたしをぼんやりと見つめていた。まつげがまばらにぬけたまぶたは落ちくぼみ、半分ひらいた口のまわりにはいくつものたてじわがより、短く刈られた頭から、白髪やちぢれた毛があちこちにとびだしていた。

「ねえ、き、黄美子さん、わたしと」

　わたしは両手で顔を押さえて言った。

「わたしと一緒にいこう」

自分がどれだけのことを言っているのか、そんなことができるのかどうかもわからなかった。でもわたしはそう言わずにはいられなかった。仕事もない、狭い部屋で、自分ひとりが生きていくのがぎりぎりの日々で、ここから黄美子さんを連れて出て、こんな自分にいったいなにができるのかわからなかった。でもあの日、黄美子さんはわたしを連れていってくれた、ひとりぼっちだったわたしを一緒に連れていってくれた、長い時間がたってわたしたちはこんなことになったけど、こんなふうになってしまったけど、でもわたしたちが一緒に暮らした日々は、それだけじゃなかった、ひどいことばかりじゃなかった。

黄美子さんは「れもん」で、あの家で、ご飯を食べながら、歩きながら、心から笑うことをおしえてくれて、わたしをしあわせにしてくれた、受けとめてくれた、わたしがいま黄美子さんにできることはこれしかなかったし、取り返しのつかないことだけが残った今のなかで、黄美子さんはこうしてひとりきりで目のまえにいて、誰も頼れずに弱っていて、黄美子さんを支えることができるのは、こんなわたしだけれど、でももう、わたししかいないのだ、もう一度、黄美子さんとやり直すことができたら、そうすることができたなら、黄美子さんを救うことができたなら
——わたしは泣きじゃくりながら、黄美子さんに言った。

「黄美子さん、わたしといこう」

黄美子さんは口を半分ひらいたまま、わたしを見ていた。

「黄美子さん、一緒にいこう」

わたしは言った。「黄美子さん」

「そんなに、泣かないよ」

「黄美子さん、一緒に、いこう」

「わたしは、いかない」

黄美子さんはゆっくり言った。

「黄美子さん」

「わたし、ここにいる」

わたしたちは、そのまま長いあいだ、見つめあっていた。

「花、聞こえてる？」

「聞こえてる」

わたしは、瞬きもせずに黄美子さんの顔を見つめていた。黄美子さんは耳のうえをぼりぼりと掻き、大きく鼻を鳴らして言った。

「ここにいるから、会える」

「会えるの」

「うん。母さんと琴美も会える。映水にも、会える」

「会えるの」

「うん」

「黄美子さん、わたし」

「うん」

「会いにくる」

「うん」

「会いにくるよ」

　黄美子さんは笑った。そして、ゆっくりとドアを閉めてなかに入った。


　わたしは来た道をもどり、商店街をぬけ、駅をこえて、知らない道を歩きつづけた。道はゆるやかに曲がったり、交差していたり、行き止まりになったりしていても、少し戻ればどこかにつづいていて、わたしは歩きつづけることができた。途中で公園をみつけてベンチに腰を下ろし、涙が乾くまでそこにいた。夕暮れにむかう夏の、懐かしいにおいがずっとしていた。

　やがて小さな駅に辿りつき、わたしは最初にやってきた電車に乗った。西にむかって走る電車には、たくさんの光が細切れになって届き、床や座席やドアや乗客の服のうえにいろんな形を落としながらゆれていた。

　気がつくとわたしは眠っており、みじかい夢のようなものをみた。はっきりと顔はみえないけれど、誰かが楽しそうに笑っていて、わたしたちは走っていて、汗をかいて、すごく楽しくておなじくらい不安になって、悲しくて、それからやっぱり笑っていた。花ちゃん、花、ねえ花ちゃん、花——遠くで誰かの呼ぶ声がして顔をあげると、どれくらい眠っていたのか、窓の外に一面の夕焼けが広がっているのがみえた。それは胸にちょくせつ流れこんでくるような夕焼けで、それはもう思いだせなかったはずの、思いだすこともなかったはずの懐かしい色になり、かたちになり、声になっていった。わたしはそれを目に入れられるだけ目に入れて、息をとめ、それからもう一度目を閉じて、つかのまの眠りにおちた。

主要参考文献

『シノギの鉄人――素敵なカード詐欺の巻』（藤村昌之　宝島社　一九九五年）
『テキヤ稼業のフォークロア』（厚香苗　青弓社　二〇一二年）

初出　『読売新聞』　二〇二一年七月二十四日～二二年十月二十日

装幀　名久井直子
撮影　井上佐由紀
模型制作　奥野玄太

川上未映子

大阪府生まれ。2008年『乳と卵』で芥川龍之介賞、09年、詩集『先端で、さすわ さされるわ そらええわ』で中原中也賞、10年『ヘヴン』で芸術選奨文部科学大臣新人賞および紫式部文学賞、13年、詩集『水瓶』で高見順賞、同年『愛の夢とか』で谷崎潤一郎賞、16年『あこがれ』で渡辺淳一文学賞、19年『夏物語』で毎日出版文化賞、23年『黄色い家』で読売文学賞を受賞。他の著書に『春のこわいもの』、村上春樹との共著『みみずくは黄昏に飛びたつ』など。『夏物語』は40カ国以上で刊行が進み、『ヘヴン』の英訳は22年ブッカー国際賞、『すべて真夜中の恋人たち』の英訳は23年全米批評家協会賞の最終候補に選出された。

JASRAC 出 2300299-410

黄色《きいろ》い家《いえ》

2023年２月25日　初版発行
2024年２月25日　10版発行

著　者　川上未映子《かわかみみえこ》

発行者　安 部 順 一

発行所　中央公論新社
〒100-8152　東京都千代田区大手町1-7-1
電話　販売 03-5299-1730　編集 03-5299-1740
URL https://www.chuko.co.jp/

ＤＴＰ　嵐下英治
印　刷　大日本印刷
製　本　大口製本印刷

Published by CHUOKORON-SHINSHA, INC.
Printed in Japan　ISBN978-4-12-005628-4 C0093

定価はカバーに表示してあります。落丁本・乱丁本はお手数ですが小社販売部宛お送り下さい。送料小社負担にてお取り替えいたします。